SIMONA AHRNSTEDT

Die Erbin

SIMONA AHRNSTEDT

DIE ERBIN

Roman

Ins Deutsche übertragen
von Antje Rieck-Blankenburg

LYX

LYX in der Bastei Lübbe AG
Dieser Titel ist auch als E-Book erschienen.

MIX
Papier aus verantwortungsvollen Quellen
FSC® C083411
FSC www.fsc.org

Vollständige Taschenbuchausgabe
der bei LYX erschienenen Paperbackausgabe.
Die Originalausgabe erschien 2014 unter dem Titel »En enda natt«
bei Bokförlaget Forum, Stockholm, Schweden.

Textredaktion: Sibylle Klöcker
Umschlaggestaltung: © buerosued unter Verwendung von Motiven von
© Ilina Simeonova / Trevillion Images
Satz: Greiner & Reichel, Köln
Gesetzt aus der Adobe Caslon Pro
Druck und Verarbeitung: CPI books GmbH, Leck – Germany
ISBN 978-3-7363-0809-1

1 3 5 7 6 4 2

Sie finden uns im Internet unter www.lyx-verlag.de
Bitte beachten Sie auch: www.luebbe.de und www.lesejury.de

I

Mittwoch, 25. Juni

David Hammar spähte durch die gewölbte Scheibe des Hubschraubers hinaus. Sie befanden sich auf einer Höhe von tausend Fuß, die Sicht war gut. Er ließ seinen Blick über die weite Landschaft schweifen und justierte das Headset, das es ihm ermöglichte, mit den anderen in normaler Lautstärke zu kommunizieren.

»Dort hinten«, sagte er und wandte sich zu Michel Chamoun um, der auf der Rückbank saß und ebenfalls durchs Fenster hinausschaute. David wies in Richtung des Schlosses Gyllgarn, das, leuchtend gelb getüncht, in der Ferne sichtbar wurde.

Der Pilot visierte das Ziel an und ging auf Kurs. »Wie nah willst du ran?«

»Nicht allzu nah, Tom. Nur so weit, dass wir es etwas besser sehen können.« David ließ das Schloss nicht aus den Augen. »Ich will keine unnötige Aufmerksamkeit erregen.«

Grüne Wiesen, Gewässer, die in der Sonne glitzerten, und dicht belaubte Bäume breiteten sich vor und unter ihnen aus. Wie ein Gemälde einer vollkommenen ländlichen Idylle. Das Schloss war auf einer Insel inmitten eines außergewöhnlich breiten Flusses erbaut worden. Das Wasser rauschte an beiden Seiten der Insel vorbei und bildete einen natürlichen Wallgraben, der früher einmal als Schutz vor Feinden gedient hatte.

Tom ließ den Hubschrauber in weitem Bogen über dem Gelände kreisen.

Auf den Weiden unter ihnen grasten Pferde und Schafe. Riesige, mehrere Hundert Jahre alte Eichen bildeten eine Allee von der Landstraße zum Anwesen. Selbst aus dieser Höhe konnte man die gepflegten Obstbäume und farbenfroh gestalteten Beete erkennen, die das gut erhaltene Schloss umgaben.

Verdammt! Das sah ja aus wie das reinste Paradies.

»Der Makler, mit dem ich gesprochen habe, schätzt allein den reinen Gebäudewert auf über dreißig Millionen«, sagte David.

»Das ist viel Geld«, stellte Michel fest.

»Zuzüglich der Werte von Wald und Grund. Und Wasser. Es handelt sich um mehrere Tausend Hektar Land, die allein schon über zweihunderttausend wert sind.« David fuhr fort, die Vermögenswerte aufzuzählen: »In den Wäldern gibt es jede Menge Wild und zudem massenweise kleinere Gebäude, die zum Anwesen gehören. Hinzu kommt natürlich noch das Inventar. Kriegsbeute aus dem siebzehnten Jahrhundert. Silberservice und kunstvolle russische Handarbeiten. Und eine Gemäldesammlung mit Werken aus den vergangenen drei Jahrhunderten. Auktionshäuser in der ganzen Welt werden sich darum reißen.«

David wandte sich auf seinem Sitz um. Michel inspizierte das leuchtend gelbe Schloss, über dem sie jetzt schwebten.

»Und all das gehört dem Unternehmen?«, fragte Michel skeptisch. »Nicht der Familie?«

David nickte bestätigend. »Unbegreiflich, dass sie sich für diese Lösung entschieden haben«, pflichtete er ihm bei. »So kann es eben gehen, wenn man glaubt, man sei unbezwingbar.«

»Niemand ist unbezwingbar«, meinte Michel.

»Nein.«

Michel richtete seinen Blick wieder aus dem Fenster. David wartete, während die dunklen Augen seines Freundes über die Besitztümer glitten. »Das ist ja ein richtiges Kleinod«, fuhr Michel fort. »Falls wir all das veräußern, müssen wir mit einem Volksaufstand rechnen.«

»Nicht *falls*«, entgegnete David rasch. »Sondern wenn.«

Denn genau das würden sie tun, dessen war er sich absolut sicher. Sie würden diesen fruchtbaren Grund und Boden zerstückeln und an den Meistbietenden verkaufen. Die Leute würden sich lauthals beschweren, am lautesten würden die jetzigen Eigentümer schreien. Beim Gedanken an diese musste er fast ein bisschen lächeln. Dann warf er Michel einen fragenden Blick zu. »Hast du alles gesehen?«

Michel nickte, woraufhin David fragte: »Kannst du uns in die City zurückbringen, Tom? Wir sind hier fertig.«

Tom nickte, der Hubschrauber legte eine elegante Kehrtwende hin und gewann an Höhe. Sie ließen das idyllische Ambiente hinter sich und nahmen Kurs auf Stockholm. Unter ihnen zogen Autobahnen, Wälder und Industriegebiete vorbei.

Eine Viertelstunde später erreichten sie die Kontrollzone der Hauptstadt, und Tom nahm Kontakt zum Tower des Flughafens Bromma auf. David lauschte mit einem Ohr dem Wortwechsel und den kurzen standardisierten Phrasen.

»*… 1500 feet, request full stop landing, three persons on board.*«

»*Approved, straight in landing, runway three zero …*«

Tom Lexington, ein erfahrener Pilot, steuerte den Hubschrauber mit ruhigen Bewegungen und wachem Blick. Eigentlich arbeitete er für ein privates Sicherheitsunternehmen, aber David und er kannten sich bereits seit Langem, sodass er sich bereit erklärt hatte, sein Können und seine Zeit zur Verfügung zu stellen, als David das Schloss aus der Luft inspizieren wollte.

»Danke, dass du uns geflogen hast«, sagte David.

Tom entgegnete nichts, sondern nickte nur knapp, um zu zeigen, dass er ihn gehört hatte.

David wandte sich wieder Michel zu. »Wir haben noch genügend Zeit bis zum Meeting der Geschäftsführung«, sagte er mit einem Blick auf seine Uhr. »Malin hat angerufen. Alles ist vorbereitet.« Malin Theselius war ihre Pressesprecherin.

Michel streckte seinen breiten, im Anzug steckenden Oberkörper auf dem Rücksitz. Als er sich am kahl rasierten Schädel kratzte, blitzten die Ringe an seinen Fingern auf. »Sie werden dich bei lebendigem Leibe zerreißen«, sagte er, während tausend Fuß unter ihnen Stockholm vorbeizog. »Das ist dir doch klar, oder?«

»*Uns*«, korrigierte David.

Michel setzte ein schiefes Grinsen auf. »Nee, nur dich. Denn *du* bist der Titelheld und der böse Corporate Raider. Ich bin bloß der kleine Einwandererjunge, der tut, was du sagst.«

Michel war der smarteste Mann, den David kannte, und Senior Partner in Davids Risikokapitalgesellschaft Hammar Capital. In Kürze würden sie gemeinsam die gesamte schwedische Finanzbranche vollständig umkrempeln. Aber Michel hatte recht. David, der Gründer von Hammar Capital, der den Ruf hatte, knallhart und arrogant zu sein, war derjenige, der in der Finanzpresse würde Spießruten laufen müssen. Und man konnte sogar sagen, dass er sich bereits darauf freute.

Michel gähnte. »Wenn das hier vorbei ist, werde ich Urlaub nehmen und mindestens eine Woche lang schlafen.«

David drehte sich erneut zu ihm um und sah in der Ferne die Vororte vorbeiziehen. Er war nicht müde. Im Gegenteil, er hatte sein halbes Leben lang auf diesen Kampf hingearbeitet und brauchte keinen Urlaub. Er wollte Krieg.

Sie hatten das Ganze seit fast einem Jahr geplant. Es war die größte Transaktion, an die Hammar Capital sich jemals herangewagt hatte. Dabei handelte es sich um die feindliche Übernahme eines riesigen Unternehmens, und die kommenden Wochen würden entscheidend sein. Noch nie hatte irgendjemand etwas Ähnliches getan.

»Woran denkst du?«, fragte David übers Headset. Er kannte seinen Freund in- und auswendig und wusste, dass dessen Schweigen etwas zu bedeuten hatte und Michels scharfsinniges Hirn gerade irgendein juristisches oder finanzielles Problem bearbeitete.

»Woran ich vor allem denke«, begann Michel, »ist, dass es schwierig werden wird, die Sache noch länger geheim zu halten. Man wundert sich bestimmt über die Kursbewegungen an der Börse. Es wird nicht lange dauern, bis irgendjemand – ein Börsenmakler wahrscheinlich – etwas an die Presse durchsickern lässt.«

»Ja«, pflichtete David ihm bei. Irgendetwas sickerte immer durch. »Wir halten den Deckel drauf, solange es geht«, sagte er. Sie hatten schon oft darüber diskutiert, an ihren Argumenten gefeilt, systematisch nach Denkfehlern gesucht, und waren schließlich stärker und schlauer geworden. »Wir kaufen weiter«, entschied er. »Aber immer nur äußerst wenig auf einmal. Noch weniger als bisher. Ich werde mit meinen Kontakten sprechen.«

»Der Kurs der Aktie steigt im Augenblick ziemlich schnell.«

»Ich hab es gesehen«, sagte David. Die Kurve des Aktienkurses ähnelte einer sich aufbäumenden Welle. »Schauen wir mal, wie lange es rentabel bleibt.«

Es war immer ein Prozess des Abwägens, wie schnell man vorgehen konnte. Je aggressiver die Aktien eines Unternehmens gehandelt wurden, desto stärker wurde der Kurs nach oben getrieben. Wenn aber zudem an die Öffentlichkeit gelangte, dass Hammar Capital der Käufer war, würde der Kurs rapide in die Höhe schnellen. Bis jetzt waren sie äußerst vorsichtig gewesen. Sie hatten mittels zuverlässiger Strohmänner tagein, tagaus eingekauft und nur in geringen Mengen. Kleine Bewegungen verursacht, die nicht mehr als eine Kräuselung der weitläufigen Börsenoberfläche nach sich zogen. Doch sowohl Michel als auch ihm war klar, dass sie sich nun einer kritischen Grenze näherten.

»Wir wussten ja, dass wir früher oder später gezwungen sein würden, damit an die Öffentlichkeit zu gehen«, erklärte David. »Malin feilt schon seit Wochen an der Pressemitteilung.«

»Die Leute werden ausflippen«, meinte Michel.

David verzog den Mund. »Ich weiß. Wir können nur hoffen, noch eine Zeit lang unterhalb des Börsenradars zu fliegen«, sagte er.

Michel nickte. Das war schließlich die Grundidee von Hammar Capital. Ihr Team aus Analysten spürte Unternehmen auf, die schlecht liefen, obwohl sie eigentlich gut aufgestellt waren. David und Michel identifizierten das Problem – oftmals eine inkompetente Unternehmensführung – und durchkämmten dann den Markt nach Aktien, um schließlich die Mehrheit zu erwerben.

Dann stürmten sie das Unternehmen, in brutaler Art und Weise. Übernahmen die Geschäfte und strukturierten den Laden um. Zerstückelten die Substanz und werteten sie auf. Verkauften und profitierten. Das konnten sie besser als fast alle anderen: etwas in ihren Besitz zu bringen und dessen Wert zu steigern. Manchmal lief es reibungslos und man zog an einem Strang, sodass Hammar Capital seine Agenda umsetzen konnte. In anderen Fällen lief es auf einen Kampf hinaus.

»Ich würde gerne jemanden aus der Eigentümerfamilie auf unserer Seite wissen«, sagte David, während sich die südlichen Stadtteile Stockholms vor ihnen ausbreiteten.

Einen oder mehrere der einflussreichen Aktieninhaber auf seiner Seite zu haben, beispielsweise einen der Manager der gigantischen Rentenfonds, war entscheidend, um eine feindliche Übernahme in dieser Größenordnung überhaupt bewältigen zu können. David und Michel hatten viel Zeit investiert, um diese zu überzeugen, in unendlich vielen Meetings gesessen und unzählige Rechenexempel durchgeführt. Aber ein Mitglied aus der Eigentümerfamilie für sich zu gewinnen, brachte diverse weitere Vorteile mit sich. Zum einen natürlich einen enormen Prestigegewinn, nicht zuletzt weil das Unternehmen, um das es hier ging, Investum, eine der größten und ältesten Aktiengesellschaften des Landes war. Zum anderen könnten automatisch andere folgen und zum Vorteil von Hammar Capital abstimmen, wenn sein Unternehmen vorweisen könnte, dass eine Person aus dem innersten Kreis auf seiner Seite stand. »Das würde den Prozess deutlich erleichtern«, fuhr er fort.

»Und wen?«

»In der Familie gibt es tatsächlich jemanden, der einen eigenen Weg gegangen ist«, erklärte David, während der Flughafen Bromma am Horizont sichtbar wurde.

Michel schwieg eine Weile. »Die Tochter, oder?«, fragte er dann.

»Ja«, antwortete David. »Sie ist ziemlich unscheinbar, soll aber angeblich sehr intelligent sein. Gut möglich, dass sie unzufrieden ist mit der Art und Weise, wie die Männer sie behandeln.« Investum war nicht nur ein alteingesessenes und traditionsreiches Unternehmen. Es wurde auch in einer patriarchalischen Art und Weise geführt, die die Fünfzigerjahre als modern und aufgeklärt erscheinen ließen.

»Glaubst du wirklich, dass du *irgendjemanden* in dieser Familie überzeugen kannst?«, fragte Michel mit Zweifel in der Stimme. »Du bist nicht gerade beliebt bei ihnen.«

David musste beinahe lächeln angesichts dieser Untertreibung.

Investum wurde von der Familie de la Grip kontrolliert, und das Unternehmen setzte täglich Milliardenwerte um. Indirekt kontrollierte Investum und damit die Familie annähernd ein Zehntel des schwedischen Bruttoinlandsprodukts und besaß die größte Bank des Landes. Es gab kaum einen Aufsichtsrat eines größeren schwedischen Unternehmens, in dem sie nicht repräsentiert waren. Die de la Grips waren adlig, traditionsbewusst und vermögend. So nahe man eben dem Königshaus kommen konnte, ohne königlich zu sein, noch dazu mit bedeutend blauerem Blut als ein Bernadotte. Dass er, der Emporkömmling David Hammar, eine Person aus dem innersten, für seine Loyalität bekannten Familienkreis dazu bringen würde, die Seite zu wechseln und zu ihm, einem berüchtigten Risikoinvestor und Corporate Raider, überzulaufen, war unwahrscheinlich.

Aber es war ihm bereits gelungen, einzelne Mitglieder verschiedener Familienunternehmen davon überzeugen können, gemeinsame Sache mit ihm zu machen. Oftmals bewirkte dies allerdings, dass er zerrissene Familienbande hinter sich zurückließ, und meistens bedauerte er das sogar. In diesem Fall allerdings würde er es als einen willkommenen Bonus betrachten.

»Ich werde es jedenfalls versuchen«, sagte er.

»Das grenzt doch an Wahnsinn«, wandte Michel nicht zum ersten Mal im Verlauf dieses Jahres ein.

David nickte kurz. »Ich habe sie bereits angerufen und um ein Mittagsmeeting gebeten.«

»Natürlich …«, sagte Michel, während der Hubschrauber an Höhe verlor und zur Landung ansetzte. Der Flug hatte weniger als eine halbe Stunde gedauert. »Und was hat sie gesagt?«

David musste an die kühle Stimme denken, die sich gemeldet hatte. Am Apparat war nicht die Assistentin gewesen, sondern Natalia de la Grip persönlich. Sie hatte zwar überrascht geklungen, aber ansonsten nicht viel gesagt, sich lediglich für die Einladung bedankt und später durch ihre Assistentin den Termin per Mail bestätigen lassen.

»Sie sagte, dass sie sich auf unser Meeting freut.«

»Wirklich?«

David lachte auf, kurz und freudlos. Ihre Stimme hatte vornehm geklungen und ihn an diese arrogante Oberschichtmanier erinnert, die automatisch seinen Klassenhass aktivierte. Natalia de la Grip war eine von ungefähr hundert Frauen in Schweden, die mit einem Gräfinnentitel geboren worden waren, eine Elite innerhalb der Elite. Er konnte kaum in Worte fassen, wie wenig er von dieser Sorte Mensch hielt.

»Nein«, antwortete er. »Das hat sie nicht gesagt.«

Aber das hatte er auch nicht erwartet.

2

Donnerstag, 26. Juni

Natalia durchsuchte diverse Papierstapel auf ihrem Schreibtisch. Sie zog ein Blatt mit Tabellen und Zahlen heraus.

»Aha«, rief sie und wedelte mit dem Papier. Sie warf der platinblonden Frau, die auf dem schmalen Besucherstuhl saß, einen triumphierenden Blick zu. Eigentlich fand der Stuhl in dieser Besenkammer, die Natalia als Büro diente, kaum Platz.

Natalias Freundin Åsa Bjelke warf einen teilnahmslosen Blick auf das Blatt Papier, bevor sie sich wieder der Begutachtung ihrer nudefarben lackierten Fingernägel zuwandte.

Natalia betrachtete das Chaos auf ihrem Schreibtisch. Sie hasste Unordnung, aber es war nahezu unmöglich, auf dieser kleinen Fläche Ordnung zu halten.

»Wie geht's dir eigentlich?«, fragte Åsa und nippte an ihrem Take-away-Kaffee, während sie mit dem Blick verfolgte, wie Natalia erneut den Papierstapel zu durchsuchen begann. »Ich frag nur, denn du wirkst ziemlich unkonzentriert«, fuhr sie fort. »Du hast zwar so einige sonderbare Seiten, aber ein Mangel an Konzentration gehört nicht gerade dazu. So hab ich dich noch nie erlebt.«

Natalia runzelte die Stirn. Ein wichtiges Dokument war spurlos verschwunden. Sie würde eine der bereits über die Maßen gestressten Assistentinnen fragen müssen.

»J. O. hat gerade aus Dänemark angerufen«, erklärte sie und

meinte damit ihren Chef. »Er bat mich, einen Bericht weiterzuleiten, den ich einfach nicht finden kann.« Sie erblickte ein weiteres Blatt Papier, zog es hervor und las es mit müden Augen. In der vergangenen Nacht hatte sie nicht gerade viel Schlaf bekommen. Erst hatte sie wegen einer bevorstehenden Fusion, die nahezu ihre gesamte Zeit in Anspruch nahm, bis spät in die Nacht gearbeitet. Und dann hatte am frühen – sehr frühen – Morgen auch noch ein Kunde angerufen, um sich über eine Sache zu beschweren, die definitiv auch noch ein paar Stunden hätte warten können. Sie sah Åsa fragend an. »Was meinst du damit, dass ich sonderbare Seiten habe?«

Åsa ging nicht darauf ein, sondern nahm noch einen Schluck aus ihrem Pappbecher. »Wo liegt das Problem?«, fragte sie.

»*Die Probleme*«, korrigierte Natalia. »Die Arbeit. Papa. Mama. Alles.«

»Aber du, dieses Suchen nach irgendeinem Blatt Papier, *führt* das denn zu irgendetwas? Was ist eigentlich aus der papierfreien Gesellschaft geworden?«

Natalia schaute erneut auf. Ihre Freundin sah fit und ausgeruht aus, gut gekleidet und frisch manikürt, und eine Welle der Irritation durchfuhr sie. »Nicht, dass ich mich nicht über deine unangekündigten Besuche freuen würde«, sagte sie nicht ganz aufrichtig, »aber Papa beklagt sich ständig über die hohen Gehälter seiner Juristen. Solltest du nicht um diese Zeit bei Investum sein und für dein Gehalt etwas tun? Ich meine, anstatt hier in meinem engen Büro im Prada-Kostüm herumzusitzen und mich zu schikanieren?«

Åsa winkte ungeduldig ab. »Ich verdiene definitiv mein hohes Gehalt. Und du weißt, dass dein Vater mich in Ruhe lässt.« Sie warf Natalia einen eindringlichen Blick zu. »Das weißt du genau.«

Natalia nickte. Sie wusste es.

»Ich war gerade in der Nähe«, fuhr Åsa fort, »und wollte nur fragen, ob du mit mir zu Mittag essen möchtest. Wenn ich nämlich noch ein weiteres Mal zusammen mit irgendwelchen Juristen von Investum zu Mittag essen muss, bring ich mich um. Tja, wenn ich gewusst hätte, wie todlangweilig Juristen sind, hätte ich etwas anderes studiert.« Sie fuhr sich durch ihre blonde Mähne. »Ich würde zum Beispiel eine gute Sektenführerin abgeben.«

»Tut mir leid«, antwortete Natalia rasch; *zu* rasch, was sie aber zu spät merkte. »Ich bin beschäftigt.« Sie räusperte sich. »Sorry«, fügte sie völlig unnötig hinzu. »Wie gesagt, ich bin beschäftigt.« Sie senkte den Kopf und begann in einigen Papieren zu blättern, die sie schon einmal durchgesehen hatte, um Åsas durchdringendem Blick zu entkommen.

»Wirklich?«

»Ja«, antwortete Natalia. »So ungewöhnlich ist es ja wohl nicht, oder?«

Åsa kniff die Augen zusammen. »Dafür, dass du eine Auffassungsgabe wie ein Computer besitzt, kannst du erstaunlich schlecht lügen«, konterte sie. »Gestern hattest du noch nichts vor, wie du selbst gesagt hast. Und andere Freunde hast du nicht. Versuchst du mir etwa aus dem Weg zu gehen?«

»Nein, ich *bin* beschäftigt. Und ich würde niemals auch nur davon träumen, dir aus dem Weg zu gehen. Du bist meine beste Freundin. Auch wenn ich sehr wohl noch andere Freunde habe. Aber vielleicht morgen? Ich lad dich ein.«

»Und womit bist du beschäftigt, wenn man fragen darf?«, wollte Åsa wissen, ohne sich durch das Versprechen zukünftiger Essenseinladungen ablenken zu lassen.

Natalia antwortete nicht. Sie schaute auf den übervollen Schreibtisch vor sich. Jetzt wäre der geeignete Zeitpunkt für ein klingelndes Telefon oder einen Feueralarm, dachte sie.

Åsa riss die Augen auf, als hätte sie gerade eine Eingebung gehabt. »Aha, und wer ist er?«

»Mach dich nicht lächerlich. Ich bin nur zum Mittagessen verabredet.«

Åsas Augen zogen sich zu zwei türkisfarbenen Schlitzen zusammen. »Aber du benimmst dich so merkwürdig, selbst für deine Verhältnisse. Und mit wem?«

Natalia presste die Lippen aufeinander.

»Natalia, mit wem?«

Natalia gab auf. »Mit jemandem von – ähm – HC.«

Åsa schob ihre hellen Augenbrauen zusammen. »Mit *wem*?«, fragte sie ein weiteres Mal. Möglicherweise wäre aus ihr ja eine gute Sektenführerin geworden, aber zweifellos auch eine ausgezeichnete Vernehmungsleiterin, dachte Natalia. All dieses Blondie-Getue mit ihrem hellen lockigen Haar war reine Ablenkung.

»Es handelt sich lediglich um ein unverbindliches Mittagsmeeting«, sagte sie defensiv. »Ein Geschäftsessen. Er kennt J. O.«, fügte sie hinzu, als würde die Tatsache, dass ihr Lunchdate ihren Chef kannte, die Sache erklären.

»Wer?«

Sie kapitulierte. »David Hammar.«

Åsa lehnte sich auf ihrem Stuhl zurück und grinste breit, bis sie schließlich übers ganze Gesicht strahlte. »Also der Boss persönlich«, sagte sie. »Mister Corporate Raider himself. Der größte Bad Boy der Finanzwelt.« Sie legte den Kopf schräg. »Versprich mir, dass du alles daransetzt, ihn ins Bett zu kriegen.«

»Du hast sie ja nicht mehr alle«, entgegnete Natalia. »Du bist sexsüchtig. Eigentlich wollte ich sowieso absagen. Ich bin ziemlich im Stress. Aber eines der Dinge, die ich in dieser Unordnung auch nicht finden kann, ist das Handy, in dem ich seine Nummer gespeichert habe«, fügte sie hinzu. Wie zum Teufel konnte man ein Handy in einem Raum verlieren, der gerade mal vier Quadratmeter groß war?

»Aber warum um Gottes willen nimmst du dir denn keine Assistentin?«

»Ich *habe* eine Assistentin«, entgegnete Natalia. »Die im Gegensatz zu mir ein Privatleben hat. Ihre Kinder sind nämlich krank geworden, sodass sie nach Hause musste.« Natalia schaute auf die Uhr. »Schon gestern.« Mit einem Seufzer sank sie tiefer in ihren Bürostuhl. Sie schloss die Augen. Hatte keine Lust, noch länger zu suchen. Sie war wirklich am Ende. Es kam ihr so vor, als hätte sie seit Ewigkeiten nonstop gearbeitet. Dennoch lag sie mit allem möglichen Papierkram im Rückstand, musste noch einen Bericht vorbereiten und mindestens fünf Meetings buchen. Eigentlich hatte sie gar keine …

»Natalia?«

Åsas Stimme ließ sie zusammenzucken, und Natalia merkte, dass sie kurz davor gewesen war, auf dem unbequemen Bürostuhl einzudösen.

»Was ist?«

Åsa betrachtete sie mit ernstem Blick. Das herausfordernde Grinsen war verschwunden.

»Hammar Capital ist weiß Gott nicht so ein übler Laden, wie dein Vater und dein Bruder denken. Sie sind tough, ja, aber David Hammar ist beileibe nicht der Teufel persönlich. Und er sieht verdammt gut aus. Du brauchst dich wirklich nicht zu schämen, wenn du dich auf ein Treffen mit ihm freust.«

»Nein«, meinte Natalia. »Ich weiß.« Trotzdem hatte sie sich gefragt, was der legendäre Chef von Hammar Capital ausgerechnet von *ihr* wollte. Er war zwar in der Tat nicht der Teufel persönlich, aber er hatte selbst mit dem Maß der Finanzbranche gemessen den Ruf, knallhart und rücksichtslos zu sein. »Nein, ich werde nur mit ihm zu Mittag essen und das Terrain sondieren«, entgegnete sie entschieden. »Wenn er vorhat, irgendeinen Deal mit unserer Bank abzuschließen, muss er sich sowieso an J. O. wenden und nicht an mich.«

»Die Sache ist nur die, dass man das bei Hammar Capital nie genau weiß«, meinte Åsa und stand mit einer eleganten Bewegung auf. »Und außerdem unterschätzt du deine Fähigkeiten. Kennst du etwa eine andere Person, die so gescheit ist wie du? Nein, na also.« Sie strich mit der Hand über ihren absolut fleck- und faltenlosen Rock. Zum eng anliegenden Kostüm (Natalia wusste zufällig, dass dieses Kostüm von Prada individuell für Åsa maßgeschneidert worden war) trug sie eine schlichte Seidenbluse und hellbeigefarbene Pumps und sah dennoch aus wie ein glamouröser Filmstar.

Åsa beugte sich über den Schreibtisch. »Du weißt genau, dass es dir ziemlich egal sein kann, was dein Vater denkt«, sagte sie, womit sie zielsicher einen wunden Punkt traf. »Du bist verdammt smart und wirst es weit bringen. Du könntest auch hier Karriere machen.« Åsa schlug mit den Armen in Richtung der Bürolandschaft vor ihnen aus, die zur schwedischen Filiale einer der weltgrößten Banken, der Bank of London, gehörte. »Du musst nicht zwangsläufig im Familienunternehmen arbeiten, um Wertschätzung zu erfahren«, fuhr Åsa fort. »Dort vertreten sie die weitaus mieseste Einstellung gegenüber Frauen, die man sich denken kann, und das weißt du. Dein Vater ist hoffnungslos, dein Bruder ein Idiot, und der Rest des Vorstands besteht aus chauvinistischen Machos. Ich muss es wissen, ich arbeite schließlich mit ihnen zusammen.« Sie legte den Kopf schräg. »Du bist intelligenter als sie alle zusammen.«

»Vielleicht.«

»Und warum hast du dann keinen Posten im Vorstand?«

»Aber du arbeitest ja trotz allem da, du bist doch zufrieden, oder?«, fragte Natalia und wich damit der Frage um ihre Mitgliedschaft im Vorstand von Investum aus. Das war wirklich ein wunder Punkt.

»Ja, aber ich bin nur durch die Quote reingerutscht«, antwortete Åsa. »Durch einen Mann, der Quoten ebenso hasst wie Einwanderer, Feministinnen und Leute aus der Arbeiterklasse. Ich bin sein Alibi. Er kann jederzeit auf mich verweisen und sagen, dass er selbstverständlich Frauen einstellt.«

»Papa hasst keine …«, protestierte Natalia, verstummte aber. Åsa hatte recht.

»Und außerdem tue ich deinem Vater leid, weil ich keine Eltern mehr habe«, fuhr Åsa fort. »Darüber hinaus hege ich keinerlei Ambitionen, Chefin zu werden und diesen elendigen Laden zu übernehmen. Meine einzige Ambition besteht darin, nicht vor Langeweile zu sterben. Aber du, du könntest so weit nach oben kommen, wie du willst.«

Åsa nahm ihre Fünfzigtausendkronenhandtasche und begann darin zu wühlen. Sie zog einen Lippenstift hervor und fuhr sich damit leicht über die Lippen.

»Er hat mich um ein diskretes Treffen gebeten«, erklärte Natalia. »Eigentlich hätte ich dir gar nichts sagen dürfen. Du erzählst es doch nicht weiter, oder?«

»Dummerchen, natürlich plaudere ich nichts aus. Aber was glaubst du, will er?«

»Wahrscheinlich handelt es sich um irgendeine Finanzierung. Vielleicht ein Geschäft mit einem unserer Kunden? Ich habe keine Ahnung. Hab die halbe Nacht wach gelegen und versucht, es herauszufinden. Vielleicht will er ja auch einfach nur networken?« Es war nicht ungewöhnlich, dass Leute sie aufgrund ihres Backgrounds treffen wollten – eine de la Grip, eine Frau mit den richtigen Kontakten und der passenden Abstammung. Sie verabscheute das. Aber David Hammar hatte sie neugierig gemacht. Er hatte weder einschmeichelnd noch aalglatt geklungen, lediglich höflich. Und außerdem musste sie sowieso etwas essen, also …

Åsa warf ihr einen nachdenklichen Blick zu. »Eigentlich müsste ich ja mitkommen. Denn wer weiß, welch dummes Zeug du in meiner Abwesenheit von dir gibst.«

Natalia verzichtete darauf, Åsa auf die Tatsache hinzuweisen, dass sie als eines der vielversprechendsten Talente der Finanzwirtschaft galt, einem der komplexesten Gebiete innerhalb der Finanzbranche, und dass sie außerdem ganz oben im Ranking aller Absolventen stand, die jemals ein Examen an der Handelshochschule Stockholm abgelegt hatten. Oder dass sie im Zuge ihrer Arbeit mit Unternehmensfinanzierungen, Firmenübernahmen und Consultings buchstäblich Hunderte Millionen schwedischer Kronen täglich bewegte und kurz davorstand, eines der kompliziertesten Bankgeschäfte abzuwickeln, das jemals in Schweden getätigt worden war. Trotzdem hatte Åsa recht – wer wusste schon, was sie heute für dummes Zeug plappern würde, so unkonzentriert, wie sie war. »Ich ruf dich an und erzähl dir, wie es gelaufen ist«, meinte sie nur.

Åsa betrachtete sie lange. »Hör dir wenigstens an, was er will«, sagte sie schließlich. »Es kann nicht schaden. Viele würden über Leichen gehen, um mit David Hammar zusammenarbeiten zu können. Oder Sex mit ihm zu haben.«

»Findest du es nicht zu riskant, wenn ich zusammen mit ihm gesehen werde?«, fragte Natalia und verabscheute den unsicheren Ton in ihrer Stimme.

»Natürlich ist es riskant«, entgegnete Åsa. »Er ist gefährlich, reich, und dein Vater hasst ihn. Was willst du mehr?«

»Soll ich absagen?«

Åsa schnalzte missbilligend mit der Zunge und schüttelte den Kopf. »Ein Leben ohne Risiko ist kein Leben«, entgegnete sie.

»Ist das etwa der Spruch des Tages?«, fragte Natalia.

Åsa lächelte, richtete sich auf und reichte Natalia ihren ausgetrunkenen Kaffeebecher. Er war weiß und mit einem schwarzen verschnörkelten Schriftzug versehen. »Nein, das stand da drauf. Diese Kaffeekette hat offensichtlich eine poetische Ader«, antwortete sie. »Dann werde ich wohl mal wieder zurück in mein Büro gehen und ein paar Telefonate führen. Vielleicht finde ich ja jemanden, den ich feuern kann. Juristen sind wirklich keine freundlichen Zeitgenossen. Wo trefft ihr euch eigentlich?«

»Auf Djurgården. Im Ulla Winbladh.«

»Es gibt Schlechteres«, sagte Åsa mit der Miene einer Kritikerin, die ausnahmsweise einmal nichts zu beanstanden hatte, obwohl sie sich ernsthaft bemühte. Sie strich mit den Fingern über ihren Schal. Als Natalia zuletzt einen solchen Seidenschal gesehen hatte, lag er in einem Regal im Nobelkaufhaus Nordiska Kompaniet und war mit einem Preisschild mit einem vierstelligen Betrag versehen.

»Du bist ein Snob, weißt du das?«, meinte sie.

»Qualitätsbewusst«, korrigierte Åsa und schob die Griffe ihrer Handtasche über ihre Schulter. »Schließlich können nicht alle Massenware kaufen, das versteht sich doch von selbst.« Sie schüttelte sich kurz und warf Natalia dann einen strahlenden türkisfarbenen Blick zu. »Vergiss nur nicht, dich zu schützen; wer weiß, mit wem er schon alles geschlafen hat.«

Natalia verzog das Gesicht. »Wie es scheint, hauptsächlich mit Prinzessinnen, jedenfalls wenn man den Gerüchten glauben darf«, entgegnete sie, da sie es sich nicht hatte nehmen lassen, im Internet durch die Klatschseiten zu klicken.

»Bäh, europäische Neureiche, dieses Gesindel«, entgegnete Åsa, deren Adelsgeschlecht aus dem dreizehnten Jahrhundert stammte. »Tu nichts, was ich nicht auch machen würde.«

Dann war der Rahmen ja recht großzügig gesteckt, dachte Natalia, schwieg jedoch.

»Willst du das da etwa anbehalten?«, fragte Åsa und musterte Natalias Kostüm mit einer Miene, die andeutete, dass es möglicherweise doch noch etwas Schlimmeres als Massenware gab. »Wo zum Teufel hast du das denn ausgegraben?«

»Es ist doch nur ein Mittagessen«, sagte Natalia verteidigend. »Und außerdem ist das Kostüm maßgeschneidert.«

Åsa ließ ihren Blick über den grauen Stoff gleiten. »Ja, schon möglich, aber in welchem Jahrzehnt?«

»Du bist wirklich ein furchtbarer Snob«, stellte Natalia fest, während sie aufstand, auf die Tür zuging und sie für Åsa öffnete.

»Schon möglich«, meinte Åsa. »Aber du weißt, dass ich recht habe.«

»Womit?«

Åsa lächelte in einer Art und Weise, die Männer dazu verleitete, sie auf Drinks einzuladen, mit ihren Ferienhäusern zu prahlen und sich mit weit ausgestreckten Beinen zu fläzen: »Mit allem, meine Liebe. Mit *allem*.«

3

David verließ die Firmenzentrale von Hammar Capital im Stadtteil Blasieholmen im Herzen von Stockholm und ging in Richtung Djurgården zum Restaurant Ulla Winbladh.

Ein Oberkellner wies ihm den Weg zum Tisch, wo Natalia de la Grip bereits Platz genommen hatte. David warf einen Blick auf die Uhr. Er war früh dran, es war noch keine dreizehn Uhr. Unter den Gästen befanden sich im Großen und Ganzen lediglich Touristen. Natalia hatte dennoch einen Tisch ganz hinten im Lokal gewählt und sich noch dazu so platziert, dass man sie kaum sah. Es war offensichtlich, dass sie nicht zusammen mit ihm gesehen werden wollte. Was auch nicht weiter verwunderlich war, schließlich hatte er genau aus diesem Grund einen Tisch hier draußen reserviert anstatt in einem Restaurant am Stureplan oder einem anderen zentralen Platz in der Innenstadt.

Sie erblickte ihn und hob die Hand, um ihm zuzuwinken, nahm sie dann aber rasch wieder herunter, als hätte sie es sich anders überlegt. David ging auf ihren Tisch zu.

Sie hatte helle Haut und sah mit ihrem ernsten Gesicht und dem eng anliegenden grauen Kostüm ziemlich unscheinbar aus. Kaum zu glauben, dass sie als Unternehmensberaterin in einer der größten international agierenden Banken und zudem für J. O. tätig war, der zu den anspruchsvollsten und exzentrischsten

Chefs gehörte, denen David je begegnet war. Der aber hatte diese recht gewöhnlich aussehende Frau in den Himmel gehoben und gemeint, dass sie das Potenzial hätte, zum besten Consultant zu avancieren, den er je gehabt hatte. »Sie ist scharfsinnig, gewissenhaft und couragiert«, hatte J. O. geschwärmt. »Sie wird es ziemlich weit bringen.«

Er würde also darauf achten müssen, sie nicht zu unterschätzen.

Als David an ihren Tisch trat, war Natalia de la Grip bereits aufgestanden. Sie war größer, als er angenommen hatte. Sie streckte ihm eine schmale Hand mit kurzen, unlackierten Nägeln entgegen. Ihr Handschlag war fest und professionell, und David konnte sich nicht verkneifen, auf ihre linke Hand zu schielen, obwohl er es bereits wusste: kein Ring, der aufblitzte.

»Danke, dass Sie so kurzfristig zugesagt haben«, begrüßte er sie. »Ich war mir nicht ganz sicher, ob Sie tatsächlich kommen würden.«

»Wirklich?«, fragte sie in skeptischem Ton.

David ließ ihre Hand los. Die Wärme hielt sich noch etwas in seiner Handfläche, und er vernahm den Duft von Kräutern und etwas Behaglichem, vage Erotischem. Bislang verkörperte sie nichts von dem, was er erwartet hatte, was ihn aufmerksamer werden ließ.

Es war erstaunlich schwierig gewesen, über die allgemeinen Informationen hinaus mehr über das mittlere der drei de-la-Grip-Geschwister herauszufinden. Er hatte alles kurz überflogen, was im Internet, in Zeitungsartikeln sowie diversen Biografien über ihre Familie geschrieben stand. Hauptsächlich ging es darin um ihren Vater und ihre beiden Brüder, jedoch kaum um sie. Nicht einmal bei Wikipedia wurde er fündig und schon gar nicht in irgendwelchen öffentlichen Foren im Netz. Das lag ganz sicher auch daran, dass die Frauen dieser Familie schon aus

Tradition völlig unsichtbar waren, obwohl die Männer in mehreren Fällen sehr vermögende Frauen geheiratet hatten. Natalias Ahnen mütterlicherseits waren alle wohlhabend gewesen; ihre Mutter war sowohl mit dem russischen Großfürstentum verwandt als auch mit der schwedischen Finanzelite, und dennoch standen formell die Männer für alle Macht, wie ihr Vater Gustaf, ihr Großvater Gustaf der Ältere und so weiter, wenn man die Jahrhunderte zurückverfolgte. Im Unterschied zu ihren beiden Brüdern, dem Erbprinzen Graf Peter de la Grip und dem Jetset-Prinzen Alexander de la Grip, war Natalia weder in der Wirtschafts- noch in der Klatschpresse besonders präsent. Doch das spiegelte eher die allgemeine Wahrnehmung wider. Sie war nicht nur aufgrund ihres Namens und ihrer Herkunft medienscheu. Keine Berufsgruppe wirkte so stark im Hintergrund wie die geheimnisumwobenen Unternehmensberater – die Consultants. Sie steuerten die Prozesse hinter den Kulissen und gaben nur selten Interviews.

Ihr dunkles Haar war zu einer strengen Frisur hochgesteckt, und um den Hals trug sie eine Perlenkette. Ein Signum der Oberschicht, das David verabscheute. Nein, dachte er, während sie am Tisch Platz nahmen, alles in allem entsprach Natalia de la Grip genau dem Bild, das er bereits von ihr hatte – eine knapp dreißigjährige Jungfer, die auf ihre Arbeit fixiert und wohlhabend war, aber ziemlich durchschnittlich aussah.

Abgesehen von den Augen. Solche Augen hatte er noch nie zuvor gesehen. Sie schienen beinahe golden zu schimmern.

»Ich muss gestehen, dass ich neugierig geworden bin, als Sie angerufen haben.« Sie heftete einen goldenen Blick auf ihn, woraufhin David ein Schauer über den Rücken lief.

Er nahm die Speisekarte vom Kellner entgegen und warf rasch einen Blick darauf. »Sie sind es doch bestimmt gewohnt, hofiert zu werden«, sagte er und lächelte, ein professionelles und bewusst warmherziges Lächeln. Das Finanzleben bestand schließlich zum großen Teil aus Networking, und er konnte sich kaum daran erinnern, je ein Mittagessen wahrgenommen zu haben, das nicht zugleich ein Meeting war. Es würde schon mehr als ein Paar ungewöhnlich schöner Augen bedürfen, um ihn aus der Fassung zu bringen.

»Ja, sicher«, antwortete sie. »Die Milliardäre stehen Schlange, um mich auszuführen.«

Seine Mundwinkel zuckten angesichts ihrer trockenen Selbstironie.

Sie klappte die Speisekarte zu und nickte, um zu signalisieren, dass sie bereit war zu bestellen.

»Ich habe gehört, dass Sie im Schibsted-Deal ausgezeichnete Arbeit geleistet haben«, sagte er, um ihr ein wenig den Puls zu fühlen.

»Sie besitzen offenbar gute Quellen«, stellte sie fest und legte den Kopf ein wenig schräg. »Ich weiß nicht, ob ich mich geschmeichelt fühlen oder eher beunruhigt sein sollte.«

»Nicht beunruhigt. Ich habe nur ein wenig über Sie gelesen«, erklärte er. »Sie werden als großes Talent gehandelt, das man im Auge behalten sollte.« Sie war als tough, kosmopolitisch und seriös bezeichnet worden. Und es bestand kein Grund, den Wahrheitsgehalt dieser Aussage anzuzweifeln.

»Ich habe diesen Artikel auch gelesen«, sagte sie. »Warten wir's ab.« Sie lachte auf. »Sie wissen ja, wie es ist. Man ist nie besser als der letzte Deal, den man getätigt hat. Entweder ist man auf dem Weg nach oben oder nach draußen.«

»Und Sie befinden sich gerade wo?«

»Oh, im Augenblick definitiv auf dem Weg nach oben.« Sie sagte es ohne die geringste falsche Scham. Er konnte an den Fingern einer Hand abzählen, wie viele adelige Männer und Frauen, denen er in seinem Leben begegnet war, reden konnten, ohne alles, was sie von sich gaben, in künstliche Befangenheit und hingehauchte Scheinheiligkeit zu hüllen. Sie bestellte Fisch, und David nahm das Gleiche wie sie, ganz automatisch. Dasselbe Gericht zu bestellen wie die Person, die man ausführte, gehörte zum psychologischen Einmaleins.

»Haben Sie denn schon immer in einer Bank arbeiten wollen?«, fragte er, als der Kellner sich entfernt hatte. »Oder hätten sie irgendwann einmal Interesse daran, etwas anderes auszuprobieren?« Sie arbeitete schon seit einigen Jahren bei der Bank of London, die Frage war also keineswegs unangemessen. Die junge Finanzelite war eine hungrige Meute, und die meisten dieser Youngster suchten ständig nach neuen Herausforderungen.

Er betrachtete erneut ihre schmalen ringlosen Finger. Wahrscheinlich lebte sie ganz und gar für ihre Arbeit. Genau wie er selbst.

»Ich fühle mich wohl bei der Bank«, antwortete sie.

»Sie sind die einzige Frau in J. O.s Team?«

»Ja.«

»Ich bin mir sicher, dass Sie ein Gewinn für das Unternehmen sind«, sagte er in neutralem Tonfall.

»Danke.« Natalia bedachte ihn mit einem schiefen Lächeln. Sie trank von ihrem Mineralwasser. »Ich fühle mich zwar wohl bei der Bank, aber wenn ich ehrlich sein soll, besteht mein langfristiger Karriereplan darin, ins Unternehmen meiner Familie einzusteigen. Ich gehe davon aus, dass Sie wissen, um welche Familie es sich handelt?«

Er nickte und spürte den altbekannten Hass in sich aufsteigen. Er lächelte, holte tief Luft und nickte dann ermunternd, als wäre er höflich interessiert und keinesfalls auf böses Blut aus.

»Dort, wo ich herkomme, wird Ihre Art von Tätigkeit nicht gerade gern gesehen«, fuhr sie fort.

Diese Ehrlichkeit könnte zu einem Problem werden. »Das ist kein Geheimnis«, entgegnete er, jedoch ohne wertend zu klingen, so als diskutierten sie über abstrakte Dinge und nicht über die Tatsache, dass die de la Grips mit offenem Hass auf alles blickten, wofür Hammar Capital stand. Auch wenn sie es natürlich nie so formulieren würden. Sie waren ja lediglich daran interessiert, ihre stolzen Traditionen zu wahren.

Offenbar hatte sie etwas in seinem Blick registriert, denn sie lächelte rasch entschuldigend. »Ich weiß, dass es konservativ und voreingenommen ist. Ich sage ja auch nicht, dass ich derselben Auffassung bin.«

Er zog eine Augenbraue hoch. Denn das war schließlich der springende Punkt: Inwieweit unterschied sich Natalias Einstellung von den Auffassungen der übrigen Familienmitglieder? »Tatsächlich«, sagte er.

»Ich denke nicht, dass man alle, die sich mit Private Equity oder, tja, Risikokapital beschäftigen, über einen Kamm scheren kann. Aber dennoch, meine Loyalität liegt dort, bei meiner Familie.« Sie zog bedauernd eine Schulter hoch und strich mit der Hand über den Tisch. »Manchmal muss man für die Familie ein Opfer bringen.«

David schaute sie an. *Manchmal muss man für die Familie ein Opfer bringen.* Sie konnte unmöglich wissen, was diese Worte in ihm auslösten.

Aber er hatte zumindest erfahren, was er wissen wollte. Das, was er eigentlich auch auf den ersten Blick erwartet hatte – Natalia de la Grip würde sich niemals den Interessen ihrer Familie widersetzen. Loyalität und Integrität umgaben sie wie ein unsichtbarer Mantel. Er hatte Glück, dass sie den Grund für dieses Mittagessen fehlgedeutet und angenommen hatte, es ginge um Networking und potenzielle Geschäftsideen anstatt darum, sie gegen ihre Familienmitglieder auszuspielen.

»Ich verstehe«, sagte er, während er sich zugleich fragte, wie die offenkundig intelligente Natalia vor sich selbst die Tatsache rechtfertigte, dass sie nicht schon längst einen Platz im Vorstand von Investum innehatte. Dass im Großen und Ganzen keine einzige Frau einen wichtigen Posten in einem der Unternehmen bekleidete, die von Gustaf de la Grip geführt wurden. Und dass ihr Vater bekannt war für seine vorurteilsvollen Äußerungen über Frauen im Allgemeinen und emanzipierte Frauen im Besonderen. Die Liebe zu ihrer Familie machte Natalia offenbar blind.

»Und was macht Sie zu einem der Lieblinge von J. O.?«, fragte er, während das Essen gebracht wurde. Er fügte hinzu: »J. O.s eigene Worte, ich zitiere bloß.«

»Kennen Sie ihn gut?«, fragte sie zurück, während sie ihre Serviette auf dem Schoß ausbreitete und das Besteck zur Hand nahm. Sie aß mit dezenten lautlosen Bewegungen. Internatsmanieren.

»Gut genug, um seinem Urteil zu vertrauen«, antwortete er. J. O. war einer der einflussreichsten Banker weltweit, und sie hatten bereits mehrfach zusammengearbeitet. »Erzählen Sie weiter.«

»Corporate Finance ist ein Tätigkeitsbereich, bei dem es entscheidend auf persönliche Kontakte ankommt, wie Sie bestimmt wissen, auf gute Beziehungen und persönliches Vertrauen.« Natalia zuckte mit der Schulter. Sie legte das Besteck ab und saß kerzengerade da, ohne am Besteck, am Glas oder anderen Dingen herumzufingern. »Viele finden das offenbar bei mir.«

»Ja, das kann ich mir vorstellen«, meinte er und stellte überrascht fest, dass er aufrichtig war. Sie hatte etwas Zuverlässiges, nahezu Rechtschaffenes an sich. Wenn er nicht viel zu zynisch gewesen wäre, um an solche Charaktereigenschaften zu glauben, hätte er gesagt, dass Natalia ein guter Mensch zu sein schien.

»Und das liegt nicht nur an meinem Nachnamen«, fügte sie hinzu, während sich ein schwach rosafarbener Ton auf ihren Wangenknochen abzeichnete, so dezent, als wäre er mit einem Pinselstrich gezogen worden. »Ich mache meinen Job gut.«

»Davon bin ich überzeugt.«

Natalia sah ihn mit zusammengekniffenen Augen an. »Kann es sein, dass Sie hier sitzen und mir Komplimente machen?«

»Nicht doch, das ist lediglich mein natürlicher Charme«, antwortete er und ertappte sich dabei, wie er lächelte. Er hatte nicht erwartet, sie derart sympathisch zu finden, dass er für einen Moment sowohl ihre Herkunft als auch ihren Namen vergaß.

Sie lächelte. Auch wenn es sich bei dem Mittagessen um vergeudete Zeit handelte, war es doch nett. Sie war unterhaltsam und eigentlich gar nicht übertrieben versnobt. Im Gegenteil, Natalia weckte seine Neugier. Und übte zudem unerwartet eine gewisse Anziehung auf ihn aus. Denn sie verkörperte einen ziemlich sexy anmutenden Kontrast: ihre Blässe und Kühle, die einhergingen mit ihrer intensiven Ausstrahlung.

»Wissen Sie«, sagte sie und legte ihr Besteck erneut mit einer eleganten Bewegung ab. »Ich weiß, dass ich dankbar für meine Herkunft sein müsste. Für meine Familie, meinen Namen und all das. Und das bin ich auch. Alles andere wäre arrogant. Aber manchmal wünsche ich mir schon, nicht per se bekannt zu sein, sondern alles aus eigener Kraft heraus zu schaffen. Ich kann mir vorstellen, dass es sehr befriedigend sein muss, die Dinge auf eigene Faust zu meistern, nicht wahr?«

»Ja. Das ist befriedigend«, sagte David langsam und betrachtete sie abwartend. Keine einzige Person aus der Oberschicht – egal ob Frau oder Mann – hatte je etwas Ähnliches zu ihm gesagt. »Dann haben Sie ja Glück, dass Sie eine Frau sind«, fügte er hinzu. »Da haben Sie zumindest *ein* Handicap gehabt.«

»Mhm.«

Sie schwieg und schien nachzudenken.

Es gab nur wenige Branchen, in denen so wenig Gleichberechtigung herrschte wie in der Finanzelite. Die Frauen waren zwar gut ausgebildet, verschwanden aber irgendwo auf der Karriereleiter. Dabeizubleiben, so wie Natalia es tat, zeugte von extrem hoher Intelligenz. Und Beharrlichkeit.

Sie hob den Kopf und schaute ihn herausfordernd an. »Und wie denkt man bei Hammar Capital über Gleichberechtigung, wenn ich fragen darf? Bei Ihnen stehen doch ebenfalls zwei Männer an der Spitze, nicht wahr? Die Risikokapitalbranche ist ja nicht gerade bekannt für ihren hohen Frauenanteil. Wie lautet Ihre Einstellung dazu?«

»Meine Einstellung dazu ist absolut positiv«, antwortete er, während er ein Stück Kartoffel auf seine Gabel spießte, es salzte und sich in den Mund schob.

»Aber wie stehen Sie zu der Tatsache, dass so wenige Frauen in unseren Vorständen sitzen?«, fuhr sie in einem Ton fort, der David signalisierte, dass es sich um ein Thema handelte, das sie nicht auf die leichte Schulter nahm. »Ganz zu schweigen vom operativen Bereich, wie sieht es dort aus?«

»Hammar Capital stellt sein Personal nicht aufgrund des Geschlechts, sondern aufgrund von Kompetenzen ein«, antwortete er.

Natalia schnaubte leicht durch die Nase, während David ein Lächeln zu unterdrücken versuchte. Wenn sie für eine Sache brannte, dann offenbar richtig. Dann wurde all das Gewöhnliche an ihr durch eine glühende Leidenschaft ersetzt.

»Wenn man nach der Quote geht, besteht das Risiko, dass man Leute mit schlechteren Qualifikationen bekommt«, fuhr er fort, obwohl ihm bewusst war, dass dieses Argument schon auf jeden durchschnittlich begabten Menschen wie ein rotes

Tuch wirken dürfte. »Wir lassen lieber die Kompetenzen entscheiden.«

Damit hatte er offenbar Öl ins Feuer gegossen.

»Was für ein Blödsinn«, entgegnete Natalia, während die roten Flecken auf ihren Wangen größer wurden. »Heutzutage entscheidet doch nicht einmal mehr die Kompetenz«, sagte sie mit Verbitterung in der Stimme. »Man sucht dort, wo man schon immer gesucht hat – im selben alten Klüngel. Und bekommt, was man haben will, dieselben Männer mit denselben Ansichten. Es hat rein gar nichts damit zu tun, die Kompetenz entscheiden zu lassen, das ist einfach nur dämlich.«

»Ich sage ja auch gar nicht, dass wir keine kompetenten Frauen wollen«, wandte er ein. »Aber es gibt Leute, die meinen, sie seien schwer zu finden.«

»Wenn Sie diese Einstellung vertreten, würde es mich nicht wundern, wenn Sie bald untergehen«, entgegnete sie steif. Sie schaute auf ihren Teller hinunter und fügte leise hinzu: »Hoffe ich zumindest.«

»Bei uns läuft es ausgezeichnet«, sagte er. »Wir haben …«

»Aber sehen Sie denn nicht …« Sie hatte erneut ihren Blick auf ihn gerichtet und begann jetzt, mit dem Besteck wild in der Luft herumzufuchteln. Für eine Frau, die höchstwahrscheinlich ein Nobelbankett überstehen würde, ohne sich einen einzigen Verstoß gegen die Etikette zu leisten, konnte das nur bedeuten, dass sie vor Wut außer sich war.

»Natalia«, unterbrach er sie, bevor es noch zu Handgreiflichkeiten kommen würde. »Ihnen ist doch klar, dass ich Sie bewusst provoziere?«

Sie verstummte.

»In den vergangenen anderthalb Jahren war ich daran beteiligt, über zwanzig Vorstände einzuberufen«, fuhr er in ruhigem Ton fort. »Einundfünfzig Prozent ›meiner‹ Vorstandsmitglieder sind Frauen. Und exakt jeder zweite Vorsitzende in einem von Hammar Capital aufgestellten Vorstand ist eine Frau.« Er lehnte sich auf seinem Stuhl zurück und beobachtete, wie sich ihre Atmung beruhigte. Ihre Brüste hoben und senkten sich unter der Bluse. Er ließ seinen Blick über ihren Ausschnitt gleiten. Über die Perlen und die helle Haut. Er schenkte ihr ein dezentes Lächeln, vielleicht das erste aufrichtige heute. Denn es war keineswegs sie persönlich, die er nicht mochte, lediglich das, wofür sie stand. »Menschen mit geeigneter Kompetenz zu engagieren ist ein Teil des Erfolgs meines Unternehmens«, sagte er langsam. »Hammar Capital hat sowohl den IT-Crash als auch die Finanzkrise überstanden, und ich bin davon überzeugt, dass dies der Zusammenstellung meines Personals zu verdanken ist.«

Sie begegnete schweigend, aber aufmerksam seinem Blick, und er fragte sich, was unter ihrer kühlen Oberfläche wohl gerade vor sich ging. Er fuhr fort: »In einer gemischten Gruppe gibt es unterschiedliche Betrachtungsweisen, wie Sie ja wissen. Man traut sich eher, Nein zu sagen, und steht zu einer abweichenden Meinung. Im Unterschied zu vielen anderen haben wir die Krise überstanden, weil ich die kompetentesten Mitarbeiter landesweit habe – Frauen und Männer. Leute mit und ohne Migrationshintergrund.«

Natalia blinzelte. Lange dunkle Wimpern verbargen ihren Blick, bevor sie wieder aufschaute. »Okay«, sagte sie ruhig. Eine leichte Rötung auf den hohen Wangenknochen war alles, was übrig geblieben war.

»Sicher?«, fragte er.

Sie nickte. »Ja. Ich habe mich provozieren lassen. Was sonst so gut wie nie vorkommt.« Sie beugte sich über den Tisch vor. »Außerdem komme ich mir scheinheilig vor.«

»Inwiefern?«, fragte er und ließ sich von dem Lächeln anstecken, das in ihren Augen aufblitzte. Sie flirtete mit ihm, höchstwahrscheinlich, ohne dass es ihr bewusst war. Sie war ganz sicher nicht der Typ, der offen flirtete, darauf würde er sein Unternehmen verwetten, und er gönnte es sich, für eine kleine Weile mitzuspielen. Sie würden in Kürze wieder auseinandergehen, was spielte es da schon für eine Rolle, wenn er sie anständig behandelte?

»Ich sitze hier und rede von Gleichberechtigung und Gleichstellung«, sagte sie und ließ eine Hand durch die Luft wirbeln. »Und zugleich weiß ich, dass ich nur aufgrund meines Namens und meiner Herkunft eine Menge Vorteile genieße. Ich weiß das, und es ist mir höchst unangenehm.« Sie beugte sich noch etwas weiter über den Tisch und senkte ihre Stimme, als wollte sie ein großes Geheimnis preisgeben. »Fakt ist nämlich, dass ich gerade kürzlich meinen Namen ausgenutzt habe. Ich hasse Leute, die so etwas tun.«

»Und dennoch haben Sie es getan?«

Sie nickte und blickte so schuldbewusst drein, dass Davids Mundwinkel zuckten. »Und wie ging es aus?«, fragte er.

Sie sah ihn lange an, während sich in ihren Augen ein glitzerndes Lachen ankündigte.

»Ziemlich mies«, stellte sie trocken fest.

»Was haben Sie denn getan?«, fragte er, gegen seinen Willen neugierig geworden.

»Es war nicht einmal etwas Ehrenhaftes. Ich nehme an, Sie wissen, wer Sarah Harvey ist?«

David nickte, als er den weltberühmten Namen hörte. Harvey zählte mit ihrer außergewöhnlich reinen und umfangreichen Stimme zu den besten Sopranistinnen weltweit. Er wusste, wer sie war, und zudem, in welchen Kreisen sie verkehrte. »Aber was hat sie damit zu tun?«, fragte er.

»Sie geht eigentlich nie auf Tournee, aber jetzt kommt sie nach Europa und gibt ein einziges Konzert in Skandinavien, hier in Stockholm. Ich bewundere sie schon seit meiner Kindheit. Und ich würde so gerne hingehen.«

»Wollen Sie damit sagen, dass es Ihnen, obwohl Sie eine de la Grip sind, nicht gelungen ist, ein einziges Ticket zu bekommen?«

»Danke, dass Sie noch Salz in meine Wunden streuen. Nein, es ist mir nicht gelungen, und es tut immer noch weh. Die Veranstalter ließen sich nicht im Geringsten von mir beeindrucken.«

»Haben Sie etwa versucht, sie zu bestechen?«

Sie schob trotzig das Kinn vor. »Schon möglich.«

»Schweden lassen sich nicht so leicht bestechen, wenn Ihnen das ein Trost ist«, sagte David nicht ganz wahrheitsgetreu. Natürlich ließen sich alle bestechen, man musste es nur richtig anstellen.

»Mag sein«, sagte sie. »Ich bin ja zu einem Viertel Russin. Russen hingegen sind ein leicht zu bestechendes Volk.«

»In der Tat«, pflichtete David ihr bei. Er streckte seine Beine aus und lehnte sich zurück. Das Treffen hatte ihn bereits mit den Informationen versorgt, die er benötigt hatte. Jetzt wäre es klug, Natalia de la Grip hinter sich zu lassen und nach vorn zu schauen. Denn sie war kein entscheidender Faktor für das Gelingen des Deals, sie müssten sich nicht zwangsläufig wiedersehen. Sein Ziel bestand eigentlich darin, ihre Familie zu ruinieren. Er musste sich auf den nächsten Schritt konzentrieren. Das wäre jedenfalls das Klügste. Er betrachtete ihre langgliedrigen Finger, die zerstreut das Glas betasteten. Sie hatte ihre Kostümjacke ausgezogen und trug darunter eine schlichte ärmellose Bluse. Sie hatte attraktive Züge, lange und sehnige Gliedmaßen. Die Fotos, die er zuvor von ihr gesehen hatte, waren nichtssagend, aber jetzt erinnerte er sich an ein Bild von irgendeiner Abendveranstaltung, einem Dinner oder einem Ball in der Villa

Pauli. Darauf hatte sie denselben strengen Haarknoten getragen, aber dazu ein langes magentafarbenes Abendkleid, in dem sie fantastisch ausgesehen hatte. Stark und kraftvoll.

Er redete sich ein, dass er es ja nicht immer eilig haben müsste. Stattdessen könnte er gut und gern noch zehn Minuten mit dieser Frau zusammensitzen, die nicht ganz den Vorstellungen entsprach, die er von ihr gehabt hatte.

Natalia begegnete Davids intensivem Blick. Sie fragte sich, woran er wohl gerade dachte, während seine graublauen Augen sie quer über den Tisch hinweg musterten. Sie war gut darin, den Blick anderer Leute zu deuten, und sah, wie er versuchte, sich eine Meinung von ihr zu bilden, auch wenn er natürlich nicht beabsichtigte, dass sie es merkte. Er ging ziemlich geschickt vor. Wenn sie redete, schenkte er ihr seine gesamte Aufmerksamkeit in einer Art und Weise, die nahezu unheimlich war. Er sah gut aus, war attraktiv mit einer erwachsenen, männlichen Ausstrahlung. Nichts Jungen- oder Jünglinghaftes, im Gegenteil, breitschultrige, groß gewachsene Maskulinität. Dunkles, akkurat geschnittenes Haar, Augen, die zwischen Blau und Grau changierten, kantige Züge. Teuflisch attraktiv. Außerdem war er nett, höflich und zuweilen witzig, kurzum: das perfekte Lunchdate.

Und dennoch …

Hin und wieder hatte sie in seinem Blick etwas aufblitzen sehen, etwas, das sie vielleicht gar nicht hätte bemerken sollen, etwas Hartes und Kühles, das sie wachsam werden ließ und verunsicherte. David Hammar war eine Person, die dafür bekannt war, Unternehmen wie auch Menschen zu ruinieren, ein abgebrühter Zocker. »Zu seinen grundlegenden Eigenschaften gehört, dass er absolut eiskalt und völlig respektlos ist«, hatte in einem Porträt über ihn in einer Wirtschaftszeitung gestanden. Irgendetwas warnte sie davor, sich von seinem entspannten Charme und dem intelligenten Blick verleiten zu lassen. Dass er mit ihr irgendein Spiel spielte, da war sie sich sicher. Aber welches?

Geheimnisse, so viele Geheimnisse.

»Was ist?«, fragte er mit einem Lachen in der Stimme, die nicht im Mindesten kalt klang. Da war keine Härte, keine Rücksichtslosigkeit, lediglich ungeteilte Aufmerksamkeit. Als wäre sie der interessanteste Mensch auf der Welt. Auf diese Art und Weise hatte er vermutlich seinen nahezu unnachahmlichen Erfolg erreicht. David Hammar *sah* die Menschen. Er brachte sie dazu, sich auserwählt und besonders zu fühlen. Ihm zu vertrauen. *Um sie dann mit Haut und Haaren zu verschlingen.*

»Planen Sie in naher Zukunft, irgendein nichts Böses ahnendes Unternehmen zu übernehmen?«, fragte sie.

»Selbstverständlich«, antwortete er. »Das tue ich immer. Ein Corporate Raider schläft nie.« In seinen Augen blitzte es auf, und Natalia verlor den Faden.

Oh mein Gott. Dieses Lachen.

Die meisten Männer, mit denen Natalia zusammenarbeitete, inklusive ihres Vaters, ihrer Brüder und ihres Chefs, befolgten die unausgesprochenen Regeln und unsichtbaren Strukturen, die innerhalb der Finanzelite galten. Sie waren in Schablonen gepresste Männer. Konform und nahezu chemisch rein von Humor waren sie allzu sehr damit beschäftigt, sich gegenseitig zu übertrumpfen, um einen entspannten Umgang pflegen zu können, insbesondere mit einer Frau. David hingegen war ganz anders. Ein bahnbrechender Visionär, wenn man seinen Bewunderern glauben durfte. Ein rücksichtsloser Unternehmensplünderer, wenn man auf seine Kritiker hörte. Aber abgesehen davon war er extrem erfolgreich, ein modernes Erfolgsmärchen im maßgeschneiderten Anzug.

Und dennoch.

Kein einziges Mal hatte David Hammar versucht, ihr zu imponieren. Er prahlte nicht und war nicht dominant. Als sie sich im Restaurant die Hand gaben, war sein Handschlag fest, aber nicht unnötig hart gewesen, als wäre er sich seiner Stärke bewusst, wollte aber nicht unbedingt demonstrieren. Erst als sie sich mit ihm unterhielt, fiel ihr auf, wie die meisten Männer sich benahmen, denen sie begegnete: unsicher und manisch dominant. Beflissen, ihre Stärke zu demonstrieren. Und nicht immer respektvoll gegenüber Frauen, um es diplomatisch auszudrücken.

»Wie kam es, dass Sie sich gerade diese Branche ausgesucht haben?«, fragte sie neugierig. Er machte den Eindruck, als könnte er auf jedem beliebigen Arbeitsgebiet erfolgreich sein.

»Wenn man extrem schnell extrem reich werden will, muss man genau das machen, was ich tue. Wie Sie bestimmt wissen.«

Natalia nickte. Kein Mensch konnte so vermögend werden wie ein geschickt agierender Corporate Raider. »Und das wollten Sie? Reich werden?«

»Ja.«

»Und, hat's funktioniert?« Sie wusste die Antwort zwar bereits, aber sie wollte hören, was er sagen würde, wenn man ihm die Möglichkeit gab zu prahlen.

Er sah sie lange an. »Man ist nie zufrieden«, meinte er dann langsam, als führten sie eine wichtige Diskussion und nicht nur Small Talk. »Merkwürdig, oder?«

Sie schüttelte den Kopf. »Nein, das beruht auf der elementaren menschlichen Antriebskraft. Im Guten wie im Schlechten.«

»Geht es Ihnen auch so?«

»Ich denke schon«, antwortete sie, da sie diese Antriebskraft ebenfalls in sich spürte. Vorwärts zu streben. Erfolgreich zu sein.

»Was denken Sie?« Er beugte sich vor und betrachtete sie

eingehend. Er las ihre Gedanken so schnell, dass es ihr Angst machte.

»Nichts. Es war ein sehr nettes Mittagessen. Ich hatte gedacht, Sie wären eher …« Sie verstummte.

»Gangsterlike? Gewissenlos?«

Sie lachte auf. »Ja, vielleicht.«

»Die Sache ist die, dass ich es liebe, Resultate zu sehen«, erklärte David. »Viele schwedische Unternehmen werden unglaublich schlecht geführt. Sie werden von Chefs und Vorständen geführt, die sich auf Kosten der Aktionäre bereichern.« Er schlug seine langen Beine übereinander und fuhr sich mit der Hand durch das kurze dunkle Haar. Sie bemerkte seine Armbanduhr, eine Patek Philippe, teuer, aber nicht protzig.

»Sie ahnen gar nicht, wie viel Stümperei man zu sehen bekommt«, fuhr er fort. »Aber wenn HC in ein Unternehmen einsteigt, sorgen wir dafür, den Laden effektiver zu gestalten und zu verbessern. Denn dann verdienen die Aktionäre und niemand anderes.«

»Aber Sie verdienen dabei bestimmt auch die eine oder andere Krone«, bemerkte Natalia trocken. Hammar Capital war auf unglaubliche vier Milliarden Euro taxiert worden. Nicht schlecht, wenn man bedachte, dass er das Unternehmen von Grund auf eigens aufgebaut hatte. Hinzukam, dass er noch so jung war, nicht einmal fünfunddreißig, wenn man den Informationen aus dem Internet glauben durfte.

»Das natürlich auch«, gab er lächelnd zu. »Unsere Geschäftsidee besteht darin, kontrovers zu sein. Möchten Sie Kaffee?«

Sie nickte, und er bestellte für sie beide. Die Bedienung kehrte rasch mit zwei Tassen zurück.

Natalia befingerte zögernd die Folie der Praline, die auf ihrer Untertasse lag. Sie hatte es ernst gemeint, was sie zuvor gesagt hatte; sie bewunderte Menschen, die etwas aus eigener Kraft heraus erschufen. Denn es gab so viele Leute, die zwar mit allen Voraussetzungen geboren wurden, dann aber ihre Möglichkeiten völlig vergeudeten.

David deutete auf ihre Praline. »Mögen Sie die nicht?«

Sie reichte sie ihm und beobachtete, wie er die dünne Folie öffnete. »Sie sind ja recht viel im Ausland unterwegs. Wie lässt sich denn das vereinbaren?«, fragte sie.

Er zog eine Augenbraue hoch. »Anscheinend habe nicht nur ich Recherche betrieben. Ja, das stimmt. Ich bin auf der ganzen Welt unterwegs und jage Finanziers. Gemeinsam mit meinem Partner Michel.«

Michel Chamoun. Libanese mit Examina in Wirtschaftswissenschaften und Jura. Ja, sie hatte ihre Hausaufgaben gemacht; sie bereitete sich immer gewissenhaft vor. »Aber braucht man Sie denn nicht hier vor Ort?«, fragte sie.

»Ich habe viele kompetente Mitarbeiter.«

»Frauen und Einwanderer?«

»Unter anderem.«

Trotz des entspannten Small Talks und des Charmes, dessen Natalia sich mitunter kaum erwehren konnte, beschlich sie immer wieder das Gefühl, dass irgendetwas nicht stimmte. Was wollte dieser hyperattraktive Mann mit den kalten Augen nur von ihr? Worauf war David Hammar eigentlich aus, als er sie zu einem »unverbindlichen Mittagessen« – allein schon diese absolut nichtssagende Phrase – einlud? Und das Gespräch dann mit scheinbar zufälligen Fragen immer weiter ausdehnte und ihr mit seiner Aufmerksamkeit schmeichelte? Natalia warf einen Blick auf ihre Uhr und nahm an, dass sie falsch gehen musste. Sie runzelte die Stirn und sah, wie David sein Handgelenk anwinkelte und ebenfalls auf die Uhr schaute.

Er richtete sich auf seinem Stuhl auf. »Ist es schon so spät?«

»Ich sehe es auch gerade, ich muss zurück ins Büro«, meinte sie.

»Ich hatte keine Ahnung, dass die Zeit so schnell vergangen ist. Es tut mir leid, wenn ich Sie aufgehalten habe«, sagte er und winkte die Bedienung heran, um zu zahlen.

»Sie müssen sich nicht entschuldigen«, entgegnete sie. »Aber ich habe ein Skype-Meeting mit London, das ich noch vorbereiten muss.«

Er gab der Bedienung seine Kreditkarte.

»Soll ich darum bitten, Ihnen ein Taxi zu bestellen?«

»Nein, ich gehe zu Fuß«, antwortete sie und griff nach ihrer Handtasche.

»Ich begleite Sie.« Er war ebenfalls aufgestanden und schob ihren Stuhl zurück.

»Besser nicht«, entgegnete sie entschuldigend. Er war verdammt gut aussehend, daran bestand kein Zweifel. Aber sie hatte nun mal ihre Recherche betrieben. Zweimal in den vergangenen Jahren war Hammar Capital in einem Unternehmensstreit mit Investum aneinandergeraten, und beide Male hatte HC verloren. Zweimal hatte sie heute den Namen Investum erwähnt. Und beide Male hatte sich etwas in seinem Blick verändert. Es war kaum merklich gewesen, und es wäre ihr wahrscheinlich auch entgangen, wenn sie ihn nicht genau beobachtet hätte. Aber sie hatte eine Kühle in seinem Blick wahrgenommen, die kein Charme der Welt hätte überdecken können, und in vielerlei Hinsicht verkörperte sie selbst schließlich Investum. David Hammar hatte ganz sicher noch ein Hühnchen mit dem Unternehmen ihrer Familie zu rupfen. Man sagte zwar, dass innerhalb der Finanzbranche persönliche Belange keine Rolle spielten und lediglich das Geld regierte. Aber das war nichts als dummes Gerede. Geld zog immer eine Menge nach sich: Gefühle und Impulse, verletzte Egos und Rachegelüste. Die Frage lautete also: Hegte David Hammar irgendwelche verborgenen Absichten, als er sie zum Essen einlud?

Natalia betrachtete ihn eingehend, ließ ihren Blick über seine ungeheuer attraktiven Züge, die intensiven Augen und den gut gebauten Körper gleiten.

Vermutlich ja.

»Danke«, hörte sie sich selbst sagen. »Es hat mich sehr gefreut.«

Sie gab ihm die Hand, ließ seine große warme Handfläche die ihre umschließen und trat dann hinaus in die glühende Hitze, kein bisschen klüger als zuvor.

4

Die Begegnung mit David Hammar hatte mehr Fragen bei Natalia aufgeworfen, als sie beantwortet hätte. Aber zumindest war sie dadurch etwas wacher geworden, wie sie feststellte, während sie mit raschen Schritten zu ihrem Büro am Stureplan zurückging. Sie nahm den Aufzug, fuhr in die dritte Etage, nickte den Mitarbeiterinnen am Empfang zu und schloss die Bürotür hinter sich. Sie entschied, dass sie fünf Minuten für sich benötigte, bevor sie zu arbeiten begann.

Sie dachte schließlich fünf Minuten lang über David, das Mittagessen und die Tatsache nach, dass sie verwirrt und fasziniert war. Wenn sie ehrlich war, fühlte sie sich durchaus hingezogen zu diesem attraktiven, nicht zuletzt widersprüchlichen Corporate Raider.

Natalia lehnte sich auf ihrem Stuhl zurück. Irgendwie wurde sie nicht schlau aus ihm. Bisweilen war er sehr höflich und sogar witzig gewesen. Er hatte sie aufgezogen, und sie hatte sich in eine Art Kraftfeld maskulinen Charmes hineinziehen lassen.

Aber abgesehen davon hatte sie ihn als eine Person mit einem sehr harten Kern erlebt. Sie wusste, dass er in einem der schäbigsten Vororte Stockholms aufgewachsen war. Es war kein Geheimnis, dass er aus einfachsten Verhältnissen stammte. Doch dann musste sich etwas verändert haben, denn er war zuerst auf ein Internat gegangen, dann auf die renommierte private Handelshochschule in Stockholm und schließlich nach Harvard. Dabei war er durch diverse Stipendien gefördert worden. Aber trotzdem, was für ein Aufstieg.

Ja, widersprüchlich war das richtige Wort, dachte Natalia, und damit waren die fünf Minuten vorüber. Ganz abgesehen von seiner Ausstrahlung und seinem Aussehen war sie sich sicher, dass das gemeinsame Mittagessen ein einmaliges Ereignis gewesen war. Aus irgendeinem Grund hatte er sie abgeschrieben – das hatte sie deutlich gespürt. Sie würde gut daran tun, sich wieder dem zu widmen, was ihr Leben eigentlich ausmachte: ihrer Arbeit. Denn wie, nun, *interessant* die Begegnung mit David Hammar auch gewesen sein mochte, so hatte sie sie nicht zuletzt wertvolle Arbeitszeit gekostet.

Natalia verbrachte einige intensive Nachmittagsstunden damit, einen gar nicht abnehmen wollenden Berg an Papierkram zu erledigen. J. O. und sie befanden sich gerade in der heißen Phase eines gigantischen und für Natalia persönlich sehr prestigeträchtigen Bankgeschäfts, und sie verlangte sowohl sich selbst als auch ihrem Team viel ab. Keiner schlief länger als absolut notwendig, alle waren vor Ort. In einer Stunde, wenn die Banken und Börsen an der nordamerikanischen Ostküste öffneten, würde der bereits fortgeschrittene Arbeitstag mit unvermindertem Tempo weitergehen.

Natalia warf einen Blick auf die Uhr. In Hongkong hatten sie bereits geschlossen, während sie in Los Angeles drei Stunden später öffneten als in New York. Irgendwo auf der Welt öffnete immer eine Bank, und irgendwo schloss ein Börsenmarkt. Handel und Geschäfte fanden rund um die Uhr statt, und ihr Chef trieb seine Mitarbeiter härter an als irgendein anderer, für den sie je gearbeitet hatte.

Sie fragte sich, ob David Hammar auch diesen hohen Anspruch besaß. Er war ebenfalls bekannt dafür, hart zu arbeiten.

Niemand überlebte an der absoluten Spitze, in der er sich seit Jahren befand, ohne ehrgeizig zu sein. Ohne rücksichtslos zu sein. Darin bestand die Faszination des Finanzsektors, aber das war auch seine Schattenseite.

Als jemand an ihren Türrahmen klopfte, schaute sie auf.

»Hast du mal einen Augenblick?«, fragte J. O.

»Ich komme«, antwortete Natalia, froh darüber, sich auf anderes konzentrieren zu müssen als auf den Eindruck, den David Hammar bei ihr hinterlassen hatte. Åsa hatte recht. Sie sollte öfter ausgehen. Aber dieses merkwürdige Dating, dachte sie, während sie Ordner, Papiere und ihr iPad zusammensuchte, war ihr nicht geheuer. Andere Frauen praktizierten es. Åsa praktizierte es. Sie ging mit Männern aus, schlief mit Männern, wie es gerade kam. Aber Natalia hatte nie richtig kapiert, wie man es anstellte. Sie durchschaute diese absolut unschwedischen modernen Regeln nicht, obwohl sie zeitweise in New York und auch in London gelebt hatte. Was Männer betraf, war sie schlicht und einfach eine Niete, das hatte die Vergangenheit schließlich auch bestätigt. Dafür war sie außerordentlich gut in ihrem Job, rief sie sich ins Gedächtnis, während sie hinter J. O. herging. Zumindest etwas, darüber sollte sie froh sein.

Natalia war während des gesamten Meetings fokussiert. In J. O.s Team gab es auch keinen Platz für Leute, die weniger als zu hundert Prozent konzentriert waren. Sie waren die Crème de la Crème. Ein Fehler, und man musste sich nach einem anderen Job umsehen. Natalia war von J. O. persönlich eingestellt worden, als er vor zwei Jahren den Auftrag erhielt, das skandinavische Team der Bank aufzubauen. Die anderen, im Übrigen alles Männer, waren genau wie sie einzigartige Spezialisten in ihrem Fach. Natalia war Expertin für Banken und andere Finanzinstitute. J. O. pflegte zu sagen, dass er Natalia mitten in der Nacht anrufen und sie daraufhin die Börsenkurse der großen Notenbanken herunterrattern könnte. Sowie deren Werte bei Börsenschluss.

Und das war kein Witz.

Er hatte es bereits mehrfach getan.

J. O. schloss das Meeting, dankte den Telefonteilnehmern und beendete das Gespräch. Gemeinsam mit den Kollegen sammelte Natalia ihre Unterlagen ein.

»Es ist bald sechzehn Uhr«, sagte J. O. zu ihr. »Hast du Zeit, noch ein paar Worte zu wechseln, bevor New York öffnet?«

Natalia nickte und wartete schweigend, während sich der Konferenzraum leerte.

»Gute Arbeit«, sagte er, als sie allein waren.

Sie lächelte. Lob war ein eher seltenes Gut. »Danke.«

Er trommelte mit den Fingern auf die Tischplatte. »Was hast du im Sommer vor?«, fragte er.

Natalia war bemüht, nicht die Augenbrauen fragend hochzuziehen. Obwohl es ihr schwerfiel. Innerhalb der Finanzbranche war J. O. bekannt für drei Dinge: seinen extrem teuren Geschmack, sein Faible dafür, lange Interviews für Hochglanzmagazine zu geben, und dafür, *niemals* über private Angelegenheiten zu sprechen.

Soweit Natalia wusste, hatte er gar kein Privatleben, jedenfalls nicht wie andere Sterbliche. Er arbeitete und flog so oft zu Kundenbesuchen, dass es hieß, er befände sich öfter in der Luft als auf der Erde.

Während der gut zwei Jahre, in denen sie schon zusammenarbeiteten, zuerst in London und dann in Stockholm, hatten sie nie über etwas anderes als jobrelevante Dinge gesprochen. Das Wenige, das sie über J. O. wusste, hatte sie in der Klatschpresse oder in Branchenzeitungen gelesen, und da ihre eigene

Familie landesweit bekannt war, ging sie davon aus, dass er ungefähr dasselbe über sie wusste, was alle anderen auch wussten. Mindestens einmal im Jahr, wenn ihr kleiner Bruder Alexander wieder mal einen Skandal auslöste, meist war es irgendeine Frauengeschichte, berichtete die Klatschpresse in allen Einzelheiten über die gesamte Familie de la Grip. Somit war es nicht allzu schwer, sich über sie auf dem Laufenden zu halten. Doch J. O. ließ nie auch nur eine Bemerkung darüber fallen. Auch nicht damals, als es ihre Trennung von Jonas bis in die Zeitungen geschafft hatte. Er hatte lediglich ihre rotgeränderten Augen betrachtet, ohne irgendwelche Gefühle zu zeigen, und dann wie gewöhnlich seine Befehle rausgehauen. Mitten in all dem Elend hatte das gutgetan.

»Ich werde arbeiten, bis wir fertig sind«, sagte sie als Antwort auf seine Frage. »Ansonsten habe ich keine konkreten Pläne. Außer vielleicht Båstad.« Es gelang ihr, einen Seufzer zu unterdrücken.

Alle würden nach Båstad fahren. Ihre Eltern hatten sie natürlich ins Sommerhaus in den Süden Schwedens eingeladen, ihre Mutter hatte sie regelrecht dorthin beordert. Aber Natalia wusste nicht, ob sie sich mit dem Gedanken anfreunden konnte, den Sommer gemeinsam mit ihrer Familie zu verbringen. Im letzten Jahr, als die Trennung von Jonas noch frisch war, war es okay gewesen, aber noch einen weiteren Sommer? Jetzt, wo sie fast dreißig war? Das war doch zu armselig, irgendwo musste es eine Grenze geben.

Federleicht und völlig unbeabsichtigt schweiften Natalias Gedanken wieder zu David Hammar ab. Würde er vielleicht im Juli zu den Swedish Open nach Båstad fahren, wenn sich die Promis dort nur so tummelten? Wenn sie ihren Eltern ins Sommerhaus folgte, würde sie dann dort mit ihm zusammentreffen?

Der Gedanke ließ sie aufschrecken. Sie traf sich ein einziges

Mal mit einem Mann und begann sofort über ihn zu fantasieren? Sie war doch keine zwölf mehr! Zumindest hatte sie ihn nach dem Mittagessen nicht gleich gegoogelt. Auch wenn sie sich noch immer fragte, worin seine Absicht bestanden hatte. Was an ihr könnte sein Interesse geweckt haben? Ihr Vater hasste ihn, das wusste sie. Aber sie selbst hatte bis zum heutigen Tag keine besondere Meinung von David Hammar gehabt. Sie bewegten sich in völlig unterschiedlichen Sphären. Er war ein attraktiver Risikoinvestor. Flirtete mit amerikanischen Filmstars und englischen Prinzessinnen und legte sich mit traditionsreichen Unternehmen an. Sie selbst hingegen war im Wesentlichen eine Bankerin.

»Hallo?«, sagte J. O. fragend.

»Sorry«, entschuldigte sie sich. »Wenn du mich brauchst, bin ich selbstverständlich hier. Ich habe noch nichts gebucht. Ich werde Urlaub nehmen, wenn es passt.«

»Möglicherweise brauche ich dich in Båstad.«

Natalia nickte unbeteiligt. Klar, dass er sie dort brauchte.

J. O. erhob sich vom blank polierten Konferenztisch. Das Büro befand sich in einem denkmalgeschützten Haus aus dem 19. Jahrhundert mit antiker Einrichtung, hohen Decken, Kronleuchtern und Kunst in goldenen Rahmen. Er schaute aus dem Fenster, vor dem sich der Stureplan und ein Häusermeer ausbreiteten. »Ich weiß, dass du eigene Zukunftspläne hast«, sagte er langsam.

Natalia horchte auf. Hier ging es um andere Dinge, nämlich um sie persönlich. Ihr letztes Mitarbeitergespräch hatte sich darum gedreht, dass Natalias langfristiges Karriereziel darin bestand, innerhalb des Familienunternehmens zu arbeiten. Diesbezüglich war sie immer offen gewesen und hatte betont, dass sie zuerst eigene Meriten erwerben, dann aber weiterziehen wolle.

»Ja?«, fragte sie vorsichtig.

Sie bewunderte J. O. zwar, aber sie waren keine Freunde im eigentlichen Sinne. Jeder schmiedete seine eigenen Lebenspläne, und Vertrauen war ein leicht verderbliches Gut.

»Ich habe gehört, dass du dich heute mit David Hammar getroffen hast«, erklärte er. »Gibt es da etwas, das du mir vorenthalten hast?«

»Es war ein Mittagessen, nichts weiter«, antwortete sie, vollkommen auf dem falschen Fuß erwischt.

Gerüchten zufolge wusste J. O. alles, was in der klatschträchtigen Finanzbranche passierte. Aber dennoch. Wie zum Teufel konnte er davon erfahren haben? Jetzt schon? »Ich hoffe nur, du spionierst mir nicht nach«, sagte sie, nur zur Hälfte im Scherz.

J. O. schüttelte den Kopf. Er verschränkte die Arme vor der Brust. »Wir sind hier schließlich in Stockholm. Hier kannst du nichts tun, ohne dass es alle erfahren. Was wollte er?«

»Keine Ahnung«, sagte sie ehrlich. »Es war wirklich nur ein Mittagessen. Du kennst ihn schließlich besser als ich.«

»Er hat irgendetwas vor.«

Natalia nickte. »Vermutlich.«

»Halt mich auf dem Laufenden. Und plane Båstad ein.«

Natalia stand vom Tisch auf, immer noch leicht geschockt. Als sie den Raum verließ, hatte J. O. sich bereits wieder umgedreht. Er fixierte irgendeinen Punkt draußen vor dem Fenster.

Der Rest des Abends verging mit konzentriertem Arbeiten. Ein Kollege schlief auf dem Sofa ein. Ein anderer bestellte Pizza. Praktikanten, Assistenten, Analysten sowie andere Consultants kamen und gingen. Natalia sprach mit Kunden, zeichnete Diagramme und gähnte, als keiner hinsah.

Am späten Abend nahm sie ein Taxi nach Hause. Sie schlief ein paar Stunden, duschte, zog sich um und war kurz nach Einbruch der Morgendämmerung wieder zurück im Büro.

J. O. kam gegen halb zehn, begrüßte sie mit einem flüchtigen Nicken und verschwand in ein Meeting. Telefone klingelten, ein Assistent fluchte lauthals, und wieder einmal nahm die Arbeit Natalias Gedanken völlig in Anspruch.

Wie im Flug war ein gesamter Arbeitstag vergangen, als schließlich ein Kollege sie rief. »Natalia! Wir beginnen jetzt mit dem Meeting!«

Sie griff sich einen Apfel und einen Notizblock. »Ich komme«, antwortete sie.

Es war bereits achtzehn Uhr, und sie waren noch lange nicht fertig. Es würde erneut ein langer Arbeitstag werden. Genau wie sie es liebte.

5

Freitag, 27. Juni

David lehnte sich in seinem Bürostuhl zurück und streckte den Nacken. Hier in der obersten Etage des Hauses ahnte er das Verkehrsrauschen der Stadt mehr, als dass er es hörte. Er ließ den Blick über seinen Designerschreibtisch schweifen, der begraben war unter Geschäftsberichten, Halbjahresbilanzen und Rechenschaftsberichten. Schließlich blieben seine Augen auf einem schwarzen Ölgemälde haften, für das ihm ein enthusiastischer Raumausstatter ein Vermögen in Rechnung gestellt hatte. Die gesamte Einrichtung im Büro von Hammar Capital war das Resultat eines teuren und visionären Innenarchitekturbüros, das zu großen finanziellen Spielraum bekommen hatte. Allerdings herrschte hier reger Kundenbesuch, und sie gaben hin und wieder große Partys, auf denen sich immer irgendjemand von all dem Stahl und Glas beeindrucken ließ.

Das Mittagessen mit Natalia de la Grip hatte ihn nicht weitergebracht. In der kommenden Woche war in seinem Kalender von morgens bis abends ein Meeting nach dem anderen eingetragen. Eigentlich konnte er es sich gar nicht leisten, noch mehr Zeit zu verschwenden, indem er hier saß und an sie dachte. Doch ab und zu kam ihm eine Erinnerung an ihr gemeinsames Treffen in den Sinn, die ihn ablenkte. Dieser goldene Blick, der sich ihm eingeprägt hatte. Eine Erinnerung an blasse Haut und ein Äußeres, das man durchaus als sexy bezeichnen konnte.

»Bist du noch dran?«

David nickte, auch wenn der Mann am Telefon diese Geste natürlich nicht sehen konnte. »Sorry. Ja, ich bin noch dran«, antwortete er.

»Sollen wir uns treffen, oder ist mein Geld in guten Händen?«

Der Mann am anderen Ende der Leitung war Gordon Wyndt, einer der größten Investoren von Hammar Capital und einer von Davids wenigen richtig engen Freunden.

Hammar Capital besaß eine ansehnliche Menge an Eigenkapital. David war es gelungen, eines der schlagkräftigsten Risikokapitalunternehmen landesweit aufzubauen. Doch wenn es um extrem große Geschäfte ging, waren sie angewiesen auf zusätzlichen Rückhalt und abhängig von ihrem Netzwerk aus vermögenden und risikobereiten Partnern. Gordon Wyndt, ein amerikanischer siebzigjähriger Magnat mit britischen Wurzeln, der genau wie David ein *Selfmademan* aus einfachen Verhältnissen war, gehörte zu den reichsten und risikobereitesten von ihnen.

David und er hatten sich kennengelernt, als Gordon an der Handelshochschule Vorlesungen hielt und David Student war. Sie hatten einander sporadisch E-Mails geschrieben, und als David nach Harvard kam, um zu studieren, hatten sie persönlichen Kontakt aufgenommen und ihn über die Jahre hinweg gehalten. Trotz ihres Altersunterschieds und ihrer sehr unterschiedlichen Persönlichkeiten waren sie sowohl Freunde als auch Geschäftspartner geworden. Mehr als einmal hatte David Gordon Tipps gegeben im Hinblick auf Aktien oder Unternehmen, in die es wert gewesen war zu investieren, und als David seine eigene Firma gründete, war Gordon einer der Ersten gewesen, der sie unterstützte.

»Wo liegt eigentlich das Problem?«, fragte Gordon. Im Hintergrund war ein Kläffen zu hören, und David erinnerte sich daran, dass Gordons jetzige Ehefrau einen Narren an Schoßhündchen gefressen hatte.

»Es geht schließlich um einen großen Coup. Wahrscheinlich bin ich einfach nur nervös«, antwortete David ausweichend.

Gordon schnaubte. »Du hast kein einziges nervöses Gen in deinem Körper, und du hast es schon immer geliebt, knallhart zu zocken. Irgendetwas verheimlichst du mir.« Plötzlich war er vom Hörer verschwunden, und David hörte ihn mit dem Hund schäkern. David verdrehte die Augen.

Gordon war wieder dran. »It's *fine*. Solange du weißt, was du tust. Und nicht allzu viele meiner Milliarden in den Sand setzt.«

»Mein Team bleibt vor Ort in Stockholm«, erklärte David. »Die gesamte schwedische Finanzbranche verabschiedet sich in Kürze in die Sommerferien. Alle werden in ihre Sommerhäuser fahren, Tennis spielen, segeln und sich den einen oder anderen Drink genehmigen. Während hier alles auf Sparflamme läuft.«

Das war ihr Schwachpunkt. Dass sie sich freinahmen. Und es würde ihnen zum Verhängnis werden – denn David nahm niemals frei.

»In den kommenden Tagen habe ich die letzten wichtigen Meetings – mit Maklern, Fondsmanagern, einigen Großaktionären«, fuhr er fort. »Ich habe ein gutes Gefühl. Die beiden größten allgemeinen Rentenfonds sind dabei. Und natürlich du.«

Er überschlug im Kopf, wie vielen Maklern und Managern er im Verlauf des Jahres bereits seine Präsentation unterbreitet hatte. Zweihundert? Mindestens.

»Hast du jemanden aus der Familie der Eigentümer auf deine Seite ziehen können?«, fragte Gordon.

»Nein«, antwortete David. Er bereute es, Gordon anvertraut zu haben, dass er versuchen wollte, eines der de-la-Grip-

Geschwister zu überzeugen. Denn er hasste es zuzugeben, dass es ihm nicht gelungen war. »Aber das spielt keine Rolle«, sagte er kurz angebunden. Das stimmte. Er war zu keiner Zeit von einer Person aus dem innersten Kreis von Investum abhängig gewesen, nicht ernsthaft. Sie waren Puzzleteile, auf die er notfalls auch verzichten konnte. Der älteste Bruder Peter war schon von vornherein nicht infrage gekommen. Alexander de la Grip hatte seinen Anruf gar nicht erst entgegengenommen. Und dass Natalia sich niemals gegen ihre Familie stellen würde, hatte sie ihm während des Mittagessens klargemacht. Nein, dieser Weg war ihm versperrt.

»Meine Frau würde gern ein Schloss in Schweden kaufen. Denn all ihre Freundinnen tun es offenbar auch«, sagte Gordon. »Wo liegt eigentlich Skåne? Ist es nett dort? Da stehen eine Menge Schlösser zum Verkauf.«

»Der Adel in Skåne ist versnobt bis zum Gehtnichtmehr, sie werden dich hassen. Und du wirst es lieben.«

»Dann musst du kommen und uns besuchen«, sagte Gordon. »Wir werden eine große Party geben.«

David verzog den Mund zu einem Grinsen. Gordon und er hatten etwas gemeinsam – einen absoluten Mangel an Respekt vor großen Namen.

»David?«

»Ja?«

»Wolltest du noch etwas?«

»Schon möglich.« David hatte keine Ahnung, warum er die nachfolgende Bitte äußerte. Es gab keinen rationalen Grund dafür, aber er sprach die Worte dennoch aus. »Ich benötige deine Hilfe«, sagte er langsam.

»Mehr Geld? Soll ich mit meiner Bank sprechen?«

»Nein, es geht um etwas anderes«, erklärte David. »Du kennst doch Sarah Harvey, oder?«

»Die Sängerin? Meine erste Frau und sie haben gemeinsam im Chor gesungen, und wir sind Paten von Sarahs Tochter.«

»Würdest du mir einen Gefallen tun?«

Fünf Minuten später legte David auf und fragte sich, was er da eigentlich machte. Doch er schüttelte das Gefühl ab, etwas in Gang gesetzt zu haben, über das er keine Kontrolle hatte, und rief stattdessen nach seinem Assistenten Jesper Lidmark, einem jungen Studenten von der Handelshochschule. Jesper betrat den Raum und warf David einen fragenden Blick zu.

»Ich möchte etwas an Mrs Gordon Wyndt senden«, erklärte David. »Es soll möglichst exklusiv sein und teuer aussehen. Ruf bei Bukowskis an und bitte sie, eine Vase oder etwas Ähnliches auszusuchen, das wir hinschicken können.«

Eine halbe Stunde später erhielt David einen Rückruf von Gordon.

»Geht in Ordnung.«

»Danke«, sagte David. »Ich bin dir etwas schuldig.«

»Darf man fragen, worum es bei dieser kleinen Aktion hier geht?«

David hörte den Hund im Hintergrund bellen und konnte Wyndtham Castle vor seinem inneren Auge sehen. Grüne Hügel. Ein mondäner Pool aus italienischem Marmor. Partyzelte mit lauter Celebritys. Eine Grundsanierung, die die jahrhundertealte Patina zerstört und damit ein großes Echo sowohl in der britischen als auch amerikanischen Presse ausgelöst hatte.

»Geschäfte«, log er.

»Yes, I'm sure it is«, entgegnete Gordon trocken und legte auf.

6

»Werdet ihr euch wiedersehen?«, fragte Åsa und betrachtete kritisch das rot geblümte Kleid, das sie samt Bügel herausgezogen hatte. »Der Corporate Raider und du?« Sie warf Natalia einen fragenden Blick zu, bevor sie das Kleid wieder zurückhängte. Sie besaß viel zu ausgeprägte Kurven, um so großflächige Muster tragen zu können.

»Natürlich nicht«, antwortete Natalia, die gerade den Stoff einer Kostümjacke befühlte. Natürlich einer grauen. Diese Frau war hoffnungslos, was Kleidung anging. Åsa bezweifelte, dass Natalia noch irgendwelche anderen Teile besaß als graue, beigefarbene oder möglicherweise marineblaue. So lief es eben, wenn man seine Tage damit zubrachte, sich gegen testosterongestählte Finanzhaie durchzusetzen. Und wenn die Modetipps von einer Mutter kamen, die alles, was einer jungen Frau stand, als vulgär abtat. Kein Wunder, dass der eigene Geschmack verkümmerte.

»Aber er hat dir gefallen«, stellte Åsa fest und sah, wie Natalias Wangen sich rosa färbten. Aha, nicht einmal die superkühle Natalia de la Grip konnte dem Bad Boy David Hammar widerstehen.

Åsa zog ein weiteres Kleid heraus und betrachtete es eingehend. Dieses Grün würde ihr gut stehen. Sie warf der Verkäuferin einen fragenden Blick zu, die nervös in diskreter Entfernung herumschlich. »Meine Größe«, befahl sie in knappem Ton. Die Verkäuferin nickte und beeilte sich, ins Lager zu verschwinden.

»Musst du denn so unhöflich sein?«, fragte Natalia, die sich einen nichtssagenden Hosenanzug gegriffen hatte und aussah, als wäre sie kurz davor, ihre goldene Kreditkarte zu zücken.

»Hast du so einen nicht schon?«, meinte Åsa, während sie den Anzug mit einem despektierlichen Blick bedachte. Zweimal im Jahr ging Natalia zur Schneiderin ihrer Mutter im oberen Teil von Östermalm und bestellte einen Satz Frühjahrs- beziehungsweise Herbstkostüme. Eine Tradition, die sie offenbar niemals hinterfragt hatte.

»Man kann nie genug elegante Zweiteiler haben«, meine Natalia und inspizierte den braunen Stoff.

Hilfe. Åsa verdrehte die Augen und hielt unterdessen ein türkisfarbenes Kleid hoch. Forsch winkte sie eine weitere Verkäuferin herbei. Man hatte bereits eine Umkleidekabine für Åsa vorbereitet und die Stücke, die sie ausgewählt hatte, zusammen mit Accessoires, Schuhen und Unterwäsche hineingehängt. »Man muss die Leute kurzhalten, ansonsten bekommt man keinen Service. Sie wissen schließlich, dass ich die Eigentümerin kenne.«

Ihre Cousine – oder Großcousine, jedenfalls eine entfernte weibliche Verwandte –, der das Atelier gehörte, war eine begnadete Schneiderin, und Åsa hatte ihr einen Familienrabatt abgerungen. Natalia begutachtete gerade ein beigefarbenes Kostüm. »Jetzt hör endlich auf, ein langweiliges Teil nach dem anderen herauszuziehen und rede mit mir. Erzähl mir von dem Mittagessen. Worüber habt ihr gesprochen?«

Natalia zuckte nonchalant die Schulter, doch Åsa ließ sich nicht im Mindesten täuschen.

»Natalia?«

Gehorsam wandte sie sich von den konfektionsgeschneiderten Businesskostümen ab und ging auf einen Ständer mit aktuellen Designerstücken zu. Åsas Verwandte war eine sehr geschickte Schneiderin; viele der dort hängenden Kleider hätten auf einer internationalen Modenschau mit Bravour bestanden.

Natalia zog ein goldenes Kleid aus Seidensatin hervor. Es leuchtete ihr provokativ entgegen, beinahe so, als hätte es ein Eigenleben. »Wir haben hauptsächlich davon gesprochen, wie unglaublich gut ich in meinem Job bin«, sagte sie und hielt das Kleid prüfend vor ihren Körper.

Åsa schnaubte. »Na klar.«

»Merkwürdigerweise ist das wahr. Er hat nicht besonders viel von sich erzählt.«

»Du meinst also, dass du mit einem Finanzhai zu Mittag gegessen hast, der nicht versucht hat, durch dich irgendwie voranzukommen? Dann ist er ja wohl weltweit einzigartig.«

Natalia drehte das Preisschild um und machte große Augen. »Ich fand ihn eigentlich ganz nett. Er war zwar selbstsicher, aber nicht selbstherrlich.«

»Und noch dazu gut aussehend und sexy?«

»Das auch«, gab Natalia zu und wich mit dem Blick aus.

Åsa schmunzelte. *Süße kleine Natalia, du magst ihn also.*

»Probier es mal an«, meinte Åsa und deutete auf das goldene Kleid in Natalias Hand, bevor sie selbst in die Umkleidekabine huschte. Sie unterdrückte das deprimierte Gefühl, das sie plötzlich überfiel, und beschloss, mindestens zwei Teile zu kaufen. Man sagte doch, dass Shopping genau das Richtige wäre, um Niedergeschlagenheit entgegenzuwirken. Irgendwann musste es doch mal funktionieren.

»Ich begreife nicht, warum du mich in Läden wie diesen mitschleppen musst«, beklagte sich Natalia von der Umkleidekabine nebenan aus. »Hier ist alles irgendwie so grell und schrill. Das macht mich ganz nervös. Mein Gott, ist das anstrengend. Ich weiß wirklich nicht, was ich von Kleidern wie diesem halten soll.« In der Umkleide wurde es still, und man vernahm lediglich ein leises Rascheln. »Hm, irgendwie habe ich das Gefühl, hier fehlt etwas Stoff.«

Åsa musterte das grüne Kleid, in das sie selbst gerade geschlüpft war. Ihre üppigen Brüste, die runden Hüften und der leicht gewölbte Bauch ließen die exklusive handgefärbte Seide glamourös und ein wenig unanständig erscheinen. Es würde ihr definitiv stehen. »Ist er allein gekommen?«, fragte sie und begann das Kleid wieder auszuziehen. Sie inspizierte ihren Körper im Spiegel. Weiße nackte Haut in Hülle und Fülle. Teure Unterwäsche. Sie lächelte. Sie liebte ihren weichen untrainierten Körper.

»Ja, er war allein. Was glaubst du denn?«

Åsa zupfte den silberfarbenen Jersey über der Brust zurecht. Silber hatte ihr schon immer gut gestanden. Marilyn Monroe im einundzwanzigsten Jahrhundert. »Schließlich hat er einen Partner«, entgegnete Åsa und versuchte, nonchalant zu klingen, als spielte es keinerlei Rolle, was Natalia antwortete. »Ich wollte nur wissen, ob er dabei war.«

In der Kabine nebenan blieb es still. Allerdings konnte Åsa förmlich hören, wie es in Natalias Hirn ratterte. Man konnte über die in puncto Kleiderkauf völlig unbegabte Natalia sagen, was man wollte, aber dumm war sie nicht.

»Und woher kennst du seinen Partner, Åsa?«, fragte Natalia mit ihrer manchmal äußerst irritierenden klaren Stimme.

Åsa zwinkerte ihrem Spiegelbild versonnen zu. Wenn sie die Augen schloss, konnte sie ihn vor sich sehen. Es spielte keine Rolle, wie viel Zeit vergangen war oder wo sie sich gerade befand, sein Bild konnte sie jederzeit und überall abrufen.

»Was glaubst du denn?«, fragte sie leichthin.

»Du hast mit ihm geschlafen«, sagte Natalia. Nicht fragend, nicht wertend, lediglich feststellend.

Åsa legte den Kopf schräg. Sie hatte in der Tat mit sehr vielen Männern geschlafen und fand es nicht weiter verwunderlich, dass Natalia diesen Schluss zog. Aber die Wahrheit war in diesem Fall etwas komplizierter.

Oh Michel.

»Hast du mit David Hammar auch geschlafen?«, ertönte es plötzlich aus der Nebenkabine. Åsa lächelte. Geliebte Natalia, war da nicht ein Anflug von Kälte in deinem Tonfall?

»Åsa?«, kam es von nebenan, diesmal etwas schärfer.

»Nein, wirklich nicht«, antwortete Åsa aufrichtig. »Berüchtigte Corporate Raider sind eher nicht mein Typ.« Das stimmte *beinahe*. Sie hatte zwar mit einigen geschlafen, sie jedoch als entsetzlich plump erlebt. »Außerdem ist dein Vater mein Chef. Er und David sind schließlich Erzfeinde, oder?«

Sie trat fast gleichzeitig mit Natalia aus der Umkleidekabine. Natalia trug das dünne goldene Abendkleid, das sich angenehm an ihren langen Oberkörper anschmiegte und mehr Rücken und Haut zeigte, als es verbarg. Åsa lächelte ihr aufmunternd zu.

»Ich dachte eigentlich, dass man heutzutage keine Erzfeinde mehr haben kann«, sagte Natalia und strich sich mit der Hand über die Hüfte.

Natalia war schmal wie ein Model, und das Kleid war wie gemacht für eine Frau, die zwar kaum Oberweite und eine extrem schmale Taille, aber einen etwas fülligeren Po besaß, als man es bei einem Model akzeptieren würde. Sie sah aus, als wäre sie gerade einer Werbeanzeige für ein teures Parfüm entstiegen.

»Kauf es«, riet Åsa.

»Aber wann soll ich ein solches Kleid denn anziehen?«

Åsa selbst ging auf jedes Event der vornehmeren Gesellschaft, jeden Ball und jede Hochzeit, zu der sie eingeladen wurde, weil sie es hasste, zu Hause zu sitzen. Natalia hingegen lehnte alle Partys ab, die nicht einen rein geschäftlichen Hintergrund hatten. Einmal hatte sie sogar eine Abendeinladung im Königshaus abgesagt, nur um einen Rechenschaftsbericht durchzugehen.

»Sein Partner heißt Michel«, sagte Åsa, selbst erstaunt über ihr Bedürfnis, über den einzigen Mann zu sprechen, der sie bislang abgewiesen hatte. Sie reichte Natalia, die sich trotz ihrer angeblichen Bedenken offenbar nur schwer von dem Kleid trennen konnte, ein Paar hochhackige Sandaletten. »Zieh die mal dazu an.«

Natalia liebte ihre soliden Pumps von Bally, schlüpfte jedoch gehorsam in die Sandaletten und schloss die dünnen Riemchen. Dann wippte sie mit einem ihrer unpedikürten Füße.

»Es könnte nicht schaden, wenn du dir ab und an die Beine rasieren würdest«, kommentierte Åsa.

»Jaja. Erzähl mir von Michel.«

»Michel und ich haben gemeinsam Jura studiert«, begann Åsa und merkte, dass sie einen Kloß im Hals hatte. Sie zwang sich weiterzureden. »Dein Bruder Peter kennt ihn auch. Wir haben an der Uni mehrere Kurse zusammen besucht.«

Doch im Gegensatz zum mittelmäßig begabten Peter de la Grip hatte Michel das Jurastudium mit Bravour gemeistert. Parallel dazu hatte er ein BWL-Studium an der Handelshochschule absolviert, während Peter in den Jurakursen kaum mitkam. »Sie mochten sich aber nicht gerade.«

»Keiner mag Peter«, sagte Natalia bekümmert, während sie versuchte, ihren Rücken im Spiegel zu betrachten.

Åsa kommentierte ihre Aussage nicht weiter, da sie stimmte. Es fiel einem nicht leicht, den duckmäuserischen, sich ständig entziehenden Peter de la Grip zu mögen. Allerdings hatte sie das nicht daran gehindert, auch mit ihm zu schlafen. Sie warf einen Blick auf das Preisschild des Kleides und überlegte, ob sie nicht noch nach etwas Teurerem Ausschau halten sollte.

»Mit Alexander habe ich aber nicht geschlafen«, stellte Åsa klar, wo sie schon dabei waren, über die Männer in Natalias Umfeld zu sprechen. »Wo ist er eigentlich gerade?«

Natalias kleiner Bruder war einer der bestaussehenden Männer, denen Åsa je begegnet war. Rein objektiv betrachtet sah er besser aus als David oder Michel. Wenn man bei Männern überhaupt von einer Schönheit sprechen konnte, würde man Alexander de la Grip für eine halten. Vielleicht würde ja einer wie Alex sie aufmuntern können? Das lähmende Gefühl vertreiben, sich unmöglich durch einen einzigen weiteren Tag schleppen zu können?

»Mein kleiner Bruder ist gerade in New York und mariniert seine Leber in irgendwas Hochprozentigem«, antwortete Natalia. »Ihr zwei würdet euch in null Komma nichts an die Gurgel gehen.« Natalia schüttelte den Kopf. »Und, sorry, dass ich es sage, aber ist er nicht auch etwas zu jung für dich?«

Alexander war ein Jahr jünger als Natalia, was ihn … Åsa zog eine Grimasse. Sie wollte nicht darüber nachdenken.

In Natalias Handtasche klingelte das Handy. Sie entschuldigte sich und zog es hervor. Åsa verschwand erneut in ihrer Kabine, während Natalia das Gespräch annahm.

Åsa inspizierte noch einmal das grüne, das silberfarbene und die anderen Kleider. Vielleicht sollte sie sie alle kaufen? Es war ja nicht so, dass sie sich die Teile nicht hätte leisten können.

Armes kleines reiches Mädchen.

So wurde sie in der Klatschpresse bezeichnet. Immer noch besser als die Schlampe von Östermalm. Auch wenn beide Attribute einen wahren Kern hatten.

Natalia betrachtete sich prüfend im Spiegel der Umkleidekabine. Sie schaute auf ihre Füße hinunter. Die goldenen Sandaletten schmeichelten ihren Beinen. Sie hatte ihre Füße schon immer gemocht. Am Handy hörte sie nur mit einem Ohr zu, sodass es einen Moment dauerte, bis sie kapierte, worum es ging.

»Wie bitte?«

»Ich sagte, dass ich Jesper Lidmark heiße und der Assistent von David Hammar bin. Ich habe eine Nachricht für Natalia de la Grip«, hörte sie den jungen Mann mit der überaus höflichen Stimme wiederholen. Er klang wie jemand, der glaubte, alles würde sich regeln lassen, wenn man nur freundlich zu allen wäre und sich deutlich artikulierte.

»Ja?«, sagte Natalia abwartend.

»David hat mich gebeten Ihnen auszurichten, dass Sie auf der Gästeliste im Café Opera am morgigen Samstag stehen. Für das Konzert von Sarah Harvey. Sie müssen sich nur am Eingang melden, dann kommen Sie gemeinsam mit einer Begleitperson hinein.«

»Wie bitte?«, fragte Natalia, denn es schien ihr, als hätte ihr Gehirn eine spontane Auszeit genommen und das Gesagte nicht registriert. »Wie war das gleich?«

Jesper wiederholte seine Worte langsam und nach wie vor höflich.

»Sarah Harvey?«, fragte Natalia etwas dümmlich.

»Ja«, antwortete Jesper in munterem Ton, ohne die geringste Irritation zu zeigen.

»Entschuldigung …«, meinte Natalia und spürte, wie sie innerlich lächeln musste, als ihr endlich aufging, was Jesper gesagt hatte. Sarah Harvey. In Stockholm. Natalia besaß jedes Album und jeden Sampler, den die Sopranlegende herausgebracht hatte. Aber sie war noch nie auf einem Konzert gewesen, niemals, aus dem einfachen Grund, weil Sarah Harvey kaum auf Tournee ging, und die wenigen angebotenen Konzertkarten somit innerhalb einer Millisekunde ausverkauft waren.

»Es tut mir sehr leid«, wiederholte Natalia, während sie Åsa, die in ihre Kabine gekommen war und mit fragender Miene irgendetwas Unbegreifliches gestikulierte, mit einer Handbewegung herauskomplimentierte. »Ich war lediglich etwas überrascht. Danke.« Sie verstummte und dachte nach. »Ist David denn möglicherweise noch im Büro?«, fragte sie dann impulsiv. »Oder ist er bereits gegangen?«

In der Leitung wurde es für einen Moment still, und Natalia bereute, nein, bereute *zutiefst*, diese Frage gestellt zu haben, doch dann meldete sich der höfliche Assistent wieder: »Ich weiß es gar nicht genau, vorhin saß er noch in einem Meeting … Dürfte ich Sie bitten, einen kurzen Augenblick zu warten?«

Sie kam nicht mehr dazu zu sagen, dass es ihr nichts ausmachte. Denn da hatte sie bereits Davids Stimme im Ohr.

»Hej. Ich hab gehört, dass Sie sich gefreut haben.«

»Vielen Dank. Ich weiß nicht, was ich sagen soll«, meinte sie. »Ich hoffe, ich störe nicht, aber ich habe mich wirklich riesig gefreut. Ich hatte gar keine Ahnung, dass sie auch im Café Opera auftreten würde.«

»Nun ja, es handelt sich auch um einen privaten Auftritt«, erklärte er. »Ich habe eine Einladung dafür erhalten; ich bekomme öfter solche Einladungen. Und als ich sie auf meinem Schreibtisch liegen sah, dachte ich, dass es Ihnen vielleicht gefallen würde hinzugehen.«

»Sie ahnen gar nicht, was es mir bedeutet. Das war wirklich wahnsinnig nett von Ihnen.« Sie hatte gerade vor, das Telefonat zu beenden, da er etwas kurz angebunden klang und sie ihn nicht länger aufhalten wollte, als er fragte: »Sind Sie noch im Büro?«

»Nein, ich bin gerade shoppen. Aber Sie bestimmt, nicht wahr? Ihr Assistent sagte, sie säßen in einem Meeting. Ich wollte Sie nicht stören.«

»Wir sind bereits fertig. Ich wollte gerade gehen.«

»Ja, es ist schon spät«, pflichtete sie ihm bei. Vor ihrem inneren Auge sah sie, wie David gleich sein Büro verlassen und sich auf den Weg machen würde. Das Gebäude von HC lag wie ein weißer Palast auf Blasieholmen, ein aufmüpfiger Neubau an einer der teuersten Adressen Schwedens. Sie konnte nicht umhin sich auszumalen, wohin er gehen und mit wem er sich treffen würde. »Ich wollte mich nur persönlich bei Ihnen bedanken«, sagte sie.

»Ich hoffe, dass Sie so kurzfristig überhaupt Zeit haben, es ist ja schon morgen …«

»Ja, auf jeden Fall«, sagte sie und konnte sich gerade noch zurückhalten damit herauszuplatzen, dass sie das gesamte Wochenende über nichts vorhatte. »Danke.« Sie musste dieses Gespräch nun endlich beenden, nachdem sie sich bedankt hatte. Zum wiederholten Mal. Bestimmt würde er heute Abend mit einem langbeinigen Glamourgirl oder Fotomodell ausgehen.

»Natalia?«

»Ja«, antwortete sie atemlos.

»Es war plötzlich so still in der Leitung«, sagte er. »Ich habe mich schon gefragt, ob Sie aufgelegt haben.«

»Sorry«, entschuldigte sie sich. »Aber ich bin ziemlich k.o. Ich muss zurück ins Büro, um noch kurz die Börsenkurse zu checken, bevor ich nach Hause gehe.« Sobald sie ihre eigenen Worte hörte, hätte sie sich die Zunge abbeißen können. Warum hätte sie nicht andeuten können, dass sie ebenfalls irgendwohin unterwegs war?

»Dann hoffe ich, dass Sie einen schönen Abend haben«, sagte er höflich. »Sowohl heute als auch morgen.«

»Ja, das wünsche ich Ihnen auch«, entgegnete sie halbherzig. »Heute und morgen.« Sie verzog das Gesicht darüber, wie idiotisch ihre Worte klangen. Åsa starrte sie mit großen Augen an.

»Danke«, fügte sie hinzu, bestimmt zum fünften Mal, aber da hatte er bereits aufgelegt.

Sie begegnete Åsas Blick.

Åsa zog fragend eine Augenbraue hoch. »Was ist los? War er es?«

Natalia nickte. Sie würde definitiv dieses goldene Kleid kaufen. »Ich glaube, ich habe jetzt einen Anlass, mir die Beine zu rasieren.«

7

David legte das Telefon zur Seite. Er hatte das ungute Gefühl, viel zu impulsiv reagiert zu haben. Aber sie hatte sich merklich gefreut über die Karten, hatte aufrichtig und unverstellt glücklich geklungen, und er bereute es nicht, sich die Mühe gemacht zu haben. Auch nicht, ihren Anruf entgegengenommen zu haben.

David drehte sich in seinem Bürostuhl herum. Er hatte völlig vergessen, dass er nicht allein war. Michel Chamoun saß mit den Füßen auf dem Couchtisch und dem Laptop auf den Knien auf dem niedrigen Sofa und blickte ihn konsterniert an.

»Was ist?«, fragte David.

»Was war das denn?«

»Wieso?«

»Es klang, als hättest du gerade mit Natalia de la Grip telefoniert«, sagte Michel langsam. »Ein kleines privates Gespräch mit einem Mitglied der Familie, auf deren Unternehmen wir eine feindliche Übernahme planen. Ein Coup, an dem wir seit über einem Jahr arbeiten. Ein Geschäft, das Einfluss auf unsere gesamte Zukunft haben wird.«

»Ja, sie war es«, sagte er knapp. »Aber es war nichts Besonderes.« Er durfte zwar nett sein zu Natalia, aber sie war eben eine de la Grip. Es handelte sich hier um eine kleine, bedeutungslose Geste, nichts weiter.

Michel bedachte ihn mit einem argwöhnischen Blick, als kaufte er David die Erklärung keinesfalls ab. »Du weißt ja wohl, dass du dir keinen privaten kleinen Flirt nebenher leisten kannst. Hattest du dieses Thema nicht ad acta gelegt?«

David spürte, wie innerhalb von Millisekunden Wut in ihm aufstieg. Er war selten sauer – und schon gar nicht auf Michel –, sodass ihm diese Emotionen völlig unbegreiflich waren. Aber Michel hatte natürlich recht, sein Verhalten war dicht an der Grenze zum Unprofessionellen. Doch er hatte alles unter Kontrolle; es gab keinen Grund zur Beunruhigung.

»Das hier war völlig harmlos«, sagte er, als sich seine Wut längst wieder gelegt hatte. »Es bedeutet nichts. Ich habe nur eine Sache abgeschlossen, die ich angefangen hatte. Mit *ihr* habe ich abgeschlossen.«

Und das stimmte. Denn David wusste, was er wollte. Nichts und niemand konnte ihn dazu bringen, den Fokus auf das zu verlieren, was das Allerwichtigste in seinem Leben war.

»Keine weiteren Ablenkungen«, mahnte Michel, doch David sah, dass sein Freund das Thema bereits abgehakt hatte.

»Keine Gefahr«, antwortete er.

Überhaupt keine Gefahr, wiederholte er im Stillen.

Es gelang ihm nicht, Natalia de la Grip zu hassen, dafür war sie ihm zu sympathisch gewesen. Aber er hasste ihre Familie. Für das, wofür sie stand, was sie getan hatte …

»Ich hege keinerlei Gefühle für sie«, fügte er hinzu und wusste, dass es stimmte. Es spielte keine Rolle, ob er sie sympathisch oder attraktiv fand. Sie war schließlich eine typische Repräsentantin der Oberschicht. Eine Adlige. Mit einem silbernen Löffel im Mund geboren. Mit ihren perfekten Tischmanieren und ihrer wohlerzogenen Art war sie ihre gesamte Kindheit und Jugend hindurch mit dem Allerbesten umgeben gewesen, was das Leben zu bieten hatte, ohne jegliche Geld- oder Zukunftssorgen oder Fragen wie die nach einem Dach über dem Kopf, mit denen die meisten anderen Menschen zu kämpfen hatten. Es war angenehm gewesen, sich mit ihr zu unterhalten, und sie war offenbar ebenso fasziniert vom Spiel mit dem Geld wie er, aber davon abgesehen hatten sie *nichts* gemeinsam.

Michel nickte. David reichte ihm die Unterlagen mit den Berechnungen, mit denen er sich vor dem Telefonat beschäftigt hatte. Michel kratzte sich den kahl rasierten Schädel, während er die Spalten mit Ziffern doppelt und dreifach kontrollierte.

Sie hatten in der Tat einen makellosen Aufstieg hinter sich: ein mittelloser Junge aus dem Getto und ein Einwandererkind aus der zweiten Generation, die ein ums andere Mal das gesamte schwedische Establishment herausgefordert hatten. Der einzigartige Erfolg von Hammar Capital in der Branche der Risikokapitalunternehmen hing natürlich mit vielen unterschiedlichen Faktoren zusammen: mit perfektem Timing, harter Arbeit und nicht zuletzt einer wagemutigen, aber soliden Geschäftsidee.

Doch zugleich war David selbst der Erste, der zugeben würde, dass ein wichtiger Faktor ihres Erfolgs schlicht und einfach Glück war. Bei mehreren entscheidenden Wendepunkten in seinem Berufsleben hatte es sich zu neunundneunzig Prozent um Glück gehandelt, eine Tatsache, die er nie bestritten hatte.

In der Presse betrachtete man seine Fähigkeit, gute Kontakte zu Finanziers zu etablieren, als entscheidende Ursache für seinen Erfolg. Sein Netzwerk beinhaltete im Großen und Ganzen alle wichtigen Global Player. Doch der Weg dorthin, ein schwedischer Corporate Raider zu werden, der sich mit den meisten seiner europäischen Konkurrenten messen konnte, war von großen Risiken gesäumt gewesen.

Bereits zweimal zuvor hatten sie Investum herausgefordert und mit der ehrwürdigsten Familie der schwedischen Finanzbranche in einem Kampf um Vorstandsposten ihre Kräfte gemessen, und zweimal hatten sie verloren. Beide Male hatte es sie Unsummen an Geld gekostet. Diverse Finanziers hatten sich zurückgezogen, Hammar Capital hatte bluten müssen wie ein angeschossener Elch, und David selbst hatte viel Kritik in der Presse einstecken müssen. Aber sie hatten ihre Fehler analysiert und sich dann der mühsamen Arbeit gewidmet, das Vertrauen der Investoren wiederzuerlangen.

Und dort standen sie jetzt.

Stärker als je zuvor. Bereit, das zu tun, was nie zuvor jemand getan hatte. Investum zu kapern.

Es gab Leute, die das Ganze als Wahnsinn bezeichneten. Doch sie besaßen einen grundsoliden Plan. Wieder und wieder hatten sie Berechnungen angestellt. Gordon Wyndt hatte es an einem Abend in seinem Büro in Manhattan mit Aussicht über den gesamten Central Park in folgenden Worten zusammengefasst: verrückt, waghalsig, aber durchaus möglich. Dass die Familie de la Grip nach diesem Angriff untergehen würde, war ein Nebeneffekt, den Michel als notwendiges Übel akzeptierte. Für David hingegen war dies die eigentliche Antriebskraft, der innerste Grund dafür, allem zu entsagen, um dies hier umzusetzen.

Denn es war so, dass der Untergang dieser beiden Männer ihn endlich befreien würde.

Wenn er dabei auch das Leben einer Frau zerstörte, die am Rand von alledem stand, dann handelte es sich um einen Kollateralschaden, von dem er wusste, dass er rücksichtslos genug war, ihn in Kauf zu nehmen.

8

Peter de la Grip saß auf seinem Stuhl und hörte sich den eiskalten Monolog seines Vaters an. Der Sauerstoffgehalt im kleinsten der Konferenzräume von Investum ging gegen null. Peter bemühte sich, ein Gähnen zu unterdrücken, doch als es ihm nicht gelang, gähnte er in seine Armbeuge. Sein Vater warf ihm einen irritierten Blick zu, bevor er wieder dazu überging, die anwesende Geschäftsführerin verbal in Stücke zu zerreißen.

Peter schaute auf die Uhr an der Wand. Es war kurz vor achtzehn Uhr, und die Büroräume begannen sich zu leeren, doch wenn sich Gustaf de la Grip erst einmal in Rage geredet hatte, konnte es dauern. Peter fragte sich, ob sein Vater Gespräche wie diese vielleicht absichtlich auf den Freitagabend legte, um seinem Opfer das Wochenende gründlich zu verderben.

Nach außen hin sprach sich sein Vater selbstverständlich für die Gleichstellung der Geschlechter aus, alles andere wäre auch einem PR-Selbstmord gleichgekommen. Doch die wenigen Geschäftsführerinnen der verschiedenen Tochtergesellschaften von Investum pflegten sich nicht lange auf ihren Posten zu halten. Nachdem Gustaf de la Grip sie in sein Hauptbüro einbestellt und seinen unbarmherzigen Kampf gegen sie eröffnet hatte, traten sie in der Regel aus freien Stücken zurück. Sein Vater beklagte sich daraufhin vor der Presse, wie schwierig es war, Frauen mit entsprechender Kompetenz und Karrierebereitschaft zu finden.

In der Sauna und bei der Jagd schlug er allerdings ganz andere Töne an. Da schmiss er nur so um sich mit sexistischen Beleidigungen, die Außenstehende sich kaum vorstellen konnten. Frauen seien unfähig, sich zu konzentrieren, zyklusgesteuert und aus diesem Grund biologisch ungeeignet für einen Posten im Vorstand. Manchmal war es geradezu ermüdend, wie er darauf herumhackte. Doch sein Vater hielt nun mal nichts von Frauen an der Spitze, und Peter war nicht derjenige, der sich für andere starkmachte. Sollten die Leute doch ihre Kämpfe untereinander selbst austragen. Aber diejenigen, die behaupteten, dass in der schwedischen Wirtschaft Chancengleichheit herrsche, hatten keine Ahnung, wovon sie redeten.

Er wand sich auf seinem Stuhl. Schielte auf sein Handy. Louise hatte ihm per SMS mitgeteilt, dass sie Gäste erwarteten. Daraufhin hatte er einige Flaschen Wein und in der Markthalle auf Östermalm ein paar Leckereien gekauft, doch er würde sich verspäten, und er hasste es, Louise zu enttäuschen. Rasch schickte er ihr eine Antwort, sie sollten schon einmal ohne ihn anfangen. Er konnte es nicht ändern.

»Ich erwarte von Ihnen, dass sie kooperieren und sich loyal verhalten«, sagte sein Vater der Geschäftsführerin ins Gesicht. »Ich hatte angenommen, Sie würden zeigen, dass Sie Ihre Beförderung verdient hätten.«

Peter war gezwungen, in seine Unterlagen zu schauen, denn plötzlich konnte er sich nicht einmal mehr an ihren Namen erinnern.

Rima Campbell, zweiundfünfzig Jahre alt. Typisch, eine Ausländerin, sie war bereits von Anfang an chancenlos gewesen.

»Aber ich …«, wandte sie ein, während Peter innerlich das Gesicht verzog. Sein Vater hasste es, unterbrochen zu werden.

Im schlimmsten Fall fing er noch einmal von vorne an. Peter selbst unterbrach seinen Vater nie.

Gustaf fuhr fort: »Sie kooperieren nicht, und Sie verhalten sich nicht loyal. Damit stellen Sie den Vorstand infrage.«

Peter hatte bereits an unzähligen Meetings dieser Art teilgenommen. Es waren ausschließlich Frauen, denen diese Behandlung widerfuhr.

Meistens hielt er in der Sache zu seinem Vater – man hatte die falsche Person in den Vorstand berufen. Doch mitunter fand er, dass Gustaf einen Fehler beging. So wie heute.

Die Frau mit dem hoffnungslosen Namen war kompetent, und sie schien einen exzellenten Job gemacht zu haben. Allein die Tatsache, dass sie so weit gekommen war – sie war Einwanderin, Frau *und* alleinerziehende Mutter –, sprach für ihre überdurchschnittliche Kompetenz. Ihre beiden Söhne waren inzwischen zwar erwachsen, aber Rima Campbell hatte eine beeindruckende Karriere hingelegt, obwohl ihr Mann sie mit zwei Kindern sitzen gelassen hatte. Sie hatte die beiden alleine aufgezogen, war Single geblieben und hatte jede Menge unsichtbare Barrieren, bestehend aus Vorurteilen und männlichen Saunaklüngeleien, zum Einstürzen gebracht. Aber es spielte keine Rolle, was Peter von diesen Höchstleistungen hielt. Gustaf machte sowieso, was er wollte. Und im Augenblick wollte er diese dunkelhäutige Geschäftsführerin zu Fall bringen, die er selbst erst vor wenigen Monaten eingestellt hatte. Er wollte damit zeigen, dass Frauen an der Spitze eines Unternehmens nichts zu suchen hatten, weil sie zu empfindlich waren und dazu neigten, emotional zu reagieren. Er wollte lediglich beweisen, dass er recht hatte.

Er fuhr fort: »Von anderen Mitarbeitern muss ich mir anhören, dass Sie sich nicht loyal verhalten. Die Leute sind unzufrieden mit Ihnen.«

»Und wer bitte?«

»Das darf ich leider nicht sagen. Aber Sie müssen wissen, dass Sie hier unbeliebt sind.«

Peter war kurz davor, sich einzumischen. War das nicht ein wenig zu heftig?

Rima standen Schweißperlen auf der Stirn, doch sie hielt sich tapfer, und Peter sagte nichts. Es hätte ja doch keinen Sinn gehabt.

»Gegen anonyme Denunziationen kann ich mich leider nicht verteidigen«, entgegnete Rima trotzig.

Gustaf setzte ihr erneut zu. Griff sie mit eisiger Stimme persönlich an, wieder und wieder. Bis sie schließlich mit matten Augen und hängenden Schultern schweigend dasaß.

»Ich möchte, dass Sie übers Wochenende darüber nachdenken, ob und falls ja wie wir in Zukunft zusammenarbeiten können«, sagte Gustaf abschließend mit kühler Stimme. »Denn im Augenblick sehe ich da keinerlei Perspektive.«

Rima schluckte. Peter wagte es nicht, einen der beiden anzuschauen, und hielt die Luft an. Sie stand auf. Ihre Hände zitterten. Aber sie war nicht in Tränen ausgebrochen, und ihre Stimme war ebenfalls ziemlich fest geblieben. Eigentlich war sie ziemlich cool. Aber es war vorbei, das wusste er. Am Montag würde sie zurücktreten, da war er sich sicher.

Noch bevor Rima den Raum verlassen hatte, sagte sein Vater laut genug, sodass sie es hören konnte: »So läuft es eben, wenn man eine Hottentottin einstellt.«

Peter fixierte betreten die Tischplatte.

Als Rima gegangen war, fragte sein Vater: »Fährst du zum Gut?« Als wäre nichts geschehen, als hätte er nicht gerade eben erst eine Frau in derart rassistischer Weise zu Fall gebracht, dass Peter sich schämte.

Doch Peter nickte nur. Es spielte sowieso keine Rolle, denn

sein Vater hörte nie auf das, was andere ihm sagten. Gustaf de la Grip wusste immer alles besser.

»Louise hat Freunde übers Wochenende eingeladen«, antwortete er.

»Geschäftsfreunde?«

»Ja.«

»Gut.«

Peter neigte den Kopf und wünschte, sein Selbstwertgefühl wäre weniger abhängig vom Lob seines Vaters.

Sie verabschiedeten sich voneinander. Gustaf ging hinaus zu seinem Wagen, den sein Privatchauffeur vorgefahren hatte, während Peter in die Tiefgarage hinuntereilte. Sobald sich ihre Wege getrennt hatten, spürte er eine tiefe Erleichterung, gerade so, als hätte jemand eben noch auf seiner Brust gesessen und sich nun erhoben.

Er klickte das Schloss auf und öffnete die Wagentür.

Freitag. Ein ganzes Wochenende ohne irgendwelche anderen Pflichten, als den Gastgeber von einem oder möglicherweise zwei ausgezeichnet arrangierten Abendessen zu spielen. Verdammt angenehme Aussichten also. Er fuhr aus der Tiefgarage heraus und verließ die Innenstadt. Während er sich durch den Freitagnachmittagsverkehr kämpfte, streiften seine Gedanken erneut das unangenehme Meeting, doch er schob sie beiseite.

Er hatte mehr als genug mit seinen eigenen Problemen zu tun. Darüber hinaus noch in einen Konflikt mit seinem Vater zu geraten, war das Letzte, was er jetzt gebrauchen konnte.

Sobald die Geschwindigkeitsbegrenzung aufgehoben war, trat er das Gaspedal durch.

Doch es *war* ein fieses Meeting gewesen. Es wurde jedes Mal fieser, aber einen Gustaf de la Grip stellte man nicht infrage. Nicht, wenn man eine gehobene Position bei Investum anstrebte. Und mehr als alles andere strebte Peter genau dies an – eine gehobene Position, die allerhöchste, den Posten als Vorstandsvorsitzender.

Manchmal kam es ihm vor, als hätte er sein ganzes Leben lang nur gekämpft.

Er erinnerte sich noch gut daran, wie er zu Schulzeiten wie ein Tier gebüffelt hatte und dennoch immerzu zu hören bekam, dass er sich noch mehr anstrengen müsste. Wie war es nur möglich, so hart zu kämpfen und trotzdem nicht voranzukommen?

Sein Vater, der Schwäche in jeglicher Form verachtete, hatte ihn schon damals regelmäßig gedemütigt. In einer Familie, in der von einem erwartet wurde, dass man Erfolg hatte, da alle Familienmitglieder in irgendeiner Sache herausragend waren, und die sich noch dazu zum Motto erkoren hatte: »Das Vergnügen liegt im Nutzen«, war es ihm selbst nie gelungen, mehr als mittelmäßig zu sein.

Er hielt vor einer roten Ampel an und trommelte ungeduldig mit den Fingern auf das Steuer.

Das Gefühl von Machtlosigkeit und einer damit einhergehenden Frustration hatte ihn schon immer wie eine dunkle Hülle umgeben. Doch sein Ventil hatte darin bestanden, es an denen auszulassen, die noch schwächer waren. Besser zu mobben, als gemobbt zu werden. Besser selbst zuzuschlagen, als geschlagen zu werden. *So* müsste eigentlich das Motto der Familie de la Grip lauten, dachte er. Manchmal stellte er sich vor, dass damals jemand dazwischengegangen wäre und ihn zurückgehalten hätte, die Geschichte verändert und somit die Katastrophe verhindert hätte. Aber er wollte nicht daran denken, hatte bereits so viel Mühe darauf verwendet, sich möglichst *nicht* daran zu erinnern.

Es war schon merkwürdig, dachte er, während der Wagen dem Verkehrsfluss folgte, dass er im Alter von fünfunddreißig Jahren ab und an noch immer von jenem panischen Gefühl erfasst wurde, nicht voranzukommen, das ihn schon als Schüler befallen hatte. Es glich diesen Albträumen, von denen die Leute redeten – man kämpfte wie ein Stier, kam aber nicht vorwärts. Genauso hatte er es erlebt.

In gewisser Weise hatte er immer darum kämpfen müssen, das zu erreichen, was Natalia und Alexander so leicht gelang. Beide hatten Spitzennoten gehabt und waren an der privaten Handelshochschule ohne Probleme angenommen worden. Er selbst dagegen hatte nach zwei misslungenen Versuchen aufgegeben und stattdessen ein Studium an der »normalen« Universität aufgenommen. Sein Vater hatte diesen Schritt nie kommentiert, aber das war auch nicht nötig gewesen. Zu dem Zeitpunkt wussten bereits alle, dass Peter Mittelmaß war und bleiben würde.

Er stieß einen tiefen Seufzer aus. Diese Gedanken hatten ihn schon lange nicht mehr gequält, und er fragte sich, warum sie sich gerade jetzt aufdrängten. Irgendetwas war im Gange, war dabei, sich zu verändern, das spürte er.

Alexander machte sich mit seinen Alkoholexzessen und seinen Frauengeschichten zum Affen. Niemand rechnete ernsthaft mehr mit ihm. Und Natalia, tja, sie war schließlich nur eine Frau, da spielte es keine Rolle, wie sehr sie sich anstrengte.

Peter warf einen Blick in den Rückspiegel und startete kurzerhand ein Überholmanöver. Natalia schien im Hinblick auf die bevorstehende Transaktion einen guten Job zu machen, das musste er zugeben, auch wenn er es nur ungern gegenüber seinem Vater erwähnen würde. Er hoffte, dass Natalia den Deal in trockene Tücher bringen würde. Dies war trotz allem wichtig für seinen Vater, und wenn sein Vater seinen Willen bekam, war es am entspanntesten für alle Beteiligten.

Peter sah das Hinweisschild und bog in die Abzweigung zum Anwesen ein. Gleich würde er zu Hause sein, Louise wartete bereits auf ihn. Sie war die perfekte Gastgeberin: Elegant und repräsentativ, glücklich damit, Schlossherrin in einem der imposantesten Anwesen des Landes zu sein. Solange Louise hier draußen leben konnte, würde sie zufrieden sein, das wusste er. Er liebte sie zwar nicht unbedingt, aber er verstand sich auf sie, und das reichte aus. Sie passten zueinander, und er hatte niemals erwartet, geliebt zu werden. Wusste nicht einmal, ob er überhaupt Liebe geben oder empfangen konnte.

Er schaltete herunter und fuhr langsam durch die lang gezogene Eichenallee. Manche der Bäume waren mehrere Hundert Jahre alt. Er ließ seinen Blick über die gepflegten Äcker und die Bachläufe schweifen, die in der sommerlichen Abendsonne glitzerten. Der Tag, an dem er den Vertrag unterschrieben und das gelb getünchte Schloss, den Familiensitz, übernommen hatte, war der stolzeste Tag in seinem Leben gewesen. Es war, als hätte er endlich die Anerkennung erhalten, auf die er schon immer gewartet hatte. Dass er trotz allem dazu taugte, sein Erbe zu verwalten. Es war die Chance, endlich auf lange Sicht nach vorn zu schauen, nicht immer nur von einem Jahr zum nächsten.

Er ließ den Wagen durch das offene Eisentor rollen und hörte den Kies unter den Reifen knirschen. Stieg aus und blieb stehen, während er an der gelben Fassade hinaufschaute.

Vielleicht würde er endlich die Dämonen loswerden, die ihn schon so lange verfolgten. Als er das Gut übernommen hatte, als er wusste, dass tatsächlich er derjenige war, den sein Vater als Erben einsetzen wollte, und nicht Alex oder irgendein Cousin, sondern *er*, da war es, als hätte jemand endlich etwas Licht in die anhaltende Dunkelheit gebracht, die ihn umgab, und gesagt: »Jetzt, Peter, jetzt hast du lange genug alles richtig gemacht. Jetzt ist, was in der Vergangenheit vorgefallen ist, verjährt.«

Wenn es denn so war, dann gab es nichts, was er nicht tun würde, damit es für immer so bliebe.

Nichts.

9

Samstag, 28. Juni

Es war eine fantastische Vorstellung, dachte Natalia, ohne auch nur eine Sekunde lang den Blick von Sarah Harvey abzuwenden. Vielleicht sogar einer der schönsten Abende ihres Lebens. Die Atmosphäre im Café Opera war herzlich und intim, ein nahezu privates Erlebnis.

Der letzte Ton der letzten Zugabe verklang, und wenn Natalia je eine sakrale Präsenz verspürt hatte, dann hier und jetzt. Der Applaus der geladenen Gäste donnerte los, und als Natalia quer über den Tisch hinweg Åsas Blick begegnete, sah sie, dass diese völlig gerührt war und Tränen in den Augen hatte.

Nachdem die Sängerin von einem Tisch zum anderen gegangen war, wo sie Freunde begrüßt und schließlich auch Natalia und Åsa die Hände geschüttelt hatte, spazierten sie in die Sommernacht hinaus. Trotz der späten Stunde war es noch hell und nahezu tropisch warm.

»Wir können doch jetzt noch nicht nach Hause gehen«, meinte Natalia, die noch immer voll und ganz von der Musik erfüllt war. »Noch ein letzter Drink?«

Åsa fächelte sich mit der Hand Luft zu und nickte. »Aber irgendwo, wo keine Touristen sind«, entgegnete sie. »Was machen denn bloß diese Menschenmassen hier?«

Natalia lächelte und machte in ihren hohen goldenen Sandaletten ein paar Tanzschritte über das Kopfsteinpflaster.

Als Kind hatte sie Ballett getanzt und regelmäßig lange, harte Trainingseinheiten absolviert. Sie hatte diesen Sport geliebt, die blassrosafarbenen Schläppchen und schlichten Trikots, doch als sich herausstellte, dass sie nicht zu den Besten in ihrer Gruppe gehörte, hielt ihre Mutter es für pure Zeitverschwendung weiterzumachen. Daraufhin war sie von einem Tag auf den anderen in einer Tanzschule für Paartanz angemeldet worden.

Natalia runzelte die Stirn. All diese Entscheidungen, die andere für sie getroffen, und die sie geformt hatten. Wenn es nach ihrer Mutter gegangen wäre, hätte Natalia niemals einen Fuß in die Finanzbranche setzen dürfen. »Zeitverschwendung für eine Frau.« Doch Natalia hatte darauf bestanden.

Sie wich einem eng umschlungenen Paar aus. »Wie fandst du es?«, fragte sie. »Bist du froh, mitgekommen zu sein?«

Åsa war anfänglich missmutig gewesen und hatte protestiert. Kein normaler Mensch hielt sich zu dieser Jahreszeit in Stockholm auf. Und das Café Opera war auch nicht gerade besonders hip. Aber dann hatte sie schließlich doch ein Wochenendevent abgesagt und war mitgekommen.

»Es war nett«, gab Åsa zu, fluchte jedoch unmittelbar darauf, weil sie mit ihren schwindelerregend hohen Absätzen im Kopfsteinpflaster hängen blieb. Sie hatte mehr getrunken als Natalia und schwankte ein wenig. Ihr helles gelocktes Haar fiel ihr über ein Auge, und der hauchdünne Seidenschal, den sie sich über die Schultern geworfen hatte, glitzerte im Schein der Straßenlaternen. Sie sah aus wie ein Filmstar.

Natalia konnte nicht aufhören zu lächeln. Die Juninacht war warm und wie verzaubert. Die Straßen waren voller Leute, und sie fühlte sich jung und stark, als hätten sich die Probleme und Sorgen der vergangenen Jahre plötzlich verzogen und statt ihrer eine andere Person belastet.

»Ich hatte schon seit Ewigkeiten nicht mehr so viel Spaß«, rief sie.

»Seit Jonas nicht mehr«, meinte Åsa und erstaunte Natalia mit ihrem Scharfsinn. Sie sprachen eigentlich nie über die Vergangenheit. Åsa war geradezu allergisch gegen anhaltendes Trübsalblasen. Bereits ein paar Wochen nach der Trennung von Jonas hatte sie Natalia deutlich signalisiert, dass es nun an der Zeit wäre, nach vorn zu schauen.

Åsa besaß eine außerordentliche Disziplin darin, sich auf die Zukunft zu konzentrieren und nie zurückzublicken, doch Natalia hatte die Trennung damals stark belastet. Åsas begrenztes Einfühlungsvermögen hatte ihr mehr zugesetzt, als sie sich zuzugeben traute. Aber vielleicht wendete sich das Blatt ja nun endlich.

»Lass uns hier reingehen«, meinte Natalia. Sie deutete auf eine kühl und sachlich eingerichtete, äußerst exklusive Bar mit einer langen Schlange davor und sagte herausfordernd: »Na los, nun sorg mal dafür, dass wir reinkommen.«

Åsa, die persönlich bekannt war mit allen, die irgendeine Rolle im Nachtleben von Stockholm spielten, machte den Türsteher in gewohnter Manier auf sich aufmerksam. Der schien sie sofort wiederzuerkennen. Er nickte ihr zu, sorgte dafür, dass die Leute in der Schlange Platz machten, und schon waren sie drin.

Natalia lächelte. »Ich bin dein größter Fan.«

»Das sind sie alle«, entgegnete Åsa und bahnte sich einen Weg zur Theke. Sie bestellte für sie beide. »Zwei Wodka Tonic.«

In der Bar war es heiß und eng und unfassbar laut. Sie mussten dicht nebeneinanderstehen, um sich unterhalten zu können.

»Ich kenne keine einzige Person hier drinnen«, stellte Åsa fest.

»Ist das gut oder schlecht?« Natalia nippte an ihrem Drink. Er war eiskalt und stark, und sie hatte Durst. Sie schaute sich um. Gestylte gut aussehende Männer und schmale Frauen mit langen Haaren lachten, prosteten einander zu und flirteten. Nicht zu fassen, wie jung sie alle waren. Natalia versuchte, sich daran zu erinnern, wann sie zuletzt auf einen Drink ausgegangen war, ohne dass es geschäftlich gewesen wäre, konnte sich jedoch nicht daran erinnern.

»Du weißt ebenso gut wie ich, dass alle zivilisierten Leute längst angefangen haben, für Skåne zu packen.«

»Ich weiß«, stöhnte Natalia. Der Sommer folgte einem festgelegten Muster. Am ersten verlängerten Wochenende die Segelregatta Gotland Runt, in der Woche darauf die traditionelle »Almedalen-Woche« mit zahlreichen Auftritten von Politikern, Wirtschaftsleuten und anderen gesellschaftlichen Akteuren und dann die Swedish Open in Båstad. Partys, Small Talk, Tennis, Sonne, Baden. Jahraus, jahrein dasselbe.

»Ich bin dir jedenfalls ewig dankbar, dass du mitgegangen bist. Es war mal etwas anderes, das musst du zugeben. Besser als sich jedes Mal mit denselben Leuten zu treffen, die du sowieso immer siehst.« Sie nippte erneut an ihrem Drink. »Köstlich«, meinte sie enthusiastisch.

Åsa schüttelte den Kopf und bestellte mittels einer knappen Handbewegung einen weiteren Drink. Sie hatte den ersten innerhalb weniger Minuten ausgetrunken. »Wann wirst du eigentlich endlich vernünftig und hörst auf zu rebellieren? Ist ja okay, dass du nicht gemeinsam mit deinen Eltern herumhängen willst, aber jetzt mal im Ernst, Natalia, du kannst doch nicht den gesamten Sommer durcharbeiten. Hast du denn keine Angst vor einem Burn-out?«

»Nein«, entgegnete Natalia. »Und außerdem rebelliere ich nicht«, log sie.

Åsa hatte wieder einmal den wunden Punkt getroffen. Tatsache war, dass sie sich wie ein pubertierender Teenager benahm und sich gegen all das auflehnte, was ihre Eltern von ihr erwarteten. Doch sie hasste diese immer gleich ablaufenden Sommerwochen, mit denen sie aufgewachsen war. Alle, aber auch wirklich alle schienen zu glauben, nur so könne man sich richtig amüsieren: Urlaub an den richtigen Orten mit den richtigen Leuten. Torekov, Båstad und Falsterbo im Sommer, die Alpen im Winter. Solange sie sich erinnern konnte, war sie jedes Jahr dort gewesen.

Wohin sie auch reisten, trafen sie dieselben Menschen. Ihr ganzes Leben lang hatte sie sich angepasst, ohne auch nur im Geringsten darüber nachzudenken. Jonas hatte es ebenso getan und all ihre Bekannten und deren Eltern ebenfalls. Doch in diesem Jahr – der erste Sommer, in dem sie Single war – hatte Natalia sich geweigert. Glückwunsch. Es hatte schließlich nur ein halbes Leben gedauert, bis sie sich getraut hatte, gegen den Strom zu schwimmen.

»Außerdem fahre ich ja nach Båstad«, betonte Natalia und nippte ein weiteres Mal an ihrem Drink. »J. O. hat mich hinbeordert. Allerdings werde ich mich dort hauptsächlich um die Dänen kümmern, also alles rein geschäftlich.« Sie schaute Åsa an. »Hörst du mir überhaupt zu?«

Åsa antwortete nicht. Sie hatte ihren Kopf gedreht und schien irgendjemanden oder irgendetwas mit dem Blick zu fixieren. Die Sicht war versperrt, sodass Natalia nichts sehen konnte und stattdessen nach einem Barhocker Ausschau hielt. Für eine Person, die jegliche Form von körperlicher Anstrengung verabscheute, war Åsa erstaunlich gut darin, stundenlang auf mindestens zehn Zentimeter hohen Absätzen zu stehen und dabei jede Menge Alkohol zu konsumieren. Natalia hingegen war das nicht gewohnt.

»Mir tun die Füße weh«, klagte sie.

»Mhm«, meinte Åsa. Mit einer Miene, die Natalia nicht zu deuten wusste, fixierte sie einen der Tische. »Es gibt tatsächlich Leute hier, die einen Tisch ergattert haben«, bemerkte sie sarkastisch. »Möchtest du dich vielleicht dort hinsetzen?«

Natalia folgte Åsas Blick, und als sich die Menge für einen Augenblick lichtete, erblickte sie einen Ecktisch mit weißem Tischtuch und blank polierten Gläsern darauf, der ihr wie eine Oase in all dem Gewimmel erschien. Der Tisch war umgeben von schönen Frauen, die kokett mit ihren Haaren spielten und lüsterne Blicke auf die beiden Männer warfen, die dort saßen. Der eine, ein groß gewachsener Mann mit kahl rasiertem Schädel, goldbrauner Haut, Goldschmuck und einem glänzenden Seidenhemd, der aussah, als wäre er gerade einem Gangsterfilm entstiegen, starrte Åsa an, die offen zurückstarrte. Keiner der beiden wich mit dem Blick aus, und Natalia befiel das merkwürdige Gefühl, dass über die Köpfe der Menschenmassen in der Bar hinweg eine stumme Kommunikation zwischen den beiden stattfand. Der andere Mann am Tisch, dunkelhaarig, gut aussehend und ebenso groß und breitschultrig sowie vor Selbstbewusstsein strotzend, war David Hammar.

David begegnete Natalias erstauntem Blick. Sie nickte, woraufhin er zurücknickte, und es war, als würden sich ihre Blicke über alle Geräusche und Sinneseindrücke hinweg ineinander verfangen. Er hätte natürlich ahnen müssen, dass Natalia hier auftauchen könnte. Um zu hundert Prozent ehrlich zu sein, hatte er diese Möglichkeit gedanklich auch vage – aber auch nur vage – in Betracht gezogen. Das Nachtleben der wirklich Reichen in Stockholm beschränkte sich nämlich auf einen recht kleinen Bezirk. Das goldene Dreieck, das tagsüber das Finanzzentrum der Hauptstadt ausmachte, entsprach auch der Arena für das Nachtleben. Die exklusiven Bars waren rar gesät, und wenn eine Frau wie Natalia de la Grip nach einem Konzert im Café Opera ausgehen wollte, landete sie höchstwahrscheinlich hier.

Sie trug ein goldenes Kleid. Ihr glänzendes Haar war hochgesteckt und ihr Nacken lang und schmal, aber ohne Schmuck. Sie stand kerzengerade wie eine Ballerina da, während die Beleuchtung in der überfüllten Bar sie geradezu erstrahlen ließ.

Erst nach einer Weile fiel David die andere Frau auf, die neben Natalia stand. Die Augen zu Schlitzen zusammengekniffen, blickte sie Michel misstrauisch an. Sie hätte ihm eigentlich sofort auffallen müssen, merkwürdig, dass sie es nicht tat, denn sie war mit ihren nahezu märchenhaft sinnlichen Kurven die mit Abstand attraktivste Frau im gesamten Lokal.

»Åsa Bjelke«, stellte er fest und wusste genau, wer sie war. Juristin bei Investum und enge Freundin von Natalia de la Grip. Tatsache war, dass David eigentlich mehr über Åsa als über Natalia wusste. Die Presse liebte es geradezu, die Einzelheiten ihrer dramatischen Vergangenheit auszubreiten, und sie wurde in den billigeren Klatschblättern als »armes kleines reiches Mädchen« tituliert. Sowohl mit einem silbernen als auch goldenen Löffel im Mund geboren, hatte sie alle einschlägigen Schulen besucht und war mehrfach als Verlobte des Prinzen ins Spiel gebracht worden, allerdings nur in den Zeitungen, soweit er wusste, nicht im realen Leben. Und schließlich: die Tragödie, die über Wochen hinweg die Schlagzeilen dominiert hatte. »Sie scheint zu wissen, wer du bist«, fügte er hinzu und warf einen Blick auf Michel, der steif und unbeweglich dasaß. David bemerkte trocken: »Und umgekehrt auch. Kennt ihr euch näher?«

»Ja«, sagte Michel knapp.

»Das hast du mir nie erzählt.«

Die Welt war so klein, dass Åsa und Michel, beide Juristen, sich natürlich kannten. In Stockholm kannten die meisten Leute einander. Erst gestern Nachmittag hatte David einen gestresst wirkenden Peter de la Grip in der Östermalmshalle gesehen. Peter war mit den Händen voller Tragetaschen an ihm vorbeigeeilt, und David hätte nur die Hand ausstrecken müssen, um ihn zu berühren.

»Da gibt es nichts zu sagen«, meinte Michel, noch immer kurz angebunden. »Wir haben zusammen studiert. Dieselben Vorlesungen an der Uni besucht. Ich kann nicht gerade behaupten, dass ich sie *kenne*. Aber wir ...« Er verstummte, nahm einen Schluck von seinem Mineralwasser und wendete sich demonstrativ von Åsa ab.

David betrachtete die beiden Frauen eingehend. Dann sah er zu Michel und wieder zu Åsa. Er hatte ein nahezu absolutes Gespür, was Gemütsverfassungen anging, eine Fähigkeit, die ihm bei seiner Arbeit von großem Nutzen war. Jetzt brauchte er nicht einmal nachzudenken. Michel verheimlichte ihm etwas. Er saß mit seinem Wasserglas da und machte einen griesgrämigen Eindruck, der eher an einen pubertierenden Teenager als einen Finanzhai mit doppelten Universitätsexamina erinnerte.

David schaute erneut zu den beiden Frauen hinüber. Oder genau genommen schaute er nur Natalia an.

»Sagen wir ihnen doch kurz Hallo«. Seine Worte überraschten ihn selbst. Bevor er noch länger darüber nachdenken konnte, dass dies eigentlich eine schlechte Idee war, und bevor Michel etwas dagegen einwenden konnte, stand er auf. Er würde doch wohl kurz ein paar Worte mit einer Frau wechseln können, die er kannte, ohne dass es etwas zu bedeuten hätte, redete er sich ein. Er würde zu ihr gehen, sie begrüßen und zwei Sekunden lang Höflichkeiten austauschen, auch wenn sie eine de la Grip war. Er warf seinem Freund einen auffordernden Blick zu, woraufhin sich dieser widerwillig erhob.

»Meinst du, das ist eine gute Idee?«, fragte Michel. Er fuhr sich mit der Hand über den rasierten Schädel.

»Alle meine Ideen sind gut«, entgegnete David. Er hatte sich entschieden, es war reine Höflichkeit und nichts anderes. »Nun komm schon.«

Michel brummte hinter seinem Rücken irgendetwas, und David registrierte, wie Åsa in Habachtstellung ging, als sie sich näherten.

»Hej«, sagte David, als sie an die Theke kamen. Natalia blinzelte mit ihren langen Wimpern. Sie machte eine kleine Bewegung auf ihn zu, und David war schon kurz davor, sich vorzubeugen und sie auf die Wange zu küssen. Doch sie streckte ihm lediglich die Hand entgegen, sodass er sich zurückhielt und sie stattdessen mit Handschlag begrüßte.

»Hej«, sagte sie.

»Hej«, wiederholte er und ließ seine Berührung einen Moment länger andauern als nötig, während er den Duft eines etwas altmodischen, nach Kräutern riechenden Parfüms vernahm, ein zeitloser, sinnlicher Duft, den er bereits als den ihren wiedererkannte.

Natalia zog ihre Hand zurück. David stellte ihr Michel vor und sah, wie ihre zarte Hand von Michels mit diversen Ringen bestückter Pranke umschlossen wurde.

»Meine Freundin Åsa Bjelke«, sagte sie dann. Åsas fester professioneller Handschlag erinnerte David daran, dass dieser in Silber gehüllten Blondine mit dem starken Sex-Appeal und dem glasigen Blick der Ruf einer äußerst kompetenten Unternehmensjuristin vorauseilte.

»Wir kommen gerade aus dem Konzert im Café Opera«, erklärte Natalia. »Danke noch einmal für die Karten.« Sie lächelte, und auch ihr Blick wirkte ein wenig verschleiert. Aber sie schien glücklich zu sein, keineswegs betrunken, nur etwas weniger steif. Lockerer.

In der Bar herrschte ein ziemliches Gedränge. Jemand zwängte sich an ihnen vorbei zur Theke, und das Unausweichliche geschah: Sie berührten einander unabsichtlich. Er vernahm erneut einen Hauch ihres Dufts, blieb mit seinem Blick an ihren golden leuchtenden Augen hängen, und obwohl er lediglich vorgehabt hatte, sie kurz zu begrüßen, wollte er nicht gleich wieder gehen. Natalia war größer, als er sie in Erinnerung hatte. Von ausgesprochen zierlicher Statur, erreichte sie in High Heels doch ansehnliche Größe. Sie stand mit kerzengeradem Rücken da, ohne sich irgendwo festzuhalten, an ihren Haaren oder ihrem Kleid herumzuzupfen oder drauflloszuplappern. Für gewöhnlich ließ David sich von diesen Internatsmanieren provozieren, doch er beschloss, seinem notorischen Klassenhass eine kleine Pause zu gönnen. Er lächelte, während sie ihn aus glitzernden Augen betrachtete.

Åsa griff nach ihrem Glas, trank und starrte mit wütendem Blick über den Rand hinweg.

»Michel hat erzählt, dass Sie an der Uni zusammen studiert haben«, bemerkte David höflich.

»Ja, aber das ist bestimmt schon über zehn Jahre her«, antwortete sie kühl. Sie warf Michel rasch einen strengen Blick zu. David fragte sich, ob dieser Blick möglicherweise Ausdruck des allgemein bekannten nervtötenden Rassismus der Oberschicht war. Michel hatte aufgrund seiner dunklen Hautfarbe und ausländischen Herkunft bereits einiges an Vorurteilen einstecken müssen. Åsa Bjelke verzog den Mund zu einem bösartigen, aber recht sexy anmutenden Lächeln.

»Ist er immer noch derselbe Langweiler wie früher?«

Natalia blickte bestürzt drein, während David auflachte. Die

Frau war zwar betrunken, aber ihr Groll gegen Michel hatte offenbar weder etwas mit seiner Herkunft noch mit seiner Hautfarbe zu tun. Sie schien Michel in weitaus persönlicherer Hinsicht zu verachten, was Davids Neugier anstachelte. Er war bislang nur wenigen Frauen begegnet, die Michel nicht mochten.

»Mehr oder weniger«, antwortete er. Michel konnte manchmal tatsächlich etwas dröge sein.

»Na, auf dich trifft dieser Vorwurf ja zum Glück nicht zu«, entgegnete Michel mit beißender Ironie, was sonst ganz und gar nicht seine Art war. »Wenn ich mich recht erinnere, hast du dich ja schon damals ziemlich ausgiebig amüsiert.«

Åsa schob trotzig das Kinn vor, doch David sah ihr an, dass sie verletzt war. Michels Benehmen war Lichtjahre von seinen gewöhnlichen Umgangsformen entfernt.

»Michel …«, sagte er beschwichtigend.

»Wirklich nett, euch getroffen zu haben«, unterbrach ihn Åsa in säuerlichem Ton. »Entschuldigt mich.« Sie entfernte sich mit wütenden klackernden Schritten. Natalia sah ihr mit besorgter Miene nach.

»Sorry«, stieß Michel brüsk hervor und entfernte sich ebenfalls.

»Haben Sie eine Ahnung, was das gerade zu bedeuten hatte?« David blickte Natalia erstaunt an. »Oder bilde ich mir alles nur ein?«

»Nein.« Mehr konnte sie nicht sagen, da sich ein Mann hinter ihr durchzwängte und sie unerwartet gegen David geschoben wurde. Er streckte reflexartig seine Hand aus und umfasste ihren Oberarm. Sie blinzelte, und plötzlich waren Davids Gedanken an Åsa und Michel wie weggeblasen. Die beiden waren schließlich erwachsen, sollten sie doch ihre Unstimmigkeiten allein lösen, oder auch nicht. Er betrachtete seine Hand auf Natalias Oberarm und schaute sie an. Auf ihren Lippen lag ein glitzernder Schimmer. Ihre Mundwinkel umspielte ein Lächeln, und David ertappte sich dabei, zurückzulächeln, ihr tief in die Augen zu schauen und mit seinem Finger über ihren Arm zu streichen.

Sie öffnete den Mund, schloss ihn jedoch wieder, ohne etwas zu sagen. Er strich weiter dezent mit seinem Finger über ihren Arm, und sie sahen einander an, nicht lächelnd, nicht flirtend, eher fragend. Dann zog sie ihren Arm mit einem entschuldigenden Lächeln zurück. »Da kommen sie«, sagte sie, und für einen kurzen Moment hatte David keine Ahnung, von wem sie sprach.

»Ich fahre nach Hause«, hörte er Åsa sagen, und er war erleichtert über diese abrupte Unterbrechung. Einen bizarren Augenblick lang war er gefährlich nahe dran gewesen, mit der Tochter und Schwester jener beiden Männer zu flirten, die er am meisten auf der ganzen Welt hasste. Mit der einzigen Frau weltweit, von der er sich aus gutem Grund fernzuhalten hatte.

»Ja«, sagte Natalia und nickte, während sie in einer Art und Weise an ihrer Handtasche zu fingern begann, die typisch war für Frauen, die sich zum Gehen bereit machten.

»Wo ist Michel?«, fragte David.

Åsa zuckte mit den Schultern. »Vielleicht ruft er gerade seine Mutter an?«, schnaubte sie höhnisch, und unwillentlich musste David grinsen. Michel rief nämlich tatsächlich ziemlich oft bei seiner Mutter an. Da erblickte David ihn endlich. Michel boxte sich entgegen seiner sonst so galanten Art nicht besonders rücksichtsvoll durch die Menge der Gäste.

»Tja, wir machen uns dann auf den Weg«, sagte Natalia entschuldigend, doch David hörte die Unentschiedenheit in ihrer Stimme und ahnte, dass sie am liebsten noch geblieben wäre. Das Merkwürdige war, dass er es ebenfalls wollte.

»Bleiben Sie doch noch ein wenig«, sagte er. »Ich würde gern mehr über das Konzert erfahren. Auf ein Glas? Champagner?«

Sie war nahe dran, sich überreden zu lassen, das sah er ihr an, und David hatte bereits den Barmann auf sich aufmerksam gemacht. Gemeinsam ein Gläschen Schampus zu trinken, was war denn schon dabei?

Doch dann hörte er Michels Stimme hinter sich aufbrausen. David verstand nicht genau, was er sagte, und es war sicher auch nichts Wichtiges, doch sein Ton war so eiskalt, dass Natalias Blick unruhig wurde.

»Wahrscheinlich ist es das Beste, wenn wir jetzt gehen«, sagte sie. »Åsa muss nach Hause.« David nickte. Er wusste zwar nicht genau, was zwischen Michel und der hübschen, wenn auch betrunkenen Blondine ablief, aber es klang so, als könnte es in einen handfesten Streit ausarten.

»Komm, Michel«, sagte er. »Wir gehen auch. Du hast genug, und außerdem ist es schon spät.«

»Ich hab doch keinen einzigen Tropfen Alkohol getrunken«, konterte Michel.

»Ich habe ja auch nicht von Alkohol gesprochen«, entgegnete David knapp. Und dann etwas leiser: »Reiß dich verdammt noch mal zusammen.«

»Und du auch«, sagte Natalia mit einem diskreten Blick auf ihre Freundin. »Åsa?«

Åsa Bjelke nickte kurz. Sie schwankte zwar leicht, schien sich aber wieder gefangen zu haben. Sie wich Michels Blick aus und wandte sich zum Gehen.

Natalia folgte Davids und Michels breiten Rücken mit kurzem Abstand, während sie sich einen Weg durchs Gedränge bahnten. Der Geräuschpegel war inzwischen nahezu ohrenbetäubend, und obwohl es ihr leidtat, dass der Abend eine so unangenehme Wendung genommen hatte, sehnte sie sich nach frischer Luft. Als sie auf die Straße hinaustraten, umarmte Åsa sie kurz, nickte den beiden Männern knapp zu und setzte sich dann in eines der Taxis, die vor der Bar warteten. Natalia schaute dem Wagen hinterher, als er in Richtung Östermalm verschwand.

Sie biss sich auf die Lippe, als sie bemerkte, dass David Hammar hinter sie getreten war. Irgendetwas war in der Bar zwischen ihnen geschehen, sie konnte es allerdings nicht in Worte fassen. »Åsa und ich wohnen nicht in derselben Gegend«, sagte sie erklärend. »Ich wohne dort.« Sie wies in die entsprechende Richtung und kam sich ziemlich dämlich vor. Was kümmerte es die beiden schon, wo sie wohnte?

Michel Chamoun stand mit finsterer Miene und gerunzelter Stirn neben David. Er sagte kein Wort, und Natalia fand, dass er mit seinen aufgepumpten Bizepsen, dem schwarzen Wildledersakko und dem rasierten Schädel ziemlich angsteinflößend wirkte. Dann schaute sie zu David hinüber. Sie waren beide groß gewachsene Männer. Mit ihren Designerjeans und modischen Sakkos verkörperten sie das Bild des modernen Businessmanns, doch es fehlte nicht viel, und sie hätten ebenso gut als Türsteher oder Mafiosi durchgehen können.

Die Situation war Natalia unangenehm. Als sie an der Bar standen, hatte David noch lächelnd mit ihr geflirtet, sodass sie eine Sekunde lang geglaubt hatte, er wollte sie küssen. Doch jetzt wirkte er eher abgeklärt, und sie fragte sich, ob sie es sich nur eingebildet hatte. Nein, zwischen ihr und David hatte es geknistert, keine Frage. Möglicherweise lag es am Alkohol oder auch an der Tatsache, dass sie sich gestylt hatte wie schon lange nicht mehr, aber sie hatte keine Lust, nach Hause zu gehen, wollte sich nicht von David trennen, noch nicht.

»Fahr los«, sagte David plötzlich zu Michel. Es klang wie ein Befehl, und er lächelte nicht dabei.

»Aber …«, wandte Michel ein und warf einen vielsagenden Blick auf Natalia.

Sie wand sich. Es war überdeutlich, dass Michel es keineswegs guthieß, sie beide allein zu lassen.

David nickte auffordernd in Richtung des nächsten Taxis, sah Michel erneut an und wiederholte: »Fahr.«

Michel verabschiedete sich steif von Natalia, stieg ins Taxi, und dann standen sie und David allein auf dem Bürgersteig. Er lächelte noch immer nicht, sondern blickte sie nur an auf eine Art, die sie nicht deuten konnte. Draußen war es zwar warm, aber sie trug nur ein dünnes Kleid. Plötzlich fröstelte sie, und ihr wurde unangenehm bewusst, wie wenig ihr Kleid verhüllte und wie wenig sie David Hammar eigentlich kannte.

»Dann werde ich wohl ebenfalls nach Hause gehen«, sagte sie.

»Soll ich Ihnen ein Taxi heranwinken?«, fragte er kurz und in nahezu unpersönlichem Ton. Erneut überlegte sie, ob sie sich all das nur eingebildet hatte, was drinnen gewesen war. Sie fühlte sich zunehmend unwohl.

»Ich kann mir auch alleine eines heranwinken«, antwortete sie, mit einem Mal irritiert. Sie hatte ihn um nichts gebeten. Sollte er sich doch sonstwohin scheren und seine merkwürdigen Launen an jemand anderem auslassen.

Er bedachte sie mit einem langen Blick. »Ich wollte Ihre Kompetenz nicht infrage stellen«, entgegnete er ruhig.

»Entschuldigung«, sagte sie. Vielleicht hatte er einfach nur zuvorkommend sein wollen. »Ich wollte nicht arrogant klingen. Die ganze Situation hat sich nur irgendwie so seltsam entwickelt.« Sie sah ihm direkt in die Augen und fügte ehrlich hinzu: »In jeglicher Hinsicht.«

»Ja«, pflichtete er ihr bei.

»Es ist so herrlich draußen. Ich gehe zu Fuß«, sagte sie.

»Dann begleite ich Sie.«

Natalia ging langsam los, und er nahm ihr Tempo auf, während sie ohne ein einziges Wort zu wechseln nebeneinander hergingen. Sie war noch immer verwirrt. Und sie hasste es, verwirrt zu sein. Aus dem Augenwinkel heraus schielte sie zu ihm hinüber. Er hatte die Hände in die Taschen geschoben und ging mit gerunzelter Stirn neben ihr her. Ein ausschließlich femininer Teil in ihr konnte sich nicht verkneifen zu fragen, wie er wohl als Liebhaber wäre. Sie war schließlich auch nur ein Mensch, und auch wenn sie es nie zugegeben hätte, nicht einmal Åsa gegenüber – erst recht nicht Åsa gegenüber –, hatte sie nach Jonas noch mit keinem Mann geschlafen. Nicht aus irgendwelchen moralischen Gründen, sondern nur, weil sie so verdammt ungeschickt war, was Flirts und Dating betraf. Sie hatte seit über einem Jahr nicht mehr mit einem Mann geschlafen. Bei dem Gedanken daran, was für ein geschocktes Gesicht Åsa machen würde, wenn sie das erführe, musste Natalia fast kichern.

»Sarah Harvey war wirklich wunderbar«, sagte sie, als das Schweigen zwischen ihnen unerträglich wurde. Sie schielte auf Davids ernstes Gesicht.

»Das freut mich«, sagte er und lächelte rasch. »Ich muss zugeben, dass ich sie noch nie gehört habe.«

»Ich bin Ihnen wirklich dankbar«, sagte sie, während ihre Schritte gleichzeitig langsamer wurden. Sie blieben stehen. In ihren hochhackigen Sandaletten war sie nur unwesentlich kleiner als er, als sie vor ihm stand und ihm in die Augen schaute. Sie blinzelte, wie in Zeitlupe. Da war es wieder – dieses Knistern.

David lächelte und hob die Hand, als hätte er vor, ihr übers Gesicht zu streichen. Sie wollte gerade die Augen schließen und sich bei ihm anlehnen, als er sagte: »Schön, dass wir uns getroffen haben«, und ihr wurde bewusst, dass er ihr keineswegs über die Wange streichen, sondern ihr nur gute Nacht wünschen wollte.

»Ja«, sagte sie und trat einen kleinen Schritt zurück. Sie atmete aus und bemühte sich, die Enttäuschung, die in ihr aufwallte, nicht auf ihre Stimme abfärben zu lassen. Wenn sie eine andere gewesen wäre, hätte sie all ihren Mut zusammengenommen und ihn gefragt, ob er mit zu ihr kommen wollte. So machte man das doch, oder? Eigentlich war ja nichts dabei. David war, soweit sie wusste, Single. Und sie selbst eine eigenständige, unabhängige Frau. Sie hatte sogar in irgendeiner Schublade im Schlafzimmer Kondome liegen. Sie würde es tun können. Ihn fragen, ob er Lust hätte, noch auf einen Drink mit hochzukommen.

Doch als ein Taxi in Sichtweite kam, verließ sie auch das kleinste bisschen Mut, und sie winkte den Wagen heran.

David öffnete ihr die Tür. Natalia glitt hinein und spürte die Kühle des Sitzes durch den dünnen Stoff ihres Kleides hindurch. David blieb über die Wagentür gebeugt stehen. Sie wandte ihm das Gesicht zu und beschloss, cool zu bleiben.

Er sah aus, als wäre er im Begriff, etwas zu sagen, überlegte es sich dann aber anders.

»Gute Nacht«, sagte sie und lächelte entschieden. Schließlich ging es ja um nichts weiter. Es war ja nicht so, dass irgendetwas zwischen ihnen geschehen war.

»Natalia?«, rief er atemlos, als sie gerade die Tür hinter sich zuziehen wollte.

Sie spürte, wie ihr ein Schauer über den Rücken lief, da ihr Name in seinem Mund wie eine Liebkosung klang. »Ja?«

»Wenn Sie morgen Zeit haben, würde ich mich freuen, Sie zu sehen. Darf ich Sie anrufen?«

Ihr fiel nichts ein, was sie entgegnen könnte. Sie nickte nur.

Er nickte ebenfalls, als hätte er soeben einen Entschluss gefasst. Die Tür schlug zu, bevor sie noch etwas hätten sagen können. Mit einem leisen Brummen fuhr das Taxi Natalia das kurze Stück durch die Sommernacht. Sie lächelte die ganze Fahrt über bis nach Hause, und sie lächelte noch immer, als sie die Augen schloss und einschlief.

10

Sonntag, 29. Juni

Am darauffolgenden Morgen erwachte Åsa mit einem Panikgefühl. Zum Glück war es Sonntag, und zum Glück lag keiner neben ihr im Bett. Dafür war sie außerordentlich dankbar. Denn es war bereits viel zu oft vorgekommen, dass sie einen fremden Mann hatte rausschmeißen müssen. Viele kapierten einfach nicht, dass sie es ernst meinte, wenn sie sagte, dass Sex okay, Übernachten aber ausgeschlossen sei.

Übelkeit überkam sie. Und dann die Panik. Wie sie diese Panik hasste, die oft mit einem ordentlichen Kater einherging. Heute setzte sie ihr schlimmer zu als je zuvor. Sie konnte sich nicht mehr daran erinnern, wie viel sie getrunken hatte, was kein gutes Zeichen war. Beharrlich versuchte sie, die Gedanken an Michel Chamoun von sich fernzuhalten, doch es war zwecklos. Dieser Mann hatte sich schon immer einen Weg in Windungen ihres Gehirns gebahnt, in denen er am wenigstens zu suchen hatte. Sie schlug die Hände vors Gesicht und verdrängte die Gedanken, so gut es ging. Um ehrlich zu sein, war sie gar nicht wütend auf ihn, und sie bemühte sich, wenigstens ehrlich zu sich selbst zu sein, wenn sie schon alle anderen so oft anlog. Nein, sie war nicht wütend auf Michel. Sie war wütend auf sich selbst. Sie stöhnte beschämt auf. In der Bar hatte sie sich völlig danebenbenommen. Doch sie war dermaßen überrascht gewesen, dass er noch immer eine solche Anziehungskraft auf sie hatte. Auf sie, Åsa Bjelke, die niemals auch nur irgendwen an sich heranließ. Sie hatte keine Ahnung gehabt, dass sie noch immer Gefühle für ihn hegte. Es war ihr völlig unbegreiflich. Er hatte sie damals sehr verletzt, und zwar dort, wo sie am verwundbarsten war. Das war zwar bereits über ein Jahrzehnt her, und sie waren noch so jung gewesen, doch es kam ihr vor wie gestern. Sie erinnerte sich an jeden Augenblick, jedes Wort. Jeden …

Damit überließ Åsa sich für einen kurzen Moment ihren Gefühlen, was sie sonst nie tat: Sie gab sich ihrem Schmerz darüber hin, dass nichts daraus geworden war.

Michel hatte sich verändert.

Der schlaksige Student mit den ernst dreinblickenden Augen und dem weichen schwarzen Haar war verschwunden. Åsa hatte Michel attraktiv gefunden, als sie sich damals an der Universität kennenlernten. Doch heute war er noch weitaus attraktiver mit seinem kahl rasierten Schädel und dem erwachsenen Blick. Er trug keinen Ehering – sie hatte genau hingesehen –, aber das musste schließlich nichts bedeuten, denn sie hatte schon viele Männer aus der Finanzbranche abgeschleppt, die Frau und Kinder in irgendeiner Villa auf Djursholm hatten.

Aber Michel ist nicht so wie sie, das weißt du, Åsa, flüsterte ihr eine innere Stimme zu.

Michel war altmodisch, rechtschaffen und loyal. Wenn er mit einer hübschen Libanesin verheiratet wäre und acht Kinder mit ihr hätte, wäre er treu. So war Michel Chamoun. Unfassbar, dass er so großen Erfolg in einer Branche hatte, deren grundlegendste Bausteine Falschheit und Betrug waren.

Sie kam mühsam zum Sitzen hoch, schob die Beine über die Bettkante und stöhnte. Sie musste diesen Tag irgendwie überstehen. Einen einzigen Tag, das dürfte doch zu schaffen sein. Aber sie hasste Sonntage, an denen sie keine Verabredungen hatte, und an diesem Sonntag hätte sie eigentlich auf einer Party in den Schären sein wollen. Dort hätte sie Leute getroffen, die wohltuend oberflächlich waren und nicht versuchten, ihr Inneres zu erforschen.

Sie schaute mit verquollenen Augen auf ihr Handy. Sie hatte eine SMS bekommen. Von Natalia:

Hoffe, es geht dir gut. Ruf an, wenn du reden willst.

Keine weiteren Nachrichten.

Åsa legte das Handy zur Seite, grundlos sauer auf Natalia. Wenn Natalia nicht die Konzertkarten von diesem arroganten David Hammar bekommen hätte, wäre all dies gar nicht geschehen. Und sie wäre jetzt draußen auf einer Insel gewesen, umgeben von entfernten Freunden und noch entfernteren Bekannten, die ihr halfen, die sonntäglichen Panikattacken durch Small Talk zu vertreiben und die Leere und Stille durch einen hohen Geräuschpegel zu ersetzen.

Zum Glück lag ihr gesamter Urlaub noch vor ihr. Mehrere Wochen, in denen sie praktisch rund um die Uhr von Menschen umgeben sein würde. Sie würden Partys feiern, die Sonne würde scheinen, und dieses grässliche Gefühl der Leere, das sie überfiel, sobald sie allein war, würde wie weggeblasen sein. Und sie würde kein einziges Mal an Michel denken, gelobte sie sich. Von jetzt an würde sie so tun, als hätte es ihn nie gegeben, als hätten sie sich in der vergangenen Nacht nicht in der Bar getroffen und als wäre ihre gemeinsame Geschichte bereits vor über zehn Jahren vorbei gewesen, endgültig.

Sie drückte zwei Kopfschmerztabletten aus dem Blister und füllte ein Glas mit Wasser, in das sie noch zwei Brausetabletten zum Elektrolytausgleich hineinwarf. Sie betrachtete die trübe aufbrausende Flüssigkeit.

Plötzlich und ohne Vorwarnung kamen ihr die Tränen.

Natalia betrachtete die SMS, die sie schließlich als Antwort von Åsa erhalten hatte. Sie war kurz und nicht gerade freundlich, aber Natalia war dennoch erleichtert darüber, dass ihre Freundin wohlbehalten zu sein schien.

Åsa und sie trafen sich normalerweise nicht spontan an den Wochenenden. Sie waren zwar seit ihrer Kindheit befreundet, und auch ihre Mütter hatten sich gut verstanden. Sie waren auf dieselben Schulen gegangen, und nach der Tragödie hatte es sich von selbst verstanden, dass Åsa bei den de la Grips einzog. Aber sie führten ein sehr unterschiedliches Leben. Åsa war lebhaft und extrovertiert und an allem interessiert, was mit gutem Geschmack und Lifestyle zu tun hatte. Sie hatte massenweise Freunde und Bekannte, kannte praktisch alle, die irgendetwas auf sich hielten, und war ständig – fast schon zwanghaft – zu diversen Mittagessen, Partys und auf Drinks verabredet, während Natalia lange arbeitete und mit dieser Art von Geselligkeit wenig anfangen konnte.

Die meisten Frauen, mit denen Natalia zusammen aufgewachsen war, lebten das klassische Leben der Oberschicht, und nur wenige von ihnen finanzierten ihren eigenen Lebensunterhalt. Viele waren verheiratete Hausfrauen mit Kindermädchen, Putzhilfe und Cateringservice, während andere Mode- oder Designkurse im Ausland besuchten, sich von ihren Eltern aushalten ließen und darauf warteten, dass ein reicher Mann zum Heiraten auftauchen würde.

Mehr als einmal war Natalia der Ansicht gewesen, dass es sich dabei um ein Relikt aus einer anderen Zeit handelte, eine Tradition, die letztlich auf Erniedrigung und Unterdrückung hinauslief. Doch sie hatte mit ihrer Persönlichkeit und ihrer Auffassung schon immer alleine dagestanden. Nicht einmal Åsa, die einen qualifizierten Job bei Investum machte, teilte ihre Leidenschaft für die Arbeit. Åsa arbeitete zu normalen Bürozeiten, machte lange Mittagspausen und ausgedehnte Urlaube und verbrachte ihre Freizeit mit Aktivitäten wie Partys, Shoppen oder Flirten. Bei Natalia war es anders. Nach der Trennung von Jonas hatte sich ihr Gesellschaftsleben noch nicht wieder richtig erholt. Jonas und sie hatten sich meistens mit gemeinsamen Freunden getroffen. Als alleinstehende Frau aber schien man nur begrenzt Zutritt zu intimen Abendessen und ungezwungenen Grillpartys zu haben. Genau genommen hatte keiner von ihren und Jonas' gemeinsamen Freunden sie im vergangenen Jahr zu sich nach Hause eingeladen.

Anfänglich hatte ihr dieses Ausgegrenztsein mehr wehgetan, als sie angenommen hatte. Doch sie gewöhnte sich bald daran. Sie hatte nie viele Freundinnen gehabt, und inzwischen füllte sie ihre Zeit mit Arbeit aus.

Natalia ahnte, dass es besorgniserregend war, wie gut sie sich mit dem Alleinsein arrangiert hatte, aber aufrichtig betrachtet hatte sie nur recht wenig gemeinsam mit den meisten Frauen in ihrem Bekanntenkreis. Denn im Leben musste es doch um mehr gehen, als an der richtigen Adresse zu wohnen und sich darüber auf dem Laufenden zu halten, wer nicht so viel Geld besaß, wie er vorgab zu haben, oder?

Ihr Handy gab einen Piepton von sich. Sie schaute aufs Display, überzeugt davon, dass noch eine weitere SMS von Åsa gekommen war.

Schon wach?/David Hammar

Sie umfasste das Handy fester. Er hatte sie gefragt, ob er sie anrufen dürfte, und sie hatte Ja gesagt – natürlich. Und zugegeben, womöglich hatte sie gehofft, dass er im Laufe des Tages von sich hören lassen würde. Aber dass er sich schon jetzt meldete, nur wenige Stunden, nachdem sie sich gestern Nacht voneinander verabschiedet hatten … Als wäre es ihm völlig egal, ob man ihm ein deutliches Interesse an ihr unterstellen könnte.

Sie tippte:

Ja.

Lächelte, schickte die SMS ab und wartete.

Zwei Sekunden später klingelte ihr Handy.

»Wie geht es Ihnen?«, fragte er.

Ein Strahlen breitete sich unwillkürlich auf ihrem Gesicht aus. »Gut. Danke für den gestrigen Abend.«

»Ist Åsa gut nach Hause gekommen?«

Sie entspannte sich etwas.

»Ja, sie hat gerade eine SMS geschickt. Danke.«

Er redete nicht weiter, und Natalia hatte das Gefühl, etwas sagen zu müssen. Irgendetwas Neutrales, aber Nettes. Verdammt, sie war wirklich mies in solchen Dingen.

»Hätten Sie Lust, mit mir zu frühstücken?«, fragte er.

Ja! Gern! Sehr, sehr, sehr gern.

»Und wann?«, fragte sie.

»Ich kann Ihnen einen Wagen schicken, der Sie abholt. In einer halben Stunde?«

Natalia atmete ganz langsam aus. Das hatte sie nicht erwartet.

Doch dann antwortete sie ihm, so als ob Männer ihr andauernd Wagen schickten, um sie zu Frühstücksdates abzuholen: »Wie nett. Danke. Dann sehen wir uns gleich.«

Exakt eine halbe Stunde später sah Natalia einen dunklen Wagen mit dem Logo des Grand Hôtel auf einer der Seitenscheiben in ihre Straße einbiegen und vor ihrer Haustür anhalten. Sie hatte David ihre Adresse gar nicht gegeben, es völlig vergessen. Aber er hatte offenbar gewusst, wo sie wohnte. Ein junger Mann in Jeans, Weste und Hemd hielt ihr die Tür zur Rückbank auf und schloss sie hinter ihr. Natalia hatte es sich kaum in dem weichen Ledersitz bequem gemacht, als der Wagen auch schon vor dem Grand Hôtel anhielt.

Einer der Portiers kam auf sie zu. »Natalia de la Grip?«

Sie nickte und kam sich ein wenig wie im Märchen oder im Film vor.

»Finden Sie den Weg zur Cadier-Bar?«, fragte er höflich.

»Ja, danke«, entgegnete sie, stieg die teppichbekleideten Stufen zum Hotel hinauf und ließ sich vom exquisiten Luxus des Grand Hôtel einhüllen.

David saß ganz hinten in der Bar, die ihren Namen nach dem Gründer des Hotels erhalten hatte. Die Sonne strömte herein, und die Aussicht übers Wasser und aufs Schloss war großartig. David stand auf, und Natalia wurde unsicher, wie sie ihn begrüßen sollte. Er schenkte ihr ein kurzes Lächeln und streckte seine Hand aus. Sie schüttelte sie und dachte, dass sie irgendwie nicht klug aus ihm wurde. Auf der einen Seite so korrekt und professionell, dass es ihr geradezu lächerlich vorkam zu glauben, er hätte irgendein persönliches Interesse an ihr. Auf der anderen Seite: Karten für ein privates Konzert und ein Sonntagsfrühstück mit Chauffeurservice. Wenn sein Ziel darin bestand, sie zu verwirren, war es ihm gelungen.

»Ich wusste nicht, was Sie mögen, deshalb habe ich einfach alles bestellt«, erklärte er und breitete seine Arme in Richtung des Tisches aus, der sich unter Brotkörben, Käseplatten, Schalen mit Flakes und Yoghurtbechern, Marmeladen, Säften, Obst und Kannen mit wahlweise Tee und Kaffee nahezu bog. »Außer Haferbrei. Ich kann mir nicht vorstellen, dass irgendjemand wirklich gerne Haferbrei isst.«

Sie setzte sich und ließ sich dampfenden Kaffee in eine bauchige weiße Tasse einschenken. »Das sieht ja verlockend aus«, sagte sie aufrichtig und breitete eine dicke Stoffserviette auf ihrem Schoß aus. Sie bestrich ein Croissant mit Butter und gab einen Klecks Himbeermarmelade darauf. Dann biss sie hinein. Blättrige goldene Krümel fielen auf ihren Teller hinunter, und sie war kurz davor, sich die Lippen zu lecken. Himmlisch!

Davids Augen leuchteten. »Lecker?«, fragte er.

»Ich hatte nichts mehr zu essen zu Hause und war ziemlich hungrig. Danke.«

Er wartete, während sie aß, äußerte ein paar Höflichkeitsfloskeln, ließ sie aber in Ruhe frühstücken. Als sie in Richtung der Tageszeitung schielte, reichte er sie ihr. »Lesen Sie nur«, forderte er sie auf. »Ich bin genauso.«

Während sie die Schlagzeilen überflog, trank er Kaffee und wirkte völlig zufrieden mit ihrem schweigsamen Beisammensein. Sie schlug die Zeitung wieder zu. Er schenkte ihr Kaffee nach, während sie sich fragte, was er eigentlich von ihr wollte und was er gerade im Schilde führte.

Er war nicht der erste Risikoinvestor, mit dem sie gemeinsam frühstückte. Nicht einmal der erste, mit dem sie im Hotel frühstückte. Denn ein großer Teil ihrer Arbeit bestand darin, potenzielle Kunden auszuführen. Sie war recht geschickt darin und verstand es, das ihr entgegengebrachte Vertrauen zu rechtfertigen. Außerdem war sie eine Expertin darin, konkrete Ratschläge in komplexen ökonomischen Zusammenhängen zu erteilen. Natalia wusste, dass ihr bekannter Nachname dazu beigetragen hatte, dass J. O. sie engagiert hatte. Tonangebende Geschäftsführer und einflussreiche Fondsmanager ließen sich allesamt stärker von einem adligen Nachnamen beeindrucken, als sie bereit gewesen wären zuzugeben. Doch sie wusste auch, dass die Tatsache, inzwischen als eines der größten Talente Schwedens – wenn nicht sogar Skandinaviens – gehandelt zu werden, ausschließlich auf ihrer Geschicklichkeit basierte.

All dies wusste sie über sich.

Doch es schien nicht so, als wollte David über Geschäftliches reden.

»Und was plant einer der berüchtigtsten Corporate Raider im Sommer zu unternehmen?«, fragte sie leichthin.

Er bedachte sie mit einem unergründlichen Blick. »Ich werde arbeiten.«

»Kein Urlaub?«

Er stellte seine Kaffeetasse ab. Er war leger gekleidet, trug ein kurzärmeliges Hemd und dunkle Jeans. Kein anderer Mann im Speisesaal besaß auch nur annähernd eine ähnliche Ausstrahlung wie er. Die Kellnerinnen konnten kaum den Blick von ihm wenden, und fast jeder Gast hatte schon interessiert zu ihnen hinübergeschaut. David wirkte wie ein Magnet, doch es schien ihn gar nicht weiter zu kümmern. »Ich mache nie Urlaub«, erklärte er, und sie wusste, dass er weder log noch angab.

Sie war noch nie einem Menschen wie ihm begegnet. Die meisten Männer innerhalb der Finanzelite kamen ihr wie konforme Dandys vor: sonnengebräunt und großspurig, oberflächlich und geleckt. David hingegen war keineswegs sonnengebräunt, und ihr fiel auf, dass er auch nicht kokettierte. Dass er kein Mann war, der am Strand des Mittelmeers oder der Karibik auf der faulen Haut lag. Anhand der Fotos, die man von ihm zu sehen bekam, fiel es einem nicht schwer, ihn für einen recht gewöhnlichen, wenn auch außergewöhnlich attraktiven Finanzmann zu halten. Hier jedoch, in seiner unmittelbaren Nähe, war nichts an ihm gewöhnlich. Seine Coolness und die Energie, die er ausstrahlte, wirkten anziehend auf sie, ließen sie jedoch auch wachsam werden. Allein schon der Gedanke daran, so einen Mann zum Feind zu haben, ließ sie erschaudern.

»Sie meinen es ernst«, stellte sie fest und schob resolut diesen äußerst bösen Gedanken beiseite. Er war schließlich nur ein Mensch, kein heimtückischer Superheld.

Sie spießte eine Erdbeere mit ihrer Gabel auf und dachte, dass er vermutlich bereits seit dem frühen Morgen hier gesessen und gearbeitet hatte, obwohl heute Sonntag war. Sie schielte in Richtung der Tasche, die über seinem Stuhl hing. Ja, sie erahnte darin einen Laptop, mehrere Dokumentenmappen und diverse Zeitungen.

»Ich arbeite stets, aber ich habe kein Problem damit«, erklärte er.

Sie lächelte in ihre Kaffeetasse hinein.

»Was ist?«

»Ich bin genauso«, gab sie zu.

»Ich weiß«, sagte er. »Das merkt man. Nehmen Sie etwa auch niemals frei?«

»Meine Familie fährt demnächst nach Båstad, und ich werde auch kurz hinfahren. Sie kennen ja meinen Bruder Peter, nicht wahr? Sind Sie nicht zusammen zur Schule gegangen?«

»Ja«, antwortete David. »Auf Skogbacka.« Seine Stimme war so neutral, als er den Namen des Internats aussprach, dass Natalia sofort merkte, dass er und Peter sich nicht gerade gut verstanden hatten. Es erstaunte sie auch nicht weiter, denn Peter konnte ein richtiger Snob sein. Außerdem hatte sie noch nie jemanden aus ihrer Familie etwas Positives über Risikoinvestoren im Allgemeinen oder David Hammar im Besonderen sagen hören. Ihr begegneten immer dieselben Aussprüche: Emporkömmlinge. Neureiche, bla, bla, bla.

Sie legte ihre Gabel ab und ließ die letzten Früchte auf ihrem Teller liegen. Sie war vollkommen satt. Und jetzt musste es gesagt werden, egal, was passierte.

»Ich muss Sie etwas fragen«, begann sie.

Er zog eine Augenbraue hoch. »Wenn Sie müssen, dann nur zu …«

Doch sie ließ sich nicht ablenken. »Ich verstehe nicht ganz, warum Sie Kontakt zu mir aufgenommen haben.« Sie lächelte rasch, um ihrem misstrauischen Ton entgegenzuwirken. »Nicht, dass es nicht nett gewesen wäre, aber ich habe mir wirklich den Kopf darüber zerbrochen. Ob Sie vielleicht eine Verbindung zu einem meiner Kunden haben, die mir entgangen wäre, oder ob Sie bei irgendeinem Geschäft Hilfe benötigen, aber ehrlich gesagt, weiß ich es nicht. Geht es hier um geschäftliche Dinge oder – äh – etwas anderes?«

David musterte Natalia. Sie beobachtete ihn aufmerksam mit klarem Blick, ohne dem seinen auszuweichen. Diese direkte Frage kam für ihn nicht unbedingt überraschend. Natalia schien keine Frau zu sein, die irgendwelche Spielchen trieb, und schließlich hatte sie ein Recht darauf, es zu erfahren.

Er musste zugeben, sich ihr gegenüber nicht ganz konsequent verhalten zu haben. Und die Idee mit dem Chauffeur war im Nachhinein betrachtet auch etwas übertrieben gewesen. Doch das Hotel besaß nun mal einen Limousinen- und Chauffeurservice, und er hatte es angemessen gefunden, ihr einen Wagen zu schicken. Vielleicht als Wiedergutmachung dafür, wie der gestrige Abend geendet hatte.

Vielleicht saß er nur hier und machte sich selbst etwas vor, wenn er so tat, dass es sich lediglich um professionelle Höflichkeit gehandelt hatte. Denn er hatte noch nie zuvor einen Wagen geschickt, um eine Frau abzuholen.

»Ganz ehrlich?«, fragte er.

Natalia nickte. Wenn sie irgendwelche Hintergedanken hegte, verbarg sie sie gut. Er entdeckte keinerlei Spuren von Feindseligkeit in ihrem Gesichtsausdruck oder ihrer Körpersprache, schließlich war er gut darin, die Gedanken anderer Leute zu lesen.

»Ich weiß es nicht«, antwortete er völlig aufrichtig. »Es begann als reines Geschäftsessen. Ich kenne Ihren Chef und bin immer daran interessiert, mir einen Überblick über die Key

Player in der Branche zu verschaffen. Darum ging es bei unserem Mittagessen.« Nun ja, das war einerseits wahr, andererseits auch eine dreiste Lüge. »Aber dann …« Er verstummte.

Danach hatte er begonnen, sich inkonsequent zu verhalten, und jetzt saß er hier und schaute in ihre intelligenten Augen, während er sich wieder und wieder bewusst machen musste, dass er gerade mit einer Frau frühstückte, die absolut verbotenes Terrain für ihn darstellte.

»Ich weiß es nicht«, sagte er erneut. »Aber ich finde es anregend, mich mit Ihnen zu unterhalten. Reicht das aus?«

Sie errötete leicht, wich seinem Blick aber nicht aus. »Ich habe mich über Ihren Anruf gefreut«, entgegnete sie schlicht. Dann ließ sie ihren Blick über den Tisch schweifen, von dem gerade die Reste ihres Frühstücks abgeräumt wurden. »Und ich hatte wirklich Hunger.«

Sie lächelte übers ganze Gesicht.

Sie war eine Frau, die geradewegs in die oberste Elite hineingeboren worden war, dachte er. Doch das Merkwürdige war, dass sie, wie sie so dasaß mit der Hand um ihre Kaffeetasse und einem Lächeln im Mundwinkel, in Davids Augen zweifellos ein ebenso schräger Vogel war wie er selbst.

Er wusste aus eigener Erfahrung, wie es war, anders zu sein, nicht dazuzugehören, doch er hätte niemals auch nur gedanklich in Erwägung gezogen, dass eine Person wie Natalia möglicherweise eine Einzelgängerin sein könnte. Doch das war sie offenbar. Er sah es ihr an.

Winzige entlarvende Hinweise und vereinzelte Andeutungen, die sie machte, verrieten ihm, dass sie eine Person war, die um jede einzelne ihrer Lebensentscheidungen hatte kämpfen müssen, was sie vermutlich sowohl stärker als auch empfindsamer hatte werden lassen.

Er schüttelte den Kopf. Sie hatte etwas verschlafen geklungen, als er vorhin bei ihr angerufen hatte, und er vermutete sogar, sie geweckt zu haben, auch wenn es bereits spät gewesen war. Dennoch saß sie ihm jetzt gegenüber, perfekt gekleidet in einem frisch gebügelten Leinenkleid und mit diskretem Make-up. Ihre Haare hatte sie hochgesteckt zu einem glänzenden Knoten, aus dem keine einzige Strähne heraushing. Vermutlich konnte man Natalia de la Grip mitten in der Nacht wecken, woraufhin sie sich mit wachem Blick aufsetzen und absolut konzentriert und die Fassade wahrend Auskunft zu jedem beliebigen Anliegen geben würde.

»Haben Sie schon immer gewusst, dass Sie ein Corporate Raider werden wollten?«, fragte sie und klang aufrichtig interessiert.

»Ich wollte wie gesagt reich werden«, antwortete er.

Und außerdem wollte ich mich an den Personen rächen, die mein Leben zerstört haben und die zufällig aus Ihrer Familie stammen.

»Das ist Ihnen in der Tat gelungen«, sagte sie.

Er vernahm keinerlei unterdrückten Groll in ihrer Stimme, keine unterschwellige Verachtung. Es war lediglich eine Feststellung. Eine Tatsache, die sie von allen Seiten beleuchtete, ohne sie zu werten.

Er nickte. Doch eigentlich war dies nicht die ganze Wahrheit, lediglich das, was er immer sagte.

»Ich will Macht haben«, hörte er sich plötzlich sagen. Das hatte er noch nie zuvor laut geäußert. Aber es stimmte. Er wollte Macht besitzen, um über das eigene Leben bestimmen zu können. Und das konnten nur Leute, die wirklich vermögend waren.

Sie nickte langsam, als verstünde sie ihn. »Meine Familie hat schon immer Geld gehabt«, sagte sie nachdenklich. »Ich kann es mir gar nicht anders vorstellen.«

»Am Anfang hatte ich es so eilig«, erklärte er und vermied es dabei sorgfältig, die Tatsache zu analysieren, dass er hier saß und ihr gegenüber persönliche Dinge preisgab. »Ich habe wahnsinnige Risiken auf mich genommen. Risiken, die ich heutzutage niemals eingehen würde.«

»Damals waren Sie jünger«, meinte sie mit einem dezenten Lächeln, als wäre sie früher auch diverse Risiken eingegangen, an die sie sich mit einer gewissen Genugtuung erinnerte. Er fragte sich, was es wohl gewesen sein könnte, und nahm zur Kenntnis, wie der Gedanke an eine risikobereite, impulsive Natalia ihn auf gewisse Weise erregte.

»Wir haben anfänglich so unglaublich hart gearbeitet«, fuhr er fort. »Manchmal kam es mir vor, als hätte ich jahrelang nicht geschlafen.«

»Michel und Sie? Wussten Sie eigentlich, dass er und Åsa sich – äh – kannten?«

David schüttelte den Kopf. »Ich hatte keine Ahnung. Sie schienen jedenfalls noch nicht ganz miteinander fertig gewesen zu sein, was auch immer zwischen ihnen vorgefallen ist.«

»Nein.« Sie dachte nach. »Ist Michel verheiratet?«

»Nein. Åsa denn?«

Natalia schüttelte den Kopf, und ihre Blicke begegneten sich. Sonnenstrahlen fielen durchs Fenster und ließen Natalias Augen wie reines Gold glänzen, und er spürte, wie er an ihrem Blick hängen blieb. Sie hob ihre Kaffeetasse und schaute mit leicht geröteten Wangen über den Rand hinweg, als machte er sie verlegen: »Erzählen Sie mir, natürlich in aller Verschwiegenheit, welche Unternehmen Michel und Sie gerade vorhaben, sich unter den Nagel zu reißen.«

David verzog den Mund. Die Frage war schon lustig – und gefährlich dazu –, und das in mehrerlei Hinsicht. »Wir haben da diverse im Blick«, antwortete er vage.

»Schwache Leistung, Standardphrase.«

Er lachte auf, da er einfach nicht anders konnte. Sie lächelte zurück, und irgendetwas geschah in diesem Augenblick zwischen ihnen. Es war so deutlich, dass er es geradezu vor sich sehen konnte.

Seine Gedanken erwogen – und vielleicht noch etwas mehr als das – die Möglichkeit, sich vielleicht doch wiedersehen zu können. Es war Sommer, sie waren erwachsen, und das Ganze war schließlich völlig harmlos. Er wollte den Kontakt nicht abbrechen, nicht jetzt.

In gewisser Weise verging die Zeit in ihrer Gegenwart ungeheuer schnell. Die raschen Wortwechsel, ihr scharfsinniger Intellekt und ihr leises Lachen – all dies ließ ihn das Zeitgefühl verlieren. Als er einen Blick auf seine Uhr warf, konnte er nicht glauben, dass sie richtig ging. »Es tut mir leid«, sagte er und winkte einen Kellner heran. Jetzt war es ihm schon zum zweiten Mal passiert, er hatte völlig die Zeit vergessen. »Ich muss meinen Flieger erreichen. Aber der Wagen vom Hotel fährt Sie, wohin auch immer Sie wollen.«

»Seien Sie nicht albern, ich kann doch zu Fuß gehen.«

Sie fragte nicht nach, wohin er fliegen musste, doch er sagte es von sich aus: »Ich muss nach Malmö. Aber ich würde mich freuen, Sie wiederzusehen«, fügte er hinzu. »Die logische Folgerung nach einem Mittagessen und einem Frühstück wäre meiner Meinung nach ein Abendessen.«

Sie sah ihn an. »Ja«, meinte sie dann leichthin. »Das klingt absolut logisch.«

Er zahlte und stand auf. Sie erhob sich mit der Handtasche über der Schulter ebenfalls. Sie durchquerten gemeinsam die Hotelhalle und traten hinaus. Draußen sah sie ihn gegen die Sonne blinzelnd an, während er sich zu ihr vorbeugte und sein Mund ihre Wange mit einem flüchtigen Kuss streifte.

»Tschüs«, sagte er leise und sog vorsichtig den Duft ihrer Haut ein, während aus dem beabsichtigten unpersönlichen Kuss auf die Wange etwas ganz anderes, weitaus Gefährlicheres wurde.

Sie blieb reglos stehen.

Er berührte ihre andere Wange ebenso. Und als sein Mund noch einen Moment länger darauf verharrte, kam es ihm vor, als hielte sie den Atem an.

»Viel Erfolg in Malmö«, murmelte sie.

11

Montag, 30. Juni

Natalia kam am Montagmorgen als Erste von allen zur Arbeit, doch J. O. traf bereits kurz nach ihr ein.

»Ich habe hier die neuen Zahlen«, sagte sie zur Begrüßung.

Er nahm die Unterlagen mit einem Nicken entgegen. Natalia wartete, während er im Stehen die Beträge überflog.

»Wann, glaubst du, kann der Deal über die Bühne gehen?«, fragte er und sah sie mit festem Blick an. J. O. war groß und schlank. Er konnte auf professionellem Niveau Segeln, Tennisspielen und Skifahren. Er hatte die besten Schulen besucht, seine Eltern waren Diplomaten und seine Manieren die eines Gentleman. Doch er war auch einer der kühlsten Männer, die Natalia kannte. Er hatte drei Sekretärinnen, die sich um alles kümmerten, angefangen beim Einholen von Informationen über den Flughafen, den er als Nächstes ansteuern würde, bis hin zu der Bar, die er gegen Mitternacht besuchen würde.

»Der dänische Vorstandsvorsitzende kommt nach Schweden«, antwortete sie ebenso unpersönlich. »Ich denke, wir sollten ihn gemeinsam treffen. Er hat noch Klärungsbedarf.« Ein großer Bereich von Natalias Arbeit drehte sich darum, beruhigend im Hintergrund zu wirken, sich um nervtötende Direktoren zu kümmern, ihnen zuzuhören und sie moralisch zu unterstützen. Ratschläge zu erteilen und Geschäfte an Land zu ziehen. Was das anbelangte, hatte sie keinerlei Probleme.

»Ja, aber er kommt auch zu unserer Party in Båstad. Wir kümmern uns dort um ihn.« J. O. betrachtete sie über den Rand seiner Brille hinweg. Irgendwann im Verlauf des vergangenen Jahres hatte er graue Haare bekommen. Und in seinen Augenwinkeln hatten sich Falten gebildet, die ihr zuvor noch nicht aufgefallen waren. »Ich brauche dich dort«, sagte er. »Er mag dich.«

»Natürlich, ich werde meine Assistentin bitten, die Tickets zu buchen«, sagte sie und dachte zähneknirschend, dass eine Begegnung mit ihren Eltern sich kaum würde vermeiden lassen, wenn sie nach Båstad führe.

Im Sommer war Båstad der Tummelplatz der Reichen, der VIPs und der Promis. Båstad war der Grund dafür, dass sich die Hauptstadt im Hinblick auf Luxuskarossen, Finanzhaie aus der Oberschicht und deren Ehefrauen leerte. Ihre Eltern waren dort, um Sonnenbäder zu nehmen und sich bei einer endlosen Reihe von Cocktailpartys und Champagnerempfängen zu vergnügen.

Und Jonas würde natürlich auch dort sein.

Shit auch.

Natalia zögerte. Da war noch etwas anderes, was sie beunruhigte. »Bist du nicht auch der Meinung, dass dieser Zusammenschluss etwas überstürzt erfolgt?«, fragte sie langsam. Die Abwicklung eines Geschäfts in dieser Größenordnung dauerte oftmals ein ganzes Jahr, aber jetzt, nach nur wenigen Monaten, sprach man bei Investum davon, den Vertrag bereits im Herbst zu unterzeichnen. Natalia wusste, wie viel ihrem Vater daran lag, den Kauf möglichst zügig über die Bühne zu bringen, aber sie empfand sein Vorgehen als übereilt. Möglicherweise verstellte ihm das Prestige, eine skandinavische Großbank aufzubauen, den Blick.

»Warum glaubst du das?«

»Ich weiß nicht, es ist nur so ein Gefühl.«

»Ich werde mir die ganze Sache einmal näher ansehen, wenn ich Zeit habe, aber es ist nicht ungewöhnlich, dass man in dieser Phase unruhig wird, dafür sind wir ja auch zu zweit. Überlass das einfach mir.«

Sie nickte und ging, um ihrer Assistentin einen Zettel mit der Bitte hinzulegen, die Reise nach Båstad zu buchen.

Zwei Stunden später war im Büro die Hölle los. Alle Bildschirme leuchteten, diverse Telefone klingelten, und es herrschte eine Atmosphäre angespannter Konzentration.

Nach dem Mittag erhielt sie eine SMS von J. O.:

Bin in Finnland. Komme morgen zurück.

Als ihr Handy das nächste Mal einen Piepton von sich gab, war es bereits fünfzehn Uhr, und Natalia, die seit dem Frühstück nichts mehr gegessen hatte, war bereits schwindelig vor Hunger.

Sehen wir uns heute Abend? Verlasse Malmö in Kürze. Sorry für die kurzfristige Anfrage. Könnte es aber mit Picknickkorb und Abholservice wettmachen. Pls? //DH

Sie blinzelte. Sie war so auf ihre Arbeit konzentriert gewesen, dass es eine Weile dauerte, bis sie kapierte, dass es sich um eine private SMS handelte. Dann begann sie im Stillen zu lächeln. Sie antwortete:

Picknick ausschlaggebend. Ja, gern. PS: Was bedeutet pls?

Während sie wartete, breitete sich ein Lächeln auf Natalias Gesicht aus. Sie war im Verlauf des arbeitsreichen Tages überhaupt nicht dazu gekommen, mehr als eine Sekunde an ihn zu denken. Doch jetzt …

Sie legte ihre Füße auf den Schreibtisch, lehnte sich auf ihrem Stuhl zurück und lächelte vor sich hin. Es war so lange her, dass sie mit jemandem geflirtet hatte. Und gestern hätte er sie beinahe geküsst. Angesichts der Erinnerung daran, wie seine warmen Lippen ihre Wangen kurz berührt hatten, spürte sie ein Ziehen in ihrem Körper. Sie schielte verstohlen zur Seite.

Hoffentlich merkte keiner, dass Natalia de la Grip auf ihrem Bürostuhl saß und beim Gedanken an ein einfaches Küsschen in Wallung geriet.

Pls = please. Picknickkorb und ich kommen um 19 Uhr. /DH (David Hammar)

Natalia nahm die Füße vom Schreibtisch. Sie würde es nicht schaffen, zwischendurch nach Hause zu fahren, aber sie hatte ein paar Sachen zum Wechseln im Büro liegen, und für eine kurze Dusche würde die Zeit reichen. Draußen schien die Sonne, und plötzlich wurde ihr bewusst, wie sehr sie sich nach Sonne und frischer Luft und nicht zuletzt danach sehnte, ein ganz normaler Mensch zu sein. Eine Frau, die sich mit Männern traf, in Gesellschaft zu Abend aß und auch ein Privatleben hatte, anstatt achtzehn Stunden am Tag zu arbeiten. Sie schickte David eine kurze Bestätigung und stürzte sich dann wieder in ihre Arbeit.

12

»Es ist doch nur eine Bootstour, nichts, worüber man sich aufregen müsste«, meinte David.

»Ich mache mir ja auch keine Sorgen um das Boot«, fuhr Michel ihn an. »Was mir Sorgen bereitet, ist die Frage, ob du jetzt möglicherweise völlig durchdrehst. Du weißt, dass du dir jederzeit mein Boot ausleihen darfst und fahren kannst, wohin du willst und mit wem du willst. Aber ausgerechnet mit ihr?« Michel zwickte sich in die Nasenwurzel. Das Leder des Bürostuhls knarrte, als er seinen muskulösen Körper darauf bewegte.

David ging zur Tür und schloss sie vollständig. Im Büro dahinter saßen die Angestellten von Hammar Capital und arbeiteten vom frühen Morgen bis zum späten Abend, indem sie Unternehmen und Firmen analysierten. Sie mussten diese Diskussion nicht unbedingt mithören.

»Du sagst doch immer, dass man Privates und Geschäftliches nie vermischen sollte«, fuhr Michel in wütendem Ton fort. »Vielleicht kannst du mir mal erklären, was du vorhast. Ich kapier nicht ganz, warum du plötzlich andauernd mit Natalia de la Grip ausgehen musst. Ich dachte, wir hätten sie abgeschrieben.« Michel wirkte aufgebrachter als sonst. Nun ja, er war eben auch ein ungemein verantwortungsbewusster Mensch, der immer alles doppelt und dreifach überprüfte. Es gab niemanden auf der Welt, den David im Hinblick auf die Geschäfte, die sie tätigten, lieber an seiner Seite gehabt hätte. Doch das bedeutete nicht, dass er Michel alles erzählte. Nicht, dass es da etwas zu erzählen gegeben hätte, aber dennoch.

»Es ist nichts Ernstes«, beschwichtigte er ihn. Denn allein schon der Gedanke daran, dass es sich um mehr als einen äußerst flüchtigen Flirt handelte, war doch lächerlich. Sich mit Natalia zu unterhalten war kurzweilig, in ihrer Gegenwart verflog die Zeit, und sein impulsiver Wangenkuss, der ja verdammt noch mal nicht einmal ein richtiger Kuss gewesen war, hatte seinem Körper Lust auf mehr gemacht. Aber es war nichts Ernstes. Er wusste es besser als irgendwer anderes. »Ich pflege lediglich einen wertvollen Kontakt.«

»Natürlich«, schnaubte Michel.

David schüttelte den Kopf. Die Konversation mit Natalia per SMS hatte ihn gut gelaunt und nahezu erwartungsvoll gestimmt, und er hatte keine Lust, sich mit Michel zu streiten. Wenn er an dessen Stelle gewesen wäre, hätte er bestimmt ebenso reagiert.

Mal ganz abgesehen davon, dass es nichts gab, auf das man reagieren konnte. Er musste etwas essen, sie musste etwas essen, und frische Luft war gesund. Außerdem machte es keinen Spaß, alleine Boot zu fahren. Ihm fielen mindestens fünf, vielleicht sogar zehn Gründe dafür ein, dass dieser spontane Ausflug nichts war, worüber man sich aufregen musste.

Nun ja, und vielleicht ein *durchaus triftiger Grund dafür, dass Michels Reaktion legitim war.*

»Ich weiß, was ich tue«, sagte er versöhnlich.

»Du wirst sehen«, begann Michel und wirkte keineswegs versöhnt, »bald wird es auf den Titelseiten aller Zeitungen zu sehen sein. Hier, in ganz Europa und in den USA. Niemand hat je zuvor etwas Ähnliches durchgezogen. Du hast es selbst gesagt, oft sogar. Falls du also irgendwelche inoffiziellen Pläne hast, die diese Frau betreffen, kannst du sie mir gerne unterbreiten. Denn hier geht es nicht nur um deinen Deal, denk daran.« Michel hatte genau wie David einen Großteil seines privaten Vermögens eingesetzt und somit allen Grund, sich Sorgen zu machen.

David schob die Hände in die Hosentaschen und ging zum Fenster. Von Michels Büro aus hatte man eine Aussicht über das Königliche Schloss und die prächtige Paradestraße Skeppsbron direkt am Wasser. Er wandte sich wieder zu Michel um. »Ich werde lediglich an einem ganz gewöhnlichen Wochentag mit einer Kollegin aus derselben Branche zu Abend essen«, erklärte er. »Ich habe keinerlei inoffizielle Pläne. Wir sind zwei erwachsene Menschen, die sich treffen, um gemeinsam zu essen und sich ein wenig zu unterhalten. Alle sind der Meinung, dass sie ein wertvoller Kontakt ist, und ich habe bereits mit ihrem Chef zusammengearbeitet. Reines Networking.«

Michel schnaubte erneut. »Na klar.«

David warf ihm einen eindringlichen Blick zu. Michel war offenbar nicht ganz er selbst. Sie hatten nicht miteinander darüber gesprochen, was in der Bar vorgefallen war; sie waren schließlich Männer und redeten über solche Dinge nicht. Vielleicht war das ein Fehler gewesen. »Was ist eigentlich mit dir los? Wenn du dein Boot nicht verleihen willst, dann sag es. Aber alles andere geht dich nichts an. Sie hat schließlich keine operative Verantwortung bei Investum, und es hätte infolgedessen auch jede beliebige andere Frau sein können.«

Michel erhob die Hände, als gäbe er auf. »Ach, nimm das Boot. Ich weiß, dass du nie irgendwas Unprofessionelles tun würdest«, sagte er. »Wahrscheinlich hab ich einfach nur zu wenig Schlaf bekommen.«

David betrachtete ihn eingehend. Er sah in der Tat müde

aus. »Was war das eigentlich mit Åsa Bjelke letztens?«, fragte er.

Michel presste die Kiefer aufeinander, sagte jedoch nur: »Was meinst du?«

»Du weißt genau, was ich meine. Ich habe dich noch nie so erlebt. Du warst richtig wütend auf sie.«

»Ich war nur überrascht, sie zu sehen. Nichts weiter.«

Na klar.

»Komm«, sagte David resolut und klopfte seinem Freund auf die Schulter. »Ich geh jetzt los und kauf etwas zu essen fürs Picknick. Komm mit, ich lad dich auf 'nen Kaffee ein.«

Viel später, als David vor Natalias Bürogebäude am Stureplan stand und auf sie wartete, dachte er, dass Michel vielleicht doch recht gehabt hatte. Vielleicht sollte er die Finger von Natalia lassen. Denn sie war eine ausgesprochen angenehme Person.

Schon bald würde der Investum-Deal in der Presse explodieren und der Medienzirkus in vollem Gange sein. Sie würden von Journalisten bestürmt werden und die Schlagzeilen von Spekulationen bestimmt, und Michel und er könnten den nächsten Schritt einleiten.

Es wäre unausweichlich, dass Natalia ihn hassen würde, wenn sie die Tragweite dessen, was er vorhatte, erfasste. Und das war nicht das, was er wollte, denn er mochte sie. Wenn sie sich weiterhin träfen, würde sie seine Falschheit unweigerlich persönlich treffen. Er würde sie verletzen. Kein angenehmer Gedanke.

Doch der keusche Wangenkuss hatte etwas in ihm ausgelöst, das er nicht ignorieren konnte. Und sie hatte ebenfalls etwas dabei empfunden. Ihre Pupillen waren nahezu schwarz gewesen. Solche Augen hatte er noch nie gesehen. Doch er durfte die Sache nicht weiter vorantreiben, entschied er. Picknick,

Wangenküsse – dabei musste es bleiben. Mehr wäre der reinste Wahnsinn.

Er konnte zwar mitunter abgeklärt, rücksichtslos und eiskalt sein, aber er war doch nicht wahnsinnig.

13

Natalia trat auf die Straße hinaus, wo ihr die Hitze entgegenschlug. Sie hatte seit dem Morgen in ihrem klimatisierten Büro gesessen und hätte nicht erwartet, dass es draußen so heiß sein würde. Sie war noch nie zu einem Picknickdate eingeladen worden, was an sich schon unfassbar war, sie aber nicht zuletzt unsicher werden ließ im Hinblick auf den Dresscode.

Letztendlich hatte sie sich für eine Seidenbluse mit angedeuteten Ärmeln und helle dünne Leinenhosen aus ihrer Reservegarderobe im Büro entschieden. David stand bereits da und wartete auf sie, als sie aus der Sturegalerie kam. Als sie sah, dass er ein T-Shirt und Jeans trug, kam sie sich völlig overdressed vor. Er hob die Hand mit der teuren Uhr am Handgelenk und winkte. Jedes Mal, wenn sie an ihn dachte, war sie sich sicher, ihn als übertrieben gut aussehend in Erinnerung behalten zu haben. Und jedes Mal, wenn sie sich dann begegneten, musste sie einsehen, dass ihre Vorstellung nicht im Geringsten übertrieben war. Kein Wunder, dass die Massenmedien verrückt nach ihm waren.

»Hallo«, sagte er mit einem Lächeln.

»Hej«, antwortete sie und stellte dankbar fest, dass ihre Stimme ruhig und souverän klang.

Er legte ihr die Hand auf die Schulter und berührte kurz ihre Wange mit seinen Lippen. Ein flüchtiger Wangenkuss. Sie schloss die Augen und sog seinen Duft ein. Mein Gott, allein schon diese kleine Geste erregte sie. Sie entzog sich ein wenig und sammelte sich, um ihm freundlich zuzulächeln. »Wohin fahren wir?«

David warf einen amüsierten Blick auf ihre elegante Hose und die exquisite Bluse. »Ich hätte wissen müssen, dass Sie in etwas zu dünner und unpraktischer Kleidung kommen würden«, sagte er und begutachtete dann ihre Frisur. »Und die wird definitiv nicht halten.«

Er legte seine Hand um ihren Oberarm. »Kommen Sie«, sagte er. Sie hatte kaum registriert, wie sehr seine Hand auf ihrer Haut brannte, als er sie auch schon wieder losließ.

Sie spazierten in Richtung Wasser und gerieten dabei in einen nicht enden wollenden Strom von Touristen, Familien mit kleinen Kindern und Hundebesitzern.

»Wie war's in Malmö?«, fragte sie.

»Typisch Provinz halt«, antwortete er mit dem leicht hochnäsigen Grinsen eines Hauptstädters.

»Ich mag Skåne.«

»Ja, es ist schön dort«, meinte David. Er lächelte. »Jetzt sind wir da.«

Natalia sah sich um. Sie waren vor einem kleinen vornehmeren Straßencafé stehen geblieben. Schick gestylte Bedienungen trugen Drinks und Teller mit Fingerfood nach draußen. Musik hallte über die Uferpromenade. Eine wunderbare Vorstellung, hier am Wasser zu sitzen und auf die in der Sonne glitzernden Wellen zu schauen. Sie ignorierte ihre Unlust darüber, mit ihm zusammen gesehen zu werden – hier am exklusiven Strandväg unter Leuten, die wussten, wer sie war. Es war reines Glück, dass sie auf dem Weg hierher niemand erkannt hatte.

»Nicht dort«, sagte David, als läse er ihre Gedanken. »Hier.« Er wies mit einem Kopfnicken aufs Wasser hinaus, und Natalia schnappte nach Luft.

Am Kai lag eine glänzend weiße Motorjacht vertäut. Sie war gigantisch, und mit ihrer schlanken Form und der verchromten Reling wirkte sie nahezu lebendig wie ein Raubfisch und pfeilschnell. Energiegeladen und begierig darauf, in See zu stechen.

»Ich dachte, wir müssen uns ja nicht unbedingt in die Menge stürzen«, meinte David und warf ihr einen fragenden Blick zu. »Oder möchten Sie lieber an Land bleiben?«

»Nein«, sagte Natalia, während sie das weiße Monster bewunderte. Sie verspürte ein erwartungsvolles Ziehen im Körper.

Er stieg an Bord, und Natalia ergriff seine Hand, die er ihr reichte. Das Schiff schwankte erwartungsfroh unter ihren Füßen.

»Möchten Sie, dass ich Sie zuerst herumführe?«, fragte er.

Sie schüttelte den Kopf. »Ich will losfahren.«

David begann diverse Knöpfe zu drücken und einen Joystick zu bedienen. Der Motor startete mit einem leisen Brummen. Er drehte am Steuerrad und manövrierte das Schiff rückwärts hinaus.

»Wohin fahren wir?«, fragte sie.

»Unten in der Pantry steht ein Korb mit Essen. Was halten Sie davon, einfach raus in die Schären zu fahren und unterwegs irgendwo in einer Bucht zu halten?«

»Klingt göttlich.«

Bald hatten sie Stockholm und die stark frequentierte Fahrrinne von Nybroviken hinter sich gelassen. Sie fuhren aus der Bucht heraus, weiter in Richtung Saltsjön und rauschten bald an Lidingö vorbei. Selbst draußen in den Schären waren jede Menge Boote unterwegs, die Sonne schien mit unverminderter Stärke, und auf den Anlegern, die sie passierten, saßen die Leute dicht gedrängt.

Nach einer Weile drosselte David die Geschwindigkeit, steuerte das Schiff in eine kleine abgeschiedene Bucht, ankerte und wandte sich Natalia zu.

»Kommen Sie, ich zeig Ihnen, wie es unten aussieht«, forderte er sie auf.

Über eine schmale Treppe gelangten sie hinunter in die Kajüte, und als Natalia die letzte Stufe genommen hatte und auf dem Holzparkett landete, musste sie laut auflachen.

Es war die mit Abstand protzigste Luxusjacht, die sie je gesehen hatte. Die Einrichtung bestand aus blank poliertem Holz und weißen Stoffen. Eine Dachluke, Bullaugen an den Wänden, die aufs Wasser wiesen, und dezente Spots an der Decke ließen den Raum hell und luftig erscheinen. An einer Wand hing ein Flachbildschirm, in den Schränken stand glänzendes Porzellan von Pillivuyt, und auf einem Unterschrank war eine Mikrowelle montiert. Auf dem Tisch stand ein riesiger Korb.

David deutete auf einen der Hängeschränke. »Könnten Sie dort die Champagnergläser herausholen?«

Während Natalia zwei schlanke Gläser herunterholte, öffnete er den Kühlschrank und nahm eine Flasche Champagner heraus. »Ich habe einen Rosé gekauft«, erklärte er.

»Wenn ich es nicht besser wüsste, würde ich glauben, Sie wollten mir imponieren«, sagte sie angesichts der teuren Flasche mit einem unterdrückten Lachen.

»Sie wissen ja, wie wir Neureichen sind«, meinte er. »Dieser ständige Kampf darum, bei der Upperclass Eindruck zu schinden. Sagen Sie mir, ob es funktioniert.«

»Versprochen.«

David nahm die Flasche in die eine Hand und den schweren Korb in die andere und verschwand mit großen Schritten die Treppe hinauf. »Kommen Sie schon, nicht trödeln, jetzt gibt es Picknick«, rief er über die Schulter.

Mit den Gläsern in der Hand und einem perlenden Lachen in der Brust folgte Natalia ihm.

Auf dem Achterdeck befand sich ein Tisch mit in die Wand eingelassenen Bänken, wo sie sich einander gegenübersetzten. Während David die rosafarbene Folie am Flaschenhals entfernte und den Stahldraht aufdrehte, inspizierte Natalia den Inhalt des Korbs.

Sie runzelte die Stirn. »Wie viele Frauen haben Sie eigentlich vor durchzufüttern?«, fragte sie, während sie Teller mit luftgetrocknetem Schinken und Salami auszupacken begann, gefolgt von Brettchen mit diversen Käsesorten, haufenweise Schälchen mit Oliven, mariniertem Gemüse und Pesto sowie einen Brotkorb.

»Nur einen hungrigen Consultant«, antwortete David und sah ihr dabei zu, wie sie diverse Focaccias und noch mehr Käse aus dem Korb holte.

»Wow«, rief sie, als sie eine noch warme Tüte mit verschiedenen Quiches darin erblickte, die himmlisch dufteten.

»Hm, vielleicht hätte ich eher Rotwein kaufen sollen«, meinte David mit einem Blick auf die Delikatessen.

»Nein, das ist perfekt«, sagte Natalia mit einem Lächeln. »Aber der Tisch ist viel zu klein, es ist ja gar nicht genug Platz für all die Leckereien.«

Am Ende füllten sie sich jeder einen Teller, breiteten eine Decke auf dem Vordeck aus und nahmen darauf Platz. Natalia setzte sich in den Schneidersitz. David reichte ihr ein Glas, füllte sein eigenes und prostete ihr in der Luft zu.

»Erzählen Sie mir, wie Sie zu einem der erfolgreichsten Risikoinvestoren der Welt geworden sind«, bat Natalia.

»Was wollen Sie genau wissen?«, fragte er, und es freute sie, dass er sich nicht hinter falscher Bescheidenheit versteckte.

»Ich weiß zwar inzwischen, aus welchem Grund, aber ich weiß noch nicht, wie. Und ich kenne keinen, der einen ähnlichen Aufstieg hingelegt hätte wie Sie«, sagte sie zwischen zwei Bissen. Mein Gott, wie lecker. Der Schampus stieg ihr geradewegs zu Kopf. »Ich meine, Sie haben ja mit völlig leeren Händen angefangen.«

»Mhmm«, murmelte er. »Ich habe schon immer gejobbt, um mir meinen Lebensunterhalt zu verdienen. Als ich aufs Gymnasium ging und meine Klassenkameraden im Sommer irgendwo in die Sonne fuhren und im Winter Ski fahren gingen, hab ich gearbeitet. In allen Ferien, an jedem Wochenende. Und so ist es weitergegangen.«

Natalia biss ein großes Stück Taleggio ab. Sie waren immer in die Ferien gefahren. Auch wenn sie natürlich gewusst hatte, dass es bei einigen anders war. Dass es Leute gab, die sich keinen Urlaub leisten konnten und stattdessen arbeiten mussten. Doch sie hatte nie näher darüber nachgedacht.

»Von meinem Verdienst hab ich so viel gespart, wie ich nur konnte«, fuhr David fort. »Sobald ich begriffen hatte, wie man vorgehen muss, habe ich angefangen, Aktien zu kaufen, und schon damals, als ich noch auf Skogbacka war, konnte ich ein paar richtig lukrative Geschäfte abschließen.«

Natalia fragte sich, wie es David wohl im berühmten – oder berüchtigten, je nachdem, wie man es sah – Internat ergangen war. Sowohl Peter als auch Alexander waren dort gewesen. Und ihr Vater hatte im Vorstand gesessen. Man konnte also durchaus behaupten, dass die Männer in ihrer Familie Skogbacka im Blut hatten. Sie selbst war auf eines der anderen Internate gegangen, eine Schule, die als milder und weniger streng angesehen wurde und somit für die Frauen der Familie – oder *Mädchen*, wie ihre Mutter sich ausdrückte – geeigneter erschien. Doch beide Schulen waren teuer, und David – Sohn einer alleinerziehenden Mutter, wenn sie es richtig in Erinnerung hatte – konnte damals nur als sogenannter Freischüler, sozusagen aus Kulanz, aufgenommen worden sein. Sie fragte sich, inwiefern ihn das Gefühl, ein absolut Außenvorstehender zu sein, beeinflusst hatte. Die Internate in Schweden bildeten die Kinder der Elite aus, also die der wirklich Reichen, der Adligen und der Königsfamilie. David, Sohn einer alleinstehenden Mutter, hatte es unter ihnen bestimmt nicht leicht gehabt.

»Später an der Handelshochschule habe ich genauso weitergemacht«, erzählte David, und Natalia schob die Gedanken beiseite. David Hammar, der sich entspannt auf dem Vorderdeck einer millionenschweren Jacht fläzte und Macht und Vitalität ausstrahlte, war kaum eine Person, die man bemitleiden musste. »Parallel zu meinem Studium – und meinen anderen Nebenjobs – habe ich Aktiengeschäfte getätigt. Und begonnen, Kontakte zu knüpfen.« Er zuckte mit den Schultern. »So hat es angefangen. Irgendwann bekam ich einen Termin bei Gordon Wyndt in London …« Er schaute sie prüfend an.

»Ich weiß, wer das ist«, bestätigte sie. Als sie sich zuletzt das Ranking der reichsten Personen der Welt angeschaut hatte, war Wyndt die Nummer fünfundvierzig auf der Liste gewesen. Einen solchen Mann als Mentor zu haben, war vermutlich genau das gewesen, was ein hungriger Student ohne irgendwelche familiäre Unterstützung benötigte.

»Gordon hat mir viel beigebracht. Nach der Handelshochschule habe ich ein Stipendium für Harvard erhalten und bin in die USA gegangen, um weiter zu studieren. Gleichzeitig hab ich in einem Restaurant gejobbt, um meinen Lebensunterhalt zu finanzieren. Und nebenher hab ich noch Unternehmensanalysen für einen amerikanischen Risikoinvestor durchgeführt.« Er verzog leicht das Gesicht. »In den Jahren hab ich nicht gerade viel Schlaf bekommen.«

»Aber es hat Spaß gemacht?«

Er nickte. »Sehr sogar«

In ihrer Brust breitete sich eine gewisse Wärme aus. Sie konnte diese Freude am Job nachvollziehen, und vielleicht war es deswegen auch so anregend, sich mit ihm zu unterhalten; denn sie waren einander ziemlich ähnlich. Was natürlich ein absurder Gedanke war. Aber sie erkannte sich in seiner Leidenschaft und seinen Ambitionen wieder und genoss das entspannte Gespräch. Sie fühlte sich in seiner Nähe keineswegs unwohl, im Gegenteil, sie war beeindruckt, begeistert sogar. Aber weder verlegen noch befangen.

»Und dann habe ich HC gegründet«, sagte er mit einem breiten Lächeln, möglicherweise das erste richtig strahlende Lächeln, das sie bislang an ihm gesehen hatte. »Und da ging es mit der Arbeit eigentlich erst richtig los.«

Natalia lachte auf, nippte an ihrem Champagner und stieß einen tiefen Seufzer der Zufriedenheit aus. Wenn das hier kein perfektes Date war, was dann?

David betrachtete Natalia, die rundum zufrieden wirkte, wie sie so auf dem Deck von Michels Jacht saß und an ihrem Champagner nippte. Irgendwie war es ihr gelungen, die Dinge geschickt aus ihm herauszulocken, über die er normalerweise nur ungern sprach: seine frühen Jahre. Er fragte sich, wie viel sie eigentlich darüber wusste, was auf Skogbacka geschehen war. Doch sie hatte ihn behutsam durchs Gespräch gelotst, und er hatte einfach drauflosgeredet. Jetzt wirkte sie fröhlich und gluckste in sich hinein, was ihn vielleicht besser dazu bewegen sollte, sich etwas zurückzuhalten, doch er war ebenfalls bester Laune.

»Und was glauben Sie, werden Sie in zehn Jahren machen?«, fragte sie.

David nahm sein Glas und stützte sich genau wie sie auf einen Unterarm. »Keine Ahnung«, meinte er. »Ich nehme an, weiterhin rund um die Uhr arbeiten. Vielleicht habe ich dann ja aufgehört, anderen Leuten das Geld abzujagen, und investiere nur noch mein eigenes.«

»Wollen Sie keine Familie gründen?«

David öffnete erstaunt den Mund und schloss ihn dann wieder. »Nein«, sagte er kurz angebunden. »Nicht, wenn ich es vermeiden kann.«

Sie legte den Kopf schräg. »Okay«, sagte sie in weichem Tonfall.

Wie angenehm, dass sie das Thema einfach fallen lassen konnte. Er wusste nicht, wie viele Frauen schon insistiert und darauf gedrungen hatten, dass er seine Meinung zu diesem Thema ändern solle.

»In den vergangenen Tagen habe ich oft an Sie gedacht«, sagte er.

Ihre Augen begannen zu leuchten. »Wirklich?«, fragte sie. »Ich für meinen Teil hatte Sie schon fast wieder vergessen.«

Das entsprach so offensichtlich der Unwahrheit, dass David auflachte. Sie nippte erneut an ihrem Schampus, jetzt mit gesenkten Augenlidern und einem Lächeln in den Mundwinkeln. Er stellte sein Glas ab, legte sich auf den Rücken, verschränkte die Arme hinter dem Kopf und dachte, dass er morgen wieder vernünftig sein und zu seinem rationalen Ich zurückfinden würde, aber nicht jetzt und nicht hier. Er konnte sich nicht daran erinnern, wann er das letzte Mal so entspannt gewesen war. Er war jedes Mal wieder aufs Neue überrascht darüber, wie es kam, dass jedes Treffen mit Natalia darin gipfelte, dass er sich einfach wohlfühlte.

Sie schaute ihn fragend an. »Was denken Sie?«

Er richtete seinen Blick gen Himmel. Die Sonne wärmte

noch immer, aber ganz im Westen war bereits ein Stern aufgegangen. »Es geht mir einfach gut«, sagte er geradewegs in Richtung Himmel.

Möwen segelten hoch über ihnen. Die Wellen spritzten gegen den Bug, und David spürte ihren Blick auf seinem Körper. Er wandte ihr den Kopf zu. Große, vom Champagner leicht glänzende Augen richteten sich auf sein Gesicht. Er dachte, dass er recht behalten hatte. Die etwas unzeitgemäße Frisur hielt bei dem Wind draußen auf dem Meer nicht. Lose Haarsträhnen umflatterten ihr Gesicht, und der Knoten hing inzwischen irgendwo im Nacken.

»Ich liebe es, draußen in den Schären zu sein«, sagte sie, und er hatte den Eindruck, dass ihre Stimme etwas atemlos klang.

»Als ich vor hundert Jahren meinen Wehrdienst abgeleistet habe, war ich oft auf See«, antwortete er und sah übers Wasser hinaus. »Mir gefällt es auch hier draußen, das hatte ich schon fast vergessen. Heutzutage nehme ich mir kaum noch die Zeit.«

»Ich dachte, Sie wären ein routinierter Skipper«, meinte sie. »Die Jacht gehört Ihnen also gar nicht?«

»Sie gehört Michel. Er liebt solche Vorzeigeobjekte. Aber im Moment kann ich es ihm nicht gerade verdenken.«

»Nein, es ist wundervoll«, pflichtete sie ihm bei.

Die Worte blieben in der Luft hängen.

David drehte erneut den Kopf. Er ließ seinen Blick über ihre ebenmäßigen Gesichtszüge und den schmalen Hals gleiten, bevor er weiter an ihr hinuntersah. Durch den nahezu durchscheinenden Stoff ihrer Bluse zeichneten sich feste kleine Brustwarzen ab. Der Anblick ließ eine Welle der Lust durch seinen Körper strömen, bevor er registrierte, dass Natalia eine Gänsehaut hatte und vermutlich fror, anstatt vor Erregung zu vergehen.

Er war doch nicht ganz so smart, wie er angenommen hatte, ging es ihm durch den Kopf, als er aufstand.

Natalia beobachtete, wie David sich von ihrem kleinen Lager erhob. Die Hand schützend vor die Augen gehalten, sah sie ihm zu, wie er mit raschen Bewegungen die verderblichen Reste des Picknicks wegräumte.

»Bleiben Sie liegen, ich komme gleich zurück«, sagte er und verschwand in der Kajüte.

Sie setzte sich auf und rieb sich die Arme. Inzwischen war es bedeutend kühler geworden.

Sie hörte ihn dort unten herumräumen, doch kurz darauf stand er schon wieder vor ihr.

Er hatte sich einen dicken Pulli übergezogen und hielt ihr einen ähnlichen hin. »Ich habe Kaffee aufgesetzt. Ich hoffe, Sie haben noch ein wenig Platz für Nachtisch.«

Natalia zog den Pulli über, der ihr einige Nummern zu groß war, und kuschelte sich in den warmen Stoff. »Danke«, sagte sie.

David verschwand erneut nach unten und kam schließlich mit einer Thermoskanne unter dem Arm, zwei Espressotassen und einer Kühltasche in der Hand zurück. Er öffnete die Tasche und warf einen Blick hinein.

»Was ist da denn drin?«, fragte Natalia.

»Keine Ahnung«, antwortete er und zog eine Plastikdose mit Deckel hervor »Ob Sie's glauben oder nicht«, fuhr er mit einem Lachen in der Stimme fort, »aber Desserts gehören zu den äußerst wenigen Disziplinen, die ich nicht bis zur Vollendung beherrsche. Ich kann mich nicht mal mehr daran erinnern, es überhaupt gekauft zu haben.«

»Geben Sie mal her.«

Natalia nahm die Dose entgegen, öffnete sie und schnupperte am Inhalt, bis sie feststellte: »Tiramisu.«

»Ist das gut?«, fragte er.

»Sehr gut«, antwortete sie mit Vorfreude in der Stimme.

David reichte ihr einen Löffel und schraubte dann den Deckel der Thermoskanne auf. Ein Duft nach Kaffee breitete sich im Bug aus. Sie bekam eine bauchige Tasse mit nachtschwarzem Espresso gereicht und tauchte begierig ihren Löffel ins Dessert. »Wenn wir so weitermachen, gehe ich auf wie ein Hefekloß«, sagte sie, ohne nachzudenken.

David zog über seiner Kaffeetasse die Augenbrauen hoch, und Natalia biss sich auf die Lippe.

David nahm ebenfalls einen Happen und setzte eine zufriedene Miene auf. »Lecker.« Er genehmigte sich noch ein paar Löffel und aß zügig und genussvoll. Dann legte er sich auf die Seite, streckte die Beine aus und schloss die Hand um seine Espressotasse. »Und was machen Sie, wenn Sie nicht arbeiten?«, fragte er.

Natalia nahm kleine Schlucke von ihrem heißen Espresso, während sie über die Antwort nachdachte. Als Kind hatte sie das Tanzen gehabt. Daran angeschlossen hatte sich eine lange Phase, in der Reiten ihr ein und alles war, und sie ritt noch immer gern, aber jetzt … Sie hörte David leise lachen und schaute ihn an. »Was ist denn?«, fragte sie.

»Nichts«, entgegnete er. »Aber Sie reagieren jedes Mal so, wenn man Sie etwas fragt. Nachdenklich.«

»Ich bin nun mal kein impulsiver Mensch«, antwortete sie.

»Nein«, pflichtete er ihr bei. »Aber aus diesem Grund sind Sie ja wahrscheinlich auch ziemlich kompetent als Consultant. Und außerdem mag ich es, Ihnen dabei zuzusehen, wie Sie nachdenken.«

»Genau wie Sie arbeite ich viel«, sagte sie dann. »Die Arbeit ist mir wichtig. Ich habe weder ein ausgeprägtes Interesse an Mode noch an häuslichen Dingen«, fuhr sie fort. »Und ich kann mich auch nicht erinnern, wann ich zuletzt einen Film im Kino gesehen habe.« Sie runzelte die Stirn. Als sie darüber nachdachte, fand sie es ziemlich erschreckend. »Als ich jung war, waren Pferde mein Ein und Alles«, fuhr sie gedankenverloren fort, während sie bemüht war, sich in Erinnerung zu rufen, welche Interessen sie eigentlich hatte. »Und ich liebe Handtaschen und …« Sie hielt gerade noch rechtzeitig inne, aber David hatte ihr Zögern bemerkt.

»So, so, Natalia, Sie haben also ein Geheimnis«, zog er sie auf. »Verraten Sie es mir.«

Sie legte sich ebenfalls auf die Seite. Den Kopf auf die Handfläche gestützt, kuschelte sie sich in den Pulli. »Ich bin wirklich pappsatt«, sagte sie.

»Lenken Sie nicht ab«, meinte er.

»Ich nehme an, dass Sie ein Experte darin sind, den Leuten Dinge zu entlocken, die sie eigentlich gar nicht sagen wollen.«

Er nickte.

»Ich pflege meine – ähm – privaten Interessen aber nicht mit Männern zu besprechen.« Sie schloss die Augen. »Ich kann es zwar nicht fassen, dass ich es Ihnen wirklich anvertraue. Aber ich sammle französische Unterwäsche. Ich bestelle sie im Internet. Ein ziemlich teures, völlig irrationales Vergnügen. Die meisten Teile kann man gar nicht tragen.«

Sie schlug die Augen wieder auf.

David betrachtete sie intensiv. »Erzählen Sie mir noch mehr Dinge, die Sie rot werden lassen. Denn Sie sind in einer Nicht-Corporate-Finance-Art-und-Weise äußerst attraktiv, wenn Sie erröten.«

Natalia schüttelte den Kopf. Sie streckte sich nach der Thermoskanne, um seinem Blick zu entgehen. »Ich glaube, das reicht an Enthüllungen für heute Abend«, sagte sie. »Jetzt sind Sie dran.«

»Aha. Und was wollen Sie wissen?«

Natalia legte den Kopf schräg, und sie sahen einander über die Reste des Picknicks hinweg an. Oh, sie wollte ziemlich viel wissen. Zum Beispiel, warum er sie hierher eingeladen hatte. Was er ihr über seinen Background verschwiegen hatte. Wo die Eiseskälte herrührte, die sie mitunter in seinem Blick wahrnahm. Vor allem aber natürlich: Ob er vorhatte, in naher Zukunft mit ihr Sex zu haben.

»Was würden Sie tun, wenn Sie ein anderes Leben führen könnten als das, was Sie jetzt führen?«, fragte sie stattdessen.

»Ich glaube, ich würde einmal um die Welt segeln. Aufs Internet verzichten, Bücher lesen.« Er lächelte. »Vielleicht kochen lernen.«

»Können Sie etwa nicht kochen?«

»Sie denn?«, fragte er mit hochgezogenen Augenbrauen.

»Ich habe mir letztens ein Glas Salzgurken geöffnet, zählt das?«

In seinen Augen blitzte es auf. »Keine Ahnung.«

»Was macht man eigentlich genau beim Wehrdienst?«, fragte sie. »Ich habe zwar zwei Brüder, aber merkwürdigerweise hab ich sie noch nie danach gefragt.«

»In der Natur herumrobben, sich triezen lassen und sich wie ein Tier schinden«, antwortete er. »Aber ich mochte es ehrlich gesagt. Man befolgt Befehle, strengt sich körperlich an und schläft nachts gut.« Er verstummte.

Sie horchte dem Plätschern der Wellen. Irgendwo vom Ufer her war Hundegebell zu hören.

Er wandte sich ihr zu und stützte sich auf den Ellenbogen. »Frieren Sie noch?«, fragte er. »Soll ich Ihnen eine Decke holen?«

Natalia schüttelte langsam den Kopf.

David ließ seinen Blick auf ihr ruhen. Er streckte seine Hand aus, und sie hielt den Atem an. Dann berührte er ihre Perlenkette. Sie blinzelte. Er befingerte den schweren Verschluss, der nach vorn gerutscht war. »Was ist das für ein Symbol?«, fragte er.

Sie schluckte und versuchte, unberührt zu klingen, obwohl seine Finger ihr Halsgrübchen streiften. Mit einem Finger strich er ihr nahezu zerstreut übers Schlüsselbein. »Mein Familienwappen«, antwortete sie und spürte, wie ihr Puls unter seinen Fingerspitzen raste. »Meine Brüder tragen es auf ihren Siegelringen, ich hab es auf dem Verschluss meiner Kette.«

»Weil Sie adlig sind? Gräflich?«

»Ja.«

Es gelang ihr nicht, seine Miene zu deuten, während er den schweren goldenen Verschluss inspizierte, als wäre es von Bedeutung. Dann sah er sie erneut an, ohne seine Hand wegzunehmen. Er beugte sich vor, hielt jedoch inne. Da überraschte Natalia sich selbst. Sie legte ihre Hand um seinen Nacken, beherzt und beinahe ungeduldig. Über den Resten des Picknicks fanden ihre Gesichter zusammen, und er küsste sie leicht; es war nicht mehr als ein flüchtiges Huschen über ihren Mund. Sie spürte seine Wärme, sein Gesicht fühlte sich leicht rau an. Für eine Sekunde oder zwei verharrte er. Natalia versuchte, klar zu denken, doch sie empfand nichts als Lust. Es gab keinen, aber auch keinen einzigen Grund, es nicht zu tun. Es war gerade so, als hätte sie ihr ganzes Leben lang darauf gewartet, von einem nach Tiramisu schmeckenden David Hammar geküsst zu werden, hier auf einer protzigen Motorjacht mitten im Schärengarten.

Dann küsste er sie erneut. Seine Hand lag noch immer auf dem Ausschnitt ihrer Bluse, er spreizte die Finger, sie spürte seine Handfläche auf ihrem Brustkorb. Ihre Zungen spielten miteinander, leidenschaftlich, und sie fühlte, wie ihr Körper sich ihm wie von selbst entgegenstreckte, sich gegen seine Hand, seinen Mund und seine Zunge presste. Es war schon so lange her, dass sie ein Gefühl wie dieses verspürt hatte. *Verlangen*. Wenn überhaupt jemals.

David bewegte sich, Geschirr klapperte. Dann entzog er sich ihr.

»Nicht hier«, sagte er und schüttelte den Kopf.

»Sollen wir unter Deck gehen?«, fragte Natalia mit heiserer Stimme und war von sich selbst schockiert.

Wohlerzogene Mädchen verhielten sich passiv, nicht aktiv. Das hatten sowohl ihre Mutter als auch ihre Freundinnen – ja, eigentlich alle – ihr eingeschärft, doch nun kam es ihr vor wie ein verstaubter Rat aus dem neunzehnten Jahrhundert. Sie empfand so unbändige Lust. Wollte seine Hände auf ihrer Haut spüren, wollte spüren, wie er sich auf ihr, in ihr bewegte. Und er hatte mindestens ebenso erregt gewirkt. Oder hatte sie ihn falsch eingeschätzt?

»Nein, wir fahren zurück«, entschied er.

Was für eine Zurückweisung. Puh, wie unangenehm.

»Ob Sie's glauben oder nicht, aber ich hatte nicht geplant, das aus unserem Picknick mehr werden würde. Es ist schließlich nicht mein Boot«, erklärte er entschuldigend. »Außerdem habe ich nichts zum Verhüten dabei. Sie vielleicht?«

»Nein«, sagte sie knapp und fragte sich, ob sie nicht vor Scham auf der Stelle tot umfallen sollte.

»Wir fahren zurück, bevor es dunkel wird.« Er streckte ihr die Hand entgegen. Nach einem kurzen Zögern ließ sie ihre Hand in seine gleiten. Schweigend stand sie auf und versuchte, sich nicht anmerken zu lassen, wie ungemein intim es sich anfühlte, seine Hand zu halten.

Nachdem David den Anker eingeholt hatte, wandte er sich ihr zu, schaute sie mit ernstem Blick an und startete dann mit wenigen raschen Handgriffen den Motor. Er manövrierte das Schiff aus der Bucht heraus und gab dann Gas, bis der Motor aufheulte. Natalia merkte nicht, wie sehr sie fror, bevor er sie zu sich heranzog und sie zwischen sich und das Steuerrad schob. Sie glitt in seine Wärme hinein, das Zittern hörte auf, und mit dem lauten Röhren des Motors in den Ohren ließ sie sich einfach fallen, ließ sich ganz und gar auf das Gefühl ein, von ihm umschlossen zu sein. Er gab noch mehr Gas, und unter ohrenbetäubendem Donnern schossen sie über die Wellen in Richtung Stockholm, während sich die Dämmerung über sie senkte. Hin und wieder berührte David zufällig mit seiner Wange ihr Haar, und Natalia wollte sich umdrehen, sodass sie sich erneut küssen konnten, doch jetzt traute sie sich nicht noch einmal, die Initiative zu ergreifen. Sie wusste nicht, ob sie es sich einbildete oder ob sich die Stimmung zwischen ihnen tatsächlich verändert hatte. Sie war sich auch nicht so sicher, ob sie es wirklich wissen wollte.

Sie legten am Nybrokai an. David schaltete den Motor aus, sprang an Land, vertäute das Schiff und reichte ihr die Hand. Sobald sie ebenfalls an Land war, ließ er sie wieder los. Sie wechselten kein Wort miteinander, und das Schweigen zwischen ihnen war unmöglich zu deuten.

»Ich begleite Sie nach Hause«, sagte er in einem knappen Ton, der sie noch mehr verwirrte.

Schweigend überquerten sie den Strandväg. Der Lärm der Straßencafés und Lokale nahm ab, als sie in ihre ruhige Straße einbogen.

Als sie vor Natalias Haustür standen, schaute sie ihn an.

»Habe ich etwas falsch gemacht?«, fragte sie, und obwohl sie beabsichtigt hatte, einen kühlen und gleichmütigen Ton anzuschlagen, hörte sie selbst, wie brüchig ihre Stimme klang.

Åsa wäre nie und nimmer in so eine Lage geraten. Sie hätte gewusst, wie man sich verhielt. Doch sie selbst hatte es nie gewusst und konnte auf keinerlei Erfahrung zurückgreifen.

»Glauben Sie das? Dass Sie etwas falsch gemacht haben?«, fragte er.

Natalia zuckte mit den Schultern. Unmittelbar hinter ihr befand sich die Haustür, und sie wurde langsam müde und war irritiert, als wäre jegliche Energie aus ihrem Körper gewichen. Vielleicht lag es am Alkohol, aber sie wollte nur noch ins Haus hinein, hoch in ihre Wohnung und dann so schnell wie möglich ihren Kopf in einem Kissen vergraben.

David betrachtete sie lange.

»Was?«, fragte sie kurz angebunden, als ihr die Stille auf die Nerven zu gehen begann. Verdammt, wieso war er bloß so undurchschaubar?

»Am Anfang war ich unglaublich rücksichtslos«, sagte er plötzlich, und es dauerte eine Weile, bis sie realisierte, dass er über seine Arbeit sprach und nicht über sie beide.

»Ich arbeite nicht gerade in einer Branche, in der man einen Bonus fürs Nettsein erhält«, fuhr er fort. »Ich bin kein warmherziger und gutmütiger Mensch.«

»Und ich bin mit Finanzleuten aufgewachsen und bewege mich in dieser Welt, seit ich denken kann. Glauben Sie etwa, dass ich das nicht wüsste?«, fragte sie. Ihr Vater war knallhart, ihr Bruder ebenso. Sie begriff durchaus, dass auch David kein Softie war.

David hob langsam seine Hand und berührte sachte ihre Wange. Strich ihr mit dem Daumen übers Kinn. Und dann küsste er sie.

Wie konnte sich ein Kuss, ein einziger Kuss, nur so von allen anderen Küssen unterscheiden?

Sie hörte ein Stöhnen und war sich nicht sicher, ob es von ihr oder von ihm kam, und dann legte sich sein Arm um ihre Taille, und dieser Kuss hatte nichts Flüchtiges mehr an sich, nein, er war intensiv und fordernd, daran bestand kein Zweifel. Sein

Bein presste sich gegen ihren Oberschenkel, in ihrem Rücken fühlte sie die raue Hauswand.

»Kommst du mit zu mir?«, flüsterte sie.

Er fixierte sie mit seinem Blick.

Ihre Brust hob sich. Sie hielt die Luft an.

»Ja«, sagte er nur.

14

Er weigerte sich, seine Entscheidung zu bereuen. Er hatte sie gewarnt, hatte klipp und klar gesagt, wer und was er war. Sie hatte gefragt, ob er mit zu ihr kommen wollte. Er hatte Ja gesagt, und er hatte nicht vor, seine Entscheidung rückgängig zu machen.

Während der altersschwache Aufzug sie knarrend in die oberste Etage hinaufbrachte, standen sie schweigend da und schauten einander an. Keiner von beiden sagte ein Wort. Er sah, wie sich Natalias Brust unter dem dicken Pulli hob und senkte. Sie blickte ernst drein. Der Aufzug hielt an, und David hielt ihr die Tür auf. Sie nahm den Wohnungsschlüssel aus ihrer Handtasche und schloss auf. Dann trat sie zur Seite und öffnete den Mund, um etwas zu sagen, doch David nahm ihr Gesicht in beide Hände und küsste sie. Er hatte den ganzen Weg lang mit sich gekämpft. Er hatte nicht gelogen, als er sagte, dies hier nicht geplant zu haben. Es war schließlich Montag, und er wusste, dass sie für gewöhnlich hart arbeitete und ihren Job ernst nahm. Auch er selbst würde morgen früh aufstehen müssen. Also hatte er nicht gelogen.

Oder doch?

Das hier war eine unglaublich schlechte Idee. Er hatte doch eigentlich vorgehabt, ihren Kontakt zu beenden und nicht zu vertiefen. Doch im Grunde genommen hatte er seinen inneren

Kampf bereits verloren. Womöglich hatte er nicht hart genug gekämpft. Aber vielleicht hatte er auch nie etwas anderes gewollt, als die so prinzipientreue Natalia de la Grip in ihre Wohnung zu begleiten und Sex mit ihr zu haben.

Eine Nacht. Eine einzige Nacht. Das spielte doch wohl keine Rolle, oder?

Er küsste sie erneut, diesmal heftig, sodass sie unter seinen Lippen nach Luft rang. Er legte eine Hand um ihren Nacken, während er mit der anderen die Wohnungstür hinter ihnen schloss. Und dann standen sie in dem dunklen Flur, seine Hand noch immer in ihrem Haar, sie mit dem Rücken und den Handflächen gegen die Wand gepresst, als wäre sie nicht sicher, ob sie es wirklich wollte.

Im dunklen Flur zeichnete sie sich lediglich als vager Schatten ab. »Öffne dein Haar«, sagte er heiser. Natalia zog das Gummi und die Haarspangen heraus, die den vom Wind gepeinigten losen Knoten noch immer zusammenhielten. Sie ließ eine Spange nach der anderen fallen, und er hörte ein leises Klirren, als sie auf den Steinboden trafen. Die Haare fielen ihr über den Rücken, und sie schüttelte sie aus. David ließ langsam seinen Blick über ihren Körper gleiten. Ohne sie aus den Augen zu lassen, befahl er ihr: »Nimm die Perlen ab.«

Sie gehorchte schweigend, öffnete langsam den Verschluss ihrer Kette, nahm auch die Ohrringe ab und legte alles auf die Kommode neben sich. Ihr Hals war schmal und weiß.

»Gut«, sagte er.

Er legte eine Hand auf ihre Hüfte. Ihr Körper erbebte, und sie stieß einen Seufzer aus. Allein schon ihre erregten Atemzüge zu hören bewirkte, dass er unmittelbar hätte kommen können. Doch er wollte in ihr kommen, wollte ihren starken Körper dominieren, ihr ein noch viel lauteres als dieses unterdrückte Stöhnen entlocken. Er zog sie zu sich heran.

»Bei mir ist es schon so lange her, David, ich weiß nicht ...«, sagte sie, während sie gegen seinen Brustkorb taumelte. Er zog sie noch dichter an sich, bis sich ihre Hüften berührten. Sie wurde gegen seinen Körper gepresst. Er war mehr als bereit.

»Arme hoch«, sagte er, und sie gehorchte erneut. Er zog ihr den dicken Pulli aus und warf ihn auf den Boden. Mit der Handfläche an ihrem Po drückte er sie gegen seinen Körper, presste seinen Unterleib gegen sie und ließ sie spüren, wie hart er war.

»Ich habe schon den ganzen Abend lang daran gedacht«, gestand er und wusste, dass es stimmte. »Du hast auf der Jacht ziemlich sexy ausgesehen.« Er legte eine Hand auf den Ausschnitt ihrer Bluse und ließ seine Finger über ihren Brustkorb wandern. Die Knochen unter ihrer dünnen Haut waren so grazil, so wohlgeformt. Er zog an dem Seidenstoff ihres Oberteils, und einer der mit Stoff bezogenen Knöpfe löste sich. Dann strich er ihr über den Hals, schloss seine Finger leicht darum und ließ seinen Daumen über die Konturen ihres Unterkiefers gleiten. Er spürte ihren rasenden Puls. Ihre Augen weiteten sich und blickten ihn ernst an.

Er schüttelte den Kopf. »Nicht nachdenken.« Mit einer Hand ergriff er behutsam ihr Kinn, und sie stöhnte, als er ihren Mund mit seinen Lippen bedeckte. Er küsste sie. Sie wimmerte unter seinen Lippen und legte eine Hand auf seine Brust, als wollte sie ihn zurückhalten.

Er hielt inne. »Was ist?«, fragte er. Hatte er sie etwa falsch eingeschätzt?

»Es geht irgendwie so schnell. Ich kenne dich doch eigentlich gar nicht.« Sie machte einige kurze Atemzüge und sah ihn forschend an. »Wer bist du eigentlich?«

»Ich bin niemand, Natalia«, entgegnete er und strich ihr vorsichtig übers Haar. »Nur ein Mann, der ungeheure Lust hat, dich heute Nacht zu lieben.« Er wollte sie nicht erschrecken.

»Hab keine Angst«, murmelte er leise und vergrub zärtlich seine Hand in ihrem Haar.

Ihre Atemzüge waren in der stillen Wohnung deutlich zu vernehmen. Unruhig wand sie sich in seinen Armen. Im Flur war es dunkel, sodass ihre hellen Augen nahezu schwarz wirkten. Er legte seine Hand auf ihre, die noch immer wie ein sanftes Hindernis auf seiner Brust lag.

»Du bestimmst«, entschied er.

Natalia verzog leicht den Mund, und er spürte, wie sie sich etwas entspannte.

»So etwas tue ich normalerweise nicht«, sagte sie und verzog dann erneut das Gesicht. »Auch wenn das jetzt ziemlich dämlich klingt.« Sie lächelte. »Aber es stimmt.«

»Kein Problem«, entgegnete David und blinzelte. »Denn ich tue so etwas natürlich andauernd.«

Sie lachte auf, und dann lächelte sie ihn ganz offen und nahezu kess an. Sie sagte: »Immerhin bin ich diejenige, die gefragt hat, ob du mit hochkommen möchtest. Ich will es nämlich. Und ich habe auch – äh – Kondome da.«

Sie legte ihre Hände auf seine Brust und schmiegte sich an ihn. David betrachtete ihren dunkelhaarigen Schopf und vernahm ihren exotischen Duft nach Kräutern und etwas Holzähnlichem.

Er brauchte wirklich kein schlechtes Gewissen zu haben, redete er sich ein. Natalia wollte es doch auch. Sie waren erwachsene Menschen, und es ging schließlich nur um Sex, um nichts anderes. Wie sie es selbst gesagt hatte, sie kannten einander ja gar nicht richtig. Sie konnten doch wohl eine Nacht miteinander verbringen, ohne dass es etwas zu bedeuten hätte. Sie würden es beide genießen, es war völlig unkompliziert. Hier drinnen waren sie lediglich Mann und Frau, nichts anderes. Und ihm war wirklich daran gelegen, dass sie es genoss.

Langsam beugte er sich zu ihr hinunter und gab ihr damit die Möglichkeit, sich zu entziehen, wenn sie es vorhätte. Doch Natalia wandte ihm ihr Gesicht zu und erwiderte seinen Kuss diesmal begierig, presste sich an ihn und schlang ihre Arme um seinen Hals. Wenn sie eben noch Angst gehabt hatte, so war diese jedenfalls jetzt verschwunden, dachte er, während er seine Lippen auf ihren hungrigen Mund presste und ihre forschen Küsse erwiderte. Es war eine leidenschaftliche Frau, die er in seinen Armen hielt, stürmisch und voller Begehren.

Er fuhr ihr mit den Fingern durch das dunkle Haar. Es war weich wie das Fell eines Nerzes und lang, viel länger, als er angenommen hatte. Er vergrub seine Hand darin und zog ihren Kopf leicht nach hinten. Sie stöhnte auf, diesmal mit einem dumpfen Laut, der tief aus ihrer Kehle kam, und sein Körper reagierte reflexartig und intensiv. Die Hand noch immer in der Fülle ihres Haares vergraben, ließ er seinen Blick über die riesige Diele schweifen. Er wollte ihr gegenüber gern etwas kultivierter erscheinen als ein Typ, der es gerade so schaffte, die Wohnungstür hinter sich zu schließen, bevor er mit einer Frau Sex hatte. »Zeig mir dein Zuhause«, sagte er.

Natalia schaute ihn mit glühenden Augen und leicht geschwollenen Lippen an. Dann umschloss sie seine warme Hand mit ihrer kühlen. Sie führte ihn durch den Flur, und er musste darüber lächeln, wie leicht es ihr offenbar fiel, das Kommando zu übernehmen. Sie war es gewohnt zu bestimmen, Kontrolle auszuüben. Es würde eine interessante Nacht werden.

Sie passierten Türen, Gemälde und Spiegel. Und weitere Türen.

»Wie groß ist diese Wohnung eigentlich?«, fragte er mit einem unterdrückten Lachen.

Sie bog um eine Ecke, woraufhin sie in ein gigantisches Wohnzimmer gelangten. Hohe Flügeltüren mit Sprossenfenstern führten hinaus auf einen Balkon. Im Wohnzimmer war es ebenso dunkel wie in der restlichen Wohnung, doch die Balkontüren standen auf Kipp, sodass kühle Luft hereinströmte.

»Ich kann die Türen schließen«, bot Natalia an.

»Nein«, sagte er. »Ich möchte sehen, wie es draußen aussieht.«

Sie traten gemeinsam auf den Balkon hinaus.

Sie hatte sowohl Aussicht auf den nahe gelegenen Park als auch auf den Kanal von Djurgårdsbrunn unten am Strandväg. Als sie leicht zu frösteln begann, zog er sie zu sich heran. Durch den dünnen Stoff der Bluse hindurch liebkoste er eine ihrer Brüste. Sie hatte kleine empfindsame Brüste, und sie schloss die Augen mit einem wohligen Schaudern. Er küsste sie erneut, während er begann, ihr die Hose aufzuknöpfen. Als er den Reißverschluss hinunterzog, beschleunigten sich ihre Atemzüge. Er ließ seine Hand über ihren weichen, flachen Bauch gleiten, während sie sich an ihn presste. Er fuhr mit seinem Finger an der Kante ihres dünnen Slips entlang. Hauchdünne Spitze, die er mühelos hätte zerreißen können. Doch er streichelte sie über dem Spitzenstoff, der warm war und feucht. Die Haut darunter war es ebenfalls. Er schob die Spitze beiseite und ließ einen Finger in sie hineingleiten. Sie war unrasiert, was ihm gefiel. »Du bist sexy«, flüsterte er und biss sie sanft ins Ohrläppchen.

Natalia wimmerte unter seiner Berührung und presste sich gegen seine Hand.

»Wo hast du die Kondome?«, fragte er.

»Ich hol sie«, sagte sie. »Warte hier.«

Er ging zurück ins Wohnzimmer. Ihre beiden Sofas waren breit und tief, die übrige Einrichtung geschmackvoll und antik. Vermutlich Erbstücke.

Sie kam zurück, und ihr schlanker Körper zeichnete sich hell unter der halb offenen Seidenbluse ab. Inzwischen hatte sie die

Hose ausgezogen, ihre Beine waren muskulös, aber völlig blass. Er streckte seine Hand aus, woraufhin sie ihm mit einem verlegenen Lächeln die schmale Schachtel reichte. Es sah kaum aus, als sei sie bereits geöffnet gewesen. Natalia hatte es also offenbar ernst gemeint, dass sie so etwas nicht besonders oft tat. Er fragte sich, ob sie nach ihrem Verlobten überhaupt je wieder einen Mann gehabt hatte. Er versuchte, sich zu erinnern, wann die Beziehung in die Brüche gegangen war. Vor einem Jahr? In den Presseberichten über sie waren jedenfalls keine neuen Partner erwähnt worden.

Er half ihr, die letzten stoffbezogenen Knöpfe ihrer Bluse zu öffnen, bevor er sie ihr abstreifte. Darunter trug sie einen Spitzen-BH; ein kleines glänzendes Teil, offenbar eines der teuren, die sie sammelte.

»Öffne du ihn«, sagte er, besorgt, den dünnen Stoff zu zerreißen, wenn er versuchte, ihr das Stück auszuziehen.

Natalia führte die Hände hinter ihren Rücken und öffnete die Häkchen. Dann warf sie ihm einen abwartenden Blick zu, ihre Brüste mit den Händen verbergend. Doch er wurde langsam kribbelig, da das Spielchen sein Blut in Wallung brachte.

»Ich will sie sehen«, sagte er. »Nimm die Hände weg.«

Langsam tat sie, was er ihr befahl. Sie hatte kleine, aber perfekt gerundete Brüste mit dunklen kleinen Brustwarzen. »Du bist außerordentlich schön«, sagte er heiser. Als er die Hand auf eine ihrer kleinen Brüste legte, bedeckte seine Handfläche sie völlig. Er bewegte seine Hand, und sie stöhnte heiser auf. Gott, wie sehr er Frauen mit empfindsamen Brüsten liebte.

Sie begann, ihm das T-Shirt aus der Hose zu ziehen, und half ihm, es abzustreifen. Er ergriff ihre Oberarme, während sie ihre Hände über seinen Oberkörper wandern ließ. Sie hatte feinfühlige Hände, und er schloss die Augen, während sie seinen Körper erforschte.

Es passierte ziemlich abrupt, und er war nicht darauf vorbereitet, als sie sich leicht vorbeugte und ihre Hände über seinen Rücken gleiten ließ.

Er hatte sie nicht schnell genug zurückhalten können, und jetzt wollte er keine große Sache daraus machen. Doch er zuckte unter ihrer Berührung zusammen, wappnete sich. Er hatte sich noch nie von einer Frau dort anfassen lassen.

Natalia runzelte die Stirn. Sie strich fragend mit den Händen über die Unebenheiten auf seinem Rücken, während er regelrecht spüren konnte, wie sie zu verstehen versuchte, was es war, was sie dort unter ihren Fingerspitzen ertastete. Doch er sagte nichts, wollte nicht, dass sie es erführe. Er entzog sich. »Nicht jetzt«, sagte er abwehrend.

Sie warf ihm einen fragenden Blick zu. »Aber David, du …«

Er ergriff ihre Schultern und schob sie vorsichtig von sich weg. »Nicht jetzt.«

Natalia blinzelte. »Okay«, sagte sie leise.

Er betrachtete sie, wie sie so dastand. Ihr Anblick bot eine faszinierende Mischung aus Schüchternheit und Sinnlichkeit. Sie war schlank, doch nicht mager, und mit ihrer schmalen Taille und den weichen Hüften wohlgeformt.

Er zog sich aus, bis er nackt vor ihr stand. Ihre Augen weiteten sich, und dann streifte sie rasch ihren Slip ab und glitt in seine Umarmung.

Ihre Haut glänzte wie poliertes Elfenbein und war weich wie Seide. Er nahm ihren Kopf in seine Hände und küsste sie. Sie presste sich an ihn, und er hob eines ihrer Beine an und legte es um seine Hüfte. Irgendwie landeten sie auf dem Sofa, er halb auf dem Rücken liegend und sie rittlings über ihm. Er fand die Schachtel mit den Kondomen, öffnete sie, packte eines aus und zog es sich rasch über.

Sie blickte ihm tief in die Augen, dann packte er sie kurzerhand an den Hüften, hob sie hoch und stieß mit einer einzigen heftigen Bewegung in sie hinein. Natalia fiel mit einem Aufschrei und einem heftigen Atemzug vornüber auf seine Brust. Ihr dunkles Haar breitete sich wie eine duftende Seidengardine über seinem Gesicht aus.

David hob ihren Kopf und sah in ihre glasigen Augen. »Alles okay?«, fragte er mit erstickter Stimme. Er war kurz davor zu kommen. Sie war feucht und heiß und trotzdem recht eng, und dieses Gefühl, verbunden mit dem göttlichen Anblick, brachte ihn fast um den Verstand.

Natalia nickte. »Ich muss mich nur wieder daran gewöhnen«, sagte sie mit hauchdünner Stimme. »Es ist wirklich schon eine Weile her.«

David umfasste ihren Hintern, indem er je eine Hand um ihre weichen Pobacken legte, und hob sie vorsichtig hoch. Sie stützte eine Hand auf seine Brust und legte die andere auf seinen Oberschenkel hinter sich. Ihre Blicke waren ineinander verschränkt, während er sie langsam wieder hinuntergleiten ließ. Natalias Augen weiteten sich, und er spürte, wie er sie ganz und gar ausfüllte. Sie atmete schwer, und er wiederholte die Bewegung, bis sie seinen Rhythmus aufnahm.

»Wie wundervoll«, sagte sie mit matter Stimme, und er merkte, dass sie gedanklich nun losgelassen hatte, sich von ihrer Lust treiben ließ. Langsam schloss sie die Augen und ließ den Kopf nach hinten fallen, bis ihr dunkles Haar an seinen Beinen kitzelte. Auf und ab, begleitet von feuchten, gleitenden Lauten, von Stöhnen und Seufzen.

David kam.

Ohne Stil und ohne Rücksicht explodierte er. Es ging so schnell, dass er sich nicht mehr beherrschen konnte. Er packte sie fest an den Hüften – seine Finger würden bestimmt blaue Flecken auf ihrer Haut hinterlassen, dachte er benebelt – und hielt sie dort, bis er sie völlig ausfüllte, und hielt sie noch immer fest, während er in einer pulsierenden Welle nach der nächsten kam. Dann schloss er die Augen und kollabierte auf dem Sofa.

Als er die Augen wieder öffnete, war es noch immer dunkel im Wohnzimmer. Seine Augen hatten sich inzwischen jedoch an die Dunkelheit gewöhnt, sodass er Natalia deutlich erkennen konnte. Mit ihrem langen Haar und den großen Augen sah sie jung und verletzlich aus. Und verdammt sexy. Sie bewegte ihre Beine, und er registrierte, dass sie noch immer auf ihm saß, während er noch in ihr war. Für ihn war es unglaublich schön gewesen. Doch er hatte sie unbefriedigt gelassen.

Er verzog das Gesicht. »Es tut mir leid«, sagte er.

»Was denn?«, fragte sie.

David wusste, dass sie keinen Höhepunkt erlebt hatte wie er. So viel dazu, dass es eigentlich um *ihren* Genuss gehen sollte. Er strich ihr über die Oberschenkel. »Normalerweise kann ich mich etwas besser beherrschen«, sagte er verlegen. »Ich weiß auch nicht, wie das passiert ist.«

Sie begann sich leicht zu winden. »Macht doch nichts«, sagte sie halbherzig.

David schüttelte den Kopf.

Er hob sie von seinem Körper herunter und legte sie behutsam auf das weiche Sofa. Dann nahm er ein Kissen und schob es ihr unter den Kopf. Strich ihr die Haare aus dem Gesicht, beugte sich vor und küsste sie, diesmal zärtlich. Durch die Balkontüren strömte weiterhin kühle Luft herein, sodass er ein Plaid von einem Sessel nahm, ihre beiden Brustwarzen küsste und es dann über ihren Körper breitete.

»Was hast du vor?«, murmelte sie und betrachtete ihn durch ihre langen Wimpern hindurch.

»Ich umsorge dich«, erwiderte er. »Möchtest du etwas trinken?«

»Eigentlich nicht«, antwortete sie. »Aber im Kühlschrank steht eine Flasche Wodka, wenn du etwas möchtest.«

»Wodka«, sagte er und lächelte. »Was auch sonst? Warte hier.«

David verschwand hinaus in die Küche, während Natalia sich auf dem Sofa umdrehte. Sie war unbefriedigt geblieben. Nicht, dass sie sonst mit beeindruckender Häufigkeit kam, aber sie war nahe dran gewesen, und jetzt war es vorbei. Sie schloss die Augen. Sie war zwar nicht direkt enttäuscht, denn es war wundervoll gewesen, aber … tja – aber.

»Natalia?«

Er stand mit einer beschlagenen Flasche Stolichnaya und zwei einfachen Wassergläsern in der Türöffnung. Er setzte sich neben sie aufs Sofa, schenkte ein und reichte ihr ein Glas. »Prost«, sagte er.

»*Na sdarowje*«, entgegnete sie, und sie tranken schweigend. Der Wodka war so kalt, dass er beinahe dickflüssig war. Sie trank nur selten Wodka; es war ihr Bruder Alex, der die Flasche bei irgendeiner Gelegenheit in ihrem Eisfach vergessen hatte, doch sie mochte das brennende Gefühl im Magen.

Sie betrachtete David über den Rand ihres Glases hinweg. Sie war noch nie einem Mann begegnet, der nackt auf einem Sofa sitzen und dabei aussehen konnte, als übte er totale Kontrolle über den Raum aus.

Er stellte sein Glas ab. Langsam strich er mit der Hand über ihr Bein und schob dabei das Plaid zur Seite. Natalia schloss die Augen und ließ sich von dem angenehmen Gefühl einhüllen. Er hatte unglaubliche Hände, stark und sensibel. Er massierte ihre Füße, ihre Waden.

»Wie weich«, murmelte er.

Natalia hörte ein Geräusch, das einem Schnurren ähnelte, und stellte fest, dass es von ihr selbst kam. Seine Hände strichen über ihre Waden und weiter hinauf, und sie hörte selbst, wie sich ihre Atmung veränderte. Vorhin war sie nicht gekommen, doch nun strömten Endorphine und Adrenalin in ihr Blut, da seine Berührung ihr Lust machte, sie einerseits entspannt und gelöst, zugleich jedoch atemlos und wahnsinnig erregt werden ließ.

»Mir gefallen deine Beine«, sagte er und zog die Decke ganz beiseite, sodass sie völlig nackt seinem Blick ausgesetzt war. »Spreiz deine Oberschenkel, Natalia«, sagte er leise.

Sie schluckte.

Okay.

Sie tat, was er ihr sagte, und spreizte ihre Beine.

»Weiter«, befahl er.

Natalias Puls raste, und ihr Herz pochte wie wild, als sie unter seinem Blick langsam die Beine nach außen fallen ließ. Sich für ihn öffnete. So etwas hatte sie noch nie zuvor getan.

»Gut«, sagte er. »Jetzt kann ich dich sehen.« Während er sprach, streichelte er sie an den Innenseiten der Oberschenkel und wanderte dabei immer weiter nach oben. Natalia zitterte.

»Wie empfindsam«, murmelte er und kniff sie in die Haut, nicht fest, aber auch nicht gerade locker. Sie stöhnte.

»Ich will dir nur etwas Gutes tun.« Er kniff sie erneut, diesmal etwas weiter oben, und Natalia wimmerte. Sie war so erregt, dass sie kaum still liegen bleiben konnte.

David legte sich neben sie aufs Sofa, schob sie etwas näher an die Rückenlehne heran. Er nahm eine ihrer Brustwarzen zwischen Daumen und Zeigefinger und beobachtete intensiv ihre Augen, während er recht fest zudrückte. *Oh Gott.*

Dann ließ er seine Hand über ihren Bauch gleiten und strich mit seinem Finger über den Ansatz ihres dunklen Schamhaares.

»Oh bitte …«, stöhnte sie leise.

Er wölbte seine Hand über ihre Scham und begann endlich, endlich sie zu streicheln. Er war so ungemein aufmerksam und fand sofort einen erstaunlich gleichmäßigen Rhythmus; sie brauchte lediglich zu stöhnen, zu nicken oder die Augen zu schließen, und er passte die wundervolle Stimulation genau ihren Wünschen an. Es kam ihr vor wie Magie. Dann beugte er sich über sie und küsste sie leidenschaftlich, während seine Finger sich weiterhin ihrer empfindsamsten Stelle widmeten.

Natalia begann unkontrolliert zu zittern.

Zwischen den Küssen murmelte er ihr Dinge ins Ohr, die sie normalerweise hätten erröten lassen. Liebevolle, erregende, erotische Worte, und sie überschritt eine Grenze und wusste, dass sie gleich kommen würde. Sie presste sich gegen seinen Körper, gegen seine Hand, gegen seinen Mund und sie, die immer so analytisch und rational zuwege ging, hörte auf zu denken und ließ sich gehen. Sie lag einfach nur da, löste sich unter seinen Händen auf und kam.

Das hier kann nicht wahr sein, dachte sie und stellte fest, dass sie schluchzte. Danach lag sie schwer wie Blei auf dem Sofa, unfähig, sich zu bewegen. David schob einen Arm unter ihren Oberkörper, und sie schmiegte sich an ihn. »*Das* ist es also, wovon alle Welt spricht«, sagte sie und hörte, wie träge ihre Stimme klang. »Ich hatte keine Ahnung, dass man so intensiv empfinden kann. Keinen blassen Schimmer.« Sie zwinkerte ihm zu. Noch nie in ihrem Leben hatte sie sich derart gelöst gefühlt.

»Nein, ich hab es auch noch nie so intensiv erlebt«, sagte David, die Nase in ihrem Haar vergraben. Sanft strich er ihr über den Arm, während er ihre Beine mit seinen umschloss. »Wir passen gut zusammen«, sagte er. »Sexuell, meine ich.«

Seine Stimme wurde zu einem leisen Murmeln. Sein Mund bewegte sich an ihrem Haar, während er behutsam ihre überempfindliche Haut streichelte. Natalia dämmerte weg. Es war ihr unmöglich wach zu bleiben, und es kam ihr vor, als wären Tage dauerhafter Anspannung und endlose Stunden voller Konzentration von ihr abgefallen. Ihr fielen die Augenlider zu, und sie schlief ein.

Natalia erwachte davon, dass David ihr ins Ohr schnarchte. Es war lange her – viel zu lange –, dass sie einen Mann bei sich gehabt hatte. Vorsichtig versuchte sie, sich aus der Decke zu schälen.

»Was hast du vor?«, murmelte er fragend, während er protestierend einen Arm über sie legte.

»Ein paar Kerzen holen«, antwortete sie, während es ihr gelang, vom Sofa zu gleiten.

»Bleib nicht zu lange weg«, sagte er. »Es ist nämlich ziemlich schön, neben dir zu liegen.«

Während Natalia nach Kerzen und einem Feuerzeug suchte, hörte sie, wie David wieder zu schnarchen begann. Sie schlich auf Zehenspitzen umher und zündete alle Kerzen an, die sie finden konnte. Dann blieb sie vor dem Sofa stehen und betrachtete ihn. Er bestand hauptsächlich aus Muskeln und maskulinen Konturen. Der Schein der Kerzen warf flackernde Schatten auf seinen Körper, und sie ließ ihren Blick sehnsüchtig über seine Brust schweifen, seine Beine, sein … ähm, ja. Er hatte einen prächtigen Körper. Ihr fiel kein anderes Wort ein. Für einen kurzen Moment streiften ihre Gedanken das, was sie auf seinem Rücken ertastet hatte, doch sie schüttelte sie ab. Er hatte nicht darüber sprechen wollen, und es ging sie auch nichts an.

Sie nahm eine dünne Decke vom anderen Sofa und tappte auf den Balkon hinaus.

Sie hatte sich die Wohnung von ihrem eigenen Geld und nicht von dem ihrer Familie gekauft. Von ihrem eigenen Gehalt und mithilfe eines anderen Maklers als dem ihres Vaters. Es war selten, dass sie jemanden zu sich einlud, und sie hatte zuvor lediglich einen Mann hier gehabt, zumindest was das betraf, und das war wie gesagt lange her.

Sie zog die Decke enger um ihren Körper und wartete, bis sich ihre Fußsohlen an den kühlen Boden gewöhnt hatten. Sie liebte ihre Wohnung, doch am besten gefiel ihr der Balkon. Er war zwar nicht besonders breit, dafür aber lang, und sie hatte Töpfe mit pflegeleichten kleinen Büschen entlang des schmiedeeisernen Geländers aufgestellt. Daneben hatte sie Petroleumlampen platziert, die sie ebenfalls anzündete, wo sie schon einmal dabei war, und dann lehnte sie sich mit den Unterarmen gegen die Brüstung und schaute hinaus. Tagein, tagaus war sie umgeben von Technologie, elektronischen Geräten und klingelnden Telefonen. Sie brauchte diese Oase.

»Was machst du da?«

Davids Stimme ließ sie zusammenzucken, und im selben Moment glitt sein Arm von hinten um ihren Körper.

»Ich genieße«, antwortete sie.

David lachte neben ihrem Ohr leise. »Du bist ziemlich gut darin zu genießen«, sagte er. »Ich kann mich nicht daran erinnern, wann ich zuletzt eine Frau so laut habe genießen hören.«

»Danke, dass du mich daran erinnerst«, antwortete sie. »Vermutlich haben alle Nachbarn mich ebenfalls gehört.«

»Uns«, korrigierte er. »Es war fantastisch. *Du* warst fantastisch.« Seine Hände glitten weiter nach oben und umschlossen ihre Brüste. Natalia presste sich mit ihrem Po an ihn, während sie sich zugleich gegen seine Hände drückte. Die Decke glitt herunter.

»Vielleicht sollten wir reingehen«, sagte sie, als sich seine Hände zwischen ihre Oberschenkel schoben. Das schmiedeeiserne Gitter war nicht gerade ein guter Sichtschutz für den Fall, dass unten auf der Straße jemand stand und hinaufschaute. Sie erbebte, als er mit einem Finger in sie hineinglitt und sie genau an der richtigen Stelle berührte. Wie konnte er nur bereits so viel darüber wissen, was ihr gefiel?

»David …«

»Psst«, meinte er nur. »Ich muss mich konzentrieren. Leg deine Hände auf die Brüstung.«

Sie hätte sich eigentlich weigern und protestieren wollen, doch stattdessen tat sie genau, was er sagte, verzaubert und verführt. Chemie, reine Chemie, redete sie sich ein, schloss die Augen und umklammerte das Eisengitter.

David strich mit einer Hand über Natalias Rückgrat. Er zog ihre gerundeten Pobacken zu sich heran und genoss das Gefühl, ihren Körper so nahe an seinem zu spüren. Er presste sich gegen sie und spielte mit ihrem Po.

»David«, keuchte sie über die Schulter hinweg.

»Willst du lieber reingehen?«, fragte er mit einem Lächeln.

»Du denn nicht?«

»Nein.«

Er wollte sie hier draußen nehmen. Auf ihrem Balkon mit den Händen am Geländer. Er holte rasch die Kondome und streifte ein neues Gummi über. Langsam schob er sich in sie hinein und genoss den Anblick. Natalia gab einen beseelten schwachen Laut von sich. Dann begann sie sich rhythmisch gegen ihn zu schieben.

Perfekt, er passte perfekt in sie hinein. Er beugte sich vor und ergriff zwischen Daumen und Zeigefinger eine ihrer empfindsamen Brustwarzen, denn er wusste bereits, dass es ihr gefiel. Er spürte, wie sie sich um ihn herum zusammenzog, und dann gab sie erneut einen nahezu tierischen Laut von sich, der über die Straße hallte.

David nagelte sie regelrecht am Balkongeländer fest. Er presste sie so stark dagegen, dass sie sich kaum rühren konnte, während er mit langsamen tiefen Bewegungen in sie eindrang. Er beugte sich über ihren Rücken vor, wölbte eine Hand über ihre Scham und spreizte ihre heißen Schamlippen. »Ich möchte, dass du noch einmal für mich kommst, Natalia«, flüsterte er.

»David«, stöhnte sie übers Geländer gebeugt.

»Komm«, ermahnte er sie, während er fester und tiefer in sie hineinstieß.

Natalia kam ebenso intensiv wie beim ersten Mal und mit einem unterdrückten Aufschrei, der das Geländer vibrieren ließ. David fuhr fort, in sie hineinzustoßen, bis er ebenfalls explodierte. Sein Orgasmus war so gewaltig, dass er buchstäblich für einen Moment den Halt verlor. Atemlos lehnte er sich gegen sie, rieb seine Wange an ihrem Rücken und begrub seine Nase in ihrem Haar.

»Aha. Das war's also«, meinte Natalia. »Jetzt muss ich wohl oder übel ausziehen.«

Er lachte.

Danach rekelten sie sich eng umschlungen auf einem ihrer riesigen Sofas.

Sie schauten in die brennenden Kerzen, hörten eine CD von Sarah Harvey, redeten und nippten an ihrem Wodka.

Als schließlich die Sonne aufging, liebten sie sich erneut. Langsam und innig, wobei Natalia schließlich eine rasch weggewischte Träne vergoss. Denn sie wusste, wusste es einfach, dass er nicht bleiben würde, dass es vorbei war. Und so war es. Als es gegen drei Uhr morgens im Osten bereits hell wurde, suchte David seine Kleidung zusammen, zog sich rasch an und verabschiedete sich.

Natalia hörte seine Schritte im Treppenhaus verhallen und

weigerte sich, etwas anderes zu empfinden als Freude. Freude über das Erlebte. Freude darüber, sich attraktiv und anziehend zu fühlen. Freude, auch wenn er nicht gesagt hatte, ob sie sich wiedersehen würden.

Sie ging in die Küche und öffnete den Kühlschrank. Bis auf ein Glas mit Salzgurken und eines mit Silberzwiebeln war er leer. Nach einem gewissen Zögern entschied sie sich für die Gurken. Sie schenkte sich noch ein wenig Wodka nach und nahm das Gurkenglas und den Wodka mit auf den Balkon hinaus.

Die Sonne schien bereits mit voller Kraft, und es würde wieder ein heißer Tag werden. Dann hörte sie unten auf der Straße den Zeitungsboten kommen. Sie war schließlich auch nur ein Mensch, nur eine Frau, dachte sie und fischte mit den Fingern eine kleine Gurke aus dem Glas. Und David war so extrem männlich. Sie trank ihren Wodka in kleinen Schlucken und zog die Decke enger um sich. Sein Geruch war überall, und sie sog den Duft seines Rasierwassers, den Geruch nach Sex und etwas Salzigem ein, während sie ihren Gedanken freien Lauf ließ.

Sie war mit Tieren aufgewachsen. Sie hatte sich ihr ganzes Leben lang um Pferde gekümmert, von ihrem ersten Pony bis hin zu ihrer braunen Stute Lovely, die sie noch immer ritt, so oft sie dazu kam.

Als Teenager war sie mit diversen Tierärzten unterwegs gewesen, die sich um vernachlässigte Rennpferde kümmerten. Einmal war sie mit einer Tierärztin losgefahren, die einen Hengst untersuchen wollte, dessen Besitzer ihn mit der Peitsche misshandelt hatte. Das Tier hatte sich zwar leidlich wieder erholt, aber die Narben waren nie verschwunden.

Nachdenklich schob sie sich das letzte Stückchen Gurke in den Mund. Sie hatte zwar nie in einem Krankenhaus oder einer Ambulanz gearbeitet, doch sie ging davon aus, dass Narbengewebe bei Mensch und Tier ungefähr ähnlich aussah. Sie stellte das Gurkenglas zur Seite und schluckte den restlichen Wodka hinunter. Dann stützte sie ihr Kinn auf die Knie und schlang die Decke eng um sich.

Es stellte sich also die Frage: Wer hatte David Hammars Rücken so entsetzlich mit Peitschenhieben zugerichtet?

15

Dienstag, 1. Juli

Ein paar Stunden später stieg David aus der Morgenmaschine, die ihn ein weiteres Mal nach Malmö geflogen hatte. Er schaute auf die Uhr und sah, dass es halb zehn war, blinzelte gegen die Sonne und streckte sich ein wenig, um seinen Kreislauf in Gang zu bringen.

Im Laufe des vergangenen Jahres, in dem Michel und er im wahrsten Sinne des Wortes um die halbe Welt geflogen waren, um Finanziers anzuwerben, hatte er irgendwann festgestellt, dass er sich über mehrere Wochen hinweg nicht mehr als einen Tag am Stück im selben Land befunden hatte. So etwas zehrte, dachte er, während er die Gangway hinunterstieg, die an den kleinen Inlandflieger herangeschoben worden war, aber es war notwendig.

Ihre Finanziers waren über den gesamten Globus verstreut. Banken und Fonds, die größten der größten, hatten ihre Firmensitze in Moskau und Peking, in London, New York und Singapur. Also waren sie dort hingeflogen, hatten ihren Vortrag gehalten, ihre Pläne präsentiert, und waren weitergeflogen. Immer unterwegs, vierundzwanzig Stunden am Tag. Zuvor hatten sie alle Informationen zusammengestellt, eine Strategie entworfen und schließlich das Prozedere wiederholt. Ein ums andere Mal. Zwischendurch hatten sie im Jet geschlafen, den sie gechartert hatten, ausgestreckt in ihren jeweiligen Flugsesseln.

Nach außen hin, also in Interviews und Zeitungsartikeln, behauptete David immer, dass er es liebte zu fliegen, dass er dafür lebte. Und zum Teil stimmte das auch. Man konnte diesen anstrengenden Job nicht lange durchhalten, wenn man nicht der tiefen Überzeugung war, dass all das einen Sinn hatte. Doch die Wahrheit lautete, dachte David, als er über den Asphalt aufs Terminal zuging, dass das Reisen allmählich an ihm zehrte. Denn er tat es schon so lange.

Er war erst gut zwanzig Jahre alt gewesen, als er sein eigenes Unternehmen gegründet hatte. Am Anfang ging es hauptsächlich darum zu überleben, während er in den darauffolgenden Jahren alles daran setzte, vom interessanten Emporkömmling zu einem Superstar zu avancieren, ohne den Fokus zu verlieren.

David passierte das Gate und trat auf die Straße hinaus, wo er ein Taxi heranwinkte und dem Fahrer die Adresse des Mannes gab, den er treffen wollte. Er lehnte sich auf dem Rücksitz zurück und sah die ihm wohlbekannten Häuser und Straßenzüge an sich vorbeiziehen. Wie oft war er jetzt schon hier gewesen? Zwanzig Mal? Dreißig?

Er wusste, dass er gut war in dem, was er tat, vielleicht einer der zehn Besten der Welt. Mitunter hatte er natürlich Misserfolge einstecken müssen. Besonders am Anfang, als er noch unerfahren war und dies mit übertrieben rücksichtslosem Vorgehen kompensierte.

Hammar Capital hatte zum ersten Mal im Rampenlicht gestanden, nachdem er einen extrem dreisten Coup gegen eines der ehrwürdigeren Unternehmen Schwedens gestartet hatte, ein mittelgroßes Unternehmen, das zwar unter den Konservativen ein gutes Renommee besaß, von dem er jedoch wusste, dass er dessen Effektivität noch steigern konnte. Doch das Ganze war von Anfang bis Ende Wahnsinn gewesen. Mittels einer extrem hohen Hypothek hatte er versucht, seinen aggressiven Coup durchzuziehen. Er war misslungen, was eine gewaltige Medienschelte nach sich zog. Die Presse, insbesondere die von Investum herausgegebene Abendzeitung, hatte ihn gelyncht. Ihn als Schlächter, Heuschrecke, Piraten tituliert. Es war hart gewesen, doch das hatte ihn auch stärker gemacht. Immer, wenn er von der Presse angegriffen wurde, manchmal zu Recht, mitunter auch völlig unverdient, lernte er, Schläge einzustecken. Wenn ihn seine Kindheit etwas gelehrt hatte, dann die Bedeutsamkeit des Umgangs mit Demütigungen. Er hatte schon immer danach gestrebt, aus seinen Fehlern zu lernen und seine Erfahrungen beim nächsten Geschäft einzubringen.

Zweimal war Hammar Capital unmittelbar mit Investum zusammengestoßen. Beide Male hatten sie um die Vorherrschaft in einem Unternehmen gestritten, das sie beide kontrollieren wollten. Und beide Male war das größere und stärkere Unternehmen Investum siegreich aus dem Machtkampf hervorgegangen.

Beim ersten Mal hatte David beinahe Insolvenz anmelden müssen. HC hatte auch damals eine hohe Hypothek aufgenommen, und David war finanziell betrachtet nur um Haaresbreite davongekommen. Beim zweiten Mal, ungefähr ein Jahr nach dem IT-Crash, der Investum geschwächt, HC jedoch hatte stärker werden lassen, war ihr Kampf um Vorstandsposten in einem Softwareunternehmen zwar ebenbürtiger gewesen, aber HC hatte dennoch verloren. Sie mussten sich zurückziehen, angeschlagen und von der Presse gedemütigt, aber im Großen und Ganzen intakt.

Danach hatte David beschlossen, sich für eine Weile von Investum fernzuhalten. Er hatte eingesehen, dass er in Zukunft besser planen und mehr auf Coolness und Logik statt auf Gefühle und Hass vertrauen musste. Dann hatte er einen Neuanfang gewagt. Hatte Michel als Partner ins Boot geholt, den er bereits seit dem Wehrdienst und der Handelshochschule kannte. Und seine Strategie war aufgegangen. In den letzten Jahren war Hammar Capital von einer anerkannten, aber recht unbedeutenden Risikokapitalgesellschaft zu einem größeren Unternehmen aufgestiegen, das in ganz Europa größten Respekt genoss.

Heute hatte David keinerlei Schwierigkeiten mehr damit, Termine bei den hochrangigsten Vertretern von Großbanken und Superfonds weltweit zu bekommen. Alle wussten inzwischen, dass HC gute Renditen erzielte, und stellten die Summen bereit, um die er sie bat. Sein Team von Analysten war kompetent, und die Organisation seines Unternehmens so effektiv wie eine gut geölte Maschinerie. Sie waren nie zuvor stärker gewesen. Er gehörte einer neuen Generation Finanzleute an, ohne altehrwürdige Loyalitäten, dafür aber mit globalen Kontakten ausgestattet, und wenn er wollte, könnte er jedes beliebige Großunternehmen übernehmen.

David schaute aus dem Wagenfenster hinaus. Es war eher so, dass er langsam darüber nachdenken musste, was er danach anstreben würde. Fast zwanzig Jahre lang hatte er von dem geträumt, was Michel und er planten, in einer Woche durchzuziehen: Investum zu kapern. Sich ins Unternehmen einzukaufen, es zu zerstückeln und zu zerstören. Und schließlich: Gustaf und Peter de la Grip zu Fall zu bringen.

Und Natalia.

Mein Gott. Natalia. Die Frau mit den goldenen Augen und der seidenweichen Haut. In was war er da nur reingeraten?

Während David den Russen begrüßte, den er in Malmö traf und zum Mittagessen einlud, ihm alle Einzelheiten unterbreitete, ihm schmeichelte und ihn überredete und nach dem erfolgreichen Meeting schließlich seine Unterlagen zusammenpackte, um die Nachmittagsmaschine zurück nach Stockholm zu nehmen, dachte er bestimmt hundert Mal an Natalia. Als er sein Büro auf Blasieholmen betrat, überlegte er, dass es nur ein kurzer Spaziergang bis zu ihrem Büro wäre, nur ein Katzensprung bis zum Stureplan. Und als er sich auf seinen Bürostuhl setzte, dachte er ebenfalls an sie.

Er fragte sich, ob sie wohl ebenso wie er etwas müde, aber zugleich aufgekratzt war.

Wann hatte er zuletzt eine Frau dreimal hintereinander in derselben Nacht geliebt? Er hatte keine Ahnung. Sie hatte ebenso empfunden wie er, daran bestand kein Zweifel. Er wusste, dass sie es genauso erlebt hatte. Diese Intensität.

Es war absolut einzigartig gewesen.

Er seufzte tief.

Denn genau darin bestand ein enormes Problem. Mit Natalia de la Grip Sex zu haben würde lediglich ein einmaliges Unterfangen bleiben. Er verzog das Gesicht. Anfänglich hätte es noch nicht einmal dazu kommen sollen, erinnerte er sich. Doch dann, als er ihr wider besseres Wissen in ihre Wohnung gefolgt war, hatte er gewusst, dass es nur für eine gemeinsame Nacht wäre und nicht mehr. Er war zwar nie ein großer Freund von One-Night-Stands gewesen, doch es war ihm auch nie schwergefallen, unbedeutende und flüchtige Affären hinter sich zu lassen.

David beugte sich vor, schaltete seinen Laptop ein und blieb schließlich mit leerem Blick davor sitzen. Er wusste genau, was er tun musste, was er von Anfang an hätte tun müssen, bevor alles so kompliziert wurde.

Den Kontakt zu Natalia für immer beenden.

Er musste sie vergessen. Durfte nicht in Gedanken dem besten Sex nachhängen, den er je gehabt hatte. Sich nicht einbilden, er könnte sie wiedersehen, und erst recht nicht dem Glauben verfallen, sie wäre für ihn nie eine bedeutungslose oder gar spontane Bekanntschaft gewesen.

Er blieb mit seinem Blick irgendwo draußen vor dem Fenster hängen und fragte sich zerstreut, wo eigentlich Michel war. Er hatte vergessen, Michel anzurufen. Vergessen, seinen engsten und wichtigsten Mitarbeiter, seinen besten Freund anzurufen, während er mindestens hundert Mal daran gedacht hatte, mit Natalia zu telefonieren.

Er öffnete auf seinem Laptop diverse Dokumente, um zu erledigen, was nötig war, und sich auf wichtige Dinge zu konzentrieren. Sie hatten inzwischen alles, was sie benötigten. Unterschriebene Absprachen zur Geheimhaltungspflicht von jeder einzelnen Person, die involviert war. *Nichts* durfte durchsickern. Zugang zu vier Milliarden Euro. Makler, die bereitstanden. In einer Woche, wenn sich alles, was Rang und Namen hatte, in Båstad traf, würde sich auch die Finanzelite ins Sommerdomizil verabschieden. Stockholm würde sich leeren, und die Warnsysteme würden nur noch mit halber Kraft laufen. Sie hatten den Zeitpunkt ganz bewusst ausgewählt. In einer Woche würde sich so gut wie jeder schwedische Finanzmann in Båstad, Torekov oder auf einer Jacht im Mittelmeer befinden. Sommer, Sonne und Urlaub würden in den Fokus rücken. Und genau dann würden sie zuschlagen.

David holte tief Luft und beschloss, endlich loszulegen.

Zehn Minuten später war er keinen Deut weiter gekommen.

Seine Gedanken schweiften andauernd zu Natalia ab und ließen ihn kleine Filme in seinem Kopf abspielen. Wie ihre Haut nahezu geglüht hatte, als sie erregt war. Wie ihre Augen im Licht der Dämmerung feucht geworden waren, als sie sich ein letztes Mal geliebt hatten. Die Laute, die sie von sich gegeben hatte, als er sie küsste, wie ihre Zunge und ihre Lippen schmeckten. Er verlor beinahe den Verstand bei dem Gedanken daran, all dies nicht noch einmal erleben zu dürfen.

Mit einem Ruck erhob er sich von seinem Stuhl, ging zum

Fenster und schaute übers Wasser hinaus. Eigentlich war es ja der reinste Wahnsinn, sich selbst einer Fortsetzung zu berauben. Denn es ging schließlich gar nicht darum, die Beziehung zu intensivieren, redete er sich ein. Er stellte lediglich infrage, warum er sie so abrupt beenden musste.

Je mehr David darüber nachdachte, desto vernünftiger erschien ihm der Gedanke. Nichts hinderte ihn daran, sich ein weiteres Mal mit Natalia zu treffen. Natürlich könnte er sie anrufen, wenn er wollte. Sie zu einem richtigen Abendessen einladen. Natalia war eine kultivierte erwachsene Frau, die wusste, wie es lief. Warum sollten sie nicht noch eine weitere Nacht Sex miteinander haben? David ignorierte die Alarmglocken, die in einem abgelegenen Teil seines Gehirns schrillten. *Natürlich* könnte er sie anrufen.

»Na, wie ist es gelaufen?«

David wurde von Michel aus seinen Überlegungen gerissen, der gerade den Raum betreten hatte.

»Ich hab dich gar nicht kommen hören.«

Michel warf ihm einen besorgten Blick zu. »Alles okay?«

»In Malmö lief es gut«, entgegnete David. »Der Russe ist dabei. Jetzt haben wir alles, was wir brauchen.«

Michel nickte. »Gut. Und wie lief es mit dem Boot?«

»Mit dem Boot?«

»David, ist wirklich alles okay? Du wirkst ganz schön zerstreut. Sicher, dass es in Malmö gut lief?«

»Sorry. In Malmö und mit dem Russen lief es gut. Und mit deinem Boot auch«, erinnerte er sich. »Danke noch mal fürs Ausleihen.«

»Und wie ist es mit ihr?«

»Mit der Jacht?«

Michel verdrehte die Augen. »Nicht mit der Jacht.«

»Sie ist wirklich schwer in Ordnung. Anders als die anderen Familienmitglieder. Anders als alle Bankerinnen, denen ich bisher begegnet bin. Ganz und gar nicht der typische Upperclass-Habitus. Einfach nett«, beendete er seine Ausführungen halbherzig.

Michel bedachte ihn mit einem eigentümlichen Blick.

David hatte eigentlich nicht vorgehabt, so viel zu sagen, aber er musste es aussprechen, seine Gedanken laut formulieren. Natalia war einzigartig. Witzig. Und durch und durch gutherzig, davon war er überzeugt. Irgendwie verkörperte sie zwar einerseits eine knallharte Finanzmanagerin – David wusste nur allzu gut, was J. O. seinem Personal abverlangte –, aber andererseits war sie angenehm menschlich, nahezu zerbrechlich, wenn sie zusammen waren.

»Du weißt, dass ich mich niemals in dein Privatleben einmischen würde«, begann Michel mit ernster Stimme, und David wusste, dass er das, was jetzt käme, *absolut* nicht hören wollte. Michel kratzte sich am Kopf. »Mensch, David, verdammt noch mal, was läuft da eigentlich zwischen euch? Hast du noch den Überblick über das, was du da machst? Werdet ihr euch wiedersehen?«

»Es ist nichts geschehen«, entgegnete David kurz angebunden und ohne mit der Wimper zu zucken. Es gefiel ihm zwar keineswegs, seinen besten Freund anzulügen, aber er konnte einfach nicht mit ihm über Sex reden. Obwohl das ja noch nicht einmal das Schlimmste war, was er Michel verheimlichte, dachte er mit einem unguten Gefühl. »Sie arbeitet an einer Sache, die die Bank von Investum betrifft«, erklärte er. »Irgendein großer Zukauf. Sie besitzt Einblick in die Svenska Bank.« Das stimmte. J. O. hatte es ihm gesteckt, und außerdem hatte er es gerüchteweise gehört, wie es üblich war in dieser Branche. Es ging um ein riesiges Geschäft, eine gigantische Fusion, die Investum genau in dieser Phase wie bestellt angreifbar machte.

»Solange ich Natalia im Auge behalte, werde ich erfahren, ob sie etwas ahnt.«

Als Erklärung für sein Verhalten war das verdammt dürftig.

Michel schüttelte den Kopf und machte den Eindruck, als sähe er geradewegs durch ihn hindurch. »Versuch lediglich zu vermeiden, uns zu ruinieren. Das ist alles, was ich will.«

»Du weißt doch, wie wichtig das hier für mich ist, du brauchst dir keine Sorgen zu machen.«

»Ich weiß.« Michel verstummte. Verlagerte das Gewicht von einem Bein aufs andere. »Und worüber habt ihr gesprochen?«, fragte er nonchalant.

»Über was oder eher über *wen*?«

»Ach, das, das war keine große Sache.« Michel drehte an einem seiner breiten goldenen Fingerringe. »Wir waren nie zusammen«, erklärte er. »Ich hätte nicht gedacht, dass sie sich überhaupt an mich erinnert.« Er begann an einem Stift auf dem Schreibtisch herumzufingern. »Ich glaub nicht, dass sie mich noch mag. Wir waren Freunde, doch dann ist da so eine Sache passiert, und jetzt bin ich mir sicher, dass sie mich gar nicht mehr mag. Warum auch? Du hast sie ja gesehen. Sie kann doch jeden haben.«

David bemühte sich, die Fassade zu wahren. Aber er hatte Michel noch nie so erlebt. Wie ein Zwölfjähriger, der sich nicht traut, das beliebteste Mädchen aus seiner Klasse zu fragen, ob sie mit ihm gehen will. »Sie sieht ziemlich gut aus«, sagte er in neutralem Tonfall. »Denn ich nehme an, dass wir von Åsa Bjelke sprechen, oder?«

»Sie arbeitet bei Investum«, erinnerte Michel ihn. »Allein schon aus dem Grund würde es sowieso nicht gehen.«

»Aber sie besitzt keine operative Verantwortung«, entgegnete David. »Du musst ja ihr gegenüber nicht unbedingt erwähnen, dass wir vorhaben, das Unternehmen, in dem sie arbeitet, zu kapern und ihren Chef zu Fall zu bringen, dann wird es schon klappen. Ruf sie an.«

Michel schüttelte den Kopf. »Die Frau bringt nur Probleme mit sich. Hundertprozentig.« Er bedachte David mit einem schiefen Lächeln. »Wir tun wohl beide gut daran, uns von den Frauen bei Investum fernzuhalten.«

»Du hast recht«, sagte David. Doch seiner Stimmer fehlte es an Überzeugung.

Denn er war sich nicht sicher, ob er das konnte.

Sich von Natalia de la Grip fernzuhalten.

16

Nachdem David gegangen war, war Natalia noch einmal eingedöst und hatte ein paar Stunden geschlafen. Deshalb erschien sie am Dienstagmorgen erst gegen zehn Uhr zur Arbeit, was den einen oder anderen ihrer Kollegen dazu veranlasste, eine Augenbraue hochzuziehen. Eigentlich war es absurd, wie sehr alle daran gewöhnt waren, dass sie immer als Erste kam und als Letzte ging.

J. O. rief gegen elf Uhr zum ersten Mal an.

»Wo bist du gerade?«, fragte Natalia.

»In Moskau. Ich habe eine Verabredung zum Mittagessen mit dem Handelsminister.«

Sie besprachen das Wichtigste, und dann ging der Arbeitstag mit einem nicht enden wollenden Strom an Telefonaten weiter, die sie führen musste, mit Dokumenten, die gelesen werden, sowie Analysen, die niedergeschrieben werden mussten. Gegen vierzehn Uhr, als die Geräusche einer Unterhaltung auf Englisch in ihr Büro drangen, stellte sie fest, dass sie mehrere Stunden hintereinander nicht mehr von ihrem Schreibtisch aufgeschaut hatte. Der Raum vor ihrem Büro war als großzügige offene Bürolandschaft mit hohen Stehtischen eingerichtet worden, an denen sich Gruppen von Leuten in ständig wiederkehrenden Wellenbewegungen einfanden. An einem Tisch standen gerade einige Männer aus der Firmenzentrale in

London, die ihre Laptops eingeschaltet hatten und miteinander diskutierten. Sie kannte keinen von ihnen, was nicht weiter ungewöhnlich war, denn hier gingen regelmäßig Menschen aus den verschiedensten Erdteilen ein und aus. Sie streckte ihren Rücken, stand auf und holte sich einen Kaffee, bevor sie weiterarbeitete.

Nach einem späten Mittagessen hatte Natalia ihre Assistentin gebeten, nur die allerwichtigsten Telefonate zu ihr durchzustellen, und genoss dadurch einige relativ ruhige Arbeitsstunden. Der Deal, der Natalia zurzeit so sehr beanspruchte, war einer der größten, in die das skandinavische Team je involviert gewesen war, und ihr erstes eigenes Projekt. Die zu Investum gehörende Bank, Svenska Banken, stand kurz davor, eine dänische Bankenkette zu übernehmen. Es war ein unglaublich kompliziertes Geschäft. Auf dem Papier sah alles gut aus, doch Natalia wurde das Gefühl nicht los, dass es aus Prestigegründen voreilig vorangetrieben wurde, und hielt eine eingehendere Betrachtung für angebracht. Sie vermutete, dass ihr Vater seinen Traum, eine skandinavische Großbank zu erschaffen, möglichst bald bewahrheiten wollte. Investum, der Großeigner von Svenska Banken, würde mit einer gigantischen Summe in Vorleistung treten.

Gegen sechzehn Uhr rief J. O. erneut an.

»Wie war das Mittagessen?«, fragte sie.

»Lauwarmer Wodka und Kaviar«, antwortete er. »Wie ich das hasse. Ich muss gleich weiter nach Helsinki.«

»Und wann kommst du wieder zurück nach Schweden?«

»Nächste Woche. Erst nach Stockholm, und dann fliege ich nach Båstad.«

J. O. war der Gastgeber einer der größten Partys in Båstad im Dunstkreis der Swedish Open. Die Party der Bank of London war ein Event, zu dem alle – Politiker, Prominente, Tennisprofis und die Finanzelite – eingeladen werden wollten. Es wurden fünfhundert Einladungen verschickt, und keiner sagte ab. Aus Tradition fand die Party immer am Donnerstag in J. O.s riesiger Villa statt. Am Tag darauf luden Natalias Eltern zu ihrem – ebenso traditionellen und großen – Barbecue in der Villa der de la Grips ein. So war es schon immer gewesen, und so würde es auch bleiben.

»Ich ruf heute Abend wieder an«, sagte J. O. und legte auf.

Natalia stattete erst dem einen und danach dem anderen Repräsentanten der beiden Banken einen persönlichen Bericht ab, da die Chemie zwischen beiden Männern keineswegs stimmte.

Das nächste Mal, als sie mit J. O. sprach – es war am frühen Abend, als sich das Büro am Stureplan allmählich zu leeren begann –, war er bereits in Helsinki.

»Ich bin fast fertig«, sagte sie. »Aber ich überlege, ob ich nicht doch noch einmal mit meinem Vater sprechen sollte«, fügte sie zögernd hinzu.

»Ich habe mir die Unterlagen angesehen, die du mir gegeben hast. Mehrfach. Und ich kann wirklich keinen Anhaltspunkt für das finden, was dich beunruhigt. Kann es sein, dass du einfach nur nervös bist?«

Hatte er recht? Oder sollte sie auf ihr Bauchgefühl hören? »Ich weiß es nicht«, antwortete sie zweifelnd.

»Verehrte Natalia«, sagte er in seinem etwas holprigen Schwedisch, das einen gewissen Aufschluss über seine Fähigkeit gab, zwar alle Sprachen zu beherrschen, aber keine von ihnen perfekt. Es war eine Folge des Besuchs von diversen Internaten auf zwei Kontinenten und des nachfolgenden ständigen Herumreisens. »Vielleicht sind es wirklich deine Nerven, die mit dir durchgehen, oder?« Sie hörte an J. O.s Stimme, dass er präsent war, wirklich präsent. Dass er auf das Wichtigste konzentriert war und alles Unwesentliche herausfilterte. Er war zwar exzentrisch veranlagt und hörte sich selbst etwas zu gerne reden, doch er war ein guter Chef.

»Mag sein«, antwortete sie. »Du hast bestimmt recht.«

Sie sprachen es zwar nicht aus, keiner von beiden, aber sie wussten, wie sehr sich Natalia von diesem Geschäft erhoffte, dass Gustaf endlich ihre wahren Fähigkeiten erkennen würde. Dieses Geschäft sollte ihr Sprungbrett in den Vorstand von Investum sein.

»Ich gebe dir Rückendeckung«, sagte J. O. ruhig.

Und Natalia wusste, dass er meinte, was er sagte. In einer Branche, in der man nie besser war als der letzte Deal, den man getätigt hatte, und in der sogar Senior Consultants von einer Minute auf die andere geschasst werden konnten, würde J. O. ihr den Rücken stärken. Solange sie keinen allzu großen Mist baute.

»Ich glaube, ich bleibe hier«, sagte er dann. »Helsinki gefällt mir. Bist du schon mal hier gewesen?« Natalia meinte, im Hintergrund Lachen und Gläserklirren zu hören.

»Eine schöne Stadt«, pflichtete sie ihm bei. »Ich war einmal auf dem Schlossball.«

»Ich habe übrigens mit David Hammar gesprochen«, sagte er plötzlich.

Natalia verspürte ein Ziehen in der Brust. Endlich war es ihr einmal gelungen, ganze zehn Minuten lang nicht an David zu denken, und dann das.

Sie wartete ungeduldig, während J. O. die Hand über den Hörer legte und mit jemand anderem sprach. Es klang, als wäre es eine Frau.

»Bist du noch dran?«, fragte er in den Hörer.

»Ja«, antwortete Natalia. Jedes Mal, wenn sie in schwindelerregende Gedankengänge abdriftete, die sie in irgendeiner Weise zu David Hammar, seinem Lächeln, seinem Körper und nicht zuletzt in eine ungewisse Zukunft führten, tappte sie erneut in die Falle. Dennoch weigerte sie sich, eine Frau zu sein, die ihren Job vernachlässigte, indem sie dasaß und sich in ihren Tagträumen nach einem Mann verzehrte. Weigerte sich schlichtweg. Denn sie wollte sich nicht einfach gehen lassen. Doch J. O.s Bemerkung erwischte sie im völlig falschen Augenblick.

»Er hat irgendein Ding am Laufen«, meinte J. O., und Natalia hatte den Eindruck, dass er leicht lallte. Sie sah es regelrecht vor sich, wie er in einem der angesagten Luxusrestaurants saß, die er so liebte, womöglich mit einer eisgekühlten Flasche Champagner in einem Kübel auf dem Tisch und vermutlich einer hübschen Frau an seiner Seite. Oder auch zweien.

»Alle haben irgendwas am Laufen«, entgegnete Natalia vage. In dieser Branche brodelte die Gerüchteküche ohne Unterlass. Die Krux bestand darin herauszufinden, was der Wahrheit entsprach, und auszusortieren, was falsch war.

»Irgendetwas Großes«, sagte J. O. Das Lachen und Gläserklirren wurde lauter.

»Ich mache bald Feierabend«, sagte Natalia. »Wir hören morgen wieder voneinander, okay?«

»Ist noch jemand im Büro?«

Natalia sah sich um. Die Räume waren fast leer. »Die meisten sind sowieso im Urlaub«, erklärte sie.

»Andauernd sind irgendwelche Leute im Urlaub. Man kann doch keinen Deal durchziehen, wenn die Leute nicht da sind. Ich glaube, ich werde dieses Jahr nach Saint-Tropez fliegen. Schon mal da gewesen?«

»Es ist schön dort.« Vor ihrem inneren Auge sah sie Palmen und weißen Sand. »Aber ich vertrage die Sonne nicht so gut.«

»Ich werde noch mal alle Unterlagen durchgehen, okay?«

»Danke.«

Gegen Abend, als der Letzte der Mitarbeiter aus London das Büro verlassen hatte und die Assistenten vom Pförtner abgelöst worden waren, rief Natalia bei Åsa an.

»Wie geht's?«

»Meine Therapeutin meint, dass ich unter einer depressiven Verstimmung leide. Aber ich bin mir da nicht so sicher. Ich überlege, ob ich mir neue Schuhe kaufen soll. Oder eine neue Wohnung. Was machst du gerade?«

»Nachdenken.«

»Über die Arbeit?«

»Auch. Ich habe so ein merkwürdiges Gefühl im Hinblick auf den Bankendeal. J. O. meint, ich sei nur nervös, weil ich so etwas noch nie zuvor gemacht habe. Aber ich weiß nicht recht.« Natalia verstummte. »Ich glaube, ich muss mit Papa sprechen.« Sie verzog das Gesicht. »Und wahrscheinlich auch mit Peter.« Sie verabscheute es, sich mit ihrem älteren Bruder auseinandersetzen zu müssen. Sie schwieg eine Weile und sagte dann: »Und außerdem habe ich mit David Hammar geschlafen.«

»Vielleicht hat J. O. ja recht. Er ist schließlich schon eine Weile im Geschäft. Und du hast eine Tendenz dazu, dir zu sehr den Kopf zu zerbrechen. Vielleicht bist du ja auch einfach nur depressiv, so wie ich. Wenn ich so lange mit Jonas zusammen gewesen wäre wie du, wäre ich weiß Gott auch depressiv.«

»Sag mal, bist du betrunken?« Natalia kratzte sich im Nacken. »Hast du eigentlich mitgekriegt, was ich gesagt habe? Über David?«

Åsa schnaubte laut auf. »Ach, Natalia. Allein schon, wie ihr zwei euch angesehen habt. Und wie du jedes Mal geguckt hast, wenn irgendwer seinen Namen erwähnte – ich kann jedenfalls nicht sagen, dass es mich überrascht. Und, wie war er?«

»Ich weiß nicht, ob ich über solche Dinge sprechen kann«, protestierte Natalia, auch wenn sie das Gefühl hatte, dass es genau das war, worüber sie sprechen wollte. Über David. Über den Sex, den sie mit ihm gehabt hatte und der so magisch gewesen war. Sie schaute sich um und senkte die Stimme, obwohl sie fast allein im Büro war. »Es war wie auf einer ganz eigenen Skala. Nicht gut oder schlecht, sondern absolut jenseits von jeglichen Maßstäben. Hast du so etwas schon mal erlebt?«

»Süße, du musst ›so etwas‹ ein bisschen präzisieren. Wir haben schließlich völlig unterschiedliche Referenzrahmen. Ich habe andauernd Sex mit Männern. Und du, na ja, so gut wie nie.«

»Mit Jonas habe ich ja wohl auch geschlafen«, betonte Natalia. Sie waren vier Jahre zusammen gewesen und hatten ein völlig normales Sexualleben gehabt. Zwar keinen exzessiven, lautstarken Sex. Aber immerhin normalen.

Åsa gab erneut ein Schnauben von sich. »Jonas ist doch der größte Langweiler, den man sich nur denken kann, also ihn können wir ja wohl kaum berücksichtigen.«

»Wie kommst du darauf, dass Jonas im Bett ein Langweiler ist?«, protestierte Natalia. Ihr kam ein Gedanke. »Hast du mit ihm etwa auch geschlafen?«

»Nee, glaub kaum«, antwortete Åsa und klang, als müsste sie erst eine Weile darüber nachdenken. »Lenk jetzt nur nicht vom Thema ab.«

»Ich glaub, es war nur ein One-Night-Stand«, meinte Natalia und gab sich endlich dem hin, was sie den ganzen Tag über vermieden hatte zu tun: ihre Beziehung zu David Hammar zu analysieren. »Ich bin mir jedenfalls ziemlich sicher, denn wir haben nichts weiter verabredet.«

Natalia sah ein, dass die Leute es offenbar genauso handhabten. Sie fanden einander anziehend, schliefen miteinander, dann trennten sie sich wieder, und jeder ging seiner Wege. Doch warum kam ihr dann alles so unabgeschlossen vor?

Sie hatte noch nie so etwas erlebt wie das, was zwischen ihnen gewesen war. Natalia hatte ihre Unschuld erst spät verloren, und vielleicht, nein, ganz sicher sogar, war sie sexuell gehemmt gewesen. Nicht gerade frigide, aber geprägt von einer altmodischen Erziehung, die es ihr nie gelang abzuschütteln. Sie hatte in London mit Männern geschlafen, hauptsächlich mit Finanzleuten, die ebenso stark auf ihre Karriere fixiert gewesen waren wie sie. Und dann mit Jonas, der ebenfalls spät angefangen hatte, gehemmt durch *seine* Erziehung und ein etwas seltsames Huren-oder-Madonnen-Frauenbild. Aber sie hatten es nett gehabt miteinander. In einer behutsamen, rücksichtsvollen Art und Weise. Nichts Außergewöhnliches, braver Blümchensex eben. David hingegen … Natalia beschlich der Verdacht, dass dieser Mann es bestimmt auch wahnsinnig schmutzig treiben könnte. Allein schon die Erinnerung an das, was sie beide gemacht hatten, und wie er sie berührt hatte, ließ sie …

»Hat er gesagt, dass er dich wiedersehen will?«, fragte Åsa.

»Nein, und ich habe auch nicht gefragt. Ich erhoffe mir nichts weiter.«

»Du wirst am Ende nur enttäuscht, wenn du dich bindest.«

»Ich weiß«, entgegnete Natalia in scharfem Tonfall. Das war der Grund dafür, dass sie so ungern über ihre Gefühle sprach. Die Leute kamen prompt mit guten Ratschlägen. »Ich bin ja nicht dumm«, sagte sie. »Und außerdem ist er so verdammt attraktiv, dass es fast anstrengend ist.«

»Du bist ebenfalls hübsch, Nat, du weißt es nur nicht«, sagte Åsa mit ungewöhnlichem Ernst in der Stimme. »Ich glaube wirklich, dass Jonas dir nicht gutgetan hat. Ihr beide habt einander nicht gutgetan. Und was er dir angetan hat … Nein, du musst wirklich nach vorn schauen.«

»Klar, ich bin ja auch eine so gute Partie«, sagte Natalia trocken und hasste es zugleich, sich selbst zu bemitleiden.

»Jetzt hör aber auf«, ermahnte Åsa sie. »Hat David denn auch irgendwelche schlechten Seiten? Außer, dass er blendend aussieht, reich ist und gut im Bett?«

»Keine Ahnung. Er kann ziemlich hart sein. Und ist wohl recht gut darin, Leute zu manipulieren. Es kann ja wohl nicht alles, was man über ihn liest, erfunden sein.« Sie erinnerte sich an Zeitungsartikel über Konkurrenten, die er rücksichtslos ruiniert hatte, Geschichten über Untreue und Ehen, die zu Bruch gegangen waren, sowie denkmalgeschützte Gebäude, die dem Erdboden gleichgemacht worden waren. All das konnten doch wohl keine Übertreibungen sein, oder?

»Und was habt ihr noch gemacht? Natürlich, außer fantastischen Sex zu haben, meine ich. Worüber habt ihr euch unterhalten?« Åsa klang nonchalant, doch Natalia ließ sich nicht irreführen.

»Wenn du etwas Bestimmtes wissen willst, dann frag. Also, was ist es?«

»Verdammt, Natalia, ich hasse es, wenn du so bist. Irgendwas stimmt nicht mit dir. Für mich ist es wirklich verdammt schwierig.«

»Michel ist nicht verheiratet«, sagte Natalia. »Und er empfindet offenbar etwas für dich.«

»Hat David das gesagt? Und was empfindet er?«

»Keinen blassen Schimmer. Ich war schließlich damit beschäftigt, fantastischen Sex zu haben.«

»Michels Familie wollte immer, dass er ein hübsches libanesisches Mädchen heiratet. Und er hat schon immer auf seine Familie gehört. Du weißt schon, Ehre und Moral und Verantwortung und so 'n Quatsch. Er hatte schon immer feste Vorstellungen davon, was richtig und was falsch ist, schwarz oder weiß, schon an der Uni. Eine wertvolle Eigenschaft als Jurist und Ökonom und bestimmt auch als Kollege und Berater deines Super-Davids, aber als Mensch eine ziemlich langweilige. Er war der typische Patriarch.«

»Während du eher die typische Schlampe warst?«

»Ich war mir sicher, dass er inzwischen Kinder haben würde. Speckige libanesische Wonneproppen, mindestens acht.«

»Ich glaube nicht, dass er Kinder hat. Weder speckige noch sonst irgendwelche. Was David betrifft ...«

»Ich mag keine Kinder«, unterbrach Åsa sie. Sie klang beinahe panisch, gerade so, als verlangte jemand von ihr, sich auf der Stelle zu reproduzieren. »Ich fasse es einfach nicht, wie man den Wunsch haben kann, Kinder zu bekommen, ich begreif es nicht.«

Nein, in der Hinsicht dachten sie unterschiedlich.

»Sorry, verdammt, ich weiß ja, wie es für dich war«, lenkte Åsa ein. »Es tut mir leid.«

»Schon gut«, sagte Natalia, die es nicht über sich brachte, über Kinder zu reden. Nicht jetzt, noch nicht. Es war gerade mal ein Jahr her, und sie hatte es ungeachtet dessen, was Åsa glaubte, noch nicht verwunden. Nicht, dass sie je darüber gesprochen hätten, doch wenn Åsa ein Lieblingssprichwort hatte, dann lautete es: Schau nie zurück. Dicht gefolgt von: Binde dich nie an jemanden. Sie hatten beide schlechte Erfahrungen gemacht. Wenn auch in völlig unterschiedlicher Hinsicht.

»Hast du denn Interesse an ihm?«

»Nein, Gott bewahre«, schnaubte Åsa. »Er hat seine Chance gehabt. Aber er hat sie nicht genutzt.«

Natalia schüttelte den Kopf. Åsa besaß die Angewohnheit, Männer fallen zu lassen, sobald sie an ihnen auch nur irgendetwas fand, das sie kritisieren konnte.

»Du *scheinst* aber Interesse an ihm zu haben.«

»Nicht die Bohne. Er nervt mich nur, das ist alles.«

Ein unbehagliches Schweigen stellte sich ein.

»Ich werde mit Papa reden«, sagte Natalia schließlich.

»Über David?«

»Klar, ich werde meinen Vater anrufen und ihm erzählen, dass ich mit seinem Erzfeind geschlafen habe. Nein, wegen des Deals. Es lässt mir irgendwie keine Ruhe.«

»Aber hast du denn nicht schon mit ihm gesprochen? Und mit J. O.?«

»Doch.«

In der Leitung wurde es still. Dann sagte Åsa: »J. O. ist übrigens ziemlich sexy.«

»Ich glaube, er liebt Gruppensex«, witzelte Natalia.

»Wer liebt den nicht?«, meinte Åsa. »Ich muss jetzt los. Denn ich meine in Erinnerung zu haben, dass ich im Riche verabredet bin. Ich hab nämlich ein Date. Er ist erst vierundzwanzig. Wenn du von David genug hast, musst du dir auch mal 'nen jungen Typen angeln. Die sind superunkompliziert, haben keinerlei Ansprüche. Ach ja, du?«

»Ja?«

»Wir leben schließlich im einundzwanzigsten Jahrhundert. *Du* könntest ja auch bei *ihm* anrufen. Früher oder später musst du sowieso aufhören, auf die wertlosen Beziehungsratschläge deiner Mutter zu hören, von wegen die Beine zusammenpressen und warten. Du brauchst nicht zu Hause sitzen und schmachten.«

»Ich sitze ja auch nicht zu Hause und schmachte. Ich sitze hier im Büro und bereite einen Milliardendeal vor.«

»Ruf ihn an, das ist alles, was ich dir rate.« Åsa lachte. »Du kannst ihn ja fragen, ob er Gruppensex mag. Was meinst du, was für einen Schrecken du ihm damit einjagst.«

»Du bist ja gestört.«

»Jetzt klingst du genau wie meine Therapeutin. Ich muss los. Hejdå.«

17

David verließ sein Büro bereits gegen neunzehn Uhr am selben Abend. Er fühlte sich rastlos und hatte das Bedürfnis, sich zu bewegen. Die Hitzewelle hielt noch immer an, der Abend war lau, und er flanierte in Richtung City.

Er hätte eigentlich nach Hause gehen sollen.

Er hätte Michel anrufen sollen.

Er hätte bis zur Verausgabung Sport treiben und danach früh zu Bett gehen sollen.

Er hätte was auch immer tun sollen außer das, was er gerade tat: seine Schritte in Richtung Stureplan lenken. Rasch passierte er Nybroviken, ging am altehrwürdigen Theater Dramaten und am Riche vorbei, überholte Touristen und gewöhnliche Stockholmer und blieb dann vor der Sturegalerie stehen – dem Nabel des goldenen Finanzdreiecks in Stockholm.

Er schaute an der Fassade hinauf und wusste genau, wo im dritten Stock sich die Fenster ihrer Bank befanden. Es war reiner Wahnsinn. Inzwischen war es bereits neunzehn Uhr dreißig, und sie war bestimmt nicht mehr im Büro. Dennoch blieb er stehen, bemüht darum, sich nicht allzu sehr wie ein Stalker vorzukommen. Was zum Teufel war das jetzt? Er fingerte am Handy in seiner Hosentasche herum.

»David?«

Er blinzelte. Natalia hatte sich im Eingang der Galerie sozusagen materialisiert, und anfänglich dachte er, dass er es sich womöglich nur eingebildet hatte.

Aber sie war es tatsächlich.

»Hej«, sagte er.

Sie sah aus, als traute sie ihren Augen nicht. »Was machst du denn hier?«

»Ich weiß es nicht so genau«, antwortete er aufrichtig. »Hast du bis eben gearbeitet?«

»Ja«, nickte sie. »Heute war es ziemlich hektisch.«

»Draußen ist herrliches Wetter. Hättest du Lust auf einen Spaziergang?«

Ihre Augen weiteten sich, aber sie sagte nichts. Nickte lediglich.

Sie spazierten hinunter zum Wasser in Richtung Nybroplan und Strandvägen. Sie gingen dicht nebeneinander her, berührten sich aber nicht.

»Wie geht es dir?«, fragte er. Es waren so viele Stunden vergangen, seit er ihre Wohnung am frühen Morgen verlassen hatte. Er bereute es, im Laufe des Tages nicht von sich hören gelassen zu haben, nicht fürsorglicher gewesen zu sein. Denn sie hätte es absolut verdient.

Sie lächelte angesichts seiner Frage, sagte jedoch nur: »Mir geht's gut. Und dir?«

»Ziemlich langer Tag«, meinte er und fand, dass er ihr ebenso gut davon berichten könnte, wo er heute gewesen war. *Sei vorsichtig mit dem, was du sagst, denk daran, wer sie ist. Denk nach, David.*

Er nickte in Richtung der Würstchenbude im Berzelii Park. »Hast du Lust auf eine Bratwurst? Die schmecken richtig gut hier.«

Sie blinzelte verhalten. Die Sonne war tiefer gesunken, und

das goldene Licht ließ ihr dunkles Haar glänzen. Ihre Augen glühten.

»Ich habe noch nie eine Bratwurst an einer Würstchenbude gegessen«, gestand sie.

»Machst du Witze?«

»Nein, meine Mutter meint, dass es vulgär ist, draußen auf der Straße zu essen. Sie findet überhaupt so einige Dinge vulgär.« Sie lächelte vielsagend. »Und natürlich auch so einige Personen. So viel dazu. Ja, ich nehme gern eine.«

Er kaufte für sie beide je eine Bratwurst mit viel Senf, und sie setzten sich ans Wasser und aßen schweigend, sie mit kerzengeradem Rücken und ohne auch nur einen Krümel ihres Brötchens herunterfallen zu lassen.

Als sie fertig war, faltete sie sorgfältig die Pappe zusammen, tupfte sich mit ihrer Serviette den Mund ab und faltete die Hände über ihrer Handtasche auf dem Schoß. Er reichte ihr die Dose Mineralwasser, die er ebenfalls gekauft hatte, und die sie nach kurzem Zögern entgegennahm, um daraus zu trinken.

»Trinkt man auch kein Mineralwasser aus der Dose?«

»Es ist so lächerlich, ich weiß«, sagte sie, und er blieb mit seinem Blick an ihrem Mund hängen, ihren hellrosafarbenen Lippen. Er würde einiges dafür geben, diese Lippen erneut zu spüren. Auf seinem Mund. Auf seiner Haut. Auf seinem …

»Ich nehme an, dass deine Kindheit etwas anders verlaufen ist«, fuhr sie fort, und David zwang sich, sich aufs Gespräch zu konzentrieren.

»Eigentlich mach ich mir nicht so oft Gedanken darüber«, sprach sie weiter, während sich auf ihrer Stirn eine Falte andeutete, »wie unterschiedlich die Leute aufwachsen.« Sie fingerte nachdenklich an der Dose herum. »Ich bin immer der Auffassung, ziemlich liberal zu sein, aber wenn ich mich einmal selbst mit den Augen eines anderen sehe, ist das nicht immer so schmeichelhaft.«

»Es ist nicht so leicht, sich selbst zu reflektieren«, meinte er. »Aber ich nehme an, dass meine Kindheit in der Tat ziemlich anders verlaufen ist als deine. Meine Mutter war alleinerziehend. Sie bekam mich, als sie neunzehn war, und hat nie eine Ausbildung gemacht. Sie hat uns mit Gelegenheitsjobs durchgebracht, eine feste Arbeit hatte sie nicht. Wir haben in einem ziemlich schäbigen Vorort gewohnt.«

»Und dein Vater?«

»Den habe ich nie kennengelernt. Und inzwischen ist er schon lange tot.«

»Das klingt heftig. Sowohl für dich als auch für sie.«

»Ich hab es ihr nicht gerade leicht gemacht. Als Kind war ich ein ziemlicher Rabauke.«

Sie hielt sich zum Schutz vor der Sonne die Hand über die Augen und sah ihn an. Ihr Blick war voller Wärme. Sie erwähnte keines der üblichen Klischees, sagte nicht, alle Kinder seien Rabauken und er solle sich keine Vorwürfe machen, nichts dergleichen, sondern sah ihn lediglich mit ernstem Blick an.

»Wir sind oft umgezogen«, hörte er sich sagen. Hatte er je zuvor mit jemandem darüber gesprochen? Über die Jahre seiner Kindheit, die ihn weitaus mehr geprägt hatten, als ihm lieb war.

»Aus welchem Grund?«

Es war so verlockend einfach, mit ihr zu reden, doch er beherrschte sich. »Aus unterschiedlichen Gründen«, antwortete er ausweichend. »Als ich sechzehn war, bin ich nach Skogbacka gekommen. Meine Mutter konnte mich dort als Freischüler unterbringen.«

In jedem Jahrgang wurden ein paar Schüler aufgenommen, denen das Schulgeld so gut wie erlassen wurde. Solange sie nie vergaßen, wo sie eigentlich herkamen, und solange sie nie vergaßen, Dankbarkeit zu zeigen. »Dort hat sich das Blatt dann gewendet«, meinte er.

Nun ja, so allmählich.

»Es ist nicht leicht, anders zu sein«, sagte sie langsam. »Nicht zuletzt auf Schulen wie diesen. Viele von ihnen ähneln einander ja ziemlich. Im Nachhinein redet man immer nur davon, wie gut es dort war und wie viele Leute man kennengelernt hat. Aber der Preis dafür ist die Konformität. Ich finde es nicht ganz unkompliziert.«

»Warst du denn auch anders?«, fragte er.

»Ja.«

Dieses eine Wort sagte ihm so viel. Aus diesem Grund war das Zusammensein mit ihr so unkompliziert. Sie war eine Querdenkerin in ihrer privilegierten Welt. Und er ein Outsider in seiner. Äußerlich betrachtet wirkte Natalia so angepasst an ihre Lebenswelt, doch sie hatte offenbar auch ihre Kämpfe ausgefochten. Ihr Vater war bekannt für seine plumpen und sexistischen Aussprüche über Frauen in der Finanzbranche. Natalia musste mit diesen Sprüchen aufgewachsen sein, sie tagein, tagaus gehört haben. In vielerlei Hinsicht war es natürlich von Vorteil, in der angesehensten Finanzfamilie Schwedens aufgewachsen zu sein, denn dadurch erhielt man eine Menge Wissen und Kontakte gratis. Doch in anderer Hinsicht ... Er fragte sich, inwieweit es sie geprägt hatte. Hatte es mit der Zeit an ihrem Selbstvertrauen genagt? Oder hatte es sie eher angespornt zu beweisen, dass sie etwas konnte?

»Dein Chef spricht nur in den höchsten Tönen von dir«, sagte David. Er wollte, dass sie es wusste.

»Danke. Schon merkwürdig, hier zu sitzen und miteinander über solche Dinge zu reden. Findest du nicht? In gewisser Weise weiß ich so viel über dich. Allein schon durch die Medien, aber eigentlich kenne ich dich gar nicht, jedenfalls nicht richtig.« Sie runzelte die Stirn, und er wusste, dass sie daran dachte, wie sie einander in der vergangenen Nacht kennengelernt hatten. Wie nahe sie sich gewesen waren. Doch Natalia hatte recht. Sie kannten sich eigentlich nicht, auch wenn sie meinten, etwas über den anderen zu wissen. Er fragte sich, ob sie wohl ebenso viele Geheimnisse hatte wie er. Plötzlich wollte er sie unbedingt näher kennenlernen, mehr von sich selbst preisgeben.

»Was möchtest du wissen?«, fragte er. »Frag, was du willst.«

Das tat sie prompt, als ginge ihr die Frage schon lange durch den Kopf: »Wo verläuft deine Grenze? Was würdest du nie tun?«

David wusste, dass sie auf seine Arbeit anspielte. Typisch, dass sie nach dem fragte, was ihnen beiden am nächsten lag. Denn darin waren sie einander auch ähnlich – ihre Arbeit definierte sie als Menschen.

»Ich kaufe und verkaufe Unternehmen. Ich zerstückele sie, mache sie effektiver, und es gibt viele, die daran etwas auszusetzen haben«, erklärte er und wusste zugleich, dass es eine starke Untertreibung war. Diverse Leute – darunter beispielsweise Natalias Vater – hatten nicht nur etwas daran *auszusetzen*, sie waren der Meinung, dass er ehrwürdige Unternehmen dem Erdboden gleichmachte. »Aber ich würde nie auf Schulen oder Krankenhäuser spekulieren. Das könnte ich moralisch nicht verantworten.« Er hatte nie vorgehabt, in derlei Institutionen zu investieren, da er zu großen Respekt vor ihnen hatte. »Ich glaube nicht an Venture-Capital-Gesellschaften an der Spitze sozialer Einrichtungen, denn das kann nicht gut gehen.«

Sie zog eine ihrer dunklen Augenbrauen hoch. Diese Miene ließ sie wie eine neunmalkluge Gouvernante aussehen. Nicht zuletzt ihre Hochsteckfrisur und die strenge Bluse trugen dazu bei. »Ein Corporate Raider mit Moral?« Ihre Stimme war voller Skepsis.

»Es kommt darauf an, wen du fragst«, entgegnete er ironisch.

»Und wenn ich dich frage?« Sie sah ihn an, und David gestattete sich einen kurzen Moment lang, sich in ihrem klaren Blick zu verlieren.

»Ich bin gewiss nicht besser als andere in dieser Welt. Aber ich bin auch nicht schlechter. Und HC hat nie Geld mit Waffen, Erdöl oder Tabak verdient«, fügte er hinzu und schämte sich fast dafür, wie sehr ihm daran lag, dass sie ihn verstehen würde. Dass sie sich später an Eigenschaften von ihm erinnern würde, die nicht nur mit Eiseskälte und Betrug zu tun hatten.

»Ich verstehe«, sagte sie, ohne zu blinzeln und ohne zu lächeln.

Gott, wie sehr er sie begehrte, wenn sie diesen Gesichtsausdruck hatte. Und so kerzengerade dasaß. Konzentriert. Nachdenklich. Er hätte ihr am liebsten den kühlen Leinenstoff und die teure Unterwäsche vom Leib gerissen und ihren Körper geküsst und geleckt und liebevoll gebissen, bis ihre Haut brannte. Er wusste noch genau, wie sie sich angefühlt hatte – weich wie Seide. Warm, eng und pulsierend. Empfänglich. Fordernd und nachgiebig zugleich.

Er wusste nicht mehr, worüber sie geredet hatten.

»David? Hammar?«

David riss sich von ihrem Blick los und sah den Mann an, der auf ihn zugekommen war, ein entfernter Bekannter, wenn überhaupt. David stand rasch auf, schüttelte ihm die Hand und tauschte Höflichkeitsfloskeln mit ihm aus. Im Augenwinkel beobachtete er, wie Natalia ebenfalls von der Bank aufstand. Mit raschen Schritten ging sie auf einen weit entfernten Papierkorb zu, um ihren Müll hineinzuwerfen.

»Du willst nicht mit mir zusammen gesehen werden«, stellte er fest, als der Bekannte weitergegangen und Natalia zurückgekommen war und sie sich wieder auf die Bank gesetzt hatten.

»Sorry, aber ich weiß nicht so genau, was das hier zwischen

uns ist«, sagte sie geradeheraus. Er fragte sich, ob sie wohl jemals in ihrem Leben gelogen hatte.

»Und außerdem befinde ich mich mitten in einem Deal«, fuhr sie fort. »Ein Riesendeal. Bei dem es um Investum und nicht zuletzt um meine berufliche Zukunft geht. Mein Vater wäre nicht gerade erfreut, wenn wir zusammen gesehen würden.«

»Ich verstehe.«

»Eigentlich ist es verrückt«, fuhr sie fort. »Ich habe mehrfach versucht, meinen Vater zu warnen, aber er hört nicht auf mich.«

Es dauerte eine Sekunde, bis er begriff, was sie gerade gesagt hatte. Sie wollte sich ihm anvertrauen. Ausgerechnet ihm. Verdammt, er durfte dieses Gespräch nicht mit ihr führen. »Du solltest mir besser nichts davon erzählen«, sagte er in scharfem Ton.

Sie zuckte zusammen und biss sich auf die Lippe. »Ich weiß, aber eben noch hast du behauptet, hohe moralische Grundsätze zu haben. Ich dachte, ich könnte dir vertrauen.«

Dieses Spiel war so gefährlich. Er wollte nicht, dass sie ihn mehr hasste als notwendig. Denn hassen würde sie ihn hinterher, das ließ sich nicht vermeiden. Aber noch nicht jetzt. Deshalb wollte er nichts von ihren Geheimnissen hören. Dinge, von denen sie später höchstwahrscheinlich annehmen würde, er hätte sie gegen ihren Vater und gegen Investum verwendet.

Er wusste bereits alles, was er wissen musste.

»Es ist schon spät«, sagte er stattdessen, bemüht, das verminte Terrain zu verlassen. Sie hatten lange geredet, und die Sonne sank langsam auf die Hausdächer hinunter. Außerdem war sie den überwiegenden Teil der vergangenen Nacht gemeinsam mit ihm wach gewesen. »Und du bist bestimmt müde.«

»Nein«, entgegnete sie und hob energisch das Kinn. »Ich bin nicht müde. Ich würde es zwar gerne vermeiden, mit dir gemeinsam gesehen zu werden. Aber ich möchte mit dir zusammen sein.« Sie sah ihn an, und ihre Augen waren riesig, wie flüssiges Gold, und ihre Haut blass wie behutsam polierter Marmor. »Heute Nacht.«

Es war absolut unglaublich. David ließ ihre Worte auf sich wirken und spürte, wie sich in seinem Körper ein erwartungsvolles Kribbeln ausbreitete. Er hob seine Hand, legte sie auf ihr Bein und strich behutsam über ihren Oberschenkel, bevor er sie wieder zurückzog. Er verstand ihre Angst davor, mit ihm gesehen zu werden. Wenn es vorbei wäre – und es musste ein Ende haben, alles andere wäre absoluter Wahnsinn –, würde es besser für sie sein, wenn keiner sie je zusammen gesehen hätte.

Aber zum Teufel auch. Allein ihr Bein durch den dünnen Stoff ihres Rockes hindurch zu spüren versetzte seinen gesamten Körper in einen Zustand sehnlichster Erwartung. Nur noch ein einziges Mal, was spielt das schon für eine Rolle, raunte ihm eine innere Stimme zu. Und David fiel kein einziger Grund ein, Nein zu sagen, ihnen beiden zu verweigern, wonach sie sich verzweifelt und offenkundig verzehrten.

»Wohin willst du gehen?«, fragte er. Er würde dafür sorgen, dass sie es durch und durch genoss, beschloss er, und es keinesfalls bereuen würde.

»Ich habe keine Kondome mehr zu Hause. Und nichts zu essen, absolut nichts. Und meine Putzhilfe kommt erst morgen. Also lieber nicht zu mir.« Sie errötete leicht, und es war offensichtlich, dass sie es nicht gewohnt war, über Dinge wie diese zu sprechen. Doch dann streckte sie ihren Rücken und sah ihm geradewegs in die Augen. David lächelte. Sie war eine mutige Frau.

Bei HC gab es ein Gästezimmer mit Schlafmöglichkeit, einen gut bestückten Kühlschrank sowie eine gemütliche Dachterrasse mit Aussicht übers Wasser. Sie hätten dorthin gehen können. Doch sein Büro war schließlich übersät mit Unterlagen über die Übernahme des Unternehmens von Natalias Vater, also …

»Wir könnten zu mir gehen«, sagte er langsam und war über sich selbst erstaunt.

Seine Wohnung war höchst privat. Er nahm nur äußerst selten Frauen mit nach Hause, konnte sich schon nicht mehr daran erinnern, wann er es zuletzt getan hatte. Denn er wollte niemanden so weit in seine Privatsphäre lassen, lieber war er derjenige, der hinterher ging. In seine Wohnung kamen keine Leute zu Besuch, es fanden dort keine Partys statt, und sie war ebenfalls tabu für die Medien. Nicht einmal Michel war bislang dort gewesen. Sie gehörte ihm allein. Er konnte Natalia aus verschiedenen Gründen nicht mit in eine Suite im Grand Hôtel nehmen, nicht zuletzt, weil es sich einfach falsch angefühlt hätte. »Wir können unterwegs irgendwo anhalten und einkaufen, was wir brauchen«, sagte er.

Sie nickte und stand auf. Er stand ebenfalls auf.

»Okay«, sagte sie. Sie umfasste ihre Handtasche und biss sich auf die Unterlippe. Er hätte am liebsten seine Hand ausgestreckt und ihre ergriffen, ihr einen Kuss gegeben und gesagt, dass er sie heute Abend besonders verwöhnen wollte. Heute Nacht. Doch stattdessen hob er die Hand, um ein Taxi heranzuwinken. Dabei wurde ihm schmerzlich bewusst, dass er völlig unabhängig davon, wie sehr er Natalia verwöhnte, nicht kompensieren konnte, was er ihr hinterher antun würde. Er schob den Gedanken beiseite und hielt ihr die Tür des Taxis auf, das neben ihnen angehalten hatte. Natalia hatte sich in seinem Charakter getäuscht. Wenn es darum ging, sich zu nehmen, was er wollte, hatte er nahezu keinerlei Bedenken. Dann waren seine moralischen Grundsätze so gut wie nicht existent.

18

Natalia hatte im Taxi fast den Eindruck, dass David sich jeden Moment auf sie stürzen würde. Die Atmosphäre zwischen ihnen war so aufgeladen, dass sie kaum Luft bekam. War das wirklich real?

Seine Hand lag neben ihr auf der Rückbank. Kräftig und breit und mit schwarzen Härchen, die sich auf der Haut abzeichneten. Sie konnte es kaum erwarten, bis diese starken, einfühlsamen Hände sie wieder berührten. Sie schaute aus dem Wagenfenster, darum bemüht, die Fassung zu wahren. Ihre Brustwarzen waren steif und rieben empfindlich an der Innenseite ihres BHs. Ihr Schoß war heiß und die Handinnenflächen feucht. Sie hätte gern vorher noch geduscht, aber dies hier hatte sie eben nicht einplanen können. Auch beim besten Willen hätte sie sich nicht vorstellen können, bereits eine gute Stunde nachdem sie von der Arbeit gekommen war, in einem Taxi auf dem Weg zu Davids Wohnung zu sitzen, mit der klar ausgesprochenen Absicht, Sex mit ihm zu haben.

David bedeutete dem Fahrer anzuhalten. Er sprang aus dem Wagen, verschwand in einem 7-Eleven und kam kurz darauf mit einer Plastiktüte in der Hand wieder zurück. Sie versuchte, unbeteiligt auszusehen, als hielte sie öfter im Taxi irgendwo an, um Kondome zu kaufen.

»Wo wohnst du eigentlich?«, fragte sie, denn sie hatte seine

Adresse nicht mitbekommen, und das Taxi entfernte sich gerade von Östermalm. Ihr fiel auf, dass sie niemanden kannte, der irgendwo anders wohnte als im noblen Viertel Östermalm. Außer natürlich in Djursholm und auf Lidingö. Abgesehen von ihrer Haushaltshilfe – aber sie hatte keine Ahnung, wo Gina wohnte. Der Gedanke daran ließ sie nahezu nervös auflachen. Wie borniert konnte man eigentlich sein?

»Hier«, antwortete David, als das Taxi anhielt. Er stieg aus und kam um den Wagen herum, um ihr die Tür aufzuhalten. Als sie ausstieg, ergriff sie seine Hand und drückte sie fest.

Sie nahm ihn mit allen Sinnen wahr. Seinen Duft, seine überwältigende Größe. Das leise Rascheln der Plastiktüte in seiner Hand. Das metallische Klappern seiner Wohnungsschlüssel. Er legte eine Hand an ihren Rücken und führte sie durch die Haustür hinein. Im Treppenhaus hallte es. Es war hell und elegant, aber etwas unpersönlich. Keine Namensschilder an den Wohnungstüren.

»Mir gehört das ganze Haus«, erklärte er kurz. »Ich kenne alle, die hier wohnen, persönlich.«

Sie begriff, dass er sie mit seiner Aussage beruhigen wollte, denn er sah ihr offenbar an, wie nervös sie war. Doch in ihren Ohren klang es wie ein schlechtes Omen. Wenn irgendetwas passierte, würde keiner wissen, wo sie war.

Sie schüttelte ihre morbiden Gedanken ab und trat aus dem Aufzug, als sie die oberste Etage erreichten. David schloss eine schwere Tür auf und ließ ihr den Vortritt. Die Tür glitt lautlos hinter ihnen zu. Das gesamte Haus kam ihr wie ein leiser, diskreter und effektiver Automat vor.

»Geh einfach rein«, forderte er sie auf und deutete den Flur entlang. »Ich lauf nur kurz hoch und hol etwas.«

Er verschwand auf einer steilen Wendeltreppe nach oben, während Natalia durch den Flur ging und ins Wohnzimmer kam. Sie blieb auf der Schwelle stehen. Sie wusste nicht recht, was genau sie erwartet hatte. Vielleicht Stahl und schwarzes Leder. Einen riesigen Plasmabildschirm und Regale mit DVDs. Maskulin und neureich.

Aber das hier …

Robuste Holzregale, die mit Büchern vollgestopft waren, weich gepolsterte Sofas, warme Farben und dicke Teppiche. Kein Fernseher, dafür aber eine stinknormale Stereoanlage. Massenweise klassische Musik. Ein Kamin, heruntergebrannte Kerzen. Etwas unordentlich, aber sauber und gepflegt und ungemein gemütlich.

David tauchte hinter ihr auf.

»Das ist ja richtig gemütlich hier«, sagte sie.

»Du klingst überrascht«, lachte er, und als Natalia sich zu ihm umdrehte, sah sie, dass er die Arme voll mit weißem Frottee hatte.

»Komm«, forderte er sie auf. »Wir gehen ganz nach oben.«

Sie folgte ihm die Treppe hinauf. Das Obergeschoss war mit Fenstern in alle Himmelsrichtungen versehen. Durch einen Türspalt hindurch konnte sie ein Schlafzimmer erahnen. Doch was ihr den Atem raubte, war die Aussicht.

»Komm, wir gehen noch ein Stockwerk höher.« Er steuerte eine weitere Treppe an, und als sie auf die Dachterrasse hinaustraten, blieb Natalia fast die Luft weg.

»Ich weiß nicht, was ich sagen soll.«

Die Aussicht war atemberaubend. Hausdächer, Himmel, Sonnenuntergang und Wasser. Eine Holzfläche mit Liegestühlen und Kübeln mit Palmen. Und mittendrin – ein abgesenkter nierenförmiger Pool oder Whirlpool mit türkisfarbenem Wasser und eingebauten Spots, deren Licht das dampfende Wasser glitzern ließ. »Ich wusste gar nicht, dass man so wohnen kann«, sagte sie andächtig. Es war perfekt.

»Ich habe dir einen Bademantel mitgebracht. Und ein Handtuch. Geh ruhig schon mal rein, ich öffne nur noch den Wein.«

Sie zögerte kurz, begann dann jedoch ihre Kleidung auszuziehen. Sie knöpfte sich die Bluse auf, zog den Rock und die Unterwäsche aus und war schließlich nackt. David wandte seinen Blick diskret ab, und sie glitt ins Wasser. Es war göttlich. Dann drehte er sich um, kam lächelnd auf sie zu, beugte sich zu ihr hinunter und reichte ihr ein Glas Wein. Während sie daran nippte, zog er sich ebenfalls aus. Sie schielte über den Glasrand hinweg zu ihm hinüber. Früher hatte sie nie begriffen, was an einem männlichen Körper so schön sein sollte. Doch jetzt begriff sie es definitiv.

Nackt glitt er ihr gegenüber ins Wasser.

Er trank einen Schluck von seinem Wein und sah sie an. Ließ seinen Blick über ihr Gesicht und weiter hinunter über ihren Körper gleiten, der im warmen Wasser hell leuchtete. Natalia streckte sich ein wenig, sodass sich ihre Brüste hoben, und sah, wie das Verlangen in seinem Blick entfacht wurde. Und dann küsste er sie, intensiv. Er nahm ihr das Weinglas aus der Hand und stellte es ab, während sie ihre Arme um seinen Hals schlang. Sein Arm legte sich um ihre Taille, und er hob sie an. Er setzte sich und platzierte sie mit gespreizten Beinen auf seinem Schoß. Die Wärme des Wassers, der Alkohol und das einzigartige Erlebnis, unter freiem Himmel zu sitzen und wie wild herumzuknutschen, ließ Natalias Kopf schwirren. Er legte eine Hand um ihren Nacken, und sie spürte, wie er ihr Haargummi löste und die offenen Haare herunterfielen, während sie sich in seiner Umarmung wohlig rekelte. Sie rieb ihren Körper an seinem. Seine Hände strichen über ihre Hüften, und dann hielt er sie fest an sich gepresst, während er seinen Oberkörper vorbeugte und eine ihrer Brustwarzen in den Mund nahm.

Sie stöhnte auf und war schon angesichts dieser Berührung kurz davor zu kommen.

»Du bist so wahnsinnig sexy«, murmelte er. Natalia stöhnte erneut und begrub ihre Finger in seinem Haar. Sie presste ihre Lippen gegen seinen Mund, gegen seinen Körper, seine Erektion. Sie hatte keine Ahnung, wie lange sie so weitermachten, sich liebkosten und herumknutschten wie Teenager, Wein tranken und sich erneut küssten.

»Wir machen an Land weiter«, sagte David heiser.

Der Abend war warm, nahezu tropisch, und sie fror überhaupt nicht, als sie den Pool verließen. David war nackt, während sie sich in ein Badelaken hüllte, bevor sie sich auf einen Liegestuhl legte. Er setzte sich neben sie und öffnete das Laken, sodass sie nackt dalag. Dann legte er eine Hand auf ihre Scham und wölbte sie über ihrem Venusberg. »Ich liebe es, dass du nicht rasiert bist«, murmelte er.

Sie stöhnte auf, als er eines ihrer Beine hochnahm und über die Armlehne legte. Sie wand sich etwas, erregt und zugleich verlegen.

»Psst«, flüsterte er und streichelte beruhigend ihren Oberschenkel, bevor er das andere Bein über die andere Armstütze legte. »Entspann dich, Natalia«, murmelte er. »Vertrau mir, ich habe etwas Schönes mit dir vor.«

Eigentlich hätte sie protestieren wollen. Sie lag in einer extrem ausgelieferten Position mit weit geöffneter Scham und fühlte sich etwas unwohl. Doch seine Stimme war so überzeugend, sein Blick so intensiv. Außerdem waren ihre Sinne wie betäubt, also lehnte sie sich zurück, sank in die weiche Unterlage und schloss die Augen.

Er begann mit den Fingern und seinem Mund an der Innenseite ihrer Oberschenkel entlang zu kreisen, bis sie zitterte. Er streichelte und küsste sie, aber ohne genau die Stelle zu berühren, an der Natalia ihn haben wollte. Sie begann sich auf ihrem Liegestuhl zu winden, rastlos und sehnsüchtig, aber etwas eingeschränkt durch ihre Position.

Er legte eine Hand auf ihren Bauch, spreizte die Finger und presste Natalias Körper mit der Handfläche leicht auf die Unterlage. Er küsste behutsam ihre Kniekehlen und die Innenseite ihrer Oberschenkel, und sie stöhnte auf. Seine Lippen bewegten sich langsam und vorsichtig.

»David«, rief sie, so erregt, dass sie fast durchdrehte. Sie fragte sich, ob er sie absichtlich so quälte. Um ehrlich zu sein, besaß sie keine große Erfahrung mit Praktiken wie diesen. Die wenigsten Männer waren so versiert, wie sie vorgaben zu sein, und wie die meisten Frauen war auch sie schon einmal zum Objekt von planlosem und ungeschicktem Oralsex geworden.

Kaum hatte sie den Gedanken zu Ende gedacht, tat David mit seinem Mund und seinen Fingern etwas, das sich durchaus nicht planlos oder leidenschaftslos anfühlte. Und als er weitermachte … Natalia hatte keine Ahnung, was genau er tat, doch plötzlich wurde sie von einer Welle der Lust erfasst, die so stark war, dass es ihr nahezu unwirklich vorkam. Wenn er jetzt aufhörte, würde sie auf der Stelle sterben müssen.

»Oh mein Gott«, stöhnte sie und war jetzt kurz davor zu kommen, konnte die Wellen der Lust, die sie im nächsten Moment überrollen würden, bereits ahnen, hatte die entscheidende Schwelle schon fast überschritten … David hörte auf, und sie rief verzweifelt: »Nein!«

Sie öffnete die Augen. Sah auf ihre gespreizten Beine hinunter und registrierte, wie er äußerst konzentriert ihre Oberschenkel streichelte, ohne ihren Blick zu erwidern. Dann beugte er seinen Kopf. Sie spürte, wie er ihre Schamlippen mit den Fingern öffnete, bevor er ihre Klitoris in den Mund nahm und leicht daran sog. Ihre Oberschenkel zitterten, wortwörtlich.

Dann machte er eine Pause, und sie atmete schwer, schluckte mit trockenem Mund.

Er begann sie langsam mit einem Finger zu liebkosen, schob ihn rein und raus. »Du bist so sexy«, sagte er mit rauer Stimme. »Ich könnte allein schon kommen, wenn ich dich hier küsse.«

Sie vernahm ein Wimmern. Ein Wimmern, das offenbar von ihr selbst kam.

»Willst du, dass ich weitermache?«

Sie schloss die Augen und nickte. *Ja!*

»Sag es.«

»Mach weiter«, sagte sie, und ihre Stimme brach, als sein Finger erneut in sie eindrang. »Bitte, nicht aufhören, mach weiter, ich halt es nicht aus.«

Er stand rasch auf, holte sein Weinglas und kniete sich wieder zwischen ihre gespreizten Beine. Langsam goss er etwas Wein auf ihren Bauch. Die kühle Flüssigkeit lief hinunter über ihre Scham, und er beugte sich vor.

David fing den Wein mit den Lippen und seiner Zunge auf, leckte und schlürfte und spürte, wie sich der Geschmack ihrer Schamlippen mit dem des kühlen Weins vermischte. Sie war absolut makellos. Er spreizte ihre Scham mit zwei Fingern. Sie war schön, glänzte und verströmte einen betörenden Duft. Er ließ einen Finger in sie hineingleiten und vernahm ihr Stöhnen.

Sie war eine sehr beherrschte, besonnene und kühle Frau. Doch wie so viele andere kompetente, ehrgeizige Frauen war sie leidenschaftlich, wenn man sie dazu verleitete, die Kontrolle aufzugeben. Er spürte, wie sie sich ihm hingab, sah, wie sie ihre hübschen Beine noch etwas mehr spreizte, und ihn mit ihrem Körper spielen ließ.

Wie er es liebte, die kühle Natalia de la Grip, das adlige Ausnahmetalent, dazu zu bringen, zitternd um seinen Mund, seine

Zunge zu flehen. Er war schon steif gewesen, als sie im Taxi saßen, und sein einziger Wunsch bestand darin, in diesen muskulösen bebenden Körper einzudringen und sie so hart zu nehmen, bis sie laut seinen Namen rief.

Er sah es bereits vor seinem inneren Auge.

Seine Finger wurden von ihrer Wärme umschlossen, sie war eng, und er führte noch einen weiteren Finger ein, weitete sie ein wenig und hörte ihr Stöhnen. Sie war absolut bereit.

Er beugte seine Finger, tastete sich langsam vor und achtete auf ihre Reaktionen. Sie murmelte etwas Unverständliches, dann fand er ihn. Drückte mit den Fingern den weichen Punkt, beugte sich zwischen ihre Beine hinunter, schloss den Mund um ihre Klitoris und sog daran. Natalia explodierte. Er machte weiter, während der Orgasmus ihren Körper erbeben ließ. Und fuhr fort, bis sie sanft wieder landete, dann zog er seine Finger langsam zurück.

Sie lag mit geschlossenen Augen, entspannten Gesichtszügen und wild zerzausten Haaren da. So war sie märchenhaft schön. Er nahm ein Kondom zur Hand, riss die Plastikfolie ab und streifte es sich über. Sie lag noch immer unbeweglich da, den einen Arm über dem Kopf, die andere Hand auf dem Bauch liegend.

Er umfasste seinen steifen Penis und drang in sie ein. Ihre Hüften begannen sich zu bewegen, und sie schlug die Augen auf. David erwiderte ihren goldenen Blick, ließ sie nicht eine Millisekunde lang aus den Augen und sah ihr an, wie sie es genoss, dass er sie ausfüllte. Sie fühlte sich wie weiche Seide um ihn herum an, heiß und feucht und nach dem Orgasmus angeschwollen. Eigentlich wollte er sie hart und egoistisch nehmen, doch er zwang sich dazu, vorsichtig zu sein, denn er wusste nicht genau, wie viel sie vertrug und was sie mochte.

Ihr Blick klärte sich allmählich, und sie schenkte ihm ein Lächeln, ein Lächeln, das ihr Gesicht erstrahlen ließ. Sie bewegte sich leicht, die Beine noch immer über den Armlehnen hängend, herrlich offen.

»Ist das okay so?«, fragte er. »Oder ist es unbequem? Soll ich deine Beine lieber herunternehmen?«

Ihr Lächeln wurde eine Spur frivol. Sie bewegte sich noch intensiver, schob ihr Becken auf der Unterlage hoch und runter. Sie hatte einen fantastischen Po, herrlich gerundet, weich und sehr feminin. Doch er musste vorsichtig sein, denn sonst würde er zu schnell kommen.

Sie hob ihre Beine von den Armlehnen hoch – ihre Bewegungen waren geschmeidig wie die einer Katze, ihre Muskeln kräftig wie die einer Tänzerin – und schlang sie um seinen Rücken, sodass er plötzlich von ihrem Unterleib umschlossen war. Er spürte, wie er langsam die Besinnung verlor, als sie mit heiserer Stimme sagte: »Nimm mich, David. Hart.«

So etwas hatte sie noch nie zuvor gesagt. Es war, als hätte sie sich in eine andere, freizügigere, kühnere Natalia verwandelt, die all die laszive Sinnlichkeit und Leidenschaft herausließ, von der er schon die ganze Zeit angenommen hatte, dass sie sie unter ihrer kontrollierten Fassade zügelte.

Er stieß heftiger in sie hinein, und sie rang nach Luft. Wieder und wieder, während das Blut in seinen Penis strömte und sie ausfüllte. Noch einmal, härter. Sie blinzelte, schob ihre Hüften gegen seinen Unterleib, und er machte weiter, bis er so heftig in sie eindrang, dass er sich höchstwahrscheinlich Sorgen um sie gemacht hätte, wenn er auch nur in der Lage gewesen wäre, einen klaren Gedanken zu fassen.

Sie murmelte etwas, doch er konnte es nicht verstehen. Ihre Fingernägel gruben sich in seinen Rücken, sie presste ihn noch fester an sich. David führte seine Hand nach unten und massierte, stimulierte sie zusätzlich. Er erhöhte mehr und mehr den

Druck, und als sie begann, sich um ihn herum zusammenzuziehen und sich ihre langen Beine immer fester um seinen Rücken schlossen, stieß er tief in sie hinein und explodierte schließlich in einem Orgasmus, der so heftig war, dass ihm schwarz vor Augen wurde. Er wollte nicht, dass dies ein Ende nahm, nein, er wollte, dass die Zeit stehen blieb und er einfach nur hier, umschlossen von ihren Beinen, ihrer Wärme und ihrem Schoß verharren konnte.

Dann begannen jedoch Natalias Beine unkontrolliert zu zittern. David zog sich aus ihr heraus und setzte sich hin, sonst wäre ihm vermutlich schwindelig geworden. Alles Blut war ihm aus dem Kopf gewichen. Er ließ sich nach hinten fallen und rang nach Luft. Dann begann er zu lachen, ein befriedigtes, erfülltes und glückliches Lachen, freiheraus.

Natalia hörte David zu, wie er lachte. Sie war völlig schlapp. Kein einziger Muskel gehorchte ihr. Die Abendsonne liebkoste ihren Körper, und sie rekelte sich träge. »Ich glaube, ich werde Nudistin«, murmelte sie.

Sie hörte ihn erneut auflachen, und seine Freude steckte sie an.

Zweimal war sie gekommen. Sie hatte nie an diese Sprüche geglaubt, von wegen mehrere Orgasmen und G-Punkte und Männer, die wussten, was sie taten, doch gerade eben hatte sie sich eines Besseren belehren lassen müssen.

Davids verhaltenes Lachen, das so verdammt sexy war, und die Bilder in ihrem Kopf von all dem, was sie gerade miteinander erlebt hatten, erregten sie erneut. Sie horchte in ihren Körper hinein und stellte fest, dass er im Augenblick unersättlich war. Konnten zwei Menschen in ihrer Chemie tatsächlich derart übereinstimmen? Dumme Frage, natürlich konnten sie.

»Was machst du da eigentlich?«, fragte sie.

»Ich glaube, ich bin tot.«

»Gibt es zufällig etwas zu essen in diesem Corporate-Raider-Schuppen?«, fragte sie.

Sie war wahnsinnig hungrig. Geradezu ausgehungert. Es zehrte an den Kräften, eine Sexgöttin zu sein.

Sie aßen herrlich gewürzte, kleine Leckereien. Herzhaft gefüllte Teigtaschen, Quiches und runde Bällchen, die exotisch dufteten und auch so schmeckten.

»Meine Haushälterin ist mit einem persischen Koch verheiratet«, erklärte David. »Sie wohnen hier im Haus und kümmern sich um meine Wohnung«, fügte er hinzu. »Sie putzt und wäscht, und er versorgt mich mit Essensresten.«

»Extrem leckere Reste«, meinte sie.

Als es draußen etwas kühler wurde, führte David Natalia ein Stockwerk tiefer in sein Schlafzimmer, wo sie sich erneut liebten. Er war erst zärtlich und dann fordernd. Dann wieder behutsam und schließlich bestimmend. Sie war unersättlich und musste unwillkürlich lächeln bei dem Gedanken daran, dass sie am nächsten Morgen wund und völlig k. o. sein würde – sie, Natalia de la Grip, nach einer durchvögelten Nacht.

Danach lag sie vollkommen unbeweglich in seinem Bett. Die gestärkte exquisite Bettwäsche duftete frisch und rein.

»Das hier ist das schönste Bett auf der ganzen Welt«, murmelte sie.

David lag neben ihr und streichelte sie. Er schob das Laken wieder herunter, das sie sich gerade bis zum Kinn hochgezogen hatte. Er betrachtete ihren Körper, als wäre er ein Gemälde, ein Kunstwerk. Sie hob die Hand und strich mit dem Finger über seinen Oberarm. David war so muskulös, in seiner Gegenwart fühlte sie sich ungemein feminin.

»Hast du eigentlich schon immer gewusst, dass du im Bereich

Corporate Finance arbeiten willst?«, fragte er und begann, ihr übers Haar zu streichen und die verwuschelten Strähnen auf dem Kissen zu entwirren.

»Ich habe in London den Entschluss gefasst.« Sie lag still da und ließ sich verwöhnen. Hin und wieder küsste er sie, auf den Arm, die Schulter.

»Nach der Handelshochschule?«

»Ja.« Sie schloss die Augen. Nach ihrem Examen hatte sie ein Jahr lang in New York als Unternehmensberaterin gearbeitet. Danach war sie nach Philadelphia gegangen und hatte an der Wharton Business School, die einige der besten Finanzleute weltweit ausgebildet hatte, ihren MBA gemacht. Damit hatte ihr letztlich die Welt offen gestanden. Sie wusste, dass David in Harvard gewesen war. Doch während für ihre Ausbildung ihr Vater aufgekommen war, hatte David seine selbst finanziert. Sie hatte sich nie Gedanken darüber gemacht, wie viel Geld eine solche Ausbildung kostete, nie auch nur darüber nachgedacht, wie viel sie ohne eigenes Zutun bekommen hatte.

»Und dann?« Sie vernahm Davids Stimme wie ein entferntes sinnliches Murmeln und merkte, dass sie in Gedanken abgedriftet war. Ihre Haare lagen inzwischen ausgebreitet um ihren Kopf herum.

Sie öffnete die Augen. »Die Bank of London hat mich über einen Headhunter angeworben.«

»Sie nehmen nur die Besten.«

»Ja.«

Sie hatte zusammen mit anderen begabten jungen Finanzleuten einige Lehrjahre in London absolviert. Dort arbeitete man rund um die Uhr, war sozusagen Leibeigener der Bank, und es konnte einem passieren, dass man von einer Stunde auf die nächste irgendwo in die Welt hinausbeordert wurde. Viele sprangen ab, da sie irgendwann die Nase voll hatten von den unmenschlichen Arbeitsbedingungen, doch Natalia hatte es geliebt und war froh gewesen, endlich ihr ganzes Wissen anwenden zu können. Der Ansporn und die Herausforderung hatten sie geradezu süchtig gemacht. Das Gefühl, etwas zu bewirken. »Du weißt ja, dass über neunzig Prozent aller Consultants Männer sind, oder?«, fragte sie.

»Nein«, antwortete er und ließ einen Finger von ihrem Halsgrübchen bis hinunter zum Bauchnabel wandern. »Ich dachte, das Verhältnis wäre ausgeglichener.«

»Es beginnt immer ziemlich ausgeglichen, doch dann bleiben die meisten Frauen irgendwo auf der Strecke.«

»Manche sagen, das liegt daran, dass Frauen zu smart sind, um so viel arbeiten zu wollen«, sagte er und hob ihre Hand an, um einen Finger nach dem anderen zu küssen.

»Andere sagen, es liegt eher daran, dass Frauen von Natur aus nicht dafür geschaffen sind, hart zu arbeiten«, konterte sie. »Und am liebsten versorgt werden wollen.«

Sie fragte sich, wie oft sie diesen Spruch aus dem Mund ihres Vaters hatte hören müssen. Während ihre Mutter beipflichtend nickte und davon redete, dass es mit der Gleichberechtigung zu weit ginge, wenn Frauen genau dasselbe anstrebten wie Männer. Auch Jonas hatte sie aus genau diesem Grund verlassen. Weil sie arbeitete wie ein Mann.

»Das ist doch Blödsinn«, meinte David. »Die besten Frauen arbeiten doppelt so hart wie die besten Männer. In naher Zukunft wird sich da einiges ändern. Wenn ich an der Handelshochschule Vorlesungen halte, habe ich es mit ziemlich smarten Mädels zu tun. Und immer mehr Unternehmen sehen ein, dass Frauen eine personelle Ressource darstellen, die man sich nicht leisten kann zu ignorieren.«

David klang, als wäre das, was er sagte, absolut selbstverständlich. Irgendetwas geschah in ihrem Inneren, als Natalia auffiel, dass sie sich noch nie zuvor mit einem Mann unterhalten hatte, der wirklich genauso dachte wie sie. Keinen Unterschied zwischen den Geschlechtern, zwischen Mann und Frau machte. Irgendwie törnte sie das ziemlich an.

»Als Jugendliche habe ich es geliebt, über Geschäfte im Allgemeinen und nicht zuletzt über unser Familienunternehmen zu diskutieren«, sagte sie. »Ich habe meine Brüder regelrecht dazu gezwungen, diverse Strategien für Investum zu diskutieren. Die beiden haben es gehasst.«

David nahm erneut ihre Hand hoch und pustete in ihre Handfläche. »Und warum arbeitest du dann jetzt nicht bei Investum?«, murmelte er.

»Ich will mir erst meine eigenen Meriten erwerben«, antwortete sie automatisch.

Und wenn ich nur genügend Erfolge vorweisen kann, muss Papa mich letzten Endes fragen.

Er drehte ihre Hand um und küsste ihren Handrücken, knabberte spielerisch ein wenig daran. »Und dann bist du nach Stockholm zurückgekommen.« Er lächelte. »Vor zwei Jahren.«

Natalia nickte. Es waren keine geheimen Informationen; man musste lediglich etwas googeln.

»J. O. hat einen Chefposten hier bekommen und mich mitgenommen.« Sie war aus ihrer WG in London ausgezogen, die Mitbewohner hatte sie bis dahin kaum kennengelernt, weil sie so viel arbeitete und reiste. Jonas und sie hatten sich in London verlobt, und er war regelmäßig zwischen Schweden und England gependelt.

»Mein damaliger Verlobter wohnte in Stockholm.«

»Nicht jetziger?«

Sie drehte den Kopf und sah ihn an. »Äh, nein. Wenn es jemand anderen geben würde, wäre ich nicht hier.« Die Frage irritierte sie. Sie war davon ausgegangen, dass David Single war, doch jetzt erinnerte sie sich mit einem gewissen Unbehagen an ein Foto von einer wunderschönen Blondine in einem Goldrahmen, das sie in seinem Wohnzimmer gesehen hatte. Eine sehr hübsche Frau mit einem glücklich lächelnden David Hammar neben sich, der seinen Arm um ihre Schulter gelegt hatte. Es war allgemein bekannt, dass David keine Familie mehr besaß. Es hieß, dass David eine Schwester gehabt hatte, die jedoch bei einem Unglück ums Leben gekommen war, und dass seine Eltern bereits tot wären. Wer war also diese blonde Frau? Und wer – oder was – sie selbst? War sie für ihn lediglich ein unbedeutender Sommerflirt, während seine hübsche Blondine gerade nicht da war?

Natalia runzelte die Stirn. Eigentlich hätte es sie nicht weiter stören müssen. Sie hatte nichts falsch gemacht, und sie beide hatten auch keine Übereinkunft getroffen, die über das hinausging, was sie miteinander erlebten: wahnsinnig guten Sex. Wenn David eine Affäre nebenher hatte, war das nicht ihr Problem. Aber es bereitete ihr Probleme. Wie dumm konnte man eigentlich sein? Warum hatte sie ihn nicht gefragt?

»Was ist los?«, fragte David.

»Nichts.«

»Doch, du bist mit den Gedanken ganz woanders. Sag schon.« Er sah sie ernst an.

Sie holte tief Luft. Besser, es gleich anzusprechen. »Ich schlafe nicht herum«, begann sie. »Und ich hasse Untreue. Ich weiß zwar nicht, was das hier zwischen uns ist, vielleicht einfach nur guter Sex. Und vielleicht müssen wir auch gar nicht weiter darüber reden, es nicht näher benennen. Aber trotzdem. Ich gehe nicht mit anderen Männern ins Bett.«

David stützte seinen Kopf in die Hand. Er hatte schöne Augen. Er war überhaupt unglaublich attraktiv. Wie ein Fotomodell. Allerdings viel gröber gebaut, eher wie ein Bauarbeiter. Die Mädels im Internat mussten damals regelrecht auf ihn abgefahren sein.

»Natalia«, sagte er und wartete, bis ihre Blicke sich begegneten. »Das, was wir beide im Augenblick miteinander erleben, hab ich noch nie mit einer anderen Frau erlebt. Ich schlafe auch nicht in der Gegend herum. Jedenfalls nicht mehr als andere Männer, wahrscheinlich eher weniger. Ich weiß auch nicht genau, was das hier ist, aber ich habe zurzeit keine andere, okay?«

»Okay.«

»Und ich finde Untreue auch nicht gerade toll«, fügte er hinzu und strich ihr über die Stirn.

»Okay«, sagte sie und fühlte ein aberwitziges Glücksgefühl in sich emporsteigen. Sie blinzelte, und dann musste sie plötzlich gähnen. »Wie spät ist es eigentlich?« Draußen war es schon fast dunkel, und sie fühlte sich mit einem Mal völlig ausgelaugt.

»Du bist bestimmt müde«, sagte er.

»Ich kann nicht bleiben. Ich muss nach Hause, meine Sachen wechseln und ein paar Dinge holen.«

»Klar.« Er strich ihr übers Haar und folgte der Linie ihrer Augenbrauen mit dem Finger. Gott, wie schön sie war. Sie gähnte erneut. Sie schien wirklich völlig erledigt zu sein.

»Bleib hier«, forderte er sie leise auf. »Geh noch nicht. Schlaf ein wenig. Ich kann dich morgen früh wecken, wenn du möchtest.«

Es war so verlockend. Seine Stimme war so unwiderstehlich, so sanft und beruhigend. Gewinnend. Liebevoll.

»Aber wirklich früh«, sagte sie. »Ich kann nicht zwei Tage hintereinander erst so spät zur Arbeit erscheinen.«

»Versprochen.«

Zwei Sekunden später war sie eingeschlafen.

David hielt sein Versprechen. Er weckte sie so früh, dass sie noch die nächtliche Kühle durchs offene Fenster wahrnehmen konnte. Er war bereits angezogen und trug ein T-Shirt und helle Hosen. Er war frisch rasiert, und sein Atem duftete nach Minze. Er goss ihr Kaffee ein, der heiß und stark war, und den sie im Bett trank. Sie duschte lange, zog dann ihre verknitterte Kleidung wieder an und tapste hinunter in die Küche. Er schmierte ihr ein Butterbrot, schenkte ihr Kaffee nach und betrachtete sie, während sie die Wirtschaftsseiten der Zeitung überflog. Dann rief er ihr ein Taxi, reichte ihr ihre Handtasche und verabschiedete sie in der Tür mit einer festen Umarmung und einem flüchtigen Kuss. Eine Viertelstunde später stand sie zu Hause in ihrem eigenen Flur.

19

Mittwoch, 2. Juli

Nachdem Natalia gegangen war, streifte David in seiner Wohnung umher. Die Erinnerung an ihr Lachen und den unglaublichen Sex, den sie gehabt hatten, war noch allgegenwärtig, wie eine Art Echo, das nachhallte, oder ein Duft, der weiter in der Luft hing.

Er hatte nicht geplant, dass es erneut geschehen würde. Und es durfte in Zukunft auch nicht weitergehen, denn es war der reinste Wahnsinn. Schließlich hatte der entscheidende Countdown bereits begonnen.

Mittels diverser Strohmänner und Makler hielten er und HC inzwischen so viele Investum-Aktien, dass irgendwer sich allmählich wundern *musste*. So viele unbekannte Aktionäre, so viel Bewegung im Börsenkurs, langsam müssten wirklich die Alarmglocken schrillen, völlig unabhängig davon, ob gerade Urlaubszeit war oder nicht. Es würde bestimmt nicht länger als eine Woche, höchstens zehn Tage dauern, bis jemand Alarm schlüge. Doch das spielte keine Rolle, denn sie hatten ja gewusst, dass man es früher oder später auf dem Radar sehen würde. Aber nur zwölf Tage, also nicht einmal zwei Wochen, bevor sie vor die Medien treten wollten, war das, was er gerade getan hatte, schierer Wahnsinn. Auch wenn es sich keineswegs wahnsinnig *anfühlte*.

Es fühlte sich nämlich verdammt fantastisch an.

David blieb im Wohnzimmer stehen. Betrachtete das Foto im Goldrahmen. Er hatte nicht daran gedacht, dass es gut sichtbar dort stand. Hatte Natalia es gesehen? War sie misstrauisch geworden?

Vermutlich. Es hätte ihm dämmern müssen, als sie anfing, über Untreue zu reden.

Es gab so vieles, was er ihr nicht erzählen konnte. So vieles, das sie nicht verstehen würde, und er kam sich so niederträchtig vor. Ihrer unwürdig.

Er mochte Natalia, sie war nicht irgendeine austauschbare Fremde. Nein, sie war ein guter Mensch. Und eine Frau mit einer unglaublich erotischen Ausstrahlung. Eine Frau, die er nicht einfach aufgeben konnte, auch wenn es viele Gründe gab, genau das zu tun.

Er streifte mit dem Finger das fröhliche Gesicht mit dem blonden Haar auf dem Foto. Er musste sie unbedingt anrufen, Carolina. Sie war bereits sauer auf ihn, weil er sich zurückgezogen hatte. Er musste wieder die Kontrolle über sich erlangen. Dieser Wahnsinn mit Natalia musste ein Ende haben.

Das war das einzig Richtige.

Verdammt auch.

20

Samstag, 5. Juli

»Wir sind nicht wirklich zusammen. Aber wir gehen auch nicht mit anderen ins Bett«, sagte Natalia, als sie in den Sattel stieg. Ihre braune Stute Lovely schnaubte freudig. »Also, ich hab wirklich keine Ahnung. Macht man das heute so?«

Åsa, die bereits aufrecht und mit festem Griff um die Zügel auf ihrem hellen Schimmel saß, meinte: »Du bist doch nicht in den Fünfzigern geboren. So ist es im einundzwanzigsten Jahrhundert nun mal. Man tastet sich vor, Schritt für Schritt. Oder schläft miteinander und geht dann wieder getrennte Wege.«

Natalia setzte sich auf dem Pferderücken zurecht. Sie fand diesen Gedanken extrem verwirrend. Sie ließ ihren Blick über die Umgebung schweifen. Auf der Weide grasten die Mutterschafe gemeinsam mit ihren Lämmern. Hinter den Wiesen und Äckern glitzerte das Wasser. Das gelb getünchte Schloss lag rechter Hand von ihnen.

Peter und seine Frau luden draußen auf der Terrasse gerade zum Aperitif ein, während Åsa und Natalia gnädigerweise die Erlaubnis erhalten hatten, stattdessen auszureiten.

»Wann ist das denn in Mode gekommen?«, fragte sie, während sie Lovely antrieb.

»Ist er noch immer gut im Bett?«, fragte Åsa über die Schulter hinweg.

»Sehr sogar.«

»Und man kann sich noch dazu mit ihm unterhalten?«

»Ja, so gut hab ich noch mit keinem Mann reden können.«

»Liebste Natalia. Kannst du denn nicht einfach abwarten und schauen, was daraus wird?«

»Ich nehme es an. Wahrscheinlich habe ich sowieso keine andere Wahl.«

Sie hatten sich nicht mehr gesehen, seit Natalia am Mittwochmorgen nach Hause gefahren war. Und heute war Samstag. David hatte ihr zwischendurch zwar eine SMS geschickt, doch die war eher höflich und ziemlich unpersönlich gewesen. Natalia hatte darauf geantwortet, woraufhin er ihr mitgeteilt hatte, dass er für einige Tage wegfahren würde. Sie hatte nicht gefragt, wohin, und dann hatten sie nichts mehr voneinander gehört. Schließlich war das Wochenende gekommen, und sie war verwirrter als je zuvor. War es jetzt etwa vorbei?

»Jedes Mal, wenn wir uns sehen, habe ich den Eindruck, es ist das letzte Mal. Und dann lässt er plötzlich wieder von sich hören und ist absolut fantastisch, und ich verstehe die Welt nicht mehr.«

»Irgendwie bist du mit einem Mal so dramatisch«, meinte Åsa. »Du leidest nicht zufällig gerade unter PMS oder so?« Åsa trug nagelneue Reitkleidung und verstieß damit völlig gegen die Sitte des alteingesessenen Adels, alte abgenutzte Kleidung zu tragen. Sie kaufte sich ein glänzendes neues Teil nach dem anderen und scherte sich ganz und gar nicht darum, was die Leute sagten.

»Wenn du meine Familie fragst, leide ich ständig unter PMS«, entgegnete Natalia sauer und ließ ihren Blick über die gelbe Fassade schweifen. Gyllgarn war so schön, dass es ihr einen Stich in der Brust versetzte. Es befand sich seit dreihundert Jahren im Familienbesitz, sogar Könige hatten schon in den Räumen geschlafen, und Natalia selbst hatte als Kind einige der besten Stunden ihres Lebens mit Pferden, anderen Tieren und mit den Kindern aus der Umgebung dort verbracht. Peter hatte im vergangenen Jahr, als er Louise heiratete, den Betrieb übernommen.

Heute hatte sich die gesamte Familie außer Alexander hier versammelt. Peter und Louise. Ihre Mutter und ihr Vater. Und natürlich Åsa, die in vielerlei Hinsicht zur Familie gehörte. Ihre Mütter waren Freundinnen aus Kindertagen gewesen, und Åsa und Natalia waren trotz der vier Jahre Altersunterschied ebenfalls Freundinnen geworden. Als Åsas Familie auf einen Schlag ausgelöscht wurde – es war ein Frontalunfall gewesen –, war der Teenager Åsa zur Familie de la Grip gezogen. Sie hatte im Gästezimmer gewohnt, in Natalias Kissen geweint und sich heimlich aus dem Barschrank bedient. Inzwischen arbeitete Åsa für Natalias Vater und kam an mehreren Abenden im Monat zum Abendessen, entweder hier draußen auf dem Familiensitz oder in Djursholm bei Natalias Eltern.

»Ach übrigens, kann ich in Båstad bei dir wohnen?«, fragte Natalia. »J. O. hat mich dort hinbeordert, aber ich kann mich nicht bei Mama und Papa einquartieren. Alex wird auch da sein, und er bekommt immer das Gästezimmer. Außerdem wird Louise wie immer draußen in den Beeten herumstreifen und Ausschau danach halten, was sie als Nächstes erben wird.«

»Louise ist wirklich der unsympathischste Mensch, der mir je begegnet ist«, pflichtete Åsa ihr bei. »Nicht mal Peter hat es verdient, mit so einem Drachen verheiratet zu sein. Merkwürdig, dass es ihr immer noch nicht gelungen ist, schwanger zu werden.« Åsa verstummte abrupt und warf Natalia einen entschuldigenden Blick zu. »Sorry«, sagte sie rasch. »Das war unsensibel. Allein schon dafür darfst du in meinem Gästehaus wohnen. Dann kannst du es als kleines Liebesnest nutzen. Kommt er auch?«

»David? Keine Ahnung.«

Denn wir sprechen nicht über die Zukunft. Offenbar tut man so etwas ja nicht. Und außerdem glaube ich, dass Schluss ist, und ich hasse all dieses moderne Getue.

»Ich frag mich, ob er wohl seinen starrköpfigen Partner mitbringt.«

»Mein Gott, habt ihr beiden euch denn immer noch nicht getroffen?«

»Warum sollten wir uns treffen? Hast du irgendwas gehört? Hat David was erzählt?«

»Warum kannst du ihn denn nicht einfach selbst anrufen?«

»Puh. Er kann mich ja anrufen, wenn er Interesse hat«, schnaubte Åsa. »Ich hatte die ganze Woche lang ein Date nach dem anderen. Ich hab keine Zeit, mich mit Michel zu treffen.« Sie rückte ihren Helm zurecht und schob trotzig das Kinn vor. »Außerdem scheint er ja auch kein Interesse zu haben.«

»Vielleicht liegt es ja daran, dass du dich letztens wie eine versnobte Upperclass-Bitch benommen hast?«, bemerkte Natalia.

Åsa grinste hämisch. »All dieser Sex, den du in den letzten Tagen bekommen hast, hat deiner sozialen Kompetenz anscheinend nicht gerade gutgetan«, entgegnete sie. »Michel war schließlich derjenige, der sich danebenbenommen hat, falls du es gemerkt hast. Soll er sich doch melden, wenn er etwas will.«

»Wie war das noch mal mit dem einundzwanzigsten Jahrhundert?«

»Wenn du mich fragst, wird das einundzwanzigste Jahrhundert völlig überschätzt.«

Amen, dachte Natalia.

Sie waren sechs Personen am Tisch. Vorspeise, Hauptgericht und Obst zum Nachtisch.

»Diesmal halten wir es eher einfach«, sagte Louise zufrieden, während das antike Porzellan und die frisch geputzten silbernen Schalen mit den regionalen Delikatessen von einer älteren Frau aus dem Dorf aufgetragen wurden.

Peter hatte seine Mutter als Tischdame neben sich sitzen, und Natalia konnte ihr leises Gespräch bruchstückhaft mithören, während sie ihre Suppe kostete, die wirklich ausgezeichnet schmeckte. Louise bereitete das Essen natürlich nicht selbst zu, aber sie hatte eine gute Köchin. Die lokale Bevölkerung in der Gemeinde um das Gut Gyllgarn herum sorgte, wie sie es bereits seit Jahrhunderten getan hatte, auch heute noch dafür, dass die hohen Herrschaften in Bequemlichkeit leben konnten. Es war wie ein Überbleibsel aus Zeiten der Feudalgesellschaft, die seit gerade mal einem halben Jahrhundert vorbei waren.

»Er hat ein ganz junges Ding geheiratet«, sagte ihre Mutter gerade. »Und wir müssen uns jetzt auf der Party mit ihr herumschlagen. Wie unverschämt, uns andere dazu zu zwingen, mit solchen Leuten Umgang zu haben. Das gehört sich einfach nicht.«

Peter brummte irgendetwas Zustimmendes vor sich hin. Das war Peters Paradedisziplin, zuzustimmen. Das Gespräch drehte sich weiter um die Frage, welche Gäste wichtig genug waren, um nach Båstad eingeladen zu werden, und wer von ihnen kommen würde. Liebschaften, Eheschließungen und Adelsgeschlechter wurden abgehandelt. Peter sprach leise und drückte sich vage aus, doch als die Vorspeise abgetragen wurde, hörte Natalia, wie das Gespräch eine andere Richtung einschlug. Jetzt ging es nicht mehr um die Partys der näheren Zukunft, sondern um die Zukunft im weiteren Sinne. Sie wappnete sich. Es würde nicht lange dauern, bis ihre Mutter sie zu traktieren begann. Mit Fragen zu ihren Zukunftsplänen und einer festen Beziehung und nicht zuletzt dem Hinweis, dass sie schließlich nicht jünger würde. Wenn es nicht so nervtötend gewesen wäre, hätte Natalia es in seiner Schablonenhaftigkeit geradezu komisch gefunden.

»Ich werde nie verstehen, warum Natalia und Jonas getrennte Wege gehen mussten«, sagte ihre Mutter mit erschreckend minutiösem Timing. Sie befeuchtete ihre Lippen mit Wein und stellte dann ihr Glas ab. Ihr helles Haar glänzte. »Sie haben doch gut zusammengepasst«, fügte sie hinzu. Sie richtete ihre Bemerkung geradewegs in den Raum hinein und wandte sich an alle und niemanden. »Alle meine Freundinnen finden das auch. Es hat mir wirklich zugesetzt, als es zu Ende war.«

Manchmal hatte Natalia den Eindruck, von Anfang an eine Enttäuschung für ihre Mutter gewesen zu sein. In der Schule, die sie zwar gleichzeitig mit zumindest einem der Kinder aus der Königsfamilie besucht hatte, in der sie jedoch nie Aufnahme in die richtigen Kreise fand. Auf dem Internat, wo sie sich ganz und gar nicht wie die anderen Mädchen benommen hatte und weder Kontakte pflegte, noch sich öfter auf Schlossbällen sehen ließ als nötig. Und schließlich im Arbeitsleben, wo sie sich einen richtigen Beruf ausgesucht hatte, anstatt irgendwelche schöngeistigen Kurse zur Zerstreuung zu besuchen und auf einen Mann mit entsprechender Herkunft zu warten. Nur ein einziges Mal war ihre Mutter stolz auf sie gewesen, und zwar, als sie sich mit Jonas verlobt hatte. Ihre Mutter hatte die Auflösung ihrer Verlobung persönlich genommen und nach der Benachrichtigung mehrere Wochen lang nicht mehr mit ihr gesprochen. So tat es ihre Mutter immer, wenn ihr etwas missfiel. Sie grenzte die entsprechende Person aus und ignorierte sie. Es war schon immer so gewesen, ihre Mutter hatte sie mit Schweigen und Liebesentzug bestraft. Dagegen konnte man sich nicht wehren, und es hinterließ seine Spuren. Kleine, nur schwer heilende Wunden.

»Tja, Natalia, wie dumm von dir, dass du nicht mehr mit Jonas zusammen bist«, sagte Åsa laut mit leicht verwaschener Stimme über ihrem Hauptgericht. »Allein schon der Familie wegen.«

»Das ist jedenfalls meine Meinung«, entgegnete ihre Mutter kühl. »Ich habe ja wohl ein Recht darauf.«

Åsa warf Natalia einen auffordernden Blick zu. Erzähl es ihr, schien ihr Blick zu sagen. Erzähl ihr, warum er dich fallen gelassen hat. Das war so verdammt demütigend.

Natalia schüttelte warnend den Kopf.

Åsa leerte ihr Glas und füllte es danach selbst wieder. Natalia umfasste ihr Besteck fester. Hauptgang, Obst und Käse, danach konnte sie heimfahren.

»Ich habe gehört, dass du mit J. O. zu Mittag gegessen hast«, ließ Peter verlauten und wandte sich an seinen Vater. Natalia horchte auf.

»Wir haben über die Fusion gesprochen«, sagte ihr Vater in knappem Ton und ohne Natalia anzuschauen.

»Hattet ihr ein Meeting ohne mich?«, fragte Natalia. Sie legte die Hände in den Schoß. Höflich und aufmerksam betrachtete sie ihren Vater, ohne zu erkennen zu geben, dass sie sich übergangen fühlte. Sowohl von ihrem Vater als auch von ihrem Chef.

Sie liebte und bewunderte ihren Vater, aber Dinge wie diese hatte er sich schon ein paarmal geleistet – sie einfach außen vor zu lassen –, und sie hatte es jedes Mal als ähnlich herabsetzend empfunden. Zuletzt war es vor zwei Jahren passiert. Natalia hatte sich auf eine prestigeträchtige Führungsposition bei SvB, der Svenska Bank, beworben, in der ihr Vater im Aufsichtsrat war. Sie hatte sich für den verantwortungsvollen Posten zwar qualifiziert, bekam ihn aber nicht. Auf Umwegen erfuhr sie später, dass ihr Vater interveniert und sie ausgebremst hatte. Als sie schließlich nachfragte, wiederum auf Umwegen, hieß es, dass sie noch etwas zu jung sei und man sie nicht allein aufgrund ihres Namens begünstigen wolle. Der Posten war stattdessen an einen Mann gegangen, der nur wenige Jahre älter gewesen war als sie und noch dazu zur Verwandtschaft der de la Grips gehörte. Danach hatte sie beschlossen, sich eine Position außerhalb von Investum zu schaffen und den Job in Stockholm angenommen, den J. O. ihr angeboten hatte. Sicher, ihr Vater gehörte einer anderen Generation an, das war ihr klar. Sie begriff auch in gewisser Hinsicht, dass ihm wohler dabei zumute war, mit J. O. zu sprechen und es nichts mit ihr persönlich zu tun hatte, aber es setzte ihr dennoch zu. Und rein professionell betrachtet verschlechterte es noch dazu ihre Position.

»Mir war nicht bewusst, dass ich jedes Mal Rechenschaft darüber ablegen muss, mit wem ich mich treffe«, sagte ihr Vater jetzt.

»Natürlich nicht«, antwortete sie mit betont sachlicher Stimme. »Aber es geht schließlich um meinen Deal, deswegen wäre ich gerne informiert worden. Worüber habt ihr gesprochen?«

Ihr Vater legte sein Besteck ab. »Darüber, dass du so übertrieben ängstlich bist. Wenn du Geschäfte dieser Größenordnung nervlich nicht bewältigst, solltest du die Finger davon lassen.«

»Ich …«, begann Natalia, wurde jedoch von ihrer Mutter unterbrochen.

»Genau aus dem Grund war ich schon immer dafür, dass es besser ist, wenn die Männer bestimmen«, sagte sie. Sie tupfte sich die Mundwinkel mit ihrer Leinenserviette ab. »Wir Mädchen haben doch schließlich unsere eigene Welt.«

Louise lächelte ihr beipflichtend zu.

Åsa schnaubte und warf Natalia einen zweideutigen Blick zu. Sie verabscheuten beide diese manipulierende weibliche Art.

»Frauen sind eben emotionaler, das *ist* einfach so«, behauptete ihre Mutter steif und fest. Das war ihr Lieblingsargument. Gefolgt von der Phrase vom »gesunden Menschenverstand«. Sie schaute Louise an, die ihr zustimmend zunickte.

»Ich bin mir sicher, dass Feministinnen tief unglückliche Menschen sind«, sagte ihre Mutter. »Wahrscheinlich sind sie alle lesbisch.«

Louise kicherte und streckte sich nach ihrem Weinglas, wobei ihr schwerer Ehering aufblitzte. Natalia war sich sicher, dass ihre Schwägerin ihn in diesem Moment bewusst vorzeigte, denn verheiratet zu sein war in Louises Vorstellung schlicht und einfach das Beste, was einer Frau passieren konnte.

»Ich bin nicht übertrieben ängstlich«, begann Natalia erneut. »Nur gewissenhaft, Papa.« Sie bemühte sich, professionell und besonnen zu klingen. »Ich möchte nur, dass alles gut geht, und ich hoffe, dass du das weißt und darauf vertrauen kannst.« Sie lächelte.

Doch ihr Vater schien auf dem Kriegspfad zu sein. »Es ist eben ein Unterschied, ob man gewissenhaft oder unsicher ist. Manchmal ist man besser beraten zu agieren und nicht nur dazusitzen und auf den Bildschirm zu starren. SvB ist stark. Die Dänen werden an dieser Fusion reichlich verdienen. Und es gibt keinen Grund zu zögern. Ich habe mit J. O. zu Mittag gegessen, weil ich von ihm die Zusicherung haben wollte, dass nicht jede Menge weiblicher Hormone querschießen, wenn es darauf ankommt.« Er schürzte die Lippen. »Das hier ist bitterer Ernst, Natalia, nicht irgendeine Scheinwelt im Internet oder auf Youtube.« Er schlug mit der Hand auf den Tisch, und sie zuckte zusammen. »Es geht um reale Geschäfte, die für den Aufschwung unseres Landes sorgen. Außerdem habe ich die Nase gestrichen voll von diesem Feministinnengeplapper. Uns Männern ist es schließlich bis heute gelungen, den Kahn erfolgreich zu steuern, unabhängig von dem, was ihr modernen Damen meint, euch beweisen zu müssen. Das ist doch alles Unfug.«

Natalia konzentrierte sich lieber für eine Weile aufs Essen. Sie wusste, dass Diskussionen über Frauen in Spitzenpositionen ein rotes Tuch für ihren Vater waren, und sie wollte sich ihre Auseinandersetzungen mit ihm lieber selbst aussuchen.

Vor einigen Jahren hatte der stärkste Konkurrent der SvB, die Nordbank, eine neue Geschäftsführerin namens Meg Sandberg ernannt. Ihr Vater hatte die Ernennung dieser, wie sie fand, schillernden Figur öffentlich kritisiert. Der Presse gegenüber hatte er alle Gründe dafür genannt, dass sie eine schlechte Wahl war. Privat hatte er sie zudem verhöhnt und ihr maskulines Aussehen sowie ihren farbenfrohen Geschmack, was Mode anging, ins Lächerliche gezogen – eben all das, was keinen Deut mit ihren Führungsqualitäten zu tun hatte. Doch Meg Sandberg hatte sich des Vertrauens des Vorstands in ihre Person als würdig erwiesen, und die rothaarige, freimütige und lebhafte Geschäftsführerin hatte die Nordbank zu hohem Ansehen geführt. Natalia war sich ziemlich sicher, dass dies eine der Ursachen dafür war, dass ihr Vater die Fusion vorantrieb, an der J. O. und sie gerade arbeiteten. Ihr Vater wollte, dass SvB wieder die führende Position einnahm.

»Investum und SvB sind mir genauso wichtig wie allen anderen hier am Tisch«, sagte Natalia. »Ich weiß, wie viel dir die Fusion bedeutet, Papa. Und ich habe es doch genauso im Blut und in den Genen wie du oder Peter und Alex.« Sie lächelte beschwichtigend.

Åsa zwinkerte ihr zu und erhob ihr Glas, um ihr schweigend zuzuprosten, während ihr Vater nicht einmal in Natalias Richtung sah. Natalia spürte, dass sie gefährlich nahe dran war, die Fassung zu verlieren, wenn er sie weiterhin derart offen ignorierte. Sie hätte wissen müssen, dass es eine schlechte Idee war herzukommen.

»Ich habe übrigens mit dem dänischen Vorstandsvorsitzenden persönlich gesprochen«, sagte ihr Vater an Peter gewandt.

»Er hat mir versichert, dass alles läuft, wie es soll. Ich bin zuversichtlich.«

»Du hast also nicht nur mit J. O. über meinen Kopf hinweg gesprochen?« *Verdammt, wie konnte er sie nur so hintergehen?*

Selbst Peter besaß Anstand genug, um beschämt dreinzublicken. Wenn sie Gustafs Unterstützung nicht bekäme, zumindest nach außen hin, würde ihr niemand vertrauen. Sie umschloss ihr Weinglas fester.

»Als ich mir die Sache das letzte Mal näher angeschaut habe, brauchte ich dich ja auch nicht um Erlaubnis zu bitten«, entgegnete ihr Vater und verzog den Mund, als wäre die Konversation zwischen ihnen lediglich ein Scherz. Natalia kannte inzwischen seine patriarchalischen Praktiken und war es darüber hinaus bei der Arbeit gewohnt, Männern wie ihm zu begegnen und einen Umgang mit ihnen zu finden. Doch was ihre eigene Familie betraf, standen ihr eine Menge Gefühle im Weg.

»Nein«, sagte sie. »Aber es geht um meinen Deal, denn ich leite das Projekt, und da mutet es schon etwas seltsam an, wenn du über meinen Kopf hinweg Entscheidungen triffst.« Sie unternahm die Anstrengung ihres Lebens und lächelte freundlich, wenn auch etwas steif. »Was hast du ihm versprochen?«

»Hör jetzt auf. Da gibt es nichts mehr zu diskutieren.«

»Ihr Lieben, könnt ihr denn nicht über Geschäfte reden, wenn wir Mädchen aufgestanden sind?«, bat ihre Mutter flehend. Sie warf Natalia einen strengen Blick zu. »All das hier, ich bin wirklich der Meinung, dass es entschieden zu weit geht.«

»All das?«, fragte Natalia in scharfem Ton.

»Man muss eben dazu stehen, dass man eine Frau ist«, wandte ihre Mutter ein. »Es können nicht alle gleich sein, das ist alles, was ich sage. Siehst du denn nicht, wie du übertreibst und die Stimmung zunichtemachst? Du forderst viel zu viel Gleichberechtigung.«

»Aber mal im Ernst, Mama, wie kann man denn zu *viel* Gleichberechtigung fordern?«, fragte Natalia. »Zu viel Gerechtigkeit, Mama? Für wen denn?«

»Darf ich denn nicht einmal mehr eine eigene Meinung haben?« Ebba de la Grip ließ ihren Blick über den Tisch schweifen. »Früher war doch auch alles gut. Die Männer sind ihren Geschäften nachgegangen, haben gejagt und durften Männer sein, und wir Mädchen waren eben Frauen. Ich verstehe nicht, warum es nicht einfach so bleiben kann.«

Natalia hatte es ein Leben lang gehasst. Dass die Männer am Tisch sitzen blieben und sich über Geschäfte unterhielten, während die Frauen den Raum verließen und über Catering und Krabbelgruppen redeten. Es war, als lebten sie noch im neunzehnten Jahrhundert.

»Es war doch eine gute Tradition«, fuhr ihre Mutter fort.

Louise beugte sich vor und tätschelte ihrer Mutter beipflichtend die Hand.

Natalia sagte nichts mehr, denn es hatte einfach keinen Sinn. Ihr ganzes Leben lang hatte sie diese Kämpfe schon ausgefochten. Sie schaute zu Peter hinüber, doch er wich ihrem Blick aus. Er würde sie niemals gegen ihren Vater verteidigen. Louise lächelte spöttisch und murmelte etwas vor sich hin, was ihre Mutter zu einem Nicken bewog. Ihre Mutter und Louise waren sich geradezu rührend einig darin, dass Frauen schlicht und einfach aus biologischen Gründen nicht fürs Geschäftsleben geeignet waren.

Natalia wartete, während die Teller abgeräumt wurden. Åsa war unterdessen in nach innen gekehrtem Schweigen versunken. Ihre Mutter und Louise unterhielten sich in damenhaft leisem Ton. Ihr Vater sprach über etwas, das Peter aufmerksam zuhören ließ. Natalia schielte erst zu ihrem Bruder und dann zu ihrer Schwägerin hinüber. Sie saßen weit voneinander entfernt, als gehörten sie gar nicht zusammen. Die Ehe mit Peter hatte Louise regelrecht aufblühen lassen, dachte sie. Es war, als hätte Louise ihr Leben lang darauf gewartet, Schlossherrin zu werden, um Jagden und Angeltouren auszurichten, sich um Kunstsammlungen zu kümmern und ein Kulturerbe pflegen zu können. Peter hingegen wirkte müde und abgearbeitet. Als wäre er die ganze Zeit bemüht, irgendwelchen Verpflichtungen nachzukommen, die er nicht einhalten konnte. Er arbeitete mit seinem Vater zusammen in der Innenstadt und fuhr jeden Abend die lange Strecke hinaus nach Gyllgarn. Sie hatten regelmäßig Gäste, ihr Heim war oft in prestigeträchtigen Lifestyle-Magazinen abgebildet, und Louise war bekannt für ihre Abendeinladungen und Feste. Louise lebte offensichtlich ihr Traumleben, aber manchmal fragte Natalia sich, ob Peter nicht den Preis dafür bezahlen musste, um ihr zuliebe den Schein zu wahren.

»David Hammar ist wieder in der Stadt«, sagte Peter plötzlich, und Natalias Aufmerksamkeit steigerte sich. Peter richtete den Knoten seiner Krawatte und fügte mit einer Grimasse hinzu: »Ich habe ihn kürzlich gesehen.«

Ihr Vater runzelte die Stirn, sagte jedoch nichts.

Natalias Herz machte einen Sprung. Es war beileibe nicht das erste Mal, dass sie im Familienkreis über David Hammar sprachen, doch früher war er nur einer unter vielen neureichen Emporkömmlingen gewesen, über den sie abfällig herzogen und den sie verachteten. Nicht der Mann, mit dem Natalia geschlafen hatte. Nicht einer, mit dem sie die größtmögliche Intimität geteilt hatte. Sie schielte zu Åsa hinüber, die lediglich mit den Achseln zuckte.

»Mein Gott, er ist so vulgär«, sagte Louise. »Neureich und aufschneiderisch.«

»Ein verdammter Parasit«, meinte ihr Vater. »Er hat noch nie gewusst, wo sein Platz ist.«

»Liebling, sind wir nicht mit ihm zusammen auf Skogbacka gewesen?«, fragte Louise, während sie vor Abschätzigkeit das Gesicht verzog. Das war es offenbar, was David im Internat entgegengeschlagen war, Tag für Tag, dachte Natalia. Verachtung und Spott.

»Er war Freischüler dort. Aus Kulanz«, erklärte Peter.

»Seine Mutter hat in irgendeiner Bar ausgeholfen«, meinte Louise. »Und sie hat mit dem Direktor geschlafen.« Sie kicherte abfällig. »Wie trivial.«

Peter schüttelte den Kopf. »Er hat nie die Regeln kapiert.«

»Aber inzwischen ist er ziemlich erfolgreich«, bemerkte Natalia in scharfem Ton. Sie warf Louise einen giftigen Blick zu. »Und er ist ja wohl nicht für das verantwortlich, was seine Mutter getan oder nicht getan hat, oder?«

Louise zog eine Augenbraue hoch, sagte jedoch nichts.

»Er bereichert sich an ehrlichen Leuten«, schimpfte ihr Vater. »Und noch schlimmer, er plündert Unternehmen, die andere mühsam aufgebaut haben.«

»Er bedient sich derselben Methoden wie alle anderen auch«, warf Natalia ein. »Und er geht dabei ziemlich geschickt vor.«

»Er geht rücksichtslos und kurzsichtig vor. Dafür muss man nicht besonders geschickt sein.«

»Manche Menschen sind es eben nicht wert, Energie auf sie zu verschwenden«, sagte ihre Mutter. »Und dieser abscheuliche Mann ist einer von ihnen. Zerstör jetzt nicht noch mehr den netten Abend, den Louise ausgerichtet hat.«

»Aber …«, begann Natalia.

»Jetzt reicht es, Natalia«, unterbrach ihr Vater sie kurzerhand.

Natalia blinzelte. Doch es half nichts, sauer zu werden, denn sie hatte doch keine Chance. Und außerdem hatte sie alle gegen sich. Nicht einmal Åsa beteiligte sich an Diskussionen wie diesen. *Hol sie doch alle der Teufel.*

»Es ist wirklich traurig, wenn Menschen wie er einfach so auftauchen und alles zerstören, das meine ich nur«, sagte Louise mit besänftigender Stimme. Geradezu kindisch. Wie Frauen eben zu sein hatten, wenn man Männer aus der Oberschicht fragte. Einfältige dumme Gänse, die all diejenigen verachteten, die sie nicht mochten, und im Leben nie Stellung bezogen. Natalia musste daran denken, wie David ihr gegenüber von Geschäftspraktiken und Chancengleichheit gesprochen hatte.

»Du weißt wieder mal nicht, wovon du eigentlich sprichst, Louise«, sagte Åsa plötzlich mit lauter Stimme. Sie schüttelte den Kopf, als hätte sie genug von allem. »Ich kapier nicht, wie du es überhaupt aushalten kannst, so beschränkt zu sein.«

»Ich sage nur laut, was alle denken«, entgegnete Louise und bekam rote Flecken am Hals. Ihr Blick flackerte, doch sie befeuchtete ihre Lippen und konterte: »Manche Leute haben eben keinen Stil, keine Finesse. Und ich finde, dass man es von Anfang an gemerkt hat. So ist es einfach. Es ist angeboren. Ein Riesenunterschied zwischen normalen Menschen und, tja, solchem Pack wie ihm.«

Peter schaute hinunter auf seinen Teller, und es war unmöglich, seinen Gesichtsausdruck zu deuten. Natalia fragte sich, ob er diese Phrasen wohl ebenso satthatte wie sie selbst. Doch sie wusste nie genau, was Peter dachte, denn sie standen einander schon seit vielen Jahren nicht mehr nahe.

Als sie klein gewesen war, hatte sie zu ihrem großen Bruder aufgeschaut. Er war sechs Jahre älter als sie, und in ihrer Kinderwelt war er der Größte gewesen. Alex war nur ein Jahr nach Natalia geboren worden, und irgendwie hatten sie und Alex eine Allianz gebildet, während sich Peter mit jedem Jahr, das verging, mehr von ihr entfernte, bis er ihr schließlich eher wie ein Fremder als ein Bruder vorkam.

Das Gesicht ihres Vaters war wie immer ausdruckslos. Doch er brauchte nichts zu sagen. Keiner brauchte etwas zu sagen. Natalia wusste dennoch, was sie alle dachten. Manchmal war ihr diese schweigende Kommunikation so zuwider, dass sie am liebsten laut aufschreien wollte. Ihre Mutter saß unbeweglich da und schien nur darauf zu warten, dass sie wieder dazu übergehen würden, über Belanglosigkeiten zu sprechen. Louise lächelte, Peter räusperte sich, lobte das gute Essen, und dann machten sie weiter wie immer: unterhielten sich, als wäre nichts geschehen. Natalia gab auf.

Nach dem Abendessen, dem Kaffee und dem Digestif entschied Åsa, über Nacht zu bleiben, doch Natalia wollte nach Hause. Sie verabschiedete sich, umarmte Åsa, warf einen letzten Blick auf die geliebte gelbe Fassade und startete dann ihren Wagen. Es würde einige Zeit dauern, bis sie sich von diesem Familienabendessen wieder erholt hätte.

David war rastlos. Er hatte einen kostbaren Tag geopfert, um sich mit Carolina zu treffen, und den gesamten Samstag zusammen mit ihr verbracht. Sie war bester Laune gewesen, und sein schlechtes Gewissen hatte sich ein wenig beruhigt. Jetzt war er zurück im Büro und versuchte, die verlorene Zeit wieder aufzuholen. Obwohl es Samstagabend war, und er nicht besonders viel tun konnte, wenn er ehrlich war. Michel war bei seinen Eltern zu Hause in der Vorstadt, und das Büro war absolut leer.

Er schaute aufs Display seines Handys, doch er hatte keine neuen Nachrichten. Oder zumindest keine von Natalia. Doch eigentlich hatte er das auch nicht erwartet. Er hatte bewusst Distanz zu ihr aufgenommen, und jetzt war es wohl vorbei, wie er annahm, genau wie er es beabsichtigt hatte. Nur kam es ihm so unabgeschlossen, so verdammt unbefriedigend vor. Er klickte auf »Kontakte«. Klickte ihre Nummer an. Wenn sie nach dreimaligem Klingeln nicht ranginge, würde er auflegen, entschied er.

»Verdammt auch, ich setz nur kurz das Headset auf«, hörte er ihre Stimme sagen. Und schließlich: »Ja?«

»Natalia?«

Langes Schweigen. »Hej, David«, sagte sie dann, und er konnte unmöglich einschätzen, ob sie sich freute, überrascht oder irgendwas anderes war. »Sorry, ich dachte, es wäre mein Chef.«

David schaute auf die Uhr. Es war kurz vor dreiundzwanzig Uhr. »Dachtest du das wirklich? Ruft er dich am Samstagabend noch so spät an?«

»Du kennst doch J. O.«, entgegnete sie leicht säuerlich. »Was glaubst du denn?«

»Du hast recht. Hab ich dich geweckt?«

»Nein. Ich sitze im Auto. Komme gerade von meinen Eltern. Beziehungsweise meinem Bruder.«

David sah das gelbe Anwesen vor sich und erinnerte sich an seinen Helikopterausflug. »Aus dem Schloss?«

»Ja, obwohl wir es nicht Schloss nennen. Wir sagen Gut.« Kurzes Schweigen, dann lachte sie leise auf. »Sorry, ich hab gerade gemerkt, wie irreführend das klang. Ich fahre hauptsächlich dorthin, um mein Pferd zu reiten. Die Familie bekomme ich sozusagen gratis dazu.«

Nach außen hin war die Familie de la Grip für ihren engen Zusammenhalt bekannt, doch Natalias Stimme signalisierte ihm, dass diese Beziehung nicht ganz so unkompliziert zu sein schien.

»Du reitest?«, fragte er, obwohl er wusste, dass sie eine gute Reiterin war. Irgendetwas an dem Gedanken daran, Natalia in hohen schwarzen blank polierten Stiefeln mit Sporen zu sehen, ließ sein Blut schneller pulsieren.

Sie lachte, und es war ein dezentes Lachen, das ihn daran erinnerte, wie sie sich unter seinem Körper bewegt, wie sie sich gerekelt hatte. So unglaublich sexy.

»Ja, David. Ich reite.« Ihre Stimme war leise, doch er erfasste die Doppeldeutigkeit ihrer Bemerkung sofort.

»Ich weiß ja nicht, ob ich jetzt etwas Falsches sage, aber der Gedanke an dich in Reitstiefeln törnt mich ziemlich an. Trägst du dabei auch diese engen Hosen?«

»Sehr enge«, antwortete sie langsam.

Er sah ihre langen kräftigen Beine und ihren runden fülligen Po vor sich. »Was hast du jetzt an?«, fragte er gedämpft.

»Verdammt«, murmelte sie.

»Was ist los?«

»Ich düse gerade mit 140 Sachen über die Autobahn. Ich kann jetzt keinen Telefonsex haben.«

Er richtete sich auf, mit einem Mal völlig klar im Kopf. »Aber 140 ist doch gar nicht erlaubt. Könntest du vielleicht etwas langsamer fahren?«

»Ist ja schon gut.«

»Hast du was getrunken? Soll ich dich vielleicht irgendwo abholen?« Seine Besorgnis kam so automatisch, dass er nicht nachdachte und die Worte einfach aussprach.

»Ich habe nicht viel getrunken, und außerdem bin ich bald zu Hause.«

»Okay«, sagte er. »Fahr vorsichtig.«

»Ach David, ich bin doch immer vorsichtig«, entgegnete sie, und ihre Stimme drang in sein Ohr wie eine weiche verlockende Melodie. Mein Gott, wie sehr er es liebte, wenn sie mit ihm flirtete.

Jetzt nicht weitermachen. Leg auf.

»Ich wollte nur …«, begann David, doch ihm fiel nichts Vernünftiges zu sagen ein. Er hätte sie nicht anrufen sollen, das wusste er. »Ich habe an dich gedacht«, sagte er schließlich in leisem Ton, aber aufrichtig. *Wie dämlich, so absolut dämlich.*

Es wurde still.

»David?« Sie hauchte die Frage nur so dahin, und David spürte, wie er das Handy förmlich gegen sein Ohr presste. »Ja, was?«

»Ich bin nicht gut in solchen Sachen, und ich weiß auch nicht, ob ich es sagen soll, aber ich bin gleich zu Hause. Ich habe einen entsetzlichen Abend hinter mir. Hast du Lust, zu mir zu kommen?« Er hörte sie atmen und meinte, im Hintergrund das leise Motorengeräusch ihres Wagens zu vernehmen. »Ich würde mich freuen«, fügte sie hinzu. »Unabhängig davon, was zwischen uns ist oder nicht, möchte ich, dass du das weißt. Ich würde dich gerne wiedersehen.«

Oh, verdammt noch mal. Von all dem, was sie hätte sagen können, war das das Schlimmste. Er kämpfte mit sich. Und verlor haushoch. »Ich bin in einer Stunde bei dir«, war seine knappe Antwort.

21

Peter lag noch lange wach, nachdem Natalia nach Hause gefahren war und Åsa und seine Eltern ihm eine gute Nacht gewünscht und sich zurückgezogen hatten. Selbst lange nachdem Louise neben ihm eingeschlafen war.

Er wurde das drückende Gefühl in seiner Brust einfach nicht los.

Es hatte begonnen, als er David Hammar letzte Woche beim Einkaufen im Freitagnachmittagsgedränge erblickt hatte. Ein Gefühl hatte ihn überfallen, als stünde der Weltuntergang unmittelbar bevor.

Er starrte hinauf an die antike Stuckdecke und wusste nicht recht, ob er sich nicht alles nur einbildete. Es machte ihm Angst, wie wenig er sich auf seine Gefühle verlassen konnte. Dass er meistens sogar überhaupt nichts fühlte.

Obwohl das nicht ganz stimmte, dachte er und drehte sich auf die Seite. Die Nacht war warm und stickig, und das alte Gebäude besaß natürlich keine Klimaanlage. Er hatte schon gewisse Empfindungen, das Problem war nur, dass die meisten von ihnen so verdammt unangenehm waren, dass er alles tat, um sie zu unterdrücken. Es war nur so, dass er nicht steuern konnte, welche Gefühle er unterdrücken wollte, sodass sie gleich allesamt verschwanden.

Er erinnerte sich daran, wie er auf Skogbacka angefangen

hatte. Damals hatte er geglaubt, dass mit dem Schulwechsel alles gut werden würde. Endlich sollte es ihm gelingen, das Elend hinter sich zu lassen, das er in seiner alten Schule erlitten hatte. Er würde noch einmal von vorn beginnen, wollte endlich dazugehören.

Doch es war ihm noch nie leichtgefallen, Freunde zu finden, und daran hatte auch das Internat nichts geändert. Die älteren Schüler hatten ihn schikaniert. Auch wenn das dazugehörte, war es leidvoll gewesen. In solchen Situationen war man völlig auf sich allein gestellt. Jeder musste mit der Erniedrigung irgendwie selbst klarkommen. »Man muss die Zähne zusammenbeißen, Peter«, hatte sein Vater gesagt, als er ein einziges Mal den Fehler begangen hatte, weinend zu Hause anzurufen. »Und heul nicht rum wie ein verfluchtes Mädchen.«

Danach hatte Peter tapfer versucht, das Ganze auszuhalten, und tat alles, was von ihm erwartet wurde. Merkwürdigerweise gewöhnte man sich an alles.

Und dann war er an die Reihe gekommen.

Neue Schüler hatten angefangen, sodass er nicht mehr zu den jüngsten gehörte. Und einer der neuen war David Hammar gewesen. Einer, dessen Kindheit sich völlig von der aller anderen Schüler unterschied. Groß war er schon damals gewesen, und aus seinen Augen hatte die Wut geleuchtet. Es ging das Gerücht, dass seine Mutter mit jedem ins Bett stieg. David war von Beginn an chancenlos gewesen. Die Initiationsriten hatten begonnen, und noch heute wunderte es Peter, wie schnell sich diejenigen, die einst Opfer waren, in Täter verwandelt hatten. Nicht zuletzt er selbst.

Doch das gehörte dazu, verteidigte er sich, genau wie er es sein ganzes Leben lang getan hatte. Deshalb war man noch lange kein schlechter Mensch. Alle verstanden das.

Außer David Hammar natürlich.

Der Underdog hatte nicht Verstand genug besessen, die Erniedrigungen einzustecken und die Klappe zu halten. David weigerte sich, all die sozialen Codes, die Peter gewissenhaft eingehalten hatte, zu befolgen. Peter erinnerte sich daran, wie sauer David gewesen war und wie verraten er sich gefühlt hatte, nahezu persönlich gekränkt. Für wen hielt David sich eigentlich? Ein Arbeiterjunge, der aus Kulanz die Schule besuchen durfte, wie konnte der sich nur einbilden, etwas Besseres zu sein? Peter wusste nicht mehr, wie es genau zugegangen war, aber irgendwann hatte er beschlossen, diesen Typen fertigzumachen. Nicht zuletzt, weil die Mädchen auf dem Internat verrückt nach ihm waren.

Louise eingeschlossen.

Peter warf einen Blick auf seine Gattin. Auch im Schlaf war Louise die perfekte Ehefrau; still und leise, sanft und adrett.

Louise ahnte aller Wahrscheinlichkeit nach nicht, dass Peter es wusste, aber er hatte sie damals auf einer Party über David sprechen hören. Hatte ihre glänzenden Augen und ihren erregten Blick wahrgenommen, als sie von dem groß gewachsenen Jungen aus der Arbeiterklasse schwärmte.

Und Peter hatte auch gesehen, wie gekränkt sie gewesen war, als der ihre Annäherungsversuche abwies.

Merkwürdig, dass es ihm nicht schon vorher in den Sinn gekommen war. Er hatte es völlig vergessen, doch die Erinnerung daran war wieder hochgekommen, als sie beim Abendessen über David sprachen, und er hörte, wie Louise ihre Verachtung über David Hammar ergoss.

Peter hatte nie gedacht, dass er selbst einmal Louise genügen würde, sodass er erstaunt war, als sie sich letztlich für ihn entschied. Bevor sie ein Paar wurden, war sie mit einigen seiner Freunde liiert gewesen. Alle waren der Auffassung, dass Louise eine gute Partie war, und so hatte er um ihre Hand angehalten, ohne an etwas anderes zu denken als daran, dass er enormes Glück gehabt hatte, eine solche Frau abzubekommen: eine kühle Blondine und mit genau der richtigen Herkunft. In Beziehungsdingen war er schon immer schlecht gewesen. Er verstand sich einfach nicht auf Frauen und wusste nur, dass man viel Geld verdienen und erfolgreich sein musste, ansonsten sahen sie auf einen herab.

Er bewegte sich leicht und strich sich mit der Hand über die Pyjamahose. Es war lange her, dass sie Sex miteinander gehabt hatten, aber wenn er ehrlich sein sollte, hatte er inzwischen gar keine richtige Lust mehr. Könnte es bereits mit dem Alter zusammenhängen? Er war gerade fünfunddreißig geworden, und er war nicht besonders glücklich in seiner Ehe. Vielleicht sollte er mehr Engagement zeigen. Allerdings war es so, dass Peter nicht ganz sicher war, ob er überhaupt das Recht dazu hatte, glücklich zu sein. Nach dem, was er getan hatte. Er zog seine Hand wieder zurück, war nicht einmal mehr dazu in der Lage, sich einen runterzuholen. Außerdem, wenn Louise aufwachte und ihn dabei überraschte … Wahrscheinlich würde sie sich auf der Stelle übergeben.

Er seufzte. Seine Gedanken kehrten wieder zu David Hammar zurück. Auf Skogbacka hatte er sich mit seiner gesamten Kraft auf David gestürzt. Mit all seiner Bitterkeit, seinem Neid und seiner Frustration. Hatte nicht einmal gewusst, dass so viele Gefühle in ihm steckten.

Die Konsequenzen waren verhängnisvoll gewesen.

Wie sie David traktierten. Wie alles eskalierte.

Und dann …

Nein, er konnte nicht länger darüber nachdenken. Es ging einfach nicht. Schon damals war ihm fast die Luft weggeblieben. Eigentlich wäre er jetzt am liebsten aufgestanden und hätte sich eine Zigarette angezündet und geraucht, doch es fehlte ihm die Kraft, schon wieder diese Diskussion mit Louise zu führen.

Stattdessen schloss er die Augen und versuchte, den Schlaf heraufzubeschwören, doch es war wie verhext. Vielleicht hatte es auch einfach nur mit der bevorstehenden Fusion zu tun? Sobald die Transaktion in trockenen Tüchern wäre, würde sein Vater in Rente gehen. Sich aus dem Unternehmen zurückziehen und ihm, seinem erstgeborenen, pflichtbewussten Sohn die Verantwortung übertragen.

Er selbst würde zum Vorstandsvorsitzenden ernannt werden, die Krönung seiner Karriere. Der Beweis dafür, dass er etwas taugte. Und all diejenigen, die hinter seinem Rücken geunkt hatten, dass er seinen jetzigen Job nur aufgrund seines Namens bekommen hatte, würden zum Schweigen gebracht werden. Dann würde endlich alles besser werden.

Peter drehte den Kopf und schaute aus dem Fenster.

Vielleicht war es zu viel verlangt, auf inneren Frieden zu hoffen. Aber er würde so gerne endlich loswerden, was so schwer auf ihm lastete. All diese Erinnerungen, die er nie mit jemandem teilen konnte. All das, was ihm so zusetzte, dass er mitunter meinte verrückt zu werden.

Draußen würde es in einer Stunde hell werden. So viel Licht. Vielleicht war es auch einfach das, was ihn nicht schlafen ließ.

Louise murmelte etwas im Schlaf, und er betrachtete sie. Wenn sie jetzt aufwachte, würde er sich ihr anvertrauen, entschied er. Doch sie wachte nicht auf, und er wusste, dass er das, was damals geschehen war, sowieso niemals würde rückgängig machen können. Er konnte höchstens darauf hoffen, es irgendwann zu vergessen. Auch wenn er jetzt schon zwanzig Jahre lang vergeblich versucht hatte, es zu vergessen.

Er musste sich noch mehr anstrengen.

Irgendwann musste es doch mal aufhören.

22

Natalia war wie ein Gift, das sich in seinem Körper ausbreitete. David konnte es nicht anders beschreiben.

Er konnte nicht mehr klar denken.

Oder er wollte es nicht.

Denn auch wenn er sich jetzt ins Taxi setzte und dem Fahrer Natalias Adresse gab, wusste David genau, dass er diese Beziehung auf keinen Fall fortsetzen würde, wenn er klar hätte denken können. Nicht bei all dem, was auf dem Spiel stand. An der Börse wurden Investum-Aktien inzwischen mit einer exponentiell steigenden Geschwindigkeit umgesetzt. Fünf der größten Maklerbüros standen bereit. Sie hatten mittels Strohmännern Aktien für HC gekauft und würden das Eigentum unmittelbar auf ihn übertragen, sobald sie das Signal dazu erhielten.

Er bewegte sich in einer juristischen Grauzone, dachte er und schaute aus dem Wagenfenster. Nicht direkt ungesetzlich. Aber definitiv unethisch, und das würde viele Leute in der Finanzbranche an die Decke gehen lassen. Nicht zuletzt diejenigen, die in ihrem Handeln selbst eine fragwürdige Doppelmoral an den Tag legten. Sämtliche Finanziers hatten inzwischen die Gelder überwiesen, die sie David in Aussicht gestellt hatten, wodurch Hammar Capital im Augenblick über schwindelerregende einhundert Milliarden Schwedische Kronen verfügte. Das war zweifelsohne der größte Coup, der bislang in Schweden getätigt worden war, vielleicht sogar in ganz Europa. Er würde auf der Titelseite des Wall Street Journals landen und HC weit über die Grenzen der Finanzwelt hinaus bekannt machen.

Eigentlich war es nahezu unfassbar, dass noch nichts durchgesickert war. Allerdings besaß auch keiner außer David und Michel sämtliche Informationen. Und außerdem war in den rationalen Warnsystemen nicht vorgesehen, dass irgendwer Investum, das Rückgrat der Nation, angreifen würde. Aber dennoch. In der Finanzbranche herrschten ungeschriebene Regeln, und David stand im Begriff, gegen jede einzelne von ihnen zu verstoßen. Aber es würde ihm gelingen. David spürte es in jeder Faser, in jeder Zelle seines Körpers. Sie würden Investum in die Knie zwingen. Der Gigant würde bluten und zu Fall kommen. Dieser Coup wäre ein Meilenstein, der die Geschichte der schwedischen Wirtschaft für alle Zeit in ein Davor und ein Danach teilen würde.

Aus diesem Grund musste er einen kühlen Kopf bewahren. Sich auf die Komplexität dessen konzentrieren, was er tat.

Und deswegen durfte ihm nicht andauernd Natalia im Kopf herumschwirren. Er durfte sich nicht verlieren in den Gedanken an den gemeinsamen Sex, ihr wunderbares Lachen und an ein unglaubliches Gefühl, das er nicht näher benennen konnte.

Also, nur noch ein allerletztes Mal, sagte er sich, während das Taxi in ihrer ruhigen Straße anhielt und er bezahlte. So würde er es machen. Er würde ein letztes Mal mit ihr zusammen sein, das Ganze danach vernünftig abschließen, und dann würde er frei sein. Hellwach und fokussiert. Das war es, worum es jetzt ging. Es abzuschließen.

Es gab keine Alternative.

Nicht eine einzige.

Er klingelte an der Haustür und wurde reingelassen, nahm die Treppen nach oben anstatt den Aufzug, da er nicht stillstehen konnte. Sein Herz pochte wie wild, sein Blut pulsierte, und als Natalia ihm öffnete, schloss er sie stürmisch in die Arme. Ergriff ihren Kopf mit beiden Händen, versetzte der Tür hinter sich einen Tritt und presste Natalia mit einem Kuss gegen die Wand. Sie stöhnte und verwandelte sich in seinen Armen in lebendiges Feuer. Er zog ihren eng anliegenden Bleistiftrock hoch, streifte ihn über ihre Hüften und riss ihren Slip zur Seite. Als er seine Hand auf ihre Scham legte, war sie feucht.

»David«, keuchte sie.

Er sog ihren Duft ein. Sie drückte sich gegen seine Handfläche. Es war so leicht, ihre Wünsche zu erraten, und er streichelte, knetete und rieb sie, bis sie kam, rasch und heftig, während sie sich in unbändiger Lust und beinahe gewaltsam gegen seine Hand presste. Sie umklammerte seinen Hals, und ihre seidenweiche Hitze schloss sich in heftigen Konvulsionen um seine Finger. Sie keuchten atemlos gegen die Haut des anderen, und als er eine Hand um ihren Nacken schloss, war ihre Haut schweißnass. Er knöpfte ohne ein Wort ihre Bluse auf, zog ihr den BH herunter und schloss eine Hand um ihre Brust.

Sie holte tief Luft und fragte mit leichtem Zittern in der Stimme: »Willst du nicht erst mal reinkommen?«

Er musste fast lächeln. Sie standen schließlich noch immer in der Diele. »Gern«, antwortete er.

Sie schob ihren Rock wieder über die Hüften herunter, nahm seine Hand und führte ihn durch die Diele auf eine Tür zu.

Er betrat ihr Schlafzimmer. Es roch sauber und rein und nach Natalia.

Das Bett war frisch bezogen. Weiße Bettwäsche, äußerst erotisch in ihrer Keuschheit.

»Wir haben jetzt schon Sex auf deinem Sofa gehabt«, sagte er.

»In der Diele und auf deinem Balkon, aber es ist das erste Mal, dass ich dein Schlafzimmer sehe.«

»Ich weiß«, entgegnete sie, hakte ihren BH auf und ließ ihn zu Boden fallen. »Ich habe so etwas selbst noch nicht erlebt.« Sie stieg aus ihrem Rock, streifte den Slip ab und blieb stehen, nackt, kerzengerade und grazil.

Dann half sie ihm, sein T-Shirt auszuziehen, und ließ ihre Handflächen über seine Brust und weiter über seine Oberarme gleiten. Sie sah ernst aus, und David ließ sie gewähren. Er wusste, dass er bald alles mit ihr würde machen können, was ihm gefiel. Dann knöpfte sie ihm die Hose auf, zog den Reißverschluss herunter und streichelte ihn mit derselben ernsten Intensität. Sie atmete nun schneller, und er sah, wie sie von Hitze übermannt wurde, sodass sich ihre helle Haut leicht rötlich färbte. Er ließ die Augenlider sinken, als sie eine Hand um ihn schloss. »Ich hab mich danach gesehnt«, sagte sie heiser. »Danach, dich in mir zu spüren.«

Er zog fragend eine Augenbraue hoch: »Harter Tag?«

Sie nickte. »Hast du Kondome dabei?«

Er zog die kleine Schachtel aus der Hosentasche, die er gekauft hatte.

Sie legte sich rücklings aufs Bett und machte es sich bequem, streckte die schlanken Arme über dem Kopf aus und ließ ein Bein über die Bettkante hängen, während sie das andere anwinkelte. Ohne jede Scham.

Er hatte noch nie im Leben so schnell ein Kondom übergestreift. Er beugte sich über sie, spreizte ihre Beine, umfasste ihre Hände und schob sich, presste sich, pflügte regelrecht in sie hinein. Er legte sich eines ihrer Beine über seine Schulter, und dann nahm er sie, bis er kurz davor war zu kommen. Sie schien beinahe besinnungslos vor Ekstase.

Er führte eine Hand zwischen sie beide und streichelte sie.

»Natalia?«

»Mhm«, murmelte sie.

»Bist du noch da?«

»Glaub schon. Es ist so wundervoll.« Ihre Stimme war leise. Als er sie betrachtete, hatte er das Gefühl, jeden Moment zu kommen.

»Kannst du mich ansehen?«

Sie schlug ihre goldenen Augen auf und sah ihn durch einen Schleier der Erregung hindurch an. Er stieß in sie hinein, während er zugleich mit seinen Fingern zudrückte. Ihr Blick wurde glasig.

»Sieh mich an«, befahl er und stieß erneut in sie hinein. Und noch einmal. Er sah, wie ihr Orgasmus begann, spürte es in ihrem Körper, und als sie sich um ihn herum zusammenzog, ihn mit ihren inneren Muskeln umschloss, kam er ebenfalls. Er ließ sie nicht aus den Augen, denn er liebte es, sie genau in dem Moment kommen zu sehen, in dem er ein letztes Mal in sie hineinstieß und schließlich explodierte.

Er rang nach Luft. Dachte, dass er nicht auf ihrem Körper liegen bleiben durfte, zu schwer für sie wäre. Und dann wälzte er sich von ihr herunter und kollabierte in dem breiten Bett.

Sie lagen nebeneinander, atemlos. Ganz langsam begannen seine Sinne wieder zu erwachen, einer nach dem anderen. Er nahm den Geruch ihres Schlafzimmers wahr. Das Licht, das durchs Fenster drang. Die Stille draußen.

»Ich bin froh, dass du gekommen bist«, sagte sie.

»Und ich bin froh, dass *du* gekommen bist. Sogar zweimal.«

Sie lachte auf, und er streckte seinen Arm aus, während sie ihren Kopf an seine Brust lehnte. Es war so angenehm, neben ihr zu liegen.

»Es war schön«, sagte sie und legte die Hand auf seinen Brustkorb.

»Mehr als schön«, entgegnete er mit Nachdruck und zog sie näher an sich heran. Sie war verschwitzt, und einige Strähnen ihres langen Haars klebten an ihren Gesichtern.

»Ich hab mich so gefreut, als du angerufen hast«, sagte sie, und er spürte, dass er sich gegen die Wärme in ihrer Stimme wehren musste, merkte, dass er in völlig falsches Fahrwasser geriet. Doch stattdessen entgegnete er aufrichtig: »Und ich hab mich gefreut, dass du mich gebeten hast herzukommen. War es bei deinen Eltern nicht so toll?«

Sie atmete gegen seine Brust aus. »Bei meinem Bruder. Er hat das Gut voriges Jahr übernommen. Er und seine Frau.«

»Louise, nicht wahr? Ich kenne sie.« David erinnerte sich vage an ein kühles blondes junges Mädchen. Von denen es Dutzende auf Skogbacka gegeben hatte. »Du hast gesagt, du fährst dorthin, um zu reiten, oder? Besitzt du ein eigenes Pferd?«

Sie nickte.

Natürlich besaß sie eins.

»Reitest du?«

Er musste lachen, so absurd war die Frage. »Nein. Ich bin nicht gerne auf dem Land, und Pferde mag ich auch nicht. Außerdem sind sie schlechte Investitionen. Ich widme mich lieber Werten, die Rendite erbringen.«

»Du lügst. Du liest gern, hast mir Konzertkarten für Sarah Harvey geschenkt und mich auf eine Bratwurst eingeladen. Ich glaube, dass du gar nicht so knallhart und tough bist, wie du immer tust.«

Wenn sie nur wüsste.

»Ich liebe es zu reiten«, fuhr sie fort. »Es fordert einen derart, dass man dabei an nichts anderes denken kann. Wusstest du, dass man sagt, man muss mindestens hundert Mal vom Pferd fallen, bis man ein guter Reiter ist?«

»Und, bist du gut?«

»Ja.«

Er sah sie vor sich, wie sie zielstrebig wieder aufstand, nachdem sie vom Pferd gefallen war, völlig verstaubt und zerschlagen, aber fest entschlossen weiterzureiten. »Das gilt wohl für viele Dinge«, bemerkte David nachdenklich. »Man muss einen gewissen Kampfgeist haben. Und es außerdem hassen zu verlieren.«

»Und wie ich es hasse zu verlieren«, rief sie mit einer Emphase aus, die ihn auflachen ließ. Er erkannte sich darin wieder.

Sie streichelte seine Brust und seinen Bauch und folgte den Konturen seiner Muskeln mit dem Finger. »Wenn du nicht reitest, welchen Sport machst du eigentlich dann?«, fragte sie. »Oder bist du etwa von Natur aus so wahnsinnig muskulös?« Sie legte eine Hand auf seinen Oberschenkel.

»Ich geh joggen«, murmelte er. »Und ich spiele Tennis, hauptsächlich mit Kunden.« Ihre Hand bewegte sich.

»Spielst du Tennis?«, fragte er. Er würde sie nur zu gerne in einem kurzen weißen Röckchen sehen. Sein Penis richtete sich schlagartig auf. Sie betrachtete ihn und schenkte David dann ein Lächeln, das ihn mit Erwartung erfüllte. Wann hatte er eigentlich zuletzt so viel Energie gehabt?

»Hör mal, ich bin adlig. Ich spiele Tennis, reite und fahre Ski. Nur was Golf betrifft, weigere ich mich.«

»Ich spiele Fußball«, meinte er.

»Fußball?« Sie streichelte seinen Oberschenkel, und er zwang sich, sich auf ihr Gespräch zu konzentrieren.

»Ja«, antwortete er. Eigentlich redete er nie darüber, nicht mit Geschäftsfreunden und auch nicht mit Medienvertretern, da es ihm zu privat erschien. Doch jetzt hörte er sich selbst zu Natalia sagen: »Michel und ich trainieren eine Jugendmannschaft in einem Viertel, das als sozialer Brennpunkt bekannt ist. Ich war früher mal ein ziemlich guter Spieler.« Er wollte, dass sie sich später daran erinnern konnte. Dass er zumindest eine uneigennützige Sache im Leben zustande gebracht hatte.

Ihre Hand hielt inne. »Du musst aufpassen, David«, murmelte sie. »Bald glaube ich nicht mehr daran, dass du ein mieser Corporate Raider bist.«

Er zog sie mit einer raschen Bewegung zu sich heran und legte sich auf sie. Er sah ihr tief in die Augen, und während er sie küsste, wurde ihm klar, dass er sich gründlich selbst betrogen hatte, wenn sein Ziel tatsächlich darin bestanden hatte herzufahren, um Natalia de la Grip zu vergessen. »Ich weiß nicht, ob ich dich wirklich schon wieder loslassen kann«, murmelte er.

Sie lächelte. »Schon okay.« Sie küssten sich erneut, ihre Zunge war warm und spielte lebhaft mit ihm. Doch als ihre Hände auf seinen Rücken glitten, zuckte er zusammen und versuchte, sich zu entziehen.

Aber sie nahm ihre Hände nicht weg, sondern spreizte die Finger und hielt ihn fest. »Nein«, sagte sie.

David blickte sie warnend an, doch Natalia schüttelte den Kopf, und ihr Eigensinn ließ ihre Augen nahezu brennen. »Ich möchte es aber«, sagte sie entschieden. Sie folgte mit einem Finger den knotigen Narben, während David eine Welle des Unbehagens überkam.

»Leg dich auf den Bauch«, sagte sie. Ihre Augen bohrten sich in seinen Blick.

Er sah sie lange an. Sie war zu weit gegangen, kam ihm zu nahe.

Natalia registrierte Davids ernste Miene und wusste, dass er sich weigern würde. Ihre Blicke verschränkten sich in einem Willenskampf. Sie sah, wie sich diverse Gefühle in seinem Gesicht widerspiegelten, Gefühle, die sie beschloss, besser nicht zu analysieren.

Doch sie hielt dagegen und entschied, nicht klein beizugeben.

»Natalia«, sagte er warnend.

»Nein«, wiederholte sie. Hatte sie ihm nicht gerade eben bekundet, wie willensstark sie war? Sie hatte keineswegs vor einzulenken.

Und mit einem Mal gab er nach. Er schüttelte den Kopf. »Stures Weibsbild«, brummte er, drehte sich jedoch gehorsam um und legte sich auf den Bauch.

Oh Gott.

Sein Rücken sah ungeheuerlich aus. »Was für ein Mensch hat das nur gemacht?«, fragte sie leise. Es waren so viele Narben, dass man sie kaum zählen konnte. Wie lange es wohl gedauert hatte, ihn auszupeitschen, bis er so aussah?

»Nicht was für ein Mensch. Was für Menschen.«

Sie wartete.

»Es war in der Schule«, seufzte er, und sie begriff, dass er von Skogbacka sprach. Das Lyzeum Skogbacka, eingebettet im Grünen … Mit seinem berüchtigten Pennälertum. Den Skandalen. Zumindest denen, die es bis in die Presse geschafft hatten – Natalia wusste, dass es sich dabei höchstwahrscheinlich nur um einen Bruchteil handelte. Und plötzlich bereute sie, dass sie sich David gegenüber durchgesetzt hatte. Denn sie wusste nicht, ob sie es aushalten würde, die Wahrheit zu erfahren. Ihre Vernunft sagte ihr zwar, dass die Narben nicht mehr wehtaten, aber sie hatte dennoch das Bedürfnis, darüberzustreichen und den Schmerz zu lindern, der damals unerträglich gewesen sein musste.

»Ich habe gewisse Schwierigkeiten gehabt, mich in der Hierarchie einzuordnen«, sagte er, noch auf dem Bauch liegend, den Kopf zur Seite gedreht. Seine Stimme war ruhig und klang völlig teilnahmslos. »Ich hab mich geweigert, mich erniedrigen zu lassen, du weißt schon, diese ganzen brutalen Rituale. Es ging ziemlich lange so, sie kamen mit meiner Art nicht zurecht. Damit, dass ich anders war.« Er zuckte mit den Schultern. »Ich war sechzehn und verdammt arrogant, was natürlich alles nur noch schlimmer machte. Eines Tages lockten sie mich in den Keller, wo ich für eine Sache bestraft werden sollte, die ich gemacht hatte und die ihnen nicht gefiel. Dort gab es einen schalldichten Raum. Sie haben mich ausgepeitscht und dort liegen lassen. Ziemlich lange. Leider sind die Wunden nicht so verheilt, wie sie sollten.«

»Und was ist mit den Typen geschehen?«

»Was glaubst du denn?«

»Nichts. Es wurde totgeschwiegen, oder?«

Er nickte.

Zuerst hatten Davids Klassenkameraden ihm beigebracht, dass er weniger wert war als sie, nur weil sie regelmäßig zu Abendveranstaltungen im Smoking eingeladen wurden und teure Sportwagen fuhren, während er arm war, und dann hatten sie ihn misshandelt, weil er den Mut besaß, dazu zu stehen.

Natalia hatte sich noch nie so geschämt, der Oberschicht anzugehören, wie in diesem Augenblick. Aber sie beschloss, ihn nicht weiter auszufragen, da sie den Verdacht hegte, ihm schon weitaus mehr entlockt zu haben, als er eigentlich hätte preisgeben wollen.

Sie ließ ihren Blick über seinen groß gewachsenen Körper gleiten. David Hammar war so viel mehr als nur ein vernarbter Rücken. Sein Bizeps war umfangreich, und mit seinen breiten Schultern nahm er einen ansehnlichen Teil ihres Bettes in Beschlag. Ihr wurde bewusst, dass sie ihn gerne öfter bei sich haben würde. Viel öfter. Sie strich mit der Hand über seinen Rücken und spürte seine Atmung, ließ dann ihre Handfläche weiter hinuntergleiten und musste lächeln, weil sich seine festen Pobacken unter ihren Fingern anspannten. Sie hörte ihn nach Luft ringen, als sie weiter hinunter über seine Hüften und Oberschenkel strich. Er stöhnte auf, und dieses Stöhnen sprach ihren Körper unmittelbar an. Wenn David damals auf ihre Schule gegangen wäre, wäre sie geradezu verrückt nach ihm gewesen – und alle anderen Mädels auch, das wusste sie. Aber in diesem Moment gehörte er ganz allein ihr.

»Dreh dich um«, befahl sie.

Er drehte sich um. Sein Gewicht ließ die Matratze leicht schwingen, und Natalia erfasste eine Welle der Erregung, als er ihr gehorchte.

David legte sich auf dem Rücken zurecht, und sie kniete sich neben ihn.

Sie legte eine Hand auf seinen Oberschenkel. »Mach die Beine breit«, kommandierte sie.

Er kniff die Augen zu Schlitzen zusammen, tat jedoch, was sie sagte, ohne sie auch nur eine Sekunde lang aus dem Blick zu lassen. Er war steif, und er stöhnte lustvoll auf, als sie seine Erregung mit ihrer Hand umschloss und ihn dann in den Mund nahm.

Sie genoss die Tatsache, ihn kaum mit ihrem Mund umschließen zu können, und sog und leckte ihn, ohne irgendwelche Scham zu empfinden, wie sehr es sie erregte. Sie hätte noch lange so weitermachen können, doch plötzlich schien David von seiner passiven Rolle genug zu haben. Abrupt richtete er sich auf, packte sie und schleuderte sie förmlich auf die Matratze hinunter. Sie sah ihm zu, wie er sich ein neues Kondom überstreifte, und dann stieß er in sie hinein. Ihre Beine klammerten sich um seinen Rücken, und er riss ihren Oberkörper zu sich hoch.

Es war einfach nur … heiß.

Sich zu lieben. Wie er immer wieder in sie eindrang, ihr Innerstes ausfüllte, bis sie fast zu bersten glaubte. Die Laute, die er von sich gab, seine Koseworte. Wie er sie dann von hinten nahm, wie sie ihn überall auf sich und in sich spürte, seine riesigen Händen um ihre Taille gelegt, seine Küsse im Nacken. Wie sie kam. Als sie später in seinen Armen lag, eng an ihn geschmiegt, umgeben vom Geruch nach Salz und Schweiß und seinem Duft, wusste sie, dass es selten, wirklich äußerst selten vorkam, dass man etwas so völlig Neuartiges erlebte, und wenn sie nicht so froh darüber gewesen wäre, hätte sie angefangen zu weinen. Jetzt kuschelte sie sich nur an ihn, ließ sich in seinen Armen fallen und von seinem Körper umschließen. Die heftige Leidenschaft war abgelöst worden von Zärtlichkeit, und sie lag vollkommen still da und versuchte, einfach nur zu genießen und im Hier und Jetzt zu bleiben. Sie versuchte es wirklich.

Doch die Gedanken holten sie wieder ein.

Was waren sie eigentlich? Waren sie zusammen? Ein Liebespaar?

»David?«

»Ja«, murmelte er mit leiser Stimme.

Sie wollte ihn fragen. In welcher Beziehung stehen wir zueinander? Sind wir jetzt ein Paar? Oder bist du mein Liebhaber? Doch sie traute sich nicht. Wollte keine Lüge zu hören bekommen, wagte es nicht, ihn zu bitten, die Wahrheit zu sagen. *Du bist feige, Natalia, verdammt feige.*

Sie rieb die Wange an seinem Arm, der unter ihrem Kopf lag. »Ich bin wirklich froh, dass du vorbeigekommen bist«, sagte sie lediglich.

Seine Umarmung wurde fester. »Ich auch. Darf ich bleiben?«

»Ja, bleib«, antwortete sie.

»Ich muss aber morgen arbeiten. Oder heute, um genau zu sein.«

»Heute ist Sonntag.«

»Ich weiß«, sagte er, zog die Decke über ihren Körper und küsste sie in den Nacken.

Dann schliefen sie eng umschlungen ein.

Sie wachte auf, als er aus der Dusche kam. Schlaftrunken schlang sie ihre Arme um seinen Körper. Er war noch feucht, und sie liebten sich erneut, bevor sich David mit einem Kuss auf ihre Nasenspitze verabschiedete.

»Hejdå, meine Sexgöttin.«

»Hejdå.«

Sie blieb im Bett liegen.

Ihr war, als befände sie sich in freiem Fall. Sie spürte es im ganzen Körper und in ihrer Seele.

Vorsichtig, Natalia. Sieh dich vor.

Sie konnte nicht wieder einschlafen und tapste stattdessen in die Küche. Die Kaffeemaschine stand auf der Arbeitsplatte, und sie musste lächeln, als sie sah, dass David sie bereits gefüllt hatte. Sie schaltete sie ein und wartete geduldig. Dann machte sie Milch heiß, gab löffelweise Zucker in ihren Becher und nahm ihn mit hinaus auf den Balkon.

Sie schaute hinunter auf die menschenleere Straße und den kleinen Park, in dem ein Nachbar gerade seinen Hund ausführte. Sie nippte an ihrem Kaffee und dachte an die gemeinsame Nacht zurück. Und stieß dabei in Gedanken an etwas, das zu analysieren sie kaum ertragen konnte. Etwas, über das sie am liebsten niemals angefangen hätte nachzudenken. Etwas, das Davids Worte in ihr ausgelöst hatten.

Sie trank ihren Kaffee und musste an ihre Familie denken. An ihre Eltern. Ihre Brüder.

Peter war ihr großer Bruder, und sie liebte ihn. Doch trotz seiner nachgiebigen, nahezu schwächlichen Art, war er nicht immer ein netter Mensch. Er konnte auch ziemlich gemein sein. Insbesondere zu seinen Geschwistern und zu denen, über die er Macht besaß. Er hatte sich beim Abendessen verächtlich über David geäußert. Und so ungern sie es auch nur einsehen wollte, wusste sie, dass Peter ein typischer Mobber war, tyrannisiert von seinem Vater und unter Druck gesetzt von dessen Anspruch, Höchstleistungen zu erbringen. Er war durchaus fähig zu Grausamkeiten. Und er hatte Skogbacka zur selben Zeit besucht wie David.

Hatte etwa Peter etwas mit den Narben auf Davids Rücken zu tun?

23

Sonntag, 6. Juli

Graf Carl-Erik Tessin schaute auf die Einladungskarte. Dergleichen kamen in derartigen Mengen, dass er viele gar nicht erst öffnete. Stapelweise Briefe mit Einladungen. Angefangen bei Premieren und Vernissagen bis hin zu Festen und vornehmen Bällen. Im Sommer war es am schlimmsten.

Die meisten warf er sofort weg. Doch dieses Wappen hier kam ihm bekannt vor. Es weckte so viele Erinnerungen, so viele Gefühle in ihm.

Er befingerte das dicke hochwertige Papier. Las die in schwarzer Tinte geschriebenen persönlichen Worte, während die formellen Phrasen in Gold geprägt waren. Die vornehm aristokratische Unterschrift.

Carl-Erik nahm Einladungen von ihnen eigentlich nie an, erst recht nicht zu dieser Party, doch nun zögerte er. Es war schon so lange her. Und die Jahre waren ins Land gegangen. Es gab so vieles, das er bereute. So vieles, das er hätte anders machen wollen.

Er betrachtete nachdenklich die beiden fröhlichen Gesichter in dem antiken Bilderrahmen auf dem Kaminsims. Sie hatten keine Ahnung. Sie waren zufrieden mit ihrem Leben. Sollte er das Vergangene besser ruhen lassen? Konnte er es überhaupt?

Langsam zog er die Schreibtischschublade heraus und nahm

einen Füllfederhalter zur Hand. Mit graziler Schrift antwortete er.

Vielleicht war es so am besten.

Alexander de la Grip sah sich auf dem kleinen Flugplatz um. Jede Menge Leute, aber kein Begrüßungskomitee.

Keine Eltern, keine Cousinen und Cousins, niemand.

Zum Glück.

Im Augenwinkel erblickte Alexander eine groß gewachsene rothaarige Frau, die neben dem Gepäckband wartete. Sie war ebenfalls an Bord des Fliegers aus New York gewesen. Er musste grinsen, da sie sich hier auf diesem kleinen Inlandsflugplatz wiedersahen.

Sie war ihm aufgefallen, weil sie nahezu märchenhaft schön war, groß und stattlich wie eine Amazone. Doch sie hatte seine Einladung auf einen Drink abgelehnt. Und noch dazu einen Kommentar über seine Trinkgewohnheiten abgegeben, der nicht gerade schmeichelhaft war, sodass er annahm, dass sie wohl kaum auf ihn abfuhr.

Während sie dort am Band stand, ihre Handtasche mit den Händen umschlossen, deren Fingernägel kurz und unlackiert waren, fragte er sich, was sie hier wollte. Im Flieger hatten sie Englisch miteinander gesprochen, und der Gedanke, dass sie möglicherweise gar keine Amerikanerin war, war ihm überhaupt nicht gekommen. Aber jetzt stand sie hier auf einem Inlandsflugplatz im abgelegenen Skåne.

»Ich hätte nicht gedacht, dass Sie Schwedin sind«, sagte er auf Schwedisch, während er an ihre Seite trat.

Sie warf ihm einen fragenden Blick zu. »Excuse me?«

Er wechselte in sein akzentfreies Englisch über: »We met on the plane. I'm Alexander«, sagte er und streckte ihr seine Hand entgegen.

Sie sah lange auf seine ausgestreckte Hand hinunter, sodass er befürchtete, sie würde sie nicht ergreifen.

»Isobel«, stellte sie sich schließlich vor und ergriff kurz seine Hand, bevor sie ihre wieder zurückzog.

Alexander lächelte sein charmantestes Lächeln.

Ein verschlissener Samsonite kam auf dem Gepäckband angerollt, und er entnahm ihrem Blick, dass er ihr gehörte. Er hob ihn an und reichte ihn ihr.

Sie nahm ihn mit einem festen Griff entgegen, während er die erste seiner handgenähten Reisetaschen aus Kalbsleder vom Gepäckband hob.

»Can I offer you a lift somewhere?«, fragte er.

Oberhalb ihrer geraden Nase bildete sich eine Falte, während sie die anderen Teile seines luxuriösen Gepäcks inspizierte, die auf dem Gepäckband näher kamen. Sie streckte ihren Rücken, sodass sie in ihren flachen Schuhen noch größer wirkte. Dann schaute sie ihn mit einem strahlenden Lächeln an: »I'd prefer if you'd go and fuck yourself«, sagte sie, nahm ihren abgenutzten Koffer, machte auf dem Absatz kehrt und ließ ihn stehen.

24

Donnerstag, 10. Juli

Mit dem Auto dauerte es fünf Stunden von Stockholm nach Båstad, wenn man unterwegs nicht länger als notwendig pausierte und die Geschwindigkeitsbegrenzungen nicht allzu pedantisch einhielt. Mit dem Flugzeug ging es natürlich schneller. Doch im Auto würden Michel und David völlig ungestört reden können, ohne sich Gedanken darüber machen zu müssen, dass jemand heimlich mithörte. Das, was sie an Zeit verloren, gewannen sie an Diskretion. Außerdem hatte David sich offenbar gerade ein neues Auto gekauft.

Michel warf einen Blick auf den Wagen, wenn er sich nicht täuschte, eines der teuersten Sportmodelle von Bentley. »Ist es nicht ein bisschen zu früh für eine Midlife-Crisis?«, fragte er, während er den Kofferraum der Luxuskarosse öffnete. Er schob seine Reisetaschen hinein und schlug die Klappe wieder zu.

»Es war der einzige von denen, den sie dahatten, den ich gleich mitnehmen konnte«, erklärte David gut gelaunt. »Ich hatte einfach Lust, mal ein eigenes Auto zu besitzen.«

»Das hast du ja noch nie gesagt.« Tatsache war, dass David immer behauptet hatte, dass es für ihn keinen Sinn ergab, ein eigenes Auto zu halten, weil er so selten zu Hause war. Und im Unterschied zu Michel, der protzige Statussymbole geradezu liebte, war David nicht der Typ, der mit Geld um sich schmiss.

David klapperte mit den Schlüsseln. »Nein, bin auch erst

gestern auf die Idee gekommen. War in der Mittagspause beim Autohändler in den Marmorhallen, hab ihn gekauft und die Schlüssel gleich ausgehändigt bekommen.« Er grinste. »Wie findest du ihn?«

Michel fragte sich, ob sein Chef und Kollege auch nur ansatzweise etwas von dem Druck verspürte, der auf ihnen beiden lastete. Seitdem Michel ihn kannte, hatte David noch *nie* irgendetwas Spontanes oder Unüberlegtes getan. Davids Hirn arbeitete rasend schnell. Er war geradezu ein Meister darin, Informationen zu verarbeiten; deshalb schien es mitunter, als handelte er impulsiv, doch Michel wusste es besser. David tat nichts, ohne es vorher genau zu durchdenken.

Außer ein Auto für anderthalb Millionen Kronen zu kaufen. In Babyblau.

»Na ja, er ist sehr … äh … blau.«

»Spring rein, wir fahren los. Hast du übrigens mit Malin gesprochen?«

Michel nickte. Unmittelbar bevor er das Büro verlassen hatte. Ihre letzten Worte hatte er noch bis hinaus in den Aufzug gehört.

»Sie hat sich ein wenig darüber aufgeregt, dass wir sie zu Hause lassen«, sagte er. Das war eine starke Untertreibung. Ihre Pressesprecherin war wütend gewesen wie eine Hornisse. »Offenbar hatte sie sich schon ein Kleid für die Party gekauft. Ihre letzten Worte habe ich nicht ganz verstanden, aber es kann sein, dass sie einen ordentlichen Extrabonus zu Weihnachten erwartet.«

David startete den Wagen, und der starke Motor begann leise zu brummen. Er fuhr aus der Tiefgarage hinaus. »Mag sein, sie hat mir jedenfalls eine lange Liste mit Gründen dafür gemailt, warum sie nach Båstad fahren müsste. Aber sie wird hier gebraucht. Alle anderen müssen ja auch hierbleiben.«

Die Stimmung im Büro war alles andere als heiter gewesen,

doch David hatte recht, dachte Michel und war froh darüber, dass nicht ihm, sondern in erster Linie David, dem Boss, die Rolle des Sklaventreibers zufiel. »Wir können nur hoffen, dass es nicht zu einer Meuterei im Hauptquartier kommt, während wir uns in Båstad amüsieren«, meinte er. »Aber es werden jede Menge Journalisten dort sein. Du weißt ja, wie sie hinter dir her sind. Malin hätte sie dir vom Hals halten können.«

»Malin muss die Pressekonferenz vorbereiten, und das weiß sie auch«, entgegnete David. »Die Journalisten kann ich mir selbst vom Hals halten. Und übrigens, ich habe unsere Hotelzimmer storniert und stattdessen ein Haus angemietet.«

»Schön, dann wird es ruhiger«, pflichtete Michel ihm bei. Damit umgingen sie die Gefahr, auf neugierige Journalisten oder betrunkene Grünschnäbel aus der Finanzbranche zu stoßen, die sich darüber auslassen wollten, was sie im Innersten über Corporate Raider, Emporkömmlinge und dunkelhäutige Ausländer dachten.

David fuhr aus der Innenstadt von Stockholm heraus und dann weiter in Richtung Süden. Die Autofahrt war kurzweilig, denn sie hatten zahlreiche Informationen auszutauschen und Vorgehensweisen miteinander abzustimmen. David war froh über seinen etwas impulsiven Entschluss, zu fahren, anstatt zu fliegen. Und ihm gefiel der Wagen.

Seine Mutter hatte sich nie ein Auto leisten können, und er ertappte sich bei dem für seine Verhältnisse ungewöhnlich sentimentalen Gedanken, was Helena Hammar von diesem Wagen wohl gehalten hätte. Sie hatte edle und teure Dinge geliebt, dachte er, und es versetzte ihm einen Stich ins Herz.

Sie hielten unterwegs nur ein Mal an, vertraten sich die Beine und nahmen einen kleinen Snack zu sich, und gegen Nachmittag näherten sie sich Båstad. Als schließlich das entsprechende blaue Ausfahrtschild auftauchte, verließ David die Autobahn. In der Ferne konnte man das Meer sehen. Natalia würde auch hier sein, dachte er. Hammar Capital war einer der wichtigsten Kunden der Bank of London, sodass Michel und er natürlich zu der Party eingeladen waren, die J. O. ausrichtete.

»Kommt Åsa auch?«, fragte er.

»Keine Ahnung«, antwortete Michel.

»Hast du sie immer noch nicht angerufen?«

»Doch«, antwortete Michel ironisch. »Vorgestern habe ich sie angerufen. Aber dann hab ich es mir anders überlegt und aufgelegt. Und dann hab ich es gestern noch einmal versucht, um es ihr zu erklären.«

»Und was hat sie gesagt?«

Michels Kieferknochen mahlten, während er verbissen aus dem Fenster stierte. »Keine Ahnung«, sagte er in knappem Ton. »Ich hab nach ein paarmal Klingeln aufgelegt.«

David musste ein Lachen unterdrücken. »Du weißt, dass man sehen kann, wer angerufen hat, oder?«

Michel starrte noch immer aus dem Fenster. »Ja, ich weiß«, antwortete er. »Ich kann einfach nicht klar denken, wenn es um sie geht. Aber ich kann mir auch nicht vorstellen, dass es irgendetwas werden könnte zwischen uns. Meine Familie würde ausflippen.«

»Du musst deiner Familie ja nichts davon erzählen«, bemerkte David.

»Und außerdem arbeitet sie bei Investum. Du weißt ja, das Unternehmen, das wir kapern wollen.«

Im Unterschied zu Natalia, die nicht bei Investum angestellt war, sondern lediglich einen Teil des Unternehmens BESASS.

Er konnte nicht ausblenden, dass Natalia hier war und sie sich mit großer Sicherheit bereits am selben Abend begegnen würden. Sie hatten sich seit Sonntagmorgen nicht mehr gesehen, einander nur hin und wieder SMS geschickt.

Doch irgendwann hatte David eine SMS, die für Carolina bestimmt war, beinahe an Natalia gesendet, und das hatte ihm einen gewaltigen Schrecken versetzt. Es stand so viel auf dem Spiel, er durfte es jetzt nicht vermasseln.

»Åsa besitzt jede Menge Investum-Aktien«, sagte David, der einen genauen Überblick darüber besaß, wer die größten Eigner waren. »Unter anderem«, fügte er hinzu. »Weißt du eigentlich, wie reich diese Frau ist?«

»Sie hat alles geerbt, als ihre Familie verunglückte, und sie hat ihr Erbe gut verwaltet. Ich gehe davon aus, dass sie eine der reichsten Frauen Schwedens ist.«

»Wie alt war sie damals eigentlich?«

»Als der Unfall war? Achtzehn. Sie hat *alles* geerbt. Und ihr ganzes ach so adliges Geschlecht wird mit ihr aussterben. Ironie des Schicksals. Als wir zusammen studiert haben, hat sie ziemlich exzessiv gelebt. Rauchte, trank, stieg mit jedem ins Bett. Ich glaub, sie hat irgendwie die Bodenhaftung verloren.«

»Jetzt scheint sie ja einen guten Job zu machen, von daher nehme ich an, dass sie sich wieder gefangen hat. Und außerdem ist es völlig offensichtlich, dass da was zwischen euch ist.«

»Apropos seinen eigenen Rat nicht befolgen«, meinte Michel. »Wie läuft's eigentlich mit Natalia?«

»Da war nichts«, antwortete David kurz angebunden. »Und jetzt ist es eh vorbei.«

Michel kratzte sich am Kopf. Einer seiner prunkvollen Ringe blitzte auf. Vierundzwanzig Karat Gold mit einem dreikarätigen Diamanten. Eine dicke Goldkette um den Hals. Der Tellerwäscher, der zum Millionär geworden war. »Zuerst war da nichts?«, fragte Michel skeptisch. »Und dieses Nichts ist jetzt vorbei?«

»Genau.« Denn es *war* vorbei. Er war sich ganz sicher. Er war über sie hinweg.

»Du hast sie wiedergetroffen«, stellte Michel fest. Er schüttelte den Kopf.

»Wir haben uns gesehen«, sagte David und hörte, wie defensiv er klang. »Ein-, zweimal bei ihr. Und einmal bei mir. Aber das war alles, und es wird auch nicht weitergehen.«

»Bei dir? In deinem Haus?« Michel starrte ihn an.

»Ja.«

»In dem Haus, zu dem keiner Zutritt hat, nicht mal ich?«

»Natürlich bist du willkommen«, meinte David, bog auf den Parkplatz ein und hielt an. »Wenn du willst, kannst du in meinem Whirlpool baden.«

»Du hast sie doch nicht mehr alle«, meinte Michel.

»Mag sein, aber ich rufe zumindest nicht bei Mädels an, um dann wieder aufzulegen.«

25

»Ich fass es nicht, dass du in diesen Dingern laufen kannst«, sagte Natalia und inspizierte Åsas extrem hochhackige Pumps. Im Vergleich dazu sahen ihre eigenen Sandaletten ziemlich bescheiden aus. Trotz der zehn Zentimeter hohen Pfennigabsätze.

»Es sind ja auch keine Schuhe zum Laufen«, erklärte Åsa. Sie wippte mit dem Fuß. »Sondern Schuhe, mit denen man Männer fängt. Und außerdem muss man ja auch nicht lange darin stehen.« Sie sah sich um, nickte einem Sieger der Castingshow »Idol« zu und winkte einem Filmstar. »Michel hat zweimal bei mir angerufen und dann aufgelegt«, sagte sie. »Heute werde ich es ihm heimzahlen.«

Natalia ließ ihren Blick über das eng anliegende Kleid mit dem Schlangenhautmuster gleiten, das Åsa trug. Es saß wie angegossen. Ihre Kurven zeichneten sich deutlich unter dem Stoff ab, die blonden Locken waren mit Haarspray zu imposantem Volumen fixiert – diese Frau befand sich so offensichtlich auf dem Kriegspfad, dass Michel Chamoun einem fast leidtun konnte. Eine Åsa in dieser Verfassung würde ihn abschlachten wie ein Lamm.

Natalia nahm ein Glas Schampus von einem Silbertablett und wartete, während Åsa einen Minister und seine aktuelle Geliebte mit Wangenküsschen begrüßte.

Natalia und Åsa waren bereits seit zwei Tagen in Båstad. Hatten in der Sonne gelegen und gebadet, und Natalia hatte sich außerdem mit Kunden getroffen.

Die kleine Stadt brodelte nur so vor Aktivitäten, doch es gab eigentlich nur zwei Events, die wirklich zählten, und auf denen man sich blicken lassen *musste*. Das eine war das Barbecue ihrer Eltern am morgigen Abend. Das andere die Megaparty der Bank of London, auf der sie sich gerade befanden. Die Gästeliste war unendlich lang und mit den Namen der Reichen, Mächtigen und Berühmten gespickt. Natalia wusste, dass es Leute gab, die regelrecht zusammengebrochen waren, weil sie keine der begehrten Einladungen erhalten hatten. Nach der Nobelpreisfeier und der Prinzessinnenhochzeit war das hier *die* Party, zu der alle eingeladen werden wollten.

J. O. winkte ihnen zu, und Natalia winkte zurück. Der Garten war bereits überfüllt mit festlich gekleideten Menschen, und es strömten weitere nach. Als Willkommensdrink wurde Champagner in hohen gekühlten Gläsern serviert, dazu Austern auf zerstoßenem Eis als Amuse-Gueules. Eine Band spielte, und bekannte Künstler traten nacheinander auf, um die Gäste musikalisch zu unterhalten. Im Innenhof standen bereits die berühmtesten Meisterköche des Landes hinter befeuerten Grills mit riesigen dampfenden Pfannen darauf. Allein die Zubereitung der Speisen war eine Show an sich, und Natalia beobachtete ein Fernsehteam, das das Spektakel filmte. Bald würden sie allerdings weggeschickt werden, denn die Medien hatten nur für einen kurzen Zeitraum zu Beginn des Abends Zutritt.

Politiker, Journalisten und Prominente gaben sich ein Stelldichein. Åsa flirtete zuerst mit einem eingeflogenen monegassischen Prinzen und dann mit einem berühmten Hockeyspieler, während Natalia an ihrem Champagner nippte. Sie kannte nur einen Bruchteil der Gäste, bei Weitem nicht so viele wie Åsa, doch die Atmosphäre war ausgelassen, und sie ließ sich von der Partystimmung mitreißen.

Plötzlich hörte sie: »Hej, Natalia« und wurde in eine heftige Umarmung gezogen.

»Alex! Wie schön, dich zu sehen.« Sie wand sich aus der innigen Umarmung und strahlte ihren kleinen Bruder Alexander de la Grip an, der inzwischen natürlich nicht mehr so klein war. Im Gegenteil, mit jedem Mal, dass sie sich sahen, wurde er stattlicher.

»Hallo, Schwesterherz.« Er betrachtete sie eingehender. »Du sieht verdammt gut aus.« Und dann wurde sein Lächeln noch breiter. »Und Åsa Bjelke«, rief er mit einer Stimme aus, die nach Honig und Sonnenschein klang. »Du siehst wie immer fantastisch aus. Darf ich euch noch ein Glas Champagner holen?«

Sie nickten und sahen Alex nach, als er verschwand.

»Ich vergesse jedes Mal, wie gut er aussieht«, sagte Åsa. »Es ist, als wäre Gott eines Morgens mit allerbester Laune aufgewacht und hätte beschlossen, einem Mann alles zu geben.«

Alexander kam zurück und überreichte ihnen je ein Glas.

»Und, bist du noch immer zu haben?«, fragte Åsa.

Alexander, der nicht mehr als ein gutes Jahr jünger war als Natalia und, soweit Natalia wusste, Frauen in einer Geschwindigkeit vernascht hatte, die Åsas Eskapaden wie einen unschuldigen Sonntagsspaziergang erscheinen ließen, lachte auf. Er war dreizehn gewesen, als die damals achtzehnjährige Åsa bei der Familie de la Grip einzog. Sie hatten schon immer eine besondere Beziehung zueinander gehabt, flirteten wie verrückt miteinander und waren beide etwas hemmungslos. Sie waren einander sehr ähnlich, dachte Natalia. Smart und gut aussehend, aber unglücklich. Und sexuell ausschweifend. Alexander beugte sich zu Åsa vor und flüsterte ihr etwas ins Ohr, das sie vor Lachen quietschen ließ.

Natalia lehnte sich gegen seinen Arm. Alexander war ihr kleiner Bruder, und deshalb pfiff sie darauf, was er tat und mit wem.

»Sind Mama und Papa auch hier?«, fragte er und stellte sein Glas ab, das er in Rekordzeit geleert hatte. Nicht einmal Åsa trank so schnell wie er.

Natalia schüttelte den Kopf. »Bist du ihnen noch nicht begegnet?«

»Nein, Gott sei Dank. Je länger es dauert, desto besser. Und, was gibt's Neues? Darf man darauf hoffen, dass Peter sich von der Hexe hat scheiden lassen?«

Natalia wollte gerade antworten, doch stattdessen drückte sie Alexanders Arm fester.

»Was ist los?«, fragte er.

»Scheiße aber auch«, rief Åsa aus, die die Situation schneller erfasst hatte. »Jonas ist da.«

Natalia bekam weiche Knie. Jonas kam geradewegs auf sie zu. Sie hatten sich seit ihrer Trennung nicht mehr gesehen, und sie hatte keinen blassen Schimmer, was in ihm vorging, als er mit ernster Miene auf sie zukam.

Sie drückte erneut den Arm ihres Bruders. Er tätschelte ihr die Hand. »Denk dran, Nat, du bist eine de la Grip. Du schaffst das schon. Oder willst du, dass ich ihm eine reinhaue? Ich hab nichts dagegen, mich mit ihm zu prügeln. Ganz im Gegenteil.«

»Danke, aber lass gut sein«, antwortete Natalia. Das Letzte, was sie wollte, war, dass ihr kleiner Bruder auf J. O.s Fest eine Schlägerei anfangen würde.

Und dann stand Jonas vor ihnen.

Zuerst schüttelte er Alexander die Hand, immer die Männer zuerst. Natalia sah, dass Alex Jonas' Hand so fest drückte, dass dieser vor Schmerzen das Gesicht verzog. In ihrem Inneren konnte sie sich ein Lächeln nicht verkneifen. Alexander war zwar einer der unmoralischsten Menschen, die sie kannte, doch er war bedingungslos loyal zu den wenigen Menschen, die er liebte.

Jonas gab Åsa zwei Wangenküsse und sah dann Natalia geradewegs an.

»Hej«, begrüßte er sie mit leiser Stimme. Sein liebenswürdiger Blick und sein freundliches Lächeln versetzten ihr einen Stich ins Herz.

»Hej«, sagte sie.

»Du siehst wunderbar aus.«

»Danke«, sagte sie und fühlte sich schon etwas besser. So übel war er gar nicht. Nachdem sich der erste Schock gelegt hatte, war Jonas wie immer. Er war eigentlich kein schlechter Mensch. Und es war keineswegs so schlimm, wie sie befürchtet hatte. Sie atmete aus und rang sich ein höfliches Lächeln ab.

»Ich hatte gehofft, dich hier zu sehen«, sagte er.

»Tatsächlich?« Sie hörte, wie ihre Stimme klang – ruhig und beherrscht. Und merkwürdigerweise fühlte sie sich auch so, relativ gefasst.

»Ja, ich habe dich vermisst.«

»Ich habe dich auch vermisst«, murmelte sie, merkte jedoch, dass es nicht stimmte. In den letzten zwei Wochen hatte sie kein einziges Mal an Jonas gedacht.

Eine Pressefotografin kam auf sie zu und fragte, ob sie ein Foto von Alexander machen dürfte. Er zog immer die Presse auf sich, und sie warteten, während er sich fotografieren ließ. Dann näherte sich ihm eine junge Frau, und Alexander ließ sich von ihr weglocken. Natalia sah ihrem Bruder nach. Er war fast attraktiver, als gut für ihn war, denn die Frauen umringten ihn in Scharen, und er pflegte sein Playboy-Image nahezu manisch. Wenn er doch wenigstens glücklich wäre, dachte sie. Nicht diesen gejagten Gesichtsausdruck hätte. Nicht so viel trinken würde.

Sie sah, wie er neben einer auffällig hübschen rothaarigen

Frau stehen blieb, die mit J. O. zusammenstand und sich mit ihm unterhielt. Die Frau trug ein blassrosafarbenes Kleid, das ihr rotes Haar erstrahlen ließ, und was auch immer Alex zu ihr sagte, es schien ihr nicht zu gefallen. Natalia hörte Jonas etwas zu Åsa sagen, schaffte es aber irgendwie nicht, sich ihnen wieder zuzuwenden.

Und da spürte Natalia es.

Davids Präsenz bahnte sich einen Weg durch die Gespräche der Gäste und das rege Treiben hindurch, die Luft schien sich plötzlich elektrisch aufzuladen. Die Härchen auf ihren Armen richteten sich auf, die Geräusche um sie herum veränderten sich, ihr Fokus verschob sich. Sie erlebte es so intensiv, dass sie den Eindruck hatte, sich womöglich alles nur einzubilden. Sie stellte fest, dass sie den Atem angehalten hatte, sodass sie tief Luft holte und langsam ihr Champagnerglas abstellte. Systematisch aktivierte sie alle Muskeln und all die Kraft, die sie durch jahrelanges Reiten und Tanzen gewonnen hatte und nicht zuletzt ihre starke Willenskraft. Langsam drehte sie den Kopf und spürte, wie es in ihrem Rücken kribbelte. Sie verzog den Mund. Dann begegneten sich ihre Blicke. Ihrer und seiner.

Peng.

Åsa tauchte neben ihr auf. »Siehst du ihn?«

»Ja«, antwortete Natalia atemlos.

»Sie sind hier. Beide.«

»Ja.«

»Wahnsinn, wie gut sie aussehen.«

Natalia schob das Kinn vor. Sie trug ein neues Kleid, neue Schuhe und eine neue Frisur. Sie war bereit. »Aber wir sehen noch besser aus.«

»Ja«, pflichtete Åsa ihr bei. »Jetzt gehört die Bühne uns, Natalia. Bist du bereit?«

»Ich bin bereit.«

26

David erblickte sie. Sie stand zwischen all den feiernden Menschen, um sie herum herrschte reges Treiben. Mitunter schob sich auch jemand vor ihr vorbei, doch sie stach aus der Menge heraus, als strahlte, als leuchtete sie wie ein Stern in dunkler Nacht. Wie hatte er nur jemals denken können, Natalia wäre nicht unglaublich attraktiv? Hatte es wirklich eine Zeit gegeben, in der er ihr Aussehen als gewöhnlich und unscheinbar empfunden hatte? Sie war ganz und gar nicht gewöhnlich. Irgendetwas hatte sie mit ihrer Frisur gemacht – ihr Haar fiel in fülligen glänzenden Wellen auf ihre Schultern und über den Rücken herab. Sie trug Rot. Ein Ferrari-rotes kurzes Kleid aus einem Material, das aussah, als schlänge es sich triumphierend um ihren Körper. Und dann diese langen, sexy Beine, die neulich noch auf seinen Schultern gelegen hatten, während er sie zum Orgasmus gebracht hatte.

Zuerst konnte er das Wort nicht identifizieren, das ihm durch den Kopf hallte, denn er war zu sehr damit beschäftigt, sie mit seinem Blick zu verschlingen.

Doch dann hörte er es erneut. Ein einziges Wort, das alle anderen übertönte, ein geradezu wütendes Brüllen.

Mein.

Sie ist *mein*.

Was natürlich absoluter Blödsinn war. Er besaß keinen Anspruch auf sie, würde sie nie besitzen. Da spielte es auch keine Rolle, was sie gemeinsam erlebt hatten. Es war einfach nur Sex gewesen.

Einfach nur Sex.

Er wäre am liebsten auf sie zugestürmt. Wollte ihre nackten Schultern berühren, einen Arm um sie legen, sie zu sich heranziehen, sie küssen, intensiv und heftig, ausgiebig. Wollte sehen, wie ihr Gesicht zu leuchten begann, ihre Augen glänzten. Es war ihm so gut wie unmöglich, ihr zu widerstehen. Unmöglich, sich in Erinnerung zu rufen, warum er seinem Verlangen widerstehen musste. Also tat er das, was er immer tat, wenn es um Natalia ging – er ließ sich auf einen Kuhhandel mit sich selbst ein.

Ein letztes Mal, was spielte das schon für eine Rolle? Denn *jetzt* war es wirklich das letzte Mal, ganz im Ernst. Dieser Abend war der letzte, an dem sie sich sehen würden, bevor – tja, *davor*.

Sie legte den Kopf schräg und sah ihn an, lockte und forderte ihn heraus wie eine moderne Sirene, und David warf all seine Absichten über Bord. Ließ wider die Vernunft alle guten Vorsätze fallen, als wären sie nur überflüssiger Ballast, und traf eine Entscheidung.

Sie ist mein.

Er wollte gerade auf sie zugehen, hatte bereits den ersten Schritt gemacht, als er plötzlich einen groß gewachsenen Mann erblickte, der sich hinter ihr abzeichnete. Gerade so, als hätte er bereits die ganze Zeit dort gestanden, um jetzt seinen Anspruch geltend zu machen. Mit einem Blinzeln wandte Natalia sich von Davids Blick ab und schaute den Mann an. Er flüsterte ihr etwas ins Ohr, und sie nickte zur Antwort. Dann sah David, wie sich das Paar langsam fortbewegte und schließlich von der Menge geschluckt wurde.

Der Augenblick war vorüber.

Er schluckte. Eigentlich hätte er dankbar für das sein sollen, was gerade geschehen war. Jetzt war seine Chance gekommen, nach vorn zu schauen.

Doch er schaute nicht nach vorn.

Er blieb stehen.

Und er fragte sich: Wer zum Teufel war dieser Mann?

Michel hatte sich bemüht, Åsa nicht anzustarren. Doch dies war ähnlich schwierig, wie nicht auf den reich gedeckten Tisch vor sich zu blicken, wenn man vor Hunger fast umkam. Jedes Mal, wenn er seinen Blick auf sie richtete, blickte Åsa prompt zurück, mit immer stärker zusammengekniffenen Augen. Sie trug ein Kleid, das ihren Körper wie eine zweite Haut umschloss. Während Natalia de la Grip sich gemeinsam mit einem anderen Mann von ihnen wegbewegte, blieb Åsa stehen.

Michel drängte sich durch die Menge zu ihr vor.

»Åsa«, rief er rasch, als er neben ihr stand. Sein Herz schlug so heftig, dass er das Gefühl hatte, jeder könnte es sehen.

Sie zog eine Augenbraue hoch und bedachte ihn mit einem ihrer überheblichen aristokratischen Blicke.

»Ja?«, entgegnete sie.

Åsa hatte es schon immer verstanden, ihn aus dem Konzept zu bringen. Ein Wort, ein Blick, und er begann zu stottern wie ein Vollidiot.

Sie waren gleichaltrig, beide zwanzig, als sie sich zum ersten Mal begegnet waren. Michel konnte sich noch gut an den ersten Tag seines Jurastudiums erinnern. Er hatte sich lange vor Vorlesungsbeginn einen Platz ganz vorne gesucht, hoch motiviert und wissbegierig, der ganze Stolz der Familie.

Dann kam Åsa hereingeplatzt, zu spät, war an ihm vorbei durch den Saal geschwebt, ohne ihn eines Blickes zu würdigen, und hatte mit ihrer Aura den gesamten Raum in Besitz genommen. Er hatte kein Wort von der Vorlesung mitbekommen, lediglich dagesessen, zu ihr hochgeschielt und sie beobachtet, wie sie mit einem Stift im Mundwinkel dasaß und mit dem Fuß vor sich hin wippte. Nach der Vorlesung hatten die anderen Studenten sie regelrecht umschwärmt, sowohl die Mädels als auch die Jungs. Kein einziges Mal hatte sie ihn angeschaut. Und Michel, der keinen Alkohol trank, hatte angefangen, Studentenkneipen zu besuchen. Mit einem Bier vor sich, das er nicht anrührte, hatte er an der Theke gesessen, um sie zu beobachten. Er hatte mit ansehen müssen, wie sie jedes Mal mit einem anderen Mann nach Hause ging.

Eines Abends hatten sie ein Gespräch miteinander angefangen. Sie flirtete mit ihm und war ziemlich smart, und überraschenderweise hatten sie viele Gemeinsamkeiten entdeckt. Sie begannen, gemeinsam Vorlesungen zu besuchen und zusammen Mittag zu essen, mehr aber nicht. Åsa schleppte weiterhin diverse Männer ab, während er sich seinen Fantasien hingab. Doch dann, eines Abends … Michel konnte nicht daran denken, ohne dass es ihm die Kehle zuschnürte. Ein einziger Abend hatte alles verändert, seitdem waren sie keine Freunde mehr. Nach dem Studium hatten sich ihre Wege getrennt, und es war in den letzten zehn Jahren kaum ein Tag vergangen, an dem er nicht an sie gedacht hatte.

Seiner Auffassung nach war Liebe auf den ersten Blick völlig überbewertet.

»Ich habe bei dir angerufen«, begann er. All die alten komplizierten Gefühle sorgten dafür, dass er kürzer angebunden klang, als er es beabsichtigte.

Sie legte den Kopf schräg, sodass eine ihrer hellen Locken ihre Wange berührte. Am liebsten hätte er sie um seinen Finger gewickelt und ihren Duft eingesogen. Jetzt mit Anfang dreißig war Åsa noch attraktiver als mit zwanzig.

»Aber du hast nichts gesagt. Nur meine Nummer gewählt

und wieder aufgelegt. Keine Nachricht hinterlassen. Und ich kann keine Gedanken lesen, Michel«, sagte sie, und sein Name klang aus ihrem Mund wie Feuer, wie purer Sex.

»Ich weiß«, entgegnete er. »Ich bitte um Verzeihung.«

»Was willst du eigentlich?«, fragte sie nonchalant, als fragte sie ihn nach seiner Lieblingsfarbe oder irgendetwas anderem Unbedeutenden.

Was er wollte?

Michel war sich nicht sicher, ob es in irgendeiner der Sprachen, die er beherrschte, Worte für das gab, was er wollte.

»Ich will, dass wir wieder Freunde werden«, antwortete er. Ihre Freundschaft war echt gewesen. Ihm war nicht klar gewesen, wie sehr er sie vermisst hatte.

»Åsa!«, hörte er eine schrille Stimme von irgendwoher rufen. »Mein Gott, wie lange ist das her!« Überall um sie herum standen Leute, und Michel hörte die durchdringende Stimme und den kreischenden Ausruf hinter sich. Er sah, wie Åsa automatisch ihren Kopf drehte, wie sie sich ihm mental zu entziehen begann, und irgendetwas in ihm zerbrach.

So war es immer. Sie entzog sich, machte dicht und grenzte ihr Gegenüber aus. Er war sich nicht sicher, ob er es ein weiteres Mal überleben würde. Also stellte er sich kurzerhand vor sie, sodass er den Weg zwischen Åsa und der Person, die gerade versuchte, ihre Aufmerksamkeit zu erhaschen, versperrte.

Åsa riss die Augen auf. »Was soll das denn? Du hast kein Recht …«

Doch Michel schüttelte den Kopf und machte einen weiteren Schritt auf sie zu, sodass er ihr ziemlich nahe kam. Er hatte sich einfach das Recht herausgenommen. Er ergriff Åsas Handgelenk und nahm ihren Duft wahr, den immer gleichen Duft nach Vanille, den er identifizieren konnte, wo auch immer sich Åsa gerade aufhielt.

»Du und ich, wir müssen reden«, erklärte er. Er zog sie an sich und fixierte sie mit seinem Blick.

Es war, als könnte er geradewegs in ihr Innerstes hineinsehen.

»Reden? Worüber?« Er registrierte in ihrem Blick einen Anflug von Schrecken, bevor sie dichtmachte und ihn höhnisch angrinste.

»Über uns«, antwortete er.

Ihre Augen zogen sich zu Schlitzen zusammen. »*Uns* gibt es nicht.«

Irgendetwas ließ ihn neue Energie tanken. Der unsichere Student von damals existierte nicht mehr, und außerdem hatte er in ihrem Blick etwas wahrgenommen, etwas Sanftes und Verletzliches, etwas, das ihm signalisierte, dass sie keineswegs so cool war, wie sie vorgab zu sein, und das verlieh ihm Hoffnung. Er sagte nur: »Und ob es uns gibt. Komm.«

Er hoffte, dass sein Plan aufgehen würde, nämlich dass sie, wenn er nur dominant genug aufträte, so baff sein würde, dass sie ihm einfach folgte. Er hoffte es inständig, denn er besaß keinen Plan B, und er hatte auch nicht mehr besonders viel Mut übrig.

Er streckte ihr seine Hand entgegen.

Åsa schaute sie lange an, als versuchte sie zu ergründen, um was es hier eigentlich ging, doch dann legte sie ihre Hand in seine, und er drückte sie fest. Als er sich umdrehte und losging, versuchte sie nicht, sie ihm wieder zu entziehen.

Sie sagte keinen Ton, als er ihnen einen Weg durch die Menge bahnte. Sie sagte auch nichts, als er sie hinter sich her eine Treppe hinaufführte, während er planlos nach einer ruhigen Ecke suchte, in der keine Leute standen.

Schließlich öffnete er eine Tür zu einem Raum und stellte erleichtert fest, dass er leer war. Darin standen ein Sofa, ein Sessel, ein niedriger Tisch und ein kleiner Fernseher – eine Art Aufenthaltsraum. Er schloss die Tür hinter ihnen.

Dann sah er Åsa an, die schwer atmete.

»Michel«, flüsterte sie. »Was hast du vor?«

Er wusste es nicht genau. Er hatte einfach agiert, ohne nachzudenken. Aber sie hatten sich noch nicht darüber ausgesprochen, was damals passiert war. Vielleicht war es inzwischen auch bereits zu spät. Vielleicht war es Wahnsinn, dort anzuknüpfen, wo sie vor zehn Jahren aufgehört hatten. Aber er wollte es gerne verstehen.

»Ich will mit dir reden«, sagte er.

»Ich hasse es zu reden«, entgegnete sie in scharfem Ton.

Er lächelte dezent. »Ich weiß.«

Sie warf ihm einen türkisfarbenen Blick zu. »Ich gebe dir zehn Minuten.«

Natalia lächelte Jonas zu. Es war eine dieser automatischen höflichen Gesten, mit denen sie ihn im Verlauf der vergangenen Viertelstunde bereits mehrfach bedacht hatte. Jonas unterhielt sich gerade mit einem Mann, den sie nicht kannte, über irgendetwas, auf das sie sich nicht konzentrieren konnte. Um sie herum standen lauter Leute, die sie zwar kannte, mit denen sie jedoch nichts gemein hatte. Zum Verwechseln ähnliche Frauen in ihrem Alter, die in ihren pastellfarbenen Kleidern sehr adrett aussahen. In dieser Welt sprachen nur die Männer. Die Frauen standen daneben und lächelten.

Ein Paar, mit dem Jonas und Natalia damals befreundet gewesen waren, blieb kurz bei ihnen stehen und begrüßte sie. Die Frau gab ihr einen hingehauchten Wangenkuss und machte ihr Komplimente für ihr Aussehen. Der Mann schüttelte ihr die Hand und lachte laut und herzlich. Dann schloss sich der Mann dem Gespräch über Golf und Segeln an, während seine Ehefrau den Seidenschal irgendeiner der anderen Frauen bewunderte.

Natalia versuchte, sich den Anschein zu geben zuzuhören,

doch sie fühlte sich nicht mehr so beschwingt wie zuvor. Sie bemühte sich, so gut es ging, sich die Partylaune nicht verderben zu lassen und die festliche Stimmung zu genießen. Doch Åsa war gemeinsam mit diesem Michel verschwunden, der allem Anschein nach ein gewichtiges Ziel verfolgt hatte.

Und David war ebenfalls spurlos verschwunden.

Eben noch waren sich ihre Blicke begegnet, jedes einzelne Härchen und jede Zelle ihres Körpers hatte reagiert, und sie hatte angenommen, dass es ihm ähnlich ergangen war. Sie konnte es nicht länger leugnen, zumindest nicht vor sich selbst, dass sie ihm regelrecht verfallen war.

Doch dann war Jonas zurückgekehrt, und sie hatte David aus dem Blick verloren. Und jetzt war er verschwunden. In einer Schar von fünfhundert Gästen untergetaucht, die zu mindestens einem Viertel aus hyperattraktiven Frauen bestand. Vielleicht war es auch besser so. Ihr musste keiner erzählen, dass es eine denkbar schlechte Idee war, ausgerechnet David Hammar zu verfallen. Die Gründe lagen auf der Hand. Beispielsweise war da die nicht ganz unbedeutende Tatsache, dass er ihr offenbar nicht verfallen war, sondern eher Distanz zu ihr wahrte. Außerdem war sie ein Vernunftmensch, redete Natalia sich ein. Eine Frau, die niemals auch nur auf die Idee kommen würde, einen Mann zu bedrängen, der kein Interesse an ihr zeigte.

Und dennoch, alledem zum Trotz: Sie wollte mit David zusammen sein. Sie wollte haben, was sie von ihm bekommen, nehmen, was er ihr geben konnte. Er hatte ihr Verlangen geweckt. Es war, als wäre ihr endlich bewusst geworden, was sie rechtmäßig vom Leben erwarten durfte. Sie nickte automatisch auf eine Frage hin, antwortete irgendetwas Nichtssagendes und wollte einfach nur weg.

Jonas streifte hin und wieder ihren Arm, genau, wie er es früher getan hatte, doch jetzt kam es ihr ziemlich deplatziert vor. Sie zog ihren Arm an sich. Sie machte sich Sorgen um Alexander. Er hatte keinen besonders glücklichen Eindruck auf sie gemacht. Und sie hielt Ausschau nach J. O. und hoffte, dass er zufrieden mit der Party und mit ihr war. Außerdem war sie angespannt, da sie befürchtete, jeden Moment ihrem Vater zu begegnen, und über allem lag zudem die zehrende Ungewissheit, was eigentlich genau zwischen David und ihr war.

Plötzlich sah Natalia das Ganze in einem klaren, nahezu überdeutlichen Licht.

Männer. Alles drehte sich immerzu um Männer und ihr persönliches Verhältnis zu ihnen. Eine entscheidende Erkenntnis, die sie gern in Ruhe überdenken wollte. Warum musste eigentlich alles, was sie fühlte und dachte, in Relation zu einem Mann stehen?

Sie leerte ihr Glas, nahm sich ein neues und drehte es mit gerunzelter Stirn zwischen den Fingern. Irgendwie hatte sie den Eindruck, gedanklich etwas Wichtigem auf der Spur zu sein. Sie trank ihren Champagner aus, der eiskalt war, während draußen eine furchtbare Hitze herrschte – dafür sorgten Hunderte von Gästen, die hochsommerlichen Temperaturen und all die angeheizten Grills. Sie nahm ein weiteres Glas von einem Tablett und trank einige rasche Schlucke.

»Willst du nicht lieber etwas Wasser trinken?«, flüsterte Jonas ihr zu.

»Wie bitte?«, fragte sie in scharfem Ton zurück. Sie begegnete seinem Blick. Er war fürsorglich, aber leicht besorgt, und in diesem Moment geschah irgendetwas mit ihr. Langsam und ohne Jonas aus dem Blick zu lassen, leerte sie ihr Glas, stellte es ab und nahm sich danach ein weiteres.

»Natalia«, begann er.

»Du«, zischte sie und deutete mit ihrem Glas auf ihn, sodass der Champagner überschwappte. »Du bist nicht mehr mein

Verlobter.« Sie trank demonstrativ einen weiteren Schluck. »Du«, wiederholte sie. Die anderen aus der Gruppe schauten sie entsetzt an. Sie hatte ihre Stimme erhoben. Eine Frau erhob nie ihre Stimme und zog niemals die Aufmerksamkeit auf sich, nicht in diesen Kreisen. Das war schließlich vulgär. »*Du* warst derjenige, der mit *mir* Schluss gemacht hat«, fuhr sie fort, während sich ihre Stimme am Ende leicht überschlug. »Dein Recht, Jonas Jägerhed, irgendeine Meinung über irgendetwas zu haben, das ich tue oder lasse, ist inzwischen erloschen. Schluss, aus, finito.«

Jonas sah aus, als wollte er etwas erwidern, doch Natalia hob abwehrend die Hand. »Nein«, rief sie und drückte ihm ihr Glas in die Hand. »Und jetzt werde ich nach meinem Bruder Ausschau halten. Und meinem Chef. Und vielleicht auch nach jemand anderem.« Sie hielt sich die Hand vor den Mund und rülpste so diskret wie möglich. »Geh mir aus der Sonne«, rief sie und drängte sich unter den bestürzten Blicken der anderen an ihm vorbei, bis sie von der Menge geschluckt wurde. Sollten sie doch reden. Sie ließ sich planlos weitertreiben, bis sie zu ihrer Erleichterung den breiten Rücken ihres kleinen Bruders erblickte.

»Alex«, rief sie, zwängte sich zu ihm durch und tippte ihm auf den Rücken. Er drehte sich mit einem breiten Lächeln zu ihr um. »Natalia, habe ich gerade eben gehört, wie du laut wurdest? Faszinierend, und genau das, was dieser aufgeblasene Jonas verdient hat.«

»Ich dachte, du mochtest Jonas.«

In Alexanders Augen blitzte es arglistig auf. Er war blond wie ein Wikinger, hatte jedoch dunkle Wimpern und Wangenknochen, für die eine Frau töten würde. »Ja, früher einmal«, antwortete er. Dann lächelte er und setzte seine gewohnt charmante Miene auf. »Geliebtes Schwesterherz, darf ich dir vorstellen –

sorry, wie war noch mal Ihr Name?« Alexander drehte den Kopf, und Natalia sah, mit wem er gerade zusammengestanden und sich unterhalten hatte.

Aha.

»Ich kenne ihn«, sagte Natalia. »Er heißt David. Er ist Risikoinvestor.« Sie schwankte leicht auf ihren Pfennigabsätzen. »Du weißt schon, einer, den unsere Familie hasst.«

Alexander grinste. »Schwesterherzchen, bist du möglicherweise betrunken?«

Sie schnaubte. »Du etwa nicht?«, fragte sie zurück.

»Immer«, entgegnete Alexander. Dann wandte er sich wieder an David. »Sorry, wie hießen Sie noch gleich, sagten Sie?«

Natalia sah, wie es in Davids Augen aufblitzte, und dachte, dass er kein Recht darauf hatte, so verdammt gut auszusehen.

»Ich heiße David Hammar«, antwortete er. »Und wenn es Ihnen recht ist, würde ich gern ein paar Worte mit Ihrer Schwester wechseln.«

Alexander wollte gerade etwas einwenden, doch Natalia kam ihm zuvor. »Was meinst du mit ›wenn es Ihnen recht ist‹?«, fragte sie irritiert. »Ich habe ja wohl noch einen eigenen Willen, oder?«

David betrachtete sie eingehend. Der Blick aus seinen graublauen Augen war unmöglich zu deuten, aber es sah aus, als lachten sie, und sie spürte, wie sie sich buchstäblich zu ihm hingezogen fühlte. Wie ihr Körper sich seinem entgegenstreckte, ihre Finger, die am liebsten über seinen Bizeps gleiten, über sein Haar streichen wollten.

Es wurde still, bis Alexander mit einem trockenen Lachen in der Stimme bemerkte: »Ich komme mir etwas überflüssig vor.« Er drückte Natalia einen raschen Kuss auf die Wange und sagte: »Das Angebot, Jonas eine reinzuhauen, besteht weiterhin. Ich bin ganz in der Nähe, falls du mich brauchst.« Sein Blick blieb an einer jungen Frau mit enormer Oberweite und langen offenen Haaren hängen, und er grinste breit. »Jedenfalls noch für eine Weile. Ciao.« Dann schlenderte er von dannen.

David hatte sie in der Zwischenzeit nicht aus den Augen gelassen. »Wie geht's?«, fragte er, nachdem Alex weg war.

»Gut, gut«, antwortete sie mit gespielter Nonchalance. »Und du, wie geht's dir?«

»Auch gut. Hab die Woche über viel gearbeitet.«

Seine Stimme war leise, und sie lehnte sich bei ihm an, bis sie den Duft seines Rasierwassers wahrnahm. Sie wollte am liebsten die Augen schließen und seinen Geruch einsaugen. Ihm die Kleidung vom Leib reißen und sich an ihn schmiegen. Verdammt, es war wirklich um sie geschehen.

»Du siehst absolut fantastisch aus«, murmelte er, und es sah aus, als streichelte er sie mit seinem Blick, als dieser ihren Hals streifte und an ihrem Busen hängen blieb. Ihr Atem beschleunigte sich, und sie nahm plötzlich alles überdeutlich und mit allen Sinnen wahr, den Stoff ihres Kleids, die Empfindsamkeit ihrer Haut, seinen Duft, die Hitze in der Luft.

»Danke«, sagte sie und musste sich räuspern. Sie wünschte, sie hätte sich an einem Glas festhalten können. »Du siehst auch fantastisch aus«, entgegnete sie aufrichtig. Er war ganz in Schwarz gekleidet – schmal geschnittene schwarze Hosen, schwarzer Ledergürtel, schwarzes Hemd – und sah überirdisch gut aus. Mein Gott, sie würde seinen Körper am liebsten verschlingen, Stück für Stück.

David verzog den Mund, und Natalia befürchtete mit einem Mal, ihre letzten Gedanken laut ausgesprochen zu haben.

»Wann seid ihr angekommen?«, fragte sie und steuerte damit sicheres Terrain an. Sie konnte in fünf Sprachen höfliche Konversation betreiben.

»Michel und ich sind mit dem Auto gekommen. Heute.«

»Und wo wohnt ihr?«

»Ich habe ein Haus gemietet. Am Meer. Und du?«

Natalia musste an ihr Liebesnest denken. »Åsa hat mir ihr Gästehaus überlassen. Ich wohne dort.«

Der Geräuschpegel nahm von Minute zu Minute zu. Inzwischen hatte man begonnen, draußen Speisen zu servieren, und die Band spielte. Es war fast unmöglich, sich in normaler Lautstärke zu unterhalten.

»Möchtest du ein wenig rausgehen?«, fragte er.

Sie zögerte. Es war schließlich J. O.s Party, er war der Gastgeber und sie seine engste Mitarbeiterin. Doch die Leute amüsierten sich und tranken. Niemand würde sie vermissen. Nicht, wenn sie nur für eine kleine Weile weggingen. »Ja«, antwortete sie. »Gib mir nur eine Sekunde.«

David sah Natalia mit ihren langen Beinen und dem kurzen flatternden roten Kleid nach. Wenn seine Absicht darin bestanden hatte, das abzubrechen, was zwischen ihnen lief, war er katastrophal gescheitert. Alles, aber auch alles an ihr zog ihn an.

Sie kehrte zurück, mit roten Lippen und einem etwas atemlosen Lächeln.

Irgendwo in seinem Inneren zerbrach etwas.

Was er vorhatte …

Würde Natalia nicht traurig oder enttäuscht zurücklassen.

Nein, es würde sie geradezu *vernichten*.

Dies war seine allerletzte Chance, sie nicht noch mehr zu verletzen. Er müsste irgendetwas vorschieben, behaupten, dass es schlechtes Timing sei, weil seine Arbeit zurzeit vorginge, oder einen ähnlichen Blödsinn, und dann gehen. Das wusste er. Das wäre ihr gegenüber zumindest halbwegs fair. Wenn sie ihn dann bereits für einen Mistkerl hielt, würde der Schlag, den er ihr versetzen würde, sie nicht so hart treffen.

Er wusste es.

Doch dann schwebte sie an ihm vorbei und schenkte ihm ein erwartungsvolles Lächeln, und sein einziger Gedanke war, dass sie die attraktivste, erotischste und geistreichste Frau war, die ihm je begegnet war, und dass dieser Abend ihr letzter gemeinsamer wäre und er rücksichtslos genug war, um sich so viel von ihr zu nehmen, wie er nur konnte.

Sie spazierten zum Wasser hinunter. Überall waren Leute – am Strand, am Kai, auf den Terrassen der Cafés –, und David wollte keine unnötigen Blicke auf sich ziehen, sodass er sie nicht berührte. Wollte nicht, dass sie gezwungen sein würde, ihre Beziehung zu ihm zu erklären.

Verdammt, die Presse würde sie rücksichtslos bloßstellen, wenn sie es erführe.

Zumindest das konnte er tun, sie vor den Blicken anderer schützen. David schaute aufs Meer hinaus.

»Es war also Jonas Jägerhed, mit dem du dich vorhin unterhalten hast«, sagte er, als der Groschen endlich gefallen war und er sich daran erinnerte, wo er den Mann schon einmal gesehen hatte.

Sie lachte auf. »Manchmal kommt es mir vor, als hättest du einen Ordner mit Informationen über mich, den du auswendig lernst. Ja, es war Jonas. Wir haben uns nach einem Jahr zum ersten Mal wiedergesehen.«

Er half ihr eine steile Treppe hinunter. »Diese Sandaletten sind nicht gerade dafür gemacht, um darin spazieren zu gehen«, meinte er. Schmale hohe Absätze mit noch schmaleren Riemchen um ihre Knöchel herum.

»Nein, Åsa meint, es seien Schuhe, mit denen man Männer fängt.«

Er lachte auf. »Und, funktioniert's?«

Sie zwinkerte ihm zu. Ihr Champagnerrausch war verflogen,

nun wirkte sie einfach fröhlich und geradezu frech. »Du bist schließlich hier, oder?«

Sie schaute ebenfalls übers Wasser, und David stellte sich hinter sie, schirmte sie von rückwärtigen Blicken ab. Vor ihnen lag einzig das Meer.

»Es war irgendwie befremdend, Jonas wiederzusehen«, fuhr sie fort. »Aber nicht so schlimm, wie ich befürchtet hatte. Merkwürdig, wie es mit Gefühlen so ist. Wie alles vorbeigeht, wenn man nur ein wenig Zeit verstreichen lässt. Irgendwie traurig. Wie austauschbar alles ist.«

»Aber auch tröstlich«, wandte er ein und legte eine Hand auf ihren Arm. Sie lehnte sich leicht gegen ihn und berührte dabei mit dem Schulterblatt seine Brust. Er strich mit seiner Hand über ihre Haut.

Sie erbebte, rang nach Luft. »Schon möglich«, sagte sie leise.

»Warum ist es zu Ende gegangen?«, wollte er wissen und stellte damit eine höchst persönliche Frage, die zu stellen er eigentlich kein Recht besaß. Aber es war ihm unbegreiflich: Wie konnte man nur mit einer Frau wie Natalia de la Grip zusammen sein und ihr nicht die Sterne vom Himmel holen wollen?

Wäre alles anders, und sie seine Frau …

Natalia schwieg lange, während sie dastand und auf das ruhige Meer hinausschaute. Das Geräusch der Wellen, die gegen den Kai schlugen, und leises Plätschern waren das Einzige, was man hörte.

»Ich habe gestern meine Regel bekommen«, sagte sie, und David hatte den Eindruck, dass sie das Thema wechselte. »Heute Morgen war sie auch schon wieder vorbei. Sie ist schon immer unregelmäßig gewesen, aber das ist ja nichts Ungewöhnliches.« Sie lächelte, und er wusste, dass sie beide heute Abend Sex miteinander haben mussten, denn er konnte sie nicht verlassen, ohne ein letztes Mal dieses unglaubliche Gefühl mit ihr zu teilen.

»Ich hatte nie vermutet, dass irgendetwas nicht stimmt. Ich wollte immer eine Familie haben, und Jonas ist sehr kinderlieb.«

Sie verschränkte die Arme vor der Brust und legte die Handflächen auf ihre Oberarme, wie um sich zu wärmen, während sie weiter hinaus aufs Wasser schaute. Ihre Stimme war leise und klang abgeklärt, nahezu distanziert. »Aber Jonas ist der älteste Sohn, er hat einen Titel und besitzt ein großes Gut. Nur ein leibliches Kind kann einen Adelstitel erben. In gewissen Kreisen ist das äußerst bedeutsam.«

Sie drehte sich um und sah David in die Augen. Die Sonne stand noch am Himmel, hatte sich aber inzwischen rötlich verfärbt, und als sich die Strahlen in ihren Augen widerspiegelten, begannen sie wie reines Gold zu leuchten.

»Das klingt jetzt vielleicht lächerlich. Aber lange Zeit war meine Regel mein allergrößter Feind. Mein Gott, wie ich es gehasst habe, wenn sie sich ankündigte.«

Sie schüttelte den Kopf, und ihr Blick wandte sich wieder dem Meer und dann dem Himmel zu. Schweifte weit in die Ferne.

David wartete. Als sie erneut zu sprechen begann, klang ihre Stimme hohl, und es lag so viel Trauer darin, dass er eine Gänsehaut bekam.

»Jonas hat mich an dem Tag verlassen, an dem wir schwarz auf weiß erfuhren, dass ich keine Kinder bekommen kann.«

27

Åsa schielte von ihrem Sessel zu Michel hinüber, der in der Mitte des Raumes stand und sich an der Stirn kratzte. Verdammt, wie sexy dieser kahl rasierte Schädel war. Eigentlich hatte sie nie ein Faible für diesen Gangsterlook gehabt. Die meisten Kriminellen waren unerträglich selbstverliebt, und ihrer Auffassung nach war in den Beziehungen, die sie führte, nur Platz für *eine* egozentrische Person. Seine schillernden Anzüge, die grellen Hemden und aufblitzenden Ringe an seinen Fingern wirkten natürlich ziemlich angeberisch. Sie schlug die Beine übereinander. Aber irgendwie törnte es sie auch an, keine Frage. Er war kein aalglatter Finanzhai, kein gewissenloser Krimineller. Er war Michel, der netteste, redlichste Mann, dem sie je begegnet war. Dass Michel sie damals zurückgewiesen hatte, machte ihn noch lange nicht zu einem schlechten Menschen, das war ihr heute, wenn auch zehn Jahre zu spät, klar. Doch es beschönigte auch nicht die Tatsache, dass es verdammt wehgetan hatte.

»Du musst es doch gemerkt haben«, sagte er, und Åsa verlor den Faden ihres Gedankengangs. Sie war so in ihren Erinnerungen versunken gewesen, dass sie nicht einmal gehört hatte, was er sagte. Sie runzelte die Stirn. Sie hatte die Worte ernst gemeint, die sie geäußert hatte, bevor sie sich von ihm hierherschleppen ließ. Sie wollte nicht reden. Mit Reden erreichte man nichts, ganz egal, was Natalia und diese irritierende Psychologin meinten.

Reden tat weh. Man verletzte den anderen nur unnötig und fühlte sich immer mies. Nein, reden wollte sie wirklich nicht.

Sie ließ ihren Blick über seine Beine, seine Hüften und seinen Bauch gleiten und blieb schließlich an seinem Schritt hängen.

Was sie wollte, war mit ihm schlafen.

Natalia sagte immer, dass Åsa den Sex dazu benutzte, Gefühle zu unterdrücken, doch das fand sie ganz und gar nicht. Sie trank Alkohol, um Gefühle zu unterdrücken, aber Sex liebte sie einfach. Sie war gut darin. Und Michel war scharf auf sie, das konnte ja selbst ein Blinder sehen.

»Hörst du mir überhaupt zu?«, fragte er aufgebracht.

»Sorry«, meinte Åsa und schaute demonstrativ auf ihre Armbanduhr. Drei Minuten waren vergangen.

Sie stand von ihrem Sessel auf. Michel wich hastig einen Schritt zurück, gerade so, als sei sie eine Raubkatze, die soeben ihrem Käfig entstiegen war. Sie fuhr mit einem Finger an ihrem Ausschnitt entlang. Sah ihm tief in die Augen. Zwei Sekunden, dann würde er ihr gehören.

Michel schüttelte den Kopf. »Du hörst mir nicht zu«, sagte er. »Ich wollte mich dafür entschuldigen, dass ich mich in der Bar so blöd benommen habe. Ich fühlte mich überrumpelt und hab Dinge gesagt, die ich jetzt bereue. Das tut mir leid.« Er trat einen weiteren Schritt zurück.

»Ist ja schon gut«, sagte sie und wedelte ungeduldig mit der Hand. Dann ging sie mit ihren hohen Absätzen einen Schritt auf ihn zu. Er beobachtete sie wachsam. Sie lächelte dezent. »Alles vergeben und vergessen«, fuhr sie nicht ganz wahrheitsgemäß fort, denn er hatte sie wirklich verletzt, jedenfalls vor langer Zeit einmal, und dieser Stachel steckte ihr noch immer in der Seele. Aber damals war damals, und heute war heute, und es führte zu nichts, sich mit alten Kamellen aufzuhalten, ermahnte sie sich streng.

Sie legte den Kopf schräg und senkte ihre Stimme zu einem leisen Schnurren. »Du hast noch ein paar Minuten«, sagte sie lächelnd, blinzelte bedächtig und näherte sich ihm.

Er schüttelte den Kopf. »Nicht so, Åsa«, sagte er entschieden. »Wir müssen reden. Ich meine es ernst. *Nur* reden.«

Und dann war sie da.

Die Panik.

Åsa erstarrte. Ließ die Arme sinken. Wenn Michel keinen Sex mit ihr haben wollte, wenn er die Dinge nur mit ihr *klären* wollte – es gab keine Phrase, die sie mehr hasste –, dann hatte es keinen Sinn, sich wiederzusehen. In ihrer Fantasie hatte sie sich vorgestellt, dass sie sich vielleicht ein wenig kabbeln würden, er sie jagen, sie sich in die Enge treiben lassen und ihn verführen und damit wieder die Macht übernehmen würde, die er ihr an jenem schicksalsträchtigen Abend geraubt hatte. Dann würden sie miteinander im Bett landen und eine explosive gemeinsame Nacht erleben. Michel würde feststellen, was er in all den Jahren versäumt hatte, und dann würde es vorbei sein. Und sie hätte gewonnen. Aber das hier. Nein. Die Panik bewirkte, dass ihr der kalte Schweiß ausbrach und sich Schleusen ihrer Erinnerung öffneten, die eigentlich besser hätten geschlossen bleiben sollen.

Als sie Michel begegnet war, hatte sie noch immer unter Schock gestanden. Denn offenbar konnte man sich mehrere Jahre lang im Schockzustand befinden.

Vielleicht war das auch keineswegs so verwunderlich, schließlich war ihre ganze Familie ausgelöscht worden. Ein Unfall, ein Anruf von der Polizei, und plötzlich war für sie eine Welt zusammengebrochen.

Sie war zu Natalias Familie gezogen, hatte diverse Unterlagen unterschreiben, sich mit Anwälten herumschlagen und viele

Entscheidungen fällen müssen. Wenn ihr diese Zeit unvermittelt in den Sinn kam, hatte sie den Eindruck, als wäre es damals nicht um sie, sondern um eine ganz andere Person gegangen.

Die Universität und auch Michel waren in diesem Chaos zu Fixpunkten für sie geworden. An der Uni war sie lediglich eine Studentin unter vielen gewesen, das hatte ihr gutgetan. Ebenso Michels Anwesenheit. Er hielt sich immer im Hintergrund, trat nie ins Rampenlicht, auf ihn konnte sie sich verlassen. Sie waren schließlich Freunde geworden. Dann hatte sie ihn herausgefordert. Mit anderen Männern geflirtet, um ihn zu testen. Doch nichts war geschehen. Er hatte sie lediglich mit seinen schwarzen Augen angesehen, mit einem Blick, den sie unmöglich deuten konnte. Manchmal meinte sie ein gewisses Verlangen darin zu erkennen. Mitunter lediglich Mitleid. Aber immer Freundschaft. Und irgendwann hatte sie sich in ihn verliebt. Sie hatte sich Mut angetrunken, um sich zu trauen, ihm näherzukommen, wie verdammt kindisch und peinlich. Doch er hatte sie abgewiesen. Einfach so. Nicht annehmen wollen, was sie ihm angeboten hatte.

Auch an jenem Abend war sie dann selbstverständlich mit einem anderen nach Hause gegangen.

Aber das war jetzt Ewigkeiten her, vergegenwärtigte sie sich und zwang sich, tief durchzuatmen. Jetzt war sie schließlich erwachsen. Sie musste sich zusammenreißen und nicht mehr daran denken.

»Michel, müssen wir denn jetzt unbedingt darüber reden? Können wir nicht einfach …« Doch ihrer Stimme fehlte es an Überzeugungskraft. Sie hatte alles auf eine Karte gesetzt, hatte ihm ihren Körper angeboten und letztlich verloren. Erneut. Er hatte sie ein weiteres Mal abgewiesen. Das Ganze schien ja schon zu einer unangenehmen Gewohnheit zu werden. Sie sank zurück in ihren Sessel.

Michel ging vor ihr in die Hocke, legte seine Hände auf ihre Beine, und Åsa war wie elektrisiert. In all den Jahren hatte er sie nie berührt, jedenfalls nicht richtig, nicht wie ein Mann. Seine dunkelhäutigen Hände waren groß und stark, wie alles an ihm, und seine Arm- und Beinmuskeln spannten sich unter dem glänzenden Anzugstoff.

Sie begegnete seinem Blick. Dunkel und freundlich. Oder war es eher Mitleid, das ihr entgegenschlug?

Sie konnte nicht länger klar denken, bekam keine Luft mehr. Doch dann streckte sie ihren Rücken. Schließlich war sie Åsa Bjelke. Sie konnte den Raum verlassen, sich einfach wieder unter die Gäste mischen und innerhalb kürzester Zeit ein Dutzend Männer um den Finger wickeln. Das hier hatte sie nicht nötig.

Sie schob seine Hände weg, stand auf und strich den Stoff ihres Kleids glatt. »Deine zehn Minuten sind um«, sagte sie kühl. »Wahrscheinlich hast du mir eh nichts weiter zu sagen. Du hast kein Interesse, das ist okay.« Sie richtete ihre Frisur und raffte sich wieder auf, so wie sie es immer tat – indem sie einen Panzer aus Gleichgültigkeit anlegte, obwohl sie vor Wut innerlich kochte. »Danke für dieses kleine Gespräch. Ich bin mir sicher, dass wir uns darin einig sind, es nicht wiederholen zu müssen.«

»Åsa …«, rief er.

Sie schüttelte den Kopf. Jetzt reichte es. »Adieu, Michel«, sagte sie.

28

Das Gästehaus, das Natalia von Åsa zur Verfügung gestellt bekommen hatte, lag etwas unterhalb des Haupthauses und gegen Einsicht geschützt direkt am Wasser.

»Unglaublich«, rief David, als sie vor den gläsernen Schiebetüren standen und die Aussicht bewunderten.

»Nicht wahr?«, meinte sie. Hinter der Fensterfront war nichts als Meer zu sehen. Kein Strand, keine Menschen, nur das Meer, das weit hinten am Horizont in den Himmel überging. Die Julinacht war noch immer hell, doch die Sonne war inzwischen untergegangen, und der Vollmond hing riesig über dem ruhigen Wasser.

Das Haus bestand aus einem einzigen Wohnraum, einer kleinen Küche und einem Badezimmer. Alles war in Weiß gehalten. Weiß gestrichener Fußboden, weiße Stoffe, weiß getünchte Wände. Die Hauptrolle in diesem Designkonzept spielte das Meer. Das Meer und das Bett, das mit weißen Fellen und weißen Kissen bestückt war.

David betrachtete das Bett und dann sie. Natalia lief ein wohliger Schauder über den Rücken. In seinem Blick lag pures Verlangen. Sie stürzte sich in seine Umarmung, entschlossen und fordernd. Sie fühlte sich couragiert und kühn und küsste ihn, bis sie beide atemlos keuchten. Er umfasste ihren Nacken und dann ihr Gesicht und sah sie an, betrachtete sie eingehend.

Das war typisch für ihn. Er war aufmerksam. Besaß eine schnelle Auffassungsgabe. Noch nie hatte sie sich so wertgeschätzt gefühlt. Als gäbe es für ihn nichts Wichtigeres als ihre Wünsche und Vorlieben. Er schien sie genau zu beobachten, tastete sich mit Fingerspitzengefühl voran. Wenn sie etwas nicht mochte, ließ er davon ab, wenn ihr etwas gefiel, gab er ihr mehr davon. Es war eine unglaublich erotische Erfahrung. Zugleich vermittelte er ihr bei aller sinnlichen Abenteuerlust eine tiefe Geborgenheit.

Aufmerksam, beinahe andächtig strich er ihr über den Hals bis hinunter zu den Schlüsselbeinen. Natalia hatte das Gefühl, unter seinem Blick und seiner Berührung förmlich zu schmelzen. Dann streifte er ihr das Kleid ab, sie öffnete seinen Gürtel, und mit beinahe schon vertrauten Bewegungen zogen sie sich gegenseitig aus.

Er lächelte angesichts ihrer extravaganten Reizwäsche. Es war ihr zuvor nie aufgefallen, aber die zarten, exklusiven französischen Dessous repräsentierten das, was sie in seiner Gegenwart verkörperte. Eine sinnliche Frau, voller Leidenschaft. Eine Frau, die ohne Scham das Beste, was die Welt zu bieten hatte, erwartete und einforderte. Eine Frau, die diesen Mann haben wollte und sich traute, ihn zu begehren.

Zuvor hatten sie sich entweder hitzig oder mit spielerischer Leidenschaft geliebt. Doch heute spürte Natalia eine so intensive Verbundenheit zwischen ihnen, dass sie kaum Luft bekam.

Sie streckte sich auf dem Bett aus, und er legte sich neben sie. Er brachte sie dazu, die Beine zu spreizen und streichelte sie behutsam, während er sie mit zarten Küssen überhäufte.

Dann biss er sie spielerisch in die Schulter und murmelte: »Lass mich dich verwöhnen. Ich möchte, dass du es genießt. Mehr als je zuvor.«

Durch seine belegte Stimme zog sich etwas in ihrer Brust zusammen. »Ja«, flüsterte sie nur und ließ sich von den Bewegungen seiner Zunge, seiner Hände und seines Körpers verführen und kam in einem raschen Orgasmus.

Danach lag sie auf dem Rücken, verschwitzt und kraftlos. David küsste sie federleicht und strich ihr übers Haar. Dann holte er Wasser und sah zu, wie sie trank. Er nahm das Glas entgegen, trank ebenfalls einige Schlucke und stellte es dann auf den Boden. Sie streckte sich nach ihm aus, wollte ihn spüren, doch er entzog sich ihr.

»Noch nicht«, sagte er beschwichtigend. Er verteilte Küsse über ihren Brustkorb und küsste dann sanft und unendlich zärtlich ihre Brüste. Sie sank tiefer in die Bettdecke, schloss die Augen, ließ sich streicheln und von einer weiteren Welle sinnlicher Gefühle mitreißen. Unerwartet brachte er sie dazu, gleich noch einmal zu kommen, und danach rollte sie sich zusammen, zog die Knie bis zum Kinn, völlig am Ende ihrer Kräfte. Er strich ihr über den Rücken, half ihr, sich wieder auszustrecken, drehte sie dann behutsam auf den Bauch und strich ihr über den Rücken bis hinunter zum Po – unendlich einfühlsam. Ihr erhitztes Blut, Wärme und Lust durchströmten sie, lösten ihre Gedanken auf und ließen nur Gefühle, Sinnlichkeit und Körperlichkeit zu. Sie spürte deutlich ihre Oberschenkel, die Innenseite, die Rückseite, so viel Sensibilität in ihrer dünnen weichen Haut, so viel Verlangen. Und obwohl es eigentlich unmöglich war, obwohl sie bereits am Ende war, antwortete ihr Körper erneut.

Es war, als befände sie sich an einem anderen Ort, tief in sich gekehrt. Er drehte ihren Körper, der schlaff wie der einer Puppe war, erneut auf den Rücken. Dann legte er ihre Beine auf seine Oberschenkel, und sie spürte seine behaarte Haut an der Unterseite ihrer Schenkel. Er schob ihr ein Kissen unter den Kopf und legte seinen schweren Arm über ihre Beine. Als sie bequem lag, spreizte er ihre Beine, streichelte sie und beugte sich hinunter, um sie zu küssen.

»David, es geht nicht, nicht mehr«, murmelte sie. Die Berührung war zu intensiv.

»Psst«, sagt er. Dann schob er seine Finger mit vorsichtigen, aber versierten Bewegungen in sie hinein. Unendlich geschickt. »Du wirst noch einmal kommen, Natalia«, sagte er. »Du weißt, dass du es kannst, und ich möchte es gern. Ich will, dass du es für mich machst.« Dann führte er einen weiteren Finger in sie ein und erspürte die empfindlichsten Punkte. Seine langsamen methodischen Bewegungen, seine Liebkosungen und ihre passive Position sorgten dafür, dass ihr Atem immer schwerer ging. Und endlich, als sie sich zu winden begann, streifte er sich ein Kondom über und drang in sie ein.

Natalia mochte sich kaum bewegen, als er sie ausfüllte. Ihr Körper war wie gemacht dafür, ihn in sich aufzunehmen, sie wollte ihn mit jeder Faser spüren. Er strich ihr einige Haarsträhnen aus dem Gesicht, ihre Haut war heiß und feucht von Schweiß, und sie meinte fast zu schweben, umgeben von weichen Kissen und umspült von der milden Nachtluft und den Geräuschen ihres Liebesakts. Er küsste sie, und seine Küsse waren warm und vertraut, intensiv und liebevoll, und sie schmeckten wahnsinnig gut. Sie schlug die Augen auf und sah, dass er ihr ganz nahe war, so nahe, dass es ihr *zu* intensiv wurde. Irgendwie spürte sie, dass sie all die Innigkeit nicht aushalten konnte, und schloss die Augen wieder.

»Natalia«, flüsterte er ihr ins Ohr. Er biss sie leicht ins Ohrläppchen. »Schau mich an«, sagte er, und gehorsam öffnete sie die Augen wieder.

Sie waren sich so nahe, zwei Blicke ohne Zwischenraum. Er sah geradewegs in ihr Inneres, während er sich mit tiefen entschiedenen Stößen in ihr bewegte, bis das Unmögliche geschah und sie erneut kam. Als die Gefühle sie überwältigten, war sie den Tränen nahe.

»Natalia«, flüsterte er, »Natalia.« Nur ihren Namen, wieder und wieder.

Sie umschloss mit beiden Handflächen sein Gesicht und sah ihm tief in die Augen. Dann schlang sie ein Bein um seine Taille und wünschte sich, dass sie nie auseinandergehen würden. Er legte eine Hand um ihren Nacken, und sie versank mit ihrem Körper, ihrer Seele und ihrem Herzen in seinem Blick.

Er stieß erneut in sie hinein, langsam und rhythmisch. Wieder und wieder. Dabei murmelte er leise ihren Namen. Und sie spürte, wie sie, sanft und sachte und völlig ohne Anstrengung, auf einen weiteren Höhepunkt zutrieb, während sich ihre Blicke ineinander verschränkten. Da legte sich ein zarter Schleier über seine schönen graublauen Augen, und sie sah, dass er kam, leise und intensiv, ohne den Blick von ihr abzuwenden. Und plötzlich brach ein Damm in ihr, und die Tränen schossen ihr in die Augen, da sie spürte, dass sie einem anderen Menschen, einer anderen Seele, noch nie so nahe gewesen war wie jetzt. Sie hätte sich nie träumen lassen, dass so etwas möglich wäre.

»David«, flüsterte sie.

Er wollte etwas erwidern, verstummte jedoch, als trüge seine Stimme nicht, und sie musste erneut die Augen schließen. Es ging ihr zu nahe, rührte sie zu stark an. Sie musste ihn für einen kurzen Moment ausblenden, sonst würde sie zerbrechen.

David küsste ihre Augenlider, und sie schniefte leise.

Er war noch da, und es war perfekt.

»Natalia«, sagte er nur leise.

Sie schlang die Arme um ihn, begrub ihr Gesicht an seinem Hals und strich mit ihren Fingern über seine Narben. Für so etwas gibt es keine Worte, dachte sie. Es war ein Erlebnis gewesen, für das man Superlative erfinden müsste. Sie begann mit ihrer Zunge seine Haut zu lecken. Dann biss sie ihn zärtlich und hörte, wie er aufstöhnte, bis er ihren Mund mit seinen Lippen bedeckte. Von all dem, was er mit ihr machte, liebte sie seine Küsse am meisten. Ohne aufzuhören, sie zu küssen, richtete er ihren Oberkörper auf, Gott, wie stark er war, und zog sie in seine Arme, bis sie schließlich auf seinem nackten Schoß saß. Vor dem Fenster lag das Meer, das sanfte Licht des Mondes fiel herein, und sie küssten sich. Haut an Haut, Herz an Herz.

Später in der Nacht, als es etwas dunkler wurde, schoben sie das Bett direkt vor die offenen Fenstertüren, ließen sich darauf nieder und schauten aufs Meer hinaus. Während sie auf dem Bauch lag, das Kinn auf den Händen ruhend, spürte sie, wie er sich über sie kniete, die Hände rechts und links von ihrem Körper abgestützt. Behutsam drang er in sie ein und füllte sie schließlich aus, bis sie laut in die Bettwäsche hineinstöhnte. Er liebte sie langsam und schweigend, während die salzige Meeresluft in einer lauen Brise durchs Fenster hineinströmte.

Sie erwachte Stunden später mit dem Kopf noch immer an der Bettkante, aber mit einer Decke über dem Körper und einem Kissen unter der Wange. Sie konnte sich nur noch daran erinnern, wie er ihren Namen geflüstert hatte, dann musste sie eingeschlafen sein. Sie fragte sich, wie lange sie wohl geschlafen hatte. Als sie aufschaute, stand David draußen auf dem Steg, der wie eine schlichte schmale Terrasse vor dem Haus entlanglief. Er stand im goldenen Licht des Vollmonds, barfuß und mit freiem Oberkörper, nur mit einer Hose bekleidet. Die Hände hatte er aufs Geländer gestützt, er schien völlig in Gedanken verloren.

»David«, rief sie leise.

Er drehte sich um und kam zu ihr, setzte sich auf die Bettkante und strich ihr eine Haarsträhne aus dem Gesicht.

»Kannst du nicht schlafen?«, fragte sie. Sie selbst war schläfrig und träge, als hätten sich alle Spannungen in ihrem Inneren gelöst.

»Ich muss gehen«, sagte er leise.

Natalia begriff. Er wollte nicht, dass man sie gemeinsam sehen würde, und er ging ihr zuliebe.

Sie war diejenige gewesen, die immer darauf bestanden hatte, diskret zu sein. Aber nun wollte sie nicht länger diskret sein. Ihr wurde das Herz schwer. Dies war mehr als nur ein vorübergehender Flirt, und sie wusste, dass er es ebenso empfand. Sie sah es ihm an. Hatte es angesichts der Hitzigkeit und Intensität gespürt, mit der sie sich liebten. An der Innigkeit, die sie geteilt hatten.

Aber sie würden schon noch Zeit zum Reden haben, also nickte sie, und er stand auf. Er streifte sein Hemd über, zog sich die Schuhe an und betrachtete sie lange. Er sah aus, als wollte er noch etwas sagen, doch dann schüttelte er bloß den Kopf.

»Auf Wiedersehen, Natalia«, sagte er ernst.

»Hejdå«, entgegnete sie und lächelte.

Er nickte, und sie sah einen Schatten über sein Gesicht huschen. Sie wollte ihn fragen, ob alles okay wäre, doch da war er bereits gegangen.

Sie blieb noch eine Weile sitzen, bevor sie zurück unter die Decke schlüpfte, seinen Duft einsog und wieder einschlief, überzeugt davon, dass sie ihn liebte. Und dass er ebenso fühlte.

29

Freitag, 11. Juli

Åsa streckte ihren Körper im Meer aus. Es war so kalt, wie nur das schwedische Kattegat im Juli sein konnte, doch sie hatte das dringende Bedürfnis, sich abzukühlen, sodass sie zähneklappernd einige weitere Schwimmzüge machte, bevor sie aufgab und zu Wassertreten überging.

Natalia trieb ein wenig entfernt auf dem Rücken und hatte die Augen zum Schutz gegen die Sonne geschlossenen. Sie summte im Wasser plätschernd lächelnd vor sich hin, und Åsa versuchte fieberhaft darauf zu kommen, was heute an Natalia anders war.

Dann begriff sie es schlagartig: Natalia war glücklich.

Åsa selbst war eher zum Heulen zumute. Nicht einmal ihr neuer Bikini, der ihrem Körper unglaublich schmeichelte, konnte ihre Laune heben. Denn was spielte es schon für eine Rolle, wenn man superattraktiv war, es aber zu nichts *führte*?

»Ich kann es immer noch nicht fassen, dass du Sex gehabt hast und ich nicht«, rief Åsa sauer.

Es lag nicht nur an der Tatsache, dass Michel gestern keinen Sex mit ihr hatte haben wollen. Erniedrigend kam noch hinzu, dass Åsa selbst nur um Haaresbreite vor ihm auf die Knie gefallen wäre und ihn darum angefleht hätte. Sie erschauderte im kalten Wasser. Davon durfte niemand auch nur im Entferntesten erfahren, sonst würde sie sterben.

»Aber du kannst doch jeden haben, den du willst«, entgegnete Natalia. »Warum bist du nicht einfach rausgegangen und hast dir einen anderen gesucht?« Sie warf Åsa einen Blick zu, einen trägen zufriedenen Blick, der Åsas Miene noch finsterer werden ließ.

Es war ja nicht so, dass sie es Natalia nicht gönnte, aber musste die Frau denn unbedingt derart *zufrieden* aussehen? So befriedigt, wie eine Frau nur aussehen konnte, nachdem sie eine ganze Nacht lang richtig guten Sex gehabt hatte? Åsa hätte vor Neid heulen können.

»Früher hast du es doch immer so gemacht«, fuhr Natalia mit leicht verwirrter Miene fort. Als würde sie nicht begreifen, dass die Sache mit Michel etwas ganz anderes war als das belanglose Herumvögeln, das Åsa schon ihr halbes Leben lang praktizierte. »Hier wimmelt es doch nur so von Männern. Du brauchst nur die Augen zu schließen und auf einen von ihnen zu zeigen, dann bekommst du ihn«, schlussfolgerte Natalia.

»Aber genau das ist es ja«, beklagte sich Åsa. »Ich wollte mir nicht einfach einen anderen suchen.« Das war wirklich nicht normal. Vielleicht wurde sie krank? »Alles, was wir gemacht haben, war reden.«

»Manchmal ist es gut zu reden.«

Åsa war anderer Meinung. »Können wir jetzt langsam mal wieder raus aus dem Wasser?«, fragte sie. »Sonst frier ich mir noch die Muschi ab.«

Sie schwammen in Richtung Land. Nachdem sie sich wieder angezogen, ihre Haare gebürstet und die Haut mit Sonnencreme eingerieben hatten, gingen sie hinauf auf die Strandpromenade. Åsa versteckte sich hinter ihrer Sonnenbrille und einem breitkrempigen Sonnenhut. Natalia hatte sich einen Seidenschal ums Haar geschlungen und sah unverschämt elegant aus. Åsa nickte einigen Bekannten zu, blieb jedoch bei keinem von ihnen stehen. Sie war mit dem Thema Michel noch nicht durch.

»Ich treffe mich übrigens nachher mit ihm auf einen Kaffee«, sagte sie und fragte sich, warum sie eigentlich zugestimmt hatte, sich auf eine weitere Form der Demütigung einzulassen. Er hatte sie per SMS gefragt, und sie hatte statt mit Nein mit Ja geantwortet. »Bevor sie wieder zurück nach Stockholm fahren. Offenbar will er noch weiterreden. Hab ich dir eigentlich schon gesagt, dass ich es hasse zu reden?«

Natalia schirmte mit der Hand die Augen vor der Sonne ab. »Fahren sie zurück nach Stockholm? Wann denn?«

»Ich glaube, heute. Hat David nichts gesagt?«

Natalia zuckte mit den Schultern. »Er ist es mir schließlich nicht schuldig, mir alles zu sagen. Und außerdem waren wir mit anderen Dingen beschäftigt.« Natalia grinste schamlos, und Åsa stöhnte auf. Sie *hasste* diesen ungewollten Rollentausch.

Ein groß gewachsener Mann winkte ihnen zu, und Natalia sagte: »Oh, mein Chef. Ich frag mich, was er darüber denkt, dass ich gestern einfach so abgehauen bin.«

»Ich mach mich lieber aus dem Staub«, sagte Åsa, die keineswegs scharf darauf war, J. O. zu begegnen. Stattdessen hatte sie eine Gruppe Männer erblickt, die sie kannte. Junge unerfahrene Grünschnäbel aus der Finanzbranche. Genau das, was ihr ramponiertes Selbstwertgefühl jetzt brauchte. Sie deutete auf die Gruppe. »Ich geh zu den Typen rüber und mische sie ein wenig auf. Sehen wir uns beim Barbecue?«

Natalia nickte, und Åsa eilte von dannen, passierte J. O. mit einem Nicken, erhielt ein anerkennendes Lächeln zur Antwort und nahm Kurs auf die jungen Männer.

Natalia sah, wie die akkurat frisierten Jungspunde Åsa mit Wangenküssen begrüßten und eine Art Hahnenkampf unter ihnen ausbrach. Sie wartete, bis J. O. auf sie zukam. Sie trafen sich mitten auf der Strandpromenade. Die Sonne stand bereits hoch am Himmel, und trotz des erfrischenden Bades hatte sie schon wieder begonnen zu schwitzen.

»Hier bist du also«, begrüßte J. O. sie in knappem Ton. »Gestern warst du plötzlich verschwunden.«

»Ja«, sagte sie, ohne nähere Erklärungen abzugeben. J. O. war zwar ihr Chef, aber über ihre Zeit konnte er dennoch nicht uneingeschränkt verfügen.

»Muss ich mir irgendwelche Sorgen machen?«, fragte er, während sie nebeneinander hergingen. »Mehrere Leute haben nach dir gefragt.«

»Nein«, antwortete sie. »Ich habe mit den Dänen gesprochen. Sie wirken recht entspannt.« Sie dachte darüber nach, ob sie es ansprechen sollte, dass J. O. mit ihrem Vater zu Mittag gegessen hatte, ohne sie hinzu zu bitten, doch dabei würde nichts Gutes herauskommen, entschied sie.

»Gut.« J. O. nickte in Richtung der Pressezelte, die in einiger Entfernung aufgestellt waren. »Komm, wir gehen ins Zelt.«

Natalia folgte ihm ins Pressezelt. J. O. begrüßte eine Journalistin und stellte sie Natalia vor, die höflich grüßte.

Natalia registrierte J. O.s aufmunternde Blicke. Er war zufrieden mit ihr. Sie selbst hatte ebenfalls den Eindruck, dass sie ihre Sache gut gemacht hatte. Sie schüttelte die Hand eines Reichstagsabgeordneten, wurde einem potenziellen Investor vorgestellt und dachte, dass sie genau dies am allerbesten konnte. Über Finanzen reden. Networking betreiben. Kontakte aufbauen.

David sah, wie Natalia in einem der Pressezelte an der Strandpromenade stand und sich mit diversen Leuten unterhielt. Er selbst hatte gerade eine Podiumsdiskussion mit einem Wirtschaftsprofessor und einem Manager absolviert. Jetzt hörte er mit einem Ohr der nachfolgenden Diskussion zu, während er versuchte, einen Blick auf Natalia zu erhaschen. Sie stand in einem kühlen Leinenkleid mit J. O. als Rückhalt an ihrer Seite da und vermittelte den Eindruck, absolut in ihrem Element zu sein. Mit einer Strandtasche über der Schulter und einer ins Haar hochgeschobenen Sonnenbrille wirkte sie sicher und entschlossen, energisch und kompetent, und darüber hinaus strahlte sie geradezu.

Er spürte plötzlich einen Kloß im Hals, den er vergeblich versuchte hinunterzuschlucken.

»Dürfte ich Ihnen ein paar Fragen stellen?«, wollte eine Journalistin wissen, eine Frau, mit der er im Lauf der Jahre schon oft gesprochen hatte.

David riss seinen Blick von Natalia los, lächelte automatisch und nickte zur Antwort. Die Journalistin war wie immer professionell und gut vorbereitet, und er wie immer bemüht, auf ihre Fragen einzugehen. Er warf einen letzten Blick zu Natalia hinüber, konnte es einfach nicht lassen. Ihre Haare schienen feucht zu sein. War sie Schwimmen gewesen? Sie war bestimmt eine ausgezeichnete Schwimmerin. Wie gerne wäre er jetzt zu ihr gegangen, hätte die Zeit angehalten und …

»Herr Hammar?«

Er war gedanklich abgeschweift und hatte ihre Frage nicht mitbekommen. »Sorry«, entschuldigte er sich mit einem beschwichtigenden Lächeln.

»Kein Problem«, sagte die Journalistin, doch er sah, wie sie einen fragenden Blick in Richtung Natalia und J. O. warf, als wollte sie herausfinden, wer Davids Aufmerksamkeit auf sich gezogen hatte.

Sie konzentrierte sich wieder auf ihr Interview, stellte ihre Frage erneut und ließ dann den Fotografen seine Arbeit machen.

Sobald sich die Journalistin bedankt und von ihm verabschiedet hatte, sah David J. O. und Natalia in seine Richtung kommen. Sein Herz machte einen Sprung. Albern, aber wahr. Natalia wirkte gefasst, und ihre Miene war nahezu ausdruckslos, aber David konnte sehen, wie es in ihrem Hirn arbeitete. Er merkte, dass sie alarmiert war, und er wollte sie beruhigen. Er würde sie niemals in Gegenwart von J. O. kompromittieren. Er wusste, was ihre Arbeit ihr bedeutete und wie wichtig ihr ihre Integrität war. Wie ungern sie mit ihm in Verbindung gebracht werden wollte. Überraschenderweise versetzte es ihm einen Stich, obwohl schließlich er derjenige war, der sie in Kürze hintergehen würde.

Dann erblickte David eine Person hinter Natalia und J. O.

Uff.

Das hier könnte kompliziert werden.

Als die drei vor ihm standen, schüttelte David zuerst J. O. die Hand. Dann begegnete er Natalias Blick. Es kam ihm vor, als würden Lichtjahre vergehen.

»Du kennst Natalia de la Grip, nicht wahr?«, fragte J. O., und David war sich sicher, einen gewissen Unterton in seiner Stimme wahrzunehmen.

David streckte ihr seine Hand entgegen. »Ja«, antwortete er ruhig. »Wir sind uns schon begegnet.«

Natalia zögerte für den Bruchteil einer Sekunde und ergriff dann seine Hand, ohne mehr als eine höfliche Begrüßungsfloskel vor sich hin zu murmeln. Sie schluckte, und die Sehnen an ihrem schmalen Hals wurden sichtbar.

Er streifte mit seinem Blick die weiche Haut in ihrem Dekolleté. Vor nur wenigen Stunden hatte er noch ihr Halsgrübchen geküsst. Ihr Duft umgab ihn noch immer wie die Erinnerung an einen unglaublich lebensnahen Traum.

»Darf ich vorstellen, das ist Eugen Tolstoi«, sagte Natalia und stellte ihm einen groß gewachsenen grauhaarigen Mann vor. Sie lächelte warmherzig. »Mein Onkel.«

David setzte eine völlig ausdruckslose Miene auf.

Genau das, was wir beide nötig haben. Noch mehr Komplikationen.

»Mütterlicherseits«, fügte Natalia hinzu. Eugens Schwester war also Natalias Mutter, Ebba de la Grip.

David gab dem Russen die Hand. Sie waren sich schon einmal begegnet, was er natürlich nicht offen zeigen durfte, insbesondere nicht vor dieser Gruppe. Er lächelte Eugen höflich zu. Ein homosexueller, exzentrischer, sehr vermögender Russe. Der zufällig einen großen Anteil Investum-Aktien hielt. Eugen zwinkerte David zu. David verzog innerlich das Gesicht. Der Mann konnte das Wort Diskretion höchstwahrscheinlich noch nicht einmal buchstabieren.

»Wie klein die Welt doch ist«, sagte Natalia. Sie lächelte ihren Onkel Eugen und J. O. an. »Ich habe den Eindruck, dass hier jeder jeden kennt.«

David dachte, dass die Welt noch weitaus kleiner war, als sie ahnte.

Natalia sah ihren Onkel und dann David an. Sie runzelte die Stirn und stellte David schließlich eine Frage, auf die er gern verzichtet hätte: »Kennt ihr beiden euch etwa auch schon?«

Ihr Blick wirkte fragend, aber ruhig, doch David wusste, dass sie gefährlich smart war. Der geringste Hinweis, und sie würde das Puzzle schneller zusammensetzen als ein Computer.

Wären sie doch nur am frühen Morgen schon losgefahren, wie er es gewollt hatte. Er hatte vorgehabt, alle Verpflichtungen abzusagen und zu fahren. Doch Michel war, was sonst gar nicht seine Art war, unerschütterlich gewesen, sodass sie noch geblieben waren. Und hier stand Natalia vor ihm und fragte einen der Männer aus, mit dem David am liebsten nicht reden würde. Er kannte den Russen nicht gut genug, wusste nicht, wie vertrauenswürdig er war.

Doch dann eilte ein weiterer Verwandter zu seiner Rettung herbei.

»Alexander!«, rief Natalia und wandte den Blick von ihrem Onkel ab. Sie lächelte ihren Bruder liebevoll an, der sich von der Seite genähert hatte. Erneutes Händeschütteln und Verteilen von Wangenküsschen. David sah sich gezwungen, den festen Händedruck von Alexander de la Grip zu erwidern. Die stahlblauen Augen des jüngeren Mannes, die Natalias überhaupt nicht ähnelten, richteten sich auf ihn. Alexander de la Grip mutete wie eine jüngere, vitale Version seines russischen Onkels an. Er hatte Davids Hand wirklich unerwartet fest gedrückt.

David runzelte die Stirn. Alexander de la Grip, Nachkömmling in gerade absteigender Linie von mindestens einer russischen Großfürstin und berüchtigt sowohl für seinen unmoralischen Lebensstil als auch wegen seines allgemeinen Desinteresses an Dingen, die nicht seinem eigenen Vergnügen dienten, schien ihn also mit einem Mal nicht mehr zu mögen.

Doch David war es relativ egal, was ein verwöhnter Erbe von ihm hielt oder nicht. Er zog seine Hand zurück, schaute auf seine Armbanduhr und sah, dass es nun endlich Zeit sein würde, Båstad zu verlassen. Er nutzte die Gelegenheit, sich in dem Tumult zu verabschieden, der in Alexanders Kielwasser entstanden war.

Er sah, wie Natalia registrierte, dass er sich zurückzog, und hob ansatzweise die Hand. Sie wirkte umgeben von ihren Freunden und Verwandten so unbekümmert. Und er wollte sie genauso in Erinnerung behalten: kompetent, von der Sonne geküsst und lachend unter ihresgleichen. Sie heftete ihre golden schimmernden Augen auf ihn, erwiderte seinen Blick und schaute ihn lange an, bevor David sich zwang, den Blickkontakt abzubrechen. Er nickte ihr zu und tat, was er schon lange zuvor hätte tun sollen: Er ging fort.

Ihr Blick folgte ihm.

Er spürte ihn auf seinem Rücken und in seinem Nacken, doch er drehte sich nicht um.

Leb wohl, Natalia.

Alexander sah, wie Natalia David Hammar nachschaute, der mit einer irritierenden Selbstsicherheit davon schlenderte, als gehörte ihm schon jetzt die halbe Welt und als würde ihm die andere Hälfte ebenfalls bald gehören. Natalias Gesichtsausdruck war verräterisch – und auch die Blicke, die die beiden ausgetauscht hatten –, und er fragte sich, was zum Teufel zwischen seiner smarten großen Schwester und der Naturgewalt David Hammar wohl lief.

So hatte Natalia Jonas nie angestrahlt. Nicht, dass es Alexander in irgendeiner Weise bekümmert hätte. Der Rest der Familie war so enttäuscht gewesen, als Schluss zwischen Natalia und dem stocksteifen Jonas gewesen war, als wäre damit die bestmögliche Partie vereitelt, die Natalia hätte machen können. Doch Alexander war immer der Meinung gewesen, dass Jonas ein Weichei war, das seine Schwester nicht verdient hatte. Natalia war zwar diplomatisch und zurückhaltend, ruhig und besonnen, aber sie war auch verdammt stark, möglicherweise sogar die Stärkste in der gesamten Familie. Sie benötigte einen ebenbürtigen Partner und nicht einen langweiligen Naturfreak wie Jonas. Wenngleich …

Der eiskalte David Hammar war kaum eine bessere Wahl. Während David aus seinem Blickfeld verschwand, stand Natalia da und schaute ihm mit gedankenverlorener Miene nach. Natalia mit dem großen Herzen, seine große Schwester, die zu so vielen edlen Gefühlen fähig war, von denen Alexander wusste, dass er selbst nie in der Lage dazu sein würde.

»Schon merkwürdig«, sagte er leichthin. Natalia lächelte fragend.

»Ich hätte gedacht, dass David Hammar uns alle hasst«, erklärte er.

»Wie meinst du das?«

»Ich habe zwar erst auf Skogbacka angefangen, nachdem Peter und David schon ein paar Jahre fertig waren«, begann Alexander. »Aber die Gerüchte haben sich hartnäckig gehalten.« Er schüttelte den Kopf. Es hatte sich derart makaber angehört, dass es wahr gewesen sein musste.

»Welche Gerüchte?«, fragte sie in scharfem Ton. So scharf, dass Alexander begriff, dass sie bereits etwas wusste.

»Mit Hammar haben sie auf Skogbacka etwas angestellt. Etwas ziemlich Übles.«

»Mobbing?«

»Man nennt es auch Kameradenerziehung«, erklärte Alexander bitter. Auch er hatte seine Jahre auf dem Internat gehasst.

»David hat Narben auf dem Rücken«, sagte sie leise. »Von Peitschenhieben.«

Alexander vermied es, näher darüber nachzudenken, woher seine Schwester wusste, wie der Rücken von David Hammar aussah.

»Sei vorsichtig«, sagte er.

»Erteilst *du* mir Beziehungsratschläge?«, fragte sie mit einem Lächeln. »Im Ernst?«

»Er ist kein netter Mensch«, entgegnete Alexander.

»Es gibt Leute, die dasselbe über dich sagen würden«, bemerkte sie.

Alexander schüttelte den Kopf und wusste, dass sie recht hatte. »Was da auf Skogbacka geschah, war eine ziemlich ernste Sache. Sie wurde zwar totgeschwiegen, aber ich weiß zufällig, dass damals ein Mädchen involviert war. Gerüchte besagen, dass sie starb.«

Es war in der Tat schon vorgekommen, dass es in Internaten zu Todesfällen kam, die dann später als Unfälle deklariert wurden.

Von wegen.

»Es war irgendein Racheakt«, fuhr Alexander fort, während seine Erinnerungen deutlicher wurden. In der Schule hatte die Gerüchteküche nur so gebrodelt. »Und ich bin mir ziemlich sicher, dass es dabei um ein Mädchen ging.«

Es drehte sich ja immer irgendwie darum, dachte er. Um Sex oder Geld. Ziemlich deprimierend.

»Aber warum sollte er ausgerechnet *uns* dafür hassen?«

Alexander schaute ihr in die Augen, die weit aufgerissen waren und besorgt dreinschauten. Shit, sie war ihm wirklich verfallen. Alexander schüttelte den Kopf. Das war nicht gut, sie wäre besser beraten, einen großen Bogen um David Hammar zu machen.

»Weil es heißt, dass Peter ihn ausgepeitscht hat«, sagte er leise. »Peter hat ihn misshandelt.«

Sie wurde blass, sagte jedoch nichts, schaute ihn nur lange an. Alexander wollte etwas Kluges, Tröstliches sagen, aber er war noch nie besonders gut darin gewesen, den fürsorglichen Bruder zu spielen.

Irgendjemand erregte Natalias Aufmerksamkeit, und sie drehte sich um. Jemand anders fragte Alexander, ob er möglicherweise so freundlich wäre, vor einer Kamera zu posieren, sodass er sich kurz die Augen rieb und ein künstliches Lächeln aufsetzte. Verflucht noch mal, er war fix und fertig. Er schaute auf das Glas in seiner Hand. Offenbar hatte er bereits Alkohol getrunken. Er konnte sich nicht einmal mehr daran erinnern, wie das Glas in seine Hand gekommen war, und jetzt war es bereits leer. Er schaute seiner Schwester nach.

Die Sache mit Natalia und David war problematisch. Denn

dieser berüchtigte Corporate Raider hatte offenbar so einige Geheimnisse. Und wie zufällig schienen diese diverse Berührungspunkte mit der Familie de la Grip zu haben.

Alexander entschuldigte sich, ging hinaus und steuerte eine der Bars an der Strandpromenade an, um sich noch ein Glas zu genehmigen. Es war immerhin schon Mittagszeit, rechtfertigte er sich und vermied es, über die tiefere Bedeutung dieses kleinen Selbstbetrugs nachzudenken.

Er schwenkte seinen Drink und ließ seinen Gedanken freien Lauf.

Gestern auf J. O.s Party war er irgendwann durch Zufall hinter einem schweren Vorhang gelandet. Ein Samtvorhang, der dick und lang genug war, um ein Paar zu verbergen, das sich verstecken musste, weil es unerwarteten Besuch in dem Raum bekam, in dem es gerade Sex über einer Sessellehne hatte. Rasch war er gemeinsam mit der viel zu jungen zweiten Ehefrau von einem dieser Männer, die davon überzeugt waren, das Rückgrat der Nation zu bilden, hinter den Vorhang gestürzt. Sie war eine gelangweilte, sensationslüsterne Frau mit einer gewissen Vorliebe für Sex in der Öffentlichkeit. Doch sie war gleichzeitig eine Frau, die auch gerne weiterhin verheiratet bleiben würde. Deswegen hatte sie Alexander schnell hinter den Vorhang gezerrt, als die Tür von außen geöffnet wurde.

Aufgekratzt, mit frivolem Blick und mühsam unterdrücktem Lachen, hatte sie ihn weiter mit der Hand befriedigt. Dabei war sie äußerst geschickt vorgegangen, und Alexander war noch nie jemand gewesen, der sich in dieser Hinsicht etwas entgehen ließ. Also hatte er hinter dem schweren Vorhang vor einem Fenster im ersten Stock von J. O.s luxuriöser Villa gestanden und sich von einem nach Bestätigung heischenden Luxusweibchen einen runterholen lassen, während er hörte, wie der Mann, der in den Raum gekommen war, ein leises Telefonat führte.

Alexander hatte den Mann mit dem Handy zwar nicht gesehen, doch er hatte auch so gewusst, wer er war. Er hatte zweifelsohne mit einer Frau gesprochen. Die Stimme des Mannes war warmherzig und liebevoll. Während der Mann telefonierte (und die junge Frau ihn mit ihrer Hand befriedigte), hatte Alexander seinen Blick fest auf den Innenhof unter ihnen gerichtet. Der Hof war voller Partygäste. Unter ihnen hatte er auch seine große Schwester erblickt. Mitten im Hof hatte eine in Rot gekleidete Natalia Champagner getrunken und gelacht, während sie sich mit J. O. unterhielt.

Doch Natalia hatte definitiv *kein* Handy in der Hand gehabt.

Deshalb war Alexander sich absolut sicher, dass die Frau, mit der David Hammar telefoniert hatte und zu der er mit sanfter und liebevoller Stimme gesagt hatte »Ich liebe dich«, auf keinen Fall Natalia gewesen sein konnte.

Das konnte nur auf eine Art und Weise enden.

Übel.

30

Wenn J. O.s Party am Donnerstag die exquisiteste und prunkvollste im Verlauf der Woche gewesen war, so war das traditionelle Barbecue der Familie de la Grip am Freitag das gediegenste Fest. Das Durchschnittsalter der Gäste war etwas höher und die Abstammung etwas aristokratischer. Natalias Vater pflegte den Umgang in den exklusivsten, männlich geprägten Zirkeln im Dunstkreis des Königshauses, während Natalias Mutter ihn dabei nach Kräften unterstützte. Nicht ein Detail durfte übersehen werden, und auf Anstand und Etikette legte man besonderen Wert, erst recht wenn das Königspaar erwartet wurde.

Das Fest fand in der Villa von Natalias Eltern statt. Dezente Musik erfüllte die Luft. Das in Schwarz-Weiß gekleidete Servicepersonal arbeitete tatkräftig. Der Wein, der serviert wurde, stammte vom Weingut der Familie de la Grip in Frankreich. Die Leinentischdecken und das silberne Tafelgeschirr waren Familienkleinode, und alles, was geputzt werden konnte, glänzte. In den Kühlschränken wartete bereits der Mitternachtsimbiss. Das Essen verbreitete einen wundervollen Duft – es gab jedes Jahr dasselbe Menü mit massenweise Fleisch und Wild. Klassisch und typisch schwedisch.

Natalia ließ ihren Blick durch den Raum schweifen, in dem die Gäste leise Small Talk hielten. Die Glastüren zum Garten hin standen weit offen, und Türsteher sorgten dafür, dass die richtigen Personen hereingelassen wurden und alle anderen draußen blieben. Natalia sah ihre Mutter und Louise neben einer antiken Anrichte stehen und sich miteinander unterhalten. Sie trugen ähnliche Kleider, ähnlichen Schmuck und gestikulierten in derselben femininen Art und Weise. Louise entsprach der Tochter, die ihre Mutter wohl immer hatte haben wollen, eigentlich viel mehr als sie selbst, vermutete Natalia. Sie hatte blondes Haar und interessierte sich für Inneneinrichtung, Kunst und Familienstammbäume. Und genau wie ihre Mutter kommunizierte Louise gern mittels versteckter Botschaften und latenter Beleidigungen. Mit ihrer arroganten Art und ihrer klassischen Hochsteckfrisur ähnelte Louise dem Rest der Familie de la Grip weitaus mehr, als Natalia es je getan hatte. Sie wandte sich ab. Onkel Eugen bahnte sich gerade mit zwei Kristallgläsern in der Hand einen Weg zu ihr.

»Natalia, mein Liebling«, sagte er überschwänglich und reichte ihr ein Glas mit Wodka. Er nahm einen Schluck von seinem eigenen Drink und schaute dann mit geschürzten Lippen zu seiner Schwester hinüber. Er schüttelte den Kopf. »Du hast es nicht leicht gehabt, meine Kleine.«

Natalia nippte an ihrem Wodka. Sie hatte sich schon immer gefragt, warum Eugen seine Schwester nicht mochte, sich aber nie getraut zu fragen.

»Es sind immer dieselben Gäste, die man auf jedem Fest sieht«, sagte sie stattdessen. Überall diese stromlinienförmigen Menschen, dachte sie betrübt. Die Männer in nahezu identischen Anzügen. Die Frauen in ihren diskreten Etuikleidern, verschönert durch noch diskretere Schönheitsoperationen. Irgendwie setzte es ihr mehr zu als sonst. »Findest du es nicht auch deprimierend?«, fragte sie und nippte erneut an ihrem Drink. Vielleicht sollte sie sich einfach eine Flasche Wodka schnappen und sich damit in irgendeine Ecke verziehen.

Eugen betrachtete sie eingehend. »Vermisst du jemanden Bestimmtes?«, fragte er leichthin.

Natalia wich seinem Blick aus und nahm einen weiteren kleinen Schluck von ihrem eisgekühlten Drink. »Wer ist eigentlich die Frau, mit der sich Alexander gerade unterhält?«, fragte sie und lenkte so von der allzu treffsicheren Frage ihres Onkels ab. Offenbar war sie nicht ganz so vorsichtig mit David gewesen, wie sie angenommen hatte.

David.

Schon beim Gedanken an ihn spürte sie ein Ziehen in der Brust. Verdammt auch, es hatte sie wirklich erwischt.

Sie nickte in Alexanders Richtung, und Onkel Eugen folgte ihrem Blick. Ihr Bruder stand nonchalant mit einer Hand in der Hosentasche da und lächelte derselben rothaarigen Frau zu wie auf der Party gestern. Doch sie erwiderte sein Lächeln keineswegs. Es war so ungewöhnlich, eine Frau in Alexanders Gegenwart nicht völlig verzaubert zu sehen, dass Natalia zusammenzuckte. Wenn Alex seinen gesamten Charme auf eine Person richtete, war diese in der Regel chancenlos.

»Keine Ahnung«, antwortete Onkel Eugen teilnahmslos. »Irgendeine Ärztin, glaube ich.« Er betrachtete das ungleiche Paar etwas eingehender. »Die kann Alex gleich vergessen«, meinte er.

Natalia lächelte. »Er ist es nicht gerade gewohnt, auf Widerstand zu stoßen.«

»Nein«, pflichtete Onkel Eugen ihr bei und begrüßte einen Mann, der auf sie zukam. »Kennst du Graf Carl-Erik Tessin schon?«, fragte er.

Der Mann, der ungefähr im Alter ihres Vaters war, hatte graue Haare, war sonnengebräunt und trug einen vornehmen, konservativ geschnittenen Anzug. Ein Mann, der sich offensichtlich häufig draußen in der Natur aufhielt, dachte Natalia. Sie lächelte automatisch und streckte ihm die Hand entgegen.

Er ergriff sie und schaute sie dabei so intensiv an, dass sie den Eindruck hatte, sie müssten sich bereits begegnet sein. »Kennen wir uns?«, fragte sie in entschuldigendem Ton. Sie meinte allerdings, ihn noch nie gesehen zu haben.

Graf Tessin schüttelte den Kopf. »Nein, aber ich weiß, wer Sie sind. Sie sind Gustafs Tochter. Ich bin gemeinsam mit ihm auf Skogbacka gewesen.« Er schenkte ihr ein halbherziges Lächeln. Graf Tessin sah überhaupt aus, als bedrückte ihn unterschwellig etwas. »Natürlich schon vor Ewigkeiten«, fügte er hinzu.

Er vermittelte einen angenehmen Eindruck, und Natalia versuchte, ihn genauer einzuordnen. Ihre Mutter und Louise hätten es natürlich sofort sagen können. Die beiden kannten den Adelskalender in- und auswendig. Sie hätten gewusst, mit wem er verheiratet war, wie sein Gut hieß und wie viele Kinder er hatte.

»Carl-Erik und ich wohnen ziemlich nahe beieinander«, erklärte Onkel Eugen. »Wir sind fast Nachbarn.«

Onkel Eugen wohnte seit mehreren Jahren als eine Art Hausverwalter auf Alexanders Gut in Skåne. Die Geschwister Ebba und Eugen, geborene von Essen, waren beide in Schweden aufgewachsen. Doch während Ebba akkurat ihr schwedisches adeliges Erbe pflegte, hatte Eugen den Mädchennamen seiner Mutter angenommen und nannte sich nunmehr ausschließlich Eugen Tolstoi. Er hatte viele Jahre in Russland verbracht, doch Natalia hatte nie den Mut besessen, ihn zu fragen, was er dort gemacht hatte. Obwohl er aussah wie ein großer, gemütlicher Teddybär, besaß ihr Onkel nämlich ein paar scharfe Kanten, und irgendetwas sagte ihr, dass man sich Eugen Tolstoi besser nicht zum Feind machte. In den vergangenen Jahren hatte Eugen, der offen homosexuell war, allerdings den Entschluss gefasst, dauerhaft in Schweden zu leben. In dem Schloss, das Alexander zwar besaß, das er aber nur selten besuchte. Es freute Natalia, dass ihr

Onkel Freunde besaß, denn seinem dröhnenden Lachen zum Trotz wirkte er oft einsam.

»Wir trinken zusammen Cognac und reden über alte Zeiten«, lachte Carl-Erik und sah aus, als wollte er noch mehr sagen, doch sie wurden unterbrochen, als Natalias Vater auftauchte.

Die Atmosphäre in der kleinen Gruppe veränderte sich schlagartig.

Wie immer dominierte Gustaf de la Grip eine Gruppe allein durch seine Anwesenheit. Er benahm sich wie ein König. War es gewohnt, Ergebenheit und Aufmerksamkeit entgegengebracht zu bekommen. Er war sich seiner Position bewusst und von seiner Überlegenheit überzeugt. Doch das führte mitunter zu Spannungen und beeinträchtigte die Stimmung nachhaltig.

Eugen begrüßte Gustaf mit Handschlag. Dann schaute ihr Vater Graf Tessin an. Die beiden Männer maßen einander mit Blicken. Sie waren gleich groß, gleich alt und eigentlich in jeder Hinsicht einander ebenbürtig. Doch ihre jeweilige Körperhaltung ließ das Machtverhältnis deutlich werden. »Lange her«, sagte ihr Vater in knappem Ton. »Ich hätte nicht gedacht, dich einmal wiederzusehen.«

»Aber jetzt bin ich da«, antwortete Carl-Erik zurückhaltend. »Danke für die Einladung.«

Eigentlich war an dieser Konversation nichts Befremdliches. Ihr Ton war ebenso höflich wie die Floskeln, die sie austauschten, und ihre Mienen waren neutral. Doch zwischen ihnen herrschte ein feindlicher Unterton, den Natalia nicht näher einordnen konnte. Eine unterschwellige Aggressivität, die ihre Gesten steif und ihren Tonfall unrhythmisch werden ließen. Was sich in einem kaum zu erkennenden Abstand zwischen ihnen manifestierte. Ihr Vater wandte sich an Onkel Eugen und begann über Jagden und Jagdgenossenschaften zu sprechen. Carl-Erik machte einen Schritt zurück und entfernte sich. Vorher entschuldigte er sich noch bei Natalia, indem er ihre Hand ergriff und sie in altmodischer Weise küsste, was Natalia erstaunte. Natalia sah ihm nach, noch immer unsicher, was sie gerade mitangesehen hatte. Irgendetwas hatte unter der Oberfläche gebrodelt, da war sie sich sicher. Sie hatte die unausgesprochenen Worte und verhohlenen Blicke wahrgenommen, die die beiden austauschten. Es frustrierte sie, da sie zu gerne mehr gewusst hätte, um das Rätsel lösen zu können.

»Papa.«

Es war Peter, der sich ihnen näherte. Er schien eine Höllenangst davor zu haben, dass sein Vater etwas Wichtiges sagen könnte und er es verpasste. Typisch für ihn. Immer diese offensichtliche Unruhe, diese Sorge, zu kurz zu kommen. Zuerst nickte er seinem Vater mit dem gewohnt unterwürfigen Respekt zu. Dann schüttelte er Onkel Eugen die Hand, bemühte sich jedoch, seinen russischen Wangenküssen zu entgehen. Peter hatte Körperkontakt noch nie gemocht. Vielleicht passte er deswegen so gut mit Louise zusammen, dachte Natalia etwas boshaft und begrüßte ihren Bruder lediglich mit einem Nicken. Sie besaß den niedrigsten Rang, und sie umarmten sich nie. Allerdings, dies wurde ihr gerade klar, umarmten sich in ihrer Familie sowieso nur sie und Alex, sonst niemand. Wie kam es nur, dass sie nie näher darüber nachgedacht hatte? Ihre Mutter und Louise umarmten sich gegenseitig. Und ihre Mutter hatte auch Jonas umarmt. Aber niemals ihre eigenen Kinder. War das nicht eigenartig? Warum war ihr das noch nicht aufgefallen?

»Hast du noch Näheres über den Aktienkurs in Erfahrung gebracht?«, fragte Peter, und Natalia horchte auf.

»Worüber redet ihr?«, wollte sie wissen.

Peter schaute ihren Vater fragend an, als bäte er ihn um Erlaubnis, es erzählen zu dürfen. Als hätten sie Geheimnisse miteinander und müssten erst abwägen, ob sie sie mit Natalia teilen konnten. »Nun sag schon«, forderte sie ihn in scharfem Ton auf.

Ihr Vater signalisierte ihm durch ein Nicken seine Zustimmung.

»Die Investum-Aktie wird vermehrt gehandelt«, begann Peter. Er sprach langsam und zurückhaltend, immer mit einem Auge auf seinen Vater gerichtet aus Angst, er könnte zu viel gesagt haben. »Es ist uns in den letzten Tagen aufgefallen. Niemand weiß, was da vorgeht«, fuhr er fort. »Im Aktienregister sind diverse Unbekannte aufgetaucht. Keiner weiß, wer sie sind. Wir müssen es nächste Woche genauer untersuchen.«

»Kann man es nicht sofort überprüfen?«, fragte Natalia. Schließlich könnte es Einfluss auf den Deal haben, den J. O. und sie gerade vorbereiteten. Aktienpakete, die den Eigner wechselten und an Unbekannte verkauft wurden, bedeuteten nichts Gutes. »Um welche Summe geht es denn?«

Peter wandte sich abrupt ihr zu. »*Du* hast doch wohl niemandem von dem Geschäft erzählt, oder?«

Sie starrte ihn an. Und dann ihren Vater. Was zum Teufel dachten sie nur von ihr? »Nein«, antwortete sie knapp. Verdammt, wie aufgebracht sie war. Sie schluckte nervös. Schließlich war sie kurz davor gewesen, David etwas anzuvertrauen. Möglicherweise hätte sie es ihm erzählt, wenn er sie nicht gestoppt hätte. »Nein«, wiederholte sie.

David hatte doch nicht etwa irgendetwas mit den Aktienbewegungen zu tun?

Oder?

David saß am Steuer seines blauen Bentley. Michel hatte seine Verabredung mit Åsa Bjelke zum Kaffeetrinken wahrgenommen, und jetzt waren sie endlich auf dem Weg aus Båstad heraus. Er zögerte kurz und bog dann rasch nach links ab. Das Hinweisschild nach Stockholm verschwand rechts von ihnen.

»Wo fahren wir denn jetzt hin?«, fragte Michel irritiert.

»Wir machen nur einen kurzen Umweg«, erklärte David.

Als sie sich der großen Villa näherten, sahen sie, dass es sowohl draußen vor dem Haus als auch im Garten von Leuten nur so wimmelte. Türsteher ließen die geladenen Gäste durchs schwere Eisentor herein. Davor standen Schaulustige und starrten auf die Luxusvilla. Musik war bis auf die Straße hinaus zu hören.

David bremste. Irgendwie hatte er den Eindruck, noch immer eine Wahl zu haben.

»Äh, und was wollen wir hier?«, fragte Michel. »Ist das nicht das Haus der Familie de la Grip?«

David nickte. Er warf einen Blick durch die Seitenscheibe und wusste, dass er letztlich doch keine Wahl hatte. Er hatte das hier sein halbes Leben lang geplant. Und er musste an Carolina denken und nicht an eine Frau, die er gerade mal – tja, wie lange eigentlich, zwei Wochen? – kannte.

Er warf einen Blick auf die festlich gekleideten Gäste. Die Elite. Einige dieser Leute waren ihm in der Tat nicht egal, Menschen, deren Leben er dennoch negativ beeinflussen würde.

»David, was hast du vor?«

Er schüttelte den Kopf auf Michels Frage hin. Dann löste er die Handbremse, schaute in den Rückspiegel und setzte zurück.

Sie fuhren unter absolutem Schweigen nach Stockholm.

David setzte Michel zu Hause ab und fuhr dann heim.

Er parkte den Wagen, nahm seine Tasche heraus und betrat das Haus. Michel und er hatten vereinbart, sich am nächsten Morgen um sieben Uhr im Büro zu treffen.

Es war so weit.

31

Montag, 14. Juli

»30–0.«

Natalia schlug den Tennisball mit all ihrer Kraft übers Netz.

»Verdammt«, klagte Åsa, ohne mehr als einen halbherzigen Versuch zu unternehmen, ihn zu erreichen. »Ich kann nicht mehr. Können wir nicht lieber einen Drink nehmen?«

»Es ist gerade mal acht Uhr morgens«, erklärte Natalia und schnappte sich einen neuen Ball. »Bereit?«

Åsa nickte mit finsterer Miene. Natalia schlug auf, und Åsa retournierte den Ball.

Natalia hatte einen frühen Termin in der Königlichen Tennishalle gebucht, und dummerweise hatte sie Åsa überredet, sie zu begleiten.

»Warum bist du denn mitgekommen, wenn es dir zu anstrengend ist?«, fragte sie, als Åsa erneut fluchte.

Åsa drehte ihren Schläger in der Hand und schwang ihn drohend vor und zurück. »Weil ich sonst wahrscheinlich jemanden ermordet hätte. Ich muss ein paar Stresshormone abbauen.«

Natalia fühlte sich ähnlich angriffslustig. Sie schlug erneut auf. Seit Freitag, als sie sich zuletzt in Båstad gesehen hatten, hatte sie nichts mehr von David gehört. Heute war Montagmorgen, und sie weigerte sich, zu Hause zu sitzen und wegen eines Mannes Trübsal zu blasen. Alles gedanklich auseinanderzunehmen, was er gesagt oder auch nicht gesagt hatte. Alle fünf

Minuten zwanghaft ihre Mails zu checken und nachzusehen, ob sie eine SMS erhalten hatte.

Sie hatte ihm am Samstag eine Nachricht geschickt, doch er hatte nicht geantwortet, und jetzt stand sie hier und bombardierte eine schlecht gelaunte Åsa mit wütenden Bällen.

»Noch ein Spiel?«, fragte sie und wischte sich den Schweiß aus der Stirn.

Es war heiß und stickig, und sie war erschöpft. Sie fühlte sich ausgelaugt. In Båstad war es unerwartet anstrengend gewesen. Sie hatte das Fest ihrer Eltern zeitig verlassen, sich danach ins Bett gelegt und aufs Meer hinausgeschaut, während sie den Geruch von David in der Bettwäsche einsog. Am Samstag war sie geschwommen und hatte viel geschlafen, und am Sonntag waren sie gemeinsam wieder heimgefahren. Natalia würde noch mindestens eine Woche in Stockholm sein und arbeiten müssen, und Åsa hatte sich plötzlich geweigert, noch länger in Skåne zu bleiben. Irgendwie war es doch lächerlich, wie sie sich verhielten.

»Wirst du Michel wiedersehen?«, fragte Natalia übers Netz hinweg.

»Schon möglich«, antwortete Åsa. »Weiß nicht genau. Vielleicht. Jetzt kann ich aber wirklich nicht mehr.«

Sie duschten und setzten sich dann mit ihren Smoothies in die Cafeteria. Åsa nippte an ihrem Getränk und murmelte etwas davon, dass es schade um das gute Sodawasser wäre.

Natalia befingerte zerstreut ihr Käsebrötchen. »Als du meintest, dass die beiden nach Hause müssten, um irgendeinen Job zu erledigen«, begann sie, »hattest du da irgendeine Ahnung, worum es ging?«

»Warum fragst du?«

Irgendetwas stimmte nicht.

Natalia war sich ziemlich sicher. Aus irgendeinem Grund musste sie an die Investum-Aktien denken, die an der Börse so intensiv gehandelt wurden. Insbesondere dachte sie an den Kurs, der im Verlauf der vergangenen sechs Monate ganz langsam, aber stetig gestiegen war.

»Hast du Peter jemals über Skogbacka sprechen hören?«, fragte sie dann und spürte, wie ihr Puls stieg. »David und er sind zur gleichen Zeit dort gewesen. Peter hat ihm offenbar irgendetwas angetan.« Sie musste an die Narben auf Davids Rücken denken, die von Peitschenhieben stammten.

»Mobbing?«

»Ja, nur schlimmer.« *Peter hat ihn ausgepeitscht.*

Das Gedankenkarussell in ihrem Kopf drehte sich immer schneller.

Alles hat persönliche Gründe.

Eine Frau war involviert.

Eine Blondine, die sie vom Foto her kannte.

J. O., der der Meinung war, dass Hammar Capital irgendein Ding am Laufen hatte.

»Ich hab nichts gehört«, meinte Åsa. »Aber ich kann mich gern ein wenig umhören, wenn du willst. Alles okay mit dir? Du bist ja ganz blass.«

Natalia legte das Brötchen zurück auf ihren Teller. Sie hatte keinen Appetit. Plötzlich wurde sie von einer Welle der Übelkeit erfasst.

»Glaubst du, dass HC irgendwas am Laufen haben kann, das mit Investum zu tun hat?«, fragte sie gedehnt und hoffte, dass Åsa angesichts ihrer verrückten Frage laut auflachen würde.

»Glaubst *du* es denn?«, fragte Åsa ernst.

Sie hatte nie ganz begriffen, warum David sie zu diesem Mittagessen eingeladen hatte.

Massenweise Investum-Aktien in der Hand unbekannter Aktionäre.

Davids überstürzte Abreise aus Båstad.

Der Hass zwischen ihm und ihrer Familie.

Skogbacka.

Aktien mit unbekannten Besitzern.

Man ist nie zufrieden.

Sie blinzelte. Konnte das wahr sein? Sie schaute Åsa an, doch ihr Blick ging geradewegs durch sie hindurch.

Sie musste zur Arbeit. Und zwar schnell.

Denn jetzt hatte sie endlich den Blick entschlüsselt, den David ihr zugeworfen hatte, bevor er gegangen war.

Sie hatte angenommen, dass dieser Blick der Anfang von etwas Neuem, Großen gewesen sei.

Doch es war keineswegs ein Blick, der einen Anfang signalisierte.

Es war ein Blick, der das Ende andeutete.

32

Montag, 14. Juli

Am Montagmorgen kam David bereits früh ins Büro. Er war frisch geduscht, frisch rasiert und hoch konzentriert.

Er nahm sich einen Kaffee, setzte sich an den Computer und wartete auf Michel.

Jetzt ging es darum, nach vorn zu schauen. Um nichts anderes. Er sortierte seine Gedanken und schob alles beiseite, was nichts mit der Übernahme zu tun hatte.

Als er sich tollkühn auf eine Beziehung mit Natalia eingelassen hatte, hatte er angenommen, es sich leisten zu können, da keinerlei Gefühle im Spiel gewesen waren.

Doch er hatte Gefühle für sie entwickelt, viel zu starke. Und jetzt, wo er seine gesamte Konzentration benötigte, wurde er durch eine unmögliche Anziehungskraft abgelenkt. Denn sie *war* in der Tat unmöglich. Zum Scheitern verurteilt.

Er ging seine Mails durch und begann die Papierstapel auf seinem Schreibtisch zu ordnen. Er streckte seinen Nacken, der völlig steif war, doch ansonsten ging es ihm gut, *musste* es ihm gut gehen.

Michel kam herein. Mit verbissenem Gesichtsausdruck, aber offenbar energiegeladen.

David zögerte, doch er musste es irgendwie loswerden. Er konnte nicht länger klar denken und wollte sich der Zustimmung seines Freundes versichern.

»Ich muss dir etwas sagen, bevor wir loslegen«, meinte er und deutete auf den Stuhl vor seinem Schreibtisch.

Michel setzte sich. »Geht es dabei vielleicht um Natalia de la Grip?«

»In gewisser Weise.«

Michel betrachtete ihn. »Will ich das wirklich hören?«

»Wahrscheinlich eher nicht. Aber ich benötige dein Urteil. Ich bin verdammt unsicher. Ich muss von dir hören, dass es richtig ist, was ich tue. Dass das, was wir vorhaben, ökonomisch vernünftig ist.«

Michel stieß einen langen Fluch auf Französisch aus und schüttelte dann den Kopf. »Ich brauche erst mal einen Kaffee«, sagte er und stand wieder auf. »Und dann schließen wir die Tür hinter uns.«

David wartete. Michel kam mit einem Becher Kaffee zurück. Er schloss die Tür. Es war zwar noch früh, doch einige Angestellte waren schon gekommen.

»Ich habe mit Natalia geschlafen«, begann David.

Michel zog eine Augenbraue hoch. »Noch einmal?«

»Ja.«

»Das war nicht besonders klug.«

»Nein«, pflichtete David ihm bei.

»Ich meine im Hinblick darauf, dass du in Kürze ihre Familie ruinieren wirst.«

»Ich weiß, was du meinst«, fuhr David ihn an.

Michel betrachtete ihn. »Und wie steht es um deine Gefühle für sie?«

»Ich empfinde nichts für sie.«

Michel nippte an seinem Kaffee. Er verzog das Gesicht. »Ich habe mich in Åsa verliebt.«

Ach was. Das war ja überhaupt nicht offensichtlich. »Habt ihr geredet?«

Michel nickte.

»Michel, ich muss dir noch mehr erzählen.«

»Noch mehr?«

»Wir sind all die Dinge ja schon oft durchgegangen«, begann David. »Und zu dem Ergebnis gekommen, dass es sich um einen soliden Geschäftsplan handelt, oder? Alle sagen das. Es gibt also einen realen ökonomischen Grund dafür, es durchzuziehen. Und wir haben gute Chancen, reich zu werden.«

»Ja«, meinte Michel zögernd.

»Und du weißt, dass wir immer gesagt haben, dass nichts Persönliches dazwischenkommen darf. Denn darin sind wir am besten. Cool zu bleiben. Professionell. Wir scheißen auf Prestige und solche Dinge.«

»Ich will es ganz sicher nicht hören, oder?«, fragte Michel und stieß einen tiefen Seufzer aus.

»Als ich auf Skogbacka war, ist etwas geschehen. Zwischen Peter de la Grip und mir.«

»*Etwas*?«

»Es war ziemlich übel«, meinte David und erinnerte sich daran, wie er mit blutüberströmten Rücken in dem schallisolierten Kellerraum gehockt hatte. »Es ging um Leben und Tod. Sein Vater Gustaf war ebenfalls involviert. Und meine Familie auch. Es ist eine lange Geschichte. Nach dieser Sache habe ich mich entschieden.«

»Entschieden wofür?«

»So vermögend zu werden, dass ich sie zu Fall bringen könnte. Sie auslöschen.« David zuckte mit den Achseln. »Mich rächen.«

Michel blinzelte.

David wartete, bis seine Worte sich bei Michel gesetzt hatten.

»Aber verdammt, David, das hättest du mir sagen müssen«, meinte Michel schließlich.

David atmete aus. Es war ein unglaubliches Gefühl, es endlich ausgesprochen und Michel damit alle Informationen gegeben zu haben. Jedenfalls fast alle. »Ja, das hätte ich«, stimmte er ihm zu.

»Wir waren immer aufrichtig zueinander. Keine Lügen, offen und ehrlich – das sind deine eigenen Worte, deine Grundsätze.«

»Ja«, sagte David.

»Aber du hast es mir verschwiegen. Ich habe ein Recht darauf, sauer zu sein.«

»Auf jeden Fall«, sagte David. »Und wie sauer bist du?«

Michel zuckte mit den Schultern. »Es verletzt mich zwar, dass du es die ganze Zeit für dich behalten hast. Aber rein geschäftlich gesehen spielt es keine Rolle.«

»Das glaube ich auch.«

»Willst du abspringen? Noch können wir es, nehme ich an«, sagte Michel nachdenklich. »Aber wir würden natürlich bluten. Und HC würde geschwächt daraus hervorgehen.« Er schaute David mit ernstem Blick an. »Willst du das? Wegen ihr?«

David schüttelte den Kopf. »Wir ziehen es durch.«

»Aber sie wird dich *hassen*.«

»Ja.« Natalia würde ihn hassen. Vielleicht war es auch besser so. Denn sie hatte einen guten Mann verdient, jedenfalls einen besseren als ihn, besser, als er jemals würde sein können.

»Du?«, fragte Michel zögerlich.

»Was denn?«

»Jetzt, wo wir schon einmal dabei sind, uns gegenseitig Dinge zu beichten …«, begann er.

David kniff sich in die Nasenwurzel. Mein Gott. Sie hatten noch nie zuvor Gespräche dieser Art miteinander geführt, und er fragte sich, wem von ihnen es wohl unangenehmer war. »Was?«, fragte er knapp.

»Als ich gestern mit Åsa Kaffee getrunken habe, fragte sie mich, ob ich etwas darüber wüsste, dass möglicherweise jemand den Markt nach Investum-Aktien abgrast.«

Er hatte immer gewusst, dass sie sie nicht unterschätzen durften. »Und was hast du geantwortet?«, fragte er.

Michel verzog das Gesicht. »Ich bin zusammengebrochen und hab ihr alles gestanden. Nein, was glaubst du denn? Ich hab natürlich den Ahnungslosen gespielt. Aber jetzt wird sie mich ebenfalls hassen.«

»Willkommen im Club. Ich glaube, dass Natalia auch etwas vermutet. Wenn wir die beiden anstatt der Männer gegen uns gehabt hätten, wären wir wohl nie so weit gekommen.« Der Vorstand von Investum war zu hundert Prozent mit hellhäutigen Männern mittleren Alters besetzt. Sieben an der Zahl. So lief es eben, wenn man ausschließlich Freunde aus seinem eigenen Netzwerk einberief. Die Intelligenz blieb dabei auf der Strecke.

Es klopfte an der Tür. »Alles ist so weit vorbereitet«, sagte Malin Theselius, als sie den Kopf durch den Türspalt hereinsteckte.

David schaute auf die Uhr. Es dauerte noch zwanzig Minuten, bis die Börse öffnete. Er nickte ihr zu. »Wir kommen.«

Seit mehreren Jahren schon war die Stockholmer Börse computergesteuert. Im altehrwürdigen Börsengebäude in Gamla Stan fand kein Parketthandel mehr statt. Inzwischen spielte sich alles bei der Nasdaq OMX im Freihafen ab und wurde ohne Zeitverzögerung auf den Bildschirmen der Banken, Maklerbüros und Fondsmanager landesweit wiedergegeben. Die Börse öffnete um neun Uhr.

Sie hatten bereits am frühen Morgen vor der Öffnungszeit einen Riesenankauf getätigt. Ein Ankauf, der Hammar Capital schlagartig zum Shareholder von zehn Prozent von Investum werden ließ. Geschäfte dieser Art verlegte man traditionell auf außerbörsliche Zeiten, um das Risiko zu minimieren, dass der Handel ausgesetzt wurde.

»Hast du schon eine Ad-hoc-Mitteilung gemacht?«, fragte Michel.

David nickte. Sobald ein Aktionär mehr als fünf Prozent an einem Unternehmen hielt, musste er das der Finanzinspektion melden. Dass HC plötzlich nicht nur fünf, sondern ganze zehn Prozent hielt, würde explosionsartig für Konsequenzen auf dem Markt sorgen. »Ich habe ihnen gerade eine Mail geschickt«, antwortete David.

»Sie werden uns jetzt genauer unter die Lupe nehmen.«

David bewegte sich mit seiner Aktion auf dem extrem schmalen Grat zwischen unethischem und gesetzwidrigem Verhalten. »Aber sie werden nichts beweisen können«, entgegnete er.

David und Michel standen auf. Sie knöpften ihre Jacketts zu und sahen einander an. Schweigend gingen sie hinaus zum Empfangstresen. Dann steuerten sie geradewegs auf die Reuters-Bildschirme zu, die Monitore, die die jeweiligen Börsenkurse ohne Zeitverzögerung wiedergaben. Malin betrat den Konferenzraum. Einige angestellte Analysten stießen hinzu und setzten sich an den Tisch.

Es wurde neun Uhr.

Die Börse öffnete.

Die Kurse blinkten auf, eine Zeile nach der anderen. Der Kurs der Investum-Aktie begann zu steigen. Immer höher.

»Ich schicke jetzt die Pressemitteilung raus«, sagte Malin feierlich.

David nickte.

Sie drückte auf ihrem Laptop auf »Senden«.

Der Kurs stieg noch weiter.

Sie ahnten, was nun geschehen würde, aber sicher sein könnten sie erst, wenn der Markt realisierte, was gerade passierte.

Man konnte es nie so genau abschätzen, denn der Markt war letztlich eigensinnig und unberechenbar.

David schaute Michel an. »Bist du bereit?«

»Ja.«

»Dann legen wir los.«

Michel nickte. Malin nickte ebenfalls.

Der Krieg hatte begonnen.

33

Natalia und Åsa hatten sich nach dem Tennis getrennt. Während Åsa ein Taxi zu Investum genommen hatte, zog sich Natalia Laufschuhe an und ging von der Königlichen Tennishalle zu Fuß zu ihrem Büro am Stureplan.

Sie hatte schlecht geschlafen und war müde und fand, dass ein wenig mehr Bewegung ihr nicht schaden könnte. In der Stadt war es leer, da Urlaubszeit herrschte. Sie kaufte sich unterwegs eine Flasche Mineralwasser, warf einen Blick in die Schaufenster der noblen Östermalmer Boutiquen und versuchte, den Kopf freizukriegen.

Nachdem sie das halb leere Büro in der Bank betreten hatte, begann sie zu arbeiten; das beste Mittel, um ihre innere Unruhe, das Gefühl der Machtlosigkeit und die Müdigkeit zu bekämpfen.

Von irgendeiner bösen Vorahnung war nichts zu spüren. Im Büro war es ruhig. Alles war unter Kontrolle. Sie redete sich ein, dass sie sich getäuscht und überreagiert hatte.

Doch um fünf Minuten nach neun brach die Hölle los.

Alle Telefone begannen nahezu gleichzeitig zu klingeln. SMS und E-Mails strömten herein, und jedes elektronische Gerät begann zu blinken und zu piepsen. Nach einem Blick auf eine ihrer Mails wusste sie, dass es übel war, richtig übel.

»Mein Gott«, flüsterte sie.

Es war, als stünde sie in der obersten Etage eines Wolkenkratzers, der gerade unter ihr zusammenstürzte.

Sie handelte, ohne nachzudenken. Sie riss ihre Handtasche an sich, warf ihr Handy hinein und stürzte nach draußen.

»Ich muss zu Investum«, rief sie der Empfangsdame zu. Auf dem Weg dorthin versuchte sie, diverse Leute zu erreichen: ihren Vater, Peter und J. O., doch überall war besetzt. An einer Straßenecke musste sie stehen bleiben, um durchzuatmen. Sie hielt sich die Seite und war kurz davor, sich zu übergeben.

Sie konnte einfach nicht glauben, dass es stimmte. Trotz ihres Verdachts und trotz ihrer Gedanken am Morgen war der Schock überwältigend.

Sie war nahe daran zu hyperventilieren, lauter kleine Punkte tauchten am Rande ihres Gesichtsfeldes auf. Ihre Hände zitterten, und ihre Beine waren taub. Sie zwang sich weiterzulaufen.

Zehn Minuten später zog sie die Eingangstür des Gebäudes auf, sprang die Treppen hinauf und öffnete die Tür, die zur Firmenzentrale von Investum führte. Am Empfangstresen herrschte das reinste Chaos. Als sie hereinstürzte, schaute noch nicht einmal jemand auf. Völlig aus der Puste blieb sie mit einem metallenen Geschmack im Mund stehen. Überall klingelten Telefone, die Stimmen der Mitarbeiter überschlugen sich fast, während ihre Gesichter rot angelaufen und ihre Blicke leer waren. Diverse Angestellte liefen planlos mit irgendwelchen Unterlagen in den Händen umher. Auf dem großen Bildschirm an der Wand wurden gerade die Wirtschaftsnachrichten live übertragen, und jemand hatte den Ton lauter gestellt. Die Monitore mit den verschiedenen Börsenkursen blinkten unheilvoll.

Natalia klopfte an die Tür zu Åsas Büro und trat ein, ohne eine Antwort abzuwarten. Åsa saß auf ihrem Stuhl und hatte die Unterschenkel auf den Schreibtisch gelegt. Die roten Sohlen ihrer Pumps leuchteten. Sie winkte Natalia herein, während sie fortfuhr, mit ruhiger Stimme in ihr Blackberry zu sprechen.

»Gustaf ist bereits auf dem Rückweg von Båstad«, begrüßte Åsa sie, nachdem sie aufgelegt hatte. Ihr Handy klingelte erneut, doch nach einem Blick aufs Display drückte sie das Gespräch weg. »Peter und die anderen kommen ebenfalls«, fügte sie hinzu.

»Und Alexander?«, fragte Natalia. Es erschien ihr angemessen, dass die gesamte Familie versammelt wäre.

Åsa schüttelte den Kopf. »Ich hab nicht mit ihm gesprochen. Aber er dürfte bereits im Flieger zurück nach New York sitzen.«

»Und was hat Papa gesagt?«

Åsa zuckte mit den Schultern. »Du weißt ja, wie er ist. Er wahrt die Fassung. Jedenfalls nach außen hin.« Natalia kannte das von ihm. Ihr Vater verlor nie die Contenance, auch wenn er jetzt vor Wut geradezu außer sich sein musste. Peter hingegen würde völlig aufgelöst sein. Und wahrscheinlich wäre er bereits auf der Suche nach einem Sündenbock für diese Katastrophe. Natalia erschauderte und fühlte sich absolut elend.

»Was wissen wir?«, fragte Natalia.

Åsas Handy klingelte erneut, und diesmal nahm sie das Gespräch an, bedeutete Natalia jedoch zu bleiben. Natalia setzte sich auf den Besucherstuhl und sank stumm vor Schock in sich zusammen. Jegliche Energie war aus ihrem Körper gewichen.

Åsa beendete das Telefonat. »Um zehn Uhr halten sie eine Pressekonferenz ab«, sagte sie. »Sie senden direkt von HC aus. Komm.«

Sie gingen hinaus zum Empfang. Jedes Mal wenn ein Telefon klingelte oder eine Mail oder SMS eintraf, kündigte sich eine neue, schwerwiegendere Katastrophe an. Das hier würde dem Unternehmen Schaden zufügen, wie man es jetzt noch gar nicht absehen konnte. Natalia schaute sich um. Es sah aus wie das reinste Schlachtfeld. Irgendjemand schrie laut auf; ein anderer weinte.

»Es geht los!«, rief jemand, und sie versammelten sich vor dem Fernseher.

Die Pressesprecherin von Hammar Capital, eine blonde Frau namens Malin Theselius, eröffnete die Pressekonferenz exakt zur angekündigten Zeit und gab mit ruhiger Stimme bekannt, dass HC angesichts des Aktienvolumens, das das Unternehmen aktuell besaß, umgehend fordern würde, eine außerordentliche Aktionärsversammlung einzuberufen. Zahlreiche Journalisten bestürmten die Frau mit Fragen und versuchten, sich dabei gegenseitig zu übertönen. Natalia hatte noch nie eine so hektische Pressekonferenz gesehen, es war wie in einem schlechten Film. Malin antwortete, so gut sie konnte. Sie vermittelte einen ruhigen und besonnenen Eindruck und war höflich und entgegenkommend. David hatte in der Tat eine Person auf diesen Posten berufen, die wusste, was sie tat.

Ja, HC hat sowohl diverse Großaktionäre als auch Finanziers auf seiner Seite.

Ja, David Hammar plant, sich in den Vorstand wählen zu lassen.

Ja, alles wird absolut korrekt ablaufen.

Die Fragen nahmen kein Ende.

In den Büros klingelten die Telefone unaufhörlich. Natalia sah, wie der Pressechef von Investum, ein Anzugträger um die fünfzig, etwas in sein Handy sprach und plötzlich aschfahl im Gesicht wurde. Was auch immer er gerade zu hören bekam, es waren offenbar keine guten Nachrichten.

Natalia senkte den Blick. Sie fühlte sich innerlich eiskalt, und ihr war übel. Doch das war erst der Anfang. Sie hörte, wie der Pressechef seine Stimme hob, und dachte, dass es nicht gut ankäme, wenn die Person, die das Unternehmen nach außen hin repräsentierte, laut herumbrüllte. Sie schaute erneut auf den Bildschirm, wo die blonde Malin Theselius höflich auf die Fragen der Journalisten einging. Der Kontrast war eklatant. Doch möglicherweise war sie ungerecht. HC befand sich schließlich im Vorteil, während Investum angeschlagen war. Soweit sie wusste, geschah dies zum ersten Mal in der Geschichte des Unternehmens. Kein Wunder, dass man keine Strategie entwickelt hatte, um damit umzugehen.

Auf dem Bildschirm war schräg hinter Malin David zu sehen. An ihrer anderen Seite stand Michel. Beide Männer sahen ausgeruht und hoch motiviert aus, und David strotzte nur so vor Autorität und Selbstbewusstsein. Es war selbst auf dem Bildschirm deutlich zu erkennen. Natalia fragte sich, ob er ebenfalls etwas sagen würde und, wenn ja, was. Darüber hinaus fragte sie sich, ob es irgendwelche Regeln gab, wie man in Situationen wie dieser zu empfinden hatte. Der erste Schock hatte sich noch nicht gelegt. Vielleicht gab es aber auch Schockzustände, die niemals endeten.

Im Augenblick empfand sie rein gar nichts. Als betrachtete sie sich selbst und die Situation von außen. Als wäre sie eine andere Natalia, die ein Stück entfernt stand und das Geschehen beobachtete. Eine Natalia, die die Situation zu analysieren versuchte, ohne gefühlsmäßig involviert zu sein. Die lediglich registrierte, dass sie hintergangen, enttäuscht und betrogen worden war.

Ihr wurde schwindelig. Das war zu viel für sie, absolut zu viel.

Plötzlich klingelte ihr Handy, und mit einem verschwommenen Blick aufs Display sah sie, dass es J. O. war.

»Wo bist du?«, meldete sie sich, ohne ihn zu begrüßen.

»Auf dem Weg in die Stadt«, antwortete J. O. Im Hintergrund konnte sie Flughafengeräusche hören und versuchte, sich in Erinnerung zu rufen, wo er sich gerade aufhielt. »Und wo bist du?«, fragte er.

»Ich bin in zehn Minuten im Büro«, antwortete sie. »Wir sehen uns dort.«

»Die Dänen werden abspringen.«

»Ich weiß.«

Das Ganze würde völlig unüberschaubare Konsequenzen haben. Auf verschiedenen Ebenen. Köpfe würden rollen und Mitarbeiter würden gefeuert werden. Und Investum, das unsinkbare Unternehmen, der ganze Stolz des Landes … Natalia war nicht einmal in der Lage, sich vorzustellen, was jetzt aus Investum werden würde. Sie holte tief Luft und stand auf. Sie hatte keine Zeit zusammenzubrechen. Denn sie wusste nicht, ob sie es überstünde, wenn sie das Ganze erst einmal realisieren würde.

»Ich muss zurück ins Büro«, sagte sie zu Åsa, die kaum aufschaute.

Im Büro der Bank of London am Stureplan war es bedeutend ruhiger. Natalias Kollegen schauten zwar ebenfalls die Livesendung und gaben ihre Kommentare dazu ab, doch sie arbeiteten normal weiter wie sonst auch.

Natalia saß wie versteinert vor einem Bildschirm im Pausenraum und verfolgte die Entwicklung des Geschehens. Erschrocken hielt sie sich eine Hand vor den Mund. Sie versuchte erneut, abwechselnd ihren Vater und Peter zu erreichen, doch keiner von beiden meldete sich. Dann rief sie David an. Als sie zum zweiten Mal weggeklickt wurde, schrieb sie ihm eine SMS und heftete ihren Blick so fest aufs Display, als würde sie ihn mit reiner Willenskraft dazu bringen können zu antworten. Doch nichts dergleichen geschah.

Als sich der Pausenraum mit Kollegen füllte, die zu Mittag essen wollten, schloss sie sich in ihrem Büro ein. Sie kam sich vor, als hätte ihr jemand Blei in die Glieder gegossen. Ihr Kreislauf lief auf Hochtouren, doch sie fühlte sich absolut matt. Und sie fror. Außerdem war ihr übel. So fühlt sich also ein Schock an, dachte sie, so schützt sich der Körper gegen tödliche Gefahren.

J. O. kam erst nach dem Mittag. Da prangte die Nachricht bereits in großen Lettern auf den Internetseiten aller Zeitungen: *Hammar Capitals Coup gegen Investum. David Hammar gegen Goliath.*

Gegen Nachmittag verließ sie ihr Büro und kaufte sich sämtliche Tageszeitungen. Der Coup bestimmte alle Schlagzeilen.

In welcher Form Sie persönlich betroffen sind.

Der Machtkampf.

Der dreiste Coup des Playboy-Milliardärs.

Um fünfzehn Uhr bestätigte ein erboster J. O., dass die Dänen tatsächlich abgesprungen waren. Der Bankendeal, an dem Natalia so lange gearbeitet hatte, war wie eine Seifenblase zerplatzt.

Gegen fünfzehn Uhr dreißig kamen ihr Vater und Peter in Stockholm an. Peter schickte ihr eine SMS aus dem Taxi.

Papa erwartet dich zu Hause. Achtzehn Uhr.

Mit eiskalten zitternden Fingern antwortete sie, dass sie kommen würde.

Dieser Albtraum hatte gerade erst begonnen.

Als sie ihr Büro gegen siebzehn Uhr dreißig verließ, hatte David noch immer nicht geantwortet. Weder auf eine ihrer SMS, noch auf die diversen Nachrichten, die sie ihm auf die Mailbox gesprochen hatte.

34

Als Natalia im Taxi saß und hinaus nach Djursholm zur Villa ihrer Eltern fuhr, fühlte sie sich durch den Schock noch immer wie in dichten Nebel gehüllt. Ihre Mutter, ihr Vater, Peter, Louise und Åsa waren bereits dort. Das Gesicht ihres Vaters hatte sich in eine starre Maske verwandelt, und er begrüßte sie nur andeutungsweise. Peter sah aus, als wäre er in nur wenigen Tagen um Jahre gealtert. Ihre Mutter und Louise saßen mit geradem Rücken und verschränkten Händen auf den antiken Stühlen und sahen aus, als seien sie gerade dem neunzehnten Jahrhundert entsprungen. Ihnen fehlten nur noch das Riechsalz und die Fächer in der Hand.

Gina, die Haushälterin ihrer Mutter, servierte ihnen Tee. Es war dieselbe junge Frau, die auch bei Natalia zu Hause putzte. Sie glitt mit leisen Bewegungen zwischen ihnen umher. Peter schickte sie irritiert mit einer wedelnden Handbewegung weg, doch Natalia nahm dankbar eine Tasse Tee entgegen. »Danke, wie lieb«, murmelte sie. Åsa stand am Fenster und telefonierte. Sie nahm ebenfalls eine Tasse, ohne Gina anzuschauen.

Natalia wandte sich an ihren Vater und ihren Bruder. »Gibt es was Neues?«, fragte sie.

»In zwei Wochen findet eine außerordentliche Aktionärsversammlung statt«, sagte Peter mit verbitterter Miene. »Er hat vor, einen neuen Vorstand einzuberufen.«

»Wissen wir schon, welche Namen er vorgeschlagen hat?«

»Ja. Keinen einzigen aus dem alten Vorstand und niemanden aus unserer Familie. Das ist eine absolute Frechheit.«

Den gesamten Vorstand auszutauschen – das war so ungewöhnlich, dass Natalia sich nicht sicher war, ob sie schon jemals so etwas gehört hatte. Jeden Einzelnen zu ersetzen und nicht auf die Kompetenz und das Wissen zurückzugreifen, das vorhanden war, kam einem Misstrauensvotum gleich und war darüber hinaus so arrogant, dass sie es niemandem zugetraut hätte. David allerdings schon.

»Er will alles übernehmen und uns ausradieren, daran besteht kein Zweifel. Dieses Aas.«

»Hat jemand Eugen angerufen?«, fragte Natalia.

»Warum sollten wir ihn anrufen?« Peters Ton war kurz angebunden, und er schielte zu seinem Vater hinüber. Åsa beendete ihr Telefonat und sah Natalia an.

Ihre Mutter und Louise sagten nichts. Es war wie in einem Kammerspiel. Beklemmend, erdrückend und mit erschreckend vorhersehbarem Ablauf. Der eiskalte Zorn ihres Vaters. Peters verbitterter Zusammenbruch. Åsas finstere Miene. Und ein Schluss, der alles verändern würde.

Natalia stellte ihre Tasse ab. Sie hatte den ganzen Tag noch nichts gegessen und fühlte sich flau im Magen. Es war bedrückend still. Jedes Mal, wenn jemand etwas sagte, klang es lauter als sonst. Diese Stille, die über ganz Djursholm lag. Zu dieser Jahreszeit war fast niemand zu Hause, und der Ort wirkte mit seinen millionenschweren Villen, in denen sich lediglich Gärtner und das Personal von Reinigungsfirmen wie diskrete Schatten bewegten, wie eine Geisterstadt. »Wir müssen wohl mit allen reden, die A-Aktien halten«, sagte sie und stellte fest, dass ihre Stimme ruhig klang. Doch ihr Körper signalisierte ihr mit jeder Faser, dass er kurz davor war zusammenzubrechen. Ihr

Herz raste, die Lungen taten ihr weh, und mitunter war es, als wäre sie kurz weggetreten. Doch sie zwang sich, sich aufs Wesentliche zu konzentrieren und weigerte sich, in sich hineinzuhorchen. Hin und wieder spürte sie zwar einen Anflug abgrundtiefer Verzweiflung, doch bis jetzt war es ihr einigermaßen gelungen, diese zurückzuhalten.

Sie fragte sich, wie lange sie noch durchhalten würde. Sie schaute zu Peter hinüber, der seine Hände in den Hosentaschen vergrub. Er hatte offenbar einen Schlüsselbund in der Tasche, den er wieder und wieder umschloss. Das Klirren der Schlüssel schrillte ihr regelrecht in den Ohren. »Weißt *du* vielleicht, warum er das tut?«, fragte sie.

»Weil er geistesgestört ist«, fauchte Peter zurück.

Åsa starrte Natalia an. In dem Moment wünschte sich Natalia, sich ihrer Freundin nie anvertraut zu haben, was ihre Erlebnisse mit David betraf. Das, was geschehen war, war so unerhört. Ihre Scham, ihre Trauer, ihre Wut – all ihre verletzten Gefühle wären weitaus leichter auszuhalten gewesen, wenn sie nicht darüber hinaus auch noch Åsas Reaktion hätte ertragen müssen. Sie begegnete Åsas Blick und wandte sich dann erneut an Peter. »Aber könnte das hier möglicherweise mit etwas anderem zu tun haben?«, fragte sie hartnäckig.

»Was meinst du damit?«

Trotz seines Leugnens wusste Natalia, dass sie mit ihrer Vermutung richtig lag, denn Peter war blass geworden. Sie fuhr fort: »Ich weiß, dass auf Skogbacka etwas zwischen euch vorgefallen ist. Könnte das, was jetzt geschehen ist, möglicherweise damit zusammenhängen?«

»Worüber redet ihr da?«, fragte ihre Mutter aufgebracht. »Natalia, dieser Mann ist verrückt. Ein Emporkömmling, der sich auf unsere Kosten versucht, einen Namen zu machen.«

»Aber …«, begann Natalia. Es ging ihr nicht darum, David zu verteidigen, vielmehr wollte sie begreifen, aus welchen Gründen heraus er handelte. Was verbargen ihre Familienmitglieder vor ihr?

»Er hat so etwas schon zuvor gemacht«, wandte ihr Vater ein. Es war das erste Mal, dass er etwas sagte, seitdem Natalia da war. »Mit anderen Unternehmen. Ich hätte allerdings nie gedacht, dass er sich auf Investum stürzen würde. Aber wie gesagt, genau dasselbe hat er schon zuvor gemacht. Nur in kleinerem Stil.«

»Erzähl«, forderte sie ihn auf.

»Sobald David Hammar sich von jemandem beleidigt fühlt, rächt er sich mit allen Mitteln, die ihm zur Verfügung stehen«, sagte ihr Vater, und Natalia wusste, dass es stimmte. Sie wusste es, weil sie ihn kannte. Sie sah sich nach einer Sitzgelegenheit um. Dann sank sie hinunter auf einen Stuhl.

»Dieser Bandit hat bereits die Existenz eines Mannes zerstört, der damals mit ihm auf Skogbacka gewesen war. Ein Klassenkamerad, der ihm nicht das Geringste angetan hatte. Doch Hammar hat sich offenbar irgendwas eingebildet, jedenfalls übernahm er seine Firma und schlachtete sie förmlich aus.«

Ihre Mutter schniefte leise.

»Und dann hat David Hammar auch noch seine Ehefrau verführt«, fuhr ihr Vater fort. »Nur, um ihn endgültig zu erniedrigen. Der arme Mann hat sich nie davon erholt.« Ihr Vater sah sie an. »Er ist ein Psychopath, Natalia, er hat kein Gewissen.«

Peter nickte. »Er ist verrückt«, sagte er. »Man hat es schon im Internat gemerkt. Er hat die Regeln nicht akzeptiert, die alle befolgten. Er hat nie begriffen, wie es lief. Und jetzt das.«

»Aber das ist ja entsetzlich«, rief ihre Mutter. »Kann man ihn denn nicht anzeigen?«

Natalias Übelkeit nahm zu. Hatte Peter recht, war dies die Tat eines Wahnsinnigen? Wie viele Existenzen hatte David tatsächlich zerstört?

Er hatte die Ehefrau seines Feindes verführt, um ihn zu erniedrigen.

Um sie herum begann sich alles zu drehen. Die aufgebrachten Stimmen ihrer Familienmitglieder verschwanden im Nebel.

David hatte sie betrogen. Mit einem Mal sah sie es völlig klar vor sich. David hatte sie benutzt, um an ihre Familie zu gelangen. *Darum* war es also bei ihrem gemeinsamen Mittagessen gegangen. Er hatte nach Schwachstellen gesucht. Er war nicht nur darauf aus gewesen, Investum zu übernehmen, sondern auch ihre Familie zu ruinieren. Mit ihrer Hilfe. Zwischen David und Peter waren schreckliche Dinge vorgefallen, und jetzt rächte David sich auf seine Weise.

Sie spürte, wie Åsa erneut ihren Blick suchte, doch sie hatte nicht die Kraft, ihn zu erwidern. Sie wollte einfach nicht glauben, dass dies die Wahrheit war, doch die Tatsache, dass haufenweise Beweise auftauchten, konnte sie nur schwerlich übersehen.

Sie hatte David immer neue SMS gesendet, wieder und wieder. Unzählige Male, nahezu zwanghaft. Doch er hatte kein einziges Mal geantwortet. Natürlich nicht. Denn sie bedeutete ihm nichts. Sie war nur ein Mittel zum Zweck gewesen. Ein Puzzleteil in einem schmutzigen Spiel. Sie war so dumm gewesen. So unglaublich dumm. Am liebsten hätte sie sich in einer Ecke zusammengekauert und losgeheult. Ihre Scham war nahezu unerträglich. Die Scham darüber, wer sie eigentlich war, und welche Bedeutung sie sich selbst beigemessen hatte. Und die Schuld an dem, was sie getan hatte … Sie schloss die Augen. Großer Gott. Was hatte sie nur getan?

35

»Wir gehen raus auf die Dachterrasse«, schlug David vor und nahm einige Flaschen Bier aus dem Bürokühlschrank. Der Abend war lau, und dort oben gab es ausreichend bequeme Sitzgelegenheiten.

Malin und Michel – die Einzigen aus der Führungsgruppe, die noch im Büro waren – nahmen jeder eine Flasche entgegen und nickten. Die Personalchefin und der Finanzchef waren vor einer Viertelstunde nach Hause gegangen. Das übrige Personal hatte ebenfalls Feierabend gemacht, sodass sie nach einem Tag, den man definitiv als den ereignisreichsten in der Geschichte von Hammar Capital bezeichnen konnte, nur noch zu dritt waren.

»Gute Arbeit«, sagte David, und sie stießen schweigend mit den klirrenden Flaschen an, bevor sie sich jeder auf einem Liegestuhl auf der Terrasse niederließen. Die Sonne war bereits in Richtung Horizont gesunken, während Stockholms Ström – die Dachterrasse bot Aussicht aufs Wasser – bläulich und mit feuerfarbenen Nuancen unter ihnen glänzte.

»Was für ein Tag«, rief Malin aus, streifte ihre Schuhe ab und legte ihre Füße auf einen Hocker.

»Mhm«, stimmte Michel zu und nahm einen großen Schluck aus seiner Flasche.

Den ganzen Tag lang waren Pressemitteilungen von HC

rausgegangen. Ihr Büro war geradezu belagert worden. Malin und ihre Assistenten hatten unermüdlich und effizient gearbeitet, und David war stolz auf sie. Sie waren ein kompetentes Team. Malin selbst war heute den ganzen Tag über in jedem Programm zu sehen gewesen, sowohl im Fernsehen als auch im Internet, und hatte einen ruhigen, besonnenen und professionellen Eindruck hinterlassen.

»Du hast ebenfalls gute Arbeit geleistet«, entgegnete sie diplomatisch, doch er sah, dass sein Lob ihr schmeichelte.

David war ebenfalls annähernd in allen Fernsehprogrammen zu sehen gewesen. Er hatte sich wiederholt im Konferenzraum vor dem HC-Logo interviewen lassen. Hatte auf dieselben Fragen geantwortet, die man Malin gestellt hatte, ein ums andere Mal, bis es ihm vorkam, als hätte er Stunden dort gestanden. Jeder Wirtschaftsjournalist, mit dem er je zuvor gesprochen hatte, hatte ihn um ein Interview gebeten, und den meisten hatte er zugestimmt. So viel hatte er wahrscheinlich in seinem ganzen Leben noch nicht geredet.

»Morgen kommt ebenfalls ein langer Tag auf uns zu«, sagte Michel.

»Die ganzen nächsten *Wochen* werden lang«, prophezeite Malin.

»Und während ihr beide in Livesendungen geglänzt habt, hat unser Personal einen fantastischen Job hier im Büro gemacht«, sagte Michel. Seine Augen waren blutunterlaufen und sein Gesicht eingefallen, und ausnahmsweise saß er einmal nur in Hemdsärmeln da. Er hatte recht, ihr Team hatte die Stellung gehalten. Alle hatten hart und konzentriert gearbeitet. David, der jede Mitarbeiterin und jeden Mitarbeiter handverlesen hatte, war stolz auf sie.

»Wenn wir heute alles verkaufen würden, käme ein schönes Sümmchen zusammen«, philosophierte Michel. Der Kurs der

Investum-Aktie war geradewegs durch die Decke geschossen. In den Zeitungen wurde das Phänomen bereits als Hammar-Effekt bezeichnet.

»Ich fahr nach Hause«, sagte Malin und gähnte hinter vorgehaltener Hand. »Sonst vergisst mein Mann noch, wie ich aussehe.«

»Und die Kids?«

»Sie sind völlig zufrieden, wenn ihr Vater zu Hause ist«, antwortete Malin und verzog leicht das Gesicht. »Die Chance auf eine Medaille für gute Mutterschaft habe ich wohl verspielt.« Sie stellte ihre Flasche ab und zog sich die Schuhe wieder an. »Wir sehen uns morgen.«

David und Michel verabschiedeten sich von Malin und blieben nebeneinander sitzen. Michel trank sein Bier mit geschlossenen Augen. Um sie herum war es still, jetzt wo alle Telefone ausgeschaltet waren. Irgendwann hatten sie das Klingeln nicht mehr hören können und vor einer Stunde letztendlich beschlossen, alle Geräte auszuschalten. Ein paar Stunden lang würden sie nicht erreichbar sein. David hatte lediglich sein privates Handy eingeschaltet, jedoch ohne Ton. Er schaute aufs leere Display. Schon seit einer Weile waren keine neuen SMS mehr von Natalia gekommen.

»Morgen wird es brutal hart werden«, meinte Michel.

»Oh yes«, sagte David.

Die Zeitungen hatten bereits begonnen herumzuschnüffeln, was ihr Privatleben anbelangte. Und es würde nicht lange dauern, bis jemand einen Bezug zu Skogbacka herstellte. Es kursierten bereits die bizarrsten Gerüchte. Die allerdings im Vergleich zu dem, was noch auf sie einstürmen würde, ein laues Lüftchen waren.

Morgen würde Malin die Informationen herausgeben, die sie über Gustaf und Peter besaßen und die die beiden nicht gerade in ein vorteilhaftes Licht rückten. Auskünfte, die ihre Positionen bei Investum ins Wanken bringen würden. Informationen über geheime Absprachen und Vorteilsannahmen. Sie würden letztlich die gesamte Familie de la Grip treffen, dachte er. Auch Natalia.

»Hast du mit ihr gesprochen?«, fragte Michel zögerlich.

David schüttelte den Kopf. Es fiel ihm schwer, sich nicht wie ein Schwein vorzukommen. »Und du?«, fragte er und verdrängte seine nahezu vernichtenden Schuldgefühle. »Hast du was von Åsa gehört?«

Michel zog ironisch eine Augenbraue hoch. »Oh ja«, antwortete er. »Ich hab eine ziemlich eindeutige Nachricht von Åsa auf meiner Mailbox.« Er kratzte sich am Schädel, und die kurzen Stoppeln schabten an seinen Fingern. »Wenn es darum geht, hasserfüllte Schimpftiraden vom Stapel zu lassen, ist diese Frau bestimmt Weltmeisterin. Aber danach kam nichts mehr. Es ist fast noch schlimmer, wenn sie nichts von sich hören lässt.«

»Sie wollen übrigens ein Treffen mit uns. Die Familie, meine ich.«

Michel führte die Flasche zum Mund und trank. Dann stellte er sie wieder ab. »Was sagst du da?«

»Wir treffen uns morgen. Malin wird einen neutralen Ort vorschlagen. Vermutlich das Grand Hôtel. Hierher können wir sie ja wohl schlecht bitten. Und zu sich werden sie uns wohl kaum einladen.« David gab ein freudloses Lachen von sich. »Sie werden mit einer ganzen Todesschwadron von Juristen hier auftauchen.« Er warf Michel einen warnenden Blick zu. »Stell dich schon mal darauf ein, dass Åsa auch dabei sein wird. Sie ist nämlich die Beste von ihnen.« Er hoffte nur, dass Natalia nicht dort sein würde. Es gab zwar keinen Grund für sie, an den Gesprächen teilzunehmen, aber man konnte ja nie wissen.

»Dann wird es ja ein richtig vergnügliches Meeting«, brummte Michel.

»In der Tat.« David war froh, dass er Michel gegenüber die Hintergründe seines Handelns offengelegt hatte. Auch wenn er ihm natürlich nicht alles erzählt hatte. Beispielsweise nichts über Carolina.

»Ich glaube, ich fahr jetzt lieber nach Hause und versuche, etwas Schlaf zu bekommen«, sagte Michel und streckte seinen Körper, bis es in seinen Gelenken knackte. »Gehst du auch?«

»Bald.«

Michel verabschiedete sich, während David mit dem Blick in den Himmel gerichtet noch sitzen blieb.

Er hatte sich so oft vorgestellt, wie es wohl sein würde. Wie es sich anfühlen würde, wenn er endlich Rache geübt hätte. Irgendwie hatte er angenommen, dass es ihm Erfüllung schenken, ihn in grundlegender Weise verändern würde. Dass sich der reine Akt der Zerstückelung und Vernichtung von Investum gut anfühlen würde.

Er blieb noch lange sitzen, während die Sonne unterging und der Himmel sich langsam verdunkelte. Das Merkwürdige war, dass er rein gar nichts fühlte. Er fühlte sich einfach nur leer.

36

Dienstag, 15. Juli

Am nächsten Tag fuhr Åsa gemeinsam mit Gustaf und Peter im Firmenwagen von Investum vor dem Grand Hôtel vor. Die Atmosphäre im Wagen war angespannt. Im Auto hinter ihnen saßen weitere Juristen von Investum, die wie eine Art Privatarmee in Anzügen aussahen.

Die beiden Fahrzeuge hielten an, alle stiegen aus und gingen hintereinander in einer langen Reihe ins Hotel hinein.

David und Michel erwarteten sie bereits in einem der Konferenzräume. Mit ernster und unerschütterlicher Miene.

Gustaf und Peter setzten sich ans eine Ende des Konferenztisches, während sich die Juristen in einem eigenartig anmutenden Prestigekampf um den strategisch besten Platz um den Tisch verteilten. Åsa forderte einen Junior mit einem knappen Nicken auf, den Stuhl zu wechseln, und setzte sich dann neben Gustaf. Sie überschlug die Beine, hörte das leise Knistern ihrer dünnen Nylonstrümpfe und zwang sich, völlig unberührt und teilnahmslos dreinzublicken, als sie Michels Blick zum ersten Mal begegnete. Sie hatten sich seit ihrem letzten Treffen in Båstad weder gesehen noch miteinander gesprochen. Doch das war auch nicht weiter verwunderlich, dachte sie finster. Jedenfalls im Hinblick darauf, dass er offenbar vollauf damit beschäftigt gewesen war, den Coup auf ihren Chef vorzubereiten.

Michels lange Wimpern begannen zu flattern, als sich ihre

Blicke trafen. Sein Brustkorb hob sich unter dem grellen Hemd – sie hatte noch nie einen Mann in einem so knallrosafarbenen Hemd gesehen. Sie nickte ihm kurz zu, als kannten sie sich nicht näher und als ließe er sie völlig kalt.

Irgendwie war es ihm gelungen, ihren inneren Schutzwall zu durchdringen, doch das würde sie ihn nie im Leben wissen lassen. Ihr einziges Ziel bestand darin, dieses Meeting zu überstehen, ohne die Fassung zu verlieren. Ansonsten hegte sie keinerlei Erwartungen, denn dies hier konnte nicht anders enden als in offenem Krieg.

Sie hatte Gustaf eindringlich von diesem Meeting abgeraten. Aber hatte der übelste Patriarch Schwedens etwa auf sie gehört? Nein. Also waren er und Peter und die anderen Juristenmachos selbst schuld. Sie hingegen würde ihre Hände in Unschuld waschen können. Als einzige Frau im Raum würde sie sich das Geschehen aus der Ferne ansehen. Dann würde sie nach Hause fahren, sich im Barschrank bedienen und betrinken. Kein sehr ausgeklügelter Plan, aber immerhin. Sie forderte einen ihrer Assistenten mit einem Anraunzer auf, Protokoll zu führen. Denn sie weigerte sich, hier die verfluchte Sekretärin zu spielen.

Das Meeting artete ziemlich bald aus. Die Stimmen der Juristen von Investum wurden zunehmend lauter und gereizter. Sie warfen mit juristischen Beanstandungen und Anfechtungen nur so um sich. Lasen laut aus Unternehmenssatzungen vor und fuchtelten wild mit den Händen in der Luft herum, an deren Fingern Siegelringe prangten. Das Ganze war äußerst ermüdend, und Åsa musste sich in den Oberschenkel zwicken, um nicht geradeheraus zu gähnen. Sie schielte zu Michel hinüber, während die ihr untergebenen Juristen am laufenden Band irgendwelche Nonsens-Phrasen von sich gaben, die sie offenbar die ganze Nacht lang vorm Spiegel einstudiert hatten.

Gustaf saß selbstherrlich und schweigend da. Er warf David hin und wieder einen eiskalten Blick zu, ansonsten ignorierte er ihn völlig.

Peter hingegen gelang es nicht, sich ebenso unberührt zu geben. Er war ganz offenkundig schockiert, gekränkt und zornig, sein hochrotes Gesicht sprach Bände. Er würde aufpassen müssen, dass er keinen Herzinfarkt oder Ähnliches erlitt.

Åsa ließ ihren Blick über die beiden Männer von HC schweifen und beobachtete sie, während sie so tat, als machte sie sich auf ihrem Block Notizen.

David Hammar war wirklich verdammt attraktiv. Wie ein männliches Topmodel. In seinem maßgeschneiderten Anzug wirkte er eiskalt und zeigte absolut keine Nerven.

Åsa würde es niemals offen zugeben, aber David machte ihr ein wenig Angst.

Sie ließ ihren Blick weiterwandern und wappnete sich innerlich gegen ihre Gefühle, deren Existenz sie nur ungern akzeptierte. Michel war rein äußerlich betrachtet natürlich ebenfalls die Ruhe selbst, auch wenn sie in seinen schwarzen Augen Leben und Gefühlsregungen wahrnahm. Es gelang ihm nicht ganz so gut wie David, cool zu bleiben. Er hatte schon immer Pathos und Leidenschaft ausgestrahlt, Gefühle, die er auch jetzt nicht vollständig unterdrücken konnte. Seine wahnsinnig langen Wimpern begannen kurz zu flattern. Verdammt, wie gut er aussah.

Das Meeting zog sich hin, und sie erreichten gar nichts.

Åsa spürte, wie sie Kopfschmerzen bekam. Sie schaute Gustaf vielsagend an. *Beende es.*

Gustaf nickte, als hätte er ihre Gedanken gelesen. Trotz seiner unverhohlenen Verachtung für Frauen hörte er für gewöhnlich auf ihren Rat, was mit der Tatsache zusammenzuhängen schien, dass sie von einem blaublütigeren Geschlecht abstammte als er und sich noch dazu nie auf einen Konflikt mit ihm einließ. Nach einigen weiteren sinnlosen Phrasen, die von unverhohlenem Hass begleitet wurden, marschierten sie wieder hinaus. Die Eigentümer und sie und der restliche Juristenklan. Keiner von ihnen gab David oder Michel die Hand.

»Und was machen wir jetzt?«, fragte Peter, als sie wieder im Wagen saßen.

Er schaute Åsa fragend an, die aus dem Wagenfenster hinausstarrte.

Keinen blassen Schimmer. Sie werden uns wahrscheinlich in Stücke reißen.

»Abwarten und Teetrinken«, sagte sie und dachte, dass es offenbar keine Rolle spielte, was Michel ihr oder ihrem Chef angetan hatte. Dass er sie mit einschmeichelnden Worten umgarnt hatte, sich auch zukünftig gerne mit ihr unterhalten und sie näher kennenlernen wollte und gleichzeitig seinen verdammten Staatscoup geplant hatte.

Als sie wieder zurück bei Investum waren, stieg Åsa aus, ging rasch in ihr Büro und schloss die Tür hinter sich.

Unabhängig von allem, was er tat, wollte sie diesen verdammten Libanesen noch immer.

Am nächsten Tag, nachdem Åsa bedeutend mehr gearbeitet hatte, als ihr lieb war, kam ihr ein Gedanke. Sie stand von ihrem Bürostuhl auf, ging hinaus in den Korridor und klopfte an Peters Bürotür. Er schaute sie mit übernächtigten Augen an. Åsa war es zuvor noch nie aufgefallen, aber jetzt sah sie, dass Peter graue Schläfen bekommen hatte. Er war nur wenige Jahre älter als sie und bereits grauhaarig. Er sah überhaupt ziemlich fertig aus. Überarbeitet und völlig am Ende. Sie fragte sich, ob er vielleicht heimlich trank. Nicht etwa, dass sie Leute, die übermäßig viel tranken, dafür verurteilte, aber Peter vertrug Alkohol trotz seiner russischen Wurzeln nichts besonders gut.

»Was willst du?«, schnauzte er sie an. Er sah aus, als stünde er unmittelbar vor einem Nervenzusammenbruch. Wenn er nicht auf sich aufpasste, würde er Louise bald zur Witwe machen.

»Wann hast du zuletzt mit Natalia gesprochen?«, fragte Åsa in knappem Ton. Sie hatte nicht die Kraft, um Peter und den bedauernswerten Entscheidungen, die er in seinem Leben getroffen hatte, Mitgefühl entgegenzubringen. Wenn die Leute ihr Leben zerstören wollten, war es ihr Problem. Sie selbst war vollauf damit beschäftigt, sich ihren eigenen Fehlern zu widmen und nicht einen Deut daraus zu lernen.

Peter schüttelte zur Antwort lediglich irritiert den Kopf. Dann klingelte sein Telefon, und er komplimentierte sie mit einer Handbewegung hinaus.

Åsa ging zurück in ihr Büro und setzte sich wieder an ihren Schreibtisch. Sie legte die Beine auf die Tischplatte und starrte an die Decke. Müsste sie sich vielleicht Sorgen machen? Sie war nicht gerade gut darin, sich Sorgen zu machen. Sie wurde allgemein als gute Juristin geschätzt, weil sie kontrolliert auftrat und Coolness bewies, doch in Wirklichkeit zerbrach sie sich einfach nur nicht so sehr den Kopf.

Sie inspizierte ihre Hände und Fingernägel. Am liebsten hätte sie jetzt Maniküre, Massage und Sex gehabt. Anstelle dieses Durcheinanders aus Krise und Gefühlswallungen. Denn sie hasste Gefühle. Sie schloss die Augen, öffnete sie jedoch rasch wieder, als ihre Sekretärin anklopfte. Åsa schaute sie mit hochgezogener Augenbraue an.

»Da ist jemand für Sie am Telefon. Eine Frau namens Gina, soll ich sie durchstellen?«

»Gina?«, wiederholte Åsa fragend. Der Name sagte ihr nichts.

Er klang irgendwie ausländisch, und Åsa kannte keine Ausländer. Einmal abgesehen von Michel natürlich. Sie warf ihrer Sekretärin einen irritierten Blick zu. Der Sinn, eine Sekretärin zu haben, bestand doch wohl darin, dass diese unwichtige Telefonate abwimmelte, oder?

»Ich glaube, es ist besser, wenn Sie das Gespräch annehmen«, sagte die Sekretärin ungerührt.

Åsa seufzte. »Dann stellen Sie es durch.« Ihr Telefon klingelte, und sie meldete sich: »Ja?«

»Ist da Åsa Bjelke?«

»Wer spricht?«

»Ich heiße Gina. Ich putze bei Natalia de la Grip.«

Die Unruhe überfiel sie so abrupt, als hätte man Åsa einen Schlag auf die Brust versetzt. Einen ähnlichen Anruf hatte sie schon einmal erhalten. Einen unerwarteten Anruf, wie aus dem Nichts. Einen höflichen Anruf, der sie ins absolute Chaos gestürzt hatte.

Es tut mir leid, alle sind tot.

Haben Sie jemanden, den Sie anrufen können?

Die Ränder ihres Gesichtsfeldes begannen sich schwarz zu färben, und sie wäre am liebsten zu Boden gesunken. *Wenn Nat etwas zugestoßen ist, bring ich mich um.* Das war keine Hysterie, lediglich eine Feststellung. Denn man konnte nur ein gewisses Maß an Verlust verkraften, und Åsa hatte sich nie der Illusion hingegeben, besonders stark zu sein. Wenn Nat stürbe, würde sie ebenfalls sterben, so war es nun mal. Sie umschloss den Telefonhörer so fest, dass ihre Hand schmerzte.

»Hallo? Sind Sie noch dran?«

Die ruhige Stimme beförderte Åsa zurück ins Hier und Jetzt. Sie schob ihre morbiden Gedanken beiseite. Die Frau klang viel zu besonnen.

»Sorry«, sagte Åsa und hörte selbst, wie ihre Stimme zitterte. »Ich weiß zwar nicht, wer Sie sind. Aber was ist denn mit Natalia?«

Es folgte ein kurzes Schweigen. »Ich mache mir Sorgen«, sagte Gina dann am anderen Ende der Leitung. »Natalia lässt mich nicht in die Wohnung. Sie hat das Geld überwiesen, aber ich komme nicht rein.«

Endlich fiel der Groschen. »Sind Sie ihre Putzfrau?« Ihr kam die vage Erinnerung an eine junge, ernst dreinblickende ausländische Frau.

Erneut herrschte ein kurzes, offenbar beleidigtes Schweigen in der Leitung, bevor Gina kühl entgegnete: »Ihre Haushaltshilfe, ja.«

Åsa hatte sich bereits ihre Handtasche geschnappt und war aufgesprungen. »Ich bin schon auf dem Weg.« Sie verstummte. Dann sagte sie, auch wenn ihr die Worte nicht leicht über die Lippen kamen: »Danke, dass Sie angerufen haben.«

Doch da hatte die Putzfrau – *Haushaltshilfe* – bereits aufgelegt.

Åsa nahm ein Taxi und stieg nur wenige Minuten später vor Natalias Haustür aus. Sie klingelte. Als nicht geöffnet wurde, drückte sie systematisch auf jeden vorhandenen Klingelknopf, bis endlich jemand den Summer betätigte.

Der altersschwache Aufzug ratterte mit einem knarrenden Geräusch langsam nach oben, was Åsa Zeit verschaffte, um sich Vorwürfe zu machen. Mitten in all dem Chaos hatte sie überhaupt nicht darüber nachgedacht, wie es Natalia eigentlich ging. Verdammt, sie wusste doch, wie sehr Natalia in David verliebt gewesen war. Ihre eigene Selbstbezogenheit und ihre Fixierung auf Michel hatten sie völlig vergessen lassen, dass dieses Chaos ihre Freundin noch weitaus persönlicher traf.

Es war wirklich nicht gut, dass Natalia erneut enttäuscht

worden war. Erst der Verrat von Jonas, und wie er sie mitten in ihrer Trauer darüber, keine Kinder bekommen zu können, verlassen hatte. Es war entsetzlich gewesen, das mit ansehen zu müssen. Hinzukam, dass Åsa nicht gewusst hatte, wie sie Natalia beistehen sollte, als diese nach der Trennung zusammengebrochen war. Sie wusste, dass sie allein schon deswegen kein guter Mensch war.

Arme Natalia, die immer um ihren Platz in der Familie hatte kämpfen müssen, die sich mit dem Gefühl hatte herumschlagen müssen, nichts zu taugen und nie ein richtiges Zutrauen zu sich selbst als Frau gefunden hatte. Nat hatte Jonas geliebt, da war sich Åsa sicher. Es war eine loyale Liebe gewesen, und Natalia hatte mit ihm eine Familie gründen wollen. In dieser Art und Weise und aus diesem Grund verlassen zu werden hatte ihrem Selbstwertgefühl als Frau ziemlich zugesetzt. Und dann war David Hammar aufgetaucht, und Natalia war ihm erwartungsgemäß sofort verfallen.

Wie gesagt, das war nicht gut.

Åsa hörte das Rasseln der Aufzugketten und das Quietschen der alten eisernen Kabine. Natalia war stark. Aber sie hatte auch eine verletzliche Seite, auf die sich Åsa weniger gut verstand. Doch Åsa wusste, dass Natalia ihre verflixte Verletzlichkeit immer mit Arbeit, mit wohldosierten Ruhepausen und gelegentlich auch mit sportlicher Aktivität in Schach gehalten hatte. Die Frage war nur, was jetzt geschehen war.

Sie klingelte. Als niemand öffnete, wartete sie nicht, sondern klingelte Sturm. Als noch immer keiner kam, begann sie gegen die Wohnungstür zu hämmern. Dann rief sie: »Verdammt noch mal, mach auf!«

Eine Nachbarin steckte hinter einer Sicherheitskette ihre Nase durch den Türspalt.

Åsa ignorierte sie. »Natalia!«

Die Nachbarin riss erschrocken die Augen auf.

Endlich hörte Åsa, wie das Schloss klickte.

Die Tür glitt auf und dahinter tauchte Natalias Gesicht auf. »Was willst du?«

Die Erleichterung ließ Åsa sauer werden. »Verdammt, Nat, du hast mir einen riesigen Schrecken eingejagt. Lass mich rein, bevor irgendein Idiot die Polizei ruft.«

Natalia nickte der Nachbarin zu. »Alles okay«, sagte sie mit heiserer Stimme. »Wir kennen uns.« Und dann zu Åsa: »Komm rein.« Sie hielt ihr die Tür auf, und Åsa trat in den Flur.

Drinnen war es dunkel, die Luft roch abgestanden. Post und Tageszeitungen lagen unberührt auf dem Fußboden unterhalb des Briefschlitzes. Natalia schlurfte vor ihr den Flur entlang. Sie hatte sich eine Decke um die Schultern gelegt, und ihre offenen Haare hingen strähnig herunter. An den Füßen trug sie ein Paar verschlissene Pantoffeln. Obwohl draußen die Sonne schien, war die Wohnung abgedunkelt, und Åsa stellte fest, dass vor jedem Fenster die Gardinen zugezogen waren. Das konnte einen ja nur deprimieren. Und wie Natalia aussah. Als wäre sie innerlich regelrecht zerbrochen.

Åsa kämpfte gegen eine Angstattacke an. Wehrte sich gegen ihren Drang zu fliehen und gegen die Panik, die Natalia wie eine Wolke umgab und die so ansteckend war. Bevor sie ihre Therapie angefangen hatte, hatte sie selbst nicht gewusst, dass Panik sich so leicht übertragen ließ.

»Hast du schon mit J. O. gesprochen?«, fragte Åsa. Ihre Stimme klang in der absoluten Stille viel zu laut.

»Ich habe seine Assistentin angerufen und gesagt, dass ich krank bin. Ich schaffe es nicht, mit ihm persönlich zu reden.«

Sie gingen ins Wohnzimmer, und Åsa setzte sich auf eines der Sofas. Natalia kauerte sich mit angezogenen Beinen in einen Sessel. Sie sah aus wie ein blasser Teenager. Ihre Augen wirkten hohl und ihre Gesichtshaut nahezu durchscheinend. Åsa versuchte, sich nicht anmerken zu lassen, wie geschockt sie war.

»Hast du irgendetwas gegessen?«, fragte sie.

Natalia stützte das Kinn auf ihren Knien ab. Sie hatte tiefe Augenringe. »Ich habe alles gegoogelt, was David getan hat«, sagte sie mit leerer Stimme. Sie deutete auf die bedruckten Blätter, die um sie herum auf dem Fußboden verstreut lagen. Auf diversen Fotos war Davids Gesicht zu erkennen. Die Schlagzeilen variierten. »Und all die Menschen, deren Leben er im Lauf der Jahre zerstört hat«, fuhr sie fort. »Die Frauen, mit denen er geschlafen hat. Häuser, die er hat abreißen lassen. Wusstest du, dass er einmal eine Villa gekauft hat, nur um sie dem Erdboden gleichzumachen? Ein richtiges Kulturdenkmal war das. Hier.« Sie hielt Åsa einen Ausdruck mit einem Zeitungsartikel hin. Als die ihn nicht entgegennahm, ließ sie ihn fallen und hob einen anderen auf. »Und hier. Dieser Mann war sein Feind. David hatte Sex mit seiner Frau. Er war der Grund für ihre Scheidung.«

»So wird es doch wohl kaum dort stehen«, sagte Åsa schockiert.

Natalia zuckte mit den Schultern. »Ich hab mich in diversen Internetforen umgeschaut. David Hammar ist da bekannt wie ein bunter Hund. Er ist offenbar ein richtiges Schwein«, sagte sie leichthin. »Sie benutzen zwar andere Worte, aber letztlich sagen sie alle dasselbe.« Sie wickelte sich eine Haarsträhne um den Zeigefinger, wieder und wieder.

»Natalia …«

»Jetzt ist es mir klar geworden«, unterbrach Natalia sie. In ihre Stimme war plötzlich Leben gekommen, und sie redete aufgebracht weiter. Ihre Augen sahen in dem abgedunkelten Raum aus, als würde Feuer in ihnen brennen. Åsa bekam eine Gänsehaut.

»Ich hätte es viel früher merken müssen«, fuhr Natalia fort. »Er hat nur mit mir geschlafen, um meine Familie zu bestrafen. Um sich an ihr zu rächen. Verstehst du?« Ihre Stimme brach. Åsa sah, dass ihre Lippen völlig ausgetrocknet waren. »Er ist nur auf Rache aus. Und wer weiß, wen er alles auf seiner Seite hat.« Ihre Stimme wurde schriller, während sie mit trockenen Augen heftig blinzelte. Ein ums andere Mal. Åsa konnte sich nur allzu gut an das Gefühl erinnern. An den Schock, nachdem das Unfassbare geschehen war. Ihr Unvermögen zu begreifen, was einfach nicht wahr sein durfte. Das Gefühl, sich im freien Fall zu befinden, wie in einem nicht enden wollenden Albtraum.

Sie schluckte. Sie wäre am liebsten irgendwo anders statt hier, nicht umgeben von dieser Panik. Ihr gesamtes erwachsenes Leben hatte sich darum gedreht, die Panik von sich fernzuhalten; sie hatte noch keine Strategie dagegen entwickelt.

»Wann hast du zuletzt etwas gegessen?«, wiederholte sie ihre Frage. »Hast du etwas zu essen im Haus?«

Natalia musste husten. Wieder und wieder. Ihr Körper zog sich unter dem Hustenanfall regelrecht zusammen. Dann wischte sie sich den Mund ab.

»Soll ich dir Wasser holen?«

»Es tut so weh«, flüsterte Natalia.

»Ich weiß.« *Oh Gott, ich weiß.*

»Mir tut alles weh. Ich kann nicht mehr.«

Åsa nickte. Sie wusste, wie es sich anfühlte. Wenn der gesamte Körper plötzlich einfach in Streik trat.

Sie stand auf und ging hinaus in die Küche. Der Kühlschrank war absolut leer. Und in der Spüle stand kein Geschirr. Natalia hatte also nichts gegessen. Auch keine Gläser und keine Flaschen, doch das verwunderte Åsa nicht: Natalia hatte Alkohol schon immer in Maßen getrunken. Åsa goss Wasser in ein Glas und trug es zu Natalia ins Wohnzimmer.

»Wäre es nicht besser, bei deiner Familie zu sein?«, fragte sie hilflos. »Soll ich deine Mutter anrufen?«

Natalia nahm das Wasserglas entgegen und warf ihr einen sarkastischen Blick zu. Ganz kurz wurde wieder die alte Natalia sichtbar, die sich nicht das Herz brechen ließ, die kompetente, intelligente Natalia. »Keiner von ihnen hat von sich hören lassen, und ich bin ihnen dankbar dafür«, sagte sie. »Ich hab keine Kraft, mit ihnen zu reden.«

Sie trank einen Schluck Wasser und verzog das Gesicht, als hätte sie Schmerzen. »Ich bin wirklich krank«, klagte sie heiser und sank im Sessel in sich zusammen. »Wahrscheinlich eine Grippe. Mir ist übel. Und ich hab Bauchschmerzen und Halsschmerzen.« Sie schniefte und legte sich die Hand auf die Brust. »Und hier tut es weh, im Herzen.«

Natalia sah wirklich krank aus. Wenn sie nicht … Åsa war ein Gedanke gekommen, und sie sprach ihn, ohne nachzudenken, aus: »Du bist doch wohl nicht schwanger?«

Der Hass, der innerhalb eines Augenblicks in Natalia aufflammte, ließ Åsa zusammenzucken. In all den Jahren, die sie sich nun schon kannten, hatte Åsa ihre Freundin noch nie so wütend erlebt. Auf ihrem kreidebleichen Hals breiteten sich rote Flecken aus.

»Wir haben verhütet«, rief sie heiser. »Außerdem habe ich meine Regel bekommen.« Sie holte Luft. »Und falls du es vergessen haben solltest, ich bin *unfruchtbar*!«, schrie sie, und Åsa musste sich dazu zwingen, nicht zurückzuweichen.

Natalia starrte sie an. Die Sehnen an ihrem Hals waren angespannt, und sie blinzelte nicht, sondern starrte Åsa lediglich mit aufgerissenen Augen an. »Und ich halt es nicht mehr aus, so zu tun, als würde es mich kaltlassen. Wenn du meine Freundin bist, dann hör auf, mich zu quälen. Ansonsten kannst du gehen. Verschwinden, auf Nimmerwiedersehen.«

Natalias Stimme bebte. Doch ihr Zorn war so schnell wieder verflogen, wie er gekommen war. Er wurde abgelöst von einem unerträglichen Schmerz. Ihre extremen Stimmungsschwankungen jagten Åsa mehr Angst ein als alles andere. Denn wenn ausgerechnet Natalia den Verstand verlöre, würde nichts mehr auf der ganzen Welt stabil sein.

Åsa schluckte. »Ich bin deine Freundin«, sagte sie leise. »Ich weiß, dass es für dich unerträglich sein muss. Und dass er dir das angetan hat …«

Sie schüttelte den Kopf und verspürte ein Gefühl, das einem Hass auf David Hammar gleichkam. »Ich kann mir nicht einmal vorstellen, wie dir zumute sein muss.« Sie traute sich nicht, Natalia zu berühren. Was körperlichen Kontakt betraf, waren sie immer recht distanziert miteinander gewesen, und Natalia signalisierte ihr auf ganzer Linie, Abstand zu halten. »Aber ich bin deine Freundin, Nat. Und du bist meine. Meine einzige enge Freundin. Ich wollte dir mit dem, was ich gesagt habe, nicht wehtun. Ich bin für dich da, und ich werde immer zu dir stehen.«

Die Haut um Natalias Augen herum war trocken, doch ihre Augen glänzten fiebrig. An ihrem Hals hielten sich hartnäckig mehrere rote Flecke. Vielleicht hatte sie ja wirklich die Grippe. Dann begann sie in ihrem Sessel zu bibbern. Ihre Schultern schlotterten unkontrolliert unter der Decke. Wie konnte ein Mensch innerhalb von zwei Tagen nur so sehr abbauen?

»Er drückt alle meine Anrufe weg«, sagte sie. »Es tut so weh.« Sie schniefte und sah Åsa mit einem derart verzweifelten Blick an, dass Åsa am liebsten losgeheult hätte. Das würde sie David Hammar nie verzeihen.

»Es tut so weh, wahrscheinlich bin ich innerlich zerbrochen«, flüsterte Natalia.

»Ich weiß.«

»Ich schaffe es nicht mehr, stark zu sein.«

»Nein, das übernehme ich jetzt. Ich bin stark für dich. Ich bin hier, und ich stehe auf deiner Seite, und zwar nur auf deiner.«

Natalias Stimme klang dünn wie die eines Kindes. »Versprochen?«, vergewisserte sie sich.

Åsa überwand die körperliche Distanz, die sonst zwischen ihnen herrschte, streckte ihre Hand aus und legte sie Natalia auf die Schulter. »Versprochen«, gelobte sie.

»Danke«, sagte Natalia.

Und dann begann sie zu weinen.

Endlich.

37

Freitag, 18. Juli

»David?«

David schaute von seinem Computer auf. Er hatte hoch konzentriert vor dem Bildschirm gesessen, sodass es einen Augenblick dauerte, bis er sie mit dem Blick fixierte. Malin Theselius stand in der Türöffnung und machte einen beunruhigten Eindruck. »Ja?«, entgegnete er.

»Du hast Besuch. Am Empfang wussten sie nicht genau, was sie machen sollten.«

David runzelte die Stirn. Eigentlich war es die Sache seines Assistenten Jesper, sich um Besucher zu kümmern und dafür zu sorgen, dass kein Unbefugter hereinkäme. Seit Montag waren sie regelrecht belagert worden von Journalisten und Reportern, doch bislang war noch keiner unangemeldet hereingelangt. »Wo ist Jesper?«, fragte er.

Malin warf ihm einen tadelnden Blick zu. »Es ist Freitagabend«, sagte sie. »Jesper hat seit Montag fast rund um die Uhr gearbeitet.«

»Ja, und?«

»Vor einer Weile ist er in der Küche im Stehen eingeschlafen.«

»Kann man wirklich im Stehen einschlafen?«, fragte David skeptisch.

Malin zuckte mit der Schulter. »Jedenfalls habe ich ihn heimgeschickt.«

David schaute auf die Uhr. Es war bereits nach zwanzig Uhr, und er beschloss, Nachsehen mit ihm zu haben. Er fragte sich, welcher Journalist es wohl diesmal wäre. Denn er hatte das Gefühl, mit allen, die es gab, bereits gesprochen zu haben. »Von welchem Klatschblatt kommt er denn?«

Malin schüttelte besorgt den Kopf. »Es ist kein Journalist«, erklärte sie. »Es ist Natalia de la Grip.«

Er sagte nichts.

Natalia.

Seit dem späten Montagabend waren keine SMS mehr von ihr gekommen, und er hatte auch sonst nichts mehr von ihr gehört. Wie oft hatte er seitdem an sie gedacht? Hundert Mal?

»Soll ich sie bitten zu gehen?«

»Nein«, antwortete er rasch. Sie konnten sie nicht einfach wegschicken. Früher oder später würden er und sie sich treffen müssen. Er ignorierte das eigenartige Gefühl, das ihn befiel, und redete sich ein, keinerlei Empfindungen zu haben. »Wo ist sie?«

»Sie wartet im kleinen Konferenzraum.«

Er klappte seinen Laptop zu. »Danke. Und Malin, du kannst nach Hause gehen.«

»Wenn du möchtest, kann ich auch noch bleiben.«

Doch David schüttelte den Kopf. Malin sah völlig fertig aus. »Geh heim. Und komm nicht vor Montag wieder. Das ist ein Befehl.«

Sie lächelte matt und mit tiefen Ringen unter den Augen. »Ruf an, wenn's brennt«, sagte sie und verschwand.

David stand auf und ging in den kleinen Konferenzraum.

Sie stand am Fenster, und ihn erfasste ein eigentümliches Gefühl. Sie stand dort kerzengerade wie eine Ballerina, die Haare zu einem strengen Knoten hochgesteckt. Abgesehen von den schimmernden Perlen um ihren Hals herum war sie ganz in

Grau gekleidet, und er musste unwillkürlich daran denken, wie man die besten unter den Consultants nannte: die grauen Eminenzen. »Hej«, sagte er leise hinter ihrem Rücken.

Sie drehte sich um.

Ihre riesigen Augen brannten nahezu in ihrem blassen Gesicht. Sie wirkte ernst, nahezu bitter. Kein Lächeln, keine Wärme im Blick und keine ausgestreckte Hand. David hatte zwar nichts dergleichen erwartet, aber dennoch – wie sehr es ihn schmerzte, sie so zu sehen.

Sie streckte sich. »Hej David«, begrüße sie ihn kühl.

Es war, als stünde er vor einer Fremden. Er registrierte, dass ihre Finger, mit denen sie ihre Handtasche umfasst hielt, verkrampft wirkten, die Knöchel waren völlig weiß. Ansonsten wirkte sie gefasst. Ihr Blick war unmöglich zu deuten.

»Ich will dich nicht lange aufhalten«, begann sie mit einer Stimme, die ein Ziehen in seiner Brust verursachte. Er sah sie eindringlich an und versuchte, ihren Gesichtsausdruck zu ergründen. »Aber ich möchte es gerne wissen. War ich ein Teil deines Plans?«

Er blinzelte. »Wie bitte?«, fragte er zurück, obwohl er bereits ahnte, worauf sie hinauswollte. *Mist, Mist, Mist.*

»Ich habe inzwischen gemerkt, dass du persönliche Gründe für die Übernahme von Investum hast. In meiner Familie sagt zwar niemand etwas, aber wir beide wissen schließlich, dass es dabei nicht nur um Geschäfte geht.«

»Nein«, sagte er. »Nicht nur um Geschäfte.«

»Aber die Tatsache, dass du mit mir geschlafen hast.« Ihre Stimme war ruhig, nahezu unangestrengt, nur ein winziges Zittern am Ende verriet, dass Gefühle im Spiel waren. »Hat dir das, was wir miteinander erlebt haben, etwas bedeutet? Oder war es auch nur ein Mittel, um an meine Familie heranzukommen?« Sie verschränkte die Arme vor der Brust. »Es war alles nur eine

Lüge, oder? Ein Spiel, um so viel Schaden wie möglich anzurichten.«

David schob seine Hände in die Hosentaschen, damit sie nicht sehen würde, wie sehr sie zitterten. Er wusste nicht, was er entgegnen sollte, fühlte sich völlig leer. Die vergangenen Tage mussten für Natalia entsetzlich gewesen sein. Jede einzelne Zeitung hatte die Familie de la Grip unter die Lupe genommen und bis ins kleinste Detail ausgekundschaftet. Die Eltern, die Brüder, ihre Geschäfte. Und schließlich auch Natalia. Er betrachtete sie, wie sie blass und in ihrem grauen Kostüm vor ihm stand und nahezu durchscheinend wirkte. Diese höchst aufrichtige, integre Frau – ihr gesamtes Privatleben war an die Öffentlichkeit gezerrt worden, mittels Druckerschwärze, in Blogs und in der Klatschpresse. Mehr oder weniger skrupellos. Irgendwer hatte sich über ihre Unfruchtbarkeit ausgelassen. Jonas Jägerhed war porträtiert worden, und ein anderer Ex von Natalia hatte sich interviewen lassen. Alles war ans Licht gezerrt worden. Was zum Teil die Schuld von ihm selbst, Malin und HC war. Ihm wurde fast übel, wenn er an die Informationen über Gustaf und Peter dachte, die sie hatten durchsickern lassen. Informationen über Boni, Vorteilsannahmen und geheime Absprachen, die durch ihr Zutun an die Massenmedien gelangt waren und den beiden Männern geschadet hatten. Es war ein Spiel gewesen – ein reines Spiel, aber es hatte unweigerlich auch den Rest der Familie beschmutzt und nicht zuletzt Natalias Ansehen geschadet.

»Natalia, ich …«, begann er, doch sie unterbrach ihn:

»Wusstest du eigentlich, dass Investum mitten in einer Fusion steckte, die das Unternehmen angreifbar gemacht hat? Es war mein Geschäft, meins. Wir befanden uns gerade in einem sensiblen Stadium. Einem *geheimen* Stadium.« Sie machte einen Schritt vor, und er sah die roten Flecke, die sich auf ihren Wangen abzeichneten. Ihre Augen waren glasig, als hätte sie Fieber. »Wusstest du das, David?«, fragte sie mit einer Stimme, die hart und kalt wie arktisches Eis war. »Hast du dich deshalb mit mir verabredet und mich mit deinen verdammten Schmeicheleien und deinem Flirten umgarnt?«

David schüttelte langsam den Kopf. Der Schmerz in Natalias Augen war übermächtig. Er konnte es kaum aushalten. Dies hatte sie wahrhaftig nicht verdient, ganz im Gegenteil.

Und dennoch …

Wenn er die Zeit hätte zurückdrehen können. Hätte er dann etwas anders gemacht? Hätte er dann die Finger von all dem gelassen, was er getan hatte? Die Wahrheit lautete, dass er es nicht wusste. Denn er konnte sich kein Szenario vorstellen, in dem Natalia und er sich nicht kennengelernt und ineinander verliebt hätten.

»Ich habe geahnt, dass etwas dergleichen anstand«, sagte er. »Du weißt ja ebenso gut wie ich, dass immer irgendwelche Gerüchte kursieren. Und es ist Teil meines Jobs, Gerüchte von Fakten zu trennen. Ja, ich hatte so meine Ahnungen, dass eine Fusion bevorstand.«

Sie wurde aschfahl im Gesicht, und er wusste, woran sie gerade dachte. Sie erinnerte sich daran, wie kurz davor sie gewesen war, sich ihm anzuvertrauen, bevor er sie davon abgehalten hatte.

»Und ich habe …«, begann sie. Ihre Stimme brach, und sie musste sich räuspern und noch einmal ansetzen. »Ich habe dir erzählt …«

»Du hast nichts verraten«, entgegnete er knapp. »Nichts, was ich nicht schon gewusst hätte.« Das stimmte. Aber er wusste, dass Natalia sich dennoch Vorwürfe machen würde.

Er ballte die Hände in den Hosentaschen zu Fäusten. Er hatte damit gerechnet, dass er sich selbst hassen würde. Und er hatte ebenfalls damit gerechnet, dass Natalia ihn hassen und verachten würde. Er hatte sich eingeredet, dass es ihm zwar schwerfallen würde, dies auszuhalten, es aber in irgendeiner Form erträglich wäre.

Womit er jedoch nicht gerechnet hatte, war die Tatsache, dass sie sich selbst Vorwürfe machen würde, und dass es sich für ihn so anfühlen würde, als schlüge ihn jemand heftig auf den Brustkorb, wieder und wieder, bis er kaum noch Luft bekäme. Wenn es einen unerträglichen Schmerz gab, dann fühlte er sich genauso an.

Natalia betrachtete David, der mit völlig ausdrucksloser Miene dastand. Er hatte nicht allzu viel gesagt, ihr überwiegend mit kühlem Blick und zusammengepressten Lippen zugehört. Sie wusste nicht genau, was sie sich von einer Begegnung mit ihm erhofft hatte, aber sie hatte es dennoch für notwendig gehalten, ihn zu treffen, Auge in Auge dem Mann gegenüberzustehen, der sie in fast jeder nur denkbaren Weise betrogen hatte.

Åsas Besuch bei ihr hatte einen Wendepunkt bedeutet. Nachdem sie sich heiser geweint hatte, war sie mithilfe einer von Åsas Pillen eingeschlafen. Als sie am nächsten Morgen aufgewacht war, hatte sie zumindest wieder normal atmen können. Åsa hatte Gina angerufen, und als ihre Haushaltshilfe ihr etwas zu essen auf den Tisch stellte, hatte Natalia gehorsam gegessen. Dann hatte sie wieder einige Stunden geschlafen und erneut geweint. Doch irgendwann hatte sie festgestellt, dass sie David treffen *musste*. Es abschließen musste. Was auch immer dabei herauskommen würde.

Allein zu duschen und sich anzuziehen hatte sie all ihre Kraft gekostet, und sie hatte sich dazu gezwungen, sich auf die praktischen Dinge zu konzentrieren. Die Grippe hatte sie geschwächt, und sie musste immer wieder Pausen einlegen, als sie sich zurechtmachte. Und dennoch hätte sie es fast nicht geschafft, zum

Büro von Hammar Capital zu gelangen. Sie hatte lange unten am Eingang gestanden und gewartet, um Kraft zu sammeln, bevor sie hochfuhr. Beinahe hatte sie der Mut verlassen. Erst, als sie schließlich vor dem leeren Empfangstresen stand, sah sie, wie spät es war. Es kam ihr vor, als hätte sie die vergangenen Tage jenseits von Zeit und Raum zugebracht.

Sie war kurz davor gewesen, in der Eingangstür wieder kehrtzumachen, doch die freundliche blonde Pressechefin hatte sie in diesen Raum geführt. Natalia ließ ihren Blick über die Einrichtung schweifen. Sie war unglaublich aufwendig und strotzte nur so vor Geld, Kapital und Erfolg.

Als Natalia Davids ausdruckslose Miene und seinen unnachgiebigen Blick sah, wusste sie, dass es gut gewesen war herzukommen. Dass offenbar alles, was man David vorwarf, der Wahrheit entsprach. Und alles, was zwischen ihnen gewesen war, einem Hirngespinst gleichkam.

Der aussichtslosen Fantasie einer einsamen, leicht zu verführenden Frau entsprang.

Ja, er hatte sie ausgenutzt. Aber sie hatte sich schließlich ausnutzen lassen, obwohl sie es hätte besser wissen müssen. Es war gut so. Denn das Treffen mit David setzte eigenartigerweise neue Energien in ihr frei. Jetzt, wo sie die Kälte in seinem Blick sah und feststellte, dass sie ihm nie etwas bedeutet hatte, hatte sie den endgültigen Tiefpunkt erreicht. Und von dort gab es nur einen Weg – nach oben.

Natalia richtete ihren Blick nach innen auf der Suche nach etwas, das ihr Kraft verlieh. Und sie fand es: ein Gefühl, das sie von nun an tragen würde, das ihr Kraft und alles andere geben würde, was sie jetzt benötigte. Zorn.

Gut. Denn jetzt konnte sie ihre gesamte Trauer und Scham und die Schuld, die sie empfand, nutzen und für sich arbeiten lassen.

»Mach's gut, David«, sagte sie, machte auf dem Absatz kehrt und ging aufrecht und bestimmten Schrittes von dannen.

Sie würde all ihren Zorn bündeln und das Einzige tun, was in ihrer Macht stand.

Sie würde kämpfen.

38

Montag, 21. Juli

»Natalia de la Grip?«

Natalia schlug die Illustrierte zu, in der sie gerade geblättert hatte. Es war zum Glück eine alte Ausgabe. Mit anderen Worten, kein Klatsch und Tratsch über den Coup. Allerdings befanden sich darin ein paar Fotos von Alexander auf irgendeiner Gala in New York.

»Ja«, antwortete sie, legte die Zeitschrift zur Seite, stand auf und gab der Ärztin, die sie im Wartezimmer abholte, die Hand.

»Hej«, begrüßte die Ärztin sie. »Ich heiße Isobel Sørensen.«

Ihr Händedruck war fest, beinahe energisch, und mit ihren roten Haaren und den Sommersprossen auf der Haut sah sie unglaublich attraktiv aus. »Sie hatten bereits Blutproben abgegeben, nicht wahr?«, fragte sie mit hochgezogener Augenbraue.

Natalia nickte. »Mehrere«, antwortete sie.

»Gut, dann werden wir Sie mal gründlich durchchecken.«

Natalia betrachtete die Ärztin eingehender. »Haben wir uns nicht schon einmal gesehen?«, fragte sie. Diese rote Amazone kam ihr irgendwie bekannt vor.

»In Båstad«, antwortete Isobel mit einem Nicken. »Wir waren auf demselben Fest.«

Natalia erinnerte sich an die rothaarige Frau, die sie zusammen mit Alexander gesehen hatte. »Sind Sie mit meinem Bruder befreundet?«, fragte sie.

Ein sarkastisches Lächeln, das Isobel entweder nicht verbergen wollte oder konnte, huschte über ihr Gesicht und war ebenso schnell verschwunden, wie es gekommen war. »Nein«, antwortete sie lediglich und führte Natalia in ihr Zimmer. »Bitte sehr.«

Natalia nahm auf dem Besucherstuhl Platz.

Isobel setzte sich hinter ihren Schreibtisch, schaute in ihre Unterlagen und sah dann Natalia geradewegs an. Ihr Blick war unpersönlich und professionell. »Hier steht, dass Sie einen Gesundheitscheck durchführen lassen möchten«, begann sie. »Aus diesem Grund haben wir damit begonnen, Blutproben zu nehmen. Wie geht es Ihnen?« Mit ihren großen, intelligent dreinblickenden Augen musterte sie Natalia aufmerksam.

»Ganz gut eigentlich. Ich hatte letzte Woche eine Grippe, aber deswegen bin ich nicht hier. Ich habe in der letzten Zeit ziemlich hart gearbeitet und, tja, es war alles in allem recht anstrengend ...« Natalia verstummte, da sie unsicher war, was Isobel bereits über sie wusste. Sie kam sich absolut durchsichtig vor und hasste diese Exponiertheit. Doch sie wollte diesen Checkup durchführen lassen. Die Begegnung mit David am vergangenen Freitag hatte sie aus ihrem Schockzustand gerissen. Und jetzt, nachdem das Wochenende hinter ihr lag, war sie bereit, nach vorn zu schauen.

»Ich verstehe«, entgegnete Isobel ruhig, und irgendwie hatte Natalia den Eindruck, dass sie es tatsächlich verstand.

Natalia rutschte auf ihrem Stuhl herum. Es behagte ihr nicht ganz, von einer beinahe gleichaltrigen Ärztin behandelt zu werden. Doch ihr alter Hausarzt war inzwischen in Rente gegangen, und diese Frau war nun mal seine Nachfolgerin. »Ich möchte eigentlich nur wissen, ob mit mir alles in Ordnung ist«, sagte sie erklärend. »Es ist also rein prophylaktisch. Ich dachte, es wäre vielleicht vernünftig.«

Sie verstummte und ließ ihren Blick über die Wände des Raumes gleiten. Dort hingen überwiegend Poster in bunten Farben, und neben dem Fenster war eine anatomische Tafel angebracht, die Muskeln und Sehnen darstellte. Auf einem Schwarzen Brett waren zwei Fotos angepinnt, die in einem fernen Land entstanden sein mussten. Zwischen den unpersönlichen, farbenfrohen Bildern stachen sie etwas heraus: Auf dem einen stand Isobel mitten in einer Gruppe dunkelhäutiger lachender Kinder. Auf dem anderen wog sie einen untergewichtigen Säugling auf einer einfachen Küchenwaage. Auf einem der Fotos konnte Natalia das Emblem einer Hilfsorganisation erkennen.

»Arbeiten Sie für diese Organisation?«, fragte sie.

Isobel nickte. »Wenn ich nicht gerade hier arbeite. Es ist gut, immer mal eine Abwechslung zu haben.«

Natalia biss sich auf die Unterlippe und schämte sich für ihre Wehwehchen. Was spielten ein wenig Müdigkeit und Vitaminmangel schon für eine Rolle? Sie war gesund und geimpft, hatte ein Dach über dem Kopf und konnte sich jeden Tag satt essen.

»Es ist gut, dass Sie hergekommen sind«, sagte Isobel ruhig, als hätte sie Natalias Gedanken gelesen. »Während wir auf die Ergebnisse der Blutuntersuchung warten, werde ich eine gründliche Untersuchung ihres Körpers durchführen, ist das okay?«

Hinterher, nachdem Isobel ein EKG gemacht, sie mit raschen effizienten Bewegungen untersucht hatte und Natalia sich von Kopf bis Fuß inklusive der Lymphknoten und der Brust gründlich durchgecheckt fühlte – ja, Isobel hatte sogar ihre Brüste abgetastet –, beendete Isobel die Untersuchung mit den Worten: »Bei Frauen in Ihrem Alter empfehle ich auch immer einen Schwangerschaftstest.«

Natalia strich sich die Kleidung glatt. »Das ist nicht nötig. Ich hatte kürzlich noch meine Regel. Und außerdem kann ich nicht schwanger werden.«

Isobel nickte, tippte etwas in ihren Computer ein und sah Natalia an. »Sie nehmen nicht die Pille?«

Natalia sah hinunter auf ihre gefalteten Hände. Sie hasste diese Routinefragen. »Nein. Wie gesagt. Ich kann nicht schwanger werden.«

Isobel nickte ihr aufmunternd zu. »Und woher wissen Sie das?«

Natalia biss sich auf die Lippe. »Mein damaliger Verlobter und ich haben uns untersuchen lassen. Dabei wurde es festgestellt.«

»Ich verstehe. Hatten Sie in der letzten Zeit ungeschützten Sex?«

Peinlicherweise errötete Natalia. »Nein«, antwortete sie. »Ich meine, ja, ich hatte in der letzten Zeit Sex. Aber keinen ungeschützten. Wir haben Kondome benutzt. Man will ja schließlich keine Geschlechtskrankheit bekommen.« Sie wollte scherzhaft auflachen, doch das Lachen blieb ihr im Halse stecken. Oh Gott, hoffentlich hatte sie sich keine Geschlechtskrankheit eingefangen.

»Das ist vernünftig«, sagte Isobel. Sie reichte ihr einen Pappbecher. »Reine Routinesache«, sagte sie in einem Ton, der keine weitere Diskussion zuließ.

Irritiert nahm Natalia den Becher entgegen, ging auf die Toilette und tat, worum sie gebeten worden war. Danach reichte sie Isobel mit kühlem Blick den Becher, die ihn entgegennahm, sich entschuldigte und dann den Raum verließ.

Natalia fingerte am Pflaster in ihrer Armbeuge herum. Sie beschloss, diese dominant auftretende Ärztin nicht zu mögen.

Isobel kam mit diversen Papieren in der Hand zurück. »Die Ergebnisse der Blutproben liegen jetzt vor«, sagte sie.

»So schnell?«

»Wir haben ein ausgezeichnetes Labor im Haus.« Isobel ging die Blutwerte auf den Papieren durch und schaute dann zu Natalia auf. »Sie haben gute Werte«, sagte sie. »Nichts, worüber man beunruhigt sein müsste. Leberwerte, Blutsenkung, Zucker, alles sieht gut aus.«

Na also. Sie würde sich Vitamintabletten und Nahrungsergänzungsmittel besorgen und dann praktisch wieder sie selbst sein. Natalia sammelte ihre Sachen zusammen und machte sich zum Gehen bereit.

Es klopfte an der Tür. Eine Arzthelferin kam auf lautlosen weißen Gummisohlen herein und reichte Isobel ein weiteres Blatt Papier. Isobel bedankte sich und überflog es rasch. Oberhalb ihrer Nasenwurzel bildete sich eine kleine Falte. Dann schaute sie Natalia an: »Sie sagten, Sie hätten letzte Woche eine Grippe gehabt?«

»Oder eher eine Erkältung.«

Isobel sah sie lange an, bis Natalia nervös blinzelte. Irgendetwas stimmte nicht, das spürte sie.

»Was ist denn los?«

Isobel lächelte freundlich. »Wissen Sie, dass Sie schwanger sind?«

Natalia gab ein kurzes freudloses Lachen von sich. »Ich habe es doch gerade gesagt«, erklärte sie. »Ich kann gar nicht schwanger werden.«

Isobel schaute erneut in ihre Unterlagen. »Ihrer Urinprobe zufolge sind Sie es aber. Es ist zwar noch sehr früh, aber Sie sind definitiv schwanger.«

»Aber ich *kann* gar nicht schwanger sein«, wiederholte Natalia entnervt. Wie konnte es diese Frau nur wagen, hier zu sitzen und sie zum Narren zu halten? »Sie müssen die falschen Ergebnisse bekommen haben«, sagte sie kurz angebunden. Sie stammte von einer nahezu ununterbrochenen Linie adliger Frauen und Großfürstinnen ab. Sie war eine geborene Gräfin, auch wenn sie sich dieses Titels nie bediente. Aber wenn sie es wirklich wollte, konnte sie voll und ganz wie eine arrogante Upperclass-Ziege klingen, wovon sie jetzt, außer sich vor Wut, auch Gebrauch machte. »Und außerdem *spüre* ich nicht, dass ich schwanger bin. Ich spüre nämlich rein gar nichts.« Isobel musste sich verlesen haben. Oder vielleicht war sie ja gar keine richtige Ärztin und nur eine Praktikantin oder womöglich sogar ein Fotomodell, das hier vor ihr saß und seine Spielchen mit ihr trieb.

»Fühlen Sie sich müde?«, fragte Isobel völlig unberührt.

»Ja, aber …«

»Ist Ihnen manchmal übel?«

»Vielleicht.«

»Wie fühlen sich Ihre Brüste an?«

Natalia runzelte die Stirn. Isobel hatte die Untersuchung behutsam durchgeführt, aber sie hatte ihre Brüste deutlich gespürt.

»Empfindlich?«

Isobel zuckte mit den Schultern, als hätte das die Sache entschieden.

»Sie sind schwanger«, sagte Isobel.

Natalia blinzelte. Doch dann kam sie wieder etwas zur Besinnung. Das hier war doch völlig absurd. Sie bedachte Isobel mit einem eiskalten Blick. Jetzt reichte es ihr. »Ich habe Belege dafür, dass ich überhaupt nicht schwanger werden kann«, schnauzte sie die Ärztin an. »Und wie ich Ihnen gerade mitgeteilt habe, haben wir beim letzten Mal Kondome benutzt.« Erleichterung überfiel sie, als sie sich daran erinnerte. »Und außerdem hatte ich kürzlich meine Regel, was ich Ihnen ebenfalls gesagt habe.« Sie deutete auf die Aufzeichnungen in der Karteikarte auf Isobels Schreibtisch. »Gerade eben.« Es war verdammt verantwortungslos, einfach solche Behauptungen in die Welt zu setzen.

Sie würde die Ärztin wechseln.

»Ich kann mir vorstellen, dass es für Sie etwas unerwartet kommt«, sagte Isobel. Sie wirkte noch immer völlig unberührt von Natalias Ausbruch.

»Unerwartet?«, fauchte Natalia. »Das ist doch wohl eher ein übler Scherz. Sind wir jetzt fertig? Kann ich gehen?« Plötzlich hasste sie diese rothaarige Amazone. Was wusste denn ein Weibsbild wie Isobel schon davon, was Natalia alles durchgemacht hatte? Diese Frau sah ja aus wie eine höchst erotische Fruchtbarkeitsgöttin. Sie hatte bestimmt mindestens vier Kinder zu Hause, die sie zwischen ihren prestigeträchtigen Einsätzen als Entwicklungshelferin mal eben locker auf die Welt gebracht hatte. Natalia würde jetzt gehen und nie wieder einen Fuß in ihre Praxis setzen. Sie würde Isobel anzeigen. Bei irgendeiner übergeordneten Institution anrufen und sich beschweren, vielleicht beim Amt für Gesundheits- und Sozialwesen. So durfte man jedenfalls nicht mit seinen Patienten umspringen.

Isobel lehnte sich auf ihrem Stuhl zurück und hielt die gespreizten Fingerspitzen gegeneinander, sodass ihre Hände eine Art Dreieck in der Luft formten. Ihr rotes Haar wirkte über dem weißen Arztkittel wie ein Stoppzeichen. »Diese Periode, die Sie kürzlich hatten. War sie stark?«, fragte sie.

Natalia versuchte, sich zu erinnern. Es war in Båstad gewesen. Sie schüttelte den Kopf. »Nein, aber sie ist schon immer unregelmäßig gekommen.«

Isobel legte den Kopf schräg. »So etwas nennt man Einnistungsblutung. Es geschieht zu dem Zeitpunkt, an dem sich die Eizelle in der Gebärmutter einnistet. Und was Ihre Unfruchtbarkeit angeht: Es kommt immer wieder vor, dass Frauen, die glaubten, unfruchtbar zu sein, schwanger werden.« Sie zuckte bedauernd mit den Schultern. »Die Natur ist eben keine exakte Wissenschaft.«

»Aber wir haben Kondome benutzt«, entgegnete Natalia halbherzig. Inzwischen schwirrte ihr der Kopf. Es *konnte* doch gar nicht sein.

»Kein Verhütungsmittel ist zu hundert Prozent sicher«, erklärte Isobel. »Es kommt vor, dass man sie falsch benutzt. Oder dass sie kaputt sind. Oder auch alt. Kondome darf man beispielsweise nicht zu lange aufbewahren.«

Es durfte nicht wahr sein.

Das durfte einfach nicht wahr sein.

Isobel hatte recht. Die Kondome, die sie in der Schublade ihrer Kommode liegen hatte, waren schon älter gewesen. Plötzlich hatte sie das Gefühl zu fallen. Sie sank zurück auf ihren Stuhl.

Isobel stand auf, nahm einen Becher, füllte ihn mit Wasser und reichte ihn Natalia.

Natalia nahm das Wasser entgegen. Ihre Wut hatte sich gelegt, sie schluckte. »Haben Sie so etwas schon einmal erlebt?«, fragte sie leise.

Die hübschen Augen der Ärztin nahmen einen Ausdruck an, den Natalia nicht näher benennen konnte. Es wirkte wie unendliche Trauer.

»Ich habe als Ärztin in Kriegsgebieten und in Flüchtlingslagern gearbeitet. Und was ich dort erlebt habe …« Sie lächelte dezent und nickte in Richtung Natalias Bauch. »Das hier hingegen bewegt sich im Rahmen der Normalität.«

Normalität.

Doch es fühlte sich keineswegs normal an.

»Leben Sie in einer festen Beziehung?«, fragte Isobel.

»Wie bitte?«

»Wissen Sie, wer der Vater ist?«

Natalia nickte schwach. »Aber es ist unmöglich«, sagte sie noch schwächer, denn sie konnte es einfach nicht fassen. So viele Jahre lang hatte sie sich genau danach gesehnt. So viele Monate, in denen eine Schwangerschaft das Einzige war, was sie wollte. Diese übergroße, allumfassende Sehnsucht danach, ein Kind zu bekommen. Von der sie sich letztlich hatte verabschieden müssen.

»Ich verstehe, dass es Ihnen schwerfällt, diese Nachricht zu verkraften«, sagte Isobel. »Aber es ist ja auch noch sehr früh. Eine Schwangerschaft wird vom ersten Tag der letzten Periode aus berechnet. In Woche drei werden Sie schwanger. Wenn wir davon ausgehen, dass Sie eine Einnistungsblutung hatten, geschieht dies in Woche vier. Das bedeutet, dass Sie jetzt ungefähr in der sechsten Woche sind, was mit dem Test übereinstimmt – die sind heutzutage ziemlich genau. Wie gesagt, es ist noch sehr früh. Es ist noch nicht einmal ein Fötus, sondern gerade mal ein Embryo, ein winziger Zellhaufen. Wenn Sie es entfernen lassen wollen …« Isobel verstummte. Sie betrachtete Natalia mit professionellem Blick. Nicht wertend, ohne jegliche Einflussnahme, sie strahlte lediglich eine unglaubliche Ruhe aus.

Ich bin schwanger.

Natalia versuchte, die Worte der Ärztin in sich aufzunehmen. Sie legte sich eine Hand auf den Bauch, der fast völlig flach war. Sie war also in der sechsten Woche schwanger. Mit Davids Kind. Vermutlich war es in der allerersten Nacht, beim allerersten Mal geschehen. Wie lautete nur das Wort, das sie suchte?

Surreal.

So fühlte es sich an – absolut surreal.

»Sind Sie ganz sicher?«, fragte sie.

Isobel nickte. »Wenn Sie es behalten möchten, müssen Sie darüber nachdenken, den Vater zu informieren.«

»Muss ich das?«

»Wir leben schließlich im einundzwanzigsten Jahrhundert. Die meisten Männer möchten am Leben ihrer Kinder teilhaben. Und Kinder brauchen ihren Vater.«

Natalia stand mit weichen Knien auf. Sie ging zum Waschbecken und legte die Hände auf das kühle Porzellan. Dann beugte sie sich vor und übergab sich.

Sie atmete schwer, wischte sich den Mund ab und schaute zu Isobel hinüber, die auf ihrem Stuhl saß und sie betrachtete.

»Sind Sie wirklich ganz sicher?«

»Hundertpro.«

Natalia schluckte. Schloss die Augen und atmete mehrmals tief durch.

Sie öffnete die Augen wieder. Schaute hinunter ins Waschbecken.

Und übergab sich erneut.

Was für ein Tag.

39

Dienstag, 22. Juli

Michel schob das dünne libanesische Fladenbrot über seinen Teller, nahm den letzten Rest Öl und Joghurt damit auf und steckte es in den Mund.

»Ich könnte jeden Tag libanesisch essen«, schwärmte David mit dem Mund voller Hummus und Auberginen. Michels Mutter hatte köstliche Mezze zubereitet und ihrem Sohn als Lunchpaket mitgegeben.

Michel griff sich das Mineralwasser, trank direkt aus der Flasche und streckte dann seine Beine auf dem Terrassenboden aus. Vom Wasser her wehte eine erfrischende Brise hinauf, und die Aussicht über Stockholm war herrlich, man konnte meilenweit blicken. Sie hatten ihre Jacketts über die Stuhllehnen gehängt und nahmen ihr spätes Mittagessen in relativer Abgeschiedenheit zu sich.

»Meine Mutter ist sauer auf mich. Und auf dich auch.«

»Warum das denn? Ich dachte, deine Mutter liebt mich.«

»Sie findet, dass wir uns zu sehr mit den Leuten anlegen. Ich soll damit aufhören und stattdessen heiraten und ihr Enkelkinder schenken.«

David schüttelte den Kopf.

Jesper Lidmark, Davids Assistent, bewegte sich zwischen den Pflanzkübeln auf der Dachterrasse hin und her. Er goss hier eine Pflanze und knipste dort ein welkes Blatt ab. Dann warf er ihnen einen fragenden Blick zu: »Soll ich den Kaffee holen?«, fragte er.

David nickte. »Könntest du auch Malin bitten hochzukommen?«

Jesper nickte beflissen und verschwand.

Michel runzelte die Stirn und schaute dem jungen Mann nach. »Ist er noch immer …?«

David zuckte mit der Schulter. »Ein wenig vielleicht.« Hinter der Sonnenbrille war sein Blick unmöglich zu deuten, doch sein Mund lächelte.

Jesper Lidmark, der seit zwei Jahren bei Hammar Capital arbeitete, war auf der letzten Weihnachtsfeier sternhagelvoll gewesen. In diesem Zustand hatte er mit Tränen in den Augen gestanden, dass er sowohl homosexuell war als auch total in David verliebt.

In einer Welt, die so homophob war wie die Finanzbranche, grenzte es an sozialen Selbstmord, auch nur einen Deut abzuweichen von einer hundertprozentigen, nicht in Zweifel zu ziehenden Heterosexualität. Aus diesem Grund hielt man sich hübsche Assistentinnen, betrieb maskuline Sportarten und klopfte sich gegenseitig in männlicher Manier auf den Rücken. Michel hegte schon immer den Verdacht, dass David nur deswegen einen jungen männlichen Studenten von der Handelshochschule als Assistenten angestellt hatte, weil so einer den hellhäutigen Männern mittleren Alters ein Dorn im Auge war. Doch als sich der Junge dann auch noch als schwul outete …

Jesper hatte auf der berühmt-berüchtigten Feier weitergetrunken, bis er schließlich abstürzte.

Am Tag darauf war er nicht zur Arbeit erschienen. Keiner hatte gewusst, ob man etwas unternehmen sollte. Im Büro wurde getuschelt. Dann hatte David Jesper persönlich angerufen, und seitdem war das Telefonat (auch wenn völlig unklar blieb, wie das, was gesagt wurde, in Umlauf geriet) bei Hammar Capital legendär.

David hatte Jesper darüber informiert, dass er ein persönliches Problem damit hätte, wenn seine Mitarbeiter nicht wie gewohnt zur Arbeit erschienen. »Ich bin hetero«, hatte er erklärt. »Und ich bin dein Chef, aus uns beiden wird also nichts, no way. Außerdem bin ich viel zu alt für dich. Und jetzt beweg endlich deinen Arsch hierher.«

Eine Stunde später war Jesper bei HC aufgekreuzt, auf wackligen Beinen und mit einem heftigen Kater, und seitdem hatte er keinen einzigen Fehltag mehr gehabt.

Als Jesper nach den Weihnachtsferien mit blauen Flecken und ausweichendem Blick im Büro auftauchte, hatte David ihn zu sich gerufen und mühsam aus ihm herausgequetscht, wer der Schuldige war: Jespers eigener Vater, Direktor eines großen schwedischen Unternehmens, hatte seinen Sohn verprügelt, als er von dessen Homosexualität erfuhr.

David hatte daraufhin einen seiner seltenen Wutausbrüche erlitten. Außer sich vor Zorn war er auf der Stelle zu dem Restaurant gefahren, in dem der Direktor zu dem Zeitpunkt gesessen und mit Geschäftskollegen ein Drei-Gänge-Menü verspeist hatte. Vor allen Gästen und dem gesamten Personal hatte David ihm erklärt, was genau mit ihm geschehen würde, wenn er Jesper – einem der meist geschätzten Mitarbeiter bei HC – noch einmal auch nur ein einziges Haar krümmte.

Dann war David immer noch blass vor Wut wieder zu HC zurückgefahren und hatte Jesper mitgeteilt, dass er auf Kungsholmen ein Haus gekauft hätte, in dem eine Wohnung frei wäre. Diese könne er, wenn er wollte, umgehend mieten.

Kurze Zeit später hatte Jesper eine Beziehung mit einem Star aus einer Dokusoap angefangen und war mit ihm zusammengezogen. Doch Michel hegte den Verdacht, dass Jesper Lidmark höchstwahrscheinlich sein Leben für David geben würde, wenn er je die Gelegenheit dazu bekäme.

»Wir arbeiten wirklich in einer gestörten Branche«, sagte David.

Michel widersprach ihm nicht. »Apropos gestört, dieser russische Onkel, auf welcher Seite steht er eigentlich?«

»Eugen Tolstoi? Er wird zur Aktionärsversammlung aus Skåne hochkommen und mit abstimmen«, antwortete David.

»Ist er zuverlässig?«

David schüttelte den Kopf. »Man kann nur hoffen. Er ist eher wie eine Kugel beim Roulette. Unmöglich zu kontrollieren und absolut unberechenbar.«

»Gerüchte besagen, dass er Kontakte zur russischen Mafia unterhält«, meinte Michel.

»Würde mich nicht die Bohne wundern.«

»Warum stellt er sich eigentlich gegen seine Familie? Gustaf ist schließlich sein Schwager und Ebba seine Schwester. Ich frag mich, weshalb er das macht.«

»Keine Ahnung. Aber ich glaube, dass er seine Gründe hat.«

»Bedeutet das, dass wir die Stimmen haben, die wir benötigen? Was glaubst du?«

Man konnte sich nie ganz sicher sein. Innerhalb der Woche, die es noch bis zu den Neuwahlen dauerte, konnte viel passieren. Michel hatte immer wieder nachgerechnet, doch es gab so viele unsichere Variablen, dass er letztlich keine sichere Prognose abgeben konnte. Wenn man ein Geschäft so weit vorangetrieben hatte, war letztlich ebenso viel Psychologie wie Finanzwissen im Spiel. Einzig sicher in dieser Branche war nur: Kein Deal stand, bevor er nicht besiegelt worden war.

»Einige mehr würden nicht schaden«, meinte David und streckte sich nach einer Olive aus.

»Hast du mit Alexander de la Grip gesprochen?«, fragte Michel, als Jesper mit dem Kaffee herauskam. »Danke, Jesper«, sagte er und nahm seinen Espresso entgegen.

David antwortete nachdenklich: »Alexander scheint völlig eigene Pläne zu haben. Ich glaube übrigens, dass er mich hasst. Scheint was Persönliches zu sein. Eigentlich seltsam, da wir bisher nicht besonders viel miteinander zu tun hatten.«

»Tja, wirklich seltsam, du bist ja schließlich sonst bei aller Welt beliebt ...«

»Für wen wird Åsa stimmen, was glaubst du?«, fragte David.

Michel schnaubte. »Sie steht absolut loyal zu Investum. Außerdem bin ich mir ziemlich sicher, dass Åsa Bjelkes einziger Wunsch im Leben darin besteht, dir und mir, aber hauptsächlich mir, den größtmöglichen Schaden und Verlust zuzufügen, und uns persönlich zu demütigen.«

»Dafür kann man ihr noch nicht mal einen großen Vorwurf machen«, meinte David. »Sie sah aus, als hätte sie uns am liebsten gefoltert.«

Michel fand das nicht gerade lustig.

Das Meeting im Grand Hôtel hatte die Hoffnung an einen eventuellen Neustart zwischen Åsa und ihm ein für alle Mal begraben, so viel stand fest. »Sie geht mit immer neuen Männern aus«, sagte er, obwohl es ihm allein schon wehtat, daran zu denken. »Andauernd. Jeden Abend ein anderer Mann. Und sie tut es – jedenfalls auch –, um mich zu ärgern.«

»Und woher weißt du das?«, fragte David. »Du spionierst ihr doch wohl nicht nach, oder?« Er sah nicht aus, als meinte er es im Scherz.

»Nein«, antwortete Michel und zog sein privates Handy aus der Hosentasche. »So tief bin ich noch nicht gesunken. Sie schickt mir Fotos.« Er zeigte David ein Bild nach dem anderen von einer fröhlichen Åsa mit jeweils unterschiedlichen Männern an ihrer Seite. Eine lachende, küssende Åsa. »Seit vergangenen Dienstag, als wir uns zuletzt gesehen haben, jeden Tag ein Neuer. Sieben an der Zahl.«

»Krass«, meinte David. »Eindrucksvoll, aber krass.«

»Sie ist stinksauer. Ich hätte besser nicht noch mal mit ihr reden sollen.« In der vergangenen Woche hatte er es selbst eingesehen. Er hätte sich zurückhalten sollen. Doch nicht einmal seine innere Stimme hatte überzeugt geklungen. Er war offenbar dazu verurteilt, nach einer Frau zu schmachten, die ihn hasste, auf ihn herabschaute und stinksauer auf ihn war. Er hatte gewusst, dass es so kommen würde, dass der Coup, den David und er inszeniert hatten, eine Beziehung mit Åsa unmöglich machte.

»Natürlich ist sie sauer«, entgegnete David unbekümmert. Als wäre Åsa Bjelke keineswegs die einzige Frau, mit der Michel sich vorstellen könnte, den Rest seines Lebens zu verbringen. Es war wie in einem Film, bei dem man auf ein Happy End hoffte, aber einer der beiden Liebenden bei einem Fahrradunfall auf tragische Weise ums Leben kam.

Er seufzte. Seine Familie wäre keineswegs erfreut gewesen, wenn er Åsa mit zu ihnen nach Hause gebracht hätte. Er hatte sechs Schwestern, er war der einzige Sohn, und in der Familie gab es klare Anordnungen. Åsa Bjelke war ganz und gar nicht die Schwiegertochter, die seiner Mutter und seinem Vater vorschwebte.

Michel schüttelte den Kopf. Doch dieses Problem war im Hinblick darauf, dass Åsa ihn hasste, wohl kaum aktuell. Die Blicke, mit denen sie ihn im Grand Hôtel bedacht hatte. Das Meeting. Er erschauderte noch jetzt beim Gedanken daran.

Falls es ihm irgendwann einmal gelingen sollte, sich über ihren Zorn hinwegzusetzen, wäre es angebracht, sich auf einen

Krieg auf ganzer Linie einzustellen. Es würde ein harter Kampf werden, und sie würde alles in die Waagschale werfen, um Michel den Sieg streitig zu machen.

»Wir sollten wirklich ein Mitglied aus dem alten Kreis im Vorstand belassen«, sagte er, um mit seinem Chef, Kollegen und besten Freund nicht über seine Unfähigkeit sprechen zu müssen, sich Åsa Bjelke aus dem Kopf zu schlagen. »Jemanden, der das Unternehmen kennt.«

»Ich weiß, ich habe auch schon daran gedacht«, entgegnete David nachdenklich.

Es gab sieben Plätze im Vorstand. Michel würde selbstverständlich einen von ihnen erhalten, während David den Posten des Vorstandsvorsitzenden übernehmen würde. Darüber hinaus gab es mehrere Kandidaten für die wichtigen Posten. Die erste Aufgabe des neuen Vorstands würde darin bestehen, den alten Geschäftsführer zu feuern und einen neuen einzuberufen. Sie hatten bereits eine Person im Hinterkopf, doch Investum war ein riesiges Unternehmen, mit dem man sich erst einmal vertraut machen musste. Es würde vieles erleichtern, eine Person im Vorstand sitzen zu haben, die sich auskannte.

»Natalia wäre perfekt gewesen«, bemerkte Michel trocken. »Wenn du sie nicht betrogen und hintergangen hättest, natürlich.«

»Ja, sie wäre gut gewesen«, sagte David, ohne eine Miene zu verziehen.

Zugegeben, Michel hatte einen schlechten Scherz gemacht. Aber er war sich nicht ganz sicher, wie Davids Gefühle für Natalia aktuell aussahen. In all den Jahren hatte Michel David mit unterschiedlichen Frauen zusammen gesehen – smarte, hübsche, geistreiche Frauen. Aber noch nie hatte er seinen Freund verliebt erlebt. Es hatte stark danach ausgesehen, dass David sich in Natalia wirklich verliebt hatte.

»Und wie ist es mit ihr?«, fragte Michel.

David zuckte mit den Achseln. »Wir haben letzten Freitag miteinander geredet«, sagte er in knappem Ton. »Aber ich weiß nicht.«

»Was hat sie denn gesagt?«, wollte Michel wissen.

David antwortete nicht und zog sich in sich selbst zurück, und Michel spürte, wie ihm ein kalter Schauer über den Rücken lief. David wirkte zutiefst verbittert. »Du …«, begann er, doch David unterbrach ihn: »Investum bereitet sich übrigens auf einen Gegenschlag vor«, sagte er, während sein kühler Blick Michel deutlich signalisierte, dass er nicht weiter über Natalia reden wollte. »Ich glaube, sie beschatten mich. Ist dir zufällig irgendwas aufgefallen?«

»Nein«, antwortete Michel. Doch sie wussten beide, dass sie mit jedem Tag wachsamer sein mussten. Es gab keinen Spielraum mehr für unvorsichtige Eskapaden.

David schaute auf die Uhr. »Ich muss los«, sagte er, stand auf und nahm sein Jackett von der Stuhllehne.

Als Michel ihm nachsah, fiel ihm auf, dass David ihm gar nicht gesagt hatte, wohin er losmusste. Er schüttelte den Kopf. Dieser Coup …

David nahm die Treppen nach unten. Er ging hinaus zu seinem Wagen. Drehte sich noch einmal um. Er konnte nirgends etwas Verdächtiges erkennen, aber er würde mit Tom Lexington sprechen, beschloss er, und die Sicherheitsvorkehrungen noch einmal mit ihm durchgehen. Er schaute erneut auf die Uhr. Carolinas Flieger landete in Kürze, und er würde zum Flughafen fahren und sie abholen. Demnächst würde er Michel von ihr erzählen müssen. Noch ein Geheimnis, das er viel zu lange für sich behalten hatte. Noch ein entscheidendes Puzzleteil, das auch auf Michel Auswirkungen haben würde.

Er setzte sich in seinen Wagen und startete den Motor.

Doch dann schloss er für einen kurzen Moment die Augen hinter seiner Sonnenbrille.

Dafür, dass er ein Mann war, der sein halbes Leben dafür aufgewendet hatte, einen Plan umzusetzen, gab es erstaunlich viele lose Fäden, um die er sich noch zu kümmern hatte.

40

Mittwoch, 23. Juli

Zwei Tage nach ihrem Arztbesuch fuhr Natalia raus nach Djursholm, um mit ihren Eltern zu reden. Sie hatte sich krankschreiben lassen. Nachdem ihr ganzes Leben auf den Kopf gestellt worden war, fehlte ihr zum Arbeiten schlicht die Kraft.

Und das zum wiederholten Mal. Sie hatte angenommen, dass ihre Existenz bereits ruiniert war, doch auch eine Ruine konnte offensichtlich noch einmal in Trümmer zersprengt werden.

Am Vortag war es ihr immerhin gelungen, kurz im Büro vorbeizuschauen. Sie hatte eine Stunde gearbeitet, doch dann hatte die Übelkeit überhandgenommen, sodass sie wieder nach Hause gehen musste. Besser so, als sich laufend vor ihren Mitarbeitern zu übergeben. An diesem Morgen hatte sie schließlich aufgegeben und sich krankschreiben lassen. Und war danach auf dem Sofa eingeschlafen, was sonst gar nicht ihre Art war. Es kam ihr vor, als befände sie sich im Körper einer völlig anderen Person.

J. O. hatte nicht ein einziges Mal angerufen, und Natalia war sich nicht sicher, ob dies ein gutes oder schlechtes Zeichen war. Vielleicht wollte er sie einfach nur in Ruhe lassen.

Aber jetzt hatte sie wenigstens einen Entschluss gefasst: Sie wollte es ihren Eltern erzählen. Ihre Schwangerschaft würde schließlich auch Einfluss auf sie nehmen, und sie hoffte auf ihre Unterstützung. Denn wie auch immer man die Sache betrachtete und ihre Beziehung zueinander aussah, war sie eine junge Frau, die zum ersten Mal schwanger war. Sie wollte dieses unglaubliche Ereignis mit denen teilen, die ihr am nächsten standen.

Natalia fuhr auf der E18 in Richtung Norden und versuchte, sich die Reaktionen ihrer Mutter und ihres Vaters vorzustellen. Würden sie sauer sein? Enttäuscht? Schließlich ging es um ein Kind, ihr erstes Enkelkind. Ob sie darauf hoffen dürfte, dass sie sich freuen würden, nachdem sich der erste Schock gelegt hätte? Sie biss sich auf die Unterlippe, denn sie hatte wirklich keine Ahnung, was sie erwartete. Ja, sie hatte einen Fehler begangen, hatte sich auf einen Mann eingelassen, der sie betrogen hatte, aber sie war auch nur ein Mensch, und wenn sich ihre Eltern erst einmal wieder beruhigt hätten, würden sie vielleicht Verständnis haben, oder? Sie traute sich kaum, die Möglichkeit in Betracht zu ziehen, dass sie keineswegs hinter ihr stehen, sie nicht unterstützen würden. Denn sie waren alles, was sie hatte. Sie mussten es einfach verstehen.

»Ich muss euch etwas sagen«, begann Natalia, als sie sich in den Salon gesetzt hatten. Im Haus war es absolut still, und es ging kein Luftzug.

Ihre Mutter saß mit einer dezenten Falte zwischen den Augenbrauen in ihrem Sessel. Ihr Vater hatte die Arme vor der Brust verschränkt.

Natalia befeuchtete sich nervös die Lippen, sie hätte gern etwas zu trinken gehabt. »Es geht um David Hammar.«

Ihre Mutter blinzelte. »Ich hoffe nur, dass du nichts mit ihm zu tun hast«, sagte sie.

Die Augen ihres Vaters zogen sich zu Schlitzen zusammen, doch er sagte nichts.

Natalia schluckte. »David und ich …«, begann sie, doch ihr

fehlten die Worte. Sie benötigte dringend etwas zu trinken, denn sie war furchtbar durstig.

»Natalia«, rief ihre Mutter. »Was hast du getan?«

»Lass sie reden«, wandte ihr Vater in knappem Ton ein.

Natalia nahm einen erneuten Anlauf. Schließlich hatte sie ja niemanden umgebracht. Sie streckte ihren Rücken und sagte: »Vor einigen Wochen hatte ich ein kurzes Verhältnis mit David Hammar, und ich …«

Ihre Mutter sprang von ihrem Sessel auf und rief: »Bist du wahnsinnig?«

»Still jetzt«, ermahnte ihr Vater sie. Er sah Natalia geradewegs an. »Und weiter?«, fragte er kühl.

Natalia schaute hinunter in ihren Schoß, sah, wie sie nervös ihre Finger umeinanderschlang, und zwang sich, sie still zu halten. »Zwischen uns ist es zwar aus«, sagte sie leise. »Aber ich bin schwanger.«

Ihre Mutter hielt sich die Hand vor den Mund. »Das kann nicht wahr sein!«

»Ich habe es vor zwei Tagen erfahren«, erklärte Natalia. »David weiß nichts. Ich bin zuerst zu euch gekommen.« Sie sah sie flehend an. »Ihr seid schließlich meine Eltern.«

Ihre Mutter begann in ihre Handfläche zu weinen. Das war unverkennbar der Schock, dachte Natalia. Ihre Mutter konnte kalt und egoistisch sein, aber sie war schließlich ihre *Mutter*. Sie musste doch …

Ein entsetzliches Gefühl machte sich in ihrem Inneren breit. Natalia hatte nicht erwartet, dass sie derart heftig reagieren würde. Sie suchte den Blick ihres Vaters. Ihr Vater konnte beinhart sein, doch er liebte sie, auf seine Art. Ganz sicher begriff er, wie ihr zumute war, und bestimmt war ihm auch klar, dass die Familie zusammenhalten musste. Denn sie hatte ja nur sie. »Papa, ich …«

»Das hat er getan, um an uns heranzukommen«, unterbrach er sie. Seine Stimme war fest, fast gefühllos.

»Nein, Papa, so war es nicht«, sagte sie und bemühte sich, überzeugend zu klingen, obwohl sie genau denselben Gedanken gehabt hatte wie er und obwohl sie selbst von all den Menschen gelesen hatte, deren Leben David zerstört hatte.

Ihr Vater bedachte sie mit einem höhnischen Grinsen. »Wahrscheinlich sitzt du hier und bildest dir ein, dass dieser Hammar dich haben will. Und dein Kind.«

»Du begreifst überhaupt nicht, was du da getan hast«, sagte ihre Mutter mit erstickter Stimme.

»Ich wusste es«, wandte ihr Vater ein. Er schaute aus dem Fenster, als könnte er ihren Anblick nicht länger ertragen. »Schlechte Gene setzen sich immer durch. Ich hatte bereits mit so etwas gerechnet.«

Ihre Mutter schüttelte den Kopf. »Gustaf, so darfst du nicht reden.« Doch ihrer Stimme fehlte es an Überzeugung.

Ihr Vater wandte sich wieder Natalia zu. Sein Blick war streng und ohne die geringste Spur von Wärme oder Verständnis. »Ich habe es die ganze Zeit gewusst. *Meine* Tochter würde sich nie wie eine Schlampe aus der Unterschicht benehmen.«

»Ich verstehe ja, dass du aufgebracht bist«, sagte Natalia so ruhig, wie sie nur konnte. »Für mich war es ebenfalls ein Schock.«

»Gustaf«, bat ihre Mutter inständig. »Nicht jetzt.«

Er warf ihr einen flüchtigen Blick zu, worauf sie die Augen niederschlug und sich wieder in die Rolle der untergebenen Gattin zurückzog.

Ihr Vater stand auf. »Wenn du glaubst, ich würde ein Hurenkind in meiner Familie tolerieren, hast du dich getäuscht«, sagte er.

»Darüber muss man doch irgendwie reden können«, sagte Natalia, die von seiner Kühle und seiner Wortwahl weitaus geschockter war, als sie zeigen wollte. »Schließlich handelt es sich um mein Kind. Euer Enkelkind.« Und außerdem leben wir im einundzwanzigsten Jahrhundert. Und ich brauche euch, dachte sie.

»Da sieht man mal, wie das vulgäre Erbe sich seinen Weg bahnt.«

»Papa!«

»Du kapierst rein gar nichts«, schnauzte er sie an. »Jetzt hör mir mal genau zu. Du bist nicht meine Tochter. Bist es nie gewesen. Ich pfeife auf dich und dein Hurenkind. Und ich werde David Hammar unter dem Absatz meiner Schuhsohle zermahlen, diese Ratte.« Er deutete in Richtung Tür. »Verschwinde aus meinem Haus.«

»Aber …«

»Erklär es ihr, damit sie es begreift«, befahl er und schaute seine Ehefrau auffordernd an. »Ich will sie hier nicht mehr sehen.« Er schlug so fest mit der Hand auf die Tischplatte, dass eine Vase erzitterte und beinahe umgefallen wäre. »Nie mehr, verstanden?«

Dann ging er aus dem Zimmer, ohne Natalia noch eines Blickes zu würdigen.

Natalia starrte ihm hinterher. »Das verstehe ich nicht«, sagte sie. »Was meint er denn? Ich verhalte mich schließlich loyal, was die Familie betrifft, das wisst ihr doch, oder? Oder, Mama? Das kann er doch nicht ernst meinen. Ich habe ja gar nichts *getan*.«

»Ich wollte nicht, dass du es auf diese Weise erfährst«, sagte ihre Mutter und schnäuzte sich in ein Stofftaschentuch. »Eigentlich wollte ich nicht, dass du es überhaupt erfährst.«

»Was denn?«

»Bist du wirklich schwanger?«

Natalia nickte. »In der sechsten Woche.«

»Und es ist von ihm?« Sie verzog das Gesicht. »Von diesem Mann?«

»Ja.«

»Du musst es wegmachen lassen.«

»Das ist nicht deine Entscheidung.«

Ihre Mutter umschloss das Taschentuch in ihrer Hand fester. »Wie konntest du das nur tun? Wie konntest du uns das antun?«

»Ich habe es nicht getan, um es irgendwem *anzutun*.« Sie hatte nicht die Kraft zu erklären, wie enttäuscht sie war, wie verraten sie sich fühlte. Wie einsam und voller Angst sie war. Sie war hergekommen, um Trost zu finden, und weil sie, an diesem Tiefpunkt angekommen, auf die Unterstützung ihrer Eltern gezählt hatte. Doch da hatte sie sich ganz offensichtlich immens getäuscht.

»All die Jahre, in denen ich mich bemüht habe, dir beizubringen, wie man sich benimmt«, sagte ihre Mutter. Ihr Ton war vorwurfsvoll. »Ein wenig darüber nachzudenken, was du sagst. Zu begreifen, wie wichtig es ist, vorsichtig zu sein.« Sie schüttelte den Kopf. »Es gibt so vieles, wofür du eigentlich dankbar sein müsstest. Und dann das.« Sie sah Natalia an. Sie hatte aufgehört zu weinen, ihre Augen waren wieder trocken, doch Natalia konnte keinerlei Mitgefühl darin erkennen, lediglich Entschlossenheit.

»Ich kann nichts dagegen tun«, erklärte ihre Mutter und knüllte das Taschentuch in ihrer Hand zusammen. »Jetzt liegt es außerhalb meiner Kontrolle.«

»Ich verstehe kein Wort«, sagte Natalia aufrichtig.

Ihre Mutter strich den Stoff ihres Rockes glatt und rückte ihn zurecht, bis er absolut faltenfrei über ihren Beinen lag. Dann sagte sie ruhig: »Gustaf ist nicht dein leiblicher Vater.«

Mit einem Schlag veränderte sich alles.

Alles, an das sie geglaubt hatte.

Alles, was sie gewusst hatte.

Einfach alles.

Sie war keine de la Grip.

Natalia überfiel eine bleierne Müdigkeit. Mit einem Mal war sie so erschöpft, dass sie kaum noch die Augen offen halten konnte. Vielleicht lag sie ja auch gerade zu Hause in ihrem Bett und schlief und würde bald aufwachen und feststellen, dass es diesen Sommer nie gegeben hatte, dass sie David nie begegnet war, dass …

»Für mich ist es auch nicht leicht«, fuhr ihre Mutter fort. Ihre Stimme klang nun wieder fester, als wäre das Ganze für sie bereits abgeschlossen, als hätte sie sich endgültig für eine Seite entschieden. »Ich habe immer versucht, dich zu schützen. Aber diesmal bist du zu weit gegangen. Ich muss loyal zu Papa sein – zu Gustaf. Er braucht mich. Und ich brauche ihn, das weißt du.«

Natalia blinzelte. Ihr Herz raste. War das wirklich real? Saß ihre eigene Mutter hier vor ihr und verstieß sie?

»Ich habe damals einen Fehler gemacht«, erklärte ihre Mutter. »Peter war noch so klein. Ich fühlte mich einsam und nicht genügend wertgeschätzt. Und dann habe ich etwas Dummes getan. Aber Papa und ich sind übereingekommen, dass wir gemeinsam weitermachen wollen. Als Familie. Er hat dir seinen Namen gegeben und mir alles verziehen, was geschehen war.«

Was geschehen war. Damit bin ich gemeint.

»Und dann kam Alexander. Euch Kindern haben wir alles gegeben«, fuhr ihre Mutter fort, als hielte sie eine Verteidigungsrede hinsichtlich der Entscheidungen, die sie damals getroffen hatte. »Wir hatten ein großes Haus, sind oft verreist und haben uns mit schönen Dingen umgeben.«

»Er hat mich immer anders behandelt«, sagte Natalia, denn plötzlich wurde ihr einiges klar. Wie man sie vom inneren Kreis von Investum ferngehalten hatte. Wie die Güter und Kleinode der Familie systematisch auf die Söhne übertragen worden waren. Die ganze Zeit hatte sie angenommen, dass es sich dabei um eine Geschlechterfrage handelte. Aber stattdessen war es um Gene gegangen. Sie war nicht Gustafs leibliches Kind, und deshalb sollte sie außen vor gehalten werden. Sie, die Untreue so hasste, war das Resultat einer Untreue. Ironie des Schicksals.

»Gustaf kann mitunter recht streng sein, aber du hast ihm immer viel bedeutet«, sagte ihre Mutter. »Er hat zwischen euch Kindern nie einen Unterschied gemacht.«

Ihre Mutter log, und das wussten sie beide. Natürlich hatte es Unterschiede gegeben. Kein Fleiß der Welt hatte diese Unterschiede kompensieren können.

»Weiß Peter davon? Und Alex?«

»Niemand weiß es.«

Doch Natalia hatte den unsicheren Blick ihrer Mutter bemerkt. Sie log. Schon wieder. All diese Lügen.

»Onkel Eugen weiß es, oder?«, fragte Natalia, als auch die letzten Puzzleteile an ihren Platz fielen.

»Ja, Eugen weiß es. Er hat es mir nie verziehen. Er war der Meinung, dass du es erfahren müsstest. Das war ziemlich belastend für mich. Und auch für Papa.«

Ich muss hier raus, dachte Natalia, die plötzlich von Panik ergriffen wurde. Weg, ich muss weg. Sie stand auf. Mitten in einem Satz, den ihre Mutter gerade sagte. Sie verließ den Salon, ohne sich zu verabschieden. Verließ das Haus mit leerem Blick und einer Eiseskälte in der Brust.

Sie setzte sich ins Auto.

Ihre Hände zitterten, sodass sie kaum das Handy aus ihrer Tasche nehmen konnte. Sie wählte eine Nummer und schloss die Augen, während das Freizeichen ertönte.

Åsa wollte gerade ihre Wohnung verlassen, als Natalia anrief.

»Kann ich vorbeikommen?«

Sie hörte sofort, dass etwas passiert war. »Okay, komm«, antwortete sie nur. Sie hatte eine Abendverabredung mit einem jungen Fondsmanager und sah bereits das Foto vor sich, das sie Michel später schicken würde. Sie in einem knallroten Jerseyshirt mit göttlich tiefem Ausschnitt, dazu lange knallrot lackierte Fingernägel. Zwar etwas vulgär, aber sie wusste eben, was die Männer mochten. Wer hätte gedacht, dass es so einen Spaß machen würde, ihn zu ärgern?

Zehn Minuten später stand Natalia schlotternd in ihrem Hausflur, und Åsa brauchte nur einen flüchtigen Blick auf ihre Freundin zu werfen, um festzustellen, dass sie ihre Abendplanung über den Haufen werfen musste. »Komm rein«, sagte Åsa. »Ich muss nur kurz ein Telefonat führen, um einen Termin zu canceln.«

Åsa wählte eine Nummer und sagte ihr Date ab. Dann betrachtete sie ihre Freundin eingehender. »Du siehst ja zum Fürchten aus. Ich bestell uns eine Pizza«, entschied sie, denn sie hatte einen Bärenhunger. »Möchtest du auch eine?«

Natalia schüttelte den Kopf, aber Åsa bestellte vorsichtshalber eine große, die sie sich teilen konnten. Natalia sah aus, als bräuchte sie einen Energieschub, während sie selbst ihren gegenwärtig unbefriedigten Sexualtrieb durch Essen zu kompensieren gedachte. »Mit besonders viel Käse«, sagte sie in den Telefonhörer, während sich Natalia der Länge nach auf eines ihrer Sofas fallen ließ.

Natalia streifte sich die Schuhe ab, legte einen Arm auf die Stirn und sagte: »Das Drama geht weiter. Willst du es hören?«

Åsa setzte sich aufs andere Sofa. »Schieß los.«

Nachdem Natalia erzählt hatte, saß Åsa schweigend da. Dafür, dass Natalia bislang diejenige gewesen war, die das ereignislosere und weitaus weniger dramatische Leben von beiden geführt hatte, war sie ihr inzwischen ziemlich dicht auf den Fersen.

»Hast du es gewusst?«, fragte Natalia. »Dass Gustaf nicht mein Vater ist?«

Åsa schüttelte langsam den Kopf. »Und zu meiner Schande muss ich gestehen, dass ich auch nie etwas geahnt habe. Ich bin wohl zu sehr mit mir selbst beschäftigt. Und wie geht es dir damit?«

»Natürlich super«, sagte Natalia sarkastisch.

»Aber wer ist es denn? Dein leiblicher Vater?«

»Kannst du es fassen, dass ich nicht einmal danach gefragt habe? Ich hab keinen blassen Schimmer. Und ich bringe es auch nicht über mich, ausgerechnet jetzt bei Mama anzurufen und sie zu fragen. Es kann schließlich jeder sein. Vielleicht der Typ, der immer den Pool sauber gemacht hat.«

Es klingelte an der Tür, und Åsa stand auf, um die Pizza entgegenzunehmen. Sie kehrte mit dem Karton zurück, stellte ihn auf den Couchtisch und ging hinaus in die Küche. Dort nahm sie Besteck, Teller und Gläser aus dem Schrank.

»Das riecht ja göttlich«, sagte Natalia, als Åsa zurückkehrte. Der Karton stand offen, und der Duft nach Knoblauch und Basilikum breitete sich im Wohnzimmer aus.

Åsa schnitt für jede von ihnen ein Stück mit einer dicken Schicht Käse darauf heraus. »Ich habe auch einen ganz passablen Rotwein in der Küche. Möchtest du ein Glas?«

Natalia hatte sich gerade einen großen Bissen von der Pizza in den Mund geschoben. Sie legte das restliche Stück auf ihren Teller zurück und tupfte sich den Mund ab. »Mein Gott, ich habe ja völlig vergessen, dir noch etwas anderes zu erzählen.« Sie kicherte nervös. »Ich bin nicht nur ein Bastard. Ich bin noch dazu schwanger.«

Dann brach sie in hysterisches Lachen aus, sodass ihre Schultern zu zucken begannen. Åsa legte ihr Besteck zur Seite. In all den vergangenen Jahren war Natalia ruhig und besonnen durchs Leben gegangen. Doch diese Zeiten waren wohl jetzt vorbei, wie sie annahm. »Dann pfeif ich auf den Wein«, beschloss sie. »Jetzt brauche ich erst mal einen ordentlichen Drink. Und dann erzählst du mir verdammt noch mal alles ganz genau.«

Nachdem sie die Pizza aufgegessen hatten und Åsa nach ein paar Gläsern Gin Tonic angenehm angesäuselt war, lehnte sich Natalia auf dem Sofa zurück. Sie hatte die Beine hochgezogen und sich in den Schneidersitz gesetzt und wirkte erstaunlich gefasst für eine Frau, die innerhalb einer guten Woche zuerst betrogen und fallen gelassen, danach aus Versehen schwanger und zu guter Letzt auch noch zu einem unehelichen Kind erklärt worden war.

Åsa kippte den Rest ihres Drinks herunter. »Und was machst du jetzt?«, fragte sie, fischte einen Eiswürfel aus ihrem Glas und zerbiss ihn krachend mit den Zähnen.

»Ich weiß es nicht. Alles ist gelinde gesagt ein ziemliches Chaos. Aber ich habe nicht einmal die Kraft, um zusammenzubrechen. Wie fühlt es sich eigentlich für dich an? Ich meine, darüber zu sprechen. Du stehst Mama und – äh – Gustaf doch recht nahe.«

»Ist schon okay. Und außerdem meinte ich es ernst, was ich neulich gesagt habe. Ich stehe auf deiner Seite, Nat.«

»Danke«, sagte Natalia. Ihr Handy klingelte. Sie nahm es zur Hand und schaute aufs Display. »Ich muss rangehen«, sagte sie mit einem schiefen Grinsen. »Jetzt kann es jedenfalls kaum noch schlimmer kommen, das ist doch immerhin ein Trost.«

Sie hielt sich das Handy ans Ohr und horchte. Åsa ging unterdessen in die Küche, um sich einen weiteren Drink zu mixen. Als sie zurückkehrte, hatte Natalia ihr Telefonat bereits beendet.

»Das ging aber schnell«, meinte Åsa. »Wer war es denn?«

»Es war J. O.« Natalia starrte geradewegs ins Leere, als würde sie scharf nachdenken.

Åsa schaute auf ihre Uhr. »Und was wollte er?«

»J. O.?«

Åsa nickte und nippte an ihrem Drink.

»Er hat nur angerufen, um mir zu sagen, dass ich gefeuert bin.«

41

Donnerstag, 24. Juli

Am nächsten Vormittag, einem ganz gewöhnlichen Donnerstagvormittag, ging Natalia hinunter in Richtung Innenstadt spazieren. Es war angenehm, sich ein wenig zu bewegen, und irgendetwas in ihrem Inneren hatte sich nach der bizarren Entwicklung der Ereignisse am gestrigen Tag gelöst.

Ja, sie war schwanger von einem Mann, den sie verdächtigte, ein rücksichtsloser Psychopath zu sein.

Ja, sie war arbeitslos.

Und ja, sie hatte außerdem gerade erfahren, dass sie selbst ein außereheliches Kind war, das Resultat der Untreue ihrer Mutter. Und sie war mit größter Wahrscheinlichkeit aus ihrer Familie verstoßen worden.

Aber – und dies war ein wichtiges Aber – sie war gesund, hatte genügend zu essen und ein Dach über dem Kopf. Es hätte definitiv schlechter kommen können.

Sie schloss die Augen hinter ihrer Sonnenbrille und hielt ihr Gesicht einen Augenblick lang in die Sonne, bevor sie auf die Eisbude am Anleger unterhalb des Berzelii Park zuging. Mehrere Touristen standen Schlange, und sie wartete geduldig, bis sie an der Reihe war. Sie kaufte sich eine Waffel mit Erdbeereis und setzte sich dann auf dieselbe Bank, auf der David und sie vor mehr als drei Wochen gesessen und zusammen Bratwurst gegessen hatten.

Sie hatte David weniger als einen Monat lang gekannt. Es war noch nicht einmal zwei Wochen her, als sie sich zuletzt in Båstad geliebt hatten. Ein Mensch, den man nur so kurze Zeit kannte, dürfte eigentlich keine so große Bedeutung für einen haben, nicht so viel Raum in den eigenen Gedanken einnehmen. Ein Mann, der sie kaltblütig ausgenutzt und wie eine Spielfigur benutzt hatte … Natalia zwang sich, die sinnlosen Gedanken zu verdrängen, die ihr flüchtiges und äußerst zerbrechliches Wohlbefinden trübten.

Sie litt unter entsetzlichen Stimmungsschwankungen. Mitunter vergingen nur Sekunden, in denen sich absolute Hoffnungslosigkeit, tiefe Trauer und lähmende Wut miteinander abwechselten, was äußerst kräftezehrend war. Irgendwie begriff sie, dass sie sich in einer Krise befand, doch sie hatte keine Zeit dafür. Hatte keine Lust aufzugeben. Sie musste sich auf Dinge konzentrieren, die ihr Stärke verliehen und ihr den Eindruck vermittelten, die Kontrolle über sich zu behalten. Deshalb hatte sie in den vergangenen Tagen – zwischen Übelkeit, Kotzanfällen und all den schockierenden Bescheiden – herumtelefoniert und sich an alle Personen gewandt, denen sie im Lauf ihres Berufslebens begegnet war, und die ihr noch einen Gefallen schuldeten. Sie hatte mit früheren Kunden, einflussreichen Maklern und Fondsmanagern gesprochen und jedem Einzelnen von ihnen ihre Argumente unterbreitet sowie Gründe dafür aufgezählt, warum sie auf ihren Rat hören sollten.

Denn sie würde alles tun, was in ihrer Macht stand, damit David die Neuwahlen nicht gewinnen würde. Erst auf der Aktionärsversammlung würde sich letztlich alles entscheiden, und bis dahin, bis zur letzten Minute würde sie alles geben, um seinen Plan zunichtezumachen. Das Problem bestand allerdings darin, dass es sich um einen akribisch geplanten Coup handelte und er ziemlich großen Vorsprung besaß.

Sie schleckte nachdenklich an ihrem Eis und versank in Gedanken. Sie war in ihrem ganzen Leben noch nie arbeitslos gewesen und hatte auch fast nie freigehabt, sodass sie kaum wusste, womit man sich die Zeit vertrieb, wenn man keinen Job hatte. Sie schaute auf und beobachtete die Leute, die vorübergingen. Es waren überwiegend Touristen, doch einige sahen aus, als hätten sie es eilig, um zu ihrem Arbeitsplatz oder irgendwelchen Meetings zu gelangen. Sie hatte nie zuvor über den Unterschied im Tempo und den Bewegungsabläufen nachgedacht. Ein Schiff tutete und legte vom Kai ab. Sie sah ein Kind winken und war kurz davor zurückzuwinken.

Wenn alles gut ging und sie das Kind behielt, würde sie im nächsten Sommer Mutter sein. Es kam ihr absolut unwirklich vor. Und wie sollte sie mit der Tatsache umgehen, dass sie den Vater ihres Kindes hasste? Hatte die Ärztin recht? Musste sie David informieren? Oder konnte sie so egoistisch sein, ihm nichts davon zu erzählen? Er wollte keine Kinder haben, das hatte er selbst gesagt.

Ihre Gedankengänge wurden vom Auftauchen eines Schattens vor ihr und einem leisen »Hej« unterbrochen.

Sie war in Gedanken völlig abgetaucht.

Automatisch schaute sie auf.

Es war, als hätten ihre eigenen Überlegungen ihn heraufbeschworen und bewirkt, dass er sich vor ihr materialisierte. Denn er war es, David, mit ernster Miene und genauso attraktiv wie zuvor, der da vor ihr stand. Obwohl sie gerade eben an ihn gedacht hatte, oder vielleicht gerade deswegen, war der Schock geradezu lähmend.

»Hej«, begrüßte sie ihn, auch wenn sie eigentlich gar nichts hätte sagen wollen, doch die ihr eigene Höflichkeit siegte über alle anderen Gefühle. Darüber hinaus fiel ihr allerdings nichts weiter zu sagen ein.

»Frühes Mittagessen?«, meinte er und schaute fragend auf ihr Eis. Er stand direkt vor ihr, und Natalia musste den Kopf in den Nacken legen, um ihn ansehen zu können. Sein plötzliches Auftauchen wühlte sie weitaus mehr auf, als sie es für möglich gehalten hatte, doch sie wollte ihm nicht die Genugtuung geben zu bemerken, dass er sie völlig aus der Fassung brachte. Mit ihrem Abgang am vergangenen Freitag war sie äußerst zufrieden gewesen, doch das war bereits eine Woche her, und ihre Kraftreserven schienen so gut wie aufgebraucht zu sein.

Sie blinzelte gegen die Sonne und betrachtete so objektiv wie möglich den Mann, der sie mehr verletzt hatte als irgendeine andere Person je zuvor. Seine Miene war unergründlich. Erahnte sie eine Gefühlsregung in seinen Augen, oder war es nur Einbildung? Was empfand er, als er sie mit diesem Blick ansah? Mitleid?

»Soll ich es für dich wegwerfen?«, fragte er, als Natalia noch immer schwieg.

Natalia warf einen Blick auf den kläglichen Rest ihres geschmolzenen Eises, das sie in der Hand hielt. Am liebsten hätte sie David Hammar angefaucht und geantwortet, dass sie ihr Eis auch selber wegwerfen und er zur Hölle fahren könnte, doch sie wollte ihm gegenüber weder schwach noch verletzlich wirken. Sie wollte stattdessen lieber stark und gefasst auftreten, und so reichte sie ihm ohne ein Wort ihr Eis und sah zu, wie er auf einen Papierkorb zusteuerte und es hineinwarf, bevor er zurückkam und sich neben ihr auf die Bank setzte.

Ohne sie zu berühren, schaute er übers Wasser hinaus. Sie selbst saß aufrecht und etwas steif mit klopfendem Herzen auf der Bank, den Blick nach vorn gerichtet, ohne etwas zu sehen. Warum war er hergekommen? Wo es doch Tausende von Bänken in ganz Stockholm gab – warum musste er sich ausgerechnet auf diese hier setzen?

So unauffällig wie möglich schielte sie zur Seite und sah ihn aus dem Augenwinkel an. Genau im selben Moment wandte er ihr das Gesicht zu, sodass sie sich ertappt fühlte, geradezu entblößt. Von seinem durchdringenden Blick und all der Energie, die ihn ausmachte.

Sie wandte sich als Erste ab. Die Spannung zwischen ihnen war so stark, dass sie kaum Luft bekam. Aber wahrscheinlich war nur sie diejenige, die es so wahrnahm.

Er fühlte vermutlich überhaupt nichts. Wahrscheinlich vögelte er regelmäßig Frauen, zerstörte deren Selbstwertgefühl und setzte sich danach völlig unberührt neben sie, ohne sich etwas dabei zu denken. Vielleicht hatte er ja massenweise andere Frauen gehabt, während er mit ihr zusammen war. Womöglich war sie nur eine von vielen, tja, womöglich … Vor lauter Wut begannen ihr die Tränen in die Augen zu schießen. Doch sie riss sich zusammen. Sie hatte nicht vor, hier zu sitzen und zu heulen. Sie wollte cool bleiben. Sich unberührt geben. Am besten wäre es, sofort aufzustehen und zu gehen.

»Natalia«, begann er.

»Was, David?«, unterbrach sie ihn. Ihre Stimme war aufgebracht, sie fauchte ihn regelrecht an. Aber besser aufgebracht als traurig, war alles, was sie denken konnte. Alles war besser als einfach loszuheulen. »*Was* kannst du mir noch zu sagen haben?«

»Ich verstehe ja, dass du sauer bist«, entgegnete er ruhig, als wäre sie ein trotziges Kind, und sie platzte beinahe vor Wut. Er *verstand* es also, na toll, wahnsinnig einfühlsam von ihm! Arschloch! Natalia ballte die Hände zu Fäusten und streckte sie dann wieder aus, holte tief Luft und bündelte all ihre Kraft, auf die sie sich immer hatte verlassen können und die sie schon durch ihre Kindheit und ihr erwachsenes Leben hindurch getragen hatte. Sie bediente sich jeder Reserve, die sie irgendwo in ihrem Inneren auftreiben konnte. Ihr Herz pochte so stark, dass es wehtat. Und dann tat sie, was sie noch nie zuvor getan hatte. Etwas, wozu sie sich noch nie herabgelassen hatte, worauf sie immer stolz gewesen war: Sie griff ihn vorsätzlich verbal an. Sie versetzte ihm mutwillig einen Stoß und verletzte ihn dort, wo es am meisten wehtat.

»Nein, ich bin eigentlich gar nicht sauer«, begann sie und hörte durch das Rauschen in ihren Ohren hindurch, dass sie relativ ruhig klang, auch wenn sie innerlich keineswegs ruhig war, denn sie wollte ihn bewusst verletzen und ihm wehtun. »Warum auch? Du weißt ja, woher ich stamme. Frauen wie ich gönnen sich hin und wieder ein kleines Abenteuer mit Männern aus den niederen Schichten, aber ich muss gestehen, dass es mir ganz sicher nicht mehr bedeutet hat als dir.«

Sie schnippte sich einen Krümel vom Arm und bedachte David mit einem kühlen Oberschichtblick, der von jeder beliebigen Aristokratin hätte stammen können. »Mit dir zu schlafen war zwar mal eine nette Abwechslung. Aber ehrlich gesagt, David, nach einer Weile kam es mir, wie soll ich sagen, doch etwas übertrieben vor. Ich hätte auf dieses Techtelmechtel sowieso nicht viel länger Lust gehabt.«

Bereits als sie die letzten Worte aussprach, spürte sie, dass sie zu weit gegangen war. Ihre Lüge war so überzogen, ihr Inhalt zu derb. Als wäre er irgendein ungehobelter Kerl, für den sie regelrechte Abscheu empfand.

Davids Miene verfinsterte sich. »Wenn du so darüber denkst …«, begann er. Sie sah, mit welcher Bitterkeit er die Worte aussprach. Sie hatte ihn noch nie zuvor so zornig erlebt, jedenfalls nicht auf diese Weise.

»David, ich …«, begann sie, denn sie bereute ihre Worte bereits. Es war ihrer unwürdig, ihn anzulügen und zu erniedrigen. »Ich hätte nicht …«, sagte sie, doch David sah aus, als hörte er ihr gar nicht mehr zu. Sein gesamter Gesichtsausdruck hatte sich verändert. Er runzelte die Stirn. Eine gewisse Wachsamkeit ließen seine finsteren Züge noch härter erscheinen, und er richtete seinen Blick auf etwas, das offenbar nichts mit ihr zu tun hatte, sondern sich hinter ihr befand. Automatisch drehte Natalia sich um. David stand von der Bank auf, und sie spürte die Unruhe, die ihn umgab. Dann sah Natalia, was oder besser gesagt *wer* eine so heftige Reaktion bei ihm hervorrief. Zweifelsfrei.

Es war sie.

Die hübsche Blonde vom Foto, das David in einem teuren Rahmen in seinem Wohnzimmer stehen hatte. Ein Foto, das Natalia eigentlich gar nicht hätte zu Gesicht bekommen sollen. Die Frau hatte inzwischen längere Haare und war sonnengebräunter als auf dem Bild, aber es handelte sich definitiv um sie. Sie strahlte förmlich vor Zufriedenheit und Frische, als sie mit ihren langen hübschen Beinen, die in teuren Pumps steckten, auf David zusteuerte.

Die Frau schlang ihre Arme um Davids Hals und schmiegte sich in seine Umarmung. Die Geste war ziemlich intim, und Davids Arm um ihre Schultern wirkte beschützend und liebevoll. Natalia starrte die beiden an und zwang sich, den Schmerz auszuhalten. Denn es tat weh. Dabei spielte es keine Rolle, dass sie David hasste, es war einfach nur entsetzlich, es mit anzusehen. Aber wegschauen wollte sie auch nicht.

»Ich weiß, dass du mich gebeten hast, im Café zu bleiben«, sagte die Frau. Sie deutete mit dem Kopf in Richtung eines Cafés, das ein Stück entfernt lag, und lächelte entwaffnend. Ihre Stimme war weich und hatte einen Akzent, den Natalia nicht ganz einordnen konnte. Ihr Schwedisch war perfekt, aber irgendetwas im Rhythmus der Worte und in ihrer Aussprache klang fremdartig.

Die Frau schaute Natalia abwartend, aber nicht beunruhigt an, als wäre sie sich ihrer Position sicher. Und Natalia sah das, was sie am allerwenigsten sehen wollte: die Liebe zwischen diesen beiden Menschen. Es musste selbst jemandem auffallen, der nicht so genau hinschaute, doch Natalia schaute eben äußerst genau hin. Sie nahm eine Wärme in Davids Blick wahr, die sie nie zuvor bemerkt hatte. Jetzt waren seine Gesichtszüge und auch seine Bewegungen weicher geworden, ein Anblick, der sie traf wie ein Schlag in die Magengrube.

Die blonde Frau legte ihre Hand auf Davids Wange. Sie hatte lange Finger mit Ringen daran, die glänzten, wie nur echte Edelsteine es tun, und sagte leise: »Ich hab dich vermisst.« Ihre Stimme klang gespielt vorwurfsvoll, als sie hinzufügte: »Du warst so lange weg.«

Sie wandte sich Natalia zu, noch immer mit Davids Arm um ihre Schultern. Sie lehnte sich gegen seine Brust, wie um zu zeigen, zu wem er gehörte, zu wem *sie* gehörte. Ihr Mund war zu einem Lächeln geformt, während ihre Augen Natalia unzweideutig ihre Besitzansprüche und ihre Zugehörigkeit signalisierten.

»Das ist Natalia«, stellte David sie vor. Seine Stimme war steif und kühl. »Und das ist Carolina.«

»Hej«, begrüßte Carolina sie, doch sie streckte ihr nicht die Hand entgegen, und Natalia kam auch nicht auf die Idee, es zu tun, sondern murmelte lediglich etwas vor sich hin, während sie von der Bank aufstand.

Die Sonne brannte auf ihrem Rücken. Es war heiß, *zu* heiß. Ihr lief ein Schweißtropfen den Rücken hinunter, und sie hatte das Gefühl zu sterben, wenn sie nicht sofort etwas zu trinken bekäme. Sie hielt ihre Handtasche fest umschlossen und warf den beiden einen letzten Blick zu, bevor sie einfach wegging. Blind. Ohne David anzuschauen. Sie sagte auch nicht Hejdå, denn ihr wollte einfach nicht einfallen, was sie zu einem Paar sagen sollte, das sie ausgeschlossen hatte, als wäre sie ein Niemand. Sie hoffte, außer Hörweite zu sein, als das erste Schluchzen aus ihr hervorbrach.

David folgte Natalia mit dem Blick. Er sah ihr viel zu lange nach, konnte es einfach nicht bleiben lassen. Sie ging aufrecht und wirkte gefasst, aber er hatte gesehen, wie geschockt sie gewesen war, als Carolina unerwartet auftauchte.

Er holte Luft und versuchte, sich wieder zu beruhigen. Sie hatte es so dargestellt, als wäre es ein Abenteuer gewesen, auf das sie inzwischen keine Lust mehr hätte, und ihm wäre fast der Boden unter den Füßen weggebrochen. Und dann auch noch Carolinas plötzliches Auftauchen. Das war sonst gar nicht Caros Art. Er hatte sie gebeten, im Café zu bleiben, und sie tat normalerweise, was er ihr sagte. Aber er konnte ihr nicht böse sein, weil sie unerwartet gekommen war. Es war einfach nur alles so kompliziert.

Carolina bewegte sich leicht unter seinem Arm. »Alles in Ordnung?«, fragte sie.

David nickte.

»Ist sie das?«, fragte sie leise.

David erstarrte. Manchmal besaß Carolina eine ziemlich schnelle Auffassungsgabe. »Was meinst du damit?«

Es gelang ihm nicht, unberührt zu klingen. Carolina kannte ihn zwar, aber in gewisser Weise auch wieder nicht. Sie wussten alles und nichts voneinander. Er zog sie zu sich heran.

Carolina bohrte ihre Nase in sein Hemd. »Ich bin es einfach nicht gewohnt, so viele Leute um mich zu haben«, murmelte sie. »Können wir nicht nach Hause fahren?«

Er nickte, erleichtert darüber, dass sie das Thema fallen gelassen zu haben schien. »Klar.«

»Und David?« Sie schaute zu ihm auf. Ihr Gesichtsausdruck war ernst, und er wusste mit einem Mal, dass das Thema für sie keineswegs erledigt war. »Wir müssen reden«, sagte sie.

42

In den vergangenen Tagen hatte Peter in seinem Büro bei Investum sozusagen gewohnt. Sein Vater war ebenfalls vom frühen Morgen bis zum späten Abend in der Firma. Als würde es irgendeine Rolle spielen, dass sie hier waren, dachte Peter und begrub sein Gesicht in den Händen.

Er konnte sich nur schwer vorstellen, wie diese Farce von einem Coup anders als in einer absoluten Katastrophe enden sollte. Doch sein Vater war fest entschlossen, den Kampf aufzunehmen, und dabei stand ihm Peter natürlich zur Seite. Es war immer noch einfacher, mit dem Strom zu schwimmen, als gegen die Wellen anzukämpfen. Und schließlich war es in Wahrheit so, dass Peters Zukunft ernsthaft gefährdet sein würde, wenn sie Investum verlören – ein unfassbarer Gedanke. Seine Freunde, die Kollegen – alle, die er kannte, und nicht zuletzt Louise – würden auf ihn herabsehen, als wäre er ein Versager sondergleichen.

Er rieb sich die Augen und schaute von seinem Schreibtisch auf, als sein Vater mit finsterer Miene zur Tür hereinkam.

»Du musst dir das hier mal anschauen«, sagte er und hielt ihm eine braune Mappe hin. Peter öffnete sie und breitete ein großformatiges Foto nach dem anderen auf dem Tisch aus.

»Sind die von der Überwachung?« Peter hatte eigens die Detektei engagiert, die David Hammar beschatten und ihnen regelmäßig Bericht erstatten sollte. Das war nichts Außergewöhnliches, denn sie setzten immer mal wieder Privatdetektive auf Konkurrenten oder anderes feindliches Gesinde an. In den meisten Fällen war es rausgeschmissenes Geld, aber mitunter …

Peter betrachtete die Fotos eingehend.

Er begriff nicht ganz. Warum stand David dort und unterhielt sich mit Natalia? Er schaute genauer hin. Es sah aus, als wäre es im Berzelii Park. Dem Datum an der Unterkante der Fotos nach zu urteilen, waren sie am selben Tag aufgenommen worden.

»Kennen die beiden sich?«, fragte er, noch immer nicht in der Lage zu begreifen, wie nahe seine Schwester und David sich zu stehen schienen. »Ich meine, privat?«

»Sie kennen sich«, antwortete sein Vater in knappem Ton. Ein Unterton in seiner Stimme signalisierte Peter, dass er ihm etwas vorenthielt, doch dann erblickte Peter etwas, das ihn David und Natalia völlig vergessen ließ. Ein Gesicht aus der Vergangenheit, und ihm blieb buchstäblich die Luft weg.

Das durfte nicht wahr sein.

Peter starrte auf das Foto. Sie war es. Ganz sicher. *Sie*.

Carolina.

Auf dem Foto sah sie älter aus. Sie war nicht mehr das junge Mädchen von damals, sondern eine elegante erwachsene Frau. Peter hätte sie auf jedem Foto wiedererkannt. Noch immer sah er hin und wieder ihre Gesichtszüge vor sich, wenn er nachts schweißgebadet aus einem Traum erwachte oder mit dem Blick ins Leere gerichtet seinen Tagträumen nachhing. Er betrachtete die ausgebreiteten Fotos. Es war wie in einem schlechten Krimi. Unscharfe Vergrößerungen, Nahaufnahmen.

Carolina.

Großer Gott.

»Sie lebt«, flüsterte er. Seine Stimme brach. Er schaute seinen Vater mit Panik in den Augen an. »Du hast gesagt, dass sie gestorben ist, aber sie lebt.«

43

Freitag, 25. Juli

David starrte bereits seit einer halben Stunde auf den Bildschirm seines Laptops. Die Zahlen und Tabellen starrten stumm zurück. Seine Gedanken wanderten wieder und wieder zu der gestrigen Begegnung im Park.

Es war dämlich gewesen, auf Natalia zuzugehen. Jetzt im Nachhinein sah er es absolut ein, aber er war irgendwie außerstande, vernünftige Entscheidungen zu fällen, wenn es um sie ging.

Er klappte den Laptop zu und stand auf.

Der Blick in Natalias Augen, als sie Caro begrüßte …

Er hatte nicht beabsichtigt, dass die beiden sich auf diese Art kennenlernen würden. Nicht beabsichtigt, dass sie sich überhaupt je begegnen würden. Natürlich nicht. Und er wusste, dass es Wahnsinn wäre, jetzt Kontakt zu Natalia aufzunehmen. Aber er hatte das Bedürfnis, es ihr zu erklären. Wollte, dass sie ihn nicht mehr als notwendig hasste. Wenn man bei einem Gefühl wie Hass überhaupt von notwendig und weniger notwendig sprechen konnte.

Er ging zum Fenster, schob die Hände in die Hosentaschen und gab sich seinen Gedanken hin, die ihn sowieso von der Arbeit abhielten. Er wollte nicht, dass sie ihn hasste. Und außerdem konnte er es ihr erklären. Jedenfalls die Sache mit Carolina.

Alles andere war bereits unerbittlich ins Rollen gekommen. Doch Natalia hatte eine Erklärung von seiner Seite verdient.

David griff nach seinem Handy, klickte ihre Nummer an und drückte auf Anrufen, bevor seine Vernunft ihn davon abhalten konnte.

Das Freizeichen ertönte. Er wartete. War sie beschäftigt? Oder sah sie, dass er anrief, und wollte nicht rangehen? Als die Mailbox ansprang, legte er auf.

Er schaute erneut aus dem Fenster und sah, wie die Hitze die Luft zum Flirren brachte. Er sollte es als Zeichen nehmen und sie in Ruhe lassen.

Ach, zum Teufel mit dem Zeichen. Er versuchte es erneut und wartete ungeduldig.

Sie meldete sich nach dem dritten Klingeln.

»Hallo?«

Ihr Ton war abweisend, doch David war erleichtert, dass sie überhaupt abgenommen hatte.

»Hej. Danke, dass du rangegangen bist«, sagte er.

Langes Schweigen. »David«, sagte sie dann, bevor sie erneut schwieg. Und schließlich: »Womit kann ich dir helfen?«

»Ich würde mich gern mit dir treffen«, antwortete er. »Um dir etwas zu erklären.«

»Du brauchst mir nichts zu erklären«, sagte sie schroff.

»Ich verstehe, dass du mir nicht vertraust.«

»Nein.«

Er schaute auf seine Armbanduhr. Es war sechzehn Uhr. »Bist du noch bei der Arbeit?«, fragte er. Sie antwortete nicht, und David registrierte eine Art Zögern, das er nicht einordnen konnte.

»Nein«, sagte sie dann.

»Können wir uns sehen?« Er konnte unmöglich am Telefon mit ihr darüber sprechen. Das redete er sich zumindest ein. In Wahrheit wollte er sie sehen.

»Ich bin gerade im Nationalmuseum«, sagte sie schließlich. Ihr Ton war noch immer kurz angebunden. Aber sie hatte nicht Nein gesagt.

Und außerdem wusste er genau, was sie sich dort ansah.

»Die Ikonenausstellung?«, fragte er, und er konnte sie vor seinem inneren Auge vor den erlesenen russischen Ikonen stehen sehen.

»Ja.«

David dachte nach. Er war sich ziemlich sicher, beschattet zu werden. Ihm war bereits ein verdächtiger Wagen und eine Person, die mit einer Kamera bewaffnet war, aufgefallen, und er wollte vermeiden, mit ihr zusammen gesehen zu werden. Aber an einem Freitagnachmittag mitten in der Sommerpause? Die Wahrscheinlichkeit, dass irgendwer, den sie kannten, sie in einer kleinen russischen Ausstellung sehen würde, war äußerst gering.

»Kannst du noch eine Viertelstunde warten? Ich komme sofort«, sagte er.

»Okay«, meinte sie und legte auf, bevor er noch mehr sagen konnte.

David öffnete die Tür seines Büros und rief: »Jesper, kannst du mal kommen?«

Der junge Mann kam lächelnd und mit einem Notizblock in der Hand in sein Büro.

»Hör mir gut zu, nein, du brauchst dir keine Notizen zu machen. Ich brauche deine Hilfe. Nimm meinen Wagen«, begann David und versuchte, den Gedanken zu verdrängen, dass er sich fühlte wie in einem Agententhriller. Doch je vorsichtiger er war, desto besser für Natalia. »Nimm ihn und fahr los.« Er nahm seine Wagenschlüssel und warf sie Jesper zu, der beflissen den Schlüsselbund auffing. »Den Bentley?«

»Hast du einen Anzug, den du anziehen kannst?«, fragte David und inspizierte eingehend die Leinenhosen und das schwarze T-Shirt, das der junge Mann trug.

Jesper nickte. »Du willst, dass die Leute denken, ich sei du, oder?« Erst lächelte er breit, als wäre für ihn rein gar nichts dabei, sich für seinen Arbeitgeber auszugeben, um eventuelle Verfolger abzuschütteln.

Und dann strahlte er regelrecht. »Ich kann ja den da überziehen«, meinte Jesper und deutete auf den Anzug, den David trug und den er sich im Frühjahr bei Savile Row hatte maßschneidern lassen. »Dann kannst du mein T-Shirt anziehen. Und natürlich kann ich auch deine Ray-Ban aufsetzen.«

David schüttelte den Kopf. »Den Anzug kannst du nehmen, aber was meine Brille angeht, no chance.« Er musterte Jespers schlaksigen Körper und dachte, dass es wohl kaum funktionieren würde. »Gib mir das Shirt«, sagte er resigniert. In irgendeinem Schrank würde sich bestimmt noch eine Hose finden.

Natalia stand vor der Vitrine, die eine uralte Ikone schützte, und betrachtete sie mit leerem Blick.

Sie wusste nur zu gut, dass ihre Einwilligung in ein Treffen mit David die dümmste aller dummen Entscheidungen war, die sie treffen konnte. Aber in ihrem Leben funktionierte ja im Augenblick sowieso nichts so, wie es sollte, deshalb hatte sie sich auch gemeldet, als er zum zweiten Mal bei ihr anrief, und noch dazu Ja zu einem Treffen gesagt, obwohl ihre Vernunft laut Nein geschrien hatte.

Jetzt raste ihr Herz wie eine Bombe mit eingebautem Zeitzünder, während sie versuchte, sich auf die russischen Meisterwerke zu konzentrieren. Sie spazierte zwischen den Schaukästen hin und her – einige von ihnen bestanden aus Panzerglas, da sie Reliquien von unschätzbarem Wert enthielten – und machte sich klar, dass es sich hier kaum um ein Date handelte. David gehörte einer anderen Frau, und er hatte sie angelogen, mehr als nur einmal. Dänisch, fiel es ihr plötzlich ein. Die Frau hatte mit dänischem Akzent gesprochen.

Sie nahm ihren Lipgloss zur Hand und betupfte sich damit die Lippen, bevor sie ihn wieder in ihre Handtasche steckte und diese schloss. Sie schlenderte weiter und war sich bewusst darüber, dass sie kühl und elegant aussah, und war zufrieden damit.

Solange sie keinen Kotzanfall bekäme, würde alles gut gehen.

Dann hörte sie ein leises Geräusch hinter sich und sah auf. Sie erblickte David.

Ganz in Schwarz gekleidet stand er in der Türöffnung und füllte sie mit seinen breiten Schultern nahezu aus. Natalia hielt die Luft an und spürte, wie sich die Härchen auf ihren Armen aufrichteten. Die Räume waren klimatisiert und die Decken ziemlich hoch, doch es kam ihr vor, als wäre die Luft um sie herum plötzlich dünn geworden.

David kam mit langen leisen Schritten auf sie zu und blieb vor ihr stehen, ohne sie zu berühren.

»Danke, dass du gewartet hast«, sagte er leise.

»Ich liebe Ikonen«, entgegnete sie, dankbar dafür, dass ihre Stimme trotz des Dröhnens in ihrem Kopf einigermaßen normal klang. »Ich könnte hier unendlich lange stehen und sie anschauen.«

Sie ging langsam weiter zur nächsten Vitrine, da sie die Spannung zwischen ihnen nicht länger aushielt.

Ihr ganzes Leben lang war sie in Höflichkeit und Anstand gedrillt worden: sitz still, steh gerade, sag Danke, doch jetzt war alles wie weggeblasen. Ihr Hirn war regelrecht leer gefegt, was Small Talk und Höflichkeitsfloskeln anging. Sie hatte nicht damit gerechnet, dass es so wehtun würde, ihn wiederzusehen. Ihr Puls schnellte in die Höhe, und obwohl sie sich nicht berührten und einander kaum ansahen, war es, als überflutete er ihre Sinne und nähme ihr die Luft zum Atmen. Durch seine bloße Präsenz füllte er gewissermaßen den gesamten Raum aus.

Sie blieb vor einem weiteren Schaukasten stehen. Er stellte sich neben sie. Er trug ein kurzärmliges T-Shirt, und sein nackter Unterarm streifte wie zufällig den ihren. Natalia zuckte fast zusammen. Es war ihr unbegreiflich, dass sie so widersprüchliche Gefühle in sich vereinen konnte. Eigentlich müsste sie ihn hassen, und das tat sie auch, aber zugleich kamen ihr die Erinnerungen an all die gemeinsamen Erlebnisse in den Sinn. Wie sie zusammen gelacht und sich so heftig geliebt hatten, bis sie schweißgebadet waren. Wie intensiv sie diskutiert hatten, und wie nah sie einander gekommen waren. David hatte sie *gesehen* wie kein anderer Mensch. Noch vor einigen Wochen war David ein unbedeutender Statist in der Peripherie ihres Daseins gewesen. Doch jetzt kam er ihr wie eine Person vor, um die ihr ganzes Wesen kreiste.

Sie konnte es kaum aushalten.

David nickte in Richtung des Kunstwerks im Schaukasten. »Das ist hübsch«, sagte er leise.

Es handelte sich um eine der kleineren Ikonen der Ausstellung, die Natalia im ganzen Raum am meisten gefiel.

Es war bereits das zweite Mal, dass sie die Ausstellung besuchte, und heute war sie eigentlich nur hergekommen, um etwas Ruhe zu finden. Die russischen Kunstgegenstände übten eine eigenartige Anziehungskraft auf sie aus. Es war wie eine Erinnerung an ihr Vermächtnis, für das sich in ihrer Familie keiner außer ihr besonders interessierte.

Seit sie die Villa ihrer Eltern in Djursholm überstürzt verlassen hatte, hatte sie weder von ihrer Mutter noch von ihrem Vater etwas gehört. Sie hatte versucht, ihren Vater anzurufen, doch er war nicht rangegangen. Dasselbe bei ihrer Mutter. Sie hatte es lange klingeln lassen, bis ein unpersönlicher Anrufbeantworter ansprang. Peter hatte ihren Anruf zwar entgegengenommen, doch er klang kurz angebunden und hörte sich nur widerwillig ihren Vorschlag zu einem möglichen Vorgehen gegen die feindliche Übernahme an. Alexander war ebenfalls nicht rangegangen. Vielleicht war ihre gesamte Familie gerade dabei, sie aus ihrem kollektiven Bewusstsein auszuradieren.

Aufsteigende Tränen drohten ihren Blick zu verschleiern. Sie wusste noch nicht einmal, ob ihre Brüder es wussten. Keiner hatte irgendetwas gesagt.

»Sie ist aus der Eremitage in Sankt Petersburg entliehen«, sagte sie rasch und betrachtete die vergoldete Ikone eingehender. Sie hatte sich angewöhnt, alles in verschiedene Fächer zu sortieren. Ihre Arbeitslosigkeit in ein Fach. Ihre uneheliche Abstammung in ein anderes. Ihre Schwangerschaft ... Sie schob den Gedanken daran kurzerhand beiseite und zwang sich, ihren Blick auf das Hier und Jetzt zu richten. Sie musste sich einer lebensumstürzenden Katastrophe nach der anderen widmen. Das Antlitz der Heiligen Mutter war milde. Der Heiligenschein bestand aus Edelsteinen und leuchtete in klaren Farben. Trotz ihrer geringen Größe hinterließ sie einen ungeheuer starken Eindruck, als würde sich die gesamte Energie im Raum in dieser Figur bündeln. Ihr Wert war auf dem Schild daneben als »unschätzbar« angegeben worden.

»Sie sieht dir ähnlich«, meinte David, während er die ernst dreinblickende Madonna betrachtete. »Stark. Unbändig.«

»Danke«, sagte Natalia. »Schon möglich.«

Sie war sich nicht sicher, ob es ihr liebstes Kompliment war, ausgerechnet als unbändig bezeichnet zu werden. Aber als stark wollte sie gerne eingeschätzt werden, insbesondere jetzt, wo sie so unglaublich zart besaitet war.

»Du«, sagte er mit heiserer Stimme. Er klang so verdammt

ehrlich, und sie hatte mit einem Mal das Gefühl, an einem Abgrund zu stehen, kurz davor zu fallen. »Das, was gestern geschehen ist …«

Natalia wurde von Panik erfasst.

»Du brauchst nichts zu sagen«, entgegnete sie rasch. Sie schluckte krampfhaft. Nicht anfangen zu weinen, keine Fragen stellen, einfach nur durchhalten, ermahnte sie sich.

Doch ihre Eifersucht war immens. Nie wieder würde sie auf Leute herabsehen, die eifersüchtig waren, von nun an würde sie die Verzweiflung verstehen können und die Hoffnungslosigkeit, zu der sie führte. Sie klammerte sich mit letzter Kraft an das, was von ihrer Würde noch übrig war. Ihn um nichts bitten, nicht anflehen. *Sei jetzt stark, Natalia, unbändig.*

»Carolina ist meine Schwester«, sagte er und schaute ihr geradewegs in die Augen. Das Licht im Ausstellungsraum war gedämpft, doch sein Blick war klar, und er blinzelte nicht.

Diese Worte hauten Natalia dermaßen um, dass sie anfänglich nicht ganz begriff. Sie musste sich mit leerem Blick abwenden, konnte irgendwie nicht nachdenken, wenn David sie so anschaute. Als würde er seine Seele vor ihr ausbreiten.

»Du hast doch gesagt, dass du keine Familie mehr hast«, entgegnete Natalia und zwang sich, ihn erneut anzusehen. Sich angesichts seiner Worte zu wappnen und zu analysieren, was er sagte, anstatt sich von ihren unzuverlässigen Gefühlen in die Irre führen zu lassen. Denn Gefühle waren noch lange keine Wahrheiten. Gefühle logen nur allzu oft. »Und dass deine Schwester gestorben ist.« Ihr Misstrauen wuchs, denn David log sie offenbar an.

»Neulich habe ich gelogen, aber das, was ich jetzt sage, stimmt«, erklärte er, und in seiner Stimme lag eine Sensibilität, die ihr das Gefühl verlieh, als läse er ihre Gedanken. »Carolina ist meine kleine Schwester.«

Natalia legte nachdenklich eine Hand auf das Glas des Schaukastens, obwohl diverse Hinweisschilder signalisierten, dass man nichts berühren durfte. Sie hoffte, keinen Alarm ausgelöst zu haben. »Willst du dir einen Scherz mit mir erlauben?«

»Niemand weiß davon. Ich habe es nie jemandem erzählt, nicht einmal Michel. Du bist die Erste, die es erfährt. Ich wollte es dir eigentlich gestern schon sagen, aber es ist nicht nur mein Geheimnis. Wir haben es fast zwanzig Jahre lang gehütet.« Er schüttelte den Kopf. »Ich kann kaum glauben, dass ich es dir jetzt erzähle.«

»Weiß sie davon? Dass du es mir erzählst?«

Und warum ist es geheim? Wie absurd ist das denn, eine geheime Schwester zu haben?

Offenbar hatte alle Welt irgendwelche Geheimnisse. Aber warum auch nicht? Sie selbst war ja schließlich auch eine uneheliche Tochter. Die noch dazu ein geheimes Baby erwartete. Warum sollte also David Hammar nicht auch eine mysteriöse geheime Schwester haben können? Es war wie in einer Seifenoper. Plötzlich wurde sie von einer Lust erfasst, in ein unangebrachtes hysterisches Gelächter auszubrechen.

»Ja«, antwortete David. »Wir hatten gestern ein langes Gespräch, und sie weiß, dass ich es dir erzähle. Wir stehen uns ziemlich nahe. Aber ihr ging es eine Weile lang nicht gut, und ich habe sie beschützt.« Er lächelte. »*Zu sehr* beschützt, wenn du sie fragst.«

»Hat sie irgendeine Krankheit?« Natalia suchte in seinem Gesicht nach Hinweisen.

Er hatte also eine Schwester.

Eine Schwester, keine andere Frau.

»Sie ist ziemlich sensibel.« David sah aus, als zögerte er. »Aber da ist noch mehr, Natalia. Und es wird dir nicht gefallen, es zu hören.«

Natürlich war da noch mehr. Und natürlich war es etwas Unangenehmes.

Sie versuchte, sich an den genauen Zeitpunkt zu erinnern, an dem alles aus der Spur geraten war – ihr Leben schien nur noch aus Melodrama, Chaos und Geheimnistuerei zu bestehen.

»Erzähl«, forderte sie ihn auf.

David schaute sich um, aber sie waren noch immer die einzigen Besucher im Raum. »Setzen wir uns«, schlug er vor und deutete auf eine Bank.

»Der Grund dafür, dass Carolina, nun, ›tot‹ war«, begann er, als sie Platz genommen hatten, »ist der, dass sie mit Drohungen konfrontiert wurde. Wir haben die Entscheidung vor langer Zeit getroffen, zu ihrer Sicherheit.«

Natalia erinnerte sich daran, dass die blonde Carolina eine gewisse Zerbrechlichkeit ausstrahlte, als wäre sie etwas zu zart besaitet für diese Welt. Sie schaute David fragend an.

»Während ich auf Skogbacka war, wohnte unsere Familie im Ort. Meine Mutter hat in einer Bar gejobbt. Es waren lange Abende, und sie war oft weg.«

Ein Schatten zog über sein Gesicht. Sein Blick war in die Ferne gerichtet.

»Eines Abends wurde Carolina überfallen«, fuhr er fort. »Ihr war so übel zugesetzt worden, dass sie ins Krankenhaus musste. Das war der Höhepunkt ziemlich lang anhaltender Schikanen, die sich gegen meine Familie richteten. Aber auch nach dem Übergriff ging es noch weiter. Die Gerüchteküche brodelte, und unsere ganze Familie wurde bedroht. Schließlich lebten wir in einem kleinen Ort und stammten nicht aus der Gegend und …« Er schüttelte den Kopf, bevor er sich räusperte und weitersprach. »Am Ende wurde es so schlimm, dass meine Mutter beschloss, Carolina nach Dänemark zu schicken.«

»Nach Dänemark? Warum das denn?«

»Caro war schon immer etwas speziell, wie gesagt, sehr sensibel. Nach dem … Überfall … hat sie sich in sich selbst zurückgezogen. Die Ärzte meinten, dass sie traumatisiert wäre, aber niemand wusste so recht, was man mit ihr machen sollte. Dann erfuhr meine Mutter von einem Therapeuten in Dänemark, der sich auf diese Art von Patienten spezialisiert hatte. Sie war verzweifelt, sonst hätte sie Caro nie weggegeben.« David schaute zu Boden. Hatte er dies hier wirklich noch niemandem erzählt? »Caro ist dort hingezogen. Sie war gerade mal fünfzehn, aber letztlich war es gut für sie. Sie konnte dort wohnen, auf dem Land am Meer. Es war heilsam.« David verstummte, und Natalia versuchte, sich bewusst zu machen, was er ihr gerade erzählt hatte. Ein kleiner Ort und dessen Einwohner, die sich gegen eine wehrlose Familie stellten.

»Mama hat sich nie davon erholt«, fuhr David leise fort, und es war, als könnte Natalia den jungen Mann, der er damals gewesen war, vor sich sehen. Noch immer ein Teenager, doch mit einem Bein bereits im Erwachsenenleben stehend. Einer Gefahr ausgesetzt und besorgt um seine Mutter und seine Schwester. »Wir haben uns auseinandergelebt, alle drei, in unterschiedlicher Art und Weise. Caro blieb in Dänemark. Ich bin nach Stockholm gezogen, um zu studieren. Und meine Mutter starb, als ich auf der Handelshochschule war.«

»Warum ist deine Mutter denn dort geblieben? Nach all dem, was geschehen war?«

»Sie weigerte sich wegzuziehen. Meine Mutter konnte ziemlich stur sein.«

Natalia musste angesichts der Sturheit lächeln, die sie ihm zweifellos vererbt hatte.

»Wenn man an einem gebrochenen Herzen sterben kann, dann war es bei meiner Mutter so«, fuhr David fort. »Und ich war ihr auch keine Hilfe, unsere Wege trennten sich, und eines

Tages war sie nicht mehr da. Ich hab nicht einmal gewusst, dass sie krank gewesen war. Eine Lungenentzündung, die sie nicht rechtzeitig behandeln ließ. So sinnlos. Auf der Beerdigung habe ich dann die Nachricht verbreitet, dass Caro gestorben ist, und niemand hat es infrage gestellt. Vielleicht war es ein Fehler, aber sie fühlte sich so wohl in Dänemark, und es schien mir am sichersten. Erst in den letzten Jahren hat sie wieder angefangen, unter Leute zu gehen.« Ein trauriges Lächeln zog über sein Gesicht. »Und wie andere Menschen zu leben. Man sieht es ihr nicht mehr an. Aber wir reden nicht über das, was geschehen ist. Ich kann es nicht, und sie … ich weiß es nicht.«

Natalias Herz pochte laut. In gewisser Weise ahnte sie, dass er ihr noch nicht alles erzählt hatte.

»Aber was ist denn geschehen?« Ihre Frage klang in dem stillen Ausstellungsraum wie ein Flüstern.

»Carolina wurde vergewaltigt.« David sagte es ruhig, doch sie sah die Überwindung, die es ihn kostete. Natalia spürte, wie sich eine Eiseskälte in ihr ausbreitete.

»Es war eine entsetzliche Vergewaltigung«, erklärte er und fuhr sich mit der Hand übers Gesicht. Dann beugte er sich vor und stützte die Unterarme auf die Knie. Sein bloßer Nacken wurde sichtbar, und er wirkte plötzlich sehr verletzlich. Natalia verschränkte die Finger im Schoß. »Natürlich sind alle Vergewaltigungen entsetzlich«, fuhr er fort. »Aber das … Ich habe gedacht, Caro würde sterben. Es war widerlich. Und ich habe mir selbst die Schuld dafür gegeben.«

»Nein, warum denn?«

»Caro ist schon immer ein wenig anders gewesen, schon vorher.« Er schaute auf. »Ich hätte eigentlich bei ihr bleiben sollen. Meine Mutter hat gearbeitet, und Caro war nicht gern allein zu Hause. Aber ich war jung und rastlos und wollte nicht zu Hause sitzen und auf meine kleine Schwester aufpassen. Also habe ich mich rausgeschlichen. Und sie sind reingekommen und …« Er verstummte.

Natalia versuchte, es sich vorzustellen. Eine empfindsame Fünfzehnjährige. Allein zu Hause. Männer, die ins Haus einbrachen, ihr das Selbstvertrauen raubten und ihr einen Schaden fürs Leben zufügten.

»Aber was für Leute waren es denn?«

»Es waren vier Jungs aus dem Internat. Caro kannte sie, und sie sind unter irgendeinem Vorwand ins Haus gekommen. Sie dachte, sie wollten ihr nichts Böses – Caro hat von allen immer nur Gutes gedacht. Sie war als junges Mädchen unheimlich süß und hat sich eben wie eine Fünfzehnjährige benommen. Aber sie waren gekommen, um sich an mir zu rächen.«

»An dir?«

»Ich hatte mich in der Schule mit mehreren älteren Schülern gestritten. Und diese vier wollten mir eine Lehre erteilen.«

Es klang völlig geisteskrank, wie in einem Krieg. Männer, die sich an Frauen und Kindern rächten.

»Natalia, es fällt mir schwer, es dir zu sagen«, fuhr David fort. »Aber einer der Täter war Peter.«

»Peter?« Sie blinzelte, noch immer damit beschäftigt zu verarbeiten, was sie gehört hatte. »Welcher Peter?«

David antwortete nicht. Sie schaute ihn an. Schüttelte langsam den Kopf, doch dann ging ihr auf, wen er gemeint hatte. Und sie war gezwungen, das Unmögliche einzusehen.

Natürlich.

Das erklärte so manches. Aber es war zu morbid. David *konnte* nicht wirklich meinen, dass …

»Nein«, flüsterte sie.

David sah sie mit festem Blick an. »Da ist noch mehr«, sagte er.

»Noch mehr?« Wieso noch mehr? Was auch immer sie erwartet hatte, als sie anfingen, miteinander zu reden, das jedenfalls nicht.

»Nach dem Übergriff hatten wir natürlich vor, Anzeige zu erstatten. Ich war völlig außer mir, meine Mutter hat die Polizei benachrichtigt und im Internat angerufen. Aber es wurde totgeschwiegen. Kannst du es fassen? Dein Vater – einer der größten Stifter des Internats – und der Schuldirektor haben es totgeschwiegen und erklärt, dass es Caros eigene Schuld war, sie hereingelassen zu haben. Du weißt ja, wie so etwas klingt.«

Natalia nickte, völlig fertig. So etwas geschah leider jeden Tag. Die Mädchen wurden erst vergewaltigt, und dann lastete man ihnen auch noch die Schuld dafür an. Wie ein doppelter Übergriff.

»Unsere Familie wurde bedroht, unser Ruf wurde in den Dreck gezogen. Du kannst dir gar nicht vorstellen, wie man uns beschimpft hat, welche Lügen man verbreitet hat. Über Caro. Es war wirklich entsetzlich. Und als ich dennoch Anzeige erstatten wollte, da … tja, du hast ja meinen Rücken gesehen. Peter und seine Freunde haben ihn so zugerichtet. Schließlich hat Mama mich bekniet, ich sollte aufhören, mich mit ihnen anzulegen.« Er schüttelte den Kopf. »Was ich auch getan habe. Ihr zuliebe. Und dann hab ich angefangen zu studieren und es als meine Art von Rache angesehen, so viel Macht zu erhalten, dass niemand mehr meiner Familie so etwas antun könnte.«

Natalia bekam keine Luft mehr. Es brannte in ihrer Brust.

David war dabei, ihre Familie zu ruinieren. Aufgrund dessen, was ihr Bruder und ihr Vater getan hatten. Es war eine Vendetta. Rache, regelrechte Blutrache. Etwas, das man nur aus Büchern kannte.

Übelkeit überkam sie.

»Natalia?«

Sie hörte Davids Stimme verzerrt und wie aus weiter Ferne. Sie versuchte, Luft zu holen. Konnte nicht still sitzen. Sie stand auf und umfasste ihre Handtasche so fest, dass ihre Finger taub wurden.

»Ich muss mich ein wenig sammeln«, sagte sie schwach.

David war ebenfalls aufgestanden. »Es tut mir leid. Wirklich. Aber ich wollte, dass du erfährst, wer Caro ist. Mir war klar, dass du etwas anderes angenommen hast.«

Natalia wusste nicht, was sie sagen sollte. David hatte seine Jugend damit verbracht, seine Mutter und seine Schwester gegen Gewalt zu schützen – vor *ihrer* Familie. Er hatte sein erwachsenes Leben dazu genutzt, eine Racheaktion an ihrem Vater und Bruder zu planen. Peter hatte … Nein, das war zu viel für sie.

»Seitdem hat fast all mein Streben dem Ziel gegolten, Caros Zukunft zu sichern«, erklärte er.

»Indem du dich an allen rächst, die beteiligt waren«, stellte sie fest. Denn mit einem Mal wurde ihr alles klar. Davids rabiater Rundumschlag in der Finanzbranche. Wie viele der Menschen, deren Leben er rücksichtslos ruiniert hatte, waren in die Ereignisse auf Skogbacka involviert gewesen? In die Vergewaltigung und Verdunkelung der Tat? All die Zeitungsartikel, die sie über ihn gelesen hatte, alle Gerüchte – sie waren also wahr. Sie waren Teil seines Rachefeldzugs. »Der Schuldirektor und die anderen. Du hast sie einen nach dem anderen in den finanziellen Ruin gestürzt, nicht wahr? Du hast ihre Firmen übernommen, ihre Häuser abgerissen, ihre Ehefrauen verführt. Das ist keine Lüge, nein, es stimmt, und es waren diese Männer, die deine Schwester vergewaltigt haben, oder?«

»Es ging um Geschäfte«, antwortete er knapp.

»Es war *Rache*.«

»Spielt es irgendeine Rolle?«

Ja, dachte Natalia, es spielte eine Rolle, jedenfalls für sie. In seiner Welt hingegen vielleicht nicht. Doch für sie bestand zwischen Geschäften und persönlichen Racheaktionen ein gewaltiger Unterschied.

»Es wird dich als Mensch zerstören«, sagte sie, fragte sich jedoch zugleich, ob dies nicht bereits geschehen war. »Siehst du das denn nicht?«, appellierte sie an ihn. »Sie haben dich gekränkt, und jetzt rächst du dich. Ich verstehe deine Gefühle, aber David, Rache bewirkt nie etwas Gutes. Glaubst du wirklich, dass deine Mutter das für dich gewollt hat? Für euch beide?«

»Du kannst gar nicht wissen, was meine Mutter gewollt hat«, entgegnete er, während er sich mit einer Schulter gegen die Wand lehnte und die Arme vor der Brust verschränkte. »Allein schon der Gedanke, dass du glaubst, es zu wissen, ist völlig vermessen. Natalia, siehst du denn nicht, wie behütet du aufgewachsen bist, wie abgeschottet du lebst, in der hübschen Seifenblase der Oberschicht? Du weißt letztlich gar nicht, wie das Leben für die meisten anderen aussieht.«

Seine Worte taten merkwürdigerweise richtig weh.

Sie hatte angenommen, dass er sie *sah*, all das, was sich hinter ihrer Fassade verbarg, und auch verstand, wie sie ihren eigenen Kampf ausgefochten hatte. Aber für ihn war sie offensichtlich nur eine Oberschicht-Tussi, wohlbehütet, naiv und ahnungslos.

Offenbar gab es keine Grenzen dafür, wie dumm man sein und wie sehr man sich demütigen lassen konnte.

»Wir haben einen ganz unterschiedlichen Background«, fuhr er fort, während er den Kopf schräg legte und sie betrachtete. »Kannst du ehrlich sagen, dass du nicht mit mir geschlafen hast, weil du es einfach spannend fandst?« Er verzog den Mund. »Wie hast du dich gestern noch gleich ausgedrückt: dir ein kleines Abenteuer gönnen?«

»Ich möchte mich dafür entschuldigen«, sagte sie leise. »Das hätte ich nicht sagen dürfen, es war niederträchtig. Es tut mir leid.«

»Außerdem hast du überhaupt nichts dazu gesagt, dass es deine eigene Familie ist, die hinter allem steckt«, meinte er und richtete sich auf. »Dass du wütend auf mich bist, verstehe ich. Aber bist du denn gar nicht wütend auf sie? Auf das, was sie getan haben?«

Sie bis sich auf die Lippe. »Ich …«

»Du glaubst mir nicht«, stellte er fest. »Ein Teil von dir glaubt, dass ich lüge.«

Natalia schlug die Augen nieder. »Ich weiß nicht genau, was ich glauben soll«, entgegnete sie aufrichtig.

Er hatte glaubwürdig geklungen. Aber die Geschichte an sich war so entsetzlich. Konnte so etwas überhaupt passieren? War ihr eigener Bruder wirklich in der Lage, etwas so Bestialisches zu tun? Konnte sich eine ganze Gemeinde in dieser Art und Weise gegen eine wehrlose Familie verschwören?

Doch, sie glaubte ihm, stellte sie fest. »Wenn es stimmt, dann war ich also auch ein Teil deiner Rache«, sagte sie, und der Boden unter ihr begann zu schwanken. Peter hatte Carolina vergewaltigt. Und David hatte sich gerächt, indem er mit Peters Schwester schlief. Der Schwester des Täters.

Also mit ihr.

»Ein Vergeltungsschlag für das, was Peter dir angetan hat«, fügte sie tonlos hinzu.

Wie schmutzig es ihr vorkam.

Davids Augen zogen sich zu schmalen Schlitzen zusammen, und Natalia begann zu zittern.

»Peter und seine Freunde haben Carolina vergewaltigt«, entgegnete er in knappem Ton. »Sie haben sie so schwer verletzt, dass du lieber keine Einzelheiten wissen möchtest. Du hingegen wolltest völlig freiwillig Sex mit mir haben. Das ist doch wohl ein entscheidender Unterschied, oder? Dass du mehr als gern mit mir geschlafen hast.«

Sie nickte und fuhr mit den Fingern an ihrem Seidenschal entlang, der von ihrem Hals zu gleiten drohte. »Ja, das ist ein Unterschied«, sagte sie. »Aber weißt du, was ich glaube?«

Er schüttelte den Kopf.

»Du machst das hier aus ganz egoistischen Gründen. Du genießt es, dich zu rächen, genießt die Macht, die es dir verleiht.« Sie sah ihm geradewegs in die Augen. »Du benutzt das, was deiner Schwester zugestoßen ist, als Entschuldigung dafür, dir Geld und Macht anzueignen. Ich glaube, es gefällt dir, Menschen zu manipulieren.«

»Ich habe dich in keiner Weise manipuliert«, sagte er. »Und das weißt du auch.«

»Du hättest gar keinen Kontakt zu mir aufnehmen dürfen«, sagte sie und schluckte. »Mir nicht die Konzertkarten schicken und nicht mit mir flirten dürfen. Du hättest mich in Ruhe lassen müssen.«

»Aber ich wollte dich nicht in Ruhe lassen«, sagte er und trat näher an sie heran.

Sie wich zurück.

»Du kannst dir einreden, dass ich dich hereingelegt habe, wenn es sich besser anfühlt. Aber das, was geschehen ist, Natalia«, sagte er mit leiser Stimme und kam noch etwas näher. »Das wolltest du genauso sehr wie ich.«

Er stand jetzt so dicht vor ihr, dass sie den Kopf in den Nacken legen musste, um ihm in die Augen blicken zu können.

Natalia machte einen weiteren Schritt zurück und spürte die Wand hinter sich.

»Aber zwischen uns kann doch nie etwas werden«, sagte sie und hörte, dass ihre Stimme nicht recht trug. Sie räusperte sich.

»Du hast es von Anfang an gewusst. Das ist ein entscheidender Unterschied, jedenfalls für mich.«

»Nur weil es keine Zukunft für uns gibt, bedeutet es nicht, dass es im Hier und Jetzt nicht gut sein kann«, murmelte er.

Sie spürte, wie ihr der Schweiß ausbrach. Was hatte er nur vor?

David hob die Hand und strich ihr unendlich zärtlich mit dem Daumen über die Wange.

Sie bekam keine Luft mehr.

»Was machst du da?«, flüsterte sie mit erstickter Stimme. Seine Zärtlichkeitsbezeugung kam so unerwartet, dass sie völlig unvorbereitet war, als eine Flut von Gefühlen über sie hereinbrach. Ihr Herz pochte laut gegen ihre Rippen. Sie konnte ihren Blick nicht von ihm losreißen. Von all dem, was er mit ihr gemacht hatte, war sie seinen Küssen am meisten verfallen. Nichts war so intim, wie sich zu küssen, und er war verboten gut darin.

Er stützte sich mit einer Hand an der Wand hinter ihr ab und beugte sich langsam vor, wie um ihr die Möglichkeit zu geben, sich zu entziehen.

Doch Natalia entzog sich nicht.

Und er küsste sie. Behutsam und zärtlich strich er mit seinem Mund über ihre Lippen. Sie atmete schwer. Benommen dachte sie, dass sie ihn zurückweisen müsste, da dies alles doch nur mit noch mehr verletzten Gefühlen enden konnte. Aber selbst wenn ihr Leben daran gehangen hätte, sie hätte David nicht zurückweisen können. Sie brauchte das hier mehr, als sie Luft zum Atmen benötigte. Sie schloss die Augen und lehnte sich mit ihrem ganzen Körper an ihn. Sie küssten sich, bis sie nach Luft rang.

Ein dumpfes Geklapper ertönte, und er ließ von ihr ab. Ein Wärter war hereingekommen, warf ihnen einen kurzen Blick zu, sah sich um und ging dann wieder. Davids dunkle Augen leuchteten intensiv, und sein Brustkorb hob sich, als er sich zurückzog. Sie selbst hätte weitermachen können, bis sie eng umschlungen auf dem Fußboden gelandet wären.

Er verzog langsam den Mund. »Hast du vor, dir weiterhin etwas vorzumachen, Natalia?« Er streckte seine Hand aus und fuhr mit seinem Finger am Ausschnitt ihrer Bluse entlang, bis sie zitterte. Angesichts des Effekts seiner Berührung musste er lächeln. Er sah sie an, sah ihr tief in die Augen, nagelte sie förmlich fest mit seinem Blick. »Ich habe dich nie verführen müssen, wenn es das ist, was du dir einredest. Du bist vom Baum gefallen wie eine reife Pflaume. Ich musste nur meine Hand ausstrecken und dich pflücken.« Seine Finger wanderten weiter nach unten, bis er ihre Brust berührte und ihr unwillkürlich Tränen in die Augen stiegen. »Du willst es noch immer«, murmelte er. »Trotz all dessen, was mich ausmacht und was ich getan habe.«

Er beugte sich erneut über sie.

Und Natalia, die noch nie in ihrem ganzen Leben auch nur einer Fliege etwas zuleide getan hatte, die immer für Gewaltfreiheit argumentiert und friedliche Lösungen angestrebt hatte, hob die Hand und schlug David mit all ihrer Kraft geradewegs auf die Wange. Die Ohrfeige war so kräftig, dass sie sein attraktives Gesicht zur Seite fliegen ließ.

»Hol dich der Teufel!«, zischte sie.

Sie starrte ihn an, und ihre Blicke trafen sich.

»Ich werde kämpfen«, sagte sie. »Glaub ja nicht, dass ich es dir leicht machen werde, ganz im Gegenteil.«

Plötzlich konnte sie verstehen, wie es sich anfühlte, wenn man das Bedürfnis hatte, sich zu rächen und sich gegen Unrecht und verletzte Gefühle zur Wehr zu setzen. Er hatte sie in die Sache mit hineingezogen. Er hatte dafür gesorgt, dass es persönlich wurde, jedenfalls für *sie*. Es ging nicht länger um Investum, nicht für sie. Sie hatte vor zu kämpfen, für sich, für ihr ungeborenes Kind. »Es ist erst vorbei, wenn es vorbei ist«, sagte sie, auch wenn es sich wie eine Replik aus einem schlechten Film anhörte.

Sie rang nach Luft, bemüht darum, die Reste dessen, was ihr Selbstwertgefühl ausmachte, wieder einzusammeln. David war angesichts der Ohrfeige nicht einmal sauer geworden, es war, als hätte er sie gar nicht gespürt. Er war offenbar Schlimmeres gewohnt. Bestimmt war sie nicht die erste Frau, die ihn in einem Anfall von Hysterie geschlagen hatte.

Er reichte ihr den Schal, der zu Boden geglitten war, und sie riss ihn ihm förmlich aus der Hand. Er betrachtete sie, und es gelang ihr in keiner Weise, seine Miene zu deuten.

»Weißt du?«, rief sie wütend. »Die Vergewaltigung, der Überfall und all das, was deine Familie hat durchmachen müssen – so etwas darf man niemandem antun. Man sollte Gerechtigkeit walten lassen und die Verantwortlichen allesamt bestrafen. Aber das hier, was du gerade machst, ist das nicht ebenso schlimm? Es geschieht *jetzt*. Man kann die Vergangenheit nicht ändern, aber das, was du jetzt tust, zerstört deine *Gegenwart* und die deiner Schwester.«

»Das ist naiv, so zu denken«, sagte er kurz angebunden.

»Mag sein«, pflichtete sie ihm bei. »Aber ist es denn nicht besser, naiv zu sein, als in seinem Inneren absolut tot? Du bist völlig auf die Vergangenheit fixiert. Ich wüsste auch nicht, wie ich einen solchen Übergriff, den ihr erlebt habt, hinter mir lassen sollte. Aber ich weiß, dass man die Vergangenheit hinter sich lassen *muss*. Sonst sind es nämlich die anderen, die den Sieg davontragen.«

»Nein«, erwiderte er in knappem Tonfall. »Ich werde das hier gewinnen, das kannst du mir glauben.«

»Du wirst meine Familie zerstören.«

»Ja.«

In diesem Augenblick begriff Natalia, dass sie David niemals von ihrer Schwangerschaft würde berichten können. Denn es gab keine gemeinsame Zukunft für sie. Ihre Annahme, dass die Neuwahlen einen Schlusspunkt bilden würden, war falsch gewesen. Das hier war erst der Anfang. Von jetzt an würde alles nur noch schlimmer werden, dachte sie, während sie sich mit zitternden Händen den Schal umknotete und ihre Kleidung glatt strich.

Vor knapp zwanzig Jahren war Davids Familie auseinandergerissen worden. Und jetzt kam ihre an die Reihe.

Chaos und Hass würden folgen. Vielleicht würde es sich sogar bis in die nächste Generation fortsetzen.

Sie holte tief Luft. Sie hatte sich entscheiden. Jetzt war es genug.

»Leb wohl, David«, sagte sie.

44

Es war Freitagnachmittag, und David war ohne ein Wort zu sagen aus dem Büro verschwunden, ganz in Schwarz gekleidet, gerade so, als hätte er vor, irgendwo einzubrechen. Michel stand vom Schreibtisch auf und griff sich seine Sporttasche. Er hatte keine Lust, sich den Kopf darüber zu zerbrechen, was David vorhatte. Stattdessen öffnete er seine Tasche und schaute nach, ob er alles eingepackt hatte, zog dann den Reißverschluss wieder zu und ging zum Kühlschrank, um sich eine Flasche Wasser zu holen.

»Ich geh kurz ins Fitnessstudio«, sagte er zu Malin, die am Empfang über einen Stapel Papiere gebeugt stand.

»So langsam wird es ruhiger«, meinte sie. »Für Montag ist alles vorbereitet.«

»Ich komme aber wieder zurück«, erklärte er. »Muss nur ein wenig den Kopf freikriegen.«

Malin nickte.

»Wo ist Jesper eigentlich?«, fragte Michel.

»Nach Hause gegangen«, antwortete Malin achselzuckend.

Michel schüttelte den Kopf. Irgendetwas braute sich da zusammen. David, der Zuverlässigkeit, Rationalität und Selbstbeherrschung verkörperte wie kein anderer, benahm sich immer irrationaler. Ließ sich von Gefühlen steuern, wurde von Zweifeln geplagt. Als wäre er ein blutiger Anfänger.

Während Michel sein Mineralwasser trank, die Treppen nach unten nahm und sich auf den Weg zum Fitnessstudio machte, überlegte er, dass sie möglicherweise ernsthaft darüber nachdenken sollten abzuspringen. David hatte seit der Handelshochschule ein schier wahnsinniges Tempo vorgelegt. Vielleicht war es ihm am Ende ganz einfach zu viel geworden? Wenn sie wollten, könnten sie noch immer einen Rückzieher machen, auch wenn sie dabei einen Verlust hinnehmen mussten. Sie befassten sich ja schließlich nicht mit Atomphysik. Sie würden bluten, ganz klar, aber es ging ja wohl kaum um Leben und Tod.

Michel leerte die Flasche, warf sie weg und öffnete die Eingangstür zu einem der exklusivsten Fitnessstudios in Stockholm, begrüßte die Mädels am Empfang und ließ seine Gedanken zur Ruhe kommen. Er zog sich um, und zehn Minuten später lief ihm der Schweiß nur so am Körper herunter.

Åsa konnte sich nicht daran erinnern, wann sie zuletzt an einem Freitagnachmittag nach sechzehn Uhr noch bei der Arbeit gewesen wäre, aber heute war der letzte Arbeitstag vor dieser verdammten Aktionärsversammlung von Investum, also saß sie noch immer wie ein verfluchter Workaholic an ihrem Schreibtisch.

Am Donnerstag war sie bereits früh zur Arbeit erschienen (mit einem heftigen Kater nach dem schockierenden gemeinsamen Abend mit Natalia) und an diesem Morgen noch früher (ebenfalls mit einem Kater. Sie würde demnächst definitiv aufhören zu trinken).

Sie kämpfte sich durch das Chaos im Unternehmen, so gut sie konnte. Natalia hatte ebenfalls angekündigt zu kämpfen, doch das Problem bestand darin, dass der Coup strategisch verdammt gut geplant war. Natalia war zu Recht sauer auf David

Hammar, diesen verfluchten Verräter, Åsa aber gelang es nicht länger, so wütend auf Michel zu sein wie zuvor.

Die Finanzbranche war ein brutales Terrain. Die Bosse waren wie die Haie, und sobald man blutete, stürzten sie sich auf einen. Ein kleiner Teil von ihr war der Meinung, dass Gustaf doch selbst schuld war. So lief es eben, wenn man lauter mittelmäßige Jasager mittleren Alters im Vorstand sitzen hatte. Die Kompetenz sank wie eine baltische Aktie an einem schwarzen Börsenmontag. Schon möglich, dass David Hammar ein arroganter und rücksichtsloser Zocker war, doch er wusste zumindest, was er tat. Er war gut organisiert, während Gustaf immer der Auffassung war, dass er alles besser als alle anderen wusste und deshalb nie den Rat von Fachleuten einholte oder gar auf sie hörte. Jetzt rannten Gustaf, Peter und alle anderen Angestellten bei Investum entweder mit panischer oder wütender Miene herum, oder sie sahen aus, als wären sie völlig am Ende.

Åsa gähnte herzhaft und schloss für einen Moment die Augen. Peter stand gerade draußen im Flur und schrie lauthals einen Mitarbeiter wegen irgendeiner Belanglosigkeit an. Er konnte mit dieser Krise überhaupt nicht umgehen. Wenn sie auch nur einen Funken Mitleid mit ihm gehabt hätte, hätte sie sich Sorgen um ihn gemacht. Sie fragte sich, wie er auf Natalias uneheliche Herkunft reagieren würde. Gott, was war das für ein schockierender Abend gewesen. Dass Gustaf es ernst meinte und Natalia tatsächlich verstoßen würde, da war sich Åsa absolut sicher. Natalia hoffte zwar auf eine Versöhnung, doch Åsa zweifelte daran.

Nachdem ihre eigenen Eltern umgekommen waren, war Gustaf wie ein Vater für sie gewesen. Eines hatte allerdings immer an ihr genagt: Sie hatte gespürt, dass Gustaf sie lieber mochte als Natalia. Sie hatte zwar nie mit jemandem darüber gesprochen, aber sie hatte es einfach gespürt, und das war schwer auszuhalten gewesen. Ihre Art damit umzugehen hatte darin bestanden, gefühlsmäßig auf Distanz zu gehen und sich danebenzubenehmen. Wenn man sich danebenbenahm, zogen sich die Leute unweigerlich zurück. Es war simpler als Mathematik oder ein Grundkurs in Zivilrecht. Und etwas zu viel zu trinken war ihrem eigenen Expertengutachten zufolge die Lösung für die meisten anderen Probleme. Sich danebenzubenehmen und des Öfteren betrunken zu sein – das waren die beiden Standbeine ihrer Existenz.

Åsa legte die Füße auf ihren Schreibtisch und schloss erneut die Augen. Sie wusste, dass Ebba es gern gesehen hätte, wenn aus Peter und ihr ein Paar geworden wäre. Dass sie mit der blaublütigsten Abstammung Schwedens den Kronprinzen Peter heiraten und gemeinsam mit ihm kleine de la Grips produzieren würde. So oder ähnlich ging es schließlich zu, man heiratete in den Kreisen, denen man angehörte, und wechselte die Partner oder Verlobten in nahezu inzestuöser Art und Weise. Doch eher hätte sie sich einen Feuerhaken ins Auge gerammt, als irgendein intimeres Verhältnis mit Peter zu beginnen.

Sie kratzte sich an der Stirn uns seufzte tief. Ihr war heiß, und sie wollte heim. Wenn sie es keinem erzählte, würde sie sich einen gemütlichen Abend zu Hause vor dem Fernseher machen können und zu späterer Stunde ein paar Schlaftabletten einwerfen. Sie hatte keine Energie mehr, andauernd zu daten, sich zu stylen, zu flirten und eine SMS nach der anderen an Michel zu senden. Er wollte sie nicht, und sie hatte aufgegeben. Es hätte sowieso nicht funktioniert.

Eine Weile später spazierte Åsa nach Hause. Sie schwang ihre Tasche und beobachtete die Leute. Aus einer Laune heraus beschloss sie, einen Umweg zu nehmen. Statt geradewegs die Straßen nach Östermalm hinaufzulaufen, würde sie am Wasser entlanggehen.

Unten am Kai war viel los, und sie blieb mit ihren Absätzen ein ums andere Mal im Kopfsteinpflaster hängen. Als sie sich gerade hinunterbeugte, um ihren Absatz zu befreien, klingelte ihr Handy.

Sie meldete sich, ohne aufs Display zu schauen. »Hallo?«

»Åsa?«, fragte eine ihr wohlbekannte Stimme.

Verdammt. Sie blieb mit vorgebeugtem Oberkörper, der Tasche unter den Arm und dem Handy zwischen Kinn und Ohr geklemmt stehen, und ihr fiel kein einziger smarter Spruch ein, den sie ihm um die Ohren hätte hauen können.

»Hej, Michel«, sagte sie lediglich, während sie mit dem Fuß zog und den Absatz löste.

»Hej«, sagte er, und es klang, als lächelte er. Ihr Gehirn war wie leer geblasen. Sie spazierte weiter. Die Sonne brannte, und am Ufer standen viele Leute, sodass sie sich einen Weg durchs Gedränge bahnen musste. Sie versuchte, sich dazu zu zwingen, irgendetwas Schlagfertiges von sich zu geben, und hasste sich dafür, dass sie ihn so sehr begehrte. Sie hielt das Gefühl nicht aus, ihn unbedingt sehen zu wollen oder seine Stimme zu hören, denn es tat weh.

»Was machst du gerade?«, fragte er.

Sie schaute sich um. Überall Leute, Kinder mit Eiswaffeln in der Hand und verschmierten Mündern und Touristen, die mit ausgestreckten Armen auf etwas deuteten. »Ich bin mit einer Freundin auf einen Drink verabredet«, antwortete sie. Zum Glück konnte er sie wenigstens nicht sehen.

Der Absatz ihres Pumps saß lose, sodass sie leicht hinkte. Ihr weißes Kleid – sie liebte Weiß – hatte diesen chaotischen Tag im Büro nicht unbeschadet überstanden, es war sowohl schmuddelig als auch völlig zerknittert.

»Und wo bist du gerade?«, fragte er.

Sie strich sich eine Haarsträhne aus dem Gesicht. Außerdem schwitzte sie, was sie hasste. An dem Tag, an dem sie in die Wechseljahre käme, würde sie sich umbringen. Ihr BH war leicht verrutscht, sodass sie das Handy und ihre Tasche in die eine Hand nahm und mit der anderen versuchte, ihre Brust wieder ins Körbchen zurückzuschieben.

»In der Innenstadt.« Im Hintergrund war das Tuten eines Schiffes zu hören. Sie runzelte die Stirn. »Michel?«

»Ja?«

»Und wo bist *du*? Ich habe gerade ein Schiff tuten hören.«

»Hier«, antwortete er, und dann stand er vor ihr, wohlriechend, eine Sporttasche über der Schulter hängend und eine Pilotensonnenbrille im Gesicht.

Sie blieb erneut mit dem Absatz hängen. *Gottverfluchte Scheiße.*

Michel hatte Åsa erblickt, als er aus dem Fitnessstudio gekommen war, und einem inneren Impuls nicht widerstehen können, ihr ein Stück zu folgen. Mit ihrem weißen Kleid und ihrem hellen Haar sah sie aus wie ein Engel. Das heißt, wenn Engel zehn Zentimeter hohe Absätze tragen und Kurven besitzen konnten, die einen verschlungenen italienischen Bergpfad als eben und gradlinig erscheinen ließen.

Sie schien nicht gerade erfreut darüber, ihn zu sehen, doch Åsa hatte Überraschungen noch nie geliebt. Sie pustete sich eine blonde Locke aus dem Gesicht und starrte ihn wütend an.

»Und wohin bist du wirklich unterwegs?«, fragte er und streckte ihr hilfsbereit die Hand entgegen. Sie schien mit dem Absatz irgendwo hängen geblieben zu sein.

Mit wachsamer Miene legte sie zwei Finger auf seinen Arm, stützte sich darauf ab und befreite ihren Absatz. »Ich hasse Kopfsteinpflaster«, sagte sie und ließ seinen Arm wieder los. Sie glättete ihr Kleid, und er schielte auf ihre Hand, mit der sie sich über die Hüfte strich. Der weiße Stoff spannte sich über ihrem Po und ihren Oberschenkeln, und Michel musste sich regelrecht zwingen, nicht hinzustarren. Widerstrebend richtete er seinen Blick auf ihr Gesicht, blieb an ihrem Mund hängen und sah ihr schließlich in die Augen.

»Was zum Teufel machst du hier?«, fragte sie.

»Ich komme gerade aus dem Fitnessstudio«, antwortete er. »Und dann hab ich dich gesehen.«

»Und hast beschlossen, mich zu verfolgen?«

Er zuckte mit den Schultern. »Und wohin bist du nun unterwegs?«

»Nach Hause.«

Er zog fragend eine Augenbraue hoch. »Hier entlang?« Er wusste genau, wo sie wohnte, nämlich an einer der ruhigsten und exklusivsten Adressen von Östermalm. Er hatte bereits öfter vor ihrem Haus gestanden, als er je zugeben würde.

»Ich hatte Lust auf einen Spaziergang am Wasser. Blöde Idee. Werde ich nie wieder machen.«

Er lachte auf. »Nein, du bist noch nie gern spazieren gegangen«, pflichtete er ihr bei. Er hatte sie immer für ihre dekadente Einstellung zu physischen Aktivitäten geliebt.

Sie betrachtete ihn eingehender. »Du siehst unverschämt frisch aus. Bist du etwa unterwegs zu einem Date?«

»Ich komme gerade vom Training«, antwortete er. Wenn sie ihn so anschaute und dabei ihren Blick über seine Muskeln gleiten ließ und offen seinen Körper in Augenschein nahm, musste er sich zwingen, nicht den Bizeps und sein Sixpack anzuspannen wie ein Vollidiot. Sie hatte eine starke Wirkung auf ihn, und er musste sich bemühen, die Kontrolle über sich zu behalten. Åsa konnte die Schwächen eines Mannes auf Anhieb aufspüren, und wenn sie nur ahnte, welche Wirkung sie auf ihn hatte, würde sie ihn unter einem ihrer hohen Absätze wie ein Insekt zerquetschen.

»Was hast du eigentlich vor, Michel? Was soll das?«

»Ich unterhalte mich einfach nur ein bisschen«, entgegnete er.

»Du weißt genau, was ich meine. Ich habe keine Lust, mich noch länger zu unterhalten.«

»Nein«, sagte er. »Ich weiß.« Aber er weigerte sich, einer der Männer zu sein, mit denen sie schlafen und die sie danach fallen lassen würde. Er dachte nach. »Ich glaube, ich umwerbe dich.«

»Umwerben?« Sie schnaubte verächtlich. »Gibt es dieses Wort überhaupt noch? Hast du was getrunken?«

»Nein«, antwortete er.

»Du kannst nicht bestimmen, wie unsere Beziehung aussehen soll«, meinte sie. »Du kannst nicht einfach in mein Leben reinplatzen und mir sagen, was du willst, und glauben, dass ich darauf anspringe.«

»Ich kann so viel sagen, wie ich will. Du brauchst dich nur zu entscheiden, ob du dich drauf einlässt oder nicht.«

Sie starrte ihn an. Ihre blasse Haut hatte leicht Farbe bekommen, und auf ihren Wangen breiteten sich hellrosafarbene Flecke aus. »Du bist ein verdammter Mistkerl«, sagte sie. In ihren Augen war eine gewisse Angst zu erahnen, wie bei einem eingeschüchterten Kind.

Er beugte sich vor und küsste sie rasch auf den Mund, woraufhin er sich ebenso rasch wieder zurückzog. »In drei Tagen wird alles vorbei sein«, sagte er. »Dann werde ich zu dir kommen. Dann haben wir genug geredet.« Er warf einen Blick auf seine Uhr. »Aber jetzt muss ich zurück ins Büro, bevor die Börse schließt«, erklärte er. »Man sieht sich.«

»Geh nur«, sagte sie. »Ich komme auch ohne dich zurecht, das ist dir hoffentlich klar.«

»Åsa?«

»Ja?«

»Und gib acht aufs Kopfsteinpflaster.«

Er drehte sich um und zog pfeifend von dannen.

»Ich hasse dich«, rief sie ihm nach.

Er lachte auf. *Und ich liebe dich.* Doch das sagte er nicht laut. So blöd war er nun auch wieder nicht.

45

Tief in Gedanken versunken ging David das kurze Stück vom Nationalmuseum zurück zum Büro. Seine Begegnung mit Natalia hatte ihn gelinde gesagt aufgewühlt. Die Ohrfeige hatte er verdient, denn er war nicht gerade nett zu ihr gewesen. Er rieb sich die Wange. Sie hatte wirklich eine ganz schöne Kraft.

David öffnete die Tür zum Büro und begrüßte Malin, die am Empfang stand.

»Halten wir die Stellung?«, fragte er. Es war siebzehn Uhr dreißig. Sobald die Börse schloss, würde es unmittelbar ruhig werden.

Sie nickte. »Jetzt wird nichts mehr passieren, alle warten auf die Aktionärsversammlung.«

Malin hatte recht, und er nickte, während er einen Bericht überflog, den sie ihm reichte. Von jetzt an und übers Wochenende würde nichts mehr geschehen.

»Ich gehe dann in einer halben Stunde«, sagte sie, während Michel in der Türöffnung auftauchte. Malin verschwand, um ein Telefonat entgegenzunehmen.

»Wo bist du denn gewesen?«, fragte David.

»In der Muckibude«, antwortete Michel und stellte seine Tasche auf dem Boden ab. Er setzte seine Sonnenbrille ab und wischte sich mit dem Handrücken den Schweiß von der Stirn. »Und wo bist *du* gewesen? Und wo ist dein Wagen?«

David hatte seinen Wagen und Jesper völlig vergessen. »Kannst du kurz mit zu mir reinkommen?«, fragte er. »Ich muss dir etwas erzählen.«

David wartete, während Michel seine Tasche in seinem Büro abstellte. Michel kam mit zwei Wasserflaschen in der Hand in Davids Büro und schob die Tür mit dem Ellenbogen zu. Er reichte David eine der Flaschen. Sie setzten sich jeder auf eine Seite des Schreibtisches.

»Jesper hat meinen Wagen genommen«, erklärte David. »Hast du gemerkt, dass wir beschattet werden? Ich wollte nicht, dass sie mir folgen.«

»Mm, ich hab es gemerkt. Aber es ist ja nicht das erste Mal.«

Es war nicht ganz ungewöhnlich für sie, einer Überwachung und regelrechten Spionage ausgesetzt zu sein. Sie arbeiteten schließlich in einer Branche, in der Informationen die härteste aller Währungen waren.

»Tut mir leid, dass ich einfach so abgetaucht bin«, sagte David. »Aber ich musste eine Sache klären.«

»Ist schon okay.«

»Ich habe mich mit Natalia getroffen«, gestand er.

»War das wirklich eine gute Idee?«, fragte Michel und fingerte an seiner Wasserflasche herum.

»Nein. Aber ich musste ihr etwas erklären. Und jetzt möchte ich es dir ebenfalls sagen.«

»Schieß los«, sagte Michel mit einem Seufzer.

David erzählte ihm die gesamte Geschichte.

Von der gestrigen Begegnung zwischen Carolina und Natalia im Park. Von dem Übergriff und von Peters Rolle dabei. Er erzählte ihm wirklich alles. Und empfand es als ziemlich befreiend. So, wie es auch befreiend gewesen war, es Natalia zu erzählen. Für eine kleine Weile hatte David dort in der Ikonenausstellung einen inneren Frieden empfunden. Für einen kurzen

Augenblick hatte er Harmonie und Ruhe verspürt, bevor Natalia und er erneut in einen Konflikt miteinander geraten waren. Er hatte endlich jemandem von Caro erzählt. Natalia hatte ihm zugehört, und es war für ihn wie eine Beichte gewesen. Er hatte nicht realisiert, zu welcher Belastung ihm dieses Geheimnis mit der Zeit geworden war.

Natalia war natürlich geschockt gewesen, und er fragte sich, ob es irgendeinen Menschen gab, den er so oft betrogen hatte wie sie. Wenn er ihre Äußerungen richtig gedeutet hatte, würde sie ihm nie verzeihen und ihm auch nie wieder vertrauen, und das tat mehr weh, als er überhaupt gedanklich fassen konnte. Aber er war froh gewesen, ihr von Caro erzählt zu haben. Dass Natalia es von ihm erfahren und nicht in irgendwelchen Reportagen der sensationsgeilen Boulevardzeitungen gelesen hatte. Der größte Ansturm der Medien hatte sich inzwischen gelegt. Die Journalisten fragten ihn zwar noch immer nach Skogbacka und dem Mobbing, das dort praktiziert worden war, aber nicht mehr so hartnäckig. Weder die Vergewaltigung noch das Auspeitschen war zur Anzeige gebracht worden, sodass die schlimmsten Einzelheiten nicht an die Medien gelangt waren. Keiner der Involvierten hatte ein Interesse daran, dass es publik wurde.

Er schaute Michel an, der stumm und mit geschockter Miene dasaß.

»Das ist ja unglaublich«, sagte Michel mit erstickter Stimme.

»Ja.«

»Du hast also eine geheime Schwester. Das ist ja völlig verrückt.«

»Ja.«

»Von der du mir nie erzählt hast.«

»Nein.«

»Wie auch von Peter de la Grip …« Er verstummte.

»Ja.«

»Dieser ganze Coup wird irgendwie immer bizarrer«, meinte Michel. »Mit dir und Natalia und den ganzen persönlichen Rachemotiven. Und jetzt hast du noch dazu eine Schwester, von der ich nie etwas erfahren habe. Von der *niemand* etwas weiß.«

»Tut mir leid«, entschuldigte sich David. »Aber es ging um ihre Sicherheit.«

»Ich verstehe schon«, sagte Michel und wiegelte beschwichtigend mit der Hand ab. Er sah aus, als dächte er nach. »Und du sagtest, dass sie bedroht wurde?«

»Das ist zwar lange her, aber man kann nicht vorsichtig genug sein.«

»Und warum ist sie dann hier? In Stockholm?«

»Meine Schwester besitzt Investum-Aktien«, erklärte David mit einem Lächeln. Er hatte sie im Laufe der vergangenen Jahre für sie gekauft. Inzwischen hielt sie einen ansehnlichen Posten.

»Und wird sie mit abstimmen?«

»Ja. Ich habe zwar versucht, sie davon zu überzeugen, dass sie einen Bevollmächtigten schickt, aber sie wollte unbedingt selber kommen. Sie kann ziemlich stur sein.«

Michel zog eine Augenbraue hoch. Er stellte seine Wasserflasche ab. »Das muss ich erst mal sacken lassen.«

»Klar.«

»Und das ist wirklich alles? Du hast keine weiteren Geheimnisse? Nicht noch irgendwelche unbekannten Verwandten, von deren Existenz ich vielleicht wissen sollte, meine ich?«

Es klopfte an der Tür.

David schüttelte den Kopf und sagte: »Nein, sonst keine.« Dann rief er: »Nur herein.«

Malins Kopf erschien im Türspalt. »David?«

»Ja?«

»Hier ist ein Mann, der dich sprechen möchte.«

»Um diese Zeit? Wer ist es denn?«

Malin warf ihm einen besorgten Blick zu. Sie schaute erst Michel und dann erneut David an. Ihr Blick flackerte zwischen beiden hin und her wie ein Tennisball während eines Matches. Sie räusperte sich. »Ich weiß nicht recht, wie ich es sagen soll.«

»Was denn?«, wollte David wissen.

Jetzt schaute selbst Michel sie mit fragendem Blick an.

Sie schaute noch ein paarmal zwischen den beiden hin und her. Dann sagte sie mit einem tiefen Seufzer und in entschuldigendem Ton: »Er sagt, er sei dein Vater.«

46

In Davids Büro war es totenstill geworden. Michel stützte sich mit beiden Handflächen auf die Schreibtischplatte, sodass seine schweren Ringe dagegenschlugen. Einer der Steine blitzte bedrohlich auf. Er stand langsam auf, beugte sich vor und warf David einen finsteren Blick zu. »Mag ja sein, dass du der Boss bist«, sagte er mit belegter Stimme. »Mister Corporate Raider, Gründer des Unternehmens und Superheld.« Seine Kieferknochen mahlten, während er fortfuhr, indem er jede einzelne Silbe betonte: »Aber du und ich, wir beide reden nachher noch einmal. Und zwar Tacheles. Über die Zukunft. Deine und meine Zukunft.« Er warf David einen wütenden Blick zu, nahm dann die Hände vom Schreibtisch, griff sich die leere Wasserflasche und knüllte sie zusammen. Auf dem Weg hinaus nickte er Malin zu.

»Schick ihn herein«, sagte David, nachdem Michel den Raum verlassen hatte.

Er stand auf. *Das hier wird schnell gehen.*

Malin murmelte etwas, und dann stand der Besucher dort.

»Bitte«, forderte Malin ihn auf, und Davids sonst so unerschrocken auftretende Pressechefin wirkte unsicher, als sie den Mann hereinließ.

David verschränkte die Arme vor der Brust und inspizierte den Mann, der zur Tür hereinkam. »Carl-Erik Tessin«, stellte

Malin ihn vor. »*Graf* Tessin«, fügte sie nervös hinzu, obwohl sie sonst nie nervös war.

»Danke, Malin«, sagte David. »Du kannst dann nach Hause gehen, das hier wird nicht lange dauern.« Er gab sich bewusst unhöflich und ließ ein wenig von der Wut, die er verspürte, auf seine Stimme abfärben. Wie konnte dieser Mann es wagen, auch nur den Gedanken zu fassen hierherzukommen?

Malin zog leise die Tür hinter ihnen zu, und dann waren sie allein.

»Hej, David«, begrüßte Carl-Erik ihn. Er sprach mit einer leisen, wohlartikulierten Stimme, die David mehr als alles andere mit Oberschichtallüren und Machtmissbrauch verknüpfte.

»Was zum Teufel machst du hier? Und was willst du, verflucht noch mal?«

Carl-Erik machte ein erschrockenes Gesicht. »Ich habe versucht, dich zu erreichen.«

»Und?«

Noch immer keine wütende Reaktion seinerseits. Doch Carl-Erik war schon immer ein feiger, ausweichender Mensch gewesen.

»Ich habe dir geschrieben«, sagte er leise. »Und versucht, dich anzurufen. Aber du gehst nicht ran.«

»Nein.« David gab sich kurz angebunden. Sagte nichts weiter, denn er wollte dieses Gespräch nicht unnötig in die Länge ziehen, wollte es eigentlich am liebsten überhaupt nicht führen. Es gab nichts, was Carl-Erik hätte sagen können, das David hätte hören wollen. Er hasste diesen Mann, seinen adligen Vater. Allein schon das Wort – Vater – das bedeutungsloseste und am wenigsten verpflichtende Wort, das es gab, bewirkte, dass sich ihm der Magen umdrehte. Dieser Graf mit seinem weichen Skåne-Dialekt und seinem vornehmen Stammbaum war der Mann, der zwei Kinder – nicht nur eins, sondern zwei – mit einer jungen hübschen Helena Hammar gezeugt hatte. Er war der ungelernten Bedienung Ende der Siebzigerjahre im Vergnügungsviertel von Stockholm begegnet und hatte ein Verhältnis mit ihr angefangen. Er hatte sie schließlich geschwängert, wäre aber nie auch nur auf die Idee gekommen, sich von seiner Ehefrau scheiden zu lassen, seiner Gattin, die natürlich adliger Herkunft war, wie es sich ziemte. Es gab keine Worte dafür, die die Verachtung, die David für den Grafen Tessin empfand, hätten beschreiben können. Er sah ihn ausdruckslos an, gab sich kühl und strahlte Unnahbarkeit aus. Wenn einer wusste, wie es sich anfühlte, wenn einer ausgestreckten Hand Gleichgültigkeit entgegengebracht wurde, dann er.

»Ich habe dich in Båstad gesehen«, fuhr Carl-Erik fort.

David hatte ihn ebenfalls gesehen, doch genau wie Carl-Erik sich geweigert hatte, seine unehelichen Kinder anzuerkennen, weigerte David sich, dessen Existenz anzuerkennen.

»Und ich lese viel von dir in den Zeitungen, oder besser gesagt, ich lese alles.«

Es hatte eine Zeit in Davids Leben gegeben, in der es wichtig für ihn gewesen war, einen Vater zu haben. Er hatte sich als Kind häufig gefragt, was er wohl falsch gemacht hatte, da er von seinem eigenen Vater offenbar nicht erwünscht war. Einmal war er sogar, ohne es seiner Mutter zu sagen, mit dem Bus hinunter nach Skåne gefahren, wo er vor dem Tor des Guts gestanden hatte, in dem sein Vater mit seiner Frau und seinen ehelichen Kindern wohnte. Erschöpft und traurig war er daraufhin nach Hause zurückgekehrt und hatte dann die Tür zu seiner Vergangenheit für immer geschlossen.

Die Jahre waren ins Land gegangen, und jetzt hätte Carl-Erik ebenso gut tot sein können. Denn für David war er bereits tot. Einmal abgesehen von der Tatsache, dass David ihn hasste und seine Vernunft ihm suggerierte, dass man jemanden, der tot war, nicht hassen konnte. Doch genauso heftig, wie er Gustaf und Peter verabscheute, verabscheute er auch diesen Mann, der jetzt mit einer Mischung aus Reue und Hoffnung im Blick vor ihm stand. Er war ein Mann, der immer allem Unangenehmen ausgewichen war. Der die Leute ausnutzte und irgendwann fallen ließ. Sie im Stich ließ, selbst aber schwach war. David hätte am liebsten keine einzige Zelle in seinem Körper gehabt, die von Carl-Erik Tessin stammte.

»Wie gesagt. Was willst du?« David holte Luft und versuchte, seine Wut ein wenig zu bändigen, da er seinem Gegenüber nicht zeigen wollte, dass dessen Gegenwart ihn beeinträchtigte. »Ich gebe dir zwei Sekunden, und dann will ich, dass du verschwindest. Und zwar für immer.« Er hasste es, so aufgebracht zu sein, lieber hätte er gleichgültig reagiert.

Seine Mutter hatte diesen Mann geliebt. Wenn Carl-Erik bei seiner Familie gewesen wäre, hätten sich die Dinge anders entwickelt. Carolina wäre unverletzt geblieben, und Helena hätte nicht so hart arbeiten müssen. Vielleicht hätten sie ein glückliches Leben bis ans Ende ihrer verdammten Tage gelebt.

»Ich würde dich so gern kennenlernen und eine Beziehung zu dir aufbauen.«

David schwieg.

»Ich war nicht für euch da, als ihr klein wart, und mit dieser Schuld muss ich leben. Aber jetzt …«

»Jetzt?«, unterbrach ihn David. »Es gibt kein *Jetzt*.«

»Wenn du wüsstest, wie sehr ich wünschte, damals alles anders gemacht zu haben. Mehr für euch da gewesen zu sein. Für eure Mutter, für Helena. Aber sie wollte mich partout nicht in ihr Leben hineinlassen.«

David erinnerte sich an ihre Tränen und ihre Verbitterung. »Vielleicht lag es ja daran, dass du mit einer anderen Frau verheiratet warst«, entgegnete er kühl. Er hatte keinerlei Erinnerungen an irgendetwas Gutes bei diesem Mann. Diesem Schnösel, der frech genug war, Anspruch darauf zu erheben, sein Vater zu sein.

»Ich konnte mich nicht scheiden lassen, aber ich wollte sie wenigstens unterstützen. Doch sie hat nahezu alles, was ich ihr angeboten habe, verweigert. Ich durfte nur …«

»War das alles?«, fragte David kalt.

»Ich bin gekommen, um mich zu entschuldigen. Und deine Schwester …«

»Caro?«, rief David aus, obwohl er eigentlich beschlossen hatte, ihm gar nichts zu entgegnen, egal was der Kerl von sich gab. »Was hat sie denn damit zu tun?«

Carl-Eriks Gesichtszüge wurden weicher. »Carolina und ich treffen uns hin und wieder. Ich habe sie in ihrem Haus in Dänemark besucht. Und gestern haben wir in der Stadt zusammen Kaffee getrunken.«

David bemühte sich, ihm nicht zu zeigen, wie schockiert er war. Hatten sie etwa Kontakt zueinander? Davon hatte Carolina ihm nie etwas gesagt. Dabei hatte er immer gedacht, dass Carolina ihm alles erzählte. Er versuchte, den Gedanken zu verdrängen, hintergangen worden zu sein.

»Carolina ist eine erwachsene Frau, David«, sagte Carl-Erik mit einem freundlichen Lächeln. Ein Lächeln, das David Lust machte, seinem aristokratischen Gesicht eine gerade Rechte zu verpassen. Er wusste selbst, dass Carolina erwachsen war, hatte nur noch nicht ganz begriffen, dass sie ein eigenes Leben führte. Vielleicht hatte er irgendwann einmal angenommen, dass sich ihr Leben einzig um ihn drehte, aber er kapierte sehr wohl, dass sie erwachsen war. Es war allerdings ein Schock für ihn, es auf diese Weise zu erfahren. Kaffeetrinken in der Stadt, aha.

»Carolina lässt mich an ihrem Leben teilhaben, und dafür bin ich ihr unendlich dankbar.«

David presste die Zähne so hart aufeinander, dass er sie knirschen hörte. Seine Geduld war inzwischen überstrapaziert.

»Sie hat Bedenken, was deinen Coup angeht. Sie macht sich Sorgen um dich.«

David explodierte innerlich vor Wut. Carl-Erik hatte nicht das Recht, mit ihm über Carolina zu sprechen, überhaupt kein Recht. Der Zorn wütete in seiner Brust wie brodelnde Lava.

»Geh jetzt«, sagte er mit mühsam verhaltener Stimme. »Geh.« Es fiel ihm schwer, klar zu denken, die Wut bahnte sich in Wellen einen Weg durch seinen Körper, als peitschte sie gegen scharfkantige Klippen. Er spürte, dass er nahe daran war, die Kontrolle zu verlieren. »Verschwinde von hier«, zischte er. »Raus. Und zwar sofort.«

»David …«, bat Carl-Erik und hob flehend seine Hände.

Irgendetwas in Davids Innerem zerbarst.

Die Anspannung, der Zorn, all die alten Gefühle, von denen er überzeugt gewesen war, sie hinter sich gelassen zu haben, erhielten neue Nahrung, und er verlor die Beherrschung. Er stürzte auf Carl-Erik zu und packte ihn am Revers, mit einer Brutalität, die den älteren Mann erblassen ließ. Während David mit der einen Hand die Tür öffnete, warf er den Grafen mit der anderen buchstäblich aus seinem Büro. Dann knallte er die Tür mit derartiger Kraft zu, dass die Wände wackelten.

Danach musste er sich am Türrahmen abstützen und nach vorn beugen, um wieder Blut in den Kopf zu bekommen. Sonst verlor er nie die Fassung, und er hasste Leute, die herumschrien und andere anbrüllten, um ihre Macht zu demonstrieren. Doch gerade eben war er kurz davor gewesen, einen alten Mann umzubringen. Er holte erneut tief Luft und spürte, wie langsam, aber sicher die Vernunft in seinen Kopf zurückkehrte. Es war bereits Abend und das Büro absolut leer. Er konnte nicht einfach jemanden rausschmeißen, schon gar nicht auf diese Art und Weise. Vielleicht hatte der Kerl da draußen einen Herzinfarkt erlitten.

David fuhr sich mit beiden Händen durchs Haar. Strich seine Kleidung glatt und legte seine Hand auf den Türgriff. Angesichts seines eigenen Benehmens und dieser Farce, die er gerade erlebt hatte, verzog er gequält das Gesicht. Dann öffnete er die Tür und schaute hinaus. Doch der Korridor war leer.

Carl-Erik Tessin war offensichtlich gegangen.

47

Samstag, 26. Juli

Alexander hatte Schweden kaum verlassen, als er auch schon wieder zurückgerufen wurde. Vor weniger als zwei Wochen hatte er zuletzt hier am Flughafen in der Schlange vor der Passkontrolle gestanden. Zu Hause in New York hatte er gerade erst seinen Jetlag überwunden, doch jetzt war er wieder hier, erschöpft und verkatert. Von seinem Vater herbeordert. Wenn er es irgendwie vermeiden konnte, hörte er nicht auf ihn, doch Alex war neugierig auf das, was in Stockholm gerade vor sich ging. Das Familienunternehmen in Gefahr? War das überhaupt möglich? Der Gedanke daran war merkwürdigerweise erregend. Nahezu befreiend.

Alexander nahm seine Reisetaschen vom Gepäckband und schlenderte durch den Zoll und durch die Wartehalle hinaus zu den Taxis vor dem Flughafengebäude. Die Schlagzeilen auf den Titelseiten der Zeitungen sprangen ihm förmlich ins Auge. Er setzte sich ins nächste Taxi, stellte dann jedoch fest, dass er keine Ahnung hatte, wo er eigentlich wohnen sollte. Der Gedanke, bei seinen Eltern zu übernachten, war grauenerregend. Hm. Vielleicht sollte er sich doch irgendwann eine Wohnung in der Stadt kaufen? Man konnte sagen, was man wollte, aber Stockholm war im Sommer ziemlich schön. »Fahren Sie mich zum Hotel Diplomat«, sagte er schließlich.

Er fingerte an seinem Handy herum. Eigentlich müsste er

Natalia anrufen, denn das hier war für sie bestimmt ziemlich unangenehm. David Hammar, in den sie so offensichtlich verliebt zu sein schien, legte sich mit Investum an. Er schaute aus dem Wagenfenster. Die Frage war nur, was zum Teufel da vor sich ging. Und ob er zulassen wollte, dass es ihn kümmerte.

48

Sonntag, 27. Juli

David betrachtete die Skulptur, die sich vor ihm auftürmte. Er hatte kein besonderes Interesse an Kunst, und mit Skulpturen konnte er überhaupt nichts anfangen. Doch Carolina schlenderte mit entrückter Miene umher, sodass er seine Gedanken für sich behielt und jedes Mal, wenn sie in seine Richtung schaute, so enthusiastisch wie möglich nickte.

Carolina war schon immer kunstbegeistert gewesen und besaß darüber hinaus ein Interesse an Kultur und kreativem Schaffen, und er wusste, dass es vermutlich diese Interessen waren, die sie davor bewahrt hatten, den Verstand zu verlieren. Also bemühte er sich, bei jedem Treffen zusammen mit ihr irgendein Museum oder eine Ausstellung zu besuchen. Es gefiel ihm zwar ebenfalls, vieles erschloss sich ihm aber nicht.

Die Ausstellung war gut besucht, und plötzlich sah David, wie Carolina mit einem Mann zusammenstieß. Er erstarrte, bereit, ihr jeden Moment zu Hilfe zu eilen. Doch Carolina entschuldigte sich lediglich mit einem Lächeln, ohne ängstlich dreinzublicken oder zu erblassen. David atmete erleichtert auf und entspannte sich ein wenig.

Viele Jahre lang war es der reinste Horror für Caro gewesen, sich unter Menschen zu begeben. Er fragte sich, ob er sich je daran gewöhnen würde, dass sie nicht mehr so sensibel war wie früher.

Sie kam auf ihn zu. Die Ausstellung war im Freien, und eine leichte Brise erfasste ihre Haare. Sie lächelte, sodass sich in ihren Augenwinkeln Lachfältchen bildeten. Sie wohnte am Meer und liebte die Natur, die Sonne und den Wind. »Du siehst nicht ganz so gequält aus wie sonst«, sagte sie und legte ihm die Hand auf den Arm. »Darf man hoffen, dass dir die Ausstellung gefällt?«

»Es gibt nichts, was ich mehr liebe, als mir nackte Statuen anzuschauen«, entgegnete er. »Du machst übrigens einen ziemlich zufriedenen Eindruck«, fügte er hinzu.

Carolina drückte seinen Arm. »Mir geht's auch gut«, sagte sie. »Ich weiß zwar, dass du dir noch immer Sorgen machst, aber es stimmt tatsächlich. Irgendwann musst du mir einfach glauben.«

Caro hatte recht, stellte David verdutzt fest. Sie sah in der Tat frisch und munter aus. So viele Jahre lang hatte er sich um sie gesorgt, und er war derart damit beschäftigt gewesen, ihr das Leben zu erleichtern, dass er sich nicht die Zeit genommen hatte, innezuhalten und zu erkennen, was zunehmend offenbar wurde: dass es Caro im Alter von zweiunddreißig Jahren gut ging. Sie strahlte geradezu.

»Sei jetzt bitte nicht sauer auf mich«, sagte sie, »aber ich denke darüber nach, mich für den Rest meines Aufenthalts in einem schönen Hotel einzumieten.« Sie biss sich auf die Unterlippe und betrachtete ihn aufmerksam, als wolle sie sehen, wie seine Reaktion ausfallen würde.

»Aber warum denn?«, fragte er. Natürlich konnte sie tun und lassen, was sie wollte, doch es kam für ihn völlig unerwartet. »Ich dachte, dass es dir bei mir gefällt«, sagte er mit einem Anflug von Schuldbewusstsein.

»Wirklich?«, fragte Caro mit einem Lächeln. »Und woran machst du das fest? Ich meine, wo du doch sowieso nie zu Hause bist.« Sie lächelte noch immer, um ihre Kritik abzumildern, aber in der Sache hatte sie recht. Er hatte sie vernachlässigt.

»Deine Wohnung ist wirklich schön, aber ich bin viel zu alt, um noch bei meinem Bruder zu wohnen. Nein, ich habe mich entschieden. Ich hab übrigens schon bei einem Hotel angerufen und ein Zimmer reserviert«, sagte sie und sah zufrieden aus.

»Okay«, meinte David, von den Ereignissen noch immer etwas überrumpelt. Carolina war nie impulsiv gewesen. Auch nicht besonders selbstständig. Sie hatte sich immer auf ihn verlassen und ihn alle Entscheidungen fällen lassen. Er hatte sie wohl ganz automatisch als zerbrechlich eingeschätzt, doch jetzt stand sie vor ihm und strahlte Selbstsicherheit und Entschlossenheit aus und traf sogar eigenständige Entscheidungen, ohne ihn vorher um Rat zu fragen. Sie war offenbar eine erwachsene Frau wie jede andere auch.

»Aber wenn du im Hotel wohnst, musst du irgendeine Form von Bewachung oder Schutz haben«, sagte er, denn Caro war eben doch keine x-beliebige Frau, und er musste an das denken, was wichtig war: ihre Sicherheit. »Ich bespreche das mit unserem Sicherheitsdienst.«

»Findest du das nicht ein wenig übertrieben?«, fragte sie und legte den Kopf schräg. Einer ihrer langen Ohrhänger berührte ihre Wange.

»Aber wenn dir irgendetwas zustößt, Caro …«

Sie drückte erneut seinen Arm. »David, du kannst mich nicht vor dem Leben schützen.«

»Du weißt genau, was ich meine«, entgegnete er. Tatsächlich empfand er eine gewisse Erleichterung darüber, seine Wohnung zukünftig wieder für sich zu haben, aber das schlechte Gewissen, das er deshalb hatte, ließ seine Stimme übertrieben scharf klingen. »Das gefällt mir nicht. Und es tut mir leid, dass du dich vernachlässigt gefühlt hast«, fügte er hinzu.

Aber einmal davon abgesehen, dass er sich dafür schämte, sich nicht genügend Zeit für seine Schwester genommen zu haben, hatte Carolina recht. Sie waren erwachsene Menschen, sie führten jeder ihr eigenes Leben.

Und nachdem Natalia bei ihm übernachtet hatte …

Tatsache war, dass es David schwerfiel, eine andere Person bei sich in der Wohnung zu haben.

Carolina blinzelte gegen die Sonne, während sie eine schmale Skulptur betrachtete. »Und wenn wir schon einmal dabei sind: Ich habe übrigens überlegt, mir eine eigene Wohnung zu kaufen.«

Er blieb stehen und starrte sie an. So etwas hatte er aus ihrem Mund noch nie gehört. »In Schweden?«, fragte er.

»Ja.« Sie nickte. »In Stockholm. Ich mag Stockholm. Ich erinnere mich noch gut daran, wie wir regelmäßig in die Innenstadt gefahren sind, als wir klein waren. Stockholm fühlt sich für mich noch immer wie ein Zuhause an.«

David gefiel diese Idee nicht recht. Das Risiko, dass sie zufällig auf Peter oder Gustaf stoßen würde, war viel zu groß. Mochte zwar sein, dass sie jetzt gesund und zufrieden wirkte, doch was würde geschehen, wenn sie Peter begegnete, dem Mann, der ihr so übel zugesetzt hatte?

»Ich dachte, dass es dir in Dänemark gefällt«, entgegnete er. »Du hast immer gesagt, dass du es liebst, am Meer zu wohnen.«

Als Fünfzehnjährige hatte sie natürlich in einer Klinik gewohnt, doch auch danach war sie in Dänemark geblieben, und es hatte ihr gutgetan. Das Meer, das Land, seine Kultur. Inzwischen wohnte sie in einem Haus mit einem riesigen Atelier, das David ihr gekauft hatte. Es lag an einem einsamen, windgepeitschten Küstenstrich, aber sie hatte es immer geliebt.

»Das tue ich auch. Aber man kann doch mehrere Wohnsitze haben, oder?« Sie blieb vor der Skulptur eines Vogels mit weit ausgestreckten Flügeln stehen. »Diese hier gefällt mir«, sagte sie und betrachtete eingehend die langen schmalen Konturen. »Letzte Woche habe ich mich mit meinem Vermögensberater getroffen. Wir haben uns gemeinsam meine Vermögenswerte angeschaut. Ich habe in der Tat ein wenig Kapital, ich könnte es mir leisten.« Sie strahlte übers ganze Gesicht.

Er hatte sich viele Jahre lang um ihre Finanzen gekümmert, Aktien für sie gekauft, Geld anlegt und, so viel er konnte, auf ihr Konto überführt. Diese ständige Besorgnis um ihr Wohlbefinden. Er war mit einer permanenten Sorge aufgewachsen, dass ihr oder ihm selbst etwas zustoßen könnte. All seine Pläne hatten sich darum gedreht, so sichere Investitionen vorzunehmen wie nur möglich. Und das hatte sich ausgezahlt. Caro war inzwischen finanziell unabhängig.

»Es ist gar nicht so dumm, ein Finanzgenie als Bruder zu haben, muss ich sagen«, meinte sie warmherzig. »Sowohl der Vermögensberater als auch ich waren ziemlich beeindruckt.«

Sie ging weiter, und ihr langer Rock umspielte dabei ihre Knöchel.

Eine Carolina, die ihren Vermögensberater kontaktierte, Hotelzimmer buchte und finanzielle Entscheidungen auf eigene Faust traf. David begriff die Welt nicht mehr. Wann hatte sie diese Fähigkeiten nur entwickelt?

»Ich kann Kontakt zu einem Makler aufnehmen, den ich kenne«, sagte er, als er sie eingeholt hatte. Doch die Unlust in seiner Stimme war nicht zu überhören. Wie sollte er sie schützen können, wenn sie sich in Stockholm aufhielt?

»Du bist ja eine richtige Glucke«, sagte sie. Sie strich über einen Sockel, las die Inschrift und schaute dann David an. Ihre Augen lächelten. »Du weißt, dass Mama stolz auf dich wäre, oder nicht?«

Das bezweifle ich.

Caro hatte schon immer eine hohe Meinung von ihm gehabt, das wusste David. Eine hohe Meinung, die seine Mutter nicht geteilt hatte. Seine Mutter war fast immer enttäuscht von ihm gewesen. Fand, dass David die Familie ein ums andere Mal im Stich gelassen hatte, und war der Auffassung, dass er egoistisch und verantwortungslos handelte. Und sie hatte recht gehabt, ganz klar. Wenn er sich mehr um seine Familie gekümmert hätte, wäre vieles anders gekommen.

»Du bist meine Schwester«, entgegnete er lediglich. »Und ich möchte, dass es dir gut geht.«

Und dass du in Sicherheit bist.

Carolina ging weiter zur nächsten Skulptur. Er folgte ihr und blieb dann neben ihr stehen.

»Ich hab gehört, dass unser Vater bei dir war«, sagte sie.

»Ja«, bestätigte er und dachte mit Unbehagen an den unerwarteten – unerwünschten – Besuch am Freitag. »Carl-Erik ist bei mir im Büro aufgetaucht, völlig ohne Vorwarnung.«

Carolina schüttelte den Kopf. »David, warum versöhnst du dich nicht mit ihm? Er ist schließlich dein Vater.«

»Ich wusste nicht, dass ihr Kontakt zueinander habt.« David hörte, wie kühl seine Stimme klang, doch er konnte es nicht ändern.

Carolina warf ihm einen leicht vorwurfsvollen Blick zu. »Er hat mich ein paarmal in Dänemark besucht. Tut mir leid, dass ich dir nichts davon erzählt habe, aber ich wusste, dass es dir nicht unbedingt gefallen würde.« Sie sah ihn mit ihren großen blaugrauen Augen an, die den seinen so ähnelten. Geschockt registrierte David, dass sie beide, Caro und er, die Augen von Carl-Erik geerbt hatten. Es war ihm zuvor nie aufgefallen.

»Du weißt, dass er es war, der meinen Umzug nach Dänemark bezahlt hat? Er hat übrigens auch den Klinikaufenthalt bezahlt. Mama hat es ihm zugestanden.«

»Nein, das wusste ich nicht«, antwortete er mit zusammengebissenen Zähnen. Es war ihm seltsam vorgekommen, dass sie sich Caros Behandlung hatten leisten können. Seine Mutter hatte nie ein Wort darüber verloren, wo das Geld herkam. Hatte er nicht bereits vermutet, zumindest unterbewusst, dass sein Vater sie unterstützt hatte? Vielleicht. Aber bedeutete das, dass er dem Grafen deswegen Respekt entgegenbringen musste? Wohl kaum.

»Ich brauche noch ein wenig Zeit«, meinte er, doch er war sich im Klaren darüber, dass es sich um eine Lüge handelte. Er hatte nicht die Absicht, sich jemals mit dem Grafen aus Skåne zu versöhnen, egal, wie oft der Mann mit Carolina Kaffee trank. Und wie sehr er sie finanziell unterstützt hatte.

»Wenn Mama noch leben würde, wäre sie bestimmt stinksauer, dass wir uns mit ihm getroffen haben«, fuhr Carolina fort. »Bei ihr musste man sich immer für eine Seite entscheiden.« Sie strich sich einige blonde Haarsträhnen aus dem Gesicht und legte den Kopf schräg. »Wusstest du, dass er versucht hat, Kontakt zu uns aufzunehmen, Mama ihn aber daran gehindert hat? Er hat uns jede Woche geschrieben, aber Mama hat alle Briefe zurückgeschickt. Er besitzt sie noch immer. Mama konnte manchmal ziemlich schwarz-weiß denken.«

David warf seiner Schwester einen verdutzten Blick zu. Sie redeten normalerweise nie über die Vergangenheit und nur selten über ihre Mutter. Er war schlicht und einfach davon ausgegangen, dass sie ähnlich über ihre Eltern dachten.

»Ich habe nie in dieser Art und Weise über Mama nachgedacht«, sagte er und stellte fest, dass ihm wahrscheinlich noch nie ein negativer Gedanke über Helena gekommen war. In seiner Erinnerung war sie nie anders als gütig gewesen, was ja durchaus etwas eigenartig war. Schließlich war kein Mensch einfach nur gut.

»Nein, du und Mama, ihr hattet eine ganz andere Beziehung zueinander«, sagte Carolina. »Da waren eine Menge Schuldgefühle und Gewissensbisse im Spiel. Ich habe außerdem eine Therapie absolviert. Dabei lernt man ziemlich viel über sich selbst. Das erste Jahr war wirklich heftig.« Sie ließ eine ihrer bunten Halsketten durch die Finger gleiten und blickte ins Leere. »Doch dann wurde es besser. Da in der Klinik waren sie einfach fantastisch. Ließen mich in Ruhe, wenn ich es wollte, und reden, wenn ich es brauchte. Sie haben mir so viel beigebracht. Die Therapie hat mich gerettet.« Sie lächelte etwas entschuldigend. »Das Ganze muss ziemlich teuer gewesen sein. Damals habe ich es nicht gewusst, aber David, Papa hat mir erzählt, dass du nach Mamas Tod alle Rechnungen und auch die Verantwortung für alles übernommen hast. Du hast bestimmt hart arbeiten müssen, um alles bezahlen zu können, all das, was du für mich getan hast.« Ihre Augen wurden feucht.

David schüttelte den Kopf. Natürlich hatte ihr Wohlbefinden für ihn immer im Vordergrund gestanden. Er liebte sie schließlich. Doch er wusste, dass im Hinblick auf Carolina sein Handeln zu einem gewissen Teil immer von Schuldgefühlen getrieben sein würde. Wenn er an besagtem Abend zu Hause geblieben wäre und wenn er Peter de la Grip und die anderen nicht provoziert hätte, ja, wenn er ein besserer Mensch gewesen wäre, ein weniger egoistischer, dann wäre Carolina damals nichts passiert.

»David?«

»Schon gut«, sagte er abwiegelnd. Sie standen einander sehr nahe – sie hatten ja nur sich –, und dennoch wussten sie so wenig über die innersten Gedanken und Gefühle des anderen. Carolina war eine erwachsene Frau. Natürlich hatte er das gewusst, aber in gewisser Weise war sie für ihn immer der traumatisierte zerbrechliche Teenager geblieben, der zu seiner Rettung ins Ausland geschickt worden war. Doch heute stand eine gereifte selbstsichere Frau vor ihm, die oft lachte. Aus welchem Blickwinkel er sie auch betrachtete, er konnte keine Spuren mehr von dem an ihr ausmachen, was er zuvor immer mit ihr in Verbindung gebracht hatte.

»Ich bin einfach nur froh, dass es dir so viel besser geht«, sagte er aufrichtig. Vielleicht war es an der Zeit, Carolina endlich als handelndes Individuum wahrzunehmen und nicht als Opfer. Merkwürdig, dass dieser Gedanke ihm noch nie zuvor gekommen war. »Natürlich sollst du dich mit Carl-Erik treffen, wenn dir daran liegt«, fügte er hinzu und meinte es auch fast so. »Und in wenigen Tagen ist all das andere überstanden. Dann gibt es Investum nicht mehr, und sie haben ihre Strafe erhalten.«

»Ihre Strafe?«, fragte Carolina mit einer tiefen Furche zwischen den Augenbrauen. »Wovon redest du? Von wem?«

Er brachte es kaum über sich, in ihrer Gegenwart die Namen laut auszusprechen. »Peter und Gustaf de la Grip«, sagte er so kurz angebunden wie möglich.

Sie warf ihm einen ernsten Blick zu. Ihre Ohrhänger und ihre Halsketten leuchteten in der Sonne. Sie hatte schon immer knallige Farben geliebt. »Ist es etwa das, worum sich alles dreht?«, fragte sie, und er hatte ihre Stimme noch nie so klingen hören. Anklagend.

»Natürlich, was hast du denn gedacht?«

»Ich habe gar nichts gedacht, David«, antwortete sie in scharfem Ton. »Weil du mir nichts erzählt hast. Und als du von Investum und meinen Aktien gesprochen hast und das Ganze in den Zeitungen stand, habe ich angenommen, dass es sich einfach um Business handelt, um ein Geschäft im Hier und Heute. Und nicht um eine Art Racheakt. Ist es das, was du tust? Dich rächen?«

Er konnte kaum glauben, dass Caro hier stand und ihn kritisierte. »Ich musste es tun. Das, was sie dir angetan haben …«

»Aber das ist doch schon seit Langem Vergangenheit«, entgegnete sie. »Klar, es war entsetzlich«, gab sie zu, ohne dass ihre Stimme auch nur annähernd zitterte. »Und ich habe mein ganzes bisheriges Leben damit zugebracht, es hinter mir zu lassen. Es zu überwinden. Aber jetzt bin ich geheilt«, sagte sie. »So etwas ist möglich. Ich bin geheilt, und ich denke fast nie mehr daran. Und du kannst nicht einfach anfangen, darin herumzuwühlen, du kannst nicht die Vergangenheit über dein heutiges Leben entscheiden lassen. David? Ist es das, was du gerade machst?« Carolina runzelte die Stirn. »Aus welchem Grund?«

»Aus welchem Grund?«, rief er. »Da fragst du noch? Das kann nicht dein Ernst sein.«

»Doch, das ist es.« Sie legte ihm eine Hand auf den Arm und sah ihm mit einem sehr ernsthaften erwachsenen Blick geradewegs in die Augen. »Du hast schon so viel geopfert, sag, dass es sich nicht um Rache handelt.«

»Nicht nur«, entgegnete er knapp. Carolina hatte ihn noch nie zuvor infrage gestellt, und die Situation war ihm entsetzlich unangenehm.

Carolina verschränkte die Arme vor der Brust. »Und Natalia de la Grip?«

»Ja?« Caro war zwar seine Schwester, aber dennoch gab es Grenzen, die selbst sie nicht übertreten durfte. Und seine Beziehung zu Natalia ging Carolina nichts an. Er warf ihr einen warnenden Blick zu.

»Hör auf, mich so anzusehen«, ermahnte sie ihn.

Er konnte kaum glauben, was er hörte. »Wie sehe ich dich denn an?«, fauchte er.

»Als wärst du eine Art Kaiser und alle anderen Menschen deine Untertanen. Du magst sie. Natalia.«

Er hatte Caro gewisse Dinge anvertraut. Natürlich nicht alles, doch Caro war smart und sensibel und hatte schon immer Feingefühl besessen. Klar, dass sie weitaus mehr begriff, als er ihr erzählt hatte. Doch irgendwie kapierte er nicht recht, was zwischen ihnen gerade geschah. Er hatte seine kleine Schwester an einem Sonntagvormittag in eine Ausstellung eingeladen, und jetzt standen sie plötzlich hier und stritten sich. Die Leute warfen ihnen schon fragende Blicke zu.

»Ich denke, dass dir etwas an ihr gelegen ist«, fuhr Carolina fort. Sie senkte ihre Stimme. »Man hat es daran gesehen, wie du sie anschaust.«

»An *dir* ist mir etwas gelegen«, entgegnete er.

Sie wedelte mit der Hand, als handelte es sich um eine Selbstverständlichkeit, über die sie sich nicht zu unterhalten bräuchten. »Daran habe ich auch nie gezweifelt, niemals. Man kann sich schließlich keinen besseren Bruder wünschen.«

»Sag nicht, dass ich ein guter Bruder bin. Wenn ich dich an diesem Abend nicht allein gelassen hätte …«

»Hast du denn aktiv dazu beigetragen, dass sie mich vergewaltigen würden? Hast du das?«

»Natürlich nicht«, antwortete er geschockt. »Aber …«

»Kein Aber. Es ist nicht deine Schuld. Wenn überhaupt, dann habe ich mich nur dank dir wieder gefangen. Das hat übrigens meine Therapeutin auch gesagt. Du hast bedingungslos hinter mir gestanden, so etwas trägt auch zur Heilung bei. Du kannst nicht ändern, was damals passiert ist, es gehört der Vergangenheit an.«

»Aber ich kann die heutige Situation beeinflussen und dich beschützen.«

»Hör auf damit, ich kann auf mich selbst aufpassen. Du musst auch endlich mal an dich denken. Ich möchte, dass du glücklich bist. Du hast so viel für mich geopfert, aber du, David, du bist nicht glücklich. Du musst ebenfalls nach vorn schauen.«

»Ich kann ja wohl kaum gemeinsam mit Natalia de la Grip nach vorn schauen.«

»Nein, nicht wenn du ihre Familie ruinierst.«

»Aber das, was sie dir angetan haben …«, wiederholte er.

»Das war vor langer Zeit.«

»Gewisse Dinge kann man eben nicht hinter sich lassen«, konterte er und konnte kaum glauben, dass er es ihr überhaupt sagen musste. Allerdings hatten sie noch nie darüber gesprochen, kein einziges Mal, wie ihm nun klar wurde. Er war schlicht und einfach davon ausgegangen, dass Caro genauso empfand wie er, nämlich dass ihr Leben unheilbar zerstört war.

»Aber das sage ich doch gerade.« Ein Anflug von Frustration mischte sich in ihre Stimme, und sie gestikulierte wild. »Für mich ist es *vorbei*. Ich möchte nicht länger in der Vergangenheit leben.«

»Du verstehst mich nicht«, erklärte David. »Sie hassen mich. Uns. Und du weißt nicht, wozu sie fähig sind.«

»Ich denke, dass sie bereits in irgendeiner Form ihre Strafe erhalten haben«, meinte sie. »Für mich ist es jedenfalls vorbei.« Es war offensichtlich, dass dieses Thema für sie ausdiskutiert war. Sie schenkte ihm den Anflug eines Lächelns. »Und außerdem habe ich einen Mann kennen gelernt.«

Wie bitte?

Sie ging weiter zum nächsten Sockel, auf dem eine weitere Skulptur stand. David beeilte sich, ihr zu folgen, und ergriff ihren Arm, damit sie anhielt. »Was meinst du damit, du hast einen Mann kennen gelernt?«, fragte er.

»Was glaubst du denn?«, fragte sie zurück und warf ihm einen so durchdringenden angriffslustigen Blick zu, dass es ihm vorkam, als schaute er geradewegs in das Gesicht seiner Mutter. Helena hatte immer ein hitziges Temperament besessen. David hatte nur noch nicht bemerkt, dass Caro es geerbt hatte.

»Ist das denn so unwahrscheinlich?«, fragte sie. »Ja, es war schlimm, vergewaltigt zu werden, entsetzlich.« Sie zog ihren Arm zurück. Doch ihre Stimme zitterte nicht im Mindesten, als sie sagte: »Aber ich will mein Leben leben. Und ich möchte, dass auch du dein Leben lebst, und nicht meines für mich. Verstehst du denn nicht, welchen Druck du mir auferlegst, wenn du dich für mich rächst?«

Carolina und er hatten noch niemals in dieser Weise miteinander diskutiert. Er war bis ins Mark erschüttert, dass die Dinge so völlig anders lagen, als er angenommen hatte.

»Ich habe nicht gewusst …«, begann er und verlor den Faden. Er wusste nicht, wo er anfangen sollte. Lebte er Carolinas Leben für sie? Sah sie es tatsächlich so? Die Vergangenheit hinter sich lassen, konnte man das wirklich? Einfach so? Er war ganz und gar nicht davon überzeugt. »Ich weiß nicht, was ich sagen soll«, meinte er schließlich. »Und was denkst du, soll ich jetzt tun?«

»Ich kann keine Entscheidungen für dich fällen«, antwortete sie sanft. »Aber ich vertraue dir und darauf, dass du dich für das Klügste entscheidest. Ich würde übrigens wirklich gern morgen zu den Vorstandswahlen kommen«, fügte sie hinzu.

Das war eine äußerst schlechte Idee. Es mochte ja durchaus sein, dass es Carolina viel besser ging, aber diese Neuwahlen hatten das Potenzial, richtig unangenehm zu werden. Und wer wusste schon, auf welche Ideen Peter oder Gustaf kommen würden, wenn sie sie dort sähen? Großer Gott, sie gingen schließlich davon aus, dass Carolina längst tot war.

»Du solltest besser nicht kommen«, sagte er in festem Ton. »Du kannst ja einen Bevollmächtigten schicken, jemanden, der für dich abstimmen kann.«

Carolinas Augen verengten sich zu Schlitzen. »Ich kann alleine wählen.«

»Ich weiß, aber wenn du dich dort blicken lässt, mache ich mir die ganze Zeit über Sorgen«, sagte er, und es war ihm bewusst, dass er sie schamlos manipulierte, indem er versuchte, ihr ein schlechtes Gewissen einzureden.

Sie schüttelte den Kopf. »Ich überlege es mir noch mal«, meinte sie, und zum ersten Mal spürte David, dass er keine Kontrolle mehr über sie besaß. Es war ein schwindelerregendes Gefühl. Nicht gerade angenehm. Aber auch nicht absolut unangenehm.

»Dieser Mann, den du getroffen hast, erzählst du mir etwas über ihn?«

»Noch nicht, dafür ist es noch zu frisch.«

»Kenne ich ihn?«, wollte David wissen.

»Nein. Aber ich möchte nicht, dass du anfängst, seinen Background zu erforschen oder in irgendeiner anderen Form den Kontrollfreak raushängen zu lassen.«

»Ich bin doch kein Kontrollfreak«, log David.

Carolina lächelte. Sie legte ihm eine Hand auf die Wange. »Natürlich bist du einer«, sagte sie.

49

Michel war wieder einmal im Fitnessstudio. Eigentlich fühlte er sich ausgelaugt, aber er wusste nicht, wohin mit seiner Energie, ohne womöglich verrückt zu werden. Wohin er auch schaute, sah er Åsa vor sich. Vom Aufwachen an hatten sich weiche Kurven und blonde Locken vor seinem inneren Auge abgezeichnet. Den ganzen Tag schon wurde er von einem aufreizenden Lächeln und hellroten Lippen verfolgt.

Er schloss die Augen und stemmte die Arme an dem Gerät, an dem er gerade saß, so heftig gegen die Gewichte, dass der Schweiß ihm in Strömen herunterlief. Er zwang sich, stur die Wiederholungen zu zählen und den Protest seiner Muskeln zu ignorieren. Er hörte erst auf, als er seine Arme buchstäblich nicht mehr heben konnte. Dann ging er zum nächsten Gerät. Und begann von Neuem.

Wenn alles vorbei wäre, würde er sich einen ausgiebigen Urlaub gönnen. Vielleicht würde er in irgendein Retreat fahren, wo man nicht reden durfte, sondern ausschließlich trainierte und schlief. Irgendwie musste er einfach mal raus aus diesem Durcheinander an Racheaktionen und Geistern aus der Vergangenheit, die unerwartet auftauchten. Und weg von Åsa.

Er stöhnte, während er an einem Gerät zum Training der Rückenmuskeln saß und zog, bis seine Muskeln zitterten. Das Studio war kaum halb voll, da sich die meisten normalen Menschen lieber draußen aufhielten, wo sie in der Sonne lagen oder badeten oder sich mit Freunden trafen. Natürlich quälten sie sich nicht bereits seit über einer Stunde im Fitnessstudio, um alles wegzutrainieren, was mit Erektionen und Sex und Fantasien über hellblonde Frauen zu tun hatte.

Er sah sie immer noch vor sich, als er zum nächsten Gerät ging. Sah sie in ihrem weißen Kleid. Dann in dem hautengen, das sie in Båstad getragen hatte. Oder auch in schlichten Bluejeans, die sie damals trug, als sie jung waren. Åsa war eigentlich keine Frau, die Jeans trug, doch damals hatte sie sie mit einem weißen T-Shirt kombiniert, unter dem die Konturen ihres göttlichen Busens zu erkennen gewesen waren, während sie ihr helles Haar – das sie damals noch länger trug – lose im Nacken zusammengebunden hatte.

Åsa war so durch und durch feminin, so durch und durch sexy wie keine andere Frau, die er kannte, und er würde höchstwahrscheinlich noch mindestens vier weitere Geräte absolvieren müssen, denn inzwischen war er verdammt steif. Er bestrafte sich selbst und seinen erregten Körper, indem er bei der Beinpresse mehr Gewichte auflegte, als er je geschafft hatte, doch als er das Gerät schließlich mit weichen Knien verließ und auf die freien Gewichte zusteuerte, dachte er noch immer an die weichen Linien ihres Nackens, und am liebsten hätte er auf der Stelle ihren gesamten Körper abgeleckt. Er schnappte sich zwei Hanteln und zählte konzentriert, während er in den Spiegel starrte. Das Testosteron pulsierte in seinem Körper, während seine Haut glänzte und er weitermachte, bis seine Armmuskeln streikten.

Danach duschte er lange und seifte sich gründlich ein, während er mit dem Rücken zum Raum stand. Er war ganz allein in der Dusche, und es dauerte weniger als zehn Sekunden, bis er kam. Verbissen spülte er danach seinen Körper ab und sah, wie Schaum, Schweiß und sein Samen in den Abfluss hinunterrannen. Jetzt hatte er wohl eine Art Tiefpunkt erreicht. In einer öffentlichen Dusche zu masturbieren – wirklich stilvoll.

Er zog sich T-Shirt und Hose an. Sein Körper war völlig ausgepumpt, und er schwitzte nach, sodass er sich eine Flasche Mineralwasser kaufte. Dann setzte er seine Sonnenbrille auf und trat in die brennende Hitze hinaus.

Sein Handy lag in der Sporttasche, und es dauerte eine Weile, bis er hörte, dass es klingelte. Er hatte seiner Mutter versprochen, zu seinen Eltern nach Hause zu kommen und gemeinsam mit der Familie zu Abend zu essen, also nahm er an, dass sie es war. Vielleicht würde er ja schon etwas früher fahren können, dachte er, während er in seiner Tasche wühlte. Er traf sich gern mit seiner Familie. Seine Schwestern würden dort sein, sein Vater natürlich auch und ein paar Brüder seines Vaters. Sie würden Limonade trinken, und er würde mit einigen von all den Kindern spielen, die immer bei ihnen herumsprangen, und vielleicht würde es ihm ja gelingen, für ein paar Stunden mal nicht an Åsa zu denken. Schließlich fischte er sein Handy heraus und starrte aufs Display.

So viel zu dem Vorsatz, Åsa erst mal zu vergessen.

»Ich dachte schon, du würdest nie rangehen«, hörte er ihre tiefe heisere Stimme am anderen Ende, nachdem er auf Annehmen gedrückt hatte.

Michel schloss die Augen und ließ sich von all den unmöglichen Gefühlen hinreißen, die er für diese Frau empfand. Gestattete es sich, sich für einen kurzen Moment gehen zu lassen, da sie ihn ja sowieso nicht sehen konnte, bevor er sich zusammenriss und mit fester und selbstsicherer Stimme sagte: »Hej, Åsa.«

Er hörte sie am anderen Ende atmen. Großer Gott, allein schon das Geräusch ihrer Atemzüge erregte ihn.

»Ich wusste nicht, wen ich anrufen sollte«, flüsterte sie.

»Was ist denn passiert?«

»Kannst du herkommen? Weißt du, wo ich wohne?«, fragte sie mit piepsiger, leicht erstickter Stimme. »Ich meine, hast du meine Adresse?«

Und ob er die hatte.

»Ist etwas passiert?« War ihr etwas zugestoßen, hatte sie sich verletzt? »Åsa?«, rief er beunruhigt.

»Kannst du kommen?«

»Ich bin in zehn Minuten da.«

»Ich schick dir den Türcode«, sagte sie. »Beeil dich.«

»Aber Åsa«, begann er, doch sie hatte schon aufgelegt.

Michel starrte auf das leere Display. Dann vibrierte es in seiner Hand, und der Türcode war per SMS gekommen. Michel strich mit dem Daumen über das blanke Display und fragte sich, was für ein Spielchen sie wohl mit ihm trieb. Denn er hatte wirklich nicht vor, sich von ihr herumkommandieren zu lassen. Wenn er sie das Kommando übernehmen ließe, würde sie ihn mit Haut und Haaren verschlingen. Aber sie hatte ernsthaft beunruhigt geklungen.

Während er weiterging, klickte er eine andere Nummer an.

»Mama? Ich bin's. Ich kann leider nicht kommen. Nein, mir ist etwas dazwischengekommen. Ja, es dauert den ganzen Abend. Grüß Papa von mir.«

Er legte auf und bog im Laufschritt ab in Richtung der vornehmeren Straßenzüge von Östermalm.

Weniger als zehn Minuten später gab Michel den Türcode ein. Die Haustür war so riesig wie das Portal eines Schlosses, und das gesamte Gebäude strahlte denselben diskreten Reichtum aus wie die anderen Häuser in der Umgebung. Er lief die Treppen hoch und klingelte an ihrer Tür. Dann hörte er, wie das gut geölte Schloss mit einem leisen Klicken geöffnet wurde, und Åsa stand in der Türöffnung.

Michel schluckte.

Sie trug ein Gewand aus dünnem weiten Stoff. Mit jedem Atemzug pressten sich ihre weichen Kurven von innen gegen die nahezu durchscheinenden Stoffschleier. Unter dem Saum lugten rosafarbene Zehennägel an bloßen Füßen hervor. Perfekte kleine Zehen mit dieser unschuldig erotischen Farbe auf den Nägeln, die der ihrer Lippen ähnelte. In dem Moment wurde Michel eine Sache klar: Er würde nie mit heiler Haut aus dieser Begegnung herauskommen. Aber ehrlich gesagt wusste er auch nicht, ob es ihn noch länger kümmerte.

Åsa betrachtete ihn schweigend. Ihr Blick streifte seine frisch trainierten Armmuskeln, und Michel spannte reflexartig seinen Bizeps an, was ihm unsagbar peinlich war.

Sie zog eine Augenbraue hoch. »Komm rein«, sagte sie und trat zur Seite.

Er passierte ihren duftenden Körper. Trat ein und war umgeben von aufwendigem, aber unpersönlichem Luxus. Er stellte seine Tasche auf dem Steinboden ab.

»Komm«, forderte sie ihn auf, drehte sich um und ging weiter.

Michel folgte ihr. Wieso wirkte sie nur so ruhig? Wie konnte ihre Stimme so kühl klingen, während er sich zwingen musste, nicht über sie herzufallen, sie gegen die nächste Wand zu pressen und zu küssen, bis ihm die Luft wegblieb? Alles an ihr war sinnlich und weich, an ihrem Körper gab es keine Kanten.

Sie drehte sich erneut um – waren sie denn noch immer nicht angekommen? – und fragte: »Was ist?«

»Nichts«, antwortete er knapp und strich sich mit der Hand über den kahlen Schädel.

Åsa versuchte, sich auf dem Weg in die Küche kühl und unberührt zu geben, aber die Tatsache, dass Michel Chamoun hier in ihrer Wohnung war, ließ sie schwach werden. In diesem eng anliegenden Shirt und mit der glänzenden Kette um den Hals sah er ziemlich cool aus. Wie ein tougher Typ aus einem Getto, von dem sie noch nicht einmal wusste, wo es lag. Auch wenn sie Michel nicht gekannt hätte, wäre er in ihren Augen ein Mann gewesen, nach dem man sich auf der Straße umschaute, ein Mann, über den sie immer fantasiert hatte.

Sie konnte es einfach nicht lassen, ihn über die Schulter hinweg erneut anzuschauen.

»Was ist?«, fragte er.

Sie schüttelte den Kopf. »Nichts.«

Ehrlich gesagt begriff sie nicht, was in sie gefahren war, als sie ihn angerufen hatte. Es war ein reiner Impuls gewesen, der einer nahezu verzehrenden Panik entsprang, und sie bereute es bereits.

Sie schob die Tür zur Küche auf. Sie hatte keinen Plan, aber ihr war heiß, und sie brauchte etwas zu trinken. Also öffnete sie den Kühlschrank mit der Edelstahloberfläche und nahm eine Flasche französisches Mineralwasser heraus. Dann holte sie zwei Gläser aus dem Schrank. »Möchtest du?«, fragte sie.

Michel nickte.

Als er das Glas entgegennahm, blieb sie erneut mit ihrem Blick an seinen Armen hängen. Sie war eine groß gewachsene Frau und hatte große Männer schon immer gemocht, aber selbst mit ihrem anspruchsvollen Maß gemessen, war Michel riesig. Er nahm einen Schluck, während sie begierig seinen starken Hals betrachtete und mit ihrem Blick an seiner dunklen Haut bis zum Ausschnitt seines Shirts entlangfuhr.

Am liebsten hätte sie sich zu ihm vorgebeugt und die Schweißperlen, die sie in seinem Halsgrübchen erblickte, aufgeleckt und wäre mit ihrer Zunge dem Verlauf seines Körpers weiter nach unten gefolgt und hätte ihn samt und sonders verschlungen.

Sie liebte Sex, und sie war gut im Bett. Das war keine Angeberei, sondern eine Tatsache. Vor ihrem inneren Auge sah sie, wie sie ihn in den Mund nahm und an ihm sog, bis er laut stöhnend seine Hände in ihrem Haar vergrub und völlig die Besinnung verlor.

Sie nahm rasch einen Schluck Wasser und betrachtete ihn durch ihre Wimpern hindurch, wie er mit der Hüfte gegen ihre Kücheninsel gelehnt stand. Sie selbst ruhte mit ihrem Po an der Spüle, sodass er sie von vorne sehen konnte. Sie bewegte sich leicht, und die Stoffbahnen ihres dünnen Gewands – das sich nur um Haaresbreite von einem Negligé unterschied – glitten auseinander und entblößten ihre Beine.

»Åsa, warum bin ich eigentlich hier?«, fragte Michel ruhig und stellte sein leeres Glas auf die matte Granitplatte. Zuvor hatte sie eine aus Walnussholz gehabt, doch Stein gefiel ihr besser. Einmal im Jahr kam eine Innenarchitektin und nahm ein paar Veränderungen an der Wohnungseinrichtung vor, für die sie dann hinterher eine astronomische Summe in Rechnung stellte.

»Es klang, als wäre es etwas Ernstes. Was ist denn passiert?«

Sie seufzte. Sie hätte ahnen müssen, dass er sie nicht einfach so davonkommen lassen würde.

»Nichts ist passiert. Aber ich bin heute auf dem Friedhof gewesen«, begann sie, nippte an ihrem Wasser und wappnete sich gegen den Schmerz, der immer einsetzte, wenn sie an dieses Thema dachte. Doch der Schmerz kam nicht.

»Ich war lange nicht mehr dort, habe sie mehrere Jahre nicht mehr besucht«, erklärte sie, verstummte und wartete erneut. Noch immer nichts.

Sie lagen alle drei im selben Grab.

Ihre Mutter, ihr Vater und ihr kleiner Bruder. Unterschiedliche Geburtsdaten, aber dasselbe Todesdatum. *Unendlich vermisst* stand auf dem Grabstein. Sie konnte sich nicht mehr daran erinnern, wer den Grabstein bestellt hatte, erinnerte sich auch nicht mehr an die Beerdigung, erinnerte sich an nichts. Nur, dass sie an einem Tag noch eine Familie gehabt hatte und am nächsten allein war. So einsam.

Sie sah Michel an, der beständig wie ein Bergmassiv in ihrer Küche stand.

»Und wie war es?«, fragte er ernst.

»Es war okay«, antwortete sie und senkte den Blick zu Boden.

Es war tatsächlich okay gewesen, merkwürdigerweise. Aber jetzt fühlte sie sich plötzlich sehr schwach und unendlich zerbrechlich.

Michel verschränkte die Arme vor der Brust. »Es ist wirklich entsetzlich, was mit deiner Familie geschehen ist«, sagte er leise. »Eigentlich dürfte niemand erleben müssen, was du erlebt hast.«

»Es gibt Leute, die haben Schlimmeres erlebt«, sagte sie automatisch.

»Die gibt es immer«, pflichtete er ihr bei. »Aber du hast ein Recht auf deine Gefühle. Und völlig allein zurückzubleiben ist wohl der Albtraum eines jeden Menschen.«

»Ich hatte ja Natalias Familie«, sagte sie. Aber Michel hatte recht, sie war mit einem dauerhaften Schrecken konfrontiert worden, an dem das Schlimmste war, jeden Morgen aufzuwachen und dazu gezwungen zu sein einzusehen, dass sie noch immer allein war.

»Ich wusste nicht, wie man mit einer solchen Trauer weiterleben sollte«, sagte sie. Irgendetwas rann an ihrer Wange hinunter, und als sie mit dem Finger darüberstrich, stellte sie erstaunt fest, dass es eine Träne war. Sie hatte nicht einmal gemerkt, dass sie weinte. Denn sie weinte sonst nie. »Verzeihung«, entschuldigte sie sich.

Er kam auf sie zu. Nahm ihr das Glas aus der Hand und stellte es ab. Behutsam wischte er ihr eine Träne weg. »Kein Problem«, entgegnete er leise.

Sie schniefte auf. »Nein, Verzeihung für all das andere«, sagte sie.

Er wischte eine weitere Träne weg, und sie wollte sich am liebsten an seine Schulter lehnen und sich ihrem Selbstmitleid und ihrer Trauer hingeben. »An der Uni, als ich nicht mehr deine Freundin war. Verzeihung dafür.«

»Das macht nichts«, murmelte er. »Das ist lange her.«

»Ich habe mich so geschämt, als du mich zurückgewiesen hast. Danach konnte ich einfach nicht mehr mit dir befreundet sein und habe mich zurückgezogen.«

»Weil du dich geschämt hast?«

Sie schüttelte den Kopf und dachte, entweder jetzt oder nie. »Weil ich in dich verliebt war«, antwortete sie und traute sich nicht, ihn anzuschauen. »Man kann nicht mit jemandem befreundet sein, in den man verliebt ist.«

»Nein, das ist ziemlich schwer«, pflichtete er ihr bei. »Man will die ganze Zeit mehr.«

»Keiner hat mich so oft zurückgewiesen wie du.«

»Verzeihung«, sagte er.

»Du kennst den Spruch, dass es besser ist, geliebt und verloren zu haben, als nie geliebt zu haben?«

»Ja.«

»Das ist Blödsinn. Nichts ist schlimmer, als diejenigen zu verlieren, die man liebt. Als meine Familie starb, habe ich beschlossen, nie mehr jemandem nahezukommen.« Sie biss sich auf die Lippe. »Auch wenn es sich wie eine abgedroschene Phrase anhört.«

Aber es hatte funktioniert.

Sie hatte sich durchs Leben bewegt, ohne besonders glücklich zu sein, aber wer war das schon? Es gehörte schließlich nicht zu den Menschenrechten, glücklich zu sein.

Er strich ihr mit der Hand über die Schulter. Es war ein tröstendes Streicheln, doch seine Berührung brannte ihr nahezu ein Loch in die Haut. Sie bekam keine Luft mehr. Es tat regelrecht weh, so viel für ihn zu empfinden. Sie entzog sich und nahm etwas Abstand. Am liebsten würde sie ihn hinter sich lassen, ihn aus ihrem Leben ausradieren und ihn durch einen anderen Mann ersetzen, für den sie nichts empfand.

Wenn sie jetzt miteinander schliefen, würde sie ihn hinterher wieder vor die Tür setzen können, dachte sie, während sie sich mit der Hüfte an die Arbeitsplatte lehnte und ihn mit ihrem Blick fixierte. Es war schon öfter vorgekommen, dass sie davon besessen war, einen bestimmten Mann zu bekommen. Doch danach war es jedes Mal wieder vorbei. Und jetzt würde sie es ebenfalls abschließen. Sie hatte sich gestern den Intimbereich gewachst, zwar nicht radikal, denn sie liebte ihre hellen, gekräuselten Löckchen, aber nun fühlte sie sich frisch und sauber, und ihr Begehren war unermesslich. Sie wischte sich die letzten Tränen aus dem Gesicht und machte einen Schritt auf ihn zu. »Michel«, sagte sie leise mit verlockender und vielversprechender Stimme.

»Nein, so nicht«, entgegnete er. »Nicht, wenn du traurig bist.«

»Ich habe es all die Jahre bereut«, sagte sie, denn diesmal würde sie sich nicht wieder abweisen lassen. »Und dich vermisst. Mich gefragt, wie es hätte werden können. Du dich nicht?«

»Natürlich«, antwortete er mit erstickter Stimme.

Sie legte eine Hand auf seine Brust. Einen Mann verführen, das konnte sie im Schlaf. Seine Haut war durch den Stoff seines Shirts hindurch knallheiß, fast als hätte er Fieber.

Michel legte seine Hand auf ihre, und ein Ziehen fuhr durch ihren ganzen Körper. Das war immer noch das Beste. Das Vorspiel. Sie schluckte die Leere hinunter, die sich in ihrer Brust ausbreitete, versuchte, sie zu verdrängen und ließ ihre Hand über seinen Brustkorb gleiten. Dabei rieb sie seine Brustwarzen leicht. Sie war eine Expertin, was männliche Brustwarzen betraf. Er stöhnte auf.

Dann hob er die Hand und zog leicht an einer ihrer unbändigen Locken. »Ich möchte es wahnsinnig gerne«, murmelte er und ließ einen seiner Finger an einem der schmalen Träger ihres Gewands entlanggleiten. »Aber ich will nicht nur Sex. Ich will *dich*.«

Zu ihrem Erschrecken schossen Åsa erneut Tränen in die Augen.

War es denn wirklich zu viel verlangt?

Ein kurzer Fick, dann könnte er sie wieder allein lassen und gehen. Das war das Einzige, was sie wollte, redete sie sich ein. Abgesehen von der Tatsache, dass Michel einen so großen Teil von ihr mit sich nehmen würde, wenn er aus ihrem Leben verschwände, dass sie sich nicht sicher war, ob überhaupt noch etwas von ihr übrig bleiben würde.

Sie strich mit ihrer Hand über seinen Bizeps und verspürte wieder dieses schmerzhafte Ziehen. Er war so verdammt sexy.

»Ich habe mich testen lassen. Ich bin absolut clean«, sagte sie. »Und außerdem nehme ich die Pille. Ich würde gern Sex mit dir haben.« Sie verzog den Mund. »Aber ich will keine Kinder. Ich möchte mich an niemanden binden.«

Michels Eltern erwarteten bestimmt, dass ihr einziger Sohn ihnen Enkelkinder schenken würde. Also gab sie ihm jetzt eine Chance. Ihr beizupflichten, dass es lediglich um Sex ging. Dass keiner von ihnen etwas Langfristiges dabei im Sinn hatte. Und dass sie nicht erwartete, dass er bleiben würde. Sie kannte keinen einzigen Mann, der sich nicht sofort auf das stürzen würde, was sie ihm gerade angeboten hatte.

»Ich bin auch clean«, sagte er. »Und ich will dich. Nur dich. Ich pfeife darauf, ob du Kinder willst oder nicht, ich versteh gar nicht, warum wir überhaupt darüber reden.«

Er legte ihr eine Hand um die Taille und zog sie an sich. Ihre Brüste wurden durch den Stoff hindurch an seinen Brustkorb gepresst. Und dann küsste er sie endlich, unendlich sanft.

Ihre Hände glitten hinauf zu seinen Oberarmen, und sie erwiderte seinen Kuss, bis Michel sie nach hinten gegen die Arbeitsplatte schob. Sie klammerte sich wimmernd an ihm fest, wollte niemals mehr aufhören, ihn zu küssen. Er zog die seidigen Stofflagen auseinander, und dann spürte sie seine Handflächen auf ihrer nackten Haut. Er streifte ihre steifen Brustwarzen, und sie wurde von einer Welle der Erregung erfasst.

»Aber, Åsa«, sagte er, während er ihre Schultern umfasste und sie mit ernstem Blick ansah. »Wenn wir uns jetzt lieben, gehörst du mir. Verstanden? Und wenn das hier dir nicht ernst ist, dann musst du es jetzt sagen.«

Sie nickte, leicht überwältigt. »Okay«, sagte sie, obwohl sie eigentlich hinzufügen wollte, dass das Ganze nur etwas Vorübergehendes sein würde. Dass sie nie auf lange Sicht plante und das hier genau wie alles andere irgendwann zu Ende sein würde. Dass sie Männer nicht *liebte*, sondern nur mit ihnen Sex hatte.

»Sag es, Åsa«, ermahnte er sie.

»Was?«

»Sag, dass es dir nicht nur um Sex geht.« Seine Augen leuchteten wie schwarzes Feuer. »Ich liebe dich, seit wir uns zum ersten Mal gesehen haben«, fuhr er fort, und sie konnte nicht ausmachen, ob Michel nun ein Verfechter ewiger Liebe war oder nicht. Doch seine Worte vermittelten Åsa etwas, das sie in ihrem erwachsenen Leben noch nie verspürt hatte: Hoffnung.

»Aber wie kannst du mich lieben?«, fragte sie und hörte selbst, dass ihre Stimme zitterte.

Das hier war die pathetischste Verführung, die sie je inszeniert hatte.

»Ich tue es einfach«, antwortete er.

»Es ist nicht einfach nur Sex«, flüsterte sie.

Er atmete aus, schloss die Hände um ihr Haar und küsste sie leidenschaftlich. Åsa klammerte sich an seine Oberarme, nicht nur, weil ihr die Knie weich wurden, sondern auch, weil sie sich an dem, was Michel ausmachte, so lange wie möglich festhalten wollte. Eine warme Hand schob sich zwischen ihre Oberschenkel, und er zog ihren Slip, der hauchdünn wie ein Spinnennetz war, zur Seite, während sie sich vorbeugte und ihn spielerisch in die Schulter biss. Sie stöhnte gegen seine Haut, als seine Finger in sie eindrangen. Ein anderer Mann hätte ihr den teuren Slip vom Leib gerissen, doch Michel war bei aller Kraft, die in seinen Bewegungen lag, vorsichtig, und Åsa dachte, dass so ein Mann eigentlich genau das war, was jede Frau verdient hätte. Aber er gehörte ihr, nur ihr.

»Wo ist denn dein Schlafzimmer?«, fragte er mit heiserer Stimme.

»Ist dir die Küche nicht gut genug?«, murmelte sie.

»Doch«, antwortete er und küsste sie erneut. Oh, er war superb im Küssen. Aufmerksam, begierig und wunderbar stürmisch, als ob es ihn vor Begierde fast verrückt machte, sie zu küssen. Es schmeichelte ihr ungemein. Sie ritt auf den Wellen ihrer Erregung und überließ sich ihnen. Mit dem Kopf nach hinten geneigt ließ sie Michel ihren Hals ergreifen und ihn küssen, hitzig nach ihrer Haut schnappend. Seine Hände waren überall, und sie presste sich gegen sie, gegen seine Muskeln und die wohlriechende, glatte goldene Haut.

»Zieh dein Shirt aus«, forderte sie ihn auf und musste darüber lachen, wie schnell er es sich vom Leib gerissen hatte, bevor er begann, ihren Körper von oben bis unten mit brennenden Küssen zu bedecken, angefangen in ihrem Halsgrübchen bis hin zum Brustbein, dann an dünner Haut und hellen Brustwarzen vorbei, bis weiter hinunter über ihren weichen Bauch. Åsa liebte ihren Körper, wie er reagierte und die Liebkosungen genoss. Sie weigerte sich ganz einfach, ihre weichen, fülligen Formen als etwas anderes zu betrachten als Perfektion. Und Michel wirkte mehr als zufrieden damit, endlich – nach fünfzehn Jahren Vorspiel – vor ihr auf die Knie zu fallen. Träge spreizte sie leicht ihre Beine, doch er schob sie entschieden und mit Kraft noch weiter auseinander und arbeitete sich mit seinen starken Fingern in die weichsten Hautpartien ihres Körpers an der Innenseite ihrer Oberschenkel vor. Åsa stöhnte leise. Sie liebte die Geräusche beim Sex fast ebenso sehr, wie sie den Akt an sich liebte – jedenfalls wenn er gut war, und das hier war märchenhaft gut. Als sie Michels Kopf zwischen ihren Oberschenkeln erblickte, stöhnte sie erneut auf. Sie schloss die Augen. Seine Zunge war gierig und heiß, und sie konnte die Erregung kaum aushalten, als er sie leckte. Åsa wand sich, bis er schließlich die Hände um ihre Pobacken schloss, damit sie stillstand, und sie an sich presste, sodass sie beinahe das Gleichgewicht verlor.

Das hier würde wild werden, das spürte sie bereits.

Sie hatte schon mit vielen Männern geschlafen, sie liebte Sex und mochte dieses Spiel. Doch irgendetwas sagte ihr, dass Michel keineswegs so erfahren war wie sie. Etwas an seiner behutsamen, aber vehementen Art, mit der er sie berührte, verlieh ihr das Gefühl, aufrichtig verehrt zu werden, und das gefiel ihr ungemein. Was wusste sie denn schon, vielleicht hatte er ja sein Leben lang auf sie gewartet? Angesichts dieses Gedankens musste sie lächeln, dann öffnete sie die Augen und klammerte sich mit der einen Hand an seiner Schulter und der anderen an der Kante der Arbeitsplatte fest. Sie schaute nach unten, hörte die Geräusche seiner Zunge und spürte – oh Gott, wie sehr sie es spürte – die intensiven Bewegungen seiner Zunge. Und dann kam sie geradewegs vor seinen Augen.

Sie keuchte und stützte sich schwer auf der Arbeitsplatte ab. Michel richtete sich auf und überfiel sie geradezu mit seinem Mund, seinen Lippen und seiner Zunge. Er streifte ihr das schlüpfrige Gewand ab, ließ es auf den Steinfußboden hinuntergleiten und begrub dann sein Gesicht zwischen ihren Brüsten. Er küsste und streichelte sie, wieder und wieder. Gott, wie schön.

»Du bist unglaublich sexy«, sagte er heiser, und wenn Åsa auch nur ein Wort über die Lippen gebracht hätte, hätte sie entgegnet, dass er derjenige war, der Sex-Appeal besaß und weitaus erotischer war als alle Männer, denen sie bislang begegnet war.

Zärtlich, aber kraftvoll drehte Michel sie um, sodass sie mit dem Gesicht zur gefliesten Wand und den Armaturen stand. Sie war froh, dass ihre Arbeitsplatte so ansehnlich war – mit teuren italienischen Wasserhähnen, blanken Oberflächen, dekorativen Töpfen mit Kräutern und Limetten (auch wenn sie ehrlich gesagt keine Ahnung hatte, wie die dorthin gekommen waren) –, bevor Michel den dünnen Stoff ihres Slips zur Seite schob, seine Jeans aufknöpfte und in sie eindrang. Ihr wurde ganz schwindelig, denn er war definitiv kein kleiner Mann, und in diesem Moment schien er lediglich aus einem Schwanz, jeder Menge Muskeln und starken Händen zu bestehen. Als er sie so nahm, blieb ihr für einen Moment die Luft weg. Nicht, dass sie etwas dagegen gehabt hätte, im Gegenteil. Sie schloss die Augen mit einem dumpfen Stöhnen und ließ sich gegen die Arbeitsplatte gelehnt mit heftigen Stößen von ihm nehmen. Er hat Ausdauer wie ein Teenager, dachte sie, als Michel sich nach einer Weile aus ihr herauszog und noch immer steif war. Mit einer Hand an ihrem Rücken riss er sich die Jeans und die Boxershorts vom Leib, nahm Åsa dann in die Arme und schob sie in Richtung der Kücheninsel, während er sie mit Küssen überhäufte. Offenbar sollte heute die gesamte Küche eingeweiht werden. Die Oberfläche der Kücheninsel war ebenfalls aus kaltem schwarzen Granit. Er ergriff ihre Taille, hob sie, ohne mit der Wimper zu zucken, hoch, als wöge sie nichts, und setzte sie dann auf der Granitplatte ab, die sich unter ihr einen kurzen Moment eiskalt anfühlte, bis ihr Po sie erwärmt hatte.

»Spreiz die Beine«, befahl er mit heiserer Stimme.

Sie schob ihre Oberschenkel auseinander und ließ ihn schauen. Die Kücheninsel besaß die perfekte Höhe, und Michel betrachtete Åsa eingehend, bevor sein gewaltiger Schwanz erneut in sie eindrang. Sie schlang ihre Beine um ihn, und Michel kam, seine Händen um ihre Pobacken geschlossen, mit einem wild pumpenden Stöhnen. Åsa umklammerte ihn weiterhin mit den Beinen und folgte seinen Bewegungen. Er schien sie unendlich lange so halten zu können, stellte sie fest, während er in den Nachwehen seines Orgasmus in ihr Haar keuchte.

Sie küssten sich erneut, während Michel langsam in ihr schlaff wurde. Sie tauschten innige, nahezu unersättliche Küsse aus, als ob keiner von ihnen genug bekommen könnte. Absurderweise schossen ihr erneut die Tränen in die Augen.

Er küsste sie ein letztes Mal, jetzt, wo er sich etwas gefangen hatte, bedeutend sanfter, bevor er sie wieder auf der Kücheninsel absetzte. Dann holte er ein Glas, goss Wasser hinein und reichte es ihr. Sie trank daraus und gab es ihm zurück. Er trank, ohne sie aus den Augen zu lassen, und sie dachte darüber nach, wie überwältigend intim es doch war, sich ein Glas Wasser zu teilen. Sie bewunderte seinen Körper, während er das Glas abstellte, inspizierte seine Muskeln und Sehnen und kraftvollen Konturen ganz offen und nicht ohne Besitzansprüche. Dann blieb sie mit ihrem Blick an seinem Schwanz hängen, zog eine Augenbraue hoch und fragte: »Schon wieder?«

»Ich habe mein halbes Leben lang davon geträumt, Sex mit dir zu haben«, sagte er, und sein Blick war erfüllt von tiefer Leidenschaft. Er glitt erneut in sie hinein. »Vielleicht habe ich irgendwann mal genug, aber jetzt bestimmt noch nicht, noch lange nicht.«

Schließlich kollabierten sie mehr oder weniger ineinander verschlungen auf dem Fußboden. Åsa lehnte mit dem Kopf an seiner Brust, und er hatte einen Arm fest um ihren Körper geschlossen, als hätte er vor, sie niemals wieder herzugeben. Sie blieben so liegen und machten schwitzend und nach Luft japsend eine Pause.

»Soll ich dir noch mehr Wasser holen?«, fragte Michel.

Åsa schüttelte den Kopf. Sie schob ein Bein über seine Hüften und glitt auf seinen Körper, der rücklings auf ihrem frisch polierten Marmorfußboden lag.

»Schau mich an«, befahl sie, während sie sich mit den Händen auf seiner Brust abstützte und ihn betrachtete.

Michels Augen, die vor Erregung ganz glasig waren, hefteten sich gehorsam auf ihre.

Sie beugte sich vor und küsste ihn. Er erwiderte ihre Küsse gierig.

»Kannst du noch?«, fragte sie.

»Machst du Witze?«, fragte er heiser zurück. Sein Blick war heiß wie Feuer, als er seine Hände um ihre Hüften schloss.

Dann ritt Åsa auf ihm. Erst ganz langsam, doch dann, als sie einen gemeinsamen Rhythmus gefunden hatten, immer schneller. Sie ritt ihn, als wäre er ein Tier, ein Sklave, ein angebeteter Liebhaber.

»Berühr dich«, befahl er ihr, und sie tat es, bis sie beide mit lautem Stöhnen und völlig verschwitzt gemeinsam kamen.

Åsa fiel nach vorne auf seinen Brustkorb. Sie konnte sich nicht daran erinnern, wann sie zuletzt so akrobatischen Sex gehabt hatte. Sie würde Muskelkater bekommen.

Er berührte mit einer Hand ihr Haar und keuchte atemlos, und ihr fuhr – mit leichter Verspätung – der Gedanke durch den Kopf, dass es vermutlich ethisch nicht ganz korrekt war, als Chefjuristin von Investum auf ihrem Küchenfußboden Sex mit einem der Männer zu haben, die gerade dabei waren, einen Angriff gegen das Unternehmen ihres Chefs zu starten und den Vorstand zu kapern.

Einige würden es als moralische Grauzone bezeichnen.

Sie horchte den Schlägen von Michels laut pochendem Herzen und wusste, dass er sich im Augenblick wahrscheinlich ebenso sehr um Investum scherte wie sie – nämlich überhaupt nicht.

Was zwischen ihnen geschehen war, hatte nichts mit Investum zu tun. Morgen würde Michel weiterhin tun, was in seiner Macht stand, um das Unternehmen ihres Chefs zu übernehmen. Und sie würde selbstverständlich gegen ihn ankämpfen. Es war, wie es war, und es hatte rein gar nichts zu bedeuten.

Michel bewegte sich unter ihr und murmelte etwas vor sich hin. Er wurde erneut langsam schlaff, aber sie hatte noch keine Lust aufzuhören. Sie spannte ihre inneren Muskeln an und lächelte, als er aufstöhnte.

Vor einer Weile hatte er beteuert, dass er sie liebte. Vielleicht stimmte es – höchstwahrscheinlich sogar, denn Michel war schließlich ein Romantiker. Doch vieles andere zwischen ihnen war gelinde gesagt unsicher. Sie und er. Ihre Zukunft, das ganze verdammte Leben.

Åsa wand sich leicht, und als sie ihr Knie anhob, verzog sie das Gesicht vor Schmerzen.

Wie gesagt, so vieles in dieser Welt war verdammt unsicher. Was hingegen absolut sicher war, dachte sie, während sie ihr angeschlagenes Knie begutachtete, war die Tatsache, dass sie so bald wie möglich mit ihrer Innenarchitektin sprechen müsste, wenn es mit Michel und ihr so weitergehen würde.

Denn schwedischer Marmor war zwar schön anzusehen.

Doch es war verdammt unbequem, Sex darauf zu haben.

50

Montag, 28. Juli

Als der unglücksselige Montag schließlich grau und kühl dämmerte, lag Natalia mit müden Augen und pochendem Herzen im Bett und versuchte, wieder einzuschlafen. Nachdem sie eine Zeit lang dem Gesang der Amseln und entferntem Gänsegeschnatter gehorcht hatte, gab sie auf und ging hinaus in die Küche. Sie kochte sich grünen Tee und tapste auf den Balkon hinaus, wo sie sich in eine Decke einkuschelte und die Zeit verrinnen ließ.

Als ihr Handy einen Piepton von sich gab, zuckte sie zusammen. Sie war sich nicht sicher, wie lange sie eigentlich schon dort gesessen und ins Leere gestarrt hatte. Sie holte ihr Telefon. Eine SMS von Alexander.

Bin in Stockholm. Wohne im Diplomat. Bei der Arbeit?

Sie schickte ihm rasch eine Antwort.

Zu Hause. Willst du herkommen?

Eine Viertelstunde später klingelte es an ihrer Wohnungstür.

»Hallo, hallo«, rief ihr kleiner Bruder, spazierte herein und drückte ihr einen Kuss auf die Wange. »Ich dachte, wir könnten nachher zusammen hinfahren.« Er reichte ihr eine braune Papiertüte. »Ich hab dir Frühstück mitgebracht.«

Sie nahm die Tüte entgegen, öffnete sie, lächelte und nahm das belegte Brot heraus. Vollkornbrot mit Brie und etwas Salat. »Danke«, sagte sie. Sie war bereits seit mehreren Stunden wach und stellte plötzlich fest, dass sie einen Wahnsinnshunger hatte. Obwohl sie sich so selten sahen, hatte Alex sich daran erinnert, was sie mochte. Er hatte schon immer einen Sinn für Details besessen.

»Danke«, sagte sie noch einmal.

»Keine Ursache, du bist schließlich meine Lieblingsschwester«, sagte er, während sie in die Küche gingen. Es war ein alter Scherz zwischen ihnen, doch plötzlich nagten seine Worte an ihr. Sie war nur seine Halbschwester. Würde das etwas verändern? Und wann würde sie sich trauen, es ihm zu erzählen?

Natalia kochte mehr Tee, den Alexander jedoch ablehnte. Er bewegte sich rastlos in ihrer Küche, und als sie sich an den Tisch gesetzt hatten, konnte er kaum still sitzen, sondern fummelte planlos an allem herum, streckte dann die Beine vor sich aus und trommelte mit den Fingern auf die Tischplatte.

»Wie geht's?«, fragte sie.

»Ganz okay.« Er stand auf und fuhr sich mit der Hand durchs Haar. »Aber ich kann nicht gut schlafen, ich hasse Jetlag.«

Natalia aß ihr Sandwich und versuchte, sich von seiner nervösen Art nicht beeinträchtigen zu lassen. Als sie klein waren, war er andauernd in Bewegung gewesen, und offenbar hatte er es sich auch als Erwachsener nicht ganz abgewöhnt.

Ihr Handy, das auf der Arbeitsplatte lag, begann zu summen.

»Das ist Peter«, sagte Alexander mit einem Blick aufs Display. Er verzog das Gesicht und reichte ihr das Handy. »Bei mir hat er heute schon ungefähr fünf Mal angerufen.«

»Und was wollte er?«

Alexander zuckte mit den Schultern. »Keine Ahnung. Ich habe ihn weggedrückt.« Das erstaunte sie nicht, denn die Beziehung zwischen ihren beiden Brüdern war angespannt und konfliktgeladen.

Natalia meldete sich. »Hej, Peter.«

Alexander verdrehte die Augen, setzte sich wieder an den Tisch und schnappte sich eine Gurkenscheibe von ihrem Sandwich.

»Was machst du gerade?«, fragte Peter kurz angebunden.

»Frühstücken«, antwortete sie und schaute Alexander an. Er deutete mit der Hand eine schneidende Bewegung quer über seinen Hals an. »Ich bin zu Hause. Alex ist hier«, fügte sie hinzu, ohne seiner Geste weitere Beachtung zu schenken. »Wir fahren gemeinsam zu den Wahlen.«

»Dann komme ich auch«, sagte Peter und legte auf, bevor Natalia noch etwas sagen konnte.

»Und, was hat er gesagt?« Alexander lehnte sich auf seinem Küchenstuhl zurück. Er trug einen Anzug, ein Outfit, das er selten trug, das ihm jedoch fantastisch stand. Seine langen schwarzen Wimpern bildeten einen dramatischen Kontrast zu seinem blonden Haar. Er sah wie ein Engel aus, der aus moralischen Gründen gerade aus dem Paradies verstoßen worden war.

Alexander hatte einmal die Titelseite der Vanity Fair geziert, fotografiert mit bloßem Oberkörper und mit zwei nackten weiblichen Fotomodellen zu seinen Füßen. Es war allgemein als Kunst bezeichnet worden. Doch Natalia hatte es eher als sexistisch empfunden. Gerüchten zufolge hätte Alexander eigentlich zusammen mit zwei anderen Jetset-Typen fotografiert werden sollen, aber man hatte angeblich kein Foto so hinbekommen, dass Alexanders Attraktivität nicht die der beiden anderen Männer vollständig überschattete. Die Lösung des Problems hatte darin bestanden, ihn stattdessen mit Frauen posieren zu lassen, und die Titelseite war legendär geworden.

»Peter kommt her«, sagte sie und schob Alexander fragend das Sandwich hin. Es fiel ihr schwer, sich an ihre körperlichen Achterbahnfahrten zu gewöhnen. Zuerst hatte sie einen Riesenhunger, und dann war sie plötzlich pappsatt. Zuvor war ihr

Leben nicht diesen Schwankungen unterworfen, und alles war vorhersehbar gewesen. Doch jetzt schien um sie herum, und nicht zuletzt auch in ihrem Körper, ein tosender Sturm zu wüten. Und all das aufgrund eines Embryos, der kaum so groß war wie ihr Daumennagel.

Heute begann die siebte Schwangerschaftswoche, eine schwindelerregende Tatsache. Jeden Morgen wachte sie mit dem Gefühl auf, sich alles nur eingebildet zu haben. Doch sie war wahrhaftig noch immer schwanger.

Sie war kurz davor, sich die Hand auf den Bauch zu legen, hielt jedoch inne und schloss sie stattdessen um ihren Becher mit Tee. Alexander hätte es sofort bemerkt. Es war nahezu lebensgefährlich, ihn zu unterschätzen. Ihr wurde klar, dass sie es ihren Brüdern irgendwann erzählen musste. Dass sie schwanger war, dass sie nur ihre Halbschwester war, dass Gustaf sie verstoßen hatte. Und schließlich, dass sie arbeitslos war.

»Geht's dir eigentlich gut?«, fragte Alexander und betrachtete sie eingehender. »Du siehst so blass aus.«

»Da ist etwas, dass ich …«, begann sie, wurde jedoch vom Klingeln an der Tür unterbrochen.

»Ich geh schon«, sagte Alexander.

Natalia hörte leises Gemurmel im Flur und dann Schritte, die sich näherten. Die Stimmen wurden lauter, und noch bevor Alexander und Peter in die Küche gekommen waren, stritten sie sich über irgendetwas.

Natalia betrachtete ihre Brüder, die einander so ähnlich sahen und doch so verschieden waren. Peters Gesicht war rot angelaufen vor Wut, während Alexanders aristokratische Züge eine Mischung aus Hohn und Verachtung ausstrahlten, die nur für seinen großen Bruder reserviert war.

Es war wie immer, dachte Natalia betrübt, als lägen sie in einem ständigen Zwist miteinander. Sie versuchte, sich zu erinnern, ob es je anders gewesen war oder ob sie schon immer diese Antipathie füreinander gehegt hatten. Peter war sieben Jahre älter als Alexander und sie selbst das mittlere Kind – unehelich, wie sie sich erneut vergegenwärtigte –, doch sie besaß nur vage Erinnerungen an eine Handvoll Momente, in denen ihre Brüder einmal nicht miteinander stritten. Als ein kleiner Alexander hinter einem lachenden Peter herstolperte, aber vielleicht machte sie sich auch etwas vor. Inzwischen war sie sich keiner Sache mehr ganz sicher.

Alex nutzte jede Gelegenheit, um Peters Lebensentscheidungen und dessen Unterwürfigkeit gegenüber ihrem Vater offen zu verhöhnen. Peter hingegen hackte auf allem herum, was Alexander tat, oder eben nicht tat. Im Grunde hatte Natalia den Verdacht, dass es teilweise mit Peters Angst zusammenhing, den an ihn gestellten Ansprüchen nicht zu genügen, und damit, dass er nie Alexanders natürlichen Charme besessen hatte. Doch *niemand* besaß Alexanders natürlichen Charme. Neidisch auf ihn zu sein war, als wäre man neidisch auf einen Sonnenuntergang oder ein Gemälde.

Peter begrüßte sie mit einem knappen Nicken, schlug das Angebot einer Tasse Tee aus und lehnte sich schließlich mit vor der Brust verschränkten Armen gegen die Arbeitsplatte.

Alexander sank wieder auf seinen Stuhl, die Lippen zu einem steifen Lächeln verzogen.

Natalia trank ihren Tee, der inzwischen kalt geworden war. Eigentlich war es doch traurig. Drei Geschwister, die so wenig gemeinsam hatten.

Sie beobachtete Peter und versuchte, sich vorzustellen, wie er Carolina vergewaltigte, überhaupt irgendeine Frau vergewaltigte. War er wirklich so skrupellos? Wie konnte er dann überhaupt mit seinem Leben zurechtkommen? Und was sagte es über sie selbst aus, dass sie ihn nicht damit konfrontierte?

Alexander trommelte erneut mit den Fingern auf die Tischplatte, und ihr fiel ein, dass Alex möglicherweise von der Vergewaltigung wusste. Er war auf dasselbe Internat gegangen, zwar einige Jahre später, aber dennoch. Er hatte ihr schließlich von den Mobbingpraktiken gegen David erzählt. Also musste er irgendetwas wissen.

Es war, als wäre alles in ihrem Leben, was einmal verlässlich gewesen war, instabil geworden. Unabhängig davon, was geschah, würde es nie wieder so werden wie zuvor. Diese Einsicht war ihr zwar nicht neu, aber sie war schmerzhaft.

Ihre Mutter hatte noch immer nicht auf einen einzigen ihrer Anrufe reagiert.

Allmählich sah sie alles in einem neuen Licht. Erlebnisse, Erfahrungen, Dinge, die sie gehabt hatte, fielen ihr ein, und ihr Blick auf ihre Familie, ihre Vergangenheit, war dabei, sich grundlegend zu verändern. Sie würde gezwungen sein, irgendwann zu alledem Stellung zu beziehen.

Peter schnaubte angesichts einer Äußerung von Alex verächtlich. Er hätte nicht herkommen sollen, wenn er einzig vorhatte herumzustänkern. Aber so war Peter nun einmal. Er konnte es einfach nicht akzeptieren, dass seine Geschwister etwas ohne ihn taten. Er musste dabei sein und alles mitbekommen.

Es klingelte erneut an der Tür.

»Ich gehe«, sagte Natalia und verließ die Küche. Es war selten, dass bei ihr in der Wohnung so viel los war, und sie fragte sich, wer es diesmal wohl sein könnte.

Natalia öffnete die Tür.

»Hej«, sagte Gina. Ihre Haushaltshilfe, die die Wohnungsschlüssel bereits gezückt hatte, wirkte überrascht. »Ich wusste nicht, dass Sie zu Hause sind«, fügte sie entschuldigend hinzu.

»Tut mir leid, ich hatte total vergessen, dass Sie um diese Zeit kommen«, entgegnete Natalia. Sie hatte völlig verdrängt, dass heute ein ganz normaler Wochentag war. Gina wusste schließlich nicht, dass sie keinen Job mehr hatte und deswegen zu Hause war. Bislang war ihr nie klar gewesen, wie kompliziert es war, so viele Geheimnisse zu haben.

»Kommen Sie rein. Wir gehen gleich«, forderte sie sie auf und trat zur Seite.

Die Atmosphäre zwischen Gina und ihr war seit Natalias Zusammenbruch etwas angespannt. Als hätte eine unterschwellige Verschiebung des Gleichgewichts stattgefunden. Natalia ging vor ihr in die Küche, während Gina ihr wie ein Schatten folgte.

Als sie hereinkamen, stand Alexander auf und begrüßte Gina mit dem für ihn typischen entspannten Charme. Peter hingegen ignorierte sie völlig, obwohl sie sich schon mehrfach begegnet waren. Er warf ihr einen nichtssagenden Blick zu und runzelte die Stirn, als wäre es unter seiner Würde, sie zu begrüßen.

»Ich fange dann im Wohnzimmer an«, sagte Gina, nahm ihre Putzgeräte aus dem Besenschrank und neigte den Kopf, als sie hinausging.

»Danke«, sagte Natalia unangenehm berührt. Eigentlich hätte sie noch mehr sagen wollen, sie um Entschuldigung für Peters Unhöflichkeit bitten und ihr versichern wollen, dass man Menschen nicht einfach in Schubladen stecken durfte, doch dann war der Augenblick vorüber. Es hätte die Sache auch kaum besser gemacht.

»Du kannst ja wohl zumindest mal grüßen«, zischte Natalia.

»Wie bitte?«, fragte Peter und wirkte aufrichtig verdutzt. »Meinst du etwa sie? Aber sie putzt hier doch nur, oder? Warum sollte ich sie begrüßen? Ich wusste nicht einmal, dass sie Schwedisch versteht.«

»Psst«, zischte Natalia.

»Du bist so ein verdammter Mistkerl«, sagte Alexander.

Peter zuckte mit den Schultern. »Was du denkst, ist mir sowieso egal«, fuhr er Alexander an. »Du kriegst doch rein gar nichts auf die Reihe, säufst und kiffst und vögelst dich durch fremde Betten. Von dir muss ich mir ja wohl kaum eine Moralpredigt anhören.« Er zog die Augenbrauen hoch. »Bist du wenigstens jetzt nüchtern?«

In Alexanders Augen blitzte etwas auf, doch dann machte er diese Verwandlung durch, die Natalia schon immer Angst eingejagt hatte. Er setzte eine kühle gelangweilte Miene auf und verschwand hinter einer Maske. Als gäbe es nichts auf der Welt, um das es wert gewesen wäre, sich auch nur im Geringsten zu scheren. Niemand konnte sich gefühlsmäßig so abschirmen wie Alexander.

»Klar bin ich nüchtern«, entgegnete er knapp. »Jedenfalls im Moment noch. Und versuch doch bitte, nicht gleich vor moralischer Empörung zu platzen.«

Natalia schaute ihre Brüder an. Eigentlich waren sie sich ähnlicher, als sie beide je zugeben würden. Beide waren groß gewachsen, und beide hatten blonde Haare und blaue Augen. Im Unterschied zu ihr. Wie konnte ihr nur entgangen sein, was so offensichtlich war? Dass sie ihnen so wenig ähnlich war, nicht nur vom Geschlecht, sondern auch von den Erbanlagen her. Sie betrachtete Peter eingehender. Sollte sie ihm sagen, dass sie von der Vergewaltigung wusste? Sie würde mit ihm reden, allerdings nicht, wenn Alexander mithörte.

Sie rieb sich die Stirn.

Möglichst bald würde sie sich einmal überlegen müssen, in welcher Reihenfolge sie das alles angehen sollte.

Denn die Liste der Dinge, über die sie mit diversen Leuten reden musste, wurde lang und länger. Vielleicht sollte sie alles in einer Excel-Datei oder einem Flussdiagramm aufführen.

Vom Flur her hörte sie, wie ein Staubsauger eingeschaltet

wurde. Peter schaute auf die Uhr und richtete sich mit einer raschen Bewegung auf. Er rückte seine Kleidung zurecht und sagte: »Ich muss los. Wir sehen uns dort.«

»Aber wohin willst du denn?«, fragte Natalia verdutzt. Jetzt, wo sie schon einmal alle drei hier versammelt waren, ging sie davon aus, dass sie auch gemeinsam zur Abstimmung erscheinen würden.

Peter warf ihr einen Blick über die Schulter zu. »Ich muss erst noch eine Sache klären.«

»Weißt du, was er vorhat?«, fragte Natalia, nachdem er gegangen war.

»Keine Ahnung«, antwortete Alexander unbekümmert.

»Ich hatte gehofft, dass wir uns kurz abstimmen und dann gemeinsam dort erscheinen. Du weißt schon, um ein wenig Einigkeit zu demonstrieren.«

»Einigkeit?«, fragte er ironisch. »Meinst du das ernst? Ich weiß ja, dass du bereit bist, für das Familienunternehmen zu kämpfen. Und ich weiß auch, dass du wie ein Tier geschuftet hast. Ich bewundere dich dafür. Aber geliebte Natalia, das hier wirst nicht einmal du retten können.«

»Ich kann es zumindest versuchen«, entgegnete sie, von seinem Mangel an Kampfgeist irritiert. »Ich habe übrigens mit Onkel Eugen gesprochen. Er wird ebenfalls kommen.« Sie hatte in den vergangenen zwei Wochen mit so vielen Leuten gesprochen, hatte sich geradezu den Mund fusselig geredet.

»Und was hat er gesagt?«

»Nicht gerade viel. Ich glaube, dass Hammar Capital an ihm dran ist.«

»Natalia, wie …«, begann Alexander besorgt. Dann fing er noch einmal neu an. »Das mit dir und David Hammar, wie geht es dir damit?«

»Ich will nicht darüber reden«, entgegnete sie warnend. »Jedenfalls nicht jetzt.« Er war wirklich erschreckend scharfsinnig, dachte sie angespannt.

Alexander zuckte mit den Schultern, als wäre es ihm schon wieder egal, und sagte: »Also dann. Mach dich fertig, damit wir loskommen zur Lynchjustiz.«

»Glaubst du, dass es so schlimm werden wird?«

Alexander blickte sie aus seinen strahlend blauen Augen an.

»Nein«, antwortete er dann. »Ich glaube, dass es noch weitaus schlimmer wird.«

51

Peter verließ Natalias Haus zu Fuß. Er war froh wegzukommen, denn die Begegnung mit seinen Geschwistern setzte ihm immer wieder zu. Er wusste selbst nicht, warum er überhaupt hergekommen war. Alexander und Natalia zu treffen und mit der unkomplizierten Beziehung der beiden zueinander konfrontiert zu werden, während er außen vor stand, irritierte ihn immer wieder aufs Neue. In gewisser Weise war es schon immer so gewesen: Natalia und Alex in perfekter Harmonie, beide begabt, clever und selbstsicher.

Unfassbar, dass es ihm noch immer etwas ausmachte, obwohl sie alle drei längst erwachsen waren und jeder sein eigenes Leben lebte. Auf dem Papier hatte er es allerdings weiter gebracht als die beiden.

Sein Spaziergang dauerte eine knappe Viertelstunde. Sein Herz raste unkontrolliert. Wie viele Male in den vergangenen Tagen hatte er nicht darüber nachgedacht, wie das alles ein für alle Mal vorüber sein würde, wenn er jetzt einen Herzinfarkt erlitt. Eigentlich wollte er nicht sterben. Aber manchmal war der Gedanke verlockend, alles hinter sich zu lassen. All diese Verpflichtungen, die wie eine schwere Last auf ihm lagen, gegen die er sich die ganze Zeit stemmen musste, um nicht zu Boden gedrückt zu werden.

Er schaute an der Fassade des Hotels hinauf und war froh,

dass sie beschlossen hatten, Carolina Hammar weiterhin beschatten zu lassen. Denn dadurch hatte er erfahren, dass sie hier im Grand Hôtel wohnte. Sie hatte am Wochenende eingecheckt.

Peter wusste, was er zu tun hatte.

Das einzig Logische, jetzt, wo er wusste, dass sie am Leben war.

Er ging langsamer. War sich seiner Sache so sicher gewesen, zögerte aber plötzlich.

Es bestand noch immer die Möglichkeit, es sich anders zu überlegen. Wenn er es jetzt täte, würde es unüberschaubare Konsequenzen nach sich ziehen. Und er würde es nie ungeschehen machen können.

Niemand wusste, dass er hier war.

Und wenn er es keinem erzählte, würde auch niemand davon erfahren.

Er wünschte, er wäre besser darin, wichtige Entscheidungen zu treffen.

All diese Wendepunkte in seinem Leben. Beschlüsse, die er gefasst hatte und die ihn unweigerlich, nahezu schicksalsträchtig in genau diese Richtung gedrängt hatten. Seine Außenseiterrolle in der Grundschule. Die harte Kameradenerziehung auf Skogbacka. David Hammar, der sich weigerte, sich anzupassen, und an dem er all seinen Frust ausgelassen hatte. Und Carolina.

Wo hatte es eigentlich angefangen schiefzulaufen? Was wäre geschehen, wenn er Carolina nie begegnet wäre?

Er wusste genau, wie es geendet hatte.

Aber wo hatte es angefangen? *Sie hat uns provoziert. Sie wollte es doch eigentlich selbst.* Wie viele Male hatte er sich diese Worte eingeschärft? Eine impulsive Handlung, der unerbittliche Gruppenzwang sowie eine Reihe weiterer Umstände, und plötzlich war man ein Vergewaltiger. Abgesehen davon, dass er dies offiziell gar nicht war. Denn gegen ihn wurde nie Anklage erhoben. Caro war plötzlich verschwunden, und alles war wie ausradiert, als hätte es gar nicht stattgefunden.

Doch jetzt war sie wieder zurück.

Die Person, die das bezeugen konnte, was er sein ganzes Leben lang zu verdrängen versucht hatte.

Wie konnte das möglich sein? Er wusste es nicht.

Wie benebelt ging er durch die Eingangstür, die ihm von einem lächelnden Portier aufgehalten wurde.

Sein Vater hatte immer gesagt, dass die Entscheidungen, die er im Leben traf, ihn als Menschen ausmachten. Als Mann.

Peter warf einen Blick auf den Zettel mit Carolinas Zimmernummer. Würde diese Entscheidung ihn nun ausmachen? Würde er jetzt endlich frei werden?

52

David und Malin waren am Montagmorgen bereits früh im Konferenzgebäude erschienen. Sie standen oben hinter der gläsernen Wand einer Balustrade und schauten hinunter auf den riesigen Eingangsbereich. Vor den Fenstern, die die gesamte Front einnahmen, glitzerte das Wasser des Mälaren und die Einfahrt in den Stockholmer Hafen. Unter ihnen waren das Sicherheitspersonal zweier unterschiedlicher Firmen und zahlreiche weitere Servicekräfte darum bemüht, sich nicht gegenseitig auf die Füße zu treten.

Es war ein riesiger Saal, der größte in ganz Stockholm, von den Sportarenen einmal abgesehen. David hatte gewusst, dass das Interesse an der außerordentlichen Aktionärsversammlung groß sein würde, aber das hier … Sie hatten sich vor Anmeldungen kaum retten können.

»Hoffentlich reichen die Plätze überhaupt aus«, sagte Malin, als hätte sie seine Gedanken gelesen. »Die Leute werden ausrasten, wenn sie keinen Sitzplatz bekommen.«

Tom, der verantwortlich für die Sicherheit von Hammar Capital war, kam auf sie zu. Er begrüßte erst David mit festem Handschlag und danach Malin, die versuchte, sich die Schmerzen in ihrer Hand nicht anmerken zu lassen.

»Wie läuft's?«, fragte David.

»Offenbar staut es sich schon draußen. Ist das immer so?«

»Nein«, antwortete David mit einem Kopfschütteln. »Die meisten Aktionärsversammlungen sind eher ereignislos und einschläfernd.«

»Aber diese wohl eher nicht«, stellte Tom fest.

»Nein, es wird voraussichtlich ähnlich zugehen wie bei Gladiatorenkämpfen«, pflichtete David ihm bei. »Können möglicherweise noch mehr Sitzplätze organisiert werden?«

Malin nickte. »Ich habe gerade mit dem Pressechef von Investum gesprochen.« Sie verzog das Gesicht, um ihm zu signalisieren, was sie von dem Mann hielt, und fuhr fort: »Er meinte, dass hier drinnen siebenhundert Leute Platz hätten.«

David schaute Tom fragend an, der nickte und sagte: »Das müsste ausreichen.«

Malin entschuldigte sich und verließ die beiden.

David begegnete Toms Blick. »Im Hotel alles so weit ruhig?«, fragte er.

Es war ihm gelungen, Carolina zu überreden, nicht zur Abstimmung zu kommen. Mit blasser und finsterer Miene hatte sie sich darauf eingelassen, ihren Anwalt als Bevollmächtigten zu schicken. Vielleicht hatte sie eingesehen, dass es zu anstrengend für sie werden könnte. Aber irgendwie hatte sie leicht abwesend gewirkt, und er machte sich Sorgen.

»Ich habe einen Mann dort abgestellt«, erklärte Tom. »Nur als Sicherheitsmaßnahme«, fügte er hinzu. »Wir haben keinerlei Drohungen gegen sie feststellen können.« Er verzog verdrießlich den Mund. »Im Gegensatz zu dir. Hier und heute sind bestimmt hundert Personen anwesend, die nur zu gern erleben würden, dass dich auf dem Podium der Schlag trifft oder du einen Herzinfarkt erleidest. Als Revanche für alle, die schon immer David Hammars Kopf rollen sehen wollten.«

David lachte auf. »Wir befinden uns schließlich in der Finanzbranche. Hier treten die meisten Leute zivilisiert auf.«

»Mhm, ganz sicher«, meinte Tom sarkastisch und ließ systematisch seinen Blick über den Eingangsbereich schweifen, in dem gerade die ersten Gäste sichtbar wurden. Minutiös hakte man ihre Namen auf einer Liste ab, bevor sie hereingebeten und ihnen Teller mit Fingerfood gereicht wurden. Bislang wirkte das Chaos noch gut durchorganisiert.

Michel kam in ungewöhnlich gedeckten Farben gekleidet auf sie zu und sagte: »Das ist die reinste Belagerung da draußen. Die Polizei errichtet gerade Absperrgitter. Sie erwarten einen Riesenandrang.«

»Am schlimmsten ist immer noch die Presse«, meinte Tom mit finsterer Miene. Seit ihrer letzten Begegnung hatte er sich einen Vollbart wachsen lassen und sah ziemlich angsteinflößend aus.

»Dann seht zu, dass ihr die dritte Staatsmacht nicht allzu sehr gegen euch aufbringt«, sagte David, der wusste, dass die Massenmedien in Toms Welt direkt nach den Schwedendemokraten und tollwütigen Ratten kamen. Tom murmelte etwas Undeutliches zur Antwort. Er hatte einen Knopf im Ohr und nickte gerade als Reaktion auf etwas, das nur er hörte. »Ich muss weiter«, sagte er, richtete einen strengen Blick auf David und sagte: »Du gehst nirgends hin, ohne mir vorher Bescheid zu sagen, capisce?«

Michel schaute Tom hinterher. »Ist es albern, wenn ich sage, dass mir dieser Mann Angst einjagt?«

»Nee, Tom jagt allen Angst ein, wenn er so drauf ist. Na ja, sonst wahrscheinlich auch. Aber er weiß, was er tut.«

Der Geräuschpegel unterhalb der Balustrade stieg stetig. Das Personal von Investum trug die Hauptverantwortung für die Durchführung, da sie die Gastgeber waren, aber David hatte darum gebeten, seine eigenen Leute vor Ort einsetzen zu können. Malin und ihr Mitarbeiterstab konzentrierten sich auf alles, was mit HC zu tun hatte: den Umgang mit den Medien und die Berichterstattung, während Tom und sein Unternehmen für ihre Sicherheit verantwortlich waren.

Malin kam ziemlich gehetzt zurück. »Siehst du eine Möglichkeit, einige kurze Interviews zu geben?«, fragte sie und warf einen gestressten Blick auf ihre Uhr.

»Sag einfach, wo du mich haben willst«, antwortete David.

»Super«, rief Malin. »Ich bin in fünf Minuten wieder zurück.«

Währenddessen war Michels Blick an der Fensterfront hängen geblieben, hinter der gerade Åsa Bjelke aus einem Taxi stieg. Draußen war es bewölkt. Das Wetter war über Nacht umgeschlagen, und im trüben Tageslicht wirkte Åsa, die ganz in Weiß gekleidet war, nahezu wie von selbst leuchtend. Ihr platinblondes Haar umspielte ihre Schultern, und sie balancierte selbstsicher auf ihren weißen Pumps mit himmelhohen Absätzen.

»Sie sieht aus wie ein Filmstar«, meinte David.

»Sie sieht aus wie ein Troublemaker«, brummte Michel.

Ja, das auch.

»Sie sind da«, sagte Michel.

Ein schwarzer Mercedes war vor dem Hotel vorgefahren. Ein Chauffeur stieg aus, öffnete die hintere Wagentür, und Gustaf de la Grip stieg aus. Er strich sich über das konservative Jackett und richtete seine noch konservativere Krawatte, während er darauf wartete, dass seine Frau ebenfalls aussteigen würde.

Ansonsten stieg keine weitere Person aus. Würde Natalia persönlich kommen, oder würde sie einen Bevollmächtigten schicken? Spielte es überhaupt eine Rolle?

Einige Journalisten, die den wohlbekannten Wagen erblickten, liefen darauf zu. Selbst aus dieser Entfernung konnte man unschwer erkennen, wie Gustaf sie demonstrativ ignorierte, als er mit Ebba an seiner Seite in das Konferenzgebäude hineinmarschierte.

Malin kam, um David zum Interview abzuholen. Sie hatte ein riesiges HC-Logo organisiert, vor das sie ihn bat zu treten. David warf ihr einen amüsierten Blick zu.

Malin lächelte und flüsterte: »Übertrieben?«

»Ein wenig«, antwortete er. Doch er stellte sich gehorsam vor das schwarze Logo, nahm das Mikrofon in die Hand und begann auf die Fragen zu antworten, die um die Wette mit den Blitzlichtern der Kameras auf ihn niederhagelten. Im Augenwinkel erahnte er Tom, der zurückgekommen war und sich so positionierte, dass er alles im Blick hatte und die Journalisten wütend anstarren konnte.

Einer von ihnen rief: »Gerüchten zufolge handelt es sich um eine private Vendetta zwischen Ihnen und der Familie de la Grip, können Sie das bestätigen?«

David lächelte und antwortete zweideutig: »Selbstverständlich nicht.«

»Was wollen Sie mit Investum?«

»Es handelt sich um ein Unternehmen, das sein Potenzial noch nicht vollständig ausschöpft.«

»Warum wollen Sie die Eigentümerfamilie aus dem Vorstand hinausdrängen?«

»Investum benötigt einen Vorstand, der sich der Herausforderung stellen kann, in einer globalisierten und schnell veränderlichen Welt zu bestehen«, antwortete er, womit es ihm gelang anzudeuten, dass der jetzige Vorstand aus rückständigen Greisen bestand, ohne es direkt auszusprechen.

»Die Finanzinspektion hat eine Untersuchung gegen Hammar Capital eingeleitet.«

Er nickte. Die Inspektoren hatten ihn richtig in die Zange genommen. »Aber sie haben nichts zu beanstanden gehabt«, entgegnete er. Auch wenn sie es intensiv versucht hatten.

Er antwortete auf weitere Fragen, während Tom von der

Seite aus ein wachsames Auge auf ihn hielt. Der Geräuschpegel stieg mit jeder Minute weiter an. Dann setzte eine Bewegung am Rande des Presseaufgebots ein, die sich wie eine Welle durch die gesamte Menschenmenge hindurch fortbewegte. David sah, wie sich Gustaf de la Grip näherte, dicht gefolgt von seinen Assistenten und weiteren Personen, die wie Leibwächter aussahen.

Tom hatte sie ebenfalls erblickt und machte einen Schritt vor, während er David einen fragenden Blick zuwarf, einen Blick, der ihm signalisierte: »Gib mir ein Zeichen, und ich mache Hackfleisch aus diesen Memmen.«

David schüttelte den Kopf. Er wollte sehen, was passieren würde. Normalerweise wich Gustaf mit Bedacht jeder offenen Konfrontation aus, insbesondere vor den Medien. Seine patriarchalischen Strategien bestanden aus Ignoranz und Diffamierung. Hinter verschlossenen Türen im Kreis seines Vorstands gab er Unverschämtheiten von sich, während er sich nach außen hin aalglatt präsentierte. Die Frage lautete, ob er stark genug unter Druck stünde, um heute von seinen Strategien abzuweichen.

Gustafs Leibwächter fuhren fort, die Leute beiseitezuschieben, als ließe die Masse der Journalisten ihn nicht schnell genug nach vorn durch.

David setzte eine ausdruckslose Miene auf, während er innerlich spürte, wie sein Puls stieg. Er stand absolut reglos da, eine Hand salopp in der Hosentasche. Unter den Pressevertretern wurde es totenstill. Keiner wollte sich etwas von dem entgehen lassen, was jetzt kommen würde. Es war der Kampf eines Jungen aus der Arbeiterklasse gegen den König der schwedischen Wirtschaft.

Neues Geld gegen alteingesessenen Reichtum.

Dann stand Gustaf vor ihm. Er ließ seinen Blick über die zahlreichen Journalisten schweifen, bevor er David ansah, als wäre er ein Stück Dreck, das unter seiner Schuhsohle klebte. Nach all den Jahren und nach all seinen Erfolgen erinnerte sich David noch immer an genau diesen Gesichtsausdruck. Erinnerte sich daran, wie Gustaf nach der Vergewaltigung ins Internat gekommen war. Dort hatte er geschaltet und gewaltet, als wäre Skogbacka ein Teil seines persönlichen Herrschaftsgebiets. Wie er David und Helena Hammar vor allen Leuten demütigte und allen, die es hören wollten, erzählte, welch Ungeziefer die Familie Hammar war. Und bis heute erinnerte sich David an seine eigene Machtlosigkeit. Wie er zum Schweigen verurteilt worden war. An die Scham, die er empfunden hatte, als er angesichts der Übermacht der anderen klein beigeben musste. Seine Mitschüler hatten ihn drangsaliert und geschlagen. Carolina vergewaltigt. Ihn ausgepeitscht, bis er blutete. Das Leben von Helena Hammar Stück für Stück ruiniert, die ganze Zeit mit der vollen Überzeugung, das Recht auf ihrer Seite zu haben. Ein angeborenes Recht, das Gustaf und seinesgleichen seit Jahrhunderten als selbstverständlich ansahen.

In diesem Augenblick, als David vor der versammelten Presse und neben dem gekränkten Gustaf de la Grip stand, wusste er, dass es das wert gewesen war.

All das, was er geopfert hatte, war es wert gewesen.

Er würde das hier ohne Gnade durchziehen.

Denn alle – Natalia, Michel und Carolina – hatten unrecht gehabt.

Rache konnte durchaus etwas Gutes sein.

Endlich würde er das tun können, wovon er schon geträumt hatte, als er mit gekrümmtem, vernarbtem Rücken vor dem Schuldirektor von Skogbacka stand und darüber in Kenntnis gesetzt wurde, dass dieser seine Anwälte einschalten würde, wenn David nicht unmittelbar aufhörte, die Familie de la Grip zu schikanieren. Und die würden dafür sorgen, dass Abschaum wie David, seine entwicklungsgestörte Schwester und seine Hure von Mutter aus dem Weg geräumt wurden. Die letzten Worte hatte der Direktor regelrecht gebrüllt. Derselbe Direktor, der im Übrigen kein Problem damit gehabt hatte, sich ein paar Monate zuvor, bevor die Hölle losbrach, einen Seitensprung mit Helena Hammar zu erlauben. Derselbe Direktor, den David vor wenigen Jahren in den finanziellen Ruin getrieben hatte. Ein paar Jahre zuvor hatte er sich die drei anderen Männer vorgeknöpft, die Caro vergewaltigt hatten, und ebenfalls deren Ruin besiegelt. Das, was Natalia über ihn gelesen hatte, war zwar zu gewissen Teilen übertrieben gewesen, aber in der Sache keineswegs unwahr. Sie hatten für das bezahlen müssen, was sie ihm angetan hatten. Er hatte sie sich einen nach dem anderen vorgenommen, aus seinen Fehlern gelernt und weitergemacht.

Jetzt stand nur noch Investum aus.

Gustaf und Peter de la Grip.

David spürte, wie er sich innerlich befreit fühlte. Er erwiderte Gustafs Blick, schaute dann in Richtung der Kameras mit ihren Blitzlichtern und lächelte.

Das hier würde ihm ein wahres Vergnügen bereiten.

»Herr de la Grip!«, rief ein Fernsehreporter.

Gustaf warf ihm einen kühlen Blick zu, doch der Reporter ließ sich nicht beirren. Die Stimmung war aufgeladen, und alle Journalisten witterten Blut. »Wie fühlt sich das Ganze für Sie an? Was glauben Sie, wird aus Investum werden?«

Gustaf gelang es nicht ganz, eine Grimasse zu unterdrücken. »Es ist doch schön, dass Herr Hammar so großes Interesse an unserem Unternehmen zeigt«, antwortete er mit einer Stimme, die vor Sarkasmus nur so troff. »Schließlich steht es jedem frei, an der Börse Aktien zu kaufen und zu verkaufen.«

»Aber was passiert, wenn David Hammar in den Vorstand

kommt?«, rief ein anderer Reporter. »Was halten Sie von David Hammar? Ganz ehrlich?«

Gustaf verzog das Gesicht, als wäre es unter seiner Würde, derartige Fragen zu beantworten. David schaute sich das Ganze amüsiert an. Der hochherrschaftlich auftretende Gustaf war nicht darauf eingestellt, sich von einer Schar routinierter, aber sensationsgeiler Wirtschaftsreporter ausfragen zu lassen, und das war ihm auch deutlich anzusehen.

»Am Ende entscheiden die Aktionäre«, antwortete Gustaf mit erstickter Stimme.

»Wir haben mit Vertretern eines Rentenfonds gesprochen. Die scheinen nicht gerade abgeneigt zu sein, David Hammar im Vorstand zu haben. Wie lautet Ihre Meinung dazu? Die Fonds sind schließlich bekannt für ihre Loyalität Ihnen gegenüber, glauben Sie, dass sie nun für Hammar stimmen könnten?«

»Das wäre eine Katastrophe«, schnaubte Gustaf.

»Wie schätzen Sie es ein, dass David Hammar einen Vorstand vorschlagen wird, in dem kein einziges Mitglied der Eigentümerfamilie repräsentiert wird?«

»Das entbehrt jeglicher Logik«, schnauzte Gustaf ihn an. »Ein Emporkömmling wie er hat keine Ahnung von der realen Welt und davon, wie die Finanzbranche wirklich funktioniert.«

»Was halten Sie von dem Vorschlag, den David Hammar im Hinblick auf die Besetzung des Vorstands mit einem hohen Frauenanteil vorgelegt hat? Wie kommt es, dass er gleich mehrere kompetente Frauen benennen kann, während Sie gar keine Frauen für diese Posten gewinnen konnten?«

»Das ist reine Stimmungsmache«, antwortete Gustaf. »Wir hingegen nehmen unsere Verantwortung ernst und schauen etwas mehr auf die Kompetenzen.«

Das war keine besonders clevere Antwort, dachte David. Dieses Interview war überhaupt von Anfang bis Ende eine Katastrophe für Gustaf. Doch er war diese Form der Respektlosigkeit vonseiten der Presse nicht gewohnt und hatte sich zu Aussagen provozieren lassen, die er vielleicht denken, aber nicht laut hätte sagen dürfen.

Die Reporter riefen ihm weitere Fragen zu, und Gustaf de la Grip, der immer stärker unter Druck geriet, antwortete immer gereizter. Eigentlich hätte David nichts dagegen gehabt, ihn noch weiter wie einen Elefanten im Porzellanladen herumtrampeln zu lassen, doch stattdessen nickte er Malin kurz zu.

»Danke an alle«, rief Malin mit lauter Stimme und beendete damit die improvisierte Pressekonferenz. »Wir werden pünktlich anfangen, deshalb möchte ich Sie bitten, umgehend Ihre Plätze aufzusuchen. Und sorgen Sie bitte dafür, dass Ihre Namensschilder deutlich sichtbar sind, sonst werden Sie nicht in den Saal gelassen.«

Gustaf bahnte sich rabiat einen Weg durch die Menge.

»Angenehmer Mensch«, sagte Tom trocken und tippte mit einem Finger an seinen Knopf im Ohr. Die Bewegung ließ sein Jackett leicht aufgleiten, sodass David unter seiner Armbeuge etwas erblickte, das aussah wie ein Pistolenhalfter. Er hoffte inständig, dass Tom eine Lizenz dafür besaß.

»Wir haben das Gebäude gesichert«, sagte Tom, dessen Kommunikation über den Knopf im Ohr inzwischen beendet war. »Aber wenn du angegriffen werden solltest, versuchen wir, dich rauszubringen.«

»Machst du Witze?«

Tom sah ihm direkt in die Augen. »Was glaubst du denn?«, fragte er und fischte dann ein flaches Handy aus seiner Tasche, das lautlos vibrierte. Er schaute aufs Display und runzelte die Stirn. »Ich muss rangehen«, sagte er kurz angebunden und verschwand genau in dem Augenblick, als Michel wieder auftauchte.

»Was ist los?«, fragte Michel.

»Tom«, antwortete David lakonisch.

»Ja, ein echt humoriger Typ. Ungefähr so wie ein Finanzinspektor.«

»Ja?«, meldete sich Tom am Handy, sobald er außer Hörweite von David und Michel war.

»Sie hat Besuch bekommen«, sagte der Mann am anderen Ende, den sie zur Beschattung von Carolina Hammar abgestellt hatten.

»Und von wem?«

»Von einem Mann.«

Scheiße, das würde David ganz und gar nicht erfreuen. »Hast du ein Foto von ihm gemacht?«, fragte Tom.

»Ich schicke es dir umgehend.«

»Wo ist er? Hast du Augenkontakt zu ihm?«

»In ihrem Hotelzimmer.«

Verdammt. Tom wollte seinem Mann gerade die Order erteilen, bei Carolina anzuklopfen, egal, ob er nun überreagierte oder nicht, als der Mann sagte: »Jetzt kommt er wieder heraus.«

»Kannst du die Frau sehen?«, fragte Tom, als ein Piepton das Eingehen einer MMS kundtat. Tom setzte sich das Headset auf und betrachtete das Foto, während er darüber nachdachte, ob er seine Leute anweisen sollte, bei Carolina anzuklopfen, um nachzusehen, ob mit ihr alles okay war. Ein Zeichen, dass etwas nicht stimmte, und er würde die Stürmung ihres Zimmers anordnen. Das Grand Hôtel könnte ihm dann die Rechnung schicken. Nie im Leben würde er zulassen, dass David Hammars kleiner Schwester etwas zustieß. Tom hatte bereits Geschäfte sowohl mit der russischen Mafia als auch mit einer der skrupellosesten Al-Qaida-Gruppen in Nordafrika tätigen müssen. Doch lieber wollte er diese Geschäftsbeziehungen wieder aufnehmen, als der Vergeltung ausgesetzt zu sein, die David Hammar ausüben würde, wenn Carolina irgendetwas zustieße.

Tom betrachtete das Foto von dem Besucher eingehender und identifizierte den Mann darauf als Peter de la Grip. Er hatte keine Ahnung, was das zu bedeuten hatte. Er überlegte, doch dann hörte er laute Rufe und Schreie. Irritiert schaute er auf. Ein ungebetener Journalist versuchte, in den Saal zu gelangen. Tom schob sein Handy zurück in die Tasche und setzte sich in Bewegung, um den Tumult zu beenden.

Er näherte sich dem Journalisten. Wenn man ihn fragte, waren diese Leute der reinste Abschaum.

Ein Schlipsträger und Schlappschwanz hingegen wie Peter de la Grip könnte ja wohl kaum eine ernsthafte Gefahr für Carolina Hammar darstellen, dachte Tom, während er den Journalisten anbrüllte.

Er beschloss, erst einmal abzuwarten.

53

Peter verließ das Grand Hôtel durch den Haupteingang.

Er konnte sein Spiegelbild im Fensterglas erkennen, doch er sah aus wie immer. Eigenartig, dass man ihm nicht ansah, was er gerade getan hatte.

Er wusste nicht genau, was er empfand. Schuld? Erleichterung, vielleicht sogar Reue? Nein, merkwürdigerweise keine Reue.

Vielleicht würde es einfach noch eine Weile dauern, bis es ihm bewusst wurde.

Es war so immens.

Inzwischen war er spät dran zur Aktionärsversammlung.

Er sprang in ein Taxi.

Er würde es gerade so schaffen.

54

David stand schräg unterhalb der Bühne im Dunkel verborgen. Er horchte dem leisen Gemurmel im Saal und ließ seinen Blick über die Stuhlreihen schweifen, die in Kürze vollständig besetzt sein würden. Männer in Anzügen schüttelten einander laut lachend die Hand, während sie sich über die bevorstehende Jagdsaison oder den letzten Segeltörn unterhielten. Die Dominanz der Männer in den ersten Reihen war eklatant; nur einige wenige Frauen stachen neben ihnen heraus. Im Saal waren keine Journalisten zugelassen, aber die eine oder andere Handykamera blitzte auf.

Auf der Bühne befand sich ein Podium mit einem Rednerpult und einem Mikrofon. Daneben stand ein Tisch mit Stühlen an einer Längsseite, auf dem ebenfalls Mikrofone und Mineralwasserflaschen standen.

In der ersten Reihe unmittelbar unterhalb der Bühne befanden sich die reservierten Plätze für die Mitglieder der Eigentümerfamilie, die mit Namen und Titel in schwarzen Lettern gekennzeichnet waren. Peter de la Grips Stuhl war ebenso wie Natalias noch unbesetzt, während Eugen und Alexander nebeneinandersaßen und sich leise unterhielten. Ebb de la Grip saß mit ernster Miene auf ihrem Stuhl und gab sich zugeknöpft, während Åsa sich neben ihr mit einem jungen Mann im Anzug unterhielt. Gordon Wyndt, der mit der Morgenmaschine aus London gekommen war, nahm schräg hinter Eugen Platz.

Wenige Minuten vor Beginn kamen Gustaf de la Grip und die sechs Männer aus seinem Vorstand zur Tür herein. Die beiden Leibwächter platzierten sich rechts und links der offenen Tür. Die Leute in den ersten Reihen standen auf, um Gustaf zu begrüßen. Mehrere von ihnen schüttelten ihm die Hand. Einer verbeugte sich sogar vor ihm. David blieb am Rand des Saals stehen, als Gustaf scheinbar unberührt von der kläglichen Pressekonferenz, die er draußen gegeben hatte, seinen Platz einnahm.

Eigentlich müsste David selbst langsam seinen Platz ansteuern und sich setzen, doch er war so aufgekratzt, dass er einen Verstoß gegen die Etikette beging, indem er stehen blieb. Michel saß schweigend und mit ernster Miene ganz am Ende der zweiten Reihe. Tom war nirgends zu sehen, aber David ahnte dennoch seine Anwesenheit. Die digitale Zeitanzeige oben an der Decke schlug um auf 12.59 Uhr. Gleich würden die Türen geschlossen und niemand mehr hereingelassen werden. David nahm im Augenwinkel eine Bewegung wahr. Peter de la Grip eilte herein. Dicht gefolgt von Natalia in einem eleganten Kostüm und mit strenger Hochsteckfrisur, und David verlor für den Bruchteil einer Sekunde die Fassung.

Dann wurden die Türen geschlossen. Die Scheinwerfer richteten sich auf die Bühne, während der Raum abgedunkelt wurde. Die roten digitalen Ziffern zeigten jetzt Punkt dreizehn Uhr an. David ballte die Hände in den Hosentaschen zu Fäusten. Machte sich bereit, mental und physisch.

Die kommenden Stunden würden ausschlaggebend für seine gesamte Zukunft sein.

Gustaf stand von seinem Stuhl auf und betrat die Bühne.

Spontaner Applaus und der eine oder andere Jubelschrei setzten ein. Gustaf nickte mit ernster Miene nahezu gnädig. Der

Applaus und das Gemurmel im Saal ebbten ab, während Gustaf seinen Blick über das Auditorium schweifen ließ. Alle Gäste, angefangen bei Kleinaktionären mit mindestens fünf Stimmen bis hin zu Großaktionären mit über einer Million Stimmen, erwiderten seinen Blick.

»Meine Damen und Herren«, begann Gustaf. »Sehr verehrte Aktionäre. Ich heiße Sie zu dieser außerordentlich einberufenen Aktionärsversammlung herzlich willkommen.« Er ließ seinen Blick ruhig und gemessen über die siebenhundert geladenen Gäste schweifen. »Die erste Aufgabe der Versammlung wird darin bestehen, einen Vorsitzenden für die Wahlen zu benennen.«

David hörte zu, während diverse Formalitäten abgehandelt wurden. Der Vorsitzende, ein Rechtsanwalt aus einer der angesehensten Kanzleien in Stockholm, nahm zusammen mit seinem Sekretär am Tisch auf der Bühne Platz. Gustaf verließ die Bühne wieder, und die Tagesordnung wurde aufgerufen. Dies dauerte nicht lange, da der einzige Tagesordnungspunkt die Wahl des Vorstands vorsah.

»Es sind zwei Vorschläge hinsichtlich der Zusammensetzung des Vorstands vorliegend«, sagte der Anwalt mit trockener Stimme. »Der eine besteht darin, den aktuell bestehenden Vorstand wiederzuwählen. Der zweite Vorschlag, der von Hammar Capital vorgelegt wurde, beinhaltet, dass sich der Vorstand aus folgenden Personen zusammensetzen soll …« Er zählte David, Michel und die weiteren Personen auf, die Hammar Capital vorgeschlagen hatte. »Zuerst möchte ich Graf Gustaf de la Grip, den jetzigen Vorstandsvorsitzenden von Investum, bitten, die Zielsetzung seines Vorstands bezüglich der Ausrichtung des Unternehmens auszuführen.«

Gustaf betrat erneut die Bühne. Ein halbstündiger Vortrag begann. David wechselte einen Blick mit Michel.

»Und jetzt erteile ich David Hammar das Wort«, sagte der Anwalt schließlich.

Es war also so weit.

Stille senkte sich über den Saal. Der Rechtsanwalt ließ seinen Blick über die Stuhlreihen schweifen.

Dann wurde alles schwarz.

David betrat die Bühne. Es war stockfinster. Als Malin diesen dramaturgischen Kniff vorgeschlagen hatte, waren Michel und er begeistert gewesen. Jetzt, wo David kaum seine eigene Hand vor Augen sehen konnte, war er nicht mehr so angetan. Doch es gelang ihm, ohne irgendeinen Fauxpas die Bühne zu erklimmen, und er hoffte, sich mittig aufs Podium und nicht zu nahe an den Rand gestellt zu haben.

Dann erstrahlte ein Scheinwerfer.

Er war direkt auf David gerichtet, und das Licht blendete ihn, sodass er anfänglich rein gar nichts sah. Aus dem Publikum war Getuschel zu hören. Er wartete, bis sich seine Augen an die Helligkeit gewöhnt hatten und er die Silhouetten der Personen in den ersten Reihen ausmachen konnte. Er erkannte Alexander de la Grip, Eugen Tolstoi und Natalias Mutter.

Natalia saß kerzengerade neben ihrer Mutter. David wurde von einer Welle von Gefühlen erfasst, über die er im Augenblick nicht mal ansatzweise nachdenken konnte. Er blinzelte und ließ dann seinen Blick über den riesigen Saal schweifen, während er die Menge auf sich wirken und sich selbst in Augenschein nehmen ließ.

Ein Tontechniker sagte über den Knopf in seinem Ohr: »Sie können jetzt anfangen.«

David trat einen Schritt vor.

Der Lichttechniker ließ die Scheinwerfer in Form von rasch dahinflatternden Lichtbändern übers Publikum gleiten.

David lokalisierte Malin, die ihm von der Seite her nervöse Blicke zuwarf. Dann machte sie eine aufmunternde – oder vielleicht auch eher ermahnende – Handbewegung.

David nickte dem Vorsitzenden zu.

Er schob alle Gedanken an Natalia beiseite.

Dann holte er tief Luft.

Jetzt.

Jetzt galt es.

Game on.

55

Natalia war absichtlich spät erschienen. Sie wollte es vermeiden, mit irgendwem reden oder Small Talk halten zu müssen, am allerwenigsten mit ihrer Mutter, die sie lediglich mit einem kurzen Nicken begrüßt und dann weiter vor sich hin gestarrt hatte, wie sie es auch jetzt auf dem Stuhl neben ihr tat.

Natalia verdrängte den Schmerz entschieden. Eigentlich hätte es sie nicht überraschen dürfen, denn ihre Mutter löste die meisten Konflikte durch Schweigen und gefühlsmäßige Distanzierung. Außerdem hatte Natalia im Augenblick ganz andere Probleme zu bewältigen. Zum Beispiel David, der mit einer Ausstrahlung auf der Bühne stand, die nahezu elektrisierend war. Er trug einen schwarzen Anzug, dazu ein dunkelgraues tailliertes Hemd ohne Krawatte, dunkle Manschettenknöpfe und einen dunklen Gürtel, dessen exquisite Schnalle im Scheinwerferlicht aufblitzte. Er war so dermaßen attraktiv, nein, geradezu magnetisch anziehend, dass es ihr in den Augen wehtat. Für einen kurzen Moment hatte sie den Eindruck, als schaute er sie geradewegs an, doch der Augenblick war so schnell wieder vorbei, dass es auch ebenso gut hätte Einbildung sein können. Sie merkte, dass sie die Luft anhielt. Dann begann er zu sprechen.

Mit lauter und deutlicher Stimme stellte er sich vor, und Natalia fuhr ein Schauer nach dem anderen über den Rücken. David und sie waren sich unter informellen Umständen begegnet und hatten sich in entspannten privaten Zusammenhängen getroffen, sodass sie den Freizeitmenschen David kennengelernt hatte. Sie hatte ihn noch nie in seiner Rolle als selbstsicherer Chef eines Unternehmens erlebt und nicht geahnt, wie groß der Unterschied sein würde. Es war unglaublich, wie charismatisch er war.

Natalia bekam am ganzen Körper eine Gänsehaut. Davids Stimme zog das gesamte Auditorium in seinen Bann. Niemand flüsterte, niemand spielte an seinem Handy herum, niemand rutschte unruhig auf seinem Stuhl hin und her. Alle saßen aufrecht und mit weit aufgerissenen Augen da und hörten David Hammar zu. Der führte nun aus, was er tun würde, wenn sie ihm seine Stimme gäben und der Vorstand von Investum nach seinen Plänen neu besetzt würde. Schritt für Schritt führte David die Mängel auf, die die Analysten von Hammar Capital festgestellt hatten. Vorteilsannahmen. Inkompetenzen in der Unternehmensführung. Unrentable Investitionen und unprofessionelle Entscheidungen. Unterbewertete Vermögenswerte. Überhöhte Abfindungen. Im Großen und Ganzen sägte er Punkt für Punkt an allem, was Investum in den vergangenen Jahren sowohl getan als auch unterlassen hatte.

Natalia bekam kaum noch Luft. Sie hatte keinerlei Anteil an all den Missständen, die er darlegte, und sie hatte nie auch nur geahnt, dass es so viele Unregelmäßigkeiten gab. Sie traute sich nicht, Blickkontakt zu einem ihrer Familienmitglieder aufzunehmen, während sie hörte, wie Tochterunternehmen zerstückelt, diverse Büros und ineffektive Abteilungen ausgelagert oder gar geschlossen werden sollten.

Doch das war noch nicht einmal das Schlimmste.

Nachdem David fast eine Stunde ununterbrochen gesprochen und dabei PowerPoint-Präsentationen zu einer möglichen

Umstrukturierung – oder auch Vernichtung – von Investum gezeigt hatte, ging er dazu über, die Realisierung verborgener Vermögenswerte des Unternehmens zu erläutern. Grund und Boden, der verkauft werden sollte. Kleinode, die versteigert werden sollten. Besitztümer, die seit Ewigkeiten der Familie gehörten, aber Eigentum von Investum waren. Vermögenswerte, die realisiert werden und den Aktionären zufallen würden. Sie ertappte sich bei dem Gedanken, dass die Geschäftsidee hinter seinen Plänen durchaus einleuchtend war, doch dann ertönte eine Hiobsbotschaft, die sie bis ins Mark traf.

»Und das Gut der Familie, Schloss Gyllgarn, das nordwestlich von Stockholm liegt, wird selbstverständlich ebenfalls verkauft«, verkündete David vom Rednerpult aus. »Es wäre rein ökonomisch betrachtet absurd, dies nicht zu tun.«

Gyllgarn. Großer Gott. Obwohl das Gut seit Jahrhunderten der Familie de la Grip gehörte, war es aus steuerrechtlichen Gründen, wie sie vermutete, Eigentum des Unternehmens. Sie hatte keine Ahnung davon gehabt. Peter und Gustaf mussten es im Zusammenhang mit Peters Übernahme beschlossen haben. Sie konnte es geradezu vor ihrem inneren Auge sehen – wie die beiden in konspirativer Manier das Geschäft abgewickelt hatten. Hatte ihre Mutter davon gewusst? Alexander? Oder hatte man sie ebenfalls außen vor gelassen? Es spielte auch keine Rolle, denn jetzt würde es unweigerlich verloren gehen. Jammerschade.

Sie fragte sich, wer es sich wohl leisten könnte, es zu kaufen. Doch David würde es bestimmt aufteilen und Wald, Grund und Boden sowie das Inventar einzeln veräußern. Sie schaute hinunter auf ihre Hände und zwang sich, nicht loszuheulen. Es handelte sich nur um Sachwerte. Und doch tat es ihr so sehr in der Seele weh, dass es sich wie ein körperlicher Schmerz anfühlte.

David sprach weiter. Er unterbreitete dem Auditorium eine schier unendliche Liste von Maßnahmen, die den Wert der Aktien erhöhen würden – wenn er seinen Willen durchsetzen könnte.

Natalia befand sich in einer Art Schockstarre. Wie durch einen Nebel hindurch hörte sie weiter zu, wie David die Zukunft von Investum unter seiner Führung mit breiten effektiven Pinselstrichen ausmalte.

David beabsichtigte, den Vorstand mit kompetenten Personen zu besetzen. Man würde umgehend alle Vorteilsannahmen unterbinden und Boni streichen. Entscheidungen über Abfindungen und Rettungsschirm-Abkommen würden überprüft und gegebenenfalls rückgängig gemacht werden. Und so weiter.

Natalia war so durstig, dass sie kaum schlucken konnte. Um sie herum war das geschockte Schweigen allmählich in aufgebrachtes Gemurmel übergegangen. Die Stimmung im Saal war extrem aufgeheizt.

Doch wenn Natalia sich selbst gegenüber ganz ehrlich sein sollte, musste die Geschäftsfrau und Finanzexpertin in ihr zugeben, dass es sich um einen vernünftigen Plan handelte. Aber zugleich … Davids Plan beinhaltete die völlige Zerstörung eines traditionsreichen Unternehmens. Wenn er diese Wahlen gewann, würde er eine Sphäre der Macht ausmerzen und ideelle Werte vernichten, die über Generationen hinweg Bestand gehabt hatten. Den Gedanken daran konnte sie kaum aushalten. Natalia richtete sich auf ihrem Stuhl auf. Sie weigerte sich hartnäckig, Schwäche zu zeigen. Und außerdem war es noch nicht vorbei. Denn sie hatte noch ein Ass im Ärmel. Sie war schließlich nicht dumm.

Wenn sie ankündigte zu kämpfen, dann tat sie das auch.

Sie kämpfte.

56

Während David darauf wartete, dass Michel zu ihm hoch auf die Bühne kam, ließ er seinen Blick über den Saal schweifen und versuchte einzuschätzen, wie das Publikum seine Rede aufgenommen hatte. Er brauchte Natalia nicht direkt anzuschauen, sie wirkte auf ihn sowieso wie ein Magnetfeld in der ersten Reihe.

Die Leute im Saal riefen ihm eine Frage nach der anderen zu, und er beantwortete sie alle. Als Gustaf auf dem Podium gestanden hatte, war der Ton der Fragen untertänig gewesen. Die Aktionäre hatten einen unglaublichen Respekt vor Gustaf, sodass sich in der Regel keiner traute gegen ihn Stellung zu beziehen, auch am heutigen Tag nicht. Diese Art von Respekt war Gustaf de la Grip gewohnt.

Doch bei David war es anders.

Die Fragen aus dem Publikum hagelten nonstop auf ihn ein, einige waren feindlicher Natur, andere eher neugierig, doch vor allem nahmen sie einfach kein Ende. Nach einer Weile begann er sich ernsthaft zu fragen, ob etwa jeder der siebenhundert Zuhörer vorhatte, ihn in die Zange zu nehmen.

»Noch zwei weitere Fragen an Herrn Hammar, dann werden wir mit den Wahlen beginnen«, sagte der Rechtsanwalt schließlich ins Mikrofon. »Bitte nehmen Sie Ihre Plätze ein.«

Die Wahl würde nach einem vereinfachten Verfahren ablaufen: Die Großaktionäre, die die meisten Stimmen besaßen, würden zuerst zur Abstimmung gebeten werden.

Gustaf de la Grip hatte den größten Anteil. Nach ihm kamen die Vertreter der größten Fonds und dann in absteigender Reihenfolge: Åsa, Ebba, Eugen, Alex, Natalia und zuletzt Peter. Danach würden alle Kleinaktionäre im Saal abstimmen, doch zu diesem Zeitpunkt würde bereits alles entschieden sein.

Anfänglich lief alles wie erwartet. Gustaf stimmte selbstverständlich für seinen eigenen Vorstand. Die Fondsmanager, mit denen David gesprochen hatte, und die er auf seine Seite hatte ziehen können, stimmten für ihn. Diejenigen, die er als loyal gegenüber Investum eingeschätzt hatte, stimmten gegen ihn. Von einigen wenigen Ausnahmen abgesehen wählten alle genau so, wie er es vorhergesehen hatte. Es herrschte jetzt fast Gleichstand. Er überschlug die Zahlen im Kopf. Die Leute stimmten weiter ab. Sowohl für als auch gegen ihn. Als Åsa Bjelke an der Reihe war, sah es tatsächlich so aus, als zögerte sie einen Augenblick. David hielt die Luft an. Hatten sie sie etwa auf ihre Seite ziehen können? Doch schließlich stimmte sie gegen ihn. Ebba stimmte für Investum. So weit lief alles wie geplant.

Doch dann ging alles den Bach runter.

Als der Russe, Natalias Onkel Eugen, an die Reihe kam, stimmte er *gegen* ihn. David war davon überzeugt gewesen, ihn auf seiner Seite zu wissen, denn er hatte den ganzen Sommer lang versucht, ihn zu überreden, hatte ihn sogar geschmiert. David war bemüht, sich den Schock nicht anmerken zu lassen. Er schielte zu Michel hinüber und sah dieselbe Reaktion im Gesicht seines Freundes. *Er hat die Seiten gewechselt.*

David warf einen Blick auf Natalia. Er konnte es einfach nicht bleiben lassen. Sie bedachte ihn mit einem dezenten kühlen Lächeln. Das war also ihr Werk, ihr war es gelungen, den Bruder ihrer Mutter gegen Hammar Capital aufzubringen.

Er würde sich den Russen demnächst in einem ausführlichen Gespräch vorknöpfen.

Dann kamen die restlichen Mitglieder der Eigentümerfamilie an die Reihe. Alexander stimmte gegen ihn. Natalia ebenso.

Jetzt war es ziemlich ausgeglichen, fast absoluter Gleichstand. Viel ausgeglichener, als er angenommen hatte. Hatte er sich vertan? Falsch gerechnet? Er hatte nie – niemals – in Erwägung gezogen, dass sie scheitern könnten. Nicht einmal in der Theorie. Er warf Michel einen raschen Blick zu. Nach außen hin tat er völlig unberührt, doch David sah ihm an, dass er ebenfalls unruhig geworden war.

Und zu diesem Zeitpunkt hatte noch nicht einmal Peter de la Grip abgestimmt.

Es kam ihm fast unwirklich vor.

David bemühte sich, niemanden direkt anzuschauen, er konnte sowieso kaum etwas erkennen. Stattdessen ballte er die Hände in den Hosentaschen zu Fäusten. Im Augenblick führten sie die Wahlen an, allerdings mit nur hauchdünnem Vorsprung. Peter hielt zudem A-Aktien. Keine B-Aktien, sondern die stimmrechtstarken A-Aktien, die zehnmal mehr Wert waren als B-Aktien, die die meisten anderen hielten. Es war ein uraltes schwedisches System, das oft kritisiert wurde und ausschließlich dazu diente, der Eigentümerfamilie zu mehr Einfluss zu verhelfen. Aus diesem Grund war es oftmals ausschlaggebend, ein oder mehrere Mitglieder der Eigentümerfamilie auf seiner Seite zu haben. Jetzt sah es so aus, als würde Hammar Capital auf der Zielgeraden ins Straucheln geraten.

Nach all den Jahren.

Alles vergebens.

Er hatte alles geopfert, nicht zuletzt eine Frau, von der er inzwischen annahm, dass er sie liebte – für eine Niederlage. Welch ein Fiasko.

David ahnte, dass Michel im selben Moment ähnliche Berechnungen wie er selbst anstellte und zum selben Ergebnis kam.

»Eng«, sagte Michel leise, kaum hörbar. »Es wird verdammt eng.«

»Wissen wir, wie viel er besitzt?«, fragte David. Jetzt würde es um jedes einzelne Prozent gehen. »Ich meine, exakt wie viel?«

»Es steht irgendwo in unseren Unterlagen«, antwortete Michel. Er neigte sich seitwärts zu David und sprach im Flüsterton. »Kann sein, dass er eine Menge B-Aktien zusätzlich erworben hat, denn er ist vermögend. Vielleicht hat er aber auch noch mehr A-Aktien gekauft, obwohl wir den Markt danach abgegrast haben. Den genauen Prozentanteil der A-Aktien kenne ich nicht.« Er kratzte sich im Nacken. »Was ist denn nur mit dem Russen los? Ich dachte, wir hätten ihn in unserem Boot.«

Was los ist? Natalia ist los.

»Das dachte ich auch«, antwortete David in neutralem Ton. Würden die Kleinaktionäre sie letztlich retten können?

Peter gab seine Stimme ab.

Das Rechensystem begann zu flimmern.

Alle schauten gespannt auf die Anzeige. Im Saal war es totenstill.

Was zum Teufel?

David traute sich nicht einmal, Luft zu holen.

»Was ist das denn?«, rief Michel. »Da muss irgendein Fehler vorliegen.«

Im Saal machte ein Raunen die Runde. Flüsternde Kommentare und ungläubige Blicke breiteten sich wie ein Lauffeuer in den Stuhlreihen aus.

David konnte kaum glauben, was er sah. Da musste in der Tat ein Fehler vorliegen. Das konnte gar nicht stimmen.

Das Gemurmel wurde lauter. Irgendjemand rief etwas.

Und dann explodierte der Saal förmlich.

Jede Menge Kameras blitzten auf, sodass David für einen Moment völlig geblendet war. Neben ihm fluchte Michel laut und salbungsvoll auf Arabisch.

Peter de la Grips Stimme hatte die Wahlen definitiv entschieden.

Allerdings zum Vorteil von Hammar Capital.

Sein Erzfeind und Gegner Peter de la Grip hatte für den Plan von HC gestimmt und Investum seine Stimme verwehrt. Er hatte gegen seinen Vater, gegen dessen Vorstand gestimmt.

Es war entschieden.

Hammar Capital hatte gewonnen, und das alte Investum existierte nicht mehr. Der Vorstand würde mit unmittelbarer Wirkung gezwungen sein zurückzutreten.

Michel begegnete seinem Blick. Sie konnten es noch nicht richtig fassen.

»Ich kann Ihnen bereits jetzt mitteilen, dass die sieben Vorstandsmitglieder von Hammar Capital so viele Stimmen erhalten haben, dass sie nicht mehr geschlagen werden können«, verkündete der Rechtsanwalt feierlich. »Die Abstimmung hat also ergeben, dass die meisten Stimmen auf folgende Personen fallen«, fuhr er fort und zählte David, Michel und die Namen der anderen auf, die sie gemeinsam ausgewählt hatten, drei Frauen und zwei Männer.

»Diese Personen sind somit in den neuen Vorstand gewählt worden. Ich danke allen anwesenden Aktionären.«

Seine letzten Worte gingen im Tumult unter. Der Geräuschpegel im Saal stieg abrupt, und dann begann jemand zu klatschen, woraufhin allgemeiner Applaus aufbrandete, der sich zu einem Donnern steigerte.

»Wir haben gewonnen«, rief Michel David zu und übertönte den Applaus und die Jubelrufe. Seine geschockte Miene wurde von einem breiten Grinsen abgelöst. *»Wir haben gewonnen!«*

David nickte, und die Erleichterung, die ihn erfasste, war enorm, auch wenn sie ihm nahezu unwirklich vorkam. Er schüttelte die Hand, die Michel ihm reichte, heftig. Die ansonsten so besonnene Malin Theselius schlang mit einem Freudenschrei ihre Arme um Davids Hals, und er umarmte sie so fest, dass sie lachend nach Luft rang. Die Leute drängten in Scharen auf die Bühne, um Fotos zu schießen, zu gratulieren und im Trubel mittendrin zu sein, und David tat alles, was von ihm erwartet wurde, während er versuchte, das Gefühl abzuschütteln, irgendwie gar nicht richtig anwesend zu sein.

Hammar Capital hatte Investum übernommen und vernichtet.

Damit hatten sie Finanzgeschichte geschrieben, die gesamte schwedische Finanzbranche ordentlich umgekrempelt. Dies würde für alle Zukunft in die Schulbücher eingehen und in wegweisenden Fachartikeln zu lesen sein. Wirtschaftshistoriker würden Aufsätze und Abhandlungen über dieses Ereignis schreiben. Das Ganze war absolut einzigartig, und er hätte sich eigentlich wie ein Sieger fühlen müssen.

David schaute sich um, lauschte dem Jubel und dachte, wenn dies eine Fernsehshow gewesen wäre, würde es jetzt sicher Konfetti regnen. Noch immer ertönten Jubelrufe. Die Leute lachten. Eigentlich müsste er glücklich sein.

Doch er war nicht glücklich. Er fühlte sich wie unter einer Glasglocke.

Er schüttelte weiterhin Hände mit den Frauen und Männern, die von allen Richtungen her zu ihm vordrangen. Ließ sich freundschaftlich auf den Rücken klopfen und gratulieren. Und versuchte, sich einzureden, dass dieses eigenartige Gefühl bald vorübergehen würde.

57

Natalia betrachtete den lachenden und Hände schüttelnden David oben auf der Bühne. Seine Ausstrahlung war überwältigend wie die eines Königs oder Kaisers.

Jetzt war es vorbei.

Alles war vorbei. Alles hatte sich verändert und war zunichtegemacht worden.

Die Gedanken rauschten ihr nur so durch den Kopf.

Peter … Was war eigentlich geschehen? Hatte er in einem Augenblick geistiger Umnachtung gehandelt? Es war unbegreiflich – buchstäblich unmöglich zu begreifen. Sie suchte mit dem Blick die Menge nach ihrem Bruder ab, konnte ihn jedoch nirgends entdecken.

Gustaf stand mit einigen seiner Vorstandsmitglieder – ehemaligen Vorstandsmitgliedern – zusammen und gestikulierte mit knappen Handbewegungen.

Ihre Mutter saß mit im Schoß gefalteten Händen da, und Natalia dachte, dass sie eigentlich hätte zu ihr gehen und ihr Trost spenden müssen. Doch sie brachte es nicht über sich. Louise neigte ihren Oberkörper auf dem Stuhl vor und zurück und schnäuzte sich ein ums andere Mal. Alexander hatte sich auf seinem Stuhl zurückgelehnt und die Beine so weit wie möglich ausgestreckt, während er die Arme auf seine Rückenlehne stützte. Er schaute niemanden an und sprach auch mit keinem.

Er wirkte eher gelangweilt, als hätte das Chaos um ihn herum nicht das Geringste mit ihm zu tun. Onkel Eugen hatte sich inzwischen neben ihre Mutter gesetzt und tätschelte unbeholfen ihre Schulter.

Natalia betrachtete den Scherbenhaufen, der von ihrer Familie übrig geblieben war.

Wie konnte Peter es nur wagen, ihnen das anzutun? Seiner Mutter und seiner Ehefrau. Warum hatte er das getan? Hatte es etwa mit Carolina zu tun? Sie wusste nicht mehr, was sie noch glauben sollte, wusste nur, dass er sich damit seine eigene Zukunft ruiniert hatte. Gustaf würde ihm nie verzeihen. Seine Mutter ebenfalls nicht. Und Louise? Natalia betrachtete das rot geweinte Gesicht ihrer Schwägerin. Louise hatte den Kronprinzen von Investum geheiratet, einen Mann, der ein Schloss besaß und Zutritt zu den exklusivsten Kreisen des Landes hatte. Irgendwie bezweifelte Natalia, dass Louise Peter weiterhin zur Seite stehen würde.

Dann traf es sie wie ein Donnerschlag.

Endlich kam sie: eine grenzenlose, unbändige Wut auf David, der dort oben auf der Bühne stand und sich aufspielte, als sei er der Messias der Finanzbranche, der Mann, der wie ein Alleinherrscher alles dem Erdboden gleichmachte, was ihm in den Weg kam.

Bei diesem Coup ging es keineswegs um Gerechtigkeit. Es ging um nichts anderes als Rache und Machtgier. David hatte nicht einfach nur ein Unternehmen erworben, er hatte es regelrecht geschlachtet. Reihenweise würden Menschen im Zuge dieser Übernahme arbeitslos werden. Werte, die über Generationen hinweg erschaffen worden waren, würden einfach verscherbelt werden.

Sie massierte sich die Stirn und spürte, wie ihre Wut langsam abnahm und der Zorn sich legte. Sie war völlig am Ende.

Die Ereignisse der letzten Wochen hatten sie jeglicher Energie beraubt; all das, was geschehen war, was die Zeitungen berichtet hatten … Und jetzt hatte sie alles verloren. So kam es ihr jedenfalls vor. Draußen drehte sich die Welt mit ziemlicher Sicherheit genauso weiter wie zuvor, und sie verspürte den intensiven Drang, von hier wegzukommen, raus an die frische Luft zu gelangen, um David und seine Bewunderer nicht mehr sehen zu müssen. Und nicht mehr mit ansehen zu müssen, wie andere Frauen ihm lüsterne Blicke zuwarfen. Sie sah ganz genau, wie sie ihn unverhohlen anstarrten, den Anführer des Rudels, das Alphatier, den Siegertypen.

Sie musste weg von hier, raus aus diesem Saal, in dem all ihre Unzulänglichkeiten sichtbar wurden wie eine Liste von all dem, was sie falsch gemacht hatte.

Åsa winkte ihr zu, doch Natalia konnte ihr nur matt zunicken und dann ihren Blick abwenden. Sie wollte nur noch nach Hause, doch das Chaos und der Tumult waren so übermächtig, dass sie einfach sitzen blieb. Es würde Ewigkeiten dauern, bis sie sich an allen Leuten vorbeigekämpft hätte, und ihr fehlte schlicht und einfach die Kraft dazu.

Sie sank auf ihrem Stuhl zusammen.

»Natalia, komm!«

Sie zuckte zusammen und schaute auf. Es war Gustaf, der den Befehl in knappem strengen Ton ausgesprochen hatte. »Wir treffen uns mit ihnen«, sagte er. »Jetzt müssen wir retten, was noch zu retten ist.«

»Aber ich …«, begann Natalia unsicher. Nie zuvor war sie in die Geschäfte ihres Vaters involviert gewesen, warum sollte sie ausgerechnet jetzt mitkommen?

»Hammar will dich dabeihaben«, erklärte Gustaf in einem Ton, der ihr mehr als deutlich signalisierte, was er davon hielt. »Komm jetzt.«

Rein theoretisch gesehen konnte niemand sie dazu zwingen mitzukommen, denn sie war niemandem verpflichtet. Letzten Endes war es jedoch weniger anstrengend, einfach zu gehorchen. Natalia stand auf. Würde das alles denn niemals vorbei sein?

58

Peter wand sich. Der Konferenzraum, in dem David und er sich befanden, hatte große Fenster, und das Wasser des Mälaren befand sich praktisch gesehen unmittelbar zu ihren Füßen. David stand in einiger Entfernung mit dem Rücken zum Fenster und betrachtete Peter mit vor der Brust verschränkten Armen und eisigem Blick.

Es war ein surreales Gefühl, nur zu zweit hier drinnen zu sein. Peter fühlte sich dabei extrem unwohl, obwohl er derjenige gewesen war, der um ein Treffen gebeten hatte. David und er hatten nicht mehr unter vier Augen miteinander gesprochen, seit sie Teenager gewesen waren.

Und nicht einmal damals hatten sie einander besonders viel zu sagen gehabt. Stattdessen hatten sie sich geschlagen und gestritten, bereits vom ersten Tag an, als David auf Skogbacka aufgetaucht war.

»Ich weiß, dass es eigentlich keine Worte dafür gibt, um das wiedergutzumachen, was ich getan habe«, begann Peter. Er musste laut sprechen, denn der Raum war groß, und David kam ihm nicht entgegen, sondern blieb hinten am Fenster stehen. Peter räusperte sich und wappnete sich innerlich, doch letztlich sah er sich gezwungen, Davids Blick ausweichen. Er hatte seinen gesamten Mut dafür aufbringen müssen, ihm überhaupt entgegenzutreten, ihn ansprechen zu können. Und jetzt gelang es ihm kaum, den Mann anzusehen, dem er damals so starke Schmerzen zugefügt hatte.

Er fragte sich, ob er das, was damals geschehen war, wenigstens sich selbst gegenüber erklären konnte. Seine Frustration, die er bereits lange, bevor er nach Skogbacka gekommen war, verspürt hatte. Das fortwährende Gefühl, nichts zu taugen. Der Neid, der so stark an ihm zehrte. Und das Blamabelste von allem: die Gefühle, die er für Carolina Hammar entwickelt hatte. Er fand sie, diese blonde Fünfzehnjährige mit der farbenfrohen Kleidung und dem freundlichen Lächeln, so hübsch. Das Mädchen aus der Arbeiterklasse. Sie war nett zu ihm gewesen, und sie hatten sich hin und wieder getroffen und miteinander geredet, völlig harmlos. Er hatte sich in ihrer Gegenwart wie in einer erholsamen Oase gefühlt. Doch dann war herausgekommen, dass Peter de la Grip an David Hammars Schwester interessiert war, von der man munkelte, dass sie zurückgeblieben war. Sie hatten ihn natürlich aufgezogen. Und er hatte ertragen müssen, wie sie sich über ihn lustig machten. Also hatte er das Schlimmste getan, was man einem anderen Menschen antun konnte. Er und drei seiner Freunde waren an ihrem Haus vorbeigegangen und hatten sie durch eines der Fenster gesehen. Hatten geklingelt. Es war nicht geplant gewesen, hatte sich einfach so entwickelt, und es war entsetzlich gewesen. Seitdem war kein einziger Tag vergangen, an dem er sich nicht dafür geschämt hätte, ihm nicht im tiefsten Inneren bewusst gewesen wäre, dass er der letzte Abschaum war.

»Aber ich wollte dir sagen, dass es mir leidtut, und dass ich dankbar bin, dass du mich empfängst«, sagte er mit erstickter Stimme. Als er gehört hatte, dass Carolina gestorben war … Ihr sogenannter Tod – großer Gott, es hätte ihn fast selbst vernichtet. Und jetzt: die Tatsache, dass sie lebte. Es war wie eine neue Chance. Er war dankbar.

»Es tut mir unendlich leid, was ich dir und Carolina angetan habe«, sagte er etwas lauter. »Deswegen habe ich da drinnen für dich und HC gestimmt.«

Er verstummte. Seine Worte waren so unzureichend. »Mir ist klar, dass ich mit dem, was ich sage, nichts von dem wiedergutmachen kann, was geschehen ist. Und ich weiß ehrlich gesagt nicht, was ich getan hätte, wenn ich an deiner Stelle gewesen wäre.«

David stand noch immer am Fenster. Er wandte sich von Peter ab und schaute hinaus aufs Wasser, die Arme weiterhin vor der Brust verschränkt. Das Licht der späten Nachmittagssonne strömte herein und ließ den Staub in der Luft sichtbar werden. Zwischen ihnen breitete sich Stille aus.

Peter wischte sich mit der Hand über die Stirn. Er war müde, so erschöpft nach diesem Tag. Zuerst das Treffen mit seinen Geschwistern in Natalias Wohnung. Dann die Anspannung auf dem Weg ins Grand Hôtel. Und die Begegnung mit Carolina. Es war, als hätte jemand die Zeit zurückgedreht. Irgendwie war sie genau wie früher, und doch wieder nicht. Noch immer blond und farbenfroh gekleidet, aber inzwischen erwachsen und abgeklärter. Sein Gespräch mit ihr in ihrer Hotelsuite war etwas, das er den Rest seines Lebens in seinem Herzen tragen würde. Es kam ihm noch immer wie ein angenehmer Traum vor. Und letztlich die Wahlen, bei denen er sich zum ersten Mal überhaupt – und noch dazu öffentlich – gegen seinen Vater gestellt und damit auch seine eigene Zukunft in der schwedischen Wirtschaft begraben hatte.

Er betrachtete Davids Rückseite. Er wusste nicht genau, was er sich von dieser Begegnung erhofft hatte. Vergebung? Die hatte er nicht verdient, auch wenn Caro ihm verziehen hatte. Es war ihm vorgekommen, als wäre ihm nach einer Beichte ein neues Leben geschenkt worden.

»Ich habe mit Carolina gesprochen«, sagte er zu Davids Rücken.

David drehte sich abrupt um. »Hast du sie etwa gesehen?«, fragte er ungläubig.

Peter nickte.

»Und wann?« David machte einen Schritt auf ihn zu, sodass Peter das Gefühl hatte, einem Tiger oder einem zum Sprung ansetzenden Löwen direkt ins Maul zu schauen.

Peter bekam kaum Luft. »Wir haben euch beschatten lassen«, antwortete er und zwang sich, nicht zurückzuweichen, auch wenn es ihm vorkam, als stünde er schutzlos vor einem Raubtier, das ihn jeden Moment angreifen würde. »Ich wusste, wo sie wohnt, und bin zu ihr gegangen.«

»Und was hast du ihr gesagt?«, wollte David wissen und machte einen weiteren Schritt auf Peter zu. Peter bemühte sich, seine Angst im Zaum zu halten, doch es fiel ihm schwer. David Hammar war keinesfalls mehr der unterlegene Teenager. Er war inzwischen ein starker erwachsener Mann. Und es gab nichts, rein gar nichts, was ihn daran hindern würde, Peter hier drinnen zusammenzuschlagen. Peter warf einen Blick auf die Wände und die Decke des Konferenzraumes, die aussahen, als wären sie möglicherweise schallisoliert.

»Wenn du ihr etwas angetan hast …«, begann David. Er brauchte nicht weiterzureden. Peter wusste, dass David kaum leere Drohungen aussprechen würde. Dieser Mann hatte nichts Zivilisiertes an sich, lediglich eine dünne Schicht Politur auf der Oberfläche, unter der er absolut rücksichtslos war. Außer natürlich denen gegenüber, die ihm etwas bedeuteten. Und Peter hatte nie bezweifelt, dass seine Schwester ihm *alles* bedeutete.

Er war der große Bruder, der Peter seinen Geschwistern nie hatte sein können.

Peter hielt abwehrend die Hand hoch. »Ich habe Carolina aufgesucht, um sie um Verzeihung zu bitten. Ich habe sie vorher angerufen, und sie hat mich zu sich gelassen. Wir haben nur geredet.«

»Und was hat sie gesagt?«

»Sie sagte, dass sie mir schon vor langer Zeit verziehen hätte, worauf ich natürlich nicht das Recht hatte zu hoffen.« Peters Stimme brach, und er kämpfte darum, die Fassung zu wahren. Wenn er hier vor David Hammar losheulte, würde er sich zu Tode schämen.

»Es gibt nichts, was ich sagen könnte, um meine Tat wiedergutzumachen«, fuhr er fort. »Nichts, das weiß ich. Aber ich wollte sie dennoch treffen und sie um Verzeihung bitten.« Er verstummte.

David sagte nichts, doch seine harten Gesichtszüge entspannten sich ein wenig.

»Carolina geht es gut«, erklärte Peter.

»Ich weiß«, entgegnete David knapp. »Ich habe gerade eben mit ihr telefoniert. Aber sie hat euer Treffen mit keinem Wort erwähnt.«

Peter zuckte mit den Schultern. In seinen Augen war Carolina eine erwachsene Frau, die David keine Rechenschaft schuldig war, aber er war nicht so dumm, das auszusprechen.

David schaute ihn eindringlich an. Peter kam es vor, als würde David seinen Blick regelrecht in seinen Schädel hineinbohren und dort drinnen herumwühlen. Es war einer der unangenehmsten Augenblicke in seinem Leben.

»Du hast meine kleine Schwester vergewaltigt«, sagte er schließlich.

Peter rang nach Luft. Aber er antwortete: »Ja.«

»Du und deine Freunde, ihr habt mich wie ein Tier ausgepeitscht.«

»Ja.«

David wandte seinen Blick nicht von ihm ab. Peter wartete.

Es klopfte an der Tür. »Das sind die anderen«, sagte David. »Hast du vor zu bleiben?«

Peter schüttelte den Kopf. »Ich gehe. Es wird auch so schon dramatisch genug werden, ohne dass mein Vater versucht, mich umzubringen.« Er zögerte. Für einen Augenblick hatte er den Eindruck gehabt, David hätte ihn als Menschen wahrgenommen, in ihm den Mann gesehen, der er versucht hatte zu werden, doch er war sich nicht ganz sicher. Er streckte ihm seine Hand entgegen. »Viel Glück«, sagte er.

David starrte so lange auf die ausgestreckte Hand, bis Peter davon überzeugt war, dass er sie nicht ergreifen würde. Es klopfte erneut, David seufzte und streckte dann seine eigene Hand aus. Als sie sich schließlich die Hände gaben, zwar nicht herzlich, aber immerhin, wurde Peter von Dankbarkeit ergriffen.

David zog seine Hand rasch wieder zurück, nickte ihm kurz zu und sagte: »Danke für deine Stimme vorhin.« Man konnte hören, dass es ihm nicht leichtfiel, die Worte auszusprechen.

»Danke dir«, entgegnete Peter. Und er meinte es auch so. Tief in seinem Inneren war er dankbar dafür, dass David es ihm zugestanden hatte, für seine Taten einzustehen, auch wenn sie rein juristisch betrachtet längst verjährt waren. Dankbar dafür, dass er die Möglichkeit erhalten hatte, das Vergangene hinter sich zu lassen und nach vorn zu schauen. Was auch immer er jetzt tun würde. Er legte die Hand auf den Türgriff und öffnete die Tür. Davor stand Michel Chamoun. Michel begegnete Peters Blick, ohne etwas zu sagen, und sah schließlich David mit einer hochgezogenen Augenbraue an. Der angsteinflößende Mann, der für die Sicherheit von HC zuständig war, stand wie ein Koloss hinter ihm.

»Soll ich sie noch einen Moment aufhalten?«, fragte Michel.

»Nein, wir sind hier fertig«, antwortete David, als Gustaf de la Grips schneidende Stimme ertönte.

Peter wappnete sich gegen die Begegnung mit seinem Vater. Direkt nach Abschluss der Wahlen war es ihm gelungen, ihm auszuweichen, und er nahm an, dass sich die Laune seines Vaters dadurch nicht unbedingt verbessert hatte.

Gustaf erblickte ihn und warf ihm einen wütenden Blick zu. »Hier versteckst du dich also«, brüllte er los. »Was zum Teufel hast du getan? Bist du denn nicht mehr ganz bei Trost?«

Peter zog angesichts der Wut seines Vaters und seiner eigenen, wohlvertrauten Angst vor ihm instinktiv den Kopf ein und bereitete sich auf dessen Schlag vor. In gewisser Weise fiel er in seine alten Verhaltensweisen zurück und wurde wieder klein und angreifbar. Vor all diesen einflussreichen Männern. Verdammt auch.

Doch dann machte der ganz in Schwarz gekleidete Sicherheitschef einen Schritt vor. Er stellte sich zwischen Peter und Gustaf, schüttelte langsam den Kopf und bedachte Gustaf mit einem eiskalten Blick. »Passen Sie bloß auf.«

Gustaf, der vermutlich selten oder sogar noch nie aufgefordert worden war aufzupassen, sah aus, als traute er seinen Ohren nicht. Er öffnete den Mund, wahrscheinlich um sein Gegenüber zurechtzuweisen, und Peter dachte, dass es dieser Mann gewesen war, sein Vater, der ihn hatte glauben lassen, Carolina wäre tot. Sein Vater hatte ihn der Möglichkeit beraubt, Verantwortung zu übernehmen und seine Taten zu sühnen. Doch jetzt hatte er es endlich hinter sich gebracht, und vielleicht würde er sich jetzt befreit fühlen. Die Vergangenheit musste nicht länger sein Leben bestimmen. Peter duckte sich und nutzte die Chance, sich in dem Tumult wegzustehlen, den Gustaf verursacht hatte.

Die letzten Worte, die er hörte, kamen aus dem Mund des Sicherheitschefs: »Wenn Ihnen dieser Finger lieb und teuer ist, dann hören Sie verdammt noch mal auf, mir damit vor dem Gesicht herumzufuchteln, ist das klar?«

Peter musste innerlich lächeln und verschwand.

59

Während David überlegte, ob es nötig sein würde, sich zwischen Gustaf und Tom zu stellen, schaute er Peter hinterher, der sich gerade aus dem Staub machte. Es war eine ziemlich aufwühlende Begegnung gewesen, und er hatte gedanklich noch nicht ganz erfasst, was sie nach sich ziehen könnte. Er würde erst einmal darüber nachdenken müssen. Doch zuvor musste er sich um andere Dinge kümmern.

»Tom, du kannst sie jetzt hereinlassen«, sagte er.

Tom warf dem wütenden Gustaf einen kühlen Blick zu, bevor er zur Seite trat.

Der Patriarch stürmte in den Konferenzraum, flankiert von Personen, die David als Juristen und Buchhalter von Investum identifizierte. Hinter ihnen kamen Alexander und Åsa herein, und zum Schluss folgte Natalia.

Sie betrat den Konferenzsaal und ging an ihm vorbei, und er war kurz davor, die Augen zu schließen und ihren Duft einzusaugen. Sie sagte nichts, steuerte geradewegs auf einen freien Stuhl zu und setzte sich.

Dann betrat Michel in Begleitung von Rima Campbell den Raum, der Frau, die sie zur Geschäftsführerin von Investum ernennen würden. Rima schüttelte David die Hand. Sie war eine gewissenhafte Frau, eine der besten Geschäftsführerinnen, denen David je begegnet war, und sie war von Anfang an seine erste Wahl gewesen. Vor einem Monat war sie in einen Konflikt mit Gustaf geraten, dem sie jetzt einen neutralen Blick zuwarf. Sie war mutig, dachte David und lächelte ihr zu. Er mochte mutige Frauen.

Rima setzte sich, legte ihre Handys und ihr iPad auf den Tisch, hantierte kurz an den Geräten herum und schaute sich dann entspannt um.

Tom stand noch immer in der Türöffnung. Er machte David auf sich aufmerksam. »Soll ich bleiben?«, fragte er.

»Warte draußen«, sagte David.

Tom nickte und warf einen langen drohenden Blick auf die Mitarbeiter von Investum, ein Blick, der deutlich signalisierte, dass sie nicht auch nur auf die Idee kommen sollten, Ärger zu machen, denn dann würden sie es verdammt noch mal bereuen. Dann schloss er die Tür hinter sich.

Gustaf legte umgehend los. »Das hier ist noch nicht vorbei, falls Sie das gedacht haben«, begann er, noch bevor David sich hatte hinsetzen können. »Sie haben die Wahlen manipuliert.«

Michel war im Begriff, von seinem Stuhl aufzustehen, doch David machte eine abwehrende Geste.

»Sie haben natürlich ein Recht darauf, Ihre Meinung zu äußern«, sagte er mit seidenweicher Stimme zu Gustaf. »Aber an Ihrer Stelle wäre ich vorsichtig mit Anschuldigungen dieser Art.« Er schaute Åsa an, die bestätigend nickte.

»Er hat recht, Gustaf«, sagte Åsa knapp. »Bitte keine Verleumdungen.«

David fuhr fort. »Je schneller Sie akzeptieren, dass Sie die Wahl verloren haben, desto besser kommen wir voran.«

»Ich habe gar nichts verloren«, wandte Gustaf energisch ein.

Åsa schüttelte den Kopf, als gäbe sie auf.

Ein höhnisches Grinsen verzerrte Gustafs aristokratische Züge. »Wenn das hier vorbei ist, wird niemand auch nur im

Entferntesten mit Ihnen zu tun haben wollen. Sie haben keinerlei Einfluss in diesem Land.« Er lehnte sich auf seinem Stuhl zurück und verschränkte die Arme vor der Brust. »Sie sind ein Niemand. Ein Nichts.«

Die Stille, die sich im Raum ausbreitete, war gelinge gesagt unangenehm.

David betrachtete Gustaf.

In all den Jahren, in denen sie aufeinandergetroffen waren, war der ältere Mann immer eiskalt überlegen gewesen, wie ein Nachfahre aus dem Patriarchat, der bereits von Geburt an mit Privilegien versehen worden war, die er als gottgegeben ansah. Gustaf war es gewohnt, dass man ihm nie widersprach und ihm mit devoter Ergebenheit begegnete, und dementsprechend benahm er sich auch – als wäre alles, was er sagte und tat, unantastbar.

Es war leicht, den Überlegenen zu spielen, wenn man nie ernsthaft irgendwelche Verluste hatte hinnehmen müssen. Und wenn man von seiner eigenen Unfehlbarkeit überzeugt war.

»Da haben Sie allerdings unrecht, Gustaf«, sagte David ruhig und gestattete sich, ein kleines bisschen herablassend zu klingen. »Denn die Aktionäre haben ihre Wahl getroffen, und von heute an bin ich der Vorstandsvorsitzende von Investum.« Er schaute demonstrativ auf seine Uhr. »Übrigens seit mindestens einer halben Stunde. Und das ist doch immerhin schon etwas, würde ich sagen.« Er schob seine Manschette wieder herunter und lächelte kühl.

Irgendjemand unterdrückte ein nervöses Lachen.

»Sie sind der letzte Abschaum«, rief Gustaf, dessen Stimme jetzt nicht mehr so beherrscht klang wie am Anfang. »Sie sind ein Nichts«, fuhr er fort. »Sie können nichts. Sie sind lediglich Abschaum und der Sohn einer Frau, von der alle wissen, dass sie eine Hure war. Ihnen sollte eigentlich klar sein, wo Sie hingehören.«

Die Mitarbeiter von Investum begannen auf ihren Stühlen hin und her zu rutschen. Åsa schaute auf ihre Hände und schüttelte ein ums andere Mal den Kopf. Einzig Alexander wirkte unberührt und zeigte keinerlei Interesse am Geschehen, als wäre er aus Versehen in diesem Raum gelandet.

David warf einen Blick auf Natalia. Sie saß reglos auf ihrem Stuhl. Sie war bleich, wirkte aber gefasst. Eigentlich hatte er nicht beabsichtigt, dass sie sich das alles anhören musste. Er hatte einem Gespräch mit Gustaf unter der Bedingung zugestimmt, dass Natalia dabei wäre, aus welchen Gründen auch immer, doch er hätte es besser wissen müssen. Hätte voraussehen müssen, dass es zu wüsten Beschimpfungen kommen würde.

»Und Ihre Schwester«, fuhr Gustaf fort und unterbrach damit Davids Gedankengang. »Glauben Sie denn, ich wüsste nicht, dass sie lebt? Nein? Sie sind wie Ungeziefer. Beißen sich fest wie die Kakerlaken.«

David sagte noch immer nichts. Er war von einer eigenartigen Ruhe erfasst worden. Je wütender Gustaf wurde und je mehr er ihn beschimpfte, desto sicherer fühlte sich David. Er würde dem Mann noch zehn Sekunden geben. Er hörte sich weiter seine Flüche an und stellte fest, dass all seine Beleidigungen den gegenteiligen Effekt hatten – denn wenn einer sich hier benahm wie der letzte Abschaum, dann gewiss nicht David. Und es gab keine einzige Person im Raum, die dies nicht auch wusste – abgesehen von Gustaf selbst, der zur Bekräftigung seiner Behauptung gerade mit der Handfläche auf den Tisch geschlagen hatte. In all den Jahren war der Alte eiskalt und kontrolliert aufgetreten, wenn sie sich begegnet waren. Doch jetzt verlor er zum ersten Mal die Fassung. Dies hätte David Genugtuung bereiten müssen, aber es ließ ihn absolut kalt. Er hatte das Monster seiner Vergangenheit wohl endlich besiegt.

»Sind Sie jetzt fertig?«, fragte er und musste sich nicht einmal darum bemühen, unberührt zu klingen. Es spielte keine Rolle mehr. Es war vorbei.

»Ich werde Sie durch den Dreck ziehen, wie Sie es sich in Ihren kühnsten Träumen nicht vorstellen können. Ich werde dafür sorgen, dass die Presse Sie förmlich zerreißt. Denn ich habe einflussreiche Freunde, von denen Sie nie auch nur gehört haben. Ich werde mich an die höchsten Stellen wenden. Ich besitze schließlich Netzwerke und jede Menge Kontakte.«

Gustaf warf Rima und Michel hasserfüllte Blicke zu. »Wenn Sie glauben, dass eine Horde Zigeuner mein Unternehmen leiten kann ... Wenn Sie, Sie kleines Stück Scheiße, sich einbilden, dass mein Lebenswerk von Hottentotten weitergeführt werden kann, haben Sie sich gewaltig geirrt.«

Aus Rimas Richtung war ein Schnauben zu hören. Offenbar versuchte ihre neue Geschäftsführerin gerade, ein Lachen zu unterdrücken.

Michel schüttelte den Kopf, als traute er seinen Ohren nicht.

Die anderen wanden sich auf ihren Stühlen.

Gustaf öffnete den Mund, doch David hob die Hand. Er hatte genug von dieser Farce, und es wurde höchste Zeit, über Geschäfte zu sprechen. »Der neu einberufene Vorstand hat mich zum Vorsitzenden gewählt«, sagte er in knappem Ton. »Unsere erste Entscheidung war die Entlassung des Geschäftsführers.« Er nickte Rima Campbell zu. »Darf ich Ihnen die neue Geschäftsführerin von Investum vorstellen?«, sagte David.

»Das kann doch nicht Ihr Ernst sein«, rief Gustaf, der aussah, als würde er jeden Moment einen Herzanfall erleiden. »Sie können sie nicht ernennen. Sie müssen zumindest jemanden nehmen, der sich im Unternehmen auskennt.«

David zog eine Augenbraue hoch. Bis zum jetzigen Zeitpunkt hatte die Unternehmensleitung von Investum ausschließlich aus Männern bestanden, deren größter Verdienst es war, mit Gustaf befreundet zu sein. Sie waren also nicht gerade die hellsten Köpfe.

»Und außerdem müssen Sie jemanden aus der Familie dabeihaben«, forderte Gustaf, als hätte er noch immer das Recht darauf, irgendetwas zu bestimmen. »Zumindest in beratender Funktion. Alles andere ist undenkbar.«

David sah ihn an, ohne etwas zu erwidern.

»In diesen Kreisen gibt es Regeln und Prinzipien«, fuhr Gustaf fort. »Für einen wie Sie mag dies schwer zu begreifen sein. Aber ich kenne mich in dieser Welt aus. Und alle hören auf mich. Sie müssen einen de la Grip dabei haben.«

David fragte sich, ob dieser Mann wirklich so arrogant war zu glauben, dass seine Worte noch länger Gültigkeit besaßen.

»Ich könnte mir vorstellen, Natalia eine Stelle als Beraterin anzubieten«, sagte er langsam.

Michels Augenbrauen schossen nach oben, was nicht weiter verwunderlich war. Denn dieser Vorschlag war eine spontane Eingebung von Davids Seite, von der er niemandem vorher erzählt hatte. Aber, so argumentierte er im Stillen, Natalia war kompetent, darauf hatte Michel ihn selbst hingewiesen. Das Unternehmen würde von ihrem Können und ihrem Wissen profitieren. Bestimmt würden die beiden sich professionell verhalten und konstruktiv zusammenarbeiten.

Irgendwo in seinem Inneren wusste David, dass er sich etwas vorgemacht und Gründe erfunden hatte, die keinen Deut rational waren.

Natalia starrte ihn mit kreideweißem Gesicht an.

»Sie wird keine Stelle im Unternehmen erhalten«, brüllte Gustaf, sodass selbst die Fensterscheiben erzitterten.

»Ich kann mir keine andere Person aus der Familie de la Grip vorstellen«, entgegnete David kühl. »Und außerdem besitzen

Sie keinerlei Befugnisse mehr. Es handelt sich um reine Höflichkeit meinerseits.«

»Höflichkeit?«, schrie Gustaf. »Nur über meine Leiche, und außerdem ist sie keine de la Grip«, fügte er hinzu. »Darüber hinaus können Sie keine Unternehmensführung aufstellen, die aus Weibsbildern und Negern besteht. Man wird Sie nie und nimmer ernst nehmen, auslachen wird man Sie.«

»Gustaf, verdammt noch mal«, sagte Åsa matt.

David schaute Natalia an. Er hätte nicht gedacht, dass es möglich wäre, aber sie war noch blasser geworden. Ihre Augen wurden feucht, während ihre stark angespannten Züge erbebten. Er hatte sie noch nie weinen sehen, doch jetzt schien sie den Tränen nahe zu sein.

»Raus«, sagte er leise.

»Sie können doch nicht …«, begann Gustaf aufgebracht.

»Kein einziges Wort mehr von Ihnen«, rief David. Er sah sich im Raum um. »Raus. Und zwar alle.«

Die Juristen und Buchhalter waren bereits aufgestanden. Offenbar erleichtert sammelten sie ihre Papiere und Aktenordner ein. Rima Campbell nahm ihre Handys und ihr iPad an sich.

Alexander stand ebenfalls auf. »Komm, Papa«, sagte er ruhig, aber bestimmt. »Du hast bereits mehr als genug gesagt.«

Michel war ebenfalls aufgestanden und begann die Leute um den Tisch zu lotsen. Die Tür wurde geöffnet, und unter Tom Lexingtons strengem Blick hatten es alle eilig hinauszukommen. Einer nach dem anderen verschwand. Åsa passierte Michel mit äußerst geringem Abstand. Einen angespannten Augenblick lang starrten sie einander an, bevor Åsa durch die Tür verschwand.

Natalia war auch aufgestanden.

Sie wich Davids Blick aus, während sie ihre Handtasche richtete. Dann schob sie ihren Stuhl zurück und machte sich zum Gehen bereit.

»Du nicht, Natalia«, sagte David leise.

Sie schaute ihn fragend an.

Er schüttelte den Kopf. »Ich möchte, dass du noch bleibst.«

60

Es war ein langer Tag, dachte Natalia. Er kam ihr vor wie der längste ihres Lebens. Und er war noch immer nicht vorbei.

Sie beobachtete, wie David diktatorisch und effizient den Raum leerte.

Während die letzten Personen verschwanden, versuchte sie, sich zu sammeln, und als David die Tür schloss, hatte sie sich schon fast wieder beruhigt. David wandte sich ihr zu, durchbohrte sie mit seinem Blick und fragte: »Worum ging es da gerade?«

»Was denkst du denn?«, entgegnete sie kühl, während sie gegen die Irritation ankämpfte, die in ihr aufstieg. Die Art, wie er mit Gustaf umgegangen war, hatte sie beeindruckt, das musste sie, wenn auch äußerst widerwillig, zugeben. Aber er hatte kein Recht, sie auszufragen. Sie zog eine Augenbraue hoch: »Denkst du, ich bin dir eine Erklärung schuldig?«

Er öffnete den Mund, schloss ihn jedoch wieder. Dann setzte er sich ein Stück von ihr entfernt an den Tisch, sodass sie ihn vortrefflich in Augenschein nehmen konnte. Den großen, selbstsicheren, dominanten David Hammar. Dieser Tag hatte ihr gezeigt, dass David nicht nur so aussah, sondern auch genauso handelte. Er dominierte sein Gegenüber.

Er legte eine Hand auf den Tisch und betrachtete Natalia, als suchte er nach einer Strategie dafür, wie er mit ihr umgehen sollte.

Viel Glück.

Nein, sie hatte nicht vor, es ihm leicht zu machen.

Er beugte sich über den Tisch, und Natalia zuckte angesichts seiner Bewegung unmerklich zusammen. Sie war angespannter, als sie vor sich selbst zugeben wollte. Doch David griff nur nach einer Flasche Mineralwasser, öffnete sie, goss etwas Wasser in ein Glas, erhob sich leicht von seinem Stuhl und reichte es ihr. »Trink«, forderte er sie auf.

Sie zog erneut eine Augenbraue hoch. Tat er das, um sie zu verunsichern?

»Du bist blass«, sagte er erklärend. »Es war ein anstrengender Tag. Trink etwas Wasser.«

Sie kam sich vor wie ein störrisches Kind, weigerte sich jedoch, das Glas entgegenzunehmen.

Er schüttelte den Kopf, stellte es vor ihr ab und setzte sich dann wieder. »Ich bin nicht dein Feind«, erklärte er. »Dein größter Wunsch im Leben war, bei Investum zu arbeiten«, fuhr er mit seiner leisen, überzeugenden Stimme fort. Diese Stimme war so vertrauenseinflößend, dass Natalia kurz davor war, sich zu ihm vorzubeugen.

»Warum sagst du jetzt Nein?« Er wirkte ehrlich irritiert, als könnte er nicht begreifen, warum sie sich nicht geradezu auf die Möglichkeit stürzte, mit ihm zusammenzuarbeiten, *für* ihn zu arbeiten.

»Liegt es an mir?«

»Äh, ja«, antwortete sie steif.

»Ich bin mir sicher, dass wir uns beide professionell verhalten können«, sagte er.

Natalia schüttelte nur den Kopf. Er schien aufrichtig zu sein, und sie wusste nicht, ob es nur unglaublich naiv oder sogar unglaublich dumm von ihm war. Wie auch immer konnte sie sich nie im Leben vorstellen, jemals mit David zusammenzuarbeiten.

Sie fragte sich, wie sehr sie sich eigentlich in ihm getäuscht hatte. Vielleicht tat er so etwas ja öfter. Schlief mit strategisch wichtigen Frauen. Bot ihnen hinterher einen Job an. Vielleicht als Trost?

Es war ihr so unangenehm, dass sie offenbar viel stärkere Gefühle in diese Beziehung investiert hatte als er. Unangenehm und verdammt peinlich. Niemals könnte sie mit ihm zusammenarbeiten. Es war schon schwer genug, gemeinsam mit ihm in einem Raum zu sitzen und seinen durchdringenden Blick auf sich gerichtet zu wissen.

Sie zwang sich dazu, still zu sitzen und keine Miene zu verziehen.

»Was hat dein Vater eigentlich damit gemeint, dass du keine de la Grip bist?«, fragte er. »Das habe ich nicht verstanden.«

Ach, sie konnte es ihm ebenso gut erzählen. Was spielte es schon für eine Rolle? Es würde ja sowieso bald die Runde machen. »Gustaf ist nicht mein leiblicher Vater. Ich habe es auch erst vor Kurzem erfahren. Und jetzt … jetzt hat es eben gewisse Konsequenzen.«

David schaute sie lange an, und Natalia musste sich beherrschen, um auf ihrem Stuhl nicht unruhig hin- und herzurutschen. Jetzt bereute sie, sich cool gegeben und das Wasser abgewiesen zu haben, denn sie hatte wahnsinnigen Durst. So lässig wie eben möglich nahm sie das Wasserglas und trank daraus.

»Das tut mir leid«, sagte David leise. »Davon hatte ich keine Ahnung.«

»Schon okay«, entgegnete sie und hörte selbst, wie ungewollt heiter ihre Stimme klang. Das Glas hatte einen feuchten Abdruck auf dem blanken Konferenztisch hinterlassen, und sie stellte es exakt auf denselben Platz zurück. Dann konzentrierte sie sich darauf, in dem kühlen Ton weiterzusprechen, den sie

David gegenüber verzweifelt versuchte beizubehalten. Sobald sie nach Hause käme, würde sie sich einen Zusammenbruch gönnen, aber nicht hier und jetzt. »Es ist ja wohl kaum deine Schuld.«

»Und wie wird es jetzt weitergehen? Mit, du weißt schon, mit …?« David verstummte und hob die Augenbrauen.

Natalia setzte ein schiefes Lächeln auf. »Mit allem? Ich weiß es ehrlich gesagt nicht. Noch ist alles unklar. Aber selbst wenn du Investum nicht übernommen hättest, hätte ich dort keine Zukunft gehabt, das hat Gustaf mir unmissverständlich klargemacht. Und gerade eben auch allen anderen. Wie du gehört hast.« Sie fragte sich, ob ihr Vater es möglicherweise gerade Alex erzählte. Sie begann zu zittern und versuchte, es zu kaschieren, indem sie sich kurz streckte. Nicht mehr lange, und dann würden sie hier fertig sein.

»Es tut mir wirklich sehr leid«, wiederholte er.

»Danke«, sagte sie, auch wenn sie sich sicher war, dass ihre Familienverhältnisse David ziemlich egal waren. Vermutlich würde sie ihren Nachnamen wechseln müssen, und natürlich würde sie aus dem Adelskalender gestrichen werden. Damit würde sie bestimmt auch einige Freunde verlieren.

Aber ansonsten …

Das Leben würde weitergehen.

Sie zuckte mit den Schultern. »Es ist ja schließlich kein Weltuntergang«, sagte sie. »Und einen Job bekomme ich immer.«

Er schaute sie fragend an.

Ach, genau. Er wusste es noch gar nicht. »Ich habe bei der Bank aufgehört. Genau genommen bin ich gefeuert worden. Weil mein Deal geplatzt ist.«

Und weil ich nicht zur Arbeit gegangen bin, als du mir das Herz gebrochen hast.

»Ich hatte keine Ahnung«, sagte er. »Aber warum willst du

dann nicht für Investum arbeiten, jetzt, wo ich dir ein seriöses Angebot unterbreite?«

Sie seufzte. »David, ich kann es mir ehrlich gesagt nicht vorstellen, für dich zu arbeiten. Beziehungsweise in einem deiner Unternehmen«, antwortete sie. Wie war es nur möglich, dass sie die Dinge so unterschiedlich sahen?

»Du hast recht«, meinte er leise.

Sie schwiegen. Sie wollte eigentlich noch mehr sagen, doch ihr fehlten die Worte. Merkwürdigerweise war sie nicht mehr sauer auf ihn, fühlte sich einfach bloß leer. Sie nahm noch einen weiteren Schluck Mineralwasser.

»David?«

»Ja?«

»Wo wir gerade über Väter reden. Darf ich dich eine Sache fragen?«

Er lächelte, und in den Lachfältchen um seine Augen herum und in dem Leuchten seiner Augen erkannte sie den David wieder, dem sie vor nicht allzu langer Zeit verfallen war. »Ja klar«, antwortete er.

»Ist Carl-Erik Tessin dein Vater?«

Er betrachtete sie lange. Ihre Frage hatte ihn überrascht, das merkte sie. Der ansonsten so sichere und selbstbewusste David Hammar schien ein wenig aus dem Gleichgewicht gebracht, und sie verspürte eine gewisse Genugtuung. Außerdem war sie tatsächlich sehr neugierig.

»Wie bist du darauf gekommen?«, fragte er schließlich.

»Ihr seht euch ziemlich ähnlich«, antwortete sie. Sie mochte den zurückhaltenden Mann aus Skåne. Und Davids weitere Vornamen lauteten, das hatte sie Wikipedia entnommen, Carl und Erik. Als sie erst einmal begonnen hatte diese Fährte zu verfolgen, dauerte es nicht lange, die Puzzleteile zusammenzusetzen. »Ist er auch Carolinas Vater?«

David nickte. »Ja, er ist sowohl mein als auch Carolinas leiblicher Vater.«

Sie zog die Augenbrauen hoch: »Und er ist nicht tot«, konnte sie sich nicht verkneifen zu bemerken.

»Ganz offenbar nicht«, antwortete er.

»Kommt ihr gut miteinander aus?«

Eigentlich war es beinahe komisch, wie sich ihre Rollen vertauscht hatten. Davids Vater war ein Graf, während ihrer es mit großer Sicherheit nicht war. Sie betrachtete seine sich verfinsternden Züge. Ihn schien das Komische an der Situation ganz und gar nicht zu amüsieren.

»Ob ich mit einem verheirateten adligen Mann, der gemeinsam mit meiner Mutter Kinder gezeugt und sie dann im Stich gelassen hat, gut auskomme?«, fragte er. »Nein, man kann wohl eher sagen, dass ich überhaupt nicht mit ihm auskomme.«

»Du solltest mit ihm reden«, entgegnete Natalia, ohne sich darum zu scheren, dass sie sich in Dinge einmischte, die sie nichts angingen. Carl-Erik hatte jedenfalls einen sympathischen Eindruck auf sie gemacht.

»Wenn du meinst«, sagte er in knappem Ton.

»Ich bin nicht gerade eine Expertin in Sachen Beziehungen«, sagte sie und lächelte angesichts ihrer Untertreibung. »Ich kann natürlich auch völlig danebenliegen.«

Über sein finster dreinblickendes Gesicht huschte ein Lächeln, und irgendwie freute es sie, dass sie ihn noch immer zum Lächeln bringen konnte.

»Ist er deswegen ein schlechter Mensch?«, fragte sie.

»Ich weiß es nicht«, antwortete David. »Sorry, aber ich möchte nicht darüber sprechen.«

»Okay«, sagte sie.

»Danke«, sagte er.

Und dann verfingen sich ihre Blicke ineinander.

»Sorry für die Ohrfeige«, sagte sie leise. Sie wollte es ihm gegenüber ausgesprochen haben.

»Ich muss mich entschuldigen. Ich habe sie verdient.«

Ihr war klar, dass sie seine Entschuldigung annehmen musste, aber es war doch ziemlich deprimierend, dass sich ein Mann bei ihr dafür entschuldigte, dass er sie geküsst hatte. Sie fragte sich, was David wirklich für sie empfand. Schließlich hatte er sie am Freitag geküsst, auch wenn es sich dabei um eine Machtdemonstration gehandelt hatte. Die er außerdem jetzt bereute.

Heute hatte er ihr einen Job angeboten. Empfand er Freundschaft für sie? Oder etwas anderes? Sie wünschte, sie würde sich trauen zu fragen. Doch sie hatte Angst vor seiner Antwort. Vielleicht waren sie dazu verurteilt, einander ein ums andere Mal zu verletzen und jedes Mal wieder um Entschuldigung zu bitten. Vielleicht wäre es das Beste, wenn sie sich nie wiedersehen würden.

Sie wich seinem Blick aus. Letztlich lagen die Dinge etwas komplizierter. Irgendwann musste sie es ihm erzählen. Jedenfalls das Wichtigste. Denn das musste man doch, oder? Dem Mann, mit dem man geschlafen hatte, erzählen, dass man selbst, ups, keineswegs unfruchtbar war, sondern ganz eindeutig schwanger. Und ja, dass man das Kind übrigens behalten wollte. Denn sie hatte sich entschieden, dieses Kind zu behalten. Eigentlich hatte sie es schon die ganze Zeit gewusst. Nichts und niemand würde sie davon abbringen können, das Kind zu bekommen. Das war *ihr* Kind, und sie würde es beschützen wie eine Löwin. Ihres und natürlich auch Davids, wie sie zugeben musste. David konnte zwar behaupten, dass er nie Kinder haben wollte, doch er hatte genauso seinen Anteil daran gehabt wie sie.

Sie beschrieb mit ihrem Finger einen Kreis auf der blank polierten Tischplatte. Bald schon, in welcher Woche oder welchem Monat auch immer, würde sie sich so weit sammeln, dass sie es ihm erzählen könnte.

Mein Gott, sag es *jetzt*, ermahnte sie sich selbst streng.

Bring es rasch hinter dich, das ist das Beste. Ich bin schwanger, sag es jetzt!

»David, ich muss …«, begann sie genau in dem Moment, als er sagte: »Natalia, ich wollte fragen …«, und exakt zur selben Zeit klopfte es an der Tür, und beide verstummten befangen.

Oder auch erleichtert.

Malin Theselius schaute durch den Türspalt herein. Sie wirkte gestresst. »Tut mir leid, dass ich störe«, sagte sie entschuldigend mit einem riesigen Stapel Papiere im Arm. Sie nickte Natalia rasch zu und schaute dann David an: »Kommst du? Dein Vorstand wartet bereits.« Sie warf Natalia einen entschuldigenden Blick zu, blieb jedoch beharrlich stehen. »Sorry …«

»Ich komme, Malin«, antwortete David. Er stand auf. »Es tut mir leid«, sagte er zu Natalia, während er sein Jackett glatt strich und sich mit der Hand durchs Haar fuhr. Dann verschwand der private David und wurde vom Unternehmenschef abgelöst.

Natalia stand ebenfalls rasch auf. »Kein Problem«, sagte sie. »Ich muss auch gehen. Ich wollte dich nicht aufhalten.«

»Du hattest gerade etwas sagen wollen«, sagte er.

»Ach, schon gut. Ich gehe, damit du weitermachen kannst.«

»Danke.«

Malin betrachtete die beiden, und es entstand eine unangenehme Stille.

»Hejdå«, sagte Natalia schließlich.

David machte einen Schritt auf sie zu, und Natalia zuckte leicht zusammen, lächelte dann jedoch freundlich und hoffte, er würde ihr nicht ansehen, dass ihr innerlich zum Heulen zumute war. David blieb vor ihr stehen, und die Atmosphäre war extrem aufgeladen. Natalia räusperte sich und lächelte erneut, diesmal überzeugend kühl – so hoffte sie zumindest –, und streckte dann ihre Hand aus, damit David nicht auf die Idee kam, sie zu umarmen. Denn dann würde sie innerlich zerbrechen, und das wollte sie auf keinen Fall. In letzter Zeit war sie innerlich bereits so oft zerbrochen, dass es für ein ganzes Leben ausreichte.

In Davids schönen graublauen Augen blitzte es auf, doch er streckte ebenfalls seine Hand aus.

Dann gaben sie sich die Hände wie zwei Kollegen, die sich voneinander verabschiedeten. Und vielleicht war es ein Abschied für immer.

Kühl, unpersönlich und endgültig.

Ganz davon abgesehen hatte sie das Gefühl, auf der Stelle sterben zu müssen.

Sie ließ seine Hand wieder los. Spürte Malin Theselius' Blick auf sich ruhen.

Dreh dich um und geh, Natalia.

Jetzt.

Sie musste sich zwingen. Sich dazu zwingen, das zu tun, was richtig und vernünftig war und von ihr erwartet wurde. David und Malin schauten sie an, ganz sicher darauf bedacht, ihrer Arbeit weiter nachzugehen.

Also ging Natalia.

Auf hohen Absätzen und mit der größtmöglichen Würde, die sie sammeln konnte, stolzierte sie aus dem Konferenzraum und aus David Hammars Leben.

Leb wohl, dachte sie, und dann schloss sich die Tür hinter ihr.

Leb wohl.

61

Im Konferenzgebäude befanden sich noch immer jede Menge Menschen, die alle gleichzeitig hinauswollten. Hunderte von Leuten drängten sich vor den Türen, und es bildeten sich lange Schlangen.

Carl-Erik Tessin versuchte, sich in der Menschenmenge zu orientieren. Ein Stück von ihm entfernt öffnete sich eine Tür, und er sah Natalia de la Grip herauskommen und mit verbissener Miene an ihm vorbeieilen. Als sie sich in Båstad begegnet waren, hatte er sie sympathisch gefunden, was er im Hinblick auf ihre Familie nicht erwartet hätte.

Die Tochter von Gustaf und Schwester von Peter, zwei Männer, die er hasste, aus gutem Grund.

Dann erblickte Carl-Erik Gustaf de la Grip. Er stach mit seinen scharfen Gesichtszügen und seinem kalten Blick aus der Menge heraus wie ein Raubvogel.

Carl-Erik machte einen Schritt vor und wappnete sich.

Jetzt galt es.

Der Zeitpunkt war gekommen, Gustaf mit der Vergangenheit zu konfrontieren. Er musste es einfach tun. Jetzt oder nie, wiederholte er im Stillen wie ein Mantra.

»Gustaf!«, rief er. Seine Stimme trug erstaunlich gut über die Menge hinweg, und Gustaf drehte sich um.

Als Gustafs Blick seinem begegnete, erstarrte Carl-Erik,

doch er zwang sich, ihm nicht auszuweichen. Gustaf musterte ihn von oben bis unten. Carl-Erik näherte sich ihm. Er war bemüht, sich nicht allzu sehr auf seinen Gehstock zu stützen, um ihm gegenüber keine Schwäche zu zeigen.

»Sprichst du mit mir?«, fragte Gustaf in verächtlichem Ton, als sie sich gegenüberstanden.

Carl-Erik versuchte, sich zu beruhigen. Er war nervös. Gustaf hatte ihn schon immer allein mit seinem Blick einschüchtern können. Obwohl es jetzt über fünfzig Jahre her war, dass sie auf Skogbacka gewesen waren, und obwohl sie inzwischen alte Männer waren, hatten sich die Erinnerungen in seinem Körper manifestiert. Und womöglich auch in seiner Seele.

Carl-Erik war bereits als Zehnjähriger ins Internat geschickt worden. Seine Eltern waren Verfechter einer strengen Erziehung gewesen und hatten ihn weggegeben, obwohl er vor Angst geschlottert hatte. Carl-Erik hatte nächtelang vor Heimweh geweint und tagsüber Angst vor allem Möglichen gehabt, vor den Lehrern, dem Personal und den älteren Kindern. Er hatte viel Prügel einstecken müssen, und Gustaf war sein größter Peiniger gewesen. Was man heutzutage in den Zeitungen über Mobbing und Schikane in Internaten lesen konnte, war nur die Spitze des Eisbergs. Alle, die je ein Internat besucht hatten, wussten das. Carl-Eriks Hand umschloss den Stock fester. »Ja«, antwortete er. »Ich möchte mit dir reden. Über David.«

Gustaf schnaubte verächtlich, und Carl-Erik musste sich anstrengen, um nicht augenblicklich wieder in die Rolle des Unterwürfigen zurückzufallen. Er war ein Mensch, der Konflikte verabscheute. Manchmal kam es ihm vor, als hätte er sein Leben lang Angst gehabt. Zuerst vor seinen Eltern. Dann vor Gustaf und seinen Klassenkameraden im Internat. Später dann vor seiner Ehefrau. Und letztlich – wie eine albtraumhafte Wiederholung der Vergangenheit – erneut vor Gustaf.

Noch heute erinnerte er sich an das Telefonat vor fast siebzehn Jahren. Am dreizehnten Dezember würde es genau siebzehn Jahre her sein. Er hatte das Datum nie vergessen, und seitdem hasste er den Tag des Luciafestes. Helena hatte ihn von Panik erfüllt angerufen. Zuvor hatten sie mehrere Jahre nichts mehr voneinander gehört, denn Helena hatte sich geweigert, ihn zu treffen, als ihr klar geworden war, dass er es nie wagen würde, seine Ehefrau zu verlassen. Sie hatte Carl-Erik auch den Kontakt mit David und Carolina untersagt, und er hatte ihnen daraufhin Briefe geschickt, aber nie eine Antwort erhalten. Die Jahre danach waren trostlos, kalt und einsam gewesen, doch er hatte getan, was er sein ganzes Leben lang schon getan hatte; er hatte sich in sein Schicksal gefügt.

Helena hatte also an diesem späten Abend angerufen. Er hatte die Panik in ihrer Stimme gehört, und die Worte sprudelten nur so aus ihr heraus, als sie ihm von dem Überfall auf Carolina, der Misshandlung Davids und den Drohungen gegen sie alle drei berichtete. Sie war völlig verzweifelt gewesen, als sie ihn anrief, wie ihm inzwischen klar war. Viele Jahre lang hatte sie ihn damit bestraft, nicht ans Telefon zu gehen, wenn er sie versuchte anzurufen. Aber sie hatte sich an ihn gewendet, als ihre Kinder in Gefahr waren. Helena war eine stolze Frau gewesen – David hatte diesen Stolz von ihr geerbt, dachte Carl-Erik –, und ihr Anruf musste sie große Überwindung gekostet haben. Mit klopfendem Herzen hatte er das Telefonat mitten in einer Abendeinladung mit Grafen, Freiherren sowie seinen Schwiegereltern angenommen. Er hatte den Anruf entgegengenommen, als die Mutter seiner beiden unehelichen Kinder und die einzige Frau, die er je geliebt hatte, ihn um Hilfe bat.

Aber dann hatte er getan, wofür er sich noch immer am meisten in seinem ganzen Leben schämte: Er hatte sie im Stich gelassen. Sicher, er hatte ihr das Geld für Carolinas Behandlung gegeben, für einige wenige Jahre. Aber ansonsten hatte er sie absolut im Stich gelassen.

Nicht noch einmal, dachte er nun, richtete sich auf und erwiderte Gustafs Blick. Nie wieder.

»Ich möchte mit dir reden«, wiederholte er.

»Aha? Und was lässt dich glauben, dass ich mir anhören will, was du mir zu sagen hast?«, fragte Gustaf höhnisch.

»Sie sind meine Kinder«, sagte Carl-Erik.

»Was faselst du da?«

»David und Carolina sind meine Kinder«, verdeutlichte Carl-Erik, ohne die Spur eines Zitterns in der Stimme. »Ich bin ihr Vater.«

Carolina und David hatten über all die Jahre hinweg den Preis für seine Feigheit zahlen müssen, und beiden war Unmenschliches angetan worden. Dennoch waren aus ihnen so gute Menschen geworden. Er war sehr stolz auf sie, und das Mindeste, was er für sie tun konnte, war einen, wenn auch verspäteten, Streit mit Gustaf auszufechten, um wenigstens ansatzweise Wiedergutmachung zu üben. »All das hier ist im Grunde genommen deine eigene Schuld«, fuhr er fort.

»Das ist ja wohl nicht dein Ernst.«

»David ist mein Sohn. Das, was du und Peter und dieser Direktor ihm und Carolina angetan habt … Irgendwann musst du die Verantwortung dafür übernehmen.«

Gustaf trat einen Schritt näher. »Halt verdammt noch mal die Klappe.«

Carl-Erik blinzelte. Bislang war er immer zurückgewichen und hatte klein beigegeben. Er hatte immer gedacht, dass diese Einstellung von einem guten Charakter zeugte, doch in Wirklichkeit bedeutete es nur, dass er feige war. Dann dachte er an seinen Sohn David und daran, wie er dort drinnen seinen

Kampf ausgefochten hatte, und er nahm unwillkürlich Haltung an, streckte den Rücken durch und hob das Kinn.

»Du solltest dir im Klaren darüber sein, dass ich genau weiß, warum David das getan hat. Und ich unterstütze ihn in jeder Hinsicht darin.«

Gustafs Augen zogen sich zu schmalen Schlitzen zusammen. »Was meinst du damit?«

»Ich werde dafür sorgen, dass er die Unterstützung erhält, die er benötigt. Und ich werde nicht akzeptieren, dass du ihm etwas antust, nicht noch einmal.« In gewisser Weise war Carl-Erik klar, dass David wohl kaum seine Unterstützung benötigte. David war so stark, wie er selbst nie gewesen war. Doch er selbst hatte ebenfalls einen gewissen Einfluss, jedenfalls in den Kreisen, in denen Gustaf verkehrte.

»Soll das eine Drohung sein? Stehst du etwa hier und drohst mir?« Gustaf machte einen weiteren Schritt auf ihn zu, doch zum ersten Mal in seinem Leben wich Carl-Erik nicht zurück. Er konnte die Vergangenheit zwar nicht ungeschehen machen, damit musste er für immer leben. Aber er konnte für die Zukunft kämpfen. Eine Zukunft für *alle* seine Kinder.

Er bedachte Gustaf mit einem kühlen Blick. »Das ist keine Drohung, das ist lediglich eine Information«, antwortete er.

Gustaf starrte ihn an.

Und dann war Gustaf derjenige, der seinem Blick auswich.

Das war ein kleiner Sieg. Teufel noch mal, wie gut sich das anfühlte.

62

Freitag, 1. August

David lief rückwärts an der Seitenlinie des Rasenplatzes entlang. Er ließ den Ball nicht aus den Augen.

Sie befanden sich in einem der ärmeren Vororte Stockholms. Die Rufe auf dem improvisierten Fußballplatz wurden lauter.

»Hierher!«

»Spiel schon ab!«

»*Jalla*, jetzt mach schon, verdammt!«

Michel, der mit ganzem Herzen bei der Sache war, spielte den Ball einem schlaksigen Teenager zu, der sich rasch dribbelnd aufs gegnerische Tor zubewegte. Grasbüschel flogen in die Luft, als Michel mindestens ebenso wie die anderen Spieler laut schreiend und gestikulierend losrannte. Die bunt zusammengewürfelte Schar von Jugendlichen folgte ihm mit lautem Grölen.

Aus Michel wäre ein guter Fußballer geworden, dachte David, während er konzentriert das Spiel verfolgte. Michel war zwar ein Hüne, aber sehr beweglich, und er besaß ein Ballgefühl wie ein Profi. Wenn seine Familie nicht gewollt hätte, dass er studierte, hätte er womöglich eine Fußballerkarriere hingelegt. David selbst spielte ebenfalls gut, aber heute begnügte er sich damit, beim Abschlussspiel ihres Trainings als Schiedsrichter zu fungieren.

Michel und er waren jede Woche hier draußen, das ganze Jahr über, und es gefiel ihm sehr – der Kontakt zu den Jugendlichen, ihre Spielfreude und der Wettkampf. Er hasste die meisten Oberschicht-Sportarten wie Golf, Jagen und Segeln. Manchmal fuhr er im Winter Ski, und er war auch ein recht guter, wenn auch nicht besonders ehrgeiziger Tennisspieler. Doch am meisten liebte er es, wenn Michel und er mit »ihren« Jungs hier draußen Fußball spielten, weit entfernt von der Innenstadt, vom Stureplan und von der ganzen Finanzwelt. Hier waren sie einfach nur Michel und David, und ihr Wert bemaß sich daran, wie gut sie den Ball ins Rollen brachten.

Nach dem Match halfen alle mit, die Bälle und Kunststoffkegel wieder einzusammeln. Sie unterhielten sich mit den Jungs, fragten, wie es ihren Eltern ging, erkundigten sich nach ihren Geschwistern, Cousinen und Cousins sowie Freundinnen, und sie winkten ihnen hinterher, als sie schließlich auf ihren Fahrrädern zurück zu ihren Hochhäusern fuhren.

»Der da ist völlig aggressiv«, meinte Michel und nickte in Richtung eines hoch aufgeschossenen, schlecht gelaunten Jungen, der gerade seinen kleinen Bruder anschrie. »Er klaut und schlägt die anderen.«

»Er ist noch jung«, entgegnete David beschwichtigend. Er mochte den Jungen, von dem er wusste, dass er zu Hause geschlagen wurde. David hoffte, dass er seine Jugend mit einigermaßen heiler Haut überstehen würde, und wünschte nicht zuletzt, selbst mehr für ihn tun zu können. Wenn sie vielleicht als Mentoren fungieren könnten …

»Ist das eine Entschuldigung dafür, sich wie ein Arschloch zu benehmen?« Michel dribbelte einen Ball, kickte ihn hoch und steckte ihn in den Stoffsack. »Dass man jung und dumm in der Birne ist?«

»Vielleicht keine Entschuldigung«, entgegnete David. »Aber

es ist irgendwie nachvollziehbar. Alle machen Fehler, wenn sie jung sind.«

»Fehler?«, schnaubte Michel und schnappte sich den letzten Ball. Er warf ihn David zu. »Wohl eher eine ganze Reihe idiotischer Dummheiten.«

»Hast du denn früher keine idiotischen Dummheiten gemacht?«, fragte David mit einem Lachen.

Michel schüttelte entschieden den Kopf. »Jedenfalls nicht so viele, wie ich gewollt hätte.«

»Mann, er ist doch noch ein Teenager«, beharrte David, der nicht ganz begriff, warum Michel sich so aufregte. Er hob einen Kegel auf. »Gib ihm eine Chance. Man kann doch einen Halbwüchsigen nicht dafür verurteilen, dass er in jungen Jahren ein paar Dummheiten anstellt. Schau ihn dir an, er macht einen auf dicke Hose, aber er ist ja noch fast ein Kind.«

»Du meinst, dass er sich noch ändern wird?«, fragte Michel.

»Ich finde das wichtig. Man darf den Kids nicht das Leben zerstören, nur weil sie noch unerfahren sind und mal Mist bauen. Man muss Nachsicht üben. Warum siehst du das denn so ernst?«

Michel schoss mit einem festen Tritt einen Ball in Davids Richtung und bedachte ihn zugleich mit einem finsteren Blick. »Und das aus deinem Mund? Sag mal, du hast schon irgendwie ein Brett vorm Kopf, oder?«

David fing den Ball. »Wie meinst du das?«

Michel schüttelte den Kopf und reichte ihm eine Flasche Mineralwasser. »Auf manche Dinge muss man selbst kommen«, entgegnete er, während sie in Richtung ihrer Autos gingen.

Michel nahm seinen Schlüssel in die Hand und schloss seinen Wagen mit einem fast lautlosen Klicken auf. David betrachtete ihre blank polierten Autos, seinen babyblauen Bentley und Michels bedrohlich schwarzen BMW, Statussymbole, die zeigten, wie gut es für sie gelaufen war. Hier auf dem Wendehammer unterhalb der Wohnsilos aus den Sechziger- und Siebzigerjahren stachen ihre Luxuskarossen heraus wie Hollywoodstars auf einer Müllkippe. Es grenzte an ein Wunder, dass sie überhaupt noch hier standen und noch dazu heil waren.

»Ich fahr dann mal«, sagte Michel, öffnete die Wagentür und warf seine Tasche und den Sack mit den Bällen hinein.

David fragte nicht, wohin Michel wollte – Michel hatte ihm signalisiert, dass er über seine Beziehung zu Åsa nicht sprechen wollte –, doch David war sich ziemlich sicher, dass er sich jetzt, wo er es so eilig hatte, mit Åsa treffen würde.

Aus irgendeinem Grund störte ihn das mehr, als er sich eingestehen wollte.

Eine Weile später fuhr David auf die Autobahn.

Normalerweise bekam er durch das Fußballspielen einen freien Kopf, heute allerdings nicht. Ihm war heiß, und er hatte schlechte Laune.

Er warf einen Blick auf die Uhr und beschloss, nach Hause zu fahren. Im Büro war sowieso niemand mehr, es war neunzehn Uhr dreißig am Freitagabend. Sogar Malin war bereits am Nachmittag gegangen und hatte verlauten lassen, dass niemand sie anrufen dürfe, außer wenn es um Leben und Tod ginge.

Und selbst dann nur äußerst ungern.

David und Michel hatten sich die ganze Woche lang gestritten. Er wusste nicht genau, warum die Stimmung zwischen ihnen so angespannt war. Vielleicht war die Arbeit mit Investum anstrengender gewesen, als sie zugeben wollten. Vielleicht wurden die Spannungen zwischen ihnen auch durch Michels Beziehung zu Åsa ausgelöst.

Vielleicht, vielleicht, vielleicht.

Rima Campbell hingegen war ein Glücksgriff. Sie führte

das Unternehmen bereits mit sicherer und kompetenter Hand. Eigentlich wurde Hammar Capital nicht länger benötigt, jedenfalls nicht für das Tagesgeschäft. Vielleicht war es das, was an ihm nagte.

Doch es ging um mehr, um etwas anderes. Da war sich David sicher.

Während er über die Autobahn raste, versank er wieder in denselben Gedanken, die ihn bereits die ganze Woche lang beschäftigten.

Gedanken, die sich um Rache drehten.

Merkwürdigerweise hatte er sich selbst nie für eine besonders rachsüchtige Person gehalten. Knallhart und zielstrebig – ja. Aber rachsüchtig – nein.

Er nahm an, dass es Menschen gab, die ganz anderer Ansicht waren.

Natalia beispielsweise.

Er bog in Richtung City ab und fuhr weiter nach Kungsholmen. Es war spätsommerlich schwül. Am nördlichen Ufer des Mälaren wimmelte es von Spaziergängern, die die letzten Sommerwochen so intensiv wie möglich genießen wollten.

Er parkte seinen Wagen, schloss ihn ab, ging durch die Haustür hinein und fuhr hinauf zu seiner Wohnung. Oben warf er die Wagenschlüssel von sich und kickte seine Tasche weg und ging mit einem Bier hinauf auf die Dachterrasse.

Er trank direkt aus der Flasche und schaute über die Dächer hinweg in den Himmel. Es war hell, und die Nächte waren noch immer warm, aber ganz allmählich kündigte sich bereits der Herbst an, auch wenn niemand es wahrhaben wollte.

Die Aufmerksamkeit der Presse hatte sich inzwischen gelegt. Mittlerweile hatte man ihn zum Finanzboss einer neuen Ära stilisiert: visionär und smart, außerdem ein Verfechter der Gleichstellung von Mann und Frau.

Er seufzte.

Wenn ihm eines dieser Attribute in keiner Weise einleuchtete, dann war es, dass er smart sein sollte.

Er ließ seinen Blick über die Stadt schweifen.

Am Montag hatte er sich von Natalia verabschiedet, mit einem *Handschlag*! Das war wahrscheinlich das Dümmste, was er je getan hatte. Der Frau, die er liebte, die Hand zu geben, und sie dann aus seinem Leben verschwinden zu lassen.

Seitdem hatten sie nichts mehr voneinander gehört.

Natürlich nicht. Warum sollten sie auch?

In den vergangenen Nächten hatte er wach gelegen, an die Decke gestarrt und sich gefragt, was Natalia wohl gerade machte. Der Sommer war noch nicht vorbei, und sie war bestimmt in einen wohlverdienten Urlaub gefahren, um sich die Wunden zu lecken. Vielleicht ja mit einem sympathischen Mann aus der Oberschicht, der es verstand, so mit ihr umzugehen, wie sie es verdient hatte. Womöglich sogar mit diesem stocksteifen Jonas Jägerhed, der die Spielregeln der Oberschicht so sicher beherrschte.

David versuchte, die dumpfe Übelkeit zu unterdrücken, die sich in ihm ausbreitete, während er seinen Gedanken nachhing. Natalia mit einem anderen Mann. Aber hatte sie das nicht verdient? Einen Mann, der sie wie eine Prinzessin behandelte? Er dagegen hatte ihr Familienunternehmen ruiniert und dafür gesorgt, dass sie von ihrem Vater verstoßen wurde, und zu allem Überfluss hatte er auch noch indirekt daran mitgewirkt, dass sie gefeuert wurde. Nein, Natalia de la Grip hatte im Augenblick wahrhaftig keinen Grund zum Lachen.

Er seufzte erneut tief.

Vielleicht hätte er sie anrufen sollen. Aber was hätte er ihr sagen sollen? Sie hatte allen Grund, ihn zu hassen. Nach all dem, was er ihr im Verlauf dieses Sommers angetan hatte …

Er war so lange Zeit wütend gewesen. Er hatte immer gedacht, dass es sich um ein unkompliziertes Gefühl handelte und es nur die eine Art und Weise gab, damit umzugehen. Aber alles war natürlich viel komplizierter.

Er stützte sich aufs Geländer und betrachtete die Giebel der Häuser in der Ferne.

Im Verlauf der Jahre hatte er an so vielen Weggabelungen gestanden, hatte sich so oft entscheiden müssen. Doch das hatte er immer bewusst und, ohne zu zögern, getan.

Er hatte sich immer für die Rache entschieden, und es hatte sich immer richtig angefühlt, ihm Genugtuung verschafft. Aber in der vergangenen Woche hatte er sich immer öfter gefragt, ob er sich womöglich an irgendeiner Weggabelung falsch entschieden hatte.

Er schaute in den Himmel und dachte nach.

Da war etwas, das ihm nicht aus dem Kopf ging. Etwas, das Michel zu ihm gesagt hatte. Nur was?

Er nahm sein Mobiltelefon zur Hand und rief ihn an.

»Was ist?«, fragte Michel kurz angebunden.

»Ich muss gerade an das denken, was du vorhin gesagt hast«, meinte David. »Wenn Carolina die Vergangenheit hinter sich lassen konnte, muss ich es doch auch können. Das hattest du gemeint, oder? Als wir uns über die Jugendlichen unterhalten haben, denen man Fehler zugestehen sollte. Das, was auf Skogbacka passiert ist, war zwar schlimmer als einfacher jugendlicher Leichtsinn, aber man muss es trotzdem hinter sich lassen. Vielleicht nicht unbedingt verzeihen, aber zumindest doch verstehen, oder? Ich meine, diesen Taten hatten ja auch ihren Ursprung.«

Er verstummte.

Die Gedanken wirbelten ihm so rasch durch seinen Kopf, dass er sie kaum zu fassen bekam. Damals auf Skogbacka waren Peter, die anderen und er selbst noch so jung gewesen. Die Schikanen waren entsetzlich. Die Demütigungen, die Mobbingpraktiken und die brutale Kameradenerziehung – sie hatten sich wie Tiere benommen. Aber in dieser Art von Schule war Unterdrückung ein Teil des aberwitzigen Bildungskonzepts, die Gewalt steckte tief in den alten Gemäuern und wurde praktisch erwartet. Es war unmenschlich. Aber war es auch unverzeihlich?

Konnte man so ein Verhalten verzeihen?

Musste man verzeihen?

Er glaubte nicht an Vergebung, war der Meinung, dass jeder selbst entscheiden musste, ob er bereit war zu verzeihen. Aber vielleicht hatte er sich für einen Weg entschieden, der ihn dazu gezwungen hatte, in der Vergangenheit zu verharren. Wollte er das wirklich?

»Hallo?«, rief er. »Michel? Bist du noch dran?«

Michel atmete schwer, als bekäme er keine Luft. »David, ich muss jetzt auflegen. Hab gedacht, es sei etwas Wichtiges. Ich bin ziemlich beschäftigt.«

Michels Stimme verschwand.

David legte sein Handy zur Seite. Er starrte geradewegs ins Leere. All die Floskeln, die ihm jemals im Zusammenhang mit Rache in den Sinn gekommen waren – und die er immer als Plattitüden angesehen hatte –, gingen ihm jetzt im Kopf herum.

Das, was auf Skogbacka geschehen war: die Misshandlung und die Vergewaltigung, das war … Ihm fehlten regelrecht die Worte. Es war schlicht und einfach das Schlimmste gewesen, was ihm in seinem Leben widerfahren war. Die Erinnerung daran, als sie Carolina gefunden hatten. Die Gewissheit, dass die Vergewaltigung die Vergeltung dafür gewesen war, dass er sich nicht hatte unterordnen wollen. Seine eigenen Schuldgefühle, die ihn fast umgebracht hätten. Der Hass. Er hatte letzten Endes sein Leben bestimmt. Ein Rächer, der das Gefühl der Rache auskostete. Er hatte ihn zu dem Menschen werden lassen, der er heute war. Zu einem Mann, der sich zum ersten Mal selbst nicht mehr mochte. Ein Mann, der das Leben der Frau zerstört hatte, die er liebte.

Er fuhr sich mit der Hand übers Gesicht und überlegte, ob er sich noch ein Bier holen oder duschen gehen oder vielleicht ein Buch lesen – irgendetwas *tun* – sollte, blieb jedoch stehen.

Caro hatte nach vorn geschaut. Er selbst hatte es nicht getan.

Sie war die ganze Woche lang sauer auf ihn gewesen. Für ihn war es völlig ungewohnt, dass Caro sauer auf ihn war. Sie hatte ihm kühl zur Übernahme gratuliert. Doch dann hatte sie ihn angeraunzt, dass sie es leid war, die Last auf sich nehmen zu müssen, eine Person zu sein, für die er sich rächte, und hatte ihn mit seinem krankhaften Kontrollbedürfnis zur Hölle geschickt. Darüber hinaus hatte sie sich geweigert, mit ihm über Peter de la Grip zu sprechen, und dann hatte sie sich mit Carl-Erik auf einen Kaffee getroffen, bevor sie zurück nach Dänemark und zu ihrem *Freund* geflogen war.

Aber sie hatte recht. Er hatte nur nie darüber nachgedacht. Dass es für sie zu einer Last wurde, wenn er das Geschehene nicht loslassen konnte. Jetzt würde er damit aufhören, aufhören sie zu kontrollieren und ihr Leben für sie zu leben.

Eigenartig, wie schwer ihm das fiel, wie gut es sich aber zugleich anfühlte: Er spürte nicht länger die Bürde der Verantwortung für das Wohlbefinden eines anderen Menschen auf den eigenen Schultern. Er hätte es schon vor langer Zeit begreifen müssen, denn Carolina hatte ihm längst klargemacht, dass sie inzwischen erwachsen war.

Er starrte weiter in die Ferne.

Nein, er war nicht besonders smart.

Nach der Begegnung mit Peter hatte ihn noch eine andere

Frage stark beschäftigt: Hatten bei diesem Coup möglicherweise noch weitere Beweggründe eine Rolle gespielt?

Verdammt auch, es war ganz schön nervenaufreibend, sich mit dieser Frage auseinanderzusetzen.

Merkwürdigerweise hatte er sich in Peter selbst wiedererkannt. Dieser Kampf darum, die Anerkennung seines Vaters zu gewinnen. Worum war es bei dieser Revanche letztlich gegangen – wenn nicht darum, seinem leiblichen Vater beweisen zu wollen, dass er, David, etwas wert war? Wie kam es nur, dass es ihm nie zuvor aufgefallen war? Er hatte Peters inneren Kampf mit angesehen und plötzlich gewusst, dass er selbst gerade genau den gleichen ausfocht.

Er war es satt, in der Vergangenheit zu leben. So satt, von den Dämonen seiner Vergangenheit heimgesucht zu werden. Carolina hatte recht. Natalia hatte recht. Rache zog nichts Gutes nach sich. Jedenfalls nicht auf lange Sicht. Der kurzfristige Triumph und die Erleichterung wurden immer schneller durch Leere ersetzt. Wenn es Carolina gelungen war, nach vorn zu schauen, würde es ihm ebenfalls gelingen. Den Blick nach vorn zu richten und aufzuhören, in der Vergangenheit zu wühlen. Ein besserer Mann und Mensch zu werden. Einen anderen Sinn im Leben zu suchen.

Und *wenn* er loslassen konnte …

David holte tief Luft. Er war ziemlich durch den Wind.

Wenn er das, was geschehen war, hinter sich lassen konnte, wenn er Peter und den anderen zwar nicht verzeihen, aber sie doch immerhin verstehen konnte. Wenn – und das war wohl fast das Wichtigste – wenn er sich selbst verzeihen und sich mit dem Teenager aussöhnen könnte, der er damals gewesen war …

David richtete sich auf.

Wenn er zu all dem in der Lage wäre …

Dann könnte er auch versuchen, Natalia zurückzugewinnen.

Plötzlich fiel es ihm wie Schuppen von den Augen. Er wollte Natalia haben. Unbedingt. Nicht für ein Date oder einen Flirt. Er liebte sie auf eine Art und Weise, wie er noch nie jemanden zuvor geliebt hatte, vielleicht gar nicht in der Lage gewesen war zu lieben. Seine Rachegelüste hatten alles andere unterdrückt, sodass es in seinem Leben keinen Platz für andere Menschen gegeben hatte. Er war einsam gewesen, auch wenn er sich nie einsam gefühlt hatte. Doch als er Natalia begegnet war, hatte er das Gefühl gehabt, eine ganz neue Dimension des Lebens zu entdecken. Er wollte sie haben. Und er hoffte, dass sie ihn auch haben wollte. Bedingungslos. Als Mann. Als ihren Mann.

Er streckte sich nach seinem Handy und rief erneut bei Michel an.

»Was ist?«

»Das, was geschehen ist, werde ich zwar nie vergessen können«, sagte David, von einem völlig neuen Gefühl erfüllt.

Natalia würde es ihm nicht leicht machen. Er hatte sie verletzt, immer wieder aufs Neue. Hatte ihr etwas vorgemacht.

»Aber ich akzeptiere, dass es geschehen ist«, fügte er langsam hinzu. »Auch wenn es sich unglaublich anfühlt. Aber ich werde das, was auf Skogbacka passiert ist, hinter mir lassen. Wenn Carolina es kann, kann ich es ja wohl auch.«

»David?«

»Was ist?« David war vor lauter Euphorie fast nach Lachen zumute. Es wurde Zeit. Zu dem Mann zu werden, der er sein wollte.

»Ich schalte jetzt mein Handy aus.«

63

Sonntag, 3. August

»Und wie kommt es, dass du heute Zeit für mich hast?« Natalia versuchte, sich nicht anmerken zu lassen, dass sie leicht sauer war. »Warum bist du nicht mit Michel zusammen?«

Die Frage war berechtigt. Åsa hatte in dieser Woche jeden Abend gemeinsam mit ihrem neuen Liebhaber verbracht. Nicht, dass Åsa und sie sonst immer etwas gemeinsam unternahmen, doch ihre Freundin war seit der Aktionärsversammlung am vergangenen Montag so gut wie unsichtbar gewesen. Natalia hatte nie besonders viele Freunde gehabt, und der Kreis war seit dem Coup gegen Investum definitiv noch geschrumpft. Darüber, was erst geschehen würde, wenn die Tatsache ihrer ungewissen Abstammung öffentlich wurde, wollte sie gar nicht erst spekulieren. Die Aristokratie war nicht gerade bekannt dafür, sich mit verstoßenen unehelichen Kindern solidarisch zu zeigen.

Kurzum, sie fühlte sich einsam.

»Michel ist zum sonntäglichen Abendessen zu seiner Familie gefahren«, antwortete Åsa.

Auf dem Tisch standen Wein für Åsa und Mineralwasser für Natalia. Sie nahm die vom Kondenswasser tropfende Chardonnay-Flasche aus dem Weinkühler und schenkte sich nach, bevor es ein Kellner für sie übernehmen konnte.

»Offenbar treffen sie sich jeden Sonntag«, fuhr Åsa fort. »Aber ich bin wirklich noch nicht bereit dafür, seine Mutter, seinen Vater und seine Schwestern zu treffen. Ganz abgesehen von seinen Onkels, Cousinen und Cousins.« Sie warf Natalia einen verzweifelten Blick zu. »Ich glaube, insgesamt hat er siebzig Verwandte. Lebende.« Sie strich mit dem Finger über ihr beschlagenes Glas und lehnte sich in ihrem Rattan-Sessel zurück. Dann streckte sie ihre Beine aus und betrachtete ihre knallblauen italienischen Schuhe. Obwohl sie bereits einen Schwips hatte, strahlte sie mehr Sex-Appeal aus als je zuvor. Das weiße Kleid, die blauen Schuhe und ihre Verliebtheit standen ihr fabelhaft.

»Wer zum Teufel hat denn so viele Verwandte?«, murmelte Åsa vor sich hin. »Das ist ja geradezu proletarisch.«

Natalia lächelte. Åsa war so lange einsam gewesen, dass siebzig Verwandte genau das waren, was sie jetzt brauchte, auch wenn sie sich ihre Kleidung lieber in einem Versandhaus bestellen würde, als dies zuzugeben.

Natalia lehnte sich ebenfalls zurück und entspannte sich auf den bequemen Sitzkissen. Obwohl es noch früh am Abend war, war die Terrasse der Lounge voll besetzt. Mit Touristen und einigen wenigen Stockholmern so wie Åsa und ihr, die sich auf ein Glas Wein trafen.

Oder, in Natalias Fall, Mineralwasser.

»Wie geht's dir?«, fragte Åsa.

Natalia zuckte mit den Schultern. »Schwer zu sagen. Eigentlich ganz okay. Mit der Schwangerschaft ist alles in Ordnung und vollkommen normal. Der Geburtstermin ist für März berechnet.«

»Und mit deiner Familie?«

»Ich weiß nicht.« Sie griff sich automatisch mit der Hand an den Hals, nahm sie jedoch wieder herunter. Sie hatte die Perlenkette mit dem Familienwappen abgenommen. »Es fühlt sich merkwürdig an«, fuhr sie wahrheitsgemäß fort, als würde ein Teil von ihr, der de-la-Grip-Teil, gerade ausradiert werden. »Als wüsste ich nicht mehr genau, wer ich eigentlich bin.« Stattdessen legte sie die Hand auf ihren Bauch, eine Geste, die sie sich angewöhnt hatte und die sich ganz natürlich anfühlte. Jetzt waren sie zu zweit, sie und der kleine Embryo da drinnen. Noch sah man ihr nichts an, aber ihre Kleidung saß bereits etwas enger, und der Beschützerinstinkt, der sie in Wellen überkam, überrumpelte sie jedes Mal angesichts seiner Stärke.

In gewisser Weise fühlte sie sich bereits jetzt als Mutter.

Von ihrer eigenen Mutter hatte sie noch immer nichts gehört. Auf der Aktionärsversammlung hatten sie kaum miteinander geredet, und danach hatte Totenstille zwischen ihnen geherrscht. Natalia hatte versucht, sie anzurufen. Ein ums andere Mal. Doch mehr konnte sie nicht tun. Man konnte niemanden dazu zwingen, einen vorbehaltlos zu lieben, nicht einmal die eigene Mutter. Es war nicht das erste Mal, dass Natalia mit eiskaltem Schweigen bestraft wurde. Die Frage war nur, ob es sich um einen begrenzten Zeitraum handelte oder ob es diesmal für immer sein würde. Sie konnte sich nur schwer vorstellen, dass ihre Mutter nie wieder etwas mit ihr zu tun haben und niemals ihr Enkelkind sehen wollte. Aber es hatte so vieles gegeben, was sie sich nur schwer vorstellen konnte, und dennoch war es passiert. Man konnte nie wissen.

Vor langer Zeit, als Natalia zehn und Alex neun Jahre alt war, war ihre Mutter einmal böse auf sie gewesen. Sie erinnerte sich nicht einmal mehr an den Grund dafür. Es war im Sommer gewesen, und ihre Mutter hatte wütend das Haus verlassen. Ihr Vater war wie immer unterwegs gewesen, wie auch Peter. Natalia hatte Angst bekommen, doch ihr zehnjähriger Verstand hatte ihr suggeriert, dass ihre Mutter zurückkehren würde, vielleicht nicht unbedingt ihretwegen, aber doch wegen Alexander – ihrem Lieblingskind. Doch sie kam nicht zurück, die ganze Nacht nicht, und Natalia hatte Todesängste ausgestanden. Alex hatte so große Angst gehabt, dass er krank geworden war. Sie fragte sich, ob damals dieses Gefühl in ihr entstanden war, unwichtig und unwürdig zu sein, wenn es wirklich darauf ankam.

Ebba war erst am nächsten Morgen wieder nach Hause gekommen, und Natalia war in dem Moment klar geworden, dass die Bedürfnisse ihrer Mutter vorgingen. Trotzdem hätte sie nicht erwartet, dass ihre Mutter imstande wäre, sie mit Missachtung zu strafen, weil sie ein Kind erwartete. Sie hätte es besser wissen müssen.

Sie fragte sich, ob Alex sich noch an den Vorfall erinnerte. Damals waren sie stillschweigend übereingekommen, niemanden anzurufen. Natalia hatte sich zu ihrem Bruder ins Bett gelegt und ihn getröstet, obwohl sie selbst von Panik ergriffen wurde. Eigenartig, dass sie dieses Erlebnis fast vergessen hatte. Sie trauerte ihrer Mutter nach, und ihr wurde bewusst, dass sie selbst immer diejenige gewesen war, die am meisten geliebt hatte. Es waren eine ganze Reihe Dinge, die sie traurig stimmten. Einiges erschien ihr nun in neuem Licht, außerdem wurden immer neue Tatsachen aufgedeckt, mit denen sie irgendwie umgehen musste – beispielsweise ein ihr noch immer unbekannter Vater, zu dem sie ihre Mutter noch nicht befragen konnte. Brüder, die eigentlich Halbbrüder waren, und Geheimnisse, von denen andere wussten, sie aber nicht. Doch in all diesem Chaos …

»Was denkst du?«, fragte Åsa.

»Ich fühle mich frei«, antwortete Natalia. »Frei von Erwartungen und Zwängen. Ich muss mich nicht auf eine bestimmte Art verhalten, um irgendwo dazuzugehören, ich bin ganz einfach frei.«

Åsa schüttelte den Kopf. »Dieser Sommer ist mit Abstand der merkwürdigste, den ich je erlebt habe«, sagte sie und folgte zwei eng umschlungenen Lesben mit ihrem Blick. »Ich meine, ich habe immer gedacht, dass *mein* Leben dramatisch ist. Aber plötzlich tauchen tote Schwestern auf, die gar nicht tot sind, und diverse geheime Väter. Überall nur Lug und Betrug.« Sie schüttelte den Kopf, sodass die Locken auf ihrem Kopf hin und her wippten. »Und das, was Peter sich bei den Wahlen geleistet hat. Das werde ich nie vergessen. Es war wie im Film.«

»Ja«, pflichtete Natalia ihr bei. Die Wirtschaftszeitungen waren nach wie vor voll von Analysen und Spekulationen.

»Hast du noch etwas von Peter gehört?«, fragte Åsa.

»Nein«, antwortete Natalia. »Er ist einfach abgetaucht. Alex, der im Übrigen der Einzige in der Familie ist, zu dem ich Kontakt habe, glaubt, dass er verreist ist. Ich habe keine Ahnung.« Sie verzog leicht angewidert den Mund. »Aber Louise hat eine Rundmail verschickt und allen mitgeteilt, dass sie sich scheiden lassen wird.«

»Ja, die habe ich auch bekommen«, meinte Åsa. »Und deine Mutter? Hast du schon mit ihr gesprochen?«

Natalia schüttelte den Kopf. »Nein.«

Åsa sah betroffen aus. »Sie ist schon immer so gewesen, oder?«

»Ja«, antwortete Natalia rasch, denn sie hatte einfach keine Kraft mehr, über ihre auseinanderfallende Familie zu sprechen.

»Du kommst allein zurecht, aber Papa braucht mich jetzt«, waren die letzten Worte ihrer Mutter auf der Aktionärsversammlung, danach hatten sie nicht mehr miteinander geredet, kein einziges Mal. Alexander hatte ihr in einer SMS mitgeteilt, dass ihre Eltern ihre Sachen gepackt hätten und zu ihrem Gut nach Frankreich gefahren wären. Wenn Alex nicht von sich hätte hören lassen, hätte sie nicht einmal das gewusst. Natürlich hätte sie es sich auch selbst zusammenreimen können, allein schon aufgrund dessen, was in den Zeitungen stand. Der Sturm der Kritik war unbarmherzig gewesen.

Jemand hatte einen Film auf YouTube eingestellt. Er zeigte Fotos von Gustaf de la Grip bei unterschiedlichen Gelegenheiten, die zu einer Collage zusammengeschnitten worden waren. Doch es waren nicht die Fotos gewesen, die den Skandal verursacht hatten, sondern der Ton. Die Tonspur des YouTube-Films war ein geschickter Zusammenschnitt von Gustafs Ausraster beim Meeting nach den Vorstandswahlen. Wenn man wollte, konnte man sich Gustafs Bemerkung über Hottentotten und Neger dort beliebig oft anhören. Die Existenz des Films hatte sich mit Blitzgeschwindigkeit herumgesprochen, und er war bereits unzählige Male aufgerufen worden. Alex hatte ihr erzählt, dass er sogar in andere Sprachen übersetzt worden war. Natalia hatte ihn zwar noch nicht gesehen, aber das glaubte sie sofort.

Mit unmittelbarer Wirkung hatte Gustaf all seine Posten in der schwedischen Wirtschaft niedergelegt. Dann war er überstürzt in den Ruhestand gegangen, und danach war er außer Landes geflohen, wie sie annahm. Von diesem Fiasko würde er sich nie erholen. Er war sowohl in der Finanzbranche unten durch als auch bei seinen adligen Bekannten und Verwandten – in Kreisen, in denen man zwar selbst nach außen hin frauenfeindliche Bemerkungen fallen lassen konnte, aber niemals etwas Rassistisches von sich geben durfte. Für ihn würde es keine weiteren Jagden oder Abendessen gemeinsam mit dem König geben. Keine Einladungen oder Ehrenämter. Er war über sein eigenes Unvermögen gestolpert, und der Aufprall war hart.

Sie wusste, dass Gustaf selbst schuld war, aber irgendwie taten er und ihre Mutter ihr dennoch ein wenig leid. Keiner von beiden war besonders gut für das gerüstet gewesen, was geschehen war. Fatal. Fatal, aber unausweichlich.

»Wie läuft's mit Michel?«, fragte Natalia stattdessen. Diese Gedanken deprimierten sie zu sehr. Erst hatte sie eine große

Familie gehabt und jetzt plötzlich gar keine mehr. »Ich meine, mit euch beiden.«

»Gut. Wir reden überhaupt nicht über die Zukunft, was sehr angenehm ist. Ich bin nicht gerade gut, was das betrifft. Aber er ist super.« Åsa grinste und wand sich auf dem Polster ihres Stuhls. »Absolut super. Ich meine, super-super …«

»Danke«, unterbrach Natalia sie rasch. »Ich verstehe. Bitte keine Details.«

Natürlich freute sie sich für Åsa. Aber sie war auch etwas neidisch.

Sie nippte nachdenklich an ihrem Wasser.

Sie wünschte, sie wäre David gegenüber, als sie sich am vergangenen Montag gesehen hatten, ehrlicher gewesen. Aber es war schwierig, da sie nicht einmal sich selbst gegenüber ganz ehrlich war. Weil sie sich nicht traute, zu ihren Wünschen zu stehen. Das war das Trauma und der rote Faden, der sich durch ihr Leben zog. Ihre Überzeugung, es nicht wert zu sein, so geliebt zu werden, wie sie war. Warum sollte es ihrer Mutter sonst so leicht fallen, sie im Stich zu lassen? Und Jonas? Sie war schlicht und einfach keine Frau, um die es sich lohnte zu kämpfen, im Gegenteil, man verließ sie eher. Vielleicht hatte sie ja etwas an sich, das es nicht wert war zu lieben, einen Mangel, der ihr selbst nicht bewusst war, den andere jedoch sahen.

Sie schüttelte energisch den Kopf. Schließlich wollte sie nicht in Selbstmitleid ertrinken.

»Geliebte Natalia«, sagte Åsa und legte ihre Hand auf Natalias. Ihr goldenes Armband, ein Erbstück, blitzte auf. »Du musst ihm von dem Kind erzählen, das ist dir doch klar, oder?«

»Ja, kann schon sein«, seufzte Natalia, die keineswegs davon überzeugt war, dass sie das musste. »Aber du weißt ja, David denkt wie du«, fuhr sie fort. »Er will auch keine Kinder.« Sie schaute Åsa an, zog die Augenbrauen hoch und fragte: »Wenn jemand auf dich zukommen und dir sagen würde, dass du Mutter wirst, würdest *du* dich freuen?«

Åsa setzte eine schulbewusste Miene auf. »Nicht gerade überschwänglich«, gab sie zu. Doch dann zeigte sie entschieden mit dem Finger auf Natalias Bauch. »Aber das ist etwas ganz anderes.«

Natalia schüttelte den Kopf. Es war keineswegs etwas anderes, und sie hatte keine große Lust, ein weiteres Mal von David abgewiesen zu werden.

Åsa nahm die Weinflasche aus dem Kühler und stellte fest, dass sie leer war. »Oh verdammt.« Sie bedeutete dem Kellner, eine neue zu bringen. »Ich muss ja morgen nicht zur Arbeit«, bemerkte sie trocken. »Im Büro herrscht das reinste Chaos. Die Leute von Hammar Capital sind wie die Heuschrecken bei uns eingefallen. Ein Kopf nach dem anderen muss rollen. Noch mehr Dramatik vertrage ich nicht, also habe ich mir einfach Urlaub genommen. Irgendwann muss ich zwar meinen Platz räumen, aber ich mag Rima und hab ihr versprochen, so lange zu bleiben, wie sie mich braucht.«

Natalia nickte. Eine Unternehmensjuristin, die mit einem der Chefs zusammen war, konnte man nicht halten. »Und was machst du dann?«

Åsa zuckte mit den Schultern. »Ich überlege, ob ich etwas ganz Neues anfange. Aber erst mal werden Michel und ich irgendwohin wegfahren.«

Sie stürzte sich in einen Monolog über alle von Michels Vorzügen, und Natalia gestattete sich, für eine Weile die Ohren auf Durchzug zu stellen. Sie hatte ihre Freundin noch nie so glücklich erlebt, und natürlich freute sie sich riesig für Åsa, fand es aber auch etwas anstrengend. Åsa strahlte förmlich übers ganze Gesicht, und manchmal wurde es Natalia einfach zu viel.

Natalia nickte, lächelte und ließ sich gedanklich langsam davontreiben, während sie den gedämpften Geräuschen im Lokal und Åsas fröhlicher Stimme lauschte. Vielleicht, vielleicht würde sie das alles irgendwie überstehen können. Sie brauchte kein Selbstmitleid zu haben, im Gegenteil, das Leben hatte ihr weitaus mehr gegeben als den meisten anderen Menschen.

Sie hatte immer geglaubt, sich ihren Erfolg verdient zu haben, aber in Wirklichkeit hatte es sich um reines Glück gehandelt. Sie hatte das Glück gehabt, in eine reiche Familie hineingeboren zu werden, eine Ausbildung erhalten und Sicherheiten zu haben sowie ein angenehmes Leben zu führen. Dafür war sie dankbar. Wahrscheinlich wäre es zu viel verlangt, auf mehr zu hoffen.

Sie war nicht auf die Liebe der Eltern oder eines Mannes angewiesen, um zu überleben. Sie würde schon zurechtkommen. Und irgendwann würde es nicht mehr wehtun. Man konnte sich an alles gewöhnen.

Und dann, als sie den Blick hob, stand er dort.

Sein dunkles, noch feuchtes Haar sah frisch gewaschen aus.

Sein Blick war ernst, die Lippen hatte er fest aufeinandergepresst.

Er trug ausgeblichene Jeans und ein weißes T-Shirt. Die Sonnenbrille in der Hand, die teure Uhr am Handgelenk, sonst nichts.

Verdammt attraktiv.

Auf ihrer Haut begann es zu prickeln wie von Nadelstichen. Ihr Mund wurde trocken. Die Übelkeit, die sich bislang dank Schatten, Mineralwasser und Eiswürfeln in Grenzen gehalten hatte, überfiel sie nun gnadenlos.

David.

Verdammter Mist aber auch.

64

David stand völlig reglos da. Er konnte einfach nicht den Blick von Natalia wenden. Sie saß unter einem Sonnenschirm auf der Terrasse eines Lokals und betrachtete ihn mit ihren intelligenten Augen.

Vielleicht war es Schicksal, dass sie sich hier begegneten. Vielleicht auch reiner Zufall.

Vielleicht hatte er aber auch genau gewusst, wo sie sich gerade aufhalten würde.

Eine besondere Aura schien sie zu umgeben, wie sie dort saß in ihrer schwarzen Leinenhose und der ärmellosen Bluse. An den Füßen trug sie schwarze Sandaletten, und dann diese langen Beine. Alles, aber auch alles an ihr war perfekt.

Sie war perfekt, aber da war noch etwas anderes.

David konnte nicht genau sagen, was an Natalia anders war, aber irgendetwas war definitiv anders. Ihre Haltung? Oder die Tatsache, dass sie ganz in Schwarz gekleidet war? Schwarz war eine dramatische Farbe, die ihr gut stand. Sie ließ sie unbändig und stark erscheinen.

David ging auf sie zu. Erst dann erblickte er Åsa, die ihm vorher überhaupt nicht aufgefallen war. Wie auch alle anderen Menschen es nicht taten, wenn Natalia in der Nähe war.

Åsa bedachte ihn mit einem säuerlichen Lächeln, hob eine Hand und wedelte träge mit den Fingern in seine Richtung.

»Hej«, sagte David, als er sich einen Weg an ihren Tisch gebahnt hatte.

Natalia hob den Kopf und schaute ihn an. Ihre goldenen, ernsten und unergründlichen Augen begegneten seinem Blick, ohne ihm auszuweichen, und er wurde von einem seltsamen Gefühl erfasst, als kippte der Erdball gerade um einige Grade. Jetzt oder nie. Åsa begrüßte ihn, doch David sah sie kaum, auch wenn ihm vage bewusst wurde, dass er sich unhöflich verhielt. Aber er war nicht in der Lage, seinen Blick von Natalia abzuwenden. Sie trommelte mit den Fingern auf die Tischplatte. Ihre Fingernägel waren dunkel und glänzten, ebenfalls nahezu schwarz, und er ahnte, dass sie nicht vorhatte, es ihm leicht zu machen.

Gut, sein Körper war so voller Adrenalin, dass es in seinen Ohren dröhnte. Er war für die Auseinandersetzung, die sicher folgen würde, gewappnet. Und er hatte vor, sie zu gewinnen.

Åsa lehnte sich auf ihrem Korbstuhl zurück. Sie legte einen Arm auf die Lehne und sagte in bissigem Ton: »Mister Hammar. Sie machen also einen kleinen Sonntagsspaziergang?«

»Unter anderem«, entgegnete er und nagelte Natalia weiter mit seinem Blick fest. Er würde Åsa Bjelke nicht die Initiative überlassen. »Ich würde gern mit Natalia sprechen«, sagte er. »Und zwar allein.«

Åsa starrte ihn an. Sie war eine Frau, zu der die Königsfamilie und nicht zuletzt die Medien aufsahen. So etwas war sie nicht gewohnt. »Machen Sie Witze?«, fragte sie.

David hob eine Augenbraue. Letztlich war er ihr Chef, ihr Arbeitgeber, und er hatte nicht die Geduld, sich von seinen Plänen ablenken zu lassen. »Sehe ich aus, als würde ich Witze machen?«

Åsa musterte ihn. Doch sie war diplomatisch genug, den Mund zu halten, nahm stattdessen ihre Handtasche an sich und fragte Natalia mit einem lang gezogenen Seufzer: »Ist es okay, wenn ich gehe?« Sie starrte David wütend an. »Und dich mit ihm allein lasse?«

Natalia nickte. »Danke«, sagte sie und fügte hinzu: »Sorry.«

Åsa verdrehte die Augen. »*Du* musst dich für nichts entschuldigen.«

Sie stand auf, elegant wie immer, und schob sich an David vorbei. Sie starrte ihn weiterhin an, während es ihr mit ihren weichen Kurven, dem leicht glasigen Blick und ihrem teuren Parfüm gelang, ihm mehr als deutlich zu signalisieren, dass er zwar faktisch ihr oberster Chef sein mochte, sich aber dennoch gewaltig in Acht nehmen sollte. »Adios«, sagte sie und spazierte mit wiegendem Gang von dannen, wobei alle Männer im Umkreis sie mehr oder weniger offen angafften.

Außer David.

Denn David hatte ausschließlich Augen für Natalia.

Natalia deutete stumm auf den leeren Stuhl, wie eine Königin, die eine Audienz bewilligte. David atmete aus. Er hörte die Geräusche um sich herum wieder und registrierte vages Gläserklirren und Gemurmel.

»Setz dich«, forderte Natalia ihn auf und fügte hinzu: »Der Stuhl ist frei.«

Er setzte sich, winkte einen Kellner heran und bestellte mehr Mineralwasser für sie beide.

»Wie geht es dir?«, fragte er.

Ein kurzes Lächeln huschte über ihr Gesicht. Sie tippte mit der Fingerspitze einen Tropfen des Kondenswassers an ihrem Glas an. »Tja, du weißt ja«, antwortete sie. »In meinem Leben passiert gerade nicht so viel.«

Angesichts ihrer offensichtlichen Lüge musste er lachen. Er war froh, dass sie Humor hatte. Humor war ein gutes Zeichen. »Und wie geht es deiner Familie?«, fragte er.

Sie wurde wieder ernst. »So lala.«

»Das tut mir leid«, sagte er und meinte es auch so. Natürlich wusste er von dem YouTube-Film, von der Flucht ihrer Eltern ins Ausland und dem Zerfall ihrer Familie. Das konnte niemandem entgangen sein.

David hatte darauf verzichtet, seine Geschäftsführerin mit seiner Vermutung zu konfrontieren, aber er wusste, dass die Söhne von Rima Campbell in den Neuen Medien ziemlich aktiv waren. Außerdem erinnerte er sich daran, wie strategisch günstig ihr Handy während des inzwischen legendären Meetings auf dem Konferenztisch gelegen hatte. Ob sie Gustafs Ausraster tatsächlich aufgenommen hatte und ob ihre Söhne daraufhin den Film zusammengeschnitten hatten, der Gustaf für alle Zukunft ruinieren sollte, darüber konnte er nur spekulieren. In seinen Augen war jedenfalls Gerechtigkeit geschaffen worden, und der alte Patriarch war durch eigenes Verschulden gestürzt.

Doch David hatte Natalia niemals wehtun wollen, auch wenn er genau das getan hatte. Unabhängig davon, was aus ihnen werden würde, musste er an seine Zukunft im Finanzsektor denken. Er konnte sich nicht noch weitere Fehltritte dieser Art leisten, die sein Gewissen belasteten. »Es tut mir aufrichtig leid.«

»Danke«, antwortete sie schlicht. »Und du? Wie läuft's mit Investum?«

»Es läuft gut. Du hast es dir nicht zufällig anders überlegt?«

Sie schüttelte langsam den Kopf. »Nein. Mit Investum habe ich abgeschlossen«, antwortete sie. »Definitiv.«

Ihre Hand lag auf dem Tisch. Die glänzend dunklen Fingernägel hoben sich von ihrer hellen Haut ab. David ließ seinen Blick übers Lokal schweifen. Er versuchte, sich zu sammeln und sich gegen den Sturm von Gefühlen zu wappnen, die sie in ihm weckte. Wie konnte er nur je so dumm gewesen sein – idiotisch geradezu – zu glauben, diese Frau könnte ihn völlig kaltlassen? Ihr ganzes Wesen zog ihn an. Die Härchen auf ihren Unterarmen richteten sich auf, ebenso wie seine, und er sah und spürte es.

»Ich musste darüber nachdenken, was du neulich gesagt hast«, begann David. »Über meinen …«, er räusperte sich unangenehm berührt, »… Vater.«

Sie legte den Kopf schräg und fragte: »Ja?«

»Meinen Vater«, wiederholte David und verstummte erneut. Verdammt, es würde eine Weile dauern, bis es ihm ohne Probleme über die Lippen kommen würde, dass er nun einen lebenden, offiziell existierenden Vater hatte.

»Carl-Erik und ich haben inzwischen miteinander gesprochen«, begann er nochmals. »Mehrfach. Demnächst wird eine Reportage über uns erscheinen. In einem Monatsmagazin. Darin werden wir uns, nehme ich an, als Vater und Sohn outen. Wir haben uns versöhnt. Er ist mein Vater. Er ist inzwischen Witwer, und ich habe sogar seine Töchter kennengelernt, wir haben zusammen Kaffee getrunken.«

Ausgerechnet sein Treffen mit den beiden ehelichen Töchtern war unerwartet entspannt gewesen.

Sie lächelte. »Deine Halbschwestern?«

»Genau.«

»Und wie waren sie?«

»Ganz reizend. Sie haben viel gelacht. Sie sind Carolina sehr ähnlich. Sie ist im Übrigen überglücklich.«

Natalia schaute ihn an. »Das hört sich gut an«, sagte sie, während ihre Augen zu glänzen begannen. Sie war gerührt, stellte er fest. Er hoffte, dass es ein gutes Zeichen war.

»Anscheinend besitzen wir ein Schloss in Skåne. Also meine Familie«, erklärte er.

Sie lachte auf. »Ich kann mir dich lebhaft als Schlossherren vorstellen.«

»Wirklich?«, fragte er skeptisch. Ihm selbst fiel es schwer, sich als Person zu sehen, die in einem Schloss lebte. Er war sich ja nicht einmal sicher, ob er mit dem Landleben etwas anfangen konnte.

Doch Natalia nickte, und er dachte, dass er dieser Frau zuliebe lernen könnte, sich mit Gras, Tieren und Wäldern zu arrangieren. Wenn es sie glücklich machte, könnte er das. Denn das war das Einzige, was er wollte – Natalia wieder glücklich sehen.

Er hatte selbstverständlich Gyllgarn für sie ausgelöst. Das gelb getünchte Gut, das sie über alles liebte. Unabhängig davon, was aus ihnen beiden werden würde, sollte sie es bekommen. Mittlerweile gehörte es einer Stiftung, und es waren noch einige praktische Dinge zu regeln, doch im Wesentlichen würde Natalia in Zukunft alle Entscheidungsgewalt besitzen, was Gyllgarn anbelangte. Zum Glück hatte es sich regeln lassen, dachte er. Ansonsten wäre er gezwungen gewesen, einen weiteren Coup zu inszenieren.

»Ich dachte …«, begann er und näherte sich seinem Ziel.

»Ja?« Ihre Stimme war ruhig und kühl. Die einer Geschäftsfrau, die es gewohnt war, knallharte Verhandlungen zu führen, und deren forsche Ader immer wieder durchkam. Er durfte sich keine Fehler leisten, wenn er sie für sich gewinnen wollte.

»Wenn du mich wegen meiner Person und wegen dem, was ich getan habe, nicht willst, dann muss ich das respektieren«, sagte er.

Ihre Hände lagen reglos in ihrem Schoß. Sie schaute auf sie hinunter, und ihre dunklen Wimpern flatterten. Es war unmöglich, ihren Blick zu deuten. Sie saß mit unbewegter Miene da, und David ermahnte sich wieder und wieder: Verlier sie nicht, was immer du tust.

Einen Augenblick lang hatte er angenommen, eine Chance zu haben. Da hatte sie einen ansatzweise fröhlichen und etwas aufgeregten Eindruck gemacht, doch jetzt verschloss sie sich wieder. Er fuhr fort, während sein Herz wie mit Hammerschlägen gegen die Innenseite seines Brustkorbs schlug. Die nächsten Minuten würden über den Rest seines Lebens entscheiden, denn er spürte, dass er keine weiteren Chancen erhalten würde, und er hatte ihr so verdammt wenig anzubieten.

»Ich kann die Dinge nicht ungeschehen machen«, sagte er leise. »Und womöglich habe ich alles zerstört.« Er legte seine Hand auf die Stelle des Tisches, auf der ihre zuvor gelegen hatte.

»Ich möchte dich um Verzeihung bitten«, sagte er. »Dafür, dass ich dich verletzt habe. Dafür, dass ich dich hintergangen habe. Für das, was ich dir an den Kopf geworfen habe. Für all das, was ich dir angetan habe. Dir und deiner Familie.«

»Danke«, sagte sie, doch er konnte anhand ihrer knappen Reaktion nicht ausmachen, was sie empfand.

»Ich kann nichts von all dem zurücknehmen, was ich gesagt oder getan habe«, fuhr er fort. »Und viel von dem, was wir gemeinsam erlebt haben, würde ich auch nie wieder zurücknehmen wollen. Die Zeit mit dir, Natalia …« Dann war er gezwungen, erst einmal Luft zu holen.

Sie schielte zu ihm hinauf.

»Als wir uns zum ersten Mal gesehen haben … Ich kann es nicht erklären. Aber ich habe noch nie so starke Gefühle für eine Frau empfunden wie für dich. Ich weiß, dass ich mich dir gegenüber schrecklich verhalten habe, das weiß ich sehr wohl, aber du musst mir glauben, wenn ich sage, dass es nie meine Absicht war, dir Schaden zuzufügen. Das, was wir miteinander geteilt haben – war von meiner Seite aus nie Berechnung. Im Gegenteil. Es waren die aufrichtigsten Gefühle, die ich je empfunden habe.«

Ihre Wimpern begannen erneut zu flattern.

»Ich weiß nicht, was ich glauben soll«, sagte sie. »Du hast einen extrem schlechten Ruf.«

»Ich weiß. Ein Teil davon stimmt leider auch. Aber ich habe nie jemandem bewusst Schaden zugefügt, es ging immer nur um Geschäfte.«

»Nur um Geschäfte?«

»Ja, auch bei Investum. Letztlich handelte es sich ausschließlich um Geschäfte und Finanzen.«

»Und bei den anderen Unternehmen?«

»Ich habe die Personen, die meine Familie ruiniert haben, aktiv aufgesucht und mich an ihnen gerächt«, antwortete er. »Aber lediglich mittels besserer Geschäftsideen. Nicht mittels Gewalt und auch nicht mittels Demütigungen. Ich kann nicht zurücknehmen, was ich getan habe, aber ich kann dazu stehen.«

»Gustaf hat erzählt, dass du mit der Frau eines anderen Mannes geschlafen hast. Und ich habe gelesen, dass du das Haus von irgendwem hast abreißen lassen. Das klingt verdammt persönlich. Und keineswegs nach Geschäften.«

»Das tut es. Aber es ist nur halb wahr. Ich bin mit einer geschiedenen Frau im Bett gelandet, und ich habe ein von Ungeziefer befallenes Haus abreißen lassen. Ich bin weiß Gott kein Heiliger, aber ich bin auch kein irrsinniger Rächer.«

»Nicht mehr, meinst du wohl«, warf sie ein.

Er schüttelte den Kopf. »Noch nie gewesen«, beteuerte er. Und das stimmte. Er war knallhart und an der Grenze zur Rücksichtlosigkeit entlang geschrammt. Aber er hatte die Grenze nicht überschritten. Noch nie war er so dankbar dafür gewesen wie jetzt. Er wollte Natalia in Zukunft nie mehr anlügen, dieses Versprechen nahm er sich selbst ab.

»Ich habe keine Ahnung, was du für mich empfindest«, fuhr er fort. »Aber ich möchte, dass du eines weißt. Ich muss es dir sagen dürfen.«

Sie schaute auf und sah ihn an. »Was denn?«

»Ich liebe dich«, sagte er.

Sie schluckte. »Wirklich?«, fragte sie flüsternd.

»Ja«, antwortete er schlicht.

Ihre Hände bewegten sich nicht, aber sie saß zumindest noch immer auf ihrem Stuhl.

»Aber dafür hasst du meine Familie«, entgegnete sie.

David verspürte einen Triumph in seinem Inneren.

Natalia versuchte, ihm Hindernisse in den Weg zu legen. Das war gut. Denn er war es gewohnt, Hindernisse aus dem Weg zu räumen. Er war sogar ein Experte darin.

»Ich bin es leid zu hassen«, erklärte er. »Du hast die ganze Zeit recht gehabt. Rache bewirkt, dass man stehen bleibt, auf der Stelle tritt. Aber ich will nicht mehr auf der Stelle treten. Ich liebe dich«, sagte er erneut. Er wollte nicht den geringsten Zweifel daran aufkommen lassen, dass er es ernst meinte.

»Aber es würde nie funktionieren«, wandte sie ein. »Ich will mich mit meiner Mutter treffen dürfen. Mit meinen Brüdern. Wie soll …«

»Ich meine, dass ich dich wirklich liebe«, entgegnete er ruhig. »Ich würde dich nie daran hindern, dich mit deiner Familie zu treffen. Ich würde dich sogar hinfahren. Und ich würde neben dir sitzen und lächeln und mich höflich mit ihnen unterhalten, wenn du es möchtest. Oder auch im Auto warten. Ich würde genau das tun, was du möchtest.«

Er legte seine Hand vorsichtig auf ihre. Für einen kurzen Augenblick blieben sie so sitzen, bis sie behutsam ihre Hand drehte, sodass ihre Handflächen aufeinanderlagen. Er drückte ihre Hand sanft, versuchte, ihr so zu vermitteln, wie viel sie ihm bedeutete und wie sehr er sich anstrengen würde, um sie nie wieder zu verletzen. »Ich weiß, wie wichtig dir deine Familie ist«, sagte er.

»Ich weiß nicht recht«, entgegnete sie zweifelnd.

Zweifel. Aber sie hatte nicht Nein gesagt.

Er beugte sich vor, nahm ihre andere Hand ebenfalls in seine und zog sie zu sich heran. »Was weißt du nicht?«, fragte er leise. »Sag es mir. Gib mir eine Chance, dein Vertrauen zu gewinnen.«

Sie schaute ihm geradewegs in die Augen. Jetzt war sie ihm so nahe, dass David die goldenen Flecke in ihrer Iris sehen konnte. Wenn er sich nur ein wenig weiter vorbeugte, würde er sie küssen können.

»Ich bekomme ein Kind«, sagte sie mit fester Stimme.

David zuckte zusammen.

Damit hatte er nicht gerechnet.

»Wie bitte?«

Natalia zog ihre Hände zu sich heran und legte sie wieder in den Schoß.

»Ich bin schwanger«, sagte sie ruhig und fügte hinzu, nur um möglichen Missverständnissen vorzubeugen: »Mit deinem Kind.«

David blinzelte leicht benommen.

»Und in welcher Woche?«, fragte er schließlich. Eigentlich hatte er keine Ahnung von Schwangerschaftswochen, aber diese Frage erschien ihm in diesem Moment so gut wie jede andere.

»In der siebten. Und ich habe vor, es zu behalten«, erklärte sie. Ihre Stimme klang leicht angriffslustig, was ihr Stärke verlieh.

Irgendetwas in Davids Innerem löste sich. Jetzt wusste er, dass sie eine Zukunft haben würden.

Das war es, was ihm an ihr aufgefallen war. Diese Stärke. Natalia würde eine wunderbare Mutter sein.

»Aber du hast doch erzählt, dass du keine Kinder bekommen kannst«, erinnerte er sich.

»Ja«, antwortete sie bedächtig. »Aber offenbar ist die Natur in diesen Dingen nicht besonders verlässlich.« Sie legte den Kopf leicht schräg. »Was denkst du? Bist du sauer?«

Sauer? David wusste nicht genau, wie er die Gefühle beschreiben sollte, die in ihm hochkamen, aber »sauer« traf es ganz gewiss nicht.

»Du hättest es mir schon vorher sagen sollen«, meinte er. »Ich hätte es wissen müssen. Dann wärst du nicht allein damit gewesen.«

Sie lächelte schwach.

Er wusste es. Es gab ein Hier und Jetzt für sie beide, und es würde eine Zukunft geben. Eine Zukunft für Natalia und ihn, und es verlieh ihm das Gefühl, Berge versetzen zu können.

Eine vage Empfindung breitete sich in seinem Körper aus.

Ein Gefühl, von dem er gar nicht gewusst hatte, dass er es empfinden konnte.

Glück.

»Ich möchte gerne Kinder haben«, sagte Natalia, wie um eventuelle Zweifel daran auszuräumen, was sie sich wünschte. Doch David hatte keine Zweifel.

Er lächelte. »Offenbar ist diese Sache ja bereits entschieden«, sagte er und ergriff erneut ihre Hand, diesmal entschlossen. Er drückte sie, und jetzt erwiderte sie seinen Druck.

»Ich möchte dieses Kind auch sehr gerne«, sagte er.

»Okay«, meinte sie. Ihre Stimme klang leicht benommen, als würde sie ihm nicht ganz folgen können. Er beschloss, sich diese Gegebenheit zunutze zu machen.

»Wolltest du mir noch mehr sagen?«, fragte er.

»Wie bitte?« Sie sah ihn verwirrt aus weit aufgerissenen Augen an und drückte seine Hand fest.

»Gibt es noch mehr Hinderungsgründe?«, fragte er.

»Hinderungsgründe?«

»Hindert uns noch etwas daran, ein Paar zu werden?«

Sie schaute ihn mit diesem Blick an, mit dem sie ihn schon oft durchbohrt hatte, und David traute sich kaum, Luft zu holen.

Natalia sagte nichts. Sie runzelte die Stirn und schaute zur Seite.

»Natalia?«

»Ja?«

»Liebst du mich?«

Sie sah ihn wieder an.

»Ja«, antwortete sie schlicht. »Ich liebe dich.«

David atmete aus. Er schnaufte förmlich. Dann spürte er, wie er zu lächeln begann, ein fröhliches Lächeln, das sich über sein ganzes Gesicht ausbreitete und das allem Anschein nach nie wieder verschwinden würde.

Natalia liebte ihn. Dem Himmel sei Dank. Er drückte ihre Hand, die er am liebsten nie wieder loslassen würde.

Sie schniefte. »Und jetzt muss ich auch noch heulen«, meinte sie. »Früher habe ich kaum geweint, aber inzwischen ständig. Die Hormone, du weißt schon.«

»Okay«, sagte David mit leicht zitternder Stimme.

»Ja«, meinte sie, wobei ihre Stimme überhaupt nicht zitterte.

Er nahm ihre Hand und küsste sie lange. Natalia legte ihre andere Hand auf seine Wange, und er sog ihren Duft ein. Außer ihnen beiden existierte in diesem Moment nichts. Er beugte sich vor, und seine Lippen berührten ihre. Es war ein ganz neuartiger Kuss, ein ernsthafter Kuss, der ihre Zukunft besiegelte.

Und alles war gut.

65

Mittwoch, 10. September

»Hej, tut mir leid, dass Sie warten mussten. Meg empfängt Sie sofort, bitte sehr.«

Natalia stand auf, richtete den Riemen ihrer Handtasche über der Schulter und folgte der Assistentin in ein farbenfroh eingerichtetes Büro. Sie war noch nie hier gewesen, doch sie kannte den Raum von diversen Fotos in Zeitschriften. Die Frau, die in diesem Büro residierte, ließ sich oft hier fotografieren.

Meg Sandberg hatte leuchtend rote Haare und trug einen lilafarbenen Blazer. Sie lächelte und schüttelte ihr die Hand. »Ich freu mich, dass Sie gekommen sind. Haben Sie es sich überlegt?«

Natalia nickte.

»Und?«

»Ihr Angebot schmeichelt mir sehr. Eigentlich habe ich großes Vertrauen in meine Kompetenzen, doch was den Ausschlag für meine Entscheidung gegeben hat, ist die Tatsache, dass Sie meine Mentorin sein werden.« Natalia lächelte Meg an und fügte hinzu: »Ich habe Sie immer bewundert.«

»Das freut mich. Sie müssen wissen, dass Sie meine persönliche Wunschkandidatin für diesen Job sind.«

»Ja, das habe ich gehört.«

»Als der Headhunter mich darüber informiert hat, dass Sie interessiert seien, wollte ich keine andere Person als Sie haben.«

»Ja, das Angebot kam überraschend schnell«, sagte Natalia.

»Es wird allerdings ein Unterschied sein, für mich zu arbeiten, im Vergleich zu J. O. Und Gustaf.«

»Ich weiß.«

»Gut. Dann willkommen an Bord.«

Damit war es entschieden. Natalia hatte einen neuen Job.

Sie würde in leitender Funktion zuständig sein für die Großkunden der Nordbank, eine der beiden größten Banken Schwedens. Ohne sich vorher mit jemandem zu beraten, ohne zu zögern und ohne genau zu wissen, ob sie möglicherweise unter Größenwahn litt, hatte sie diese ausgesprochen prestigeträchtige und herausfordernde Stelle angenommen. Es war ein Spitzenjob, dachte sie, während Meg ihr erneut die Hand schüttelte und sie mit knallroten Lippen anlächelte. Ein entscheidender Schritt nach oben und eine kleine Sensation, wenn man bedachte, wie jung sie war. Sie würde der Konzernleitung angehören, für nahezu ein Fünftel des Umsatzes der Bank verantwortlich sein, tausendfünfhundert Angestellte unter sich haben und ihrer fantastischen Chefin, der Geschäftsführerin Meg Sandberg, direkt unterstellt sein. Es war kurzum ein Job, für den viele ihr Leben geben würden.

»Ich freue mich auf eine inspirierende Zusammenarbeit«, sagte Meg.

»Ganz meinerseits.«

»Dann sehen wir uns in zwei Wochen. Haben Sie Pläne, was Sie in der Zwischenzeit machen werden?«, fragte Meg, während sie Natalia zur Tür begleitete.

Natalia lächelte. »Ich werde heiraten.« Sie schaute auf die Uhr. »Schon in wenigen Stunden.«

Später am Tag kam Natalia aus der Dusche, trocknete sich ab und cremte ihren Körper ein, bevor sie sich neue französische Unterwäsche anzog. Vorsichtig löste sie das dünne Baumwolltuch, in das der Friseur ihr Haar gehüllt hatte, um die frisch hochgesteckte Frisur zu schützen.

»Möchtest du es sehen?«, fragte sie Åsa, die auf einem Sessel drapiert an ihrem Champagner nippte. Åsa war bereits fertig umgezogen und sah in ihrem knielangen Elie-Saab-Kleid in kühlen Farbtönen hübscher denn je aus. Libanesisch stand ihrer Freundin in mehr als nur einer Hinsicht, dachte Natalia im Stillen. Sie hatten die vergangenen Stunden damit verbracht, sich ihre Haare frisieren und ihr Make-up richten zu lassen, bevor sie sich in die Suite zurückzogen, die David für sie reserviert hatte – die exklusivste Suite des Grand Hôtel mit eisgekühltem Champagner, Whirlpool und einem Panoramablick über Stockholm.

Behutsam öffnete Natalia die Schutzhülle ihres Brautkleids. Dann hielt sie das Kleid hoch, sodass Åsa die handwerkliche Schneiderkunst bewundern konnte.

»Das ist ja unglaublich«, rief Åsa atemlos und völlig ohne Ironie.

»Ja, ein Traum«, pflichtete Natalia ihr bei.

Die Form war klar und zeitlos. Im Schneideratelier hatten sie hart arbeiten müssen, um es in vier Wochen fertigzustellen. Winzige stoffbespannte Knöpfe, Verzierungen aus edler Spitze von Solstiss sowie ein meisterlicher Schnitt machten es zu einem Kunstwerk von Weltklasse.

»Es würde jede Prinzessin kleiden«, sagte Åsa. »Und diese Schuhe«, fuhr sie fort und warf einen lüsternen Blick hinunter in den dazugehörigen Schuhkarton. »Holy shit, sie haben genau die richtige Größe, wenn ich mir ein paar Zehen abhacke.« Sie stöhnte angesichts der hochhackigen Kreationen auf. »Ich könnte vor Neid sterben.«

Natalia hängte das Kleid auf dem Bügel in einen Türrahmen.

Åsa goss sich Champagner nach, während Natalia vor einen Spiegel trat und ihren Lipgloss aufbesserte.

Dann breitete sich eine plötzliche Stille aus.

»Ob ich wirklich das Richtige tue?«, fragte Natalia. Sie biss sich auf die Unterlippe, weil sie es eigentlich nicht hätte aussprechen wollen. Doch jetzt hingen die Worte in der Luft.

Åsa setzte sich auf. »Was?«

Natalia starrte in den Spiegel, aus dem ein ernstes Gesicht zurückstarrte. Tat sie wirklich das Richtige? Alles war so schnell gegangen. David wollte unbedingt, dass das Kind nicht unehelich geboren werden solle, was sie angesichts seiner leidvollen Geschichte auch verstehen konnte. Sie selbst war eitel genug zu heiraten, bevor sie kugelrund war, und deshalb hatten sie sich auf folgende Lösung geeinigt: eine Trauung im Grand Hôtel lediglich im allerkleinsten Kreis. Danach ein stilvolles Dinner und dann kurze Flitterwochen. David und sie würden morgen nach Nizza fliegen. Dort würden sie sich einen Leihwagen nehmen und für zehn Tage an der französischen Riviera Urlaub machen. Vielleicht war es albern, aber sie hatte schon immer davon geträumt, genau das zu tun, und der September war der perfekte Zeitpunkt dafür. Aber ihre plötzlich einsetzende Panik? David und sie kannten sich schließlich erst seit zweieinhalb Monaten. Wenn sie nun den größten Fehler ihres Lebens beginge?

»Jetzt gehen also in letzter Sekunde doch noch die Nerven mit ihr durch«, sagte Åsa und kippte ihren Champagner hinunter. »Und was ist mit ›Åsa, ich war mir in meinem ganzen Leben noch nie so sicher‹? Das hast du in den letzten Wochen andauernd zu mir gesagt.« Sie lehnte sich wieder zurück, und die blassen Farben ihres Kleides schimmerten in der Herbstsonne. »Aber es freut mich, dass du jetzt ein wenig kalte Füße bekommst. Denn die Ehe ist wirklich eine grässliche Idee. Ich werde jedenfalls nie heiraten.«

»So was kannst du doch nicht sagen!«, meinte Natalia und erstarrte. »Nicht jetzt. Bist du etwa gegen diese Hochzeit? Begehe ich einen Fehler? Åsa?« Sie fragte sich, ob sie nicht augenblicklich einen hysterischen Anfall erleiden würde.

»Ganz sicher. Aber man lernt ja aus seinen Fehlern. Wie ich gehört habe.«

»Verdammt, ich kann doch jetzt nicht alles abblasen«, rief Natalia, die nun wieder mit verbissener Miene in den Spiegel starrte. Sie zupfte sich das Haar zurecht und richtete ihre neue Unterwäsche, bevor sie das Kleid vom Bügel nahm. »Du bist mir eine schlechte Stütze.«

»Ich weiß. Aber ich liebe dich«, entgegnete Åsa und stand von ihrem Sessel auf. »Und ich will wirklich nur dein Bestes«, fuhr sie fort und hielt das Kleid in Position, während Natalia vorsichtig hineinschlüpfte. Es war ein kürzeres Modell, knielang und schlicht geschnitten, aber doch ein strahlend schönes Brautkleid.

»Aber?«

»Kein Aber. Das hier ist das Beste, das meine ich damit. Besser als so wird es nicht werden.« Åsa begann, die winzigen Knöpfe am Rücken zuzuknöpfen. »Ich habe noch nie zwei Menschen einander so sehr lieben und respektieren sehen wie euch beide.« Sie wankte leicht, und Natalia hörte einen Saum reißen.

»Bist du betrunken?«

»Nur ein bisschen. Jetzt steh still.«

Natalia stand still, während Åsa leicht fluchend die winzigen Knöpfe zuknöpfte.

»Mama hat auf keine meiner SMS geantwortet«, sagte Natalia über ihre Schulter hinweg, während Åsa konzentriert den letzten Knopf schloss. »Sie kommt nicht.«

»Das ist verdammt traurig.«

Natalia nickte. Es tat unglaublich weh.

»Und wer dein leiblicher Vater ist, hat sie auch noch nicht verraten, oder?«

»Nein.«

Sie würde gezwungen sein, dieses Rätsel selbst in Angriff zu nehmen, dachte Natalia, aber im Augenblick stürmten zu viele Veränderungen auf einmal auf sie ein, sodass sie kaum nachkam.

»Ich habe den Job übrigens bekommen«, sagte sie stattdessen, drehte sich zum Spiegel um und fingerte an einer losen Haarsträhne herum.

Åsa sank erneut in ihren Sessel. Sie füllte ihr Glas, erhob es und prostete Natalia zu. Wenn sie so weitertrank, würde Natalia mit einer Trauzeugin vorliebnehmen müssen, die sternhagelvoll war.

»Glückwunsch«, rief Åsa. »Dann sind ja bestimmt mindestens ein Dutzend Männer ziemlich angepisst, weil du dir den Job unter den Nagel gerissen hast. Aber ich finde es klasse, dass du all diese karrieregeilen Jungspunde aus der Branche aus dem Weg geräumt hast. Du bist ein wahres Vorbild.«

Natalia nickte zufrieden.

Mit der einflussreichen Meg, deren Ausstrahlung der eines Feuerwerks glich, Hände zu schütteln, hätte sie beinahe umgehauen. Zugleich war es ihr leicht bizarr vorgekommen, so schnell Ja gesagt zu haben. Danach war sie geradewegs zur Toilette gegangen und hatte sich übergeben.

Obwohl das natürlich auch an ihrer Schwangerschaft gelegen haben könnte.

»Ich werde sofort anfangen, wenn wir zurückkommen, und dann arbeite ich, solange ich kann«, sagte sie und inspizierte ihre Hochzeitsfrisur. Der Friseur hatte ein paar Strähnen lose heraushängen lassen und die restlichen Haare zu einem lockeren Knoten hochgesteckt. Darüber trug sie ein winziges Hütchen, eine Coiffe, die kaum mehr als ein weißer Hauch von Stoff war und schräg auf ihren glänzenden Locken saß. Sie war flach und mit einem zarten Flor versehen, der die halbe Stirn bedeckte. »Das Baby soll im März kommen, und wir teilen uns die Elternzeit gerecht auf.«

»Genau wie beim Kronprinzessinnenpaar«, schwärmte Åsa.

Natalia lächelte. Sie war fertig. »Wie findest du es?«, fragte sie und drehte sich um. Das Kleid war schmal geschnitten und luxuriös und die Schuhe sehr weiblich und glamourös. Jetzt würde eine neue Ära beginnen, und sie wollte, dass man es auch sah.

»Du siehst superschick aus«, sagte Åsa bewundernd. »Aber du. Ich möchte, dass du mir eines versprichst.« Ein eigensinniger Zug schlich sich in ihre Miene. »Versprich mir, nicht zu protestieren.«

»Wovon redest du?«

»Versprichst du es?« Åsa stand von ihrem Sessel auf und kam auf sie zu.

»Okay«, versprach Natalia zögerlich. Sie liebte Åsa, aber man konnte nie wissen, was ihre Freundin sich jetzt wieder ausgedacht hatte.

Åsa nahm das goldene Armband ab, das sie immer trug und das ihr liebstes Erbstück von ihrer Mutter war, und hielt es ihr hin. »Das hier sollst du bekommen«, sagte sie.

Natalia wusste, dass Åsa dieses Armband Tag und Nacht trug. Wenn man im Internet das Wort »Liebhaberwert« googelte, wäre der erste Treffer vermutlich ein Bild genau dieses goldenen Armbands von Åsas Mutter.

»Aber …«, sagte Natalia, verstummte dann jedoch. Denn wie reagierte man eigentlich auf ein solches Geschenk?

»Du bist meine Familie«, erklärte Åsa. »Ohne dich hätte ich es nicht geschafft, hätte rein gar nichts funktioniert. Ich möchte, dass du es trägst. Es gehörte meiner Mutter, und wenn du eine Tochter bekommst, soll sie es erben. Versprichst du mir das?«

Natalia hatte plötzlich einen Kloß im Hals. Sie nickte und schluckte angestrengt, während sie ihren Arm vorstreckte. Åsa legte ihr das Armband ums Handgelenk und verschloss es. Åsas Körperwärme war noch auf dem Edelmetall zu spüren, und Natalia musste heftig blinzeln, um die Tränen zurückzuhalten. Åsas Augen waren ebenfalls verdächtig feucht.

Es klopfte an der Tür, und sie drehten sich erleichtert um. Åsa und sie würden wahrscheinlich nie besonders gut mit großen Gefühlen umgehen können. Aber das war auch nicht so wichtig.

Die Tür wurde geöffnet. David stand im Türrahmen und tat, was er immer tat – er sah ausschließlich Natalia. Es war zwar nicht besonders höflich von ihm, aber es schmeichelte ihr ungemein.

Er sah so gut aus, dass es Natalia den Atem verschlug.

»Wow!«, rief sie bewundernd. Breite Schultern in einem dunkelgrauen Dreiteiler, der so angegossen saß, als wäre er ihm auf den Leib geschneidert worden. Mit einer helleren Weste und einer weißen Blüte im Knopfloch.

Als er Natalia betrachtete, wurden Davids Augen feucht. »Mir fehlen die Worte.« Seine Stimme zitterte leicht, als er sie anschaute. »Aber du siehst fantastisch aus.«

»*Du* siehst fantastisch aus«, entgegnete Natalia leise, bemüht darum, ihn nicht mit ihrem Blick zu verschlingen.

Åsa gab ein entnervtes Stöhnen von sich.

David lächelte. »Wollt ihr die Ringe sehen?«

Beide Frauen nickten heftig. Alles war so schnell gegangen, dass Natalia noch nicht einmal einen Verlobungsring hatte. Jetzt war sie neugierig, da David darum gebeten hatte, die Ringe selbst aussuchen zu dürfen. Er öffnete die Schatulle.

Natalia und Åsa fielen fast die Unterkiefer herunter.

Es war ein moderner, fast frech anmutender viereckiger Ring

mit klaren Linien. In der Mitte blitzte, von kleinen weißen Edelsteinen umrahmt, ein gelber Stein auf, gelb wie Osterglocken und Sonnenschein und viel zu groß für einen Diamanten.

»Es ist ein gelber Diamant«, meinte David erklärend.

»Diamant?«, fragte Natalia ungläubig. Er war groß wie ein Fingernagel.

»Irrtum ausgeschlossen«, fügte er hinzu und sah unglaublich zufrieden aus. »Ich weiß ja, dass du Wert auf so etwas legst. Ich habe ihn auf einer Auktion ersteigert und ihn irgendeinem König praktisch vor der Nase weggeschnappt.« Er grinste. »Kann sein, dass ich in einer der arabischen Monarchien jetzt lebenslanges Einreiseverbot habe.«

»Okay«, sagte Natalia nahezu sprachlos. Sie hatte nicht einmal gewusst, dass es solche Steine gab.

»Respekt«, meinte Åsa.

»Natalia?«, fragte David.

»Ja?«

»Gib mir den Ring zurück, du kannst ihn jetzt noch nicht behalten.«

»Ich bin mir nicht sicher, ob ich mich von ihm trennen kann«, entgegnete sie, legte ihn aber widerwillig zurück in seine Handfläche.

David steckte den Ring zurück in die Schatulle und schob sie dann in seine Anzugtasche.

»Ich muss noch schnell etwas erledigen«, erklärte er. »Begleitest du sie?«, fragte er Åsa. Die hob, statt zu antworten, die Hand zu einem lässigen Winken. »Wir sehen uns da draußen«, sagte er, küsste Natalia auf die Wange und verschwand.

»Ist er nicht fantastisch?«, fragte Natalia.

Åsa zuckte mit einer seidenbekleideten Schulter. »Ja, wenn man superattraktive, total verliebte Milliardäre mag.« Sie lächelte. »Ihr gebt ein hübsches Paar ab, und ihr seht aus, als wäret ihr geradewegs einem alten Film entstiegen. Nun komm schon, ein Glas Schampus tut dem Baby gut. Das hab ich in der Vogue gelesen.«

Als Natalia und Åsa hinunter in den Renaissance-Saal kamen, den die Floristen des Hotels über und über mit roten Rosen geschmückt hatten, warteten der Standesbeamte, Michel und Davids Familie bereits auf sie. Graf Carl-Erik Tessin, der in seinem altmodischen Anzug ernst wirkte, nahm Natalia in die Arme. Die drei blonden Frauen an seiner Seite, Carolina und die beiden Halbschwestern, lachten und umarmten sie ebenfalls.

Natalia lächelte und umschloss ihren Brautstrauß mit Orangenblüten und Orchideen fester als nötig. Selbstverständlich war sie glücklich, aber sie hätte sich gewünscht, dass jemand aus ihrer Familie zur Trauung gekommen wäre. Genau in dem Moment betrat David den Saal mit einem weiteren Gast an seiner Seite.

Alexander.

Ihr Bruder kam auf sie zu. Sie erblickte einen blauen Fleck auf seinem Kinn, doch angesichts ihrer besorgten Frage machte er lediglich eine wegwerfende Handbewegung, lächelte und schloss sie fest in seine Arme.

»Ich wusste gar nicht, dass du in der Stadt bist«, sagte sie mit erstickter Stimme.

»Das war ich auch nicht«, entgegnete er trocken. »Aber dein zukünftiger Ehemann kann ziemlich aufdringlich sein. Nicht zuletzt, wenn ihm eine Art Fremdenlegionär und ein Hubschrauber zur Verfügung stehen.«

»Bist du mit dem Hubschrauber gekommen?«

»Wir sind vor zwanzig Minuten hier um die Ecke in Gamla Stan gelandet«, erklärte er und brummte etwas in der Art von »dieser verdammte Psychopath« vor sich hin.

»David hat es mir zuliebe getan«, sagte sie lachend. »Sei jetzt nett.«

»Ich bin immer nett«, entgegnete Alex. Er ließ seinen Blick über den Raum schweifen und hielt inne, als er Carolina erblickte. »Ist sie das?«, fragte er leise.

Natalia nickte.

»Bist du bereit?«, fragte David. Alexander ließ sie los und gesellte sich zu den anderen Gästen.

David streckte seine Hand aus, streifte flüchtig ihre Schulter und strich ihr eine Haarsträhne aus dem Gesicht, als könnte er es nicht lassen, sie zu berühren. Dann hielt er ihr seinen Arm hin, und Natalia hakte sich bei ihm unter. Gemeinsam wandten sie sich dem Standesbeamten zu.

Sie war so unglaublich dankbar dafür, dieses Mittagsmeeting im Sommer nicht ausgeschlagen zu haben, dachte sie. Sich getraut zu haben hinzugehen. Es erinnerte sie an etwas, das Åsa in dem Zusammenhang gesagt hatte, aber sie kam irgendwie nicht darauf, was es war. Aus einiger Entfernung erklang Musik. Dankbar ließ sie ihren Blick über ihre Gäste schweifen.

Mitten in der Trauungszeremonie fiel Natalia ein, was Åsa an dem Tag im Juni, an dem alles begonnen hatte, gesagt hatte.

Ein Leben ohne Risiko ist kein Leben.

Ein dummer Spruch auf einem Pappbecher. Ihr Leben – reduziert auf ein Klischee.

Natalia schaute den eleganten, festlich gekleideten Mann an, der in Kürze ihr Ehemann werden würde, und konnte sich ein Lächeln nicht verkneifen.

Der Standesbeamte beendete die Zeremonie, betrachtete sie lächelnd und erklärte sie für Mann und Frau. Dann fand sie sich in Davids starken Armen wieder, ohne recht zu wissen, wie ihr geschah. Es war eine innige Umarmung, die in einen innigen Kuss mündete, so leidenschaftlich, dass die Gäste zu pfeifen und zu applaudieren begannen. Natalia gab sich ihrem Ehemann hin, ließ sich von ihm küssen, bis ihr die Luft ausging, und wusste, dass dies hier für immer war. Sie beide bis in alle Zukunft. Denn es war die große Liebe auf Leben und Tod, in guten wie in schlechten Zeiten. Und sie dachte, dass das Leben doch manchmal tatsächlich ein Klischee war.

Man musste es einfach nur dankbar annehmen.

EPILOG

Eine Woche später

Isobel Sørensen stand am Flughafen.

Schon wieder.

Manchmal wurde sie von dem eigentümlichen Gefühl befallen, sich ständig auf demselben Flughafen zu befinden, ohne je loszufliegen. Dann wieder kam es ihr vor, so wie heute, als wäre sie bereits so oft geflogen, dass es für ein ganzes Leben reichen würde.

Sie blieb vor der Anzeigetafel stehen, um ihre Flugzeit zu checken, und spürte plötzlich, dass jemand hinter ihr stand. Nicht so dicht, dass es aufdringlich gewesen wäre, aber nahe genug, um ihre Aufmerksamkeit auf sich zu lenken.

»Was für ein Zufall. Wollen Sie auch nach New York?«, fragte er.

Isobel verzog irritiert das Gesicht. Auch ohne sich umdrehen zu müssen, wusste sie, wer dort stand, denn sie erkannte seine arrogante Oberschichtstimme wieder.

Alexander de la Grip.

»Ich war auf der Hochzeit meiner Schwester«, fuhr er fort, ohne dass es ihn zu kümmern schien, dass sie ihn ignorierte.

Sie hätte ihn einfach stehen lassen und weggehen sollen. Denn sie war niemandem schuldig, sich höflich zu verhalten, am wenigsten ihm, der hier hinter ihr stand und versuchte, sie anzubaggern. Seine Schwester hingegen hatte Isobel gemocht, die ungeplant schwangere Natalia. Da sie keine Lust hatte, ziellos umherzustreifen, und noch dazu jede Menge Zeit totzuschlagen hatte, blieb sie einfach stehen.

»Liebe«, führte Alexander seinen Monolog weiter, denn so musste man seine Äußerungen wohl bezeichnen. Er sprach das Wort mit dermaßen heftiger Abscheu aus, dass Isobel gegen ihren Willen den Mund verzog.

»Die Liebe kann die Leute zu noch weitaus schlimmeren Taten anstiften als die Religion«, konstatierte er.

Dem konnte Isobel nichts entgegensetzen. Liebe, Religion, Fanatismus – sie ähnelten einander auf deprimierende Weise, sodass sie geneigt war, ihm zuzustimmen. Erstaunlich. Denn sie hätte nie gedacht, mit einem Mann wie diesem Jetset-Prinzen irgendetwas gemeinsam zu haben.

Im Flieger hierher hatte sie in diversen Zeitschriften geblättert. In mindestens zwei von ihnen waren Fotos von ihm abgebildet gewesen. Umringt von hübschen Frauen. Mit getrübtem Blick vom Alkoholkonsum oder dem anderer Drogen. Er muss aufpassen, hatte sie in einem Anflug von zynischer Schadenfreude gedacht. Denn sie hatte bereits Menschen an Leberversagen sterben sehen, was nicht besonders schön gewesen war.

An und für sich war der Tod nie schön. Im Gegenteil, er war unschön, traurig und furchtbar ungerecht, was auch immer die Leute sagten.

Alexander war verstummt, doch Isobel spürte, dass er noch immer hinter ihr stand. Sie nahm an, dass er den Direktflug nach New York nehmen würde. Sie schaute auf der Tafel nach. Er ging in genau 64 Minuten. Bestimmt flog er erster Klasse mit dem Service zuvorkommender Stewardessen, eisgekühltem Champagner und warmen Handtüchern. Sie konnte nicht in Worte fassen, wie sehr sie Männer wie ihn verachtete. Auch wenn sie zugeben musste, dass er einer der attraktivsten Männer war, die sie je gesehen hatte. Attraktiv in einer Weise, die sowohl Frauen als auch Männer, junge wie alte, anzog. Mit Ausnahme seiner Augen. Sie waren ihr bereits aufgefallen, als er ihr in Båstad zum ersten Mal begegnet war. Sie versuchte, sich daran zu erinnern, wo sie solche Augen zuvor schon einmal gesehen hatte.

»Liebe macht das Leben nur ungemein kompliziert«, unterbrach er ihren Gedankengang. »Wussten Sie eigentlich, dass es sich dabei um eine moderne Erfindung handelt? Bei der romantischen Liebe, meine ich.«

Obwohl sie so etwas irgendwo schon einmal gehört hatte, erwiderte sie nichts. Sie teilte sein Bedürfnis nicht, ununterbrochen die eigene Stimme zu hören.

»Sie wollen also nach New York?«, fragte er, offenbar völlig unbeeindruckt von ihrem beharrlichen Schweigen. »Dann haben wir dasselbe Ziel. Darf ich Sie vorher noch auf ein Gläschen einladen? Man bekommt hier tatsächlich einen ganz passablen Chardonnay.«

Isobel schüttelte den Kopf.

Denn jetzt fiel ihr ein, wo sie solche Augen wie die Alexander de la Grips schon gesehen hatte. Eigentlich sah sie sie sehr häufig. Sie drehte sich rasch zu ihm um und musste beinahe nach Luft schnappen, als er mit seiner blendenden Schönheit so nahe vor ihr stand.

»Ich fliege nicht nach New York«, entgegnete sie kurz angebunden. Sie schaute in seine blauen Augen, die keineswegs die eines Engels waren. »Ich bin auf dem Weg nach Afrika.« Dann ließ sie ihn stehen. Sie spürte, wie er ihr hinterherstarrte, und ging schneller.

Im Zusammenhang mit ihrer Arbeit war Isobel schon so vielen Menschen begegnet, die Kriege und Folter überlebt hatten. Die Schreckensszenarien erlebt hatten, die eigentlich niemand miterleben dürfte. Und auch wenn die Verletzungen geheilt und rein äußerlich nicht mehr zu sehen waren, konnte man sie, wenn man sich damit auskannte, immer noch in den Augen der Betreffenden erahnen.

Sie ging noch etwas schneller. Sie hatte dieses Phänomen schon oft gesehen. Das, was sie auch in Alexanders Blick wahrgenommen hatte.

Die Menschen, die durch die Hölle gegangen waren, hatten genau diese Augen.

DANKSAGUNG

Vor der Arbeit an diesem Roman habe ich drei historische Romane geschrieben und mich mit einer gewissen Erleichterung darauf gefreut, nun ein Buch zu schreiben, das in der Gegenwart spielt. Wer je einen historischen Roman verfasst hat, weiß, was ich meine. Nicht über unbekannte Sitten und Gebräuche nachdenken zu müssen, nicht jedes Mal ins Museum gehen oder einen Historiker anrufen zu müssen, wenn ich Fragen zu einem Kleidungsstück, besonderen Traditionen oder Speisen hatte, erschien mir wie eine Wohltat. Doch dieses Gefühl währte nur ungefähr zehn Minuten.

Ich habe mich nämlich entschieden, die Hauptfiguren dieses Romans der schwedischen Finanzelite angehören zu lassen, und muss ehrlich zugeben, dass ich noch nie in meinem gesamten Autorenleben so viel Recherche betrieben, so viele Interviews geführt und so viele Fachbücher gelesen habe.

Die Erbin wäre ohne die Großzügigkeit von Menschen, die die Komplexität der Finanzwelt so viel besser beherrschen, als ich es je tun werde, nie zustande gekommen. Ich möchte allen Beteiligten aus der Finanzbranche und aus anderen Bereichen, die mir Zeit, Wissen und Sachkenntnis zur Verfügung gestellt haben, aus tiefstem Herzen danken. Jeder von ihnen weiß, wen ich meine – alles, was richtig dargestellt wurde, habe ich diesen Menschen zu verdanken. Das, was dennoch falsch ist, liegt einzig und allein an meiner eigenen Unzulänglichkeit.

Darüber hinaus möchte ich einen besonderen Dank an einige Freunde richten, die eine Rolle bei der Entstehung dieses Buches gespielt haben: Åsa Hellberg, Carina Hedberg, Petra Ahrnstedt und Trude Lövstuhagen. Ihr seid allesamt Felsen in der Brandung, nicht zuletzt du, Petra. Tausend Dank.

Ein großes Dankeschön an meine Verlegerin Karin Linge Nordh, meine Lektorin Kerstin Ödeen und selbstverständlich auch an die anderen fantastischen Mitarbeiter des Forum Verlags. Es ist mir eine Ehre, mit euch zusammenarbeiten zu dürfen.

Danke natürlich ebenso an meine wunderbaren Kinder.

Und schließlich ein Dankeschön an meine Literaturagentin Anna Frankl von der Nordin Agency, die neben dem Geschick, meine Bücher ins Ausland zu verkaufen, auch das Fingerspitzengefühl besitzt, immer den richtigen Zeitpunkt zu finden, um mich zu einem exquisiten Abendessen einzuladen.

Simona Ahrnstedt, Stockholm 2014